HEYNE‹

DAS BUCH

Der Krieg im Dschungel hat den jungen Krieger Tikian gezeichnet. Mittellos und vom Fieber ausgezehrt kehrt er nach Al'Anfa, in die Stadt des Rabengottes, zurück. Als es ihn in den »Schlund«, das Elendsviertel der Stadt, verschlägt, ist das Letzte, was ihm bleibt, seine ritterlichen Ideale – doch an keinem Ort Aventuriens gelten sie so wenig wie im Schlund. Eines Nachts erblickt er das Gesicht einer schönen Frau hinter einem Fenster. Bei Tag kehrt er zurück, um nach der geheimnisvollen Frau zu suchen, doch er findet nur eine Ruine vor. Das Haus, das er bei Nacht zu sehen glaubte, ist schon seit langer Zeit verfallen.
Tikian ist der Einzige, der nicht glauben mag, dass dieses Gesicht am Fenster Rausch und Fieber entsprungen ist. Er beginnt Fragen zu stellen und stößt auf eine Mauer des Schweigens. Noch ahnt er nicht, wie tief er an die dunkle Vergangenheit der Stadt rührt, und dass seine Liebe zu einem Phantom weit mehr als nur Geister heraufbeschwört. Als er endlich eine Bettlerin zum Reden bringt, nimmt das Verhängnis seinen Lauf ...

DER AUTOR

Bernhard Hennen, 1966 geboren, studierte Germanistik, Geschichte und Vorderasiatische Altertumskunde und lebt in Krefeld. Mit seinen Elfen-Romanen *Die Elfen*, *Elfenwinter* und *Elfenlicht* sowie seiner *Elfenritter*-Trilogie – *Die Ordensburg*, *Die Albenmark* und *Das Fjordland* – stürmte er alle Bestsellerlisten und schrieb sich an die Spitze der deutschen Fantasy-Autoren.

Mehr zu Autor und Werk unter:
www.bernhard-hennen.de

BERNHARD HENNEN

RABENGOTT

Roman

Überarbeitete Neuausgabe

WILHELM HEYNE VERLAG
MÜNCHEN

Rabengott ist 1997 unter dem Titel
DAS GESICHT AM FENSTER
in der Reihe DAS SCHWARZE AUGE erschienen.

Mix
Produktgruppe aus vorbildlich
bewirtschafteten Wäldern und
anderen kontrollierten Herkünften

Zert.-Nr.SGS-COC-1940
www.fsc.org
© 1996 Forest Stewardship Council

Verlagsgruppe Random House FSC-DEU-0100
Das für dieses Buch verwendete
FSC-zertifizierte Papier *Holmen Book Cream* liefert
Holmen Paper, Hallstavik, Schweden.

Vollständig überarbeitete Neuausgabe 04/2009
Redaktion: Angela Kuepper
Copyright © 2008 by
Significant Fantasy Medienrechte GbR, Bordelum
Copyright © 2009 dieser Ausgabe by
Wilhelm Heyne Verlag, München,
in der Verlagsgruppe Random House GmbH
Printed in Germany 2009
Umschlaggestaltung: Nele Schütz Design, München
Umschlagillustration: Les Edwards
Satz: C. Schaber Datentechnik, Wels
Druck und Bindung: GGP Media GmbH, Pößneck

www.heyne-magische-bestseller.de

ISBN: 978-3-453-52549-8

Für Ingo, einen Freund

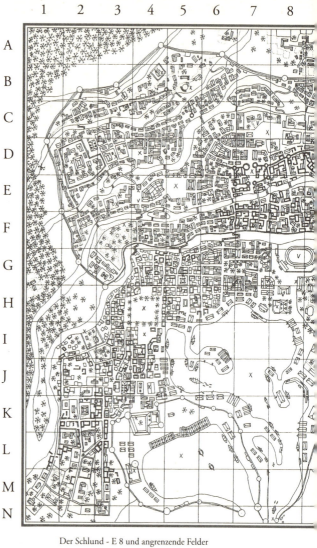

Der Schlund - E 8 und angrenzende Felder
Der Praiostempel - G 5
Der neue Tempel - J 15
Der Rabenfelsen - K 15
Eingang zum Labyrinth - I 15
Villa Wilmaan - H 17

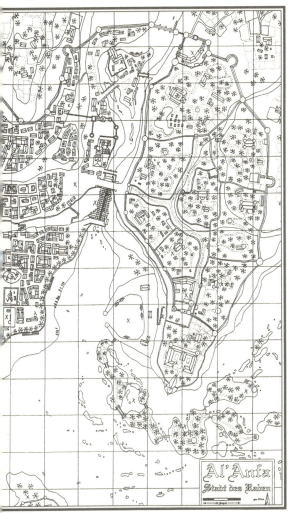

Villa Florios - C 15
Garnison des Schwarzen Bundes des Kor - M 4
Kommandantur der Stadtgarde - B 14
Schrägaufzug - F 13
Kriegshafen - L 5 und angrenzende Felder
Sklavenmarkt - H 9

PROLOG

Hastig fuhr sich Tikian mit der Hand durch das schweißnasse Gesicht und blickte dann wieder auf das Dickicht am Rande des kaum sichtbaren Pfades, dem sie durch den Dschungel folgten. Sein Kopf schmerzte vom unentwegten Starren, und seine Augen brannten. Leise fluchte er vor sich hin. Er hätte sich jetzt auf dem Landgut seines Vaters mit irgendeiner willigen Dienstmagd vergnügen können, wenn er nur ein wenig klüger gewesen wäre. Aber er war ein Narr! Stets musste er nach dem Unmöglichen gieren, und nun war ihm das zum Verhängnis geworden.

Der Gedanke an die hübsche Gräfin ließ ihn lächeln. Die Nacht mit ihr würde er niemals vergessen. Sie war eine Offenbarung gewesen! Es hatte vor ihr schon viele Frauen in seinem Leben gegeben, doch sie ... Zunächst hatte er sie für schüchtern und kalt gehalten – eine klassische Schönheit, hochgewachsen und schlank, mit tiefblauen Augen, das lange Haar streng zurückgekämmt. Morena hatte ihm ungewöhnlich lange widerstanden. Fast drei Wochen hatte sein Werben gedauert. Sie war nämlich eine Frau mit Grundsätzen. Doch zuletzt hatte auch sie sich ihm hingegeben.

Es war alles bereit gewesen für jene eine Nacht, die er mit ihr teilen wollte. Ihr Mann, der kaiserliche Gesandte, war in einem Bordell gewesen, und Tikian hatte die Huren bestochen, den Grafen nicht vor Morgengrauen gehen zu lassen. Und sie, sie hatte ihn mit klopfendem Herzen erwartet ... Tikian hatte vorgegeben, nur zu kommen, um ihr von der Liebe zu singen, jene Verse, zu denen sie ihn angeregt hatte.

Doch er hatte genau gewusst, dass sie sich längst nach mehr als schönen Worten sehnte. Drei Wochen lang hatte er mit angesehen, wie ihr Mann sie vernachlässigt hatte. Der Graf war ganz in seinem politischen Ränkespiel gefangen und hatte keinen Blick mehr für die Schönheit seiner Frau. Genau genommen hatte der Graf sie ihm geradezu in die Arme getrieben, dachte Tikian.

In einem Kirschhain, unter weißen Blütenblättern, hatten sie ihr Stelldichein gehabt, als die Sehnsucht Morenas Stolz besiegte. Sie war es gewesen, die ihn schließlich geküsst hatte. Die Gräfin war eine Frau, die sehr wohl wusste, was sie wollte, und nachdem sie ihn in ihr Gemach eingeladen hatte, hatte sie ihn mit einer Wildheit und Leidenschaft genommen, die er ihr nicht zugetraut hätte. Die Liebesnacht mit ihr war ein wunderbarer Rausch gewesen, nach dem er erschöpft in ihren Armen eingeschlafen war. Das war sein erster Fehler gewesen!

Als er erwacht war, hatte der Graf schreiend und mit seinem Schwert fuchtelnd in der Tür des Schlafgemachs gestanden. Ohne nachzudenken, war Tikian aus dem Bett gesprungen und hatte sein Rapier gezogen. Sein zweiter Fehler!

Er hätte wissen müssen, dass ein zweitklassiger Diplomat kein Gegner in Ehrenhändeln war. Noch bevor ihr Kampf richtig begonnen hatte, war er bereits wieder zu Ende gewesen. Er hatte dem Grafen einen Stich in die rechte Schulter verpasst, seine Kleider an sich gerissen und war mit einem Satz über den Balkon in den Garten verschwunden. Leider hatte er in der Eile seinen Umhang vergessen. Und das war der schlimmste Fehler von allen, denn in den Kragen waren mit goldenem Faden seine Initialen gestickt. Nicht die Gräfin, sondern sein Umhang hatte ihn verraten und hierher in den Dschungel gebracht.

Zunächst hatte Tikian noch geglaubt, es würde reichen, sich auf ein entlegenes Landgut in den Goldfelsen nahe der Wüstengrenze zurückzuziehen, doch dann kam ihm zu Ohren, dass Königin Amene ihn für diese lächerliche Kleinigkeit zu zwanzig Jahren Festungshaft verurteilt und ihre Garden angewiesen hatte, im ganzen Königreich nach ihm zu suchen. Amene hatte ihn geopfert, um der Eitelkeit des kaiserlichen Gesandten zu schmeicheln! Und ihre Gardisten meinten es ernst. Zweimal war Tikian nur um eine Degenbreite dem Kerker entgangen, und so war er schließlich gezwungen gewesen, das Liebliche Feld zu verlassen. In Chorhop hatte er sein Rapier in den Dienst des Söldnerhauptmanns Galahan gestellt, und dieser wiederum war dem Ruf des Königs von Brabak gefolgt, als der schmutzige Krieg um das kleine Königreich Trahelien ausgebrochen war.

Dumpf dröhnte der Trommelschlag der Wilden durch den Dschungel, die der Herrscherin des Waldkönigreichs in den Krieg gefolgt waren. Kahl rasierte und bunt bemalte Barbaren, die ihren Feinden die Köpfe abschlugen, um diese als Schmuck an ihren Gürteln zu tragen. Hurensöhne waren sie allesamt, diese Mohas, die sich an keine der Regeln der Kriegskunst hielten. Nie stellten sie sich zu einem offenen Gefecht. Sie lauerten im Dschungel und schossen mit vergifteten Pfeilen aus dem Hinterhalt.

Wieder wischte sich Tikian mit der Hand über die Stirn. Er hatte keine Angst vor einem ehrlichen Kampf. Mit Rapier und Dolch war er ein Meister, aber hier zählte das wenig. Dieser Krieg kannte keine Schlachten, von denen einst die Barden singen würden. Es gab keine strahlenden Helden in schimmernder Rüstung, keine ruhmreichen Duelle inmitten des Kampfgetümmels, wenn zwei mächtige Recken aufeinandertrafen. Ihr Söldnertrupp plünderte hier und da ein Dorf und überließ die Bewohner den Sklavenhändlern, die ihnen wie ein Schwarm Aasgeier folgten. Die Trahelier hingegen hatten schon zweimal bei Nacht das Söldnerlager überfallen und wagten hin und wieder ein Scharmützel mit der Nachhut.

Tikian schreckte aus seinen Gedanken auf. Vorn war kreischend ein Schwarm bunter Vögel aufgeflogen. Moron, der Anführer des Trupps, gab seinen Leuten ein Zeichen, niederzuknien und Deckung zu suchen. Dann schickte er mit einem Wink die beiden Fährtensucher vor, die ihre kleine Truppe begleiteten. Dieses Unternehmen war einfach töricht! Sie waren viel zu wenige. Zu zwölft hatten sie am Morgen das Lager verlassen. Hauptmann Galahan hatte wahrscheinlich vor, sich auf ihre Kosten zu bereichern. In zwei Tagen war Zahltag. Wenn sie auf diesem sinnlosen Wachgang ihr Leben ließen, dann würde der Schurke in der Soldabrechnung für die Brabaker Offiziere bestimmt angeben, dass er sie noch vor dem Abmarsch ausgezahlt hatte, ihren Sold in Wahrheit aber selbst einstreichen. Tikians Blick wanderte über die kleine Truppe. Der Hauptmann würde ein lohnendes Geschäft machen. Er hatte die teuersten aus seiner Truppe ausgesucht. Ausgenommen von ihrem Weibel, Moron, gehörte keiner zu der Stammtruppe der Söldnereinheit. Galahan würde keinen von ihnen vermissen! Vielleicht plante der Bastard, das Geld an sich zu nehmen und sich aus dem Dschungel zurückzuziehen.

Alles in allem sah es nicht gut aus für sie. Sie hatten sich in den letzten Tagen zu weit in den Wald gewagt und waren vom Rest der Brabaker Armee abgeschnitten.

Die beiden mohischen Fährtensucher kehrten zurück und tuschelten leise mit Moron. Was die drei wohl zu bereden hatten? Der Weibel erhob sich und gab mit der rechten Hand ein Zeichen, weiterzumarschieren.

Noch immer dröhnte von allen Seiten das dumpfe Trommeln der Mohas. Wurden diese verfluchten Wilden denn niemals müde? Seit Tagen ging das jetzt schon so.

»Was die Affengesichter wohl entdeckt haben?« Gion, der Bogenschütze, hatte mit zwei schnellen Schritten zu Tikian aufgeschlossen und ging nun an der Seite des jungen Söldners. Gion war ein stämmiger kleiner Kerl mit kurz geschorenem, flammendrotem Haar und einem struppigen Schnauzbart. Seine Arme hatte er von Thorwaler Bilderstechern tätowieren lassen, und nach Art der südländischen Seeleute trug er gleich mehrere silberne Ohrringe. Der gedrungene

Körper des Söldners mochte ihn in den Augen mancher vielleicht plump erscheinen lassen, doch Tikian hatte gesehen, wie Gion mit seinem Bogen umzugehen verstand, und wusste, wie schnell und tödlich die massigen Arme des Mannes diese Waffe zu handhaben verstanden. Er war ohne Zweifel der beste Schütze in Galahans Söldnerhaufen. Gion konnte auf fünfzig Schritt ein Ziel, so klein wie ein Daumennagel treffen. Doch auch für ihn war der Dschungel der falsche Ort, denn auf fünfzig Schritt mochte man in diesem dichten Gestrüpp an einem ganzen Heer vorbeilaufen, ohne es zu bemerken. Der Feind kam hier stets überraschend, sodass einem Schützen höchstens ein Schuss blieb, bevor der Nahkampf begann.

»Nun, was denkst du, was vor uns liegt?«, fragte Gion zweifelnd. »Ein Dorf der Wilden oder vielleicht eine der legendären Tempelstädte, in denen es mehr Gold als in den Schatzkammern des Kaisers geben soll?«

»Lieber als alles Gold Kaiser Hals wäre mir, wenn wir endlich auf unsere verfluchten Verbündeten stoßen würden. Die Al'Anfaner wollten doch von Osten und von Süden her ins Kemi-Reich einfallen. Die Bastarde lassen sich Zeit! Wir dürfen hier die Drecksarbeit machen, und sie erringen einen leichten Sieg.«

»Wir sind im Dschungel, Tikian. Nachrichten brauchen hier manchmal lange. Mich würde es nicht wundern, wenn wir hinter der nächsten Wegkehre auf einen alanfanischen Vorposten stießen und erführen, dass die Hauptstadt der Trahelier schon längst gefallen ist.«

»Und das Trommeln?« Tikian schüttelte den Kopf. »Selbst wenn Khefu erobert sein sollte, ist der Krieg noch nicht zu Ende.«

Takate lauschte den Tönen der Trommeln, die den Tod der Brabaker meldeten. Viele Krieger der Keke-Wanaq hatten sich den Blasshäuten angeschlossen, die der Herrin von Khefu dienten. Die Fremden waren gekommen, um zu plündern und Sklaven zu machen, doch keiner von ihnen würde die Jagdgründe der Keke-Wanaq wieder verlassen! Sie waren dumm, und ohne Pfadfinder konnten sie sich im Wald niemals zurechtfinden. Bald schon würden die Ameisen ihr Aas fressen, und die Köpfe der Blasshäute würden die Gürtel der Krieger schmücken.

Takate blickte über die Schulter zu der schmalen Frau mit dem Sonnenhaar, die hinter dem Häuptling der Blasshäute ging. Sie trug ein langes dünnes Messer an ihrer Seite, dessen Klinge so schmal wie ein Finger war, und führte einen seltsamen großen Stab in ihrer Rechten, an dessen Spitze ein Sonnenstein saß. Das Weib hatte böse Kräfte, und der Krieger konnte spüren, wie ihre Anwesenheit die Geister des Waldes erschreckte. Er würde ihren Kopf nehmen und damit den Zauber brechen.

Die Blasshäute trauten ihm, und es war ein Leichtes, sie ins Verderben zu führen. Sie waren so dumm, dass sie einen Krieger nicht von einem Verräter zu unterscheiden vermochten. Sie glaubten, er sei ihr Pfadfinder ... Takate lächelte. Eben erst als er mit seinem Bruder vorausgeeilt war, um angeblich den Weg auszukundschaften, hatten sie sich mit einem Boten des Kriegshäuptlings getroffen. Sie sollten die Blasshäute zu den sprechenden Steinen führen. Dort waren vor zwei Tagen auch die anderen ins Verderben gegangen. Ein Schamane der Herrin von Khefu hatte die Krieger begleitet und die Toten auferstehen lassen, um gegen die Eindringlinge zu kämpfen. Es war eine wilde Schlacht gewesen, und die Keke-Wanaq hatte viele Köpfe genommen. Nur wenige der Blasshäute waren bis zum Fluss gekommen, wo das Land den Tschopukikuhas gehörte und die Jagd ein Ende fand. Diese Blasshäute hier würden ihnen nicht entkommen!

Takate ballte die Fäuste, sodass sich die langen Nägel tief in das Fleisch seiner Handflächen bohrten. Die alten Bilder kehrten in seinen Geist zurück, um ihn zu belagern und zu erschrecken. Die Bilder jener Nacht, in der die Blasshäute in sein Dorf gekommen waren, um Sklaven zu machen. Sie hatten nur die Jungen und Kräftigen genommen, die anderen waren niedergemetzelt worden. Ein großer, bärtiger Mann hatte ihn mit einem Schwert niedergestochen und liegengelassen. Sein Nipakau hätte ihn in dieser Nacht verlassen sollen, damit sein Tapam – sein Schutzgeist – wandern konnte, um in einen neuen Körper einzugehen. Doch seine Lebenskraft war nicht von ihm gewichen. Drei Tage lang hatte er voller Schmerzen in seinem Blut gelegen ... allein, der Einzige, der das Massaker der Blasshäute überlebt hatte. Dann hatte ein wandernder Schamane ihn gefunden. Der alte Mann hatte gesagt, er sei dem Ruf seines Tapams gefolgt, und er hatte ihm einen neuen Namen gegeben, Takate, was in der Zunge der Blasshäute »dessen Hand immer blutig ist« hieß.

Der Krieger blickte auf die roten Halbkreise, die seine Nägel in die Handflächen gebohrt hatten. Noch bevor die Nacht kam, würde er sein Blut mit dem Blut von Sonnenhaar abwaschen!

»Ist es noch weit bis zum Lager?«, fragte der fremde Häuptling, während seine himmelfarbenen Augen ängstlich über das Dickicht wanderten.

»So weit wie der Blumenvogel fliegt, während eine Nuss von einem hohen Baum fällt.«

»Das schätze ich an euch Mohas. Eure Antworten sind immer so leicht verständlich und doch voller erhabener Lyrik. Werden wir vor dem Untergang des Praiosgestirns dort sein?«

Takate nickte. Sie waren so dumm, diese Blasshäute! Sie wussten nicht einmal, dass die Mohaha nur eines von vielen Völkern waren, die im großen Wald lebten. Der Krieger lächelte siegesgewiss. Die Keke-Wanaq hatten nichts mit diesen harmlosen Blumenfressern gemein. Die Blasshäute würden ihre Dummheit mit dem Leben bezahlen. »Lange bevor das Himmelslicht verloschen ist, kommt ihr ans Ende des Weges.«

»Riechst du das?«

Tikian nickte. Er kannte ihn nur zu gut, den Geruch des Todes. Süßlich und übelkeiterregend – der Gestank von verwesendem Fleisch.

Gion kniete nieder und spannte die Sehne auf seinen kurzen Hornbogen. »Bei Boron, hier geht es nicht mit rechten Dingen zu. Es hieß doch, die Fährtensucher würden uns zum Lager der Brabaker führen.«

»Über die Flanken ausschwärmen!«, übertönte die Stimme des Weibels den Lärm der Mohatrommeln. Tikian zog sein Rapier und den schlanken Parierdolch, dann nickte er Gion kurz zu und schob sich in das Dickicht am Rande des schmalen Wildpfades, dem sie gefolgt waren. Der Fechter wusste, dass der Bogenschütze zwei Schritt hinter ihm folgen würde, bereit, ihm mit seiner Waffe Deckung zu geben.

Tikian spürte, wie sein Herz schneller zu schlagen begann. Sie waren hier, die Trahelier! Vorsichtig schob er einen Ast beiseite und versuchte, die grünen Mauern aus Blättern und Schlingpflanzen mit Blicken zu durchdringen. Sein Mund war trocken, er hatte Angst. Tikian hatte gesehen, wie die Mohas es verstanden, mit dem Dschungel zu verschmelzen. Sie konnten fünf Schritt vor einem stehen, und man sah sie nicht. Es war wie Zauberei.

»Links von dir!«

Die beiden Klingen zur Parade erhoben, wirbelte Tikian herum. Keuchend blinzelte er den Schweiß aus den Augen. Er konnte nichts sehen! Was meinte Gion? Wovor hatte der Bogenschütze ihn warnen wollen? Der Fechter ging in die Knie und drehte sich langsam um die eigene Achse. Sein Blick fiel auf einen mit Federn und bunten Bändern geschmückten Holzstab, der zwischen den Büschen stand.

»Was hat das zu bedeuten?«, zischte der junge Krieger zu Gion hinüber.

Der Bogenschütze zuckte mit den Schultern. Dann verließ er seine Deckung und eilte dem Fechter zur Seite. »Das ist einer ihrer Zauber«, murmelte er leise. »Weiß der Henker, was dieses Ding bezwecken soll!«

»Ich werde mich nicht von einem Holzstab einschüchtern lassen.« Tikian schlich gebückt weiter. Ein kalter Schauer lief ihm den Rücken hinab. Er biss die Zähne zusammen. Ganz ruhig, ermahnte er sich im Geiste. Ein Jahr oder zwei, und du wirst über diesen Tag und deine Angst lachen.

Vorsichtig bog er die Äste eines Busches auseinander und blickte auf eine große Lichtung. Hastig schlug er das Praioszeichen. Überall lagen Leichen! Die Toten trugen Brabaker Waffenröcke. Die Wilden hatten nicht gelogen! Sie hatten sie tatsächlich zu ihren Verbündeten geführt.

Zwischen den Leichen ragten die kümmerlichen Reste verbrannter Zelte auf. Überall lagen zerrissene Kleider und zerbrochene Waffen herum. Die Trahelier mussten die Einheit überrascht haben, als sie dabei gewesen war, ihr Lager aufzuschlagen.

»Bei den Göttern!« Gion war an seine Seite geschlichen. »Was ist hier geschehen?«

Neben ihnen raschelte es im Gebüsch. Moron trat hinaus auf die Lichtung. Vorsichtig spähte er über den kleinen runden Lederschild und ging in die Hocke, um weniger Trefferfläche zu bieten, falls irgendwo feindliche Bogenschützen lauerten. Dann schlich er langsam in Richtung des Hügels, der sich mitten auf der Lichtung erhob. Die Anhöhe war von einer verfallenen und halb von Schlingpflanzen überwucherten Ruine gekrönt.

Immer wieder hielt Moron neben den Toten an und untersuchte sie. So weit Tikian erkennen konnte, waren alle Leichen verstümmelt. Die Affengesichter hatten die Köpfe der Toten als Trophäen genommen!

Der Weibel erreichte die Ruinen und winkte mit erhobenem Schwert. »Alles zu mir! Und beeilt euch!«

Im selben Augenblick verstummten die Trommeln. Beängstigende Stille senkte sich über den Dschungel. Nicht einmal Tierlaute waren mehr zu hören.

»Bei Rondra, jetzt haben sie uns ...« Tikian konnte sehen, wie dem Bogenschützen die Hände zitterten. Von der Seite her erklang ein langgezogener Schrei.

»Wir müssen zu Moron! Hier können wir uns nicht verteidigen. Wenn sie zu den Ruinen wollen, müssen sie erst über freies Feld. Hier im Busch sehen wir sie nicht kommen.«

Gion zog eine Grimasse. »Aber zuerst müssen wir lebend über das freie Feld kommen.«

»Das ist der Haken an der Sache.« Tikian packte seine Waffen fester und brach durch das Gebüsch. Rechts und links von ihm rannten die anderen Söldner. Auch Gion war mitgekommen. Ein Hagel von Pfeilen und Wurfgeschossen ging auf sie hernieder. Irgendetwas streifte die Wange des Söldners. Er konnte spüren, wie ihm warmes Blut den Hals hinabrann. Es gab nur noch ein Ziel, die Ruine auf dem Hügel. Sie zu erreichen, hieß weiterzuleben! Mit einem Sprung setzte er über einen Toten hinweg und schlug einen Haken. Gion hatte ihn gelehrt, nie in einer geraden Linie zu laufen, wenn irgendwelche Schützen auf ihn zielten.

Mit einem Schrei strauchelte ein Mann neben ihm. Mehmed, ein novadischer Schwertkämpfer. Sie waren zwei Götternamen zusammen im Dschungel gewesen, doch er hatte den Kerl kaum gekannt. Unbeirrt rannte Tikian weiter. Die Ruine war nur noch zehn Schritt entfernt. Hastig blickte der Fechter über die Schulter. Am Rand der Lichtung tauchte eine Gruppe von Mohas auf. Die Wilden waren mit Blasrohren und Schleudern bewaffnet. Einige der Krieger trugen federgeschmückte Keulen und folgten ihnen.

Etwas traf Tikian am Arm, und der Parierdolch entglitt seinen vor Schmerz tauben Fingern. Nur die lederne Schlaufe, die er um sein Handgelenk geschlungen hatte, verhinderte, dass die Waffe zu Boden fiel.

Mit einem Hechtsprung setzte der Fechter über eine niedrige Mauer hinweg, rollte sich über die Schulter ab und stieß mit dem rechten Knie gegen einen scharfkantigen Stein.

Sofort riss er sein Rapier hoch und drehte sich zum Feind. Er hatte es geschafft! Er hatte die Ruinen erreicht. Jetzt sollten sie nur kommen!

Neben ihm kauerte sich Gion keuchend hinter die Mauer. »Haben sie dich erwischt?«

Der junge Söldner schüttelte den Kopf. »Nichts Ernstes.« Dann blickte er über die Mauer. Zwei ihrer Kameraden hatten es nicht geschafft. Über einem der beiden kauerte bereits ein Moha und holte mit seinem Steinbeil aus, um sich die Kopftrophäe zu holen.

Tikian biss die Zähne zusammen. Diese Barbaren! Jetzt erst sah er die schlanke Frau, die Magierin. Auch sie war gestürzt. Sie schien verletzt zu sein. Auf ihren Stab gestützt, versuchte sie, wieder auf die Beine zu kommen.

Wie auf ein stummes Kommando hatten die Mohas ihren Angriff abgebrochen und folgten ihnen nicht weiter. Zwei der Dschungelkrieger waren jedoch auf die Zauberin aufmerksam geworden.

Tikian schluckte. Er würde nicht zusehen, wie sie ihr vor seinen Augen die Kehle durchschnitten. Er schob Rapier und Dolch in seinen Gürtel und ließ den eisenverstärkten Rundschild von seiner Schulter gleiten. »Gib mir Deckung, Gion!« Mit einem Satz war er über die Mauer und stürmte hinter den Schild geduckt auf die blonde Magierin zu.

»Du götterverfluchter Narr!«

Tikian überhörte die Stimme seines Kameraden. Ein Pfeil zischte an ihm vorbei und traf den vorderen der beiden Mohas, die auf Elena zurannten, in den Hals. Mit einem dumpfen Aufschlag prallte ein Stein von seinem Schild ab. Dann war er über der Magierin. »Kriech langsam zurück. Ich werde dir Deckung geben. Bist du schwer verletzt?«

Die Frau schüttelte den Kopf. »Danke.«

»Heb dir deinen Dank für später auf. Noch sind wir nicht in Sicherheit.«

Der zweite Mohakrieger hatte nur wenige Schritte vor Tikian innegehalten. Mit drohend erhobener Keule musterte er den jungen Söldner. Seine Augen waren dunkel und kalt. Tikian erkannte ihn wieder. Er war einer der beiden Fährtensucher, die sie hierhergebracht hatten.

»Verfluchter Verräter«, zischte er. »Dich schick ich in die Niederhöllen!«

»Wie kann ich jemanden verraten, dem niemals mein Herz gehört hat, Blasshaut?« Der Moha holte zu einem Hieb mit der Keule aus, doch ein flinker Stich, der auf seinen Bauch zielte, ließ ihn zurückzucken.

Tikian lächelte und wich ebenfalls ein kleines Stück zurück. Es war ein gutes Gefühl, Gion mit einem Pfeil auf der Sehne hinter sich zu wissen. Der Moha musste sich genau vor ihm halten. Wenn er versuchte, ihn von der Seite anzugreifen, würde er in die Schussbahn des Bogenschützen laufen.

»Dein Tapam wird heute auf Wanderschaft gehen, kleiner Mann.« Der Moha holte zu einem Schlag aus, und Tikian riss den Schild hoch, um seinen Kopf zu decken. Die Wucht des Treffers ließ ihn aufstöhnen; einige Herzschläge lang war sein linker Arm von der Wucht des Treffers wie betäubt. Der Fechter versuchte, einen Hieb um den Schild herum zu führen, doch sein Gegner wich mit einer seitlichen Drehung aus und verpasste ihm einen Tritt gegen das linke Knie. Kraftlos knickte das Bein unter Tikian weg, und er strauchelte. Mit dem Handrücken führte er einen verzweifelten Schlag gegen die Beine des Mohakriegers, doch sein Gegner war zu schnell. Die Klinge ritzte ihn nur leicht am Oberschenkel. Mit einem triumphierenden Schrei versetzte ihm der Wilde einen Tritt gegen die Brust. Dann riss er die Keule hoch.

Tikian versuchte, seinen Schild zu heben, doch ein weiterer Tritt riss ihm den Arm zur Seite. So also sah der Tod aus ... Die Augen des Waldmenschen leuchteten vor Blutgier. Sollte er nur kommen! Die Rechte des Söldners verkrampfte sich um den Griff seines schlanken Rapiers. Noch hatte er nicht verloren! Mit einem wuchtigen Hieb schlug er die hinabsausende Keule zur Seite, änderte die Schlagrichtung und versetzte dem Moha einen Stich dicht unter den Rippenbogen. Im selben Augenblick traf den Waldmenschen ein Pfeil in die Schulter. Unter einem Schmerzensschrei taumelte er zurück und starrte auf die blutige Waffe in Tikians Hand.

Mit einem Sprung war der Fechter wieder auf den Beinen. Vorsichtig trat auch er einen Schritt zurück. Der Moha hatte eine Hand auf die Wunde gepresst. Dunkles Blut sickerte zwischen seinen Fingern hindurch. Ohne den Blick von Tikian zu wenden, sank er langsam in die Knie.

»Wir sehen uns wieder ... kleiner Mann ...«

Der Söldner lächelte kalt. »Nicht in dieser Welt.« Hinter den Schild geduckt, bewegte er sich rückwärts auf die Ruinen zu. Am Rand der Lichtung hatten sich wenigstens hundert Waldmenschen eingefunden. Worauf sie wohl warteten? Sie griffen ihn nicht einmal mehr mit Wurfgeschossen an. Irgendetwas stimmte hier nicht!

Er erreichte die Magierin, die sich halb kriechend über die Leiber der Toten hinwegbewegte. Mit der Linken zog er sie hoch, doch er ließ dabei nicht die Waldmenschen aus den Augen. Was ging hier nur vor?

»Danke«, murmelte die Zauberin leise. Ihr Gesicht war aschfahl. Schweiß perlte von ihrer Stirn.

»Was ist geschehen?«

»Ein Stein hat mich am Knie getroffen. Ich kann das Bein nicht mehr anwinkeln.«

»Stütz dich auf mich. Ich bring dich zu den Ruinen. Dort wird sich jemand um dich kümmern.«

»Ich glaube nicht, dass wir dort gut aufgehoben sind ...«

»Warum?«

»Hast du die Totems im Busch gesehen? Dieser Ort ist *tabu*. Das ist der Grund, weswegen sie uns nicht angreifen.«

Tikian lachte leise. »Schön, dass diese Heidenbrut so abergläubisch ist! Dann sind wir ja in Sicherheit. Zumindest vorläufig.«

»Ich fürchte, das ist ein Irrtum. Du denkst doch nicht etwa, sie hätten uns ausgerechnet hier angegriffen, wenn wir ihnen so leicht entkommen könnten? Die Fährtensucher haben uns absichtlich hierhergebracht. Sie haben irgendeinen Plan.«

Der Söldner schüttelte den Kopf und musterte die halbnackten, bemalten Wilden am Rand der Lichtung. Sie sahen nicht so aus, als schmiedeten sie raffinierte Pläne, bevor sie sich in den Kampf stürzten. Die Mohas hatten sie aufgespürt und angegriffen, so wie ein Jaguar, der die Spur einer Beute aufnimmt. Ihnen mehr zuzutrauen, wäre lachhaft!

Elena lehnte mit dem Rücken gegen eine halb verfallene Mauer, die rechte Hand auf das verwundete Knie gelegt. Schon die leichteste Berührung verursachte einen unerträglichen Schmerz. Es kostete sie all ihre Kraft, sich auf den Heilzauber zu besinnen, den sie vor langen Jahren in der Akademie zu Rashdul gelernt hatte. Der Heilkunde hatte sie damals nur wenig Aufmerksamkeit geschenkt. Sie biss die Zähne zusammen und versuchte es noch einmal. Immer wieder murmelte sie leise die Worte des Zaubers und versuchte, im Geist eins zu werden mit der Wunde. Sie spürte, wie sich das Blut in der Schwellung staute, und sah die Splitter der zerschmetterten Kniescheibe, die die Wucht des Geschosses bis ins Kniegelenk gedrückt hatte. Die Macht des Zaubers ließ den Knochen wieder zusammenwachsen. Die Splitter fügten sich ineinander, und die Schwellung ging zurück. Zuletzt schwand auch der Schmerz.

Elena winkelte vorsichtig das Knie an. Sie spürte nur noch ein leichtes Prickeln. Es war überstanden! Mit einem Seufzer lehnte sie sich zurück und blickte zum Himmel. Die Mittagsstunde war noch nicht lange vorbei. Dunkle Wolken ballten sich zusammen. Bald würde es wieder regnen. Sie hasste dieses Land! Die drückende Hitze war unerträglich. Selbst der Regen brachte keine Erleichterung. Er war warm, und sobald sich die Wolken verzogen und das

Praiosgestirn wieder hervorkam, wurde es noch schlimmer als zuvor. Die Luft war dann so stickig, dass jeder Atemzug zur Qual wurde. Sie dachte an ihre Jugend, die sie in Rashdul und Fasar verbracht hatte. Die trockene Hitze der Wüste hatte ihr nichts ausgemacht, doch hier brauchte sie nur ein paar Schritte zu gehen, und schon war sie in Schweiß gebadet. Es schien ein Land für nackte Barbaren zu sein. Wenn sie hier lebend herauskam, würde sie am Ende des Gottesnamens ihren Soldvertrag nicht mehr verlängern. Was sie gesehen und erlebt hatte, reichte ihr! Mit ihren Talenten würde sie sich auch in freundlicheren Gegenden verkaufen können. Vielleicht im Bornland. Angeblich sollte dort viele Gottesnamen lang Schnee liegen, und die Handelsherren waren so reich wie nirgends sonst auf Dere. Das wäre ein guter Ort für eine Magierin! Und Schnee hatte sie auch noch nie gesehen.

Ein Schauer überlief Elena, und ihre Nackenhaare richteten sich auf. Unsicher blickte sie sich um. Irgendetwas stimmte nicht mit diesem Ort. Auf einigen der Steine hatte sie verwitterte Schriftzeichen erkennen können, die aus der Zeit der Echsenfürsten stammten. Dieser Platz war uralt, und Rastullah allein wusste, welche finsteren Taten hier einst verübt worden waren. Aus dem bröckelnden Mauerwerk war nicht mehr zu erkennen, welchem Zweck die Gebäude einmal gedient haben mochten. Vielleicht war es eine Grabstätte oder einer jener verfluchten Kultplätze gewesen, an denen die Echsenherrscher ihren blutgierigen Göttern einst Hunderte von Menschenopfern gebracht hatten. Vielleicht war es aber auch nur eine Plattform gewesen, von der aus die Weisen den Lauf der Sterne beobachtet hatten. Merkwürdig blieb allerdings, dass der Dschungel den kleinen Hügel nicht zurückerobert hatte. Die Lichtung, auf der die Ruine lag, hatte einen Durchmesser von vielleicht zweihundert Schritt und war mit verdorrtem Gras bewachsen.

Der Hügel selbst war nur drei oder vier Schritt hoch und ungefähr zwanzig Schritt lang. Er hatte die Gestalt eines lang gezogenen Ovals. Es war schwer zu sagen, wie die Gebäude einst ausgesehen haben mochten, die die Echsen hier errichtet hatten. Auf dem vorderen Teil des Hügels hatte sich kaum noch etwas von den Bauwerken erhalten. Die riesigen Steinquader waren wild durcheinandergewürfelt, so als hätte ein Erdbeben das Gebäude zerschmettert. Weiter hinten jedoch schien der Verfall nicht so stark; dort hatten sich sogar einige Zimmer vollständig erhalten.

Dumpfes Donnergrollen ertönte von Westen her, und ein warmer Wind fegte durch die Bäume. Dann fielen die ersten großen Regentropfen. Elena griff nach ihrem Zauberstab und sprang auf die Beine. Sie würde weiter hinten Schutz vor dem Regen suchen.

Noch bevor sie den ersten Gewölbebogen erreichte, war sie nass bis auf die Knochen. Elena fluchte. Nichts in diesem Land war wie gewohnt! Die Bäume wuchsen bis in den Himmel, und wenn es einmal zu regnen anfing, mochte man glauben, Rastullah hätte beschlossen, das ganze Menschengeschlecht zu ersäufen. So dicht fiel der Regen, dass man kaum noch den Rand der Lichtung erkennen konnte – und das Rauschen verschlang alle anderen Geräusche. Wenn die Mohas sie jetzt angreifen würden ... Elena schüttelte den Kopf, und das nasse Haar flog ihr um die Schultern. Nein, die Wilden würden sie nicht angreifen. Etwas hielt sie von diesem Ort fern. Sie würden einfach dort draußen sitzen und warten.

»Du bist ja wieder recht gut zu Fuß. Scheint dich ja doch nicht so schlimm erwischt zu haben.« Ein Schatten löste sich aus einer der Gewölbenischen. Es war der junge Krieger, der ihr das Leben gerettet hatte.

»Du verstehst dich auf das Fechten, und ich beherrsche andere Künste. Habe ich mich eigentlich schon bei dir bedankt?«

Der Söldner machte eine wegwerfende Geste. »Vergiss es! Sagen wir, du schuldest mir einen Gefallen.«

»Vielleicht ist es klüger, wenn du nicht allzu weit in die Zukunft denkst. Ich glaube, unsere Freunde dort draußen haben nicht vor, uns lebend gehen zu lassen.« Sie musterte Tikian unverhohlen. Er sah nicht schlecht aus, war schlank und muskulös. Sein Gesicht war hübsch geschnitten, und er hatte volle sinnliche Lippen. Dunkle Locken fielen ihm bis weit auf den Rücken hinab. Der Fechter grinste sie herausfordernd an. Er schien erraten zu haben, woran sie dachte.

»In den Liedern der Dichter ist es immer wesentlich romantischer, wenn ein junges Paar vor einem Sturm Zuflucht in einer Ruine sucht.«

Elena fröstelte. »Ob man ein Feuer machen kann?«

Der Söldner schüttelte den Kopf. »Vergiss es. Hier gibt es nichts außer Staub und Steinen. Ich wüsste allerdings noch eine andere Art, dich zu wärmen, wenn du ...«

Der rothaarige Bogenschütze und zwei andere Söldner stürmten an ihnen vorbei in das halb verfallene Gewölbe und schüttelten sich den Regen aus dem Haar.

»Verdammtes Sauwetter«, maulte Gion lautstark. »Diese Wilden müssen mit Fischen verwandt sein. Sie stehen immer noch am Rand der Lichtung. Der Regen scheint ihnen überhaupt nichts auszumachen.« Der Bogenschütze blickte von Tikian zu Elena und grinste. »Wir stören doch nicht etwa?«

»Nicht mehr als ein Stein im Schuh oder ein Wurm in einem Apfel, in den ich gerade herzhaft hineingebissen habe. Man könnte auch sagen, dass deine Anwesenheit mich ungefähr so beglückt wie ein ...«

»Vorsicht, mein Freund, treib es nicht zu weit!« Gions Finger spielten am Verschluss seines Köchers. »Ich könnte in Versuchung geraten, dein Wams mit Pfeilen zu spicken und dich dann ...«

»Es reicht, ihr beiden Hitzköpfe. Wenn ihr euer Mütchen kühlen wollt, dann versucht euch doch erst an den Wilden da draußen, bevor ihr euch hier gegenseitig die Köpfe einschlagt.« Elena schlang sich fröstelnd die Arme um den

Leib und ging ein wenig tiefer in das Gewölbe hinein. Es schmeichelte ihr, dass sich Tikian ihretwegen auf ein Duell einlassen würde. Gerüchten zufolge war er von Adel. Es wäre sicher amüsant, sich von ihm den Hof machen zu lassen ... Vorausgesetzt, sie kamen hier lebend heraus.

Draußen hatte das dumpfe Trommeln wieder eingesetzt. Es war ein langsamer, zermürbender Rhythmus. Elena rieb sich die Oberarme. Der Regen schien nachzulassen, doch es wurde nicht wärmer. Ob es an diesem seltsamen Gemäuer lag ... Hatte sich die Kälte zwischen diesen uralten Steinen eingenistet? Sie lachte leise. Welch ein Unsinn! Sie sollte lieber darüber nachdenken, was für Möglichkeiten es gab, dieses abergläubige Pack zu erschrecken. Mit Waffengewalt würden sie über die Wilden nicht triumphieren, aber vielleicht konnte sie die Mohas durch ein Irrbild oder einen anderen Zauber so erschrecken, dass sie das Weite suchten.

»He, Zauberin, sieh dir einmal an, was wir hier gefunden haben!« Der rothaarige Söldner und die anderen Krieger standen in einer dunklen Nische und blickten auf etwas am Boden.

»O nein, ich werde dort nicht hinuntersteigen«, ereiferte sich einer der Männer. Es war Olek, ein hünenhafter Andergaster, der mit einer riesigen Zweihandaxt bewaffnet war. »Bei allen Göttern! Wir sollten diesen verfluchten Ort verlassen! Riecht ihr denn nichts?«

»Was sollten wir denn riechen?«

»Der meint unsere Brabaker Freunde dort draußen.« Gion lachte boshaft. »Was mich angeht, ich habe diese Hasenherzen noch nie riechen können. So wie es aussieht, haben sich die Trottel einfach im Schlaf überraschen lassen. Sie haben es nicht besser verdient!«

»Ich rede nicht von den Leichen!«, grollte Olek. »Da ist noch etwas anderes ...«

Elena hatte die Männer inzwischen erreicht. Sie standen vor einem schmalen, halb mit Trümmern gefüllten Treppenschacht, der in die Tiefe führte.

»Was glaubst du, wo die Treppe endet?« Tikian hatte sich zu ihr umgedreht. »Meinst du, wir könnten auf diesem Weg entkommen?«

Die Magierin zuckte mit den Schultern. »Wer weiß? Vielleicht ist es nur der Zugang zu einem tiefer gelegenen Gewölbe.«

»Heißt es nicht, dass sich die Echsenfürsten in goldenen Katakomben haben begraben lassen?«, mischte sich Drustan ein, der zweite der beiden Söldner, die mit Gion gekommen waren, und ein gieriges Funkeln leuchtete in seinen grauen Augen.

Elena nickte. »Das erzählt man sich. Aber denk erst gar nicht daran, Gold aus einem Echsengrab zu stehlen. Diese Katakomben sind durch unzählige Fallen gesichert. Ganz zu schweigen von den Flüchen, mit denen die Sskhrsechim die Grüfte gesichert haben, bevor sie versiegelt wurden. Glaub mir, Drustan, es wäre nicht klug, nach Echsengold die Finger auszustrecken. Aber vielleicht finden wir dort unten ja einen geheimen Gang, der irgendwo im Dschungel endet ...«

»Ich setze keinen Fuß auf diese Treppe!« Olek wich einen Schritt zurück und hielt schützend die Axt erhoben. »Ihr seid wahnsinnig, wenn ihr dort hinuntergeht!« Seine Augen waren vor Entsetzen geweitet, und seine Stimme steigerte sich zu einem ängstlichen Kreischen. »Ich gehe dort nicht hinein ...«

»Gibt es noch jemanden, der lieber hier oben bleiben möchte?« Tikian blickte herausfordernd in die Runde.

»Wir haben keine Fackeln«, wandte Gion ein. »Wir werden uns den Hals brechen, wenn wir im Finstern dort hinunterklettern.«

»Mach dir darum keine Sorgen.« Elena strich über den Kristall am Ende ihres Stabes, und kleine, gelbe Flammen spielten um den Stein. »Das ist besser als jede Fackel, denn kein Luftzug kann dieses Feuer verlöschen lassen.« Das Abenteuer reizte sie, und welche Wahl blieb ihnen schon ...

Wenn sich die Mohas dort draußen zu einem Angriff entschließen sollten, dann bestand keine Aussicht, ihnen lebend zu entkommen. Aber hier unten würden sie womöglich ein Versteck oder einen Fluchtweg finden.

Gion leckte sich verstört mit der Zunge über die Lippen. Die Magierin hatte den Eindruck, er sei ein wenig blasser geworden. Tikian und Drustan hingegen schien die kleine magische Spielerei mit dem Flammenzauber nicht zu überraschen. Vielleicht hatten die beiden schon öfter mit Magiebegabten zusammen gefochten und wussten, dass es keine große Kunst war, einen Zauberstab in eine sich niemals verzehrende Fackel zu verwandeln.

»Nun, wer von euch Helden kommt mit?« Elena lächelte herausfordernd. Sie genoss es, die Männer in Verlegenheit zu bringen und sich als harte und unerschrockene Söldnerin zu geben.

»Ich fürchte mich nicht vor irgendwelchen muffigen Katakomben.« Tikian zog sein Rapier und trat neben die Treppe. »Und wie steht es mit euch?«

»Ich schlage mich auch lieber mit ein paar Ratten und Fledermäusen herum als mit einem ganzen Stamm blutdurstiger Kopfjäger.« Drustan schnallte seinen Rundschild vom Rücken und ließ ihn über den linken Arm gleiten. Dann zog auch er seine Waffe.

»Jetzt, da wir Licht haben, gibt es wohl keine Ausflüchte mehr«, murmelte Gion und wandte sich zu dem Axtkämpfer um. »Geh zu Moron und sag ihm, wo wir sind. Falls wir bis zum Einbruch der Dunkelheit nicht wieder zurückkehren, solltet ihr darüber nachdenken, wie man diese Treppe verbarrikadieren kann.«

Tikians Mund war staubtrocken. Es war keine gute Idee gewesen, in dieses götterverlassene Rattenloch hinabzusteigen. Die Treppe hatte zu einem hohen Gang geführt, dessen Wände mit scheußlichen Reliefs verziert waren. Er hatte sich alle Mühe gegeben, die steinernen Bilder nicht zu betrachten, die im unsteten Licht der Flamme eigentümlich lebendig erschienen. Es waren Szenen, die grässlich aufgedunsene Echsenwesen zeigten, wie sie an ihren Altären unaussprechlichen Gottheiten opferten und dämonische Wesenheiten heraufbeschworen.

Die Magierin hatte diese Bilder mit großer Neugier betrachtet. Was mochte sie nur für ein Mensch sein, dass der Schrecken dieser uralten Reliefs sie kalt ließ? Zum ersten Mal, seit er sie kannte, fragte der Söldner sich, welchen Pfad Elena wohl eingeschlagen hatte, und insgeheim war er sich sicher, dass sie nicht den Weg des Lichtes ging. Es gab Gerüchte, dass sie die arkanen Künste an einer der Akademien des Kalifats erlernt hatte und dass sie niemals einen Tempel der Zwölfgötter betrat. Vielleicht betete sie ja zu Rastullah, dem Götzen, dem sich die ketzerischen Wüstenstämme verschrieben hatten, oder sie diente gar einem der Erzdämonen aus den Niederhöllen.

Verstohlen blickte er auf ihre Hände. Man sagte, dass Dämonendiener ihren Herren einen Finger oder ein anderes Körperglied opfern mussten. Doch Elenas Finger waren makellos. Sie war eine überaus schöne Frau, und Tikian hatte schon mehrfach versucht, mit ihr ins Gespräch zu kommen, doch hatte sie stets kühl und abweisend geantwortet. Was sie wohl dazu bewogen haben mochte, in einer Söldnertruppe Dienst zu tun? Sie war schlank und feingliedrig und schien so gar nicht zu den rauen Kriegerinnen und Kriegern zu passen, die sich um Galahans Banner gesammelt hatten. Dennoch wurde sie von allen anerkannt. Einige hatten sogar regelrecht Angst vor ihr, und es gab etliche Gerüchte, die sich um sie rankten. So sollte sie in Chorhop zwei als kaltblütig und völlig skrupellos bekannte Sklavenjäger dazu gebracht haben, in heller Aufregung das Weite zu suchen, nur indem sie ihre Faust hob und ihnen eine Verwünschung entgegenrief. Auch behauptete Larissan, ein Armbrustschütze aus Galahads Söldnertruppe, sie habe ihm einmal für zwei Wochen so schreckliche Albträume angehext, dass er keine Nacht mehr ruhig schlafen konnte. Tikian schenkte diesen Geschichten keinen Glauben. Sie passten nicht zu Elena. Ihr blasses, schmales Gesicht wirkte auf ihn gleichermaßen unschuldig wie unnahbar.

Ob er sie mit seiner *Heldentat* wohl beeindruckt hatte? Gion hatte schon recht gehabt, es war blanker Wahnsinn gewesen, als er aus der Deckung gestürmt war, um sie vor den beiden Mohas zu retten. Und doch ... Der Fechter lächelte. Dies war nicht der Ort, sich als Galan aufzuspielen. Wenn sie in Kuslik oder Grangor wären, dann würde er ihr gewiss nach allen Regeln der Kunst den Hof machen, aber hier ...

Tikian blickte sich um. Die Treppe hatte zu einem abschüssigen Gang geführt, der in eine Grotte mündete, die tief unter dem Wald liegen musste. Es war hier so kalt, dass ihm der Atem in kleinen weißen Wolken vor dem Mund stand, und die Decke wölbte sich so hoch, dass das Licht des Zauberstabes nicht reichte, um sie aus der Finsternis zu reißen. Seltsame Bänder aus Metall liefen über den Boden und die Wände der Höhle. Sie formten vielzackige Sterne oder eigenartige Kurven. Ihm wurde schwindelig, wenn er versuchte, die Muster zu erfassen, zu denen sich die ehernen Linien fügten.

Elena hingegen schien wie in einem Rausch gefangen. Ihr machte die Grotte offenbar keine Angst, und sie führte die Söldner immer tiefer in die Finsternis. Jeder ihrer Schritte brach sich in dutzendfachem Echo an den unsichtbaren Wänden, die irgendwo jenseits des Walles aus Dunkelheit lagen.

Tikian blickte zu den beiden anderen Kriegern. Auch sie waren längst bereit, dieses Abenteuer zu beenden. Es war nur zu offensichtlich, dass die unheimliche Höhle keine Rettung versprach. Nur die Magierin wollte immer weiter.

»Wir sind hier unten nicht allein«, flüsterte Drustan leise, als Elena erneut stehengeblieben war, um eines der metallenen Zeichen auf dem Boden näher zu betrachten.

»Red keinen Unsinn«, zischte Tikian gereizt. »Wer sollte hier schon sein?«

»Jemand mit verdammt großen Füßen. Siehst du nicht die Spuren da vorne im Staub?« Der Tobrier zeigte mit dem Schwert auf einen der metallenen Zacken ein wenig seitlich von ihnen, wo sich Spuren von großen, nackten Füßen im Staub abmalten.

»Glaubst du, einer der Mohas ist uns nach hier unten gefolgt?«

Drustan zuckte mit den Schultern. »Ich weiß nicht. Mir ist auch ganz gleich, ob die Spuren von einem Moha oder von einem plattfüßigen Bornländer stammen. Ich möchte niemandem begegnen, der freiwillig hier herunterkommt.«

»Elena!« Das Echo der Höhle warf Tikians Ruf als ein spöttisches »Na, na, na ...« zurück.

Die Magierin zuckte zusammen und fuhr zu ihm herum. »Wir sollten hier unten ein wenig leiser sein«, zischte sie.

»Lass uns gehen, wir haben genug gesehen. Das hier ist kein Ort für götterfürchtige Sterbliche.«

»Was weißt denn du schon davon, Fechter? In dieser Grotte haben einst Magier die Grenzen zwischen den Sphären niedergerissen. Die Zeichen auf dem Boden sind Dämonenzirkel und Bannkreise. Die Echsen haben die Namen dieser Geschöpfe in Erz gegossen. Weißt du, was es bedeutet, diese Schriftzeichen zu entziffern? Wer den wahren Namen eines Dämons kennt, der kann ihn zu jedem Dienst zwingen!«

»Wir sind hier unten nicht allein. Drustan hat Spuren entdeckt.« Wie konnte sie an einem solchen Ort nur von Dämonen sprechen? Und was kümmerten sie die Namen dieser götterverfluchten Kreaturen? Stimmten die Gerüchte um sie am Ende gar? Hatte sie sich wirklich den Kräften der Finsternis verschrieben?

»Wo sollen diese Spuren denn sein?« Ihr Ton klang herablassend.

Stumm zeigte Tikian mit seinem Rapier in Richtung der Fußabdrücke. Innerlich schäumte er vor Wut. Was fiel ihr ein, ihn wie ein verängstigtes Kind zu behandeln!

Elena beugte sich mit ihrem Zauberstab über die Spuren. »Das könnte ein Schamane der Mohas gewesen sein«, murmelte sie halblaut. »Bestimmt sind die Spuren schon sehr alt.«

»Das glaube ich nicht«, flüsterte Drustan. »Da vorne steht nämlich jemand.« Am Rande des Lichtkreises, den die magische Fackel warf, war der Schattenriss einer großen, hageren Gestalt zu erkennen. Offenbar ein Moha. Bis auf eine zwei Finger breite Haarbürste, die sich längs über seinen Kopf zog, hatte der Mann den Schädel kahl geschoren.

Obwohl Tikian den Moha kaum erkennen konnte, empfand er eine Angst vor ihm, die er sich nicht erklären konnte. Ohne dass er es hätte näher benennen können, haftete der Gestalt etwas Fremdartiges, ja Unmenschliches an. Er konnte sich nicht erinnern, ihn unter den Kriegern am Rand der Lichtung gesehen zu haben. Er musste schon hier in der Grotte gewesen sein, bevor sie die Lichtung betreten hatten.

»Wer bist du?« In der Stimme der Magierin schwang ein leichtes Zittern.

Statt einer Antwort drehte sich die Gestalt zu ihnen herum, dabei bewegte sie den Kopf in kurzen, ruckartigen Bewegungen, so wie ein Tier, das Witterung aufnimmt.

»Bleib stehen!« Gion hatte den Bogen erhoben und die Sehne bis hinter sein rechtes Ohr durchgezogen.

Wie zur Abwehr hob die Gestalt die Arme. Die Hände waren zu Krallen verkrampft, und die Augen leuchteten wie die von Katzen in der Dunkelheit.

»Bei den Illuminierten des Himmlischen Richters, was ist das?«, flüsterte Drustan und hob Schwert und Schild, um sich dem Geschöpf entgegenzustellen. Gions Pfeil schnellte von der Sehne. Mit einem dumpfen Geräusch drang das Geschoss der Kreatur tief in die Brust. Die Wucht des Treffers ließ das Wesen schwanken, doch dann fing es sich wieder, und als fühlte es nicht den geringsten Schmerz, brach es mit der Rechten den Schaft des Pfeils ab.

Tikian schluckte. Wäre er nur oben in den Ruinen geblieben und nicht der neugierigen Magierin gefolgt! Eine Welle süßlichen Verwesungsgeruchs schlug ihnen entgegen. »Schnappen wir ihn uns! Du von rechts, ich von links?« Drustan nickte stumm. Die beiden Männer trennten sich und schlugen jeweils einen Bogen, um die Kreatur von den Seiten her anzugreifen.

Der Moha folgte ihrer Bewegung mit Blicken und machte dann plötzlich einen Satz in Drustans Richtung. Der Schwertkämpfer versuchte, sich mit einem Schritt zurück in Sicherheit zu bringen, doch sein Gegner bewegte sich mit unglaublicher Geschwindigkeit. Eine der Krallenhände schnellte vor und traf ihn mitten auf der Brust. Die Wucht des Schlages riss Drustan von den Beinen und schleuderte ihn einige Schritt nach hinten, wo er reglos liegen blieb.

Tikian konnte im zitternden Licht der Fackel die Brustplatte des Söldners sehen. In dem gewölbten Stahl zeichnete sich eine tiefe Delle ab, ganz so, als sei Drustan nicht von einer nackten Faust, sondern von einem Kriegshammer oder einem Morgenstern getroffen worden.

Im nächsten Augenblick traf den Moha ein zweiter Pfeil. Das Geschoss schlug ihm durch den Hals und fiel irgendwo in der Finsternis klappernd auf den Boden. Die Kreatur taumelte nur kurz, dann drehte sie sich um, als sei nichts gewesen. Ihr Blick ruhte jetzt auf Tikian, der zum ersten Mal die Augen dieses Ungeheuers richtig erkennen konnte. In den rot entzündeten Augenhöhlen wucherte ein gelb leuchtendes Gespinst, das ihn an ein Pilzgeflecht erinnerte. Den Mund hatte das Wesen zu einem sardonischen Lächeln verzogen, sodass die braunen Zahnruinen hinter den Lippen sichtbar waren. Seine Haut schien rissig und so trocken wie Pergament. Ein Toter, der sich wieder aus seinem Grab erhoben hatte, hätte nicht grausiger aussehen können.

Dort, wo der Pfeil durch den Hals des Ungetüms geschlagen war, bewegte sich das verwundete Fleisch zitternd, als säße ein Nest sich windender Würmer unter der Haut, und wie durch Zauberei begann sich die Verletzung von den Wundrändern her wieder zu schließen. Die Krallenhände zum Schlag erhoben, bewegte sich die Kreatur auf Tikian zu.

Der Söldner streckte die Linke mit dem Parierdolch vor und hob die Rechte mit dem Rapier, bis der Korb der Waffe fast seine Wange berührte. Auf diese Weise konnte er mit einem Ausfallschritt einen schnellen und tödlichen Stich platzieren.

»Halt ihn noch etwas hin«, ertönte hinter ihm die Stimme der Zauberin. »Ich werde versuchen, ihn durch einen Bannspruch zu vertreiben.«

»Was, zum Henker, ist das für eine Kreatur?«

»Ich glaube nicht, dass du das wirklich wissen willst. Stör mich jetzt nicht mehr, ich brauche Ruhe.«

Halt ihn noch etwas hin. Tikian schnaubte verächtlich. Was dachte sich Elena eigentlich? Wie hielt man einen Gegner hin, der offenbar keinen Schmerz empfand und dessen Wunden sich sofort wieder schlossen? Der Söldner machte einen Satz zur Seite und wich dem ersten Angriff der Kreatur aus. Mit einer Drehung war er dicht neben das Ungetüm gelangt und stieß ihm den Parierdolch unter die linke Achsel, sodass die Klinge ihm genau ins Herz fahren musste. Doch als hätte das Geschöpf den Treffer nicht einmal bemerkt, trat es zwei Schritte nach vorne und riss Tikian den Dolch aus der Hand.

Leise fluchend machte der Söldner einen Satz nach hinten, um den Abstand zu seinem unheimlichen Gegner ein wenig zu vergrößern. Es war offenbar gleichgültig, wie viele Male er traf. Dieses Wesen schien durch Waffengewalt nicht zu bezwingen zu sein, und damit würde er den Zweikampf nicht gewinnen können.

Das Ungeheuer hatte sich jetzt wieder umgedreht. Als wolle es Witterung aufnehmen, hielt es den Kopf vorgestreckt und schnupperte wie ein Jagdhund. Ob die Kreatur wohl blind war? Tikian schob sich einige Schritte zur Seite und versuchte, in weitem Bogen in den Rücken seines Gegners zu gelangen. Mit ein wenig Verzögerung folgte dieser seiner Bewegung und machte dann einen Sprung in seine Richtung, die Krallenhände nach seiner Kehle ausgestreckt.

Tikian verpasste der Kreatur einen klaffenden Schnitt über der Brust. Mit der Wucht eines Keulenhiebes zischte eine der Krallen dicht am Kopf des Söldners vorbei. Tikian nutzte die Gelegenheit, unterlief die Deckung und versetzte dem Ungeheuer einen Stoß mit der Schulter, doch es taumelte nicht einmal. Eine überlange, speicheltriefende Zunge fuhr aus dem Maul des Monstrums und strich Tikian über das Gesicht. Mit einem Schrei des Ekels prallte der Söldner zurück. Die Kreatur jedoch setzte ihm sofort nach. Mit der linken Hand täuschte sie einen Schlag an, unter dem sich Tikian hinwegduckte. Aus dem Schwung der Bewegung heraus versetzte sie ihm einen Tritt in die Brust, der ihn von den Beinen riss. In der vollkommenen Stille, in der sich der Kampf abspielte, war deutlich ein trockenes Knacken zu hören. Der Treffer presste Tikian alle Luft aus den Lungen, und er war so benommen, dass er kaum spürte, wie er auf den Boden schlug. Ein stechender Schmerz griff nach seinem Herzen, und er wusste, dass er wenigstens eine Rippe gebrochen haben musste. Stöhnend versuchte er, wieder auf die Beine zu kommen, als die Kreatur sich mit drohend erhobenen Klauen über ihn beugte. Tikian richtete sein Rapier auf, sodass sich die schlanke Klinge tief in den Leib des Ungeheuers bohrte, als es sich zu ihm herabbeugte. Die Krallenhand traf ihn an der Schulter. Verschwommen konnte er sehen, wie sich Gion von hinten auf das Monstrum warf, um es von ihm abzulenken.

Grelle Lichter schienen durch die Dunkelheit des Gewölbes zu tanzen, und das Letzte, was Tikian sah, bevor ihm die Sinne schwanden, war, wie das triumphierende Lächeln der Kreatur ungläubigem Staunen wich.

Etwas Bleiernes hatte nach seinen Beinen gegriffen und zog ihn zurück, dorthin, wo die Schmerzen lauerten. Ein heftiges Pochen wütete in seiner Brust, als säße darin eine Flussechse, die wild mit ihrem Schwanz um sich schlug.

Irgendwo in der Finsternis ertönten Stimmen. Takate versuchte, die Augen zu öffnen, doch es war, als hätte man ihm gleich einem Schrumpfkopf die Lider vernäht. So war er in der Finsternis gefangen.

»Du hättest ihm nicht helfen dürfen.« Der Krieger erkannte die heisere Stimme des Schamanen, der irgendwo hinter ihm stehen musste. »Sein Nipakau war erschöpft, und sein Tapam hatte ihn verlassen. Es ist nicht gut, ein Tapam in einen Körper zurückzurufen, der schon tot war.«

»Aber er lebt doch! Siehst du nicht, dass seine Brust sich hebt und senkt? Er stand an der Schwelle des Todes, und ich schlug die dunkle Pforte zu Borons Reich zu und holte ihn zurück. Er braucht noch zwei oder drei Tage, dann wird er sich wieder erholt haben.«

»Nein, nein. Du bist ein guter Mann, Kraban, und doch bist du nicht anders als die anderen Nene-Nibunga, die in den großen Wald kommen. Ihr werdet niemals unser Leben begreifen. Du magst seinen Körper geheilt haben, indem du durch deine Zauberkraft einen neuen Nipakau beschworen hast und auch Takates Tapam zurückrufen konntest, doch kannst auch du den Lebensfaden, den die Geisterspinne für Takate gewoben hat und der zerrissen ist, als das Tapam aus dem Körper des Kriegers wich, nicht heilen. Er wird für immer ein Toter bleiben, und sein Tapam wird in seinem Körper verrotten. Seine Sippe wird ihn verstoßen, denn auch wenn er dir gesund erscheinen mag, so ist sein Tapam doch krank, weil es durch deine Magie und nicht durch den Lebensfaden an seinen Körper gebunden wird. Ein auf solche Art gefangener Tapam aber wird zu einem Satuul, einem Wesen von unsäglicher Bosheit.«

Namenloses Entsetzen erfüllte Takate, als er die Worte des Schamanen vernahm. Er wollte schreien und seinen

Schmerz und seine Wut hinausrufen in den Wald, doch seine Lippen blieben versiegelt. Was hatte dieser blasshäutige Schamane ihm mit seinem Zauber angetan! Sein Leben war zerstört. Er war zu Einsamkeit und Verderbnis verdammt. Ein von allen gemiedener Wanderer auf einem Pfad, der ihn unerbittlich immer weiter von allem fortbringen würde, was er liebte!

»Heißt das, dass du Takate töten willst, um ihn zu retten?«

»Nein. Ihn zu töten, hieße, den Satuul, der nun in ihm wohnt und immer weiter wachsen wird, freizulassen. Der böse Geist aber würde sich nun, da er einmal gerufen ist, ein neues Opfer suchen. Es ist besser, wenn der Satuul in Takate lebt, denn dort kann ich ihn gefangen setzen. Er wird das Spinnen-Luloa tragen.«

»Das Spinnen-Luloa? Was ist das?«

»Ich werde ein Bild auf seine Haut malen mit einer Farbe, die niemals vergehen wird. Eine weiße Spinne, die unter seinem Kinn kauert und deren lange Beine über seine Wangen hinauf bis zu den Augen reichen. Die Zauberkraft der Geisterspinne Takehe wird in diesem Bild wohnen, und wenn die Zeit gekommen ist, dann wird sie zum Leben erwachen und den Satuul töten, den du heraufbeschworen hast, Blasshaut. Für dich wäre es besser, wenn du uns verlässt. Wenn Takate erwacht und begreift, was du ihm angetan hast, dann mag es sein, dass er den Wunsch verspürt, dich zu töten.«

»Ich werde darüber nachdenken, Hiye-Haja.«

»Auf dass dein Denken nicht deinen Taten im Wege stehen möge, Kraban. Ich weiß, wie viel du für uns getan hast, und wünsche deinen Tod nicht, doch sehe ich einen Schatten über dir liegen, der dich verschlingen wird, wenn du länger an diesem Ort verweilst.«

Bleibe, und dein Kopf wird an meinem Gürtel hängen, du verfluchte Blasshaut, dachte Takate und versuchte, sich auf seinem Lager aufzurichten, doch sein Körper gehorchte ihm nicht. War es Schwäche oder war es wirklich so, dass sein eigener Körper ihm fremd geworden war? Er konnte sich deutlich an seine Kindheit erinnern, an jene glücklichen Tage, als er durch den großen Wald gelaufen war und all die Wunder bestaunte, die Kamaluq, der göttliche Jaguar, erschaffen hatte. Voller Stolz dachte er an jenen Nachmittag zur Zeit der fallenden Wasser, als er ganz allein durch den Wald geschlichen war und seine erste Kopftrophäe genommen hatte. An diesem Tag war er zum Mann und Krieger geworden. Er war der jüngste Krieger seiner Sippe gewesen, und der Schamane hatte in der Nacht seinen Namen zum ersten Mal vor den anderen Kriegern der Sippe genannt – Takate, dessen Hand immer blutig ist, denn die Tapams der Ahnen hatten Hiye-Haja geweissagt, dass der junge Krieger viele Blasshäute töten und sein Name auf immer in den Tayas, den Legenden seiner Sippe, weiterleben würde.

Etwas Klebriges strich über Takates Hals, und er spürte, wie sich in seinem Inneren eine fremde Kraft voller Wut aufbäumte.

»Ich weiß, dass du mich hören kannst, Takate, oder was immer nun Besitz von diesem Körper ergriffen haben mag«, erklang die Stimme des Schamanen. »Ich warne dich! Das Bild der Spinne, das ich nun male, ist voller Zauberkraft, und wenn du dich gegen die Deinen wendest, so wird es dich töten. Es liegt bei dir, ob das Unleben in dir so lange wie der Flug eines Blütenvogels währt oder ob du so alt wirst wie die Schuppenhäute, die ihr Haus mit sich tragen. Gehe in das große Steindorf der Tapamfresser und bring das Unglück, das dir wie ein Schatten folgen wird, zu ihnen ...«

Fassungslos starrte Gion auf den fünfzackigen Stern, den Elena auf den staubigen Boden der Grotte gezeichnet hatte. Inmitten des Pentagramms lag ein rauchender Haufen roten Schleims zusammen mit Tikians schimmerndem Parierdolch. Das war alles, was von der unheimlichen Kreatur übrig geblieben war. Wie mit unsichtbaren Ketten war das Wesen zu dem Bannzirkel hingezogen worden, gerade als es sich über Tikian beugen wollte, um den jungen Fechter zu töten.

Gion mochte kaum glauben, dass die kleine, zarte Magierin solche Macht besaß. Elena wirkte erschöpft. Sie war bleich und zitterte am ganzen Körper. Kurz überlegte er, ob er zu ihr herübergehen und sie in den Arm nehmen sollte, bis sie sich wieder beruhigt hatte, doch dann dachte er an die Geschichten, die man sich über ihre Unnahbarkeit erzählte, und verwarf den Gedanken wieder.

Stattdessen wandte er sich Tikian zu, der zusammengekrümmt im Staub lag. Sein weißes Leinenhemd war an der Schulter zerrissen, und fünf blutige Striemen zogen sich über seine helle Haut. Gion legte ihm die Hand auf die Brust, um zu fühlen, ob sein Herz noch schlug oder ob sein Freund zu Boron gegangen war. Tikians Brust hob und senkte sich kaum merklich unter seinen flachen Atemzügen. Wie schwer er wohl verletzt war?

Gion blickte zu Drustan. Der Schwertkämpfer lag ein paar Schritte entfernt am Boden. Ein dünner Faden Blut lief über seine Wange. Die Zauberin schnallte ihm den verbeulten Brustpanzer ab. Sie sah Gion an und schüttelte den Kopf.

Er ballte die Hände zu Fäusten. Ihre verfluchte Neugier war schuld daran, dass die beiden Krieger in diesen Kampf hineingezogen worden waren. Wären sie nur niemals hier heruntergestiegen!

Elena stand auf und kam zu ihm herüber. Der Bogenschütze mied es, ihr in die Augen zu sehen. Vielleicht konnte sie seine Gedanken lesen. Verfluchte Dämonenbraut!

»Der Schlag hat ihm das Brustbein zerschmettert. Mindestens eine seiner Rippen hat sich in die Lunge gebohrt. Ich glaube nicht, dass ihm noch zu helfen ist. Er wird vor Morgengrauen sterben. Vielleicht kann ich ihm einen Schlaftrunk geben, dann wird er nicht mehr zu Bewusstsein kommen und keine Schmerzen haben.« Sie sprach leise, so als hätte sie Sorge, der Verletzte könne sie hören. Oder fürchtete sie etwa, dass es noch weitere dieser dämonischen Kreaturen in der unheimlichen Höhle gab? »Wie geht es Tikian?«

Gion zuckte mit den Schultern. »Ich bin kein Heiler. Er lebt. Mehr kann ich dir nicht sagen.«

»Lass mich sehen, wie schwer er verletzt ist.« Sie schob Gion zur Seite. »Ich schulde Tikian mein Leben.«

Und du hast es ihm schlecht vergolten, dachte Gion. Hätte er dich doch dem Moha überlassen! Dann würde er jetzt nicht hier liegen und womöglich sterben. Misstrauisch beobachtete der Söldner, wie die Magierin Tikian das Hemd öffnete und ihre langen Finger über die Brust des Verletzten tasteten.

Dicht unter dem Herzen war eine große dunkelrote Prellung zu sehen, die sich an einigen Stellen schon blau zu verfärben begann.

»Der Yaq-Hai hat auch ihm zwei Rippen gebrochen, doch ich glaube, ich kann ihm helfen.« Sie strich sanft über die Prellung und hielt mit der Rechten über seinem Herzen inne. Dann begann sie eine unverständliche Zauberformel zu murmeln.

Eine Ewigkeit schien zu vergehen, bis sie schließlich mit einem leichten Seufzer die Hand zurückzog. Die Verfärbung auf Tikians Brust war verschwunden, und sein Atem ging nun regelmäßiger.

»Kannst du ihn tragen?« Elena blickte zu Gion auf.

Der Bogenschütze nickte. »Was ist mit Drustan? Willst du ihn hier einfach liegen lassen?« Seine Stimme klang schroffer, als er es gewollt hatte.

Die Magierin runzelte die Stirn, und einen Atemzug lang stand ein zorniges Funkeln in ihren Augen. Dann hatte sie sich wieder in der Gewalt. »Ich bleibe hier unten und wache an seiner Seite. Wirst du wiederkommen, um auch ihn nach oben zu tragen?«

»Natürlich komme ich zurück! Was denkst du eigentlich ...« Gion biss sich auf die Lippen. Es fehlte noch, dass sie jetzt auch untereinander stritten. Draußen warteten hundert oder mehr Mohas auf sie, und Praios allein mochte wissen, welche Ungeheuer sich hier in der Finsternis noch verbargen. »Danke, dass du ihm geholfen hast.«

Gion kniete nieder und nahm Tikian vorsichtig auf die Arme. Er wog nicht sehr schwer, der junge Fechter. Wie alle anderen hatten auch ihn die Anstrengungen des Dschungelkrieges abmagern lassen.

»Kennt ihr euch schon lange?«

Der Bogenschütze schüttelte den Kopf. »Ich hab ihn in Chorhop getroffen, oder besser gesagt, er hat mich getroffen. Ich hatte gerade eine handfeste Auseinandersetzung mit einigen Seeleuten, und die hätten mir gewiss den Schädel eingeschlagen, wenn er mir nicht zur Hilfe geeilt wäre.« Gion schüttelte den Kopf. »Er hatte mich noch nie zuvor gesehen. Er mischte sich nur ein, weil er es ungerecht fand, dass vier gegen einen kämpften. Du musst wissen, er steckt voller verquerer ritterlicher Vorbilder. Hier unter uns Söldnern ist er nicht gut aufgehoben. Eines Tages wird er sich mit diesem Unsinn um Kopf und Kragen bringen, so wie ...« Gion räusperte sich verlegen und blickte zur Seite. Er hatte die Magierin nicht beleidigen wollen.

»... so wie vorhin, als er seine Deckung verlassen hat, um mir das Leben zu retten, wolltest du wohl sagen.« Sie lächelte. »Ich glaube, ich habe für Männer mit ritterlichen Vorbildern einiges übrig.«

Gion erhob sich und musterte Elena nachdenklich. Eins hatte sie gewiss mit Tikian gemeinsam – auch sie schien nicht in einen Söldnerhaufen zu passen. Sie trug einen dünnen, fleckigen Lederumhang und ein Hemd, das nach Art der Tulamiden geschnitten war und weite, faltige Ärmel hatte. Dazu eine kleine, buntbestickte Weste, die ihr nur bis zum Rippenbogen reichte, und eine enge schwarze Hose aus grobem Tuch. Wie fast alle aus der Söldnertruppe, lief sie in hohen Stulpenstiefeln. Um die Hüften war ein breiter Gürtel geschlungen, an dem ein kleines Messer und allerlei Lederbeutel hingen. Quer über Brust und Schulter lief eine mit Gold bestickte Schärpe, an der ein Degen hing. Gion schüttelte den Kopf. Im Kampf gegen die Mohas, die draußen auf sie lauerten, würde ihr diese Waffe nicht viel nützen. Ein Keulenschlag mochte reichen, um die schmale Klinge zerbrechen zu lassen.

Er blickte zu dem blutroten Schleim inmitten des Pentagramms. »Was wird geschehen, wenn noch mehr von diesen Kreaturen hier unten lauern?«

Elena lächelte kühl. »Dann werden wir sterben.«

Hiye-Haja blickte auf die Knochen, die vor ihm auf dem Boden lagen. Dreimal hatte er sie geworfen, und dreimal hatten sie ihm dieselbe Antwort gegeben. Ein Geisterrufer würde heute sterben. Er schnaubte. Es hatte keinen Sinn, vor dem Orakel davonzulaufen. Gleichgültig wie er entscheiden würde, der Spruch war unumstößlich. Einen Augenblick lang verharrte seine Hand zitternd über den Knochen. Sollte er das Orakel noch einmal befragen? Nein! Es war sinnlos. Er war kein Feigling. Stolz warf er den Kopf in den Nacken und sah zum Himmel. Noch war die rote Kugel des Praiosgestirns hinter den Bäumen verborgen, doch der Abglanz ihres Lichtes fiel bereits auf den Hügel inmitten der Lichtung. Die sprechenden Steine schimmerten, als wären sie in Blut getaucht worden. Es war ein guter Tag zum Sterben. Seine Ahnen würden ihn freundlich empfangen. Er hatte die Keke-Wanaq zu einem großen Sieg geführt, und sein Name würde in den Tayas seiner Sippe weiterleben.

Vorsichtig strich er die kleinen Knochen zusammen und verstaute sie wieder in dem Lederbeutel an seinem Gürtel. Er war aus der Rückenhaut eines mutigen Mannes gefertigt. Hiye-Haja erinnerte sich an den jungen Krieger mit dem sonnengelben Haar und den himmelblauen Augen. Er hatte keine Angst gehabt. Als er ihn getötet hatte, hatte der Krieger ihm unverwandt in die Augen gesehen. Man traf nur selten unter den Blasshäuten so tapfere Männer an. Die auf dem Hügel hatten diese Nacht gequietscht wie die Schweine, als der Tod zu ihnen gekommen war. Ihre Schreie waren bis weit in den Dschungel hinein zu hören gewesen.

Es war nun seine Aufgabe, dort hinüberzugehen und den Toten die Köpfe zu nehmen, damit er ihre Tapams an sie binden konnte und ihre Geister nicht auf der Suche nach Rache durch den Dschungel streiften. Außer ihm würde es niemand wagen, die Ruinen zu betreten, denn alle Krieger wussten, dass dort ein Yaq-Hai sein Unwesen trieb.

Hiye-Haja zog die Schnur um den Lederbeutel zusammen und griff nach der Knochenkeule, die neben ihm auf dem Boden lag. Es gab keinen Grund, den Aufbruch noch weiter hinauszuschieben. Es war an der Zeit zu gehen.

»Willst du zu den Ruinen?« Kraban hatte sich von einem der Lagerfeuer erhoben und klopfte seine kleine weiße Pfeife an der Gürtelschnalle aus. »Hast du etwas dagegen, wenn ich dich begleite?«

»Es könnte vielleicht gefährlich werden. Du hast gehört, wie es den Blasshäuten in der Nacht ergangen ist.«

Der Magier zuckte mit den Schultern. »Was ist schon ungefährlich im Leben?«

»Wie du meinst. Du solltest ohnehin daran denken, bald unser Lager zu verlassen. Es wird nicht mehr lange dauern, bis Takate wieder aus seiner Starre erwacht – und wenn er begreift, was mit ihm geschehen ist, solltest du besser weit fort sein.«

»Das sagtest du schon.« Der Weiße zog eine mürrische Grimasse und griff nach dem Stab, den er stets mit sich trug. »Wollen wir jetzt gehen?«

Gion fröstelte. Schon seit Stunden harrte er lang ausgestreckt auf dem Boden aus. Sein Bogen und einige Pfeile lagen dicht bei ihm, so als seien sie ihm aus den Händen geglitten. Das Gesicht hatte er mit Schmutz und dem Saft roter

Beeren beschmiert. Wenn er nur halb so grässlich aussah wie die Magierin, die ein paar Schritte neben ihm lag, dann musste er tatsächlich reichlich tot wirken. Die Frage war nur, ob sich die Mohas überhaupt hierher in die Ruine wagen würden.

Elena hatte behauptet, sie würden sich beim Aufgang des Praiosgestirns heranschleichen. Es war ihre Idee gewesen, so zu schreien, als habe der Yaq-Hai sie in der Nacht allesamt in Stücke gerissen. Der Bogenschütze hielt den Atem an und lauschte. Es war kein verdächtiges Geräusch zu hören. Vogelrufe und Affenschreie ertönten vom Dschungel her, und irgendwo wurde eine Trommel geschlagen. Wie lange sie wohl noch warten mussten?

Die Kälte der Steine war ihm in die Knochen gekrochen, und seine Kleider waren klamm vom Morgentau. Da ... Hatte er nicht gerade eine Stimme gehört? Gion öffnete die Augen einen winzigen Spalt. Jetzt nur nicht bewegen! Tatsächlich, da war etwas. Deutlich konnte er die Tritte genagelter Stiefel hören. Offenbar näherten sich diese trahelischen Schurken, die die Mohas befehligten. Jetzt konnte er auch Stimmen erkennen. Jemand sprach in dem Kauderwelsch der Dschungelkrieger.

Zwischen den Ruinen tauchte eine Gestalt auf, ein hochgewachsener Krieger mit einem Kampfstab in der Rechten. Der Kerl hatte schulterlanges schwarzes Haar und einen mächtigen schwarzen Bart, der ihm bis weit auf die Brust hinabreichte. Um seine Schultern hing ein schmuddeliger roter Umhang, und er hatte sich einen speckigen Schlapphut tief ins Gesicht gezogen. Gion war sich sicher, ihn schon einmal gesehen zu haben. Es war in Baliho oder Kuslik gewesen, jetzt erinnerte er sich wieder. In einem Bordell hatte er ihn gesehen, und der Bastard hatte vor den Augen der Gäste einen Betrunkenen mit einem Messer an die Wand genagelt. Der Trunkenbold hatte Streit gesucht, doch der Messerwerfer hatte ihn nicht umgebracht. Die Klinge war ihm dicht oberhalb des Handgelenks durch den Arm gedrungen und dann mit der Spitze in die Holztäfelung geschlagen. Er sollte auf den Burschen aufpassen, dachte Gion. Er war verdammt schnell. Seine Messer trug er unter dem Umhang verborgen am Gürtel. Jetzt erinnerte sich Gion auch wieder an den Namen. Snaga oder so ähnlich hatten sie ihn genannt.

Hinter dem Messerwerfer tauchte eine zweite Gestalt auf. Ein dürrer, alter Moha im Lendenschurz. Seine bronzefarbene Haut war mit roten und gelben Schlangenlinien bemalt. In die Haare hatte er etliche Federn und Knochen geflochten. Die beiden gingen unmittelbar auf Drustans Leiche zu. Gion und die anderen hatten den toten Schwertkämpfer so gelegt, dass er am nächsten zum Eingang der verfallenen Kammer lag.

Der Moha zückte ein Beil aus seinem Gürtel und kniete sich neben Drustan nieder. Gion biss sich auf die Lippen. Er würde nicht mit ansehen, wie sie dem Krieger den Kopf abschlugen! Wann gab Moron nur endlich das Zeichen zum Angriff?

»Jetzt!«

Mit einem Satz waren die vermeintlichen Toten auf den Beinen und bildeten einen Ring um die beiden Fremden. Gion hatte einen Pfeil auf die Sehne gelegt und beobachtete den Moha und den Trahelier misstrauisch. Im ersten Augenblick waren die zwei vor Schreck wie erstarrt, doch langsam schienen sie zu begreifen, auf welch einfachen Trick sie hereingefallen waren.

Gion ließ den Bärtigen nicht aus den Augen. Er wusste genau, dass dies kein Mann war, der so leicht eine Niederlage anerkannte. Und richtig, um die Lippen des Traheliers spielte ein breites Grinsen.

»Ich gratuliere euch! Wir sind euch ganz schön auf den Leim gegangen. Nur damit es nicht zu Missverständnissen kommt, ich bin Söldner – so wie ihr – und habe keine Freude daran, in einer aussichtslosen Lage mein Leben zu vergeuden. Ich ergebe mich hiermit!«

»Lass deinen Stab fallen«, befahl Moron barsch. Der Trahelier gehorchte; klappernd fiel der schwere hölzerne Kampfstab auf die rissigen Steinplatten. »Jetzt sag diesem bunten Vögelchen an deiner Seite, dass er sein Messer und die Keule wegwerfen soll. Sobald er das getan hat, werden zwei von uns hinüberkommen und euch nach weiteren Waffen durchsuchen. Und keine faulen Tricks, Trahelier!«

Der Bärtige sagte etwas in der zwitschernden Sprache der Eingeborenen, und der alte Mann legte seine Waffen nieder. »Vielleicht sollten wir uns einfach alle zusammen hinsetzen und einen Schluck trinken. Ich hab Premer Feuer in meiner Feldflasche.« Der Trahelier griff unter seinen Umhang.

Gion riss den Bogen hoch und schoss. Er hatte es gewusst! Dieser Hurensohn würde versuchen, sie hereinzulegen.

Der Pfeil schlug dem Trahelier dicht unterhalb des Herzens in die Brust. Die Wucht des Geschosses riss ihn nach hinten. Ungläubig verdrehte er die Augen. Er machte eine Geste, als wolle er sich mit der Linken an die Brust fassen, doch sein Arm sank kraftlos zur Seite. Mit glasigem Blick starrte er zum Himmel, wo sich das Praiosgestirn gerade über den Bäumen am Rand der Lichtung erhob.

»Was soll das, Gion?«, schrie der Weibel außer sich vor Zorn. »Der Kerl hatte sich ergeben!«

»Er wollte uns hinters Licht führen.« Der Bogenschütze trat neben den Toten. »Ich kenne ihn. Das ist Snaga, ein Messerwerfer und Kopfgeldjäger.« Mit dem Fuß hob Gion den Umhang des Traheliers an und schob ihn zur Seite. Die rechte Hand des Toten war um eine lederne Feldflasche gekrampft. Gion schluckte.

»Ein Messerwerfer ist das also«, höhnte Moron, kniete neben dem Trahelier nieder und nahm die Feldflasche in die Hand. Mit der Linken öffnete er den Verschluss und schnupperte prüfend am Mundstück, dann prostete er dem Toten zu. »Möge Boron dich freundlich empfangen. Eines Tages werden wir uns in seinen Hallen wiedersehen. Hab

Dank für diesen Trank, Kamerad.« Moron reichte die Feldflasche an Elena weiter.

»Schnapp dir jetzt den Wilden und lass dich mit ihm vor den Ruinen sehen, damit die Eingeborenen wissen, dass wir ihren Schamanen haben. Ich denke, jetzt sind diese Kannibalen bereit, ihre Waffen niederzulegen und mit uns über freien Abzug zu verhandeln. Ein Stamm ohne Zauberpriester, und sei es auch nur so ein Scharlatan wie dieser verlauste Kerl, ist keinen Kreuzer mehr wert. Ohne ihn werden sie sich vor lauter Angst vor den Dschungelgeistern den Lendenschurz bepissen.«

Hiye-Haja war bester Laune, auch wenn einer der törichten Blasshäute mit gezücktem Messer unmittelbar hinter ihm ging. Die Nene-Nibunga hatten ihn mit seinen Leuten sprechen lassen; daraufhin hatte er den Stammeskriegern erklärt, die Weißen seien von bösen Geistern besessen und er habe sich zum Schein in ihre Gefangenschaft begeben, um sie aus den Jagdgründen der Keke-Wanaq fortzuführen.

Der alte Schamane grinste. Die Blasshäute hatten ihm befohlen, sie zu einem Fluss zu bringen. Sie würden ihren Fluss bekommen! Es war nicht weit bis zu den von Schwimmechsen verseuchten Fluten des Tirob. In den Uferdickichten hausten zahllose böse Geister, die bei Nacht das Fieber brachten, und der Strom führte mitten durch das Land der Tschopukikuhas, die die Fremden mit vergifteten Pfeilen jagen würden. Wenn sie nicht Kamaluq selbst beschützte, dann würde keiner von den Blasshäuten dem Wald entkommen, auch wenn sie durch List und Zaubermacht die Falle in der Ruine überlebt hatten.

Deutlich konnte Hiye-Haja die Kraft der Frau mit dem Sonnenhaar spüren. Sie musste es gewesen sein, die den Nene-Nibunga in der letzten Nacht das Leben gerettet hatte. Doch ihre Macht hatte sich fast erschöpft. Und dann war da noch dieser Krieger, der den rechten Arm in einer Schlinge trug. In seinen Augen konnte er erste Anzeichen des Fiebers erkennen – und da war noch etwas ...

Nein, Hiye-Haja schmunzelte, von diesen vermessenen Fremdlingen würde niemand dem Wald entkommen!

»Du hast wohl Fieberfantasien! Das ist doch nicht dein Ernst, oder?« Gions Gesicht war rot angelaufen, wie immer, wenn er in Wut geriet.

»Allein die Tatsache, dass es uns in die ungastlichste Gegend des ganzen Kontinents verschlagen hat, ist noch lange kein Grund für mich, mit Stil und guten Sitten zu brechen. Ich werde jetzt losziehen und ein paar Blumen pflücken. Bei der Arbeit am Floß kann ich euch mit meinem einen Arm ohnehin keine Hilfe sein.«

»Das wirst du bleiben lassen, und wenn ich dich niederschlagen muss, damit du das Lager nicht verlässt.«

Tikian streichelte den Griff seines Rapiers. »Habe ich eigentlich jemals erwähnt, dass ich auch mit links ein ganz geschickter Fechter bin? Nicht herausragend, aber für einen Bogenschützen wird es wohl reichen.«

Gion ballte in hilfloser Wut die Fäuste. »Was, im Namen aller Götter, willst du eigentlich mit den Blumen? Schmuckgirlanden für das Floß flechten, damit die Eingeborenen beeindruckt davon sind, dass uns in keiner Lage der Sinn fürs Schöne abhanden kommt?«

Tikian grinste. »Diese Idee wäre es durchaus wert, noch einmal überdacht zu werden. Doch zunächst hatte ich eigentlich eher an ein kleines Blumengebinde für Elena gedacht.«

»Für diese Dämonenanbeterin? Sie wird dich auslachen, wenn du ihr Blumen schenkst.«

»Das glaube ich kaum. Ich stehe in ihrer Schuld. Sie hat mir das Leben gerettet, und davon einmal ganz abgesehen, ist sie auch noch eine außergewöhnlich schöne Frau. Ihre blasse Haut, ihr Haar, so fein wie Seide ...«

Gion schnaubte verächtlich. »Ein dürres Knochengestell ist sie. Was will man mit so einer schon anfangen? Du hättest sehen sollen, wie sie das Ungeheuer in der Grotte gebannt hat. Ich sage dir, Elena ist eine Dämonenbuhle, und wenn du dich mit ihr einlässt, dann wird dir das nichts als Unglück bringen.«

»Ich glaube, du verdrehst ein wenig die Tatsachen. Sie hat den Dämon gebannt und nicht zur Buhlschaft eingeladen, oder?«

Der Bogenschütze spuckte ein Ilmenblatt aus, auf dem er gekaut hatte, und verdrehte enttäuscht die Augen. »Ich sage dir, wer Dämonen vertreiben kann, der hat auch gelernt, sie herbeizurufen. Welchen Sinn hätte ein solcher Zauber sonst? Sie ist eine ganz durchtriebene Schwarzmagierin, und es ist besser, sich nicht mit ihr einzulassen.«

Tikian lachte leise. »Ich glaube, ich kenne einige Praiosgeweihte und einen Inquisitor, die alles andere als erbaut wären über deine Behauptung, dass jeder, der Dämonen zu bannen versteht, sie auch herbeirufen kann.«

»Mit Spitzfindigkeiten kannst du mich nicht beeindrucken. Ich werde jetzt meine Arbeit tun, und wenn dich die Wilden fangen und an einem Spieß über ihrem Feuer braten, dann hoffe nicht darauf, dass ich dir helfen werde.« Gion nahm das Haumesser wieder auf und drosch wütend auf die Äste des frisch geschlagenen Baumes ein.

Ohne ein weiteres Wort wandte sich Tikian ab. Er war froh, dass der Streit zu Ende war. Ihm war übel und schwindelig, aber das würde ihn nicht davon abhalten, ein paar Orchideen zu pflücken. Sie gediehen hier prächtiger als selbst in den Gärten der Königin Amene. Ob Elena wohl Blumen mochte? Bestimmt! Soweit er wusste, war sie als Tochter eines mittelreichischen Kaufmanns in Fasar und Rashdul aufgewachsen. Es schien Tikian undenkbar, dass sie bei dieser Herkunft nicht die Liebe der Tulamiden zu schönen Blumen und prächtigen Gärten teilte.

Erschöpft lehnte er sich an einen Baum und schloss die Augen. Wenn ihm nur nicht so übel wäre! Ob das noch die Auswirkungen der Wunde an der Schulter waren? Als Gion ihm am Morgen den Verband gewechselt hatte, hatte er gesehen, dass sich rund um die Schrammen wulstige rote Ränder gebildet hatten. Auch ging ein übler Geruch von der Wunde aus.

Tikian schüttelte den Kopf. Das würde schon vorübergehen. Sein Fleisch heilte gut! Matt blickte er sich um. Ein paar Schritt entfernt wucherte ein Dickicht aus feuerroten Blüten. Genau so etwas hatte er gesucht. Sie würden das Zeichen seines Verlangens sein. Jetzt müsste er nur noch ein paar weiße Blumen finden, die Elenas feenhafte Reinheit widerspiegelten! Ob Elena wohl die Sprache der Blumen verstand? Eine Edeldame aus dem Lieblichen Feld wusste aus der Zusammenstellung eines Blumengebindes mehr über die Absichten ihres Galans zu erfahren als aus einem vielstrophigen Minnelied. Gewiss würde auch Elena den Blumenstrauß richtig zu deuten wissen! Schließlich stammte sie aus gutem Hause und hatte obendrein noch viele Jahre lang studiert.

Ein wenig schwindelig stieß er sich von dem Baum ab und taumelte auf den Busch zu. In der Ferne ertönte leises Donnergrollen. Bald würde es wieder regnen. Er hasste dieses Land! Kein Tag verstrich hier, ohne dass es ein Unwetter gab. Hoffentlich fand er bald weiße Blumen.

Elena tupfte dem Fechter mit einem schmutzigen Tuch den Schweiß von der Stirn. Die schwüle Hitze und die allgegenwärtigen Moskitos waren mehr, als ein Mensch ertragen konnte. Ihr Floß trieb langsam auf den braunen Fluten des Tirob. Fast alle an Bord hatte das Fieber gepackt. Der Schamane musste sie verflucht haben! Seit dem Tag, an dem sie die Ruinen betreten hatten, wich das Unglück nicht mehr von ihrer Seite. Den Armbrustschützen aus Festum hatte beim Holzfällen eine Boronsotter erwischt. Keine zwei Stunden später hatte ihn das Gift der schwarzen Schlange umgebracht. Und Tikian ... Elena strich über sein Haupt, das sie auf ihren Schoß gebettet hatte. Auch er wanderte dicht am Abgrund des Todes. In der Wunde an seiner Schulter hatten sich üble Säfte gebildet. Sie hatte versucht, durch einen Heilzauber sein Blut zu reinigen, doch ihre Kraft hatte nicht gereicht.

Sie blickte auf den Strauß aus welken Blumen, den sie mit einer Liane an dem kurzen Mast festgebunden hatte, der sich in der Mitte des Floßes erhob. Dieser verrückte Kerl war im Fieberwahn in den Dschungel gelaufen und hatte ihr einen Blumenstrauß gepflückt. Als er zurückgekehrt war, hatte er sich kaum noch auf den Beinen halten können und auch kein klares Wort mehr über die Lippen gebracht. Er hatte ihr nur die Blumen überreicht, etwas von der Sprache der Blüten und von Feen gemurmelt und war zusammengebrochen.

Sanft strich sie ihm über das Haar. Er war völlig anders als die übrigen Söldner aus Galahans Truppe. Er passte nicht zu diesen groben Schlächtern und Mordbrennern. Genauso wenig wie sie! Was ihn wohl dazu gezwungen hatte, sich mit dieser Bande von Halsabschneidern einzulassen? War es allein die Suche nach Abenteuern? Wieder blickte sie zu den welken Blüten. Es war kurzweilig und erheiternd, von ihm den Hof gemacht zu bekommen. Sicher war er auch ein guter Liebhaber. Gedankenverloren betrachtete sie seine schlanken Hände. Es war lange her, dass sie sich das letzte Mal einem Mann hingegeben hatte. Der Kerl hatte sie verletzt und betrogen, und sie hatte sich geschworen, sich nie wieder auf so etwas einzulassen. Sie blickte lange in Tikians Gesicht. Er hatte vor ihr sicher schon viele Frauen gehabt – und doch hatte er sich eine Unschuld erhalten, die die meisten Männer niemals in ihrem Leben gekannt hatten. Er begehrte Frauen nicht nur, er liebte sie wirklich. Vielleicht war seine Liebe so vergänglich wie ein Strohfeuer, doch für den Augenblick war sie echt, daran würde es keinen Augenblick lang auch nur den geringsten Zweifel geben.

Sie strich ihm leicht über die unrasierten Wangen. Er hatte hohes Fieber. Es bestand keine Gefahr, dass er plötzlich erwachen würde. Vielleicht würde er sogar nie mehr erwachen, wenn sie es nicht schaffte, die Entzündung in seinem Körper zu bezwingen. Ganz gleich, was geschah, sie würde den Kampf nicht aufgeben!

Ein gellender Schrei ließ sie auffahren. Etwas surrte an ihrer Wange vorbei, schlug gegen den Mast und fiel dann zu Boden. Es war ein dünner, fingerlanger Pfeil!

Gion setzte über sie hinweg und rüttelte Olek wach, den Andergaster. Der Hüne hatte am Ruder des Floßes gesessen und war eingeschlafen, sodass die Strömung sie in die Nähe des Ufers getrieben hatte.

Elena konnte zwei schwarzgesichtige Mohas erkennen, die mit Blasrohren, so lang wie Lanzen, auf einem Baum kauerten, der in den Fluss gestürzt war. Einer der beiden blickte zu ihr hinüber. Er war keine zwanzig Schritt entfernt und starrte sie mit seinen großen dunklen Augen an.

Gion und Olek bemühten sich verzweifelt, das Floß zurück in die Mitte des Flusses zu steuern, doch das grob zusammengezimmerte Gefährt gehorchte nur langsam. Schwerfällig drehte es sich und strebte schließlich wieder der Hauptrinne zu.

Elena konnte beobachten, wie einer der beiden Mohas der Bewegung des Floßes mit seinem Blasrohr folgte. Der dunkle Krieger hatte sie noch immer nicht aus den Augen gelassen. Jetzt hob er das lange Rohr langsam an die Lippen. Leise murmelte die Magierin ein Gebet, in dem sie Praios und Rondra um ihren Beistand anflehte, und presste sich flach auf den Boden des Floßes.

Das Geschoss schlug zwei Finger breit vor ihrem Gesicht in das Holz. Die Götter waren mit ihr! Erleichtert atmete Elena auf, bis sie sah, wie der Wilde einen neuen Pfeil nachschob. Würde sie noch einmal solches Glück haben? Wieder nahm er sich Zeit, sorgfältig nach ihr zu zielen. Dann jedoch schüttelte er den Kopf und erhob drohend eine Faust. Sie waren außer Reichweite!

»Wie konnte das nur geschehen?«, ereiferte sich Gion.

»Ich bin am Ruder eingeschlafen ... Ich ... Es tut mir leid. Das Fieber ...«

»Das ist keine Entschuldigung. Ich sollte dir den Schädel einschlagen und dich den verdammten Krokodilen zum Fraß vorwerfen, du ...« Gion stockte für einen Augenblick, und als er weitersprach, war alle Wut aus seiner Stimme gewichen. »Du bist ja getroffen.«

Olek folgte dem Blick des Bogenschützen. In seinem linken Arm steckte einer der kleinen Pfeile. »Das ist nicht der Rede wert«, stammelte er erschrocken, zog den Pfeil heraus und warf ihn in die braunen Fluten des Tirob. »Das ist doch kaum mehr als ein Moskitostich.«

Gion zog sein Messer aus dem Gürtel. »Du musst die Wunde aufschneiden, damit sie gut ausbluten kann. Diese Hurensöhne vergiften ihre Pfeile. Los, mach schon!«

»Ach was, das ist doch nicht weiter schlimm. Die Wunde juckt nur ein bisschen. Was sollte das schon sein?«

»Nimm das Messer«, mischte sich Elena ein. »Schnell!«

Olek sah sie einen Augenblick lang zweifelnd an, dann nahm er Gion die schlanke Klinge aus der Hand und trennte sich den Ärmel auf. Auf seiner blassen Haut war nur eine leichte Rötung zu erkennen, die wirklich kaum von einem Moskitostich zu unterscheiden war.

»Mach schon! Du musst tief hineinschneiden, damit das Gift mit dem Blut wieder aus deinem Körper kommt!«

»Das ist doch Unsinn. Wie sollte ein so kleiner Pfeil einen Mann töten können? Die Wunde juckt, das ist alles.« Olek setzte sich die blanke Klinge des Messers auf den Arm und drückte zu. Ein schmaler Schnitt klaffte in seinem hellen Fleisch. Er schloss die Lippen um die Wunde und begann, das Blut herauszusaugen. Plötzlich ließ er das Messer fallen und griff sich mit der Rechten um den linken Oberarm.

»Was ist los?« Die Magierin war an Oleks Seite getreten und hob das Messer auf.

»Nichts, verflucht noch mal. Ich hab 'nen Krampf im Arm. Hab den Schnitt wohl schlecht gesetzt. Magst du dich nicht auch ein wenig um mich kümmern, so wie um diesen kleinen Fechter?« Olek versuchte ein anzügliches Grinsen. »Was hat dir der Zwerg schon zu bieten? Ich weiß, was Frauen brauchen. Komm, meine kleine Rose, lass uns ein wenig Spaß haben.«

Elena hob den Dolch und zielte auf Oleks Brust. »Du weißt, dass Rosen stechen. Ich bin da keine Ausnahme!«

Der Andergaster wollte etwas antworten, doch sein Gesicht erstarrte zu einer Grimasse aus Schmerz. Stöhnend schlang er die Arme um den Leib und ging langsam in die Knie. Seine Hände zitterten in Krämpfen. Alle Farbe war aus seinem Gesicht gewichen.

»Bitte ... hilf ...« Blut und Speichel rannen Olek aus dem Mund, dann stürzte er mit dem Gesicht voran auf das Deck.

Fassungslos starrte Elena auf den Sterbenden. Sie wusste, dass ihre Zauberkraft nicht ausreichen würde, um das Gift in seinem Körper zu besiegen. Die Arme und Beine des Kriegers wanden sich in wilden Zuckungen, und die Magierin war froh, dass sie ihm nicht in die Augen sehen musste. Dann war es vorbei, und Olek rührte sich nicht mehr.

»Geh ans Ruder«, murmelte Gion müde. »Ich kümmere mich um ihn.« Der Bogenschütze zog dem Toten die Stiefel aus und durchsuchte seine Kleider nach wertvollen Gegenständen. Olek hatte nicht viel besessen. Ein silbernes Amulett, das er um den Hals trug, einen Tuchbeutel mit ein paar Kupfermünzen, die von seinem letzten Sold übrig geblieben waren, ein Ledergürtel mit einer fein gearbeiteten Schnalle aus Bronze und ein Tabaksbeutel mit einer Pfeife aus Meerschaum, das war alles, was ihm sein Geschäft mit dem Tod eingebracht hatte. Gion lehnte die große, zweischneidige Axt an den Mast und packte den Toten bei den Beinen. Mit einem Ruck stieß er ihn ins Wasser.

Elena konnte sehen, wie von einer nahen Sandbank drei Kaimane in die braunen Fluten des Tirob glitten. Pfeilschnell schossen die großen Tiere dem treibenden Leichnam entgegen. Die Magierin blickte zum Horizont. Wie lange würden sie noch auf diesem Fluss dahintreiben? Sie hörte das gierige Schnappen der Echsenkiefer und das Krachen der Knochen des Axtkämpfers, doch sie drehte sich nicht um. Würde auch sie so enden?

Gion starrte auf seine zitternden Hände. Es war verrückt! Es war ein heißer Tag, und obwohl er sich in seinen Umhang eingerollt hatte, fror er, als säße er nackt im Schnee. Das Fieber hatte jetzt auch ihn gepackt. Er war der Letzte – abgesehen von dieser unheimlichen Magierin –, der noch halbwegs bei Kräften war.

Heute Morgen war er zu schwach gewesen, um noch das Ruder des Floßes zu führen. Seitdem saß sie dort im Heck. Den Blick geradeaus auf den Fluss gerichtet, so als könnten ihr weder die Hitze noch das Fieber oder die Eingeborenen etwas anhaben. Sicher hatte sie einen Pakt mit den Dämonen der Niederhöllen geschlossen! Sie war die Einzige, die das Fieber bislang verschont hatte. Auch der Hunger schien ihr nicht viel auszumachen. Gestern hatten sie die letzten Früchte gegessen, die sie mit auf das Floß genommen hatten. Es war ein Hohn! An den Ufern standen Bäume mit duftenden Mangos und anderen köstlichen Früchten, doch sie konnten es nicht riskieren, das Floß aus der Mitte des Flusses zu steuern. Seit dem Tod von Olek hatten sie noch zweimal kleine Gruppen von Eingeborenen an den Ufern gesehen. Die Mohas folgten ihnen. Sie warteten darauf, dass auch Elena zusammenbrechen würde und das klobige Floß bei der nächsten Flussbiegung von der Strömung ans Ufer gespült würde. Und dann ... Gion schluckte. Vielleicht war es besser, wenn es endlich vorbei war. Noch waren sie zu viert. Die anderen hatte das Fieber dahingerafft. Tikian, Moron, er und die Magierin – das war alles, was von Galahans stolzer Söldnerschar geblieben war. Was wohl aus dem alten Haudegen geworden war? Ob er und die anderen es geschafft hatten, sich bis zum Brabaker Expeditionskorps durchzuschlagen? Bestimmt! Dieser Schurke hatte bislang noch immer Glück gehabt! Er war berühmt dafür, den Kopf schon mehr als ein dutzend Mal aus der Schlinge gezogen zu haben, und seine Truppe hatte an diesem Glück immer teilgehabt. Deshalb fiel es Galahan auch stets leicht, neue Söldner auszuheben. Wenn sie nur bei ihm geblieben wären! Ob er sie wirklich nur deshalb losgeschickt hatte, um ihren Sold einzukassieren? Oder wollte er sich vielleicht der Magierin entledigen?

Seit sie mit Elena allein unterwegs waren, wurden sie vom Pech verfolgt. Es hatte wohl des sprichwörtlichen Kriegsglücks des Hauptmanns bedurft, um das Unheil, das sie anzog, wieder loszuwerden. Gion tauchte einen Lappen in das Flusswasser und strich sich damit über Brust und Stirn. Jetzt sah er alles ganz klar! Sie hatte die Schuld! Wahrscheinlich gehörte es zu dem Pakt, den sie mit den Dämonen geschlossen hatte, dass alle an ihrer Seite dahingerafft wurden. Aber was für ein Spiel trieb sie mit Tikian? Selbst jetzt, da sie am Ruder hockte, hatte sie den Fechter an ihrer Seite liegen. Sie hatte es geschafft, den Wundbrand zu besiegen, der sich in seiner Schulter eingenistet hatte. Eigentlich hätte Tikian längst tot sein müssen. Das Fieber hatte in den letzten Tagen drei völlig gesunde Männer dahingerafft. Woher nahm er trotz seiner schweren Verletzung die Kraft, der Seuche zu widerstehen?

Elena behauptete, das Fieber käme durch das Flusswasser, doch Gion mochte das nicht glauben. Schließlich tranken auch die Wilden aus dem Fluss, ohne krank zu werden! Aber sie war ja etwas Besseres. Wenn es mittags regnete, ließ sie das Wasser, das vom Segel herabperlte, in ihre Feldflasche laufen. Das teilte sie sich dann mit Tikian.

Gions Hand strich über den Bogen, der an seiner Seite lag. Vielleicht sollte er sie einfach umbringen? Wenn sie nicht mehr am Leben war, dann würde das Glück zu ihnen zurückkehren. Doch im Augenblick hatte er nicht die Kraft, um die Sehne aufzuziehen. Er würde warten müssen ...

Misstrauisch blinzelte er zu Elena hinüber. Ob sie wohl seine Gedanken lesen konnte? Elendes Magierpack! Heute Nacht würde er diese Hure an die Kaimane im Fluss verfüttern. Dann würde alles wieder besser! Gion wusste, dass der Fluss bei der großen Hafenstadt Hôt-Alem in die Alemitische Bucht mündete. Wie lange es wohl noch dauern würde, bis sie die Stadt erreichten?

Der Bogenschütze starrte zum Himmel, wo sich dunkle Gewitterwolken zusammenballten. Eine der Wolken ähnelte einem Panther. Ob das ein Zeichen war? Der schwarze Panther war das Sinnbild des Gottes Kor, des Herrn der Söldner, der anstelle eines Herzens einen kalten Karfunkelstein in der Brust trug. Gion lachte leise. Ja, das war ganz gewiss ein Zeichen des Gottes. Auch Kor hasste die heimtückischen Magier. Ihm würde er Elenas Blut opfern. Dann würde endlich alles wieder gut werden!

Große Fledermäuse kreisten in der Dämmerung dicht über dem träge dahinströmenden Fluss. Elena beobachtete die Tiere und wünschte, auch sie könnte sich in die Luft schwingen und einfach davonfliegen. In ihrem Kopf wüteten stechende Schmerzen, und sie fühlte sich unendlich müde. Doch sie durfte sich jetzt nicht gehen lassen. Sie musste wach bleiben!

Die Zauberin warf einen verstohlenen Blick auf Gion. Der Bogenschütze saß am Bug des Floßes und starrte unentwegt zu ihr herüber. Seine Augen glänzten fiebrig. Seit Stunden hatte er kein Wort mehr gesprochen. Er war ihr unheimlich. Sie wusste, dass das Fieber die Menschen veränderte, und sie glaubte, seinen Hass geradezu körperlich spüren zu können. Wie beiläufig strich sie sich über den rechten Stiefel und prüfte, ob das verborgene Messer auch locker in der eingenähten Scheide saß. Elena wusste, dass sie nicht die Kraft haben würde, einem tobenden Krieger lange Widerstand zu leisten, doch sie würde sich nicht kampflos ausliefern.

»Wir werden niemals das Land erreichen ... Ich sage euch, Efferd wird uns allen ein nasses Grab bereiten!« Moron wälzte sich in seinen Fieberträumen unruhig hin und her. »Lasst es uns mit der schwarzen Bohne ausmachen!«

Immer und immer wieder sprach der Söldner von der schwarzen Bohne. Elena wusste, dass der Weibel lange Jahre als Seesöldner gedient und vor drei Jahren Schiffbruch erlitten hatte. Zwei Gottesnamen lang waren die Überlebenden auf einem kleinen Floß auf dem Meer der Sieben Winde dahingetrieben. Moron erzählte nie davon, was während dieser Zeit geschehen war, doch Elena konnte sich auch so vorstellen, was die Söldner mit der schwarzen Bohne ausgelost hatten. Jetzt glaubte Moron, wieder auf dem Floß zu sein.

»Ich werde nicht in den Helm greifen! O Rondra, warum hast du mich nicht auf dem Schlachtfeld sterben lassen!« Der Söldner warf sich schreiend auf seinem Lager hin und her.

Elena presste sich die Hände auf die Ohren. Sie konnte seine Worte nicht länger ertragen. Aus den Augenwinkeln sah sie, wie sich Gion ein Stück weit nach vorn bewegte. Sofort glitt ihre Hand zum Stiefel. Der Bogenschütze lächelte sie an. »Das wird dir nichts nützen, Dämonenbuhle. Kor hat mich auserwählt, um dich in die Niederhöllen zu schicken. Glaub nicht, dass ein Stiefelmesser dein Schicksal verändern könnte.« Gion taumelte leicht und hielt sich am Mast fest. »Ich habe Zeit. Ich werde warten, bis du schläfst, und dir dann die Kehle durchschneiden. Mein Messer ist sehr scharf. Du wirst nicht einmal wach werden von dem schnellen Schnitt. Du wirst einfach einschlafen und die Reise zu deinen dämonischen Herren antreten.«

Elena keuchte leise. Sie durfte jetzt keine Schwäche zeigen! »Hast du schon vergessen, was in der Grotte geschah? Glaubst du, wenn ich einen Yaq-Hai besiegen kann, müsste ich mich vor einem dahergelaufenen Söldner fürchten, der sich obendrein kaum noch auf den Beinen halten kann?«

Der Bogenschütze lachte. »Halte mich nicht für dumm! Nur weil du Geistern und Dämonen gebietest, heißt das noch lange nicht, dass du auch mich besiegen wirst. Für dich brauche ich nicht einmal Pfeil und Bogen. Vielleicht stoße ich dich einfach nur über Bord und sehe mir an, wie sich die Kaimane an dich heranmachen. Du weißt doch, dass diesen Echsen nichts entgeht, was in den Fluss fällt. Erinnerst du dich daran, wie sie sich unsere Toten geholt haben, die ich in den letzten Tagen über Bord geworfen habe? Zwischen ihren Kiefern werden deine Knochen wie dürre Äste zerbrechen. Ich werde hier stehen, und dein Winseln und deine Schreie werden wie Musik in meinen Ohren sein. Kor selbst hat mir befohlen, dich zu töten. Hörst du seine Stimme? Auch jetzt spricht der Gott zu mir. Er ist hier! Und er wird mich vor deinen gotteslästerlichen Zaubern beschützen!«

Elena schlug das Zeichen des geschlossenen Auges, um sich gegen die Macht des bösen Geistes zu schützen, der von Gion Besitz ergriffen hatte. Rastullah würde sie vor dem Verblendeten erretten. Der Eine Gott war mächtiger als der Söldnerherr Kor! Die Magierin hatte während ihres Studiums in Fasar lange über das Wesen der Unsterblichen nachgedacht und war zu dem Schluss gekommen, dass ein Gott, der alle Macht in sich vereinigte, jedem der Zwölf Götter entsprach, die man im Mittelreich anbetete. Auch erschienen ihr seine neunundneunzig Gebote klarer und sinnvoller als das Gerede der zum Teil untereinander verfeindeten Priester der Zwölfgötter.

Elena lächelte dünn. Als ihr Vater erfahren hatte, dass sie den Rastullahglauben angenommen hatte, hatte er sie enterbt. Doch sie brauchte sein Geld und seinen Schutz nicht mehr. Ihre Mutter ließ ihr manchmal heimlich ein paar Goldmünzen zukommen, damit sie ihr Studium der Magie beenden konnte. Mit einer Empfehlung von Meister Atherion, dem Leiter der Akademie zu Fasar, war sie nach Rashdul gereist und hatte ihre Studien noch vertieft. Auch dort hatte man ihr eine große Zukunft vorausgesagt. Wütend blickte sie zu Gion, der sich noch immer am Mast festhielt. Von diesem Bastard würde sie sich das nicht nehmen lassen! Sollte er nur kommen und ... Ein stechender Schmerz schoss ihr durch den Kopf. Sie hätte nicht all ihre Kraft aufbieten dürfen, um Tikian zu heilen. Sie hatte es geschafft, den Wundbrand zu besiegen, und war sich sicher, dass er auch das Fieber überleben würde, doch sie hatte ihren Preis dafür gezahlt.

Vorsichtig massierte sie sich mit der Linken die Schläfen. Vor Schmerz sah sie tanzende Lichtpunkte über dem Wasser schweben. Sie biss die Zähne zusammen. Gion durfte nicht merken, dass sie kaum noch in der Lage war, sich zu wehren. Der Bogenschütze hatte sich am Mast niedergekauert und starrte noch immer unverwandt zu ihr hinüber. Sie war sich sicher, dass er seine Drohung wahr machen würde. Sobald sie die Augen schloss und einschlief, würde er zu ihr kommen.

Das Abendrot war einem grauen Zwielicht gewichen. Es würde jetzt schnell dunkel werden.

»Ich nehme sie nicht! Ich bin der Stärkste von uns allen. Wir müssen die Bohnen noch einmal in den Helm zurückgeben und sie neu ziehen! Das war ein Irrtum«, schrie Moron. Mit einem Ruck richtete der Weibel sich halb auf seinem Lager auf. »Hört ihr? Ich lasse mich nicht töten! Ich werde mich wehren. Ich erkenne das Los nicht an!« Der Söldner sank wieder auf das Lager, und seine Stimme verebbte zu einem undeutlichen Gemurmel.

Elena blinzelte und versuchte so, die tanzenden Lichter zu vertreiben. Der stechende Kopfschmerz lähmte sie fast. Leise murmelte sie ein Schutzgebet zu Rastullah. Dieser verfluchte Fluss würde sie noch alle das Leben kosten! Vielleicht würde nur Tikian überleben? Er lag in tiefem Schlaf, das Fieber hatte er fast überwunden. Die Magierin blickte zu den welken Blumen, die vom Mast herabhingen. Sie hätte den Fechter gern besser kennengelernt. Verrückter

Kerl! Im Fieber in den Dschungel zu laufen, um ihr Blumen zu pflücken ... Sie stöhnte auf. Die Schmerzen wurden immer unerträglicher. Es fühlte sich an, als treibe man ihr glühende Nadeln durch die Augen bis tief in den Schädel hinein. Die tanzenden Lichter wurden greller, und eines schien auch immer größer.

Am Mast hatte sich etwas bewegt. Elena zog das Messer aus dem Stiefel. Sie vermochte Gion kaum noch zu erkennen. Aber das konnte er ja nicht wissen. Sie musste ruhig und überlegen wirken, dann würde er vielleicht noch ein wenig zögern.

»Du hast beschlossen zu sterben, Bogenschütze?« Ihre Stimme klang gepresst, und ihre Hand zitterte vor Schwäche.

Das Licht hinter Gion war jetzt blendend hell. Im Gegensatz zu den tanzenden Funken bewegte es sich nur ganz sanft auf und nieder. »Im Namen des Patriarchen, wer seid ihr?«, klang eine kräftige Frauenstimme über den Fluss. »Ihr habt die Grenzen des Protektorats Hôt-Alem verletzt!«

Tikian blickte zu dem schwarzen Banner, das schlaff vom Fahnenmast auf dem Platz der Blumenfärberinnen hing. Die Al'Anfaner hatten Hôt-Alem besetzt. Im Hafen der Stadt lagen zwei große Kriegstriremen, mit denen zwei Kompanien Söldner vom Schwarzen Bund des Kor an Land gebracht worden waren. Das Kommando hatten zehn Ordensritter von der Basaltfaust, die die ganze Unternehmung leiteten. Der Herrscher der Stadt, Salpikon III., war bei Gefechten gegen die Trahelier ums Leben gekommen, und sein Sohn Refardeon hatte die fremden Krieger nur allzu willig als neue Herren Hôt-Alems anerkannt und ihnen die Aufgabe der Verteidigung übertragen.

Der junge Fechter schnupperte an den parfümierten Blüten des Blumenstraußes, den er für Elena gekauft hatte. Dann überquerte er mit schnellen Schritten den Platz und trat in die enge Gasse, die hinunter zur Südmauer führte, wo das Siechenhaus lag.

Sie hatten Glück gehabt, als sie vor drei Tagen bei Einbruch der Finsternis von einem alanfanischen Patrouillenboot gerettet worden waren. Einer der Ordensritter war an Bord der kleinen Barkasse gewesen und hatte das Kommando geführt. Ohne ihn hätten die Söldner sie wahrscheinlich einfach umgebracht, um dann ihre Waffen und ihre geringe Barschaft untereinander aufzuteilen. Nach den Worten des alten Ordensritters, mit dem Tikian erst vor zwei Stunden noch gesprochen hatte, hatten sich alle auf dem Floß am Rande des Todes befunden. Das Fieber hatte sie gepackt. Elena und Gion, die Einzigen, die sich noch auf den Beinen hatten halten können, waren bei ihrer Rettung so verwirrt gewesen, dass sie es wohl nicht einmal gemerkt hätten, wenn das Floß in der Nacht an der Stadt vorbei aufs offene Meer getrieben wäre.

Er selbst hatte für sie alle am Morgen Kerzen im Praiostempel angezündet und dem Göttervater ein großzügiges Opfer dargebracht. Ohne seine Hilfe wären sie gewiss umgekommen. Es war der erste Tag, an dem er sich stark genug gefühlt hatte, sein Lager zu verlassen. Die anderen hatten das Fieber bisher nicht überwunden. Gion mit seiner eisernen Natur fühlte sich noch am besten. Elena hatte Fieberschübe, in denen sie wirres Zeug redete, am schlechtesten aber ging es Moron. Er lag in tiefer Ohnmacht, und der Therbunitenpriester, der das Siechenhaus leitete, fürchtete um das Leben des Söldners.

Tikian machte einer Kolonne Bausklaven Platz, die, begleitet von einigen Al'Anfanern, die Straße hinuntermarschierten. Der Kommandant der alanfaner Söldner hatte sofort nach der Landung befohlen, die Befestigungsanlagen der alten Stadt wieder instandsetzen zu lassen. Nur das Kastell, das die Einfahrt zum Hafen schützte, war noch in einem guten Zustand. Die übrigen Verteidigungsanlagen waren in den letzten siebzig Jahren, in denen Hôt-Alem fast zwanzig verschiedene Herrscher und Statthalter gesehen hatte, mehr und mehr verfallen. Wenn die Trahelier und ihre Moha-Verbündeten vom Dschungel her angreifen würden, bestünde kaum eine Aussicht, dass die hundert Al'Anfaner die Stadt halten könnten. Es wäre besser, so schnell wie möglich von hier zu verschwinden, dachte Tikian.

Die Waffen und die anderen Besitztümer seiner toten Kameraden hatte er verkauft. Der Erlös würde unter den vier Überlebenden aufgeteilt werden. Es war nicht viel, aber es würde ausreichen, um eine Schiffspassage zu bezahlen und aus dieser Stadt zu entkommen. Er war schon im Hafen gewesen und hatte sich erkundigt. In zwei Wochen wurden einige Koggen von Brabak hier erwartet, die nach Norden in Richtung Al'Anfa weitersegeln würden, sobald sie ihre Ladung gelöscht hatten. Auf der Höhe von Ranak wurden die Kauffahrer von zwei Biremen erwartet, die ihnen als Geleitschutz dienen sollten. So war sichergestellt, dass die Schiffe nicht durch Seeräuber oder einen Freibeuter mit trahelischem Kaperbrief behelligt würden. Es wäre sicher nicht schwer, auf den Koggen eine Passage zu bekommen.

Al'Anfa war ein guter Platz für Söldner. Angeblich zog der Patriarch eine riesige Flotte zusammen, mit der er gegen Trahelien segeln wollte. Krieger aus ganz Aventurien hatten sich in der Boronsstadt versammelt, um unter dem Rabenbanner des Patriarchen zu dienen. Als Adligem würde man ihm dort vielleicht sogar ein Kommando anbieten, überlegte Tikian. Al'Anfa, das war der Ort, an dem sich sein Schicksal erfüllen würde! Ein mutiger Mann konnte dort in kürzester Zeit zu Macht und Reichtum gelangen.

Er musste an die Geschichten über seinen Großvater Jacomo denken. Er war ein Freund des Königs Tolman gewesen, der ihm zuletzt sogar die Herrschaft über die Kronmark Kohmwacht anvertraut hatte. Ein Titel, den seine Familie längst nicht mehr besaß, denn nichts war so unbeständig wie die Gunst eines Königs!

Es hieß auch, dass Jacomo ya Avona der beste Fechter seiner Zeit gewesen sei. Er hatte den Kampf mit Parierdolch und Stoßrapier zur Vollkommenheit entwickelt, und noch heute lehrten die Fechtmeister zwei Finten, die nach ihm benannt waren. Vielleicht wäre Jacomo bis zum Herzog aufgestiegen, wenn er nicht vor beinahe vierzig Jahren seine Frau Marina verlassen hätte, um eine Reise nach Al'Anfa anzutreten. Niemand wusste genau, was er dort gewollt hatte. Es gab Gerüchte, er sei im Auftrag des Königs unterwegs gewesen, um geheime Verhandlungen mit dem Patriarchen Bal Honak zu führen. Andere behaupteten, er sei einer Frau in die Stadt gefolgt. Tikian schmunzelte. Er war sich sicher, dass sein Großvater neben seiner Ehe die eine oder andere Leidenschaft gepflegt hatte, aber dass er nur wegen einer Geliebten eine Reise von mehr als tausend Meilen unternommen haben sollte, kam ihm unwahrscheinlich vor. Sicher war er in einem geheimen Auftrag des Königs unterwegs gewesen! Seit dem Großen Brand in der Stadt galt Jacomo als verschwunden.

Tikian strich über den Parierdolch an seiner Seite. Sein Großvater hatte die Waffe, kurz bevor er abgereist war, bei dem besten Schmied von Grangor in Auftrag gegeben. Bei seiner Rückkehr hatte er sie dort abholen wollen. In den bronzenen Knauf des Dolches waren seine Initialen eingeprägt, *J. H.* Obwohl Tikian ihn nie kennengelernt hatte, war Jacomo der Held seiner Kindheit gewesen, und er war fest entschlossen, in die Fußstapfen seines Großvaters zu treten. Auch deshalb wollte er nach Al'Anfa reisen.

Der Fechter hatte mittlerweile das Siechenhaus erreicht. Es war in einem langen, zweigeschossigen Bau dicht an der Stadtmauer untergebracht. Vermutlich hatte das Gebäude früher einmal als Kaserne gedient. Elenas Zimmer lag am Ende eines kurzen Flurs im Erdgeschoss; sie war dort mit drei anderen verwundeten Söldnerinnen untergebracht.

Leise öffnete Tikian die Tür und trat ein. Obwohl das schmale Fenster des kleinen Zimmers offen war, roch es nach Schweiß und Blut. Elena schien zu schlafen. Wie eine Aureole aus goldenem Licht umschloss das lange blonde Haar ihr blasses Gesicht. Neben ihr lag eine dunkelhäutige

Söldnerin, der man den Schwertarm amputiert hatte. Der Verband an der Schulter der Frau war durchgeblutet, und auch ihr Bettzeug war mit Blut besudelt.

So wäre es wohl auch ihm ergangen, wenn die Zauberin ihn nicht geheilt hätte. Er hatte Gion dazu gebracht, ihm davon zu erzählen, was in den Tagen auf dem Floß geschehen war, als ihm das Fieber die Sinne verwirrt hatte. Der Bogenschütze war kaum dazu zu bewegen gewesen, sich über Elena zu äußern. Nach dem Wenigen, was er aus Gion herausbekommen hatte, ahnte Tikian, dass sich Wundbrand in den Schrammen auf seiner Schulter eingenistet hatte und dass Elena ihm mit irgendeinem Zauber das Leben gerettet und die giftigen Säfte aus seinem Körper verbannt hatte. Angeblich hatte sie die ganze Fahrt auf dem Fluss an seiner Seite gesessen und sich um ihn gekümmert.

Leise trat er an ihr Bett und legte der Zauberin die Blumen auf die Decke. Er wünschte, er könnte auch ihr helfen. Sanft strich er eine Strähne zur Seite, die ihr ins Gesicht gefallen war. Das Fieber hatte sie ausgezehrt und tiefe dunkle Ringe unter ihre Augen gezeichnet. Dennoch erschien sie ihm so schön wie nie zuvor. Er hatte ihr weiße und schwarze Lilien gebracht. Gion behauptete, sie sei eine finstere Schwarzmagierin – und dass man ihr nicht trauen dürfe. Tikian lächelte. Er hielt das für Unsinn. Sie hatte ihm das Leben gerettet, und wofür? Sie kannten sich kaum ... So handelte keine Schwarzmagierin!

Elena schlug die Augen auf und blinzelte. »Bist du es wirklich?« Sie hob die Hand und versuchte ihn zu berühren, doch ihr fehlte die Kraft, den Arm auszustrecken.

Behutsam strich Tikian ihr über die schmalen Finger. »Ich bin keine Gestalt aus einem Fiebertraum. Ich bin hier, um dir zu danken ... Du hast mir nun schon zum zweiten Mal das Leben gerettet.«

Ihr Blick fiel auf die Blumen, und sie lächelte. »Es ist nicht leicht, unter Söldnern einen Blumenkavalier zu finden. Wenn man doch einmal einem begegnet, dann ist es schon einige Mühe wert, sich ihn zu erhalten.«

»Deine Worte schmeicheln mir, doch muss ich gestehen, dass ich nicht allein aus Edelmut gehandelt habe. Deine Schönheit hat mir die Sinne verwirrt. Ich konnte nicht anders ... Jeden Wunsch möchte ich dir von den Lippen ablesen, und wenn ich ein Dichter wäre, so könnte ich fortan nur noch von dir schreiben, denn dich zu kennen, hat mich gelehrt, was Vollkommenheit ist.«

»Nun, das klingt, als seiest du im Minnespiel nicht unerfahren, mein Galan.« Die Zauberin hatte leicht die Stirn gerunzelt. »Du sollst Gelegenheit haben, mir zu beweisen, dass du bereit bist, mich mit mehr als schönen Worten zu bedenken. Ich habe tatsächlich einen Wunsch. Bring mich fort aus dieser stinkenden Kammer voller stöhnender Verletzter. Ich möchte in einem Zimmer liegen, von dem aus ich in einen Garten blicken kann. Ich denke, dass ich das Schlimmste überstanden habe. Ich brauche keinen Medicus mehr, um zu genesen. Wenn stattdessen du immer um mich sein könntest ...« Sie blickte ein wenig verlegen zur Seite.

Tikian konnte kaum glauben, was er da hörte. Er war es nicht gewohnt, dass eine Dame mit solcher Offenheit sprach. »Du meinst, ich soll *ein* Zimmer für uns beide ...«

Elena lächelte matt. »Nur, wenn du nicht befürchtest, dass die Gesellschaft einer kranken Magierin dir lästig wird.«

KAPITEL 1

Traurig blickte Tikian durch das schmale Fenster, vorbei an den schmuddeligen Lagerhäusern zum Frachthafen, in dem sich zwei alte Karavellen sanft in der Dünung neigten. Die Fenster der Kneipe waren nicht verglast, und der Wirt hatte sich auch nicht die Mühe gemacht, die schweren Holzläden, die hinter dem Tresen an der Wand lehnten, zum Schutz gegen den Regen aufzuhängen. Manchmal, wenn eine Bö vom Meer heranfegte, spritzten die Tropfen durch das Fenster bis auf den Tisch, an dem Tikian saß. Das Wasser sammelte sich in den tiefen Kerben der Holzplatte, auf der seit einem Jahrzehnt oder vielleicht noch länger Matrosen aus allen Häfen des Südens ihre Zeichen eingekerbt hatten. Auch wenn die meisten nicht schreiben konnten, so hinterließ doch jeder eine Spur, mit der er sich auf der Musterrolle verewigte, wenn er auf einem neuen Schiff anheuerte.

Grau wie geschmolzenes Blei schimmerte das Wasser in den Rillen, und all die überlagernden Namenszeichen erschienen im Zwielicht fast wie die Figuren, die Nekromanten und andere Magier, die den Pfad des Lichts verlassen hatten, im Geheimen erlernten, um das herbeizurufen, was die Zwölfgötter vom Antlitz Deres gebannt hatten.

Tikian schüttelte den Kopf. Magie, das war nicht seine Welt. Verdrossen blickte er wieder aus dem Fenster. Sie kam zu spät. Viel zu spät! Sie hatte den Treffpunkt bestimmt, und jetzt das ...

Ob der Regen sie abhielt? Es war erst kurz nach Mittag, doch der Himmel schien so dunkel wie zur Abenddämmerung. Die schweren grauen Wolken hingen tief über der Stadt. Durch die dichten Regenschleier wirkte der Silberberg hinter der Landzunge auf der anderen Seite der Bucht seltsam unwirklich. Nur verschwommen war sein Umriss zu erkennen, so als sei er einer jener verwunschenen Feenhügel, von denen dem Söldner einst sein Kindermädchen erzählt hatte. Tikian lächelte melancholisch. Damals war er überzeugt gewesen, einmal ein bedeutender Edelmann bei Hof zu werden. Er hatte von schönen Damen geträumt und von galanten Abenteuern, deren Lohn ein gehauchter Kuss oder ein besticktes Seidentuch war. Wie einfach war ihm das Leben damals erschienen ...

Wieder sah Tikian zum Silberberg. Eine hohe Mauer schützte ihn vor den Blicken allzu Neugieriger. Wie eine feine schwarze Linie auf grünem Grund zog sie sich über die dicht bewachsenen Flanken des Berges. Für die meisten Bürger der Stadt waren die prächtigen Villen der Granden, die dort oben inmitten üppiger Gärten verborgen lagen, genauso unerreichbar wie die Märchenschlösser, zu denen angeblich die Pforten in den Feenhügeln führten. Und doch hatte Elena es geschafft, dort Einlass zu finden ...

Eine Woche war vergangen, seit sie zum ersten Mal dort oben gewesen war. Schon nach dem ersten Besuch war sie Tikian verändert vorgekommen. Sie wollte nicht darüber reden, mit wem sie sich dort traf, doch glänzten ihre Augen, wenn sie von der Macht und dem Reichtum der Granden sprach. Mit jedem Besuch auf dem Silberberg schien sie sich ein Stück weiter von ihm zu entfernen. Er hatte versucht, sie zu halten, doch als er gestern Abend in ihr gemeinsames Zimmer zurückgekehrt war, waren ihre Sachen verschwunden gewesen. Alles, was von ihr noch geblieben war, war dieser kleine, sauber gefaltete Zettel, auf dem der Name dieser erbärmlichen Hafenschenke stand und dass sie ihn dort zur Mittagsstunde erwarten würde.

Unschlüssig drehte der Söldner den tönernen Becher mit den angeschlagenen Kanten zwischen den Fingern und starrte auf das mittlerweile schal gewordene Bier, so als könne er darin eine Antwort auf all seine Fragen finden. Sie hätten nicht nach Al'Anfa kommen dürfen! Elena hatte es nicht gewollt. Ihrer Meinung nach wäre es klüger gewesen, ihren Sold für eine Schiffspassage ins Bornland auszugeben, um dort in den Dienst eines fetten Handelsherrn zu treten. Aber er war ja versessen auf den Ruhm und die Abenteuer gewesen, die Al'Anfa versprach. Er hatte Elena überredet, mit ihm hierherzukommen, denn überall gab es Gerüchte über einen großen Krieg, der kurz bevorstand. Hunderte von Söldnern würde man brauchen ...

Tikians Hände verkrampften sich um den Tonbecher. Welcher Dämon hatte ihn nur geritten! Wieder blickte er zu dem Berg auf der anderen Seite der Bucht. Der Regen hatte jetzt etwas nachgelassen. Ein leichter Dunst lag über dem Hafen. Es war so schwül, dass der Söldner das Gefühl hatte, keinen trockenen Faden mehr am Leib zu tragen. Eine Stunde lang hatte der Platzregen die stickige Hitze vertrieben, doch jetzt war es schlimmer als zuvor.

Tikian wischte sich mit dem Handrücken über die schweißnasse Stirn. Einen Augenblick lang überlegte er, ob er nicht einfach gehen sollte. Kneifen ... Er hatte ein Gefühl wie kurz vor einer Schlacht. Sein Mund war trocken, Schweiß sammelte sich in seinen Handflächen, und in seinem Bauch schien ein Schwarm wütender Bienen verzweifelt nach einem Ausschlupf zu suchen.

Die Tür der Schenke flog auf. Eine schlanke Gestalt mit breitkrempigem Hut verharrte im Türrahmen und musterte die Gäste. Als ihr Blick auf Tikian fiel, durchquerte sie mit festem Schritt den Raum.

Der Söldner hatte Elena im ersten Augenblick nicht wiedererkannt. Sie trug neue Kleider, einen langen schwarzen Ledermantel, den sie offen ließ, sodass man darunter ein rotes Kleid aus durchscheinendem Stoff erkennen konnte. Fast kniehohe, schlammbespritzte Schnürstiefel rundeten ihr neues Erscheinungsbild ab.

»Du hast viel Geduld.« Elena verzog den Mund zu einem schiefen Lächeln und ließ mit elegantem Schwung ihren breitkrempigen Hut auf dem Tisch landen. Er war aus einem speckigen Filz, an dem der Regen abperlte. Nur den buschigen roten Federn am Hutband war das Wetter schlecht bekommen. Zerzaust und halb geknickt, boten sie einen jämmerlichen Anblick.

Die Magierin lehnte ihren langen Stab mit dem bernsteinfarbenen Kristall an seiner Spitze neben sich an die Wand und drehte sich halb zum Tresen um: »Bring mir etwas, das die Kehle ausbrennt und mich euer alanfanisches Mistwetter vergessen lässt!«

Sie schüttelte ihr langes blondes Haar und blickte Tikian an. Plötzlich war ihr Söldnergehabe wie weggewischt. »Du hättest mich nicht in diese Stadt bringen sollen.«

»Wir können doch immer noch gehen ...«

»Du bist ein hoffnungsloser Träumer. Manchmal frage ich mich, wie du es geschafft hast, als Söldner zu überleben. Ich habe einen Dienstherrn gefunden, der reicher ist als jeder bornische Pfeffersack. Ich wäre verrückt, jetzt wegzugehen.«

Der Wirt stellte wortlos einen kleinen Krug und einen Zinnbecher neben Elena auf den Tisch. Sie goss sich ein und leerte den Becher mit einem einzigen Zug. Seufzend streckte sie sich gegen die hohe Stuhllehne und schob Tikian den Krug hin. »Willst du auch etwas?«

Er schüttelte den Kopf. Sie hatte noch nie Schwierigkeiten gehabt, ihn unter den Tisch zu trinken. Doch so leicht würde er es ihr nicht machen! »Warum bist du gegangen?«

»Mein neuer Dienstherr wünscht, dass ich in seinem Palast wohne, um immer für ihn verfügbar zu sein.«

»Braucht er keinen Fechter?«

»Davon gibt es hier mehr als Krabben in den Mangroven. Er hat genug!«

Tikian schluckte seinen Zorn hinunter. Er war nicht irgendein dahergelaufener Schwertkämpfer mit einem zweifelhaften Kriegerbrief! Die besten Fechter der Westküste hatten ihn ausgebildet. Sein Vater hatte ein Vermögen dafür ausgegeben. Elena wusste das genau!

Sie musterte ihn kühl. Ihre Augen waren graugrün, so wie das Meer an einem Regentag. Sie würde ihn beleidigen. Für seinen Stolz wäre es besser, wenn er jetzt aufstünde und ginge! Doch er konnte nicht. Er liebte sie zu sehr. Vielleicht würde alles ganz ...

»Es war dein Vorschlag, dass wir getrennt nach neuen Dienstherren suchen. Erinnerst du dich noch an unseren ersten Abend in dieser Stadt? Die schmierige Absteige, in der wir untergekommen sind? Damals hast du mir gesagt, es sei klüger, wenn jeder auf eigene Faust sucht. Hast du eigentlich begriffen, wie sehr du mich damit verletzt hast? Ich hatte das Gefühl, ich wäre eine Last für dich! Es kam mir so vor, als glaubtest du, ohne mich schneller einen Vertrag zu finden.«

»Aber so war es nicht! Ich hätte keinen Dienst ohne dich angetreten ...«

»Und warum konntest du mir das nicht sagen?« Elena goss sich einen neuen Becher ein.

»Das war selbstverständlich für mich! Ich hätte niemals ...«

»Worte!« Sie schnaubte verächtlich. »Findest du nicht, du machst es dir jetzt etwas zu leicht, mein adliger Galan?«

»Und du? Wie kannst du zwei Götternamen lang mit mir zusammenleben und dann einfach deine Sachen packen und verschwinden? War das alles nur ein Spiel für dich? Ich dachte, du liebst mich?«

»Liebe ist wie blutiger Rotz! Man bekommt es, man schlägt sich eine Weile damit herum, und dann wirst du eines Morgens wach, und es ist weg.«

»Blutiger Rotz ...«, stammelte Tikian. Ihre Worte waren wie Degenstiche. Er war wahrhaftig nicht auf den Mund gefallen, doch gegen Elena fühlte er sich wehrlos.

»Wenn du mich wirklich liebst, dann müsste es dich doch freuen, dass ich einen guten Vertrag gemacht habe. Oder verwechselst du vielleicht Liebe mit Besitz?« Ein drohendes Funkeln sprühte in den Augen der Magierin.

»Wie heißt denn dein neuer Soldherr? Ist es einer der Granden?«

»Das geht dich nichts mehr an. Du wirst seinen Namen nicht von mir erfahren. Ich wünsche auch nicht, dass du mir hinterherschnüffelst. Es ist nicht unbedingt so, dass du mir gar nichts mehr bedeutest, doch wenn man mich mit dir zusammen sieht, würde das meinem Ruf schaden. Das musst du begreifen! Sieh dich doch nur an! Was ist von deinem Glanz geblieben? Heruntergekommen und unrasiert bist du. Keiner würde auf die Idee kommen, dass du ein Mann von Stand bist. Wenn ich dich sehen möchte, dann werde ich dich schon finden.«

»Ich könnte mich ändern ...«

Sie schüttelte heftig den Kopf, sodass ihr das lange blonde Haar um die Schultern flog. »Es ist sinnlos. Ich habe mich in das verliebt, was du bist. Selbst wenn ich jetzt gehe, finde ich noch immer vieles liebenswert an dir. Trotzdem ist es vorbei. Ich kann nichts tun für uns. Das Einzige, was ich dir anbiete, ist, dir in Zukunft eine Freundin zu sein. Du hast mich kennengelernt, wie es nur wenige Männer in meinem Leben tun werden.«

Tikian starrte auf den Hafen. Er konnte ihr nicht ins Gesicht sehen. »Habe ich dich wirklich kennengelernt?«, fragte er tonlos.

Die Magierin packte ihn am Kinn und zwang ihn, ihr in die Augen zu sehen. »So viele Gottesnamen lang hast du dir ein Bild von mir gemacht. Sicher war vieles daran richtig, doch jetzt lernst du die Seiten an mir kennen, die du bislang nicht sehen wolltest. Das hier bin genauso ich wie die melancholische Zauberin, in die du dich verliebt hast. Wenn deine Liebe wirklich aufrichtig ist, dann musst du auch das anerkennen können.«

»Muss ich?« Tikian reckte das Kinn vor und erwiderte ihren Blick. Er hatte das Gefühl, dass Elena ihm allein mit

Worten das Herz herausschneiden könnte. Davor musste er sich schützen, oder sie würde ihn vernichten! Er bemühte sich, kalt zu klingen, als er weitersprach. »Vielleicht ist es deine Schwierigkeit, dich für unersetzlich zu halten. Ich habe vor dir schon viele Frauen gehabt, und es wird auch nach dir noch etliche geben. Mir war klar, dass unser Bund nicht für die Ewigkeit geschlossen war. Die Frage war nur, wer als Erster gehen würde ...«

»Darauf kann ich dir eine Antwort geben!« Elenas Gesicht war zu einer Maske erstarrt. Er kannte den Ausdruck, den sie jetzt in den Augen hatte. So sah sie aus, kurz bevor eine Schlacht begann. All ihre Ängste hatte sie verdrängt und das, was verletzlich an ihr war, tief in sich begraben. In ein paar Stunden würden die Ängste zurückkehren. Doch auch dann würde sie es mit sich allein ausmachen. In all den Wochen, die sie zusammen gewesen waren, hatte sie nur ein einziges Mal in seinen Armen gelegen und geweint. Er hatte schon viele Menschen in seinem Leben weinen hören ... Schließlich war es sein Beruf, Leid und Tod zu bringen. Doch niemals hatte er jemanden so weinen hören wie sie in jener Nacht, als sie ihm ihre Tränen geschenkt hatte.

Elena ließ sein Kinn los und goss sich noch einen Becher ein. Wieder leerte sie ihn in einem Zug. »Ich denke, wir haben uns gesagt, was noch zu sagen war.« Die Magierin griff nach dem Stab und klemmte sich ihren Schlapphut unter den Arm. Einen Augenblick noch blieb sie neben dem Tisch stehen und sah ihn mit ihren meerfarbenen Augen traurig an. »Oder gibt es noch etwas, das du mir sagen möchtest ...«

Tikian seufzte. Er wünschte, er könnte den Zauber all jener wunderbaren Stunden in Worte fassen, die sie miteinander geteilt hatten. Wünschte, er könnte ihr sagen, wie viel es ihm bedeutet hatte, morgens neben ihr zu erwachen und ihr beim Schlafen zuzusehen, oder wie sehr er die Geste geliebt hatte, mit der sie sich in Gedanken versunken das Haar aus der Stirn strich. Doch seine Lippen waren wie versiegelt. Statt von seiner Liebe zu reden, schüttelte er nur den Kopf.

»Gut, wie die Dinge stehen, heißt es dann jetzt: Lebe wohl!« Elena drehte sich jäh um, ging zum Tresen, warf dem Wirt eine Münze zu und verließ die Schenke, ohne sich auch nur einmal noch umzudrehen.

Wenn er jetzt aufspringen würde und ihr nachliefe, dann mochte sich vielleicht alles ändern, überlegte Tikian. Doch er konnte nicht. Sein Stolz war wie glühende Nägel, die ihn an den Stuhl hefteten. Sie hatte ihn zu sehr verletzt! Wenn er ihr jetzt folgte und sie ihn zurückwies, dann hätte sie ihn vernichtet.

Verzweifelt blickte er Elena nach, wie sie die schlammige Straße zum Hafen hinabging. Die grauen Wolkenbänke am Himmel waren an einigen Stellen aufgerissen, und breite Bahnen goldenen Lichts fielen auf die Stadt. Selbst die schmutzige Hafenstraße ließ dieses Licht wie einen verzauberten Ort erscheinen. Ein Windstoß zerzauste das lange Haar der Magierin und ließ den Ledermantel wie eine schwarze Fahne hinter ihr herwehen. Sie war so zart und zerbrechlich ... Wie eine Fee erschien sie ihm in diesem Augenblick. Dann war sie hinter einer Häuserecke verschwunden.

Hatte sie mit ihren Worten recht gehabt? Hatte er sich wirklich nur ein Bild von ihr gemacht und sich in dieses verliebt?

Er musste fort von hier! Nicht einen Augenblick länger würde er es an diesem Ort noch aushalten. Mit einem Satz war er auf den Beinen. Seine Finger tasteten nach dem schlanken Geldbeutel an seinem Gürtel. »Was schulde ich dir, Wirt?«

Der Mann hinter dem Tresen schüttelte den Kopf. »Nichts! Sie hat für dich bezahlt.«

Ein Poltern ließ Tikian aus dem Schlaf aufschrecken. Sofort war er auf den Beinen.

»Ich ... ich bin nur an den Stuhl gestoßen, als ich mich angekleidet habe«, stammelte die junge Frau, die im Zwielicht bloß als Schatten zu erkennen war.

»Ich weiß, was du wolltest. Belüg mich nicht! Nimm deine Sachen und mach, dass du hier wegkommst!« Tikian strich sich mit fahriger Geste das Haar aus der Stirn. Sein Kopf schmerzte vom billigen Wein.

»Ich bin noch nicht angezogen und ...«

»Erzähl mir nicht, dass du dich deswegen schämen würdest. Raus hier, Diebin!«

Die Frau griff nach der Münze, die auf dem Tisch lag, und raffte ihre Kleider zusammen. In der Tür drehte sie sich noch einmal kurz um. »Du sollst wissen, dass alles, was ich dir gestern Nacht gesagt habe, Lüge war, du Bastard! Noch nie habe ich einen Mann gehabt, der so wenig ...«

»Raus!« Tikian machte einen Schritt in Richtung der Tür und stieß dabei gegen den wackeligen Holztisch, der in der Mitte des winzigen Zimmers stand.

»Möge dir Belkelel dein Gemächt abreißen und es ihrer höllischen Brut zuwerfen, du fauliges Stück Aas«, fluchte das Weib, während es in den schmalen Flur flüchtete. »Selbst mit einem stinkenden toten Fisch macht es mehr Spaß als mit dir, du ...«

Tikian warf die Tür zu und lehnte sich mit dem Rücken gegen das wurmstichige Holz. In seinem Kopf hämmerte ein dumpfer Schmerz. Ihm war übel.

Wie viele Tage waren vergangen, seitdem Elena ihn verlassen hatte? Er dachte an ihr sanftes, von goldenem Haar gesäumtes Gesicht und an ihr letztes Treffen in der Hafenschenke. Warum nur ...

Müde stieß er sich von der Tür ab und stellte den schief zusammengezimmerten Stuhl wieder auf, der neben dem Tisch lag. Er hatte die Scheide seines Rapiers mit einem dünnen Lederriemen an einem der Stuhlbeine festgebunden. Mit einem traurigen Lächeln strich er über das kalte Metall von Korb und Parierstange. Sie waren alle gleich, die billigen Gossenhuren. Schon als er sie mit heraufgenommen hatte, hatte er gewusst, dass sie versuchen würde, die kostbare Waffe zu stehlen, wenn sie sich davonschlich. Sie war zu zart besaitet gewesen ... Eines Nachts hätte er vielleicht ein Weib neben sich liegen, das ihm erst die Kehle durchschnitt, bevor es seine Finger nach dem Rapier ausstreckte. Hoffentlich würde es ein sauberer Schnitt werden.

Sein Blick wanderte zu der durchgelegenen, strohgefüllten Matratze in der Ecke. Unter ihr lag sein Parierdolch versteckt. Morgen würde er sich entscheiden müssen ... Außer der Münze, welche die Hure als ihren Lohn mitgenommen hatte, besaß er nur noch ein paar Kupferlinge. Gerade genug für eine Schale Hirsebrei und einen Becher Wein zum Frühstück. Er brauchte Geld, und im Augenblick sah er nur noch zwei Wege, an Münzen zu kommen. Entweder er versetzte den Parierdolch seines Großvaters, oder er ließ sich auf das Angebot des hageren Kerls ein, der ihn letzte Nacht im *Schandkragen* angesprochen hatte. In einem der Lagerschuppen am Hafen sollte es eine Reihe von Duellen geben, und der Hagere suchte nach Kämpfern, die sich zum Vergnügen der Zuschauer abschlachteten. Eine Dublone, wenn er kam, und fünf weitere Dublonen für jeden Sieg, das hatte ihm der Fremde versprochen. Von den Goldmünzen könnte er eine ganze Zeit lang gut leben. Er würde noch viele Frauen brauchen, um Elena zu vergessen.

Tikian starrte auf die Tür und dachte an die dunkelhaarige Hure, mit der er die Nacht verbracht hatte. Er hatte vergessen, wie sie sich nannte – aber was zählte das schon? Es war wahrscheinlich ohnehin nicht ihr wirklicher Name gewesen. Sie war eine gute Schauspielerin, und für ein paar Stunden hatte er bei ihr vergessen können. Ihre warmen Arme, die sanften Küsse ... Sie hatte sich gut darauf verstanden, ihn mit Schmeicheleien zu umgarnen. Ihr Fluch klang ihm wieder im Ohr ... Der unheimliche Name, den sie genannt hatte, als sie in der Tür stand. Welches niederhöllische Geschöpf sie wohl angerufen hatte? Tikians Hand schloss sich um den Griff des Rapiers. In dieser Stadt waren sie schnell dabei, leichtfertig den Namen eines Dämons auszurufen.

Er dachte an die Kreatur, der er in der Grotte im Dschungel gegenübergestanden hatte. Seine Waffe hatte das Ungetüm nicht zu töten vermocht, und wäre Elena nicht gewesen, dann würde er jetzt schon längst in Borons Hallen oder an einem noch finstereren Ort weilen. Sein Mund war plötzlich trocken ... Tikian drehte sich um und griff nach dem Tonkrug, der neben der Strohmatratze auf dem Boden stand. Er nahm einen tiefen Schluck und spuckte die Hälfte des warmen, brackig schmeckenden Wassers wieder aus. Verfluchte Stadt! Alles erschien ihm hier schal oder verrottet. »Die Pestbeule des Südens« nannte man Al'Anfa im Lieblichen Feld, und das war noch geschmeichelt.

Tikian hob den Krug über den Kopf und ließ sich das warme Wasser über das Gesicht laufen. Diese Kopfschmerzen! Vielleicht sollte er sein letztes Geld nicht für ein Frühstück vergeuden, sondern sich ein Pfeife Rauschkraut gönnen. Das war die beste Art, einen Kater zu überstehen.

Das kleine, schmutzige Zimmer erschien ihm plötzlich so eng, dass er zu ersticken glaubte. Er griff nach dem Stuhl, zog ihn zum Fenster und stieß den klapprigen Holzladen auf. Die Nachtluft war hier nicht wie in seiner Heimat kühl und angenehm. Sie schien schwer vom Regen, der gefallen war, vom Duft süßer Blüten, wie sie selbst auf den schmutzigsten Hinterhöfen wucherten, und dem Gestank des Unrats, der auf den Straßen lag.

Irgendwo erklang das Fauchen zweier kämpfender Katzen. Tikian hob den Kopf und blickte zum Himmel. Dunkle Regenwolken zogen am Madamal vorbei, das zu einer schmalen Sichel geschrumpft war. Er dachte an die Frau des kaiserlichen Gesandten – und die Nacht, die sie gemeinsam verbracht hatten. Das Madamal hatte in jener Nacht ganz ähnlich ausgesehen, als es hoch über den weißen Kirschblüten am Himmel gestanden hatte.

Tikian lachte. Die Gräfin war es wert gewesen! Und morgen, morgen würde er den Parierdolch seines ruhmreichen Großvaters versetzen. Er war von Stand und würde niemals so tief sinken, dass er sich in einem Lagerschuppen zum Vergnügen einiger vollgefressener Sklavenhändler duellieren würde. Der Patriarch hatte eine riesige Flotte im Hafen versammelt, und bald würde es Krieg geben. Er würde sich von einem der Söldnerregimenter anwerben lassen. Bei seiner Herkunft und seinen Fähigkeiten müsste man ihm eigentlich wenigstens einen Unteroffiziersrang anbieten. Als junger Adliger war er es gewohnt zu befehlen. Solche Männer brauchte man in einem Heer! Helden, die auch im hitzigsten Gefecht einen kühlen Kopf behielten.

Tikian lächelte. Er war betrunken. Statt von einer Offizierskarriere in einer Söldnerarmee zu träumen, sollte er zufrieden sein, wenn man ihn gegen einen anständigen Sold in Dienst nahm.

Er blickte über die schwarzen Ruinen, die den Hinterhof füllten, zum Haus auf der anderen Seite. In einem der unteren Fenster war ein blasses Frauengesicht zu sehen. Irgendwo zwischen den Ruinen ertönte lustvolles Stöhnen, das Tikian zu überhören versuchte.

Er hatte das Gesicht dort unten am Fenster ein paar Nächte zuvor schon einmal gesehen, und er fragte sich, welcher Kummer der schönen jungen Frau den Schlaf rauben mochte. Sie wirkte unendlich traurig, und das silberne Licht des Madamals ließ sie ein wenig unwirklich erscheinen. Fast wie eine Gestalt aus der Anderswelt ... Er hätte gern einmal das Reich der Feen besucht. Er war davon überzeugt, dass diese Zauberwelt nicht nur in den Märchen der Kinderfrauen bestand. Schon als kleiner Junge hatte er in dem dichten Brombeergestrüpp weit hinten in dem großen Garten, der das Anwesen seines Vaters umgab, nach einer verborgenen Pforte zum Feenreich gesucht. Er schmunzelte. Das Abenteuer hatte ihm nicht mehr als ein paar zerrissene Kleider und eine gehörige Tracht Prügel eingebracht.

Das Stöhnen auf dem Hof steigerte sich zu wilden, wollüstigen Schreien. Das Gesicht am Fenster aber war verschwunden. Müde schloss Tikian den Holzladen, und als er sich auf seine Matratze legte, verebbten auch die Schreie zu einem leisen Röcheln.

»Herrin, bitte, schnell, wacht auf! Der gnädige Herr möchte Euch sehen. Es eilt!«

Verschlafen drehte Elena sich um und streifte das seidene Laken zur Seite. Neben ihrem Bett stand eine junge, hellhäutige Sklavin. »Was ist denn los?«

»Der gnädige Herr ist in der großen Halle unten und will Euch sofort sehen. Er hat auch den alten Magus Orlando bei sich. Es muss sehr dringend sein!«

Missmutig blickte Elena zum Fenster. Draußen war es noch dunkel. Was, im Namen der Zwölf, mochte der Marschall von ihr wollen? Die Florios waren berühmt für die strenge Zucht und Ordnung, die sie von ihren Untergebenen erwarteten. Vielleicht war es eine Prüfung. Also erhob sie sich müde aus dem Bett, streifte in aller Eile ein Gewand über und bändigte ihre Haare mit einem roten Seidenband. Dann folgte sie der Sklavin durch die weitläufige Grandenvilla hinab zum großen Saal, der im Erdgeschoss auf der Rückseite des Hauses lag.

Der Saal erstrahlte im Licht von zahllosen Kerzen, das sich an den großen Wandspiegeln brach und so hell schien, dass Elena im ersten Augenblick wie geblendet war.

Oboto trug enge Reithosen und Stiefel, dazu ein weit geschnittenes Seidenhemd und eine Bauchbinde, die seine Leibesfülle unterstrich. Wie immer, wenn sie ihn bisher gesehen hatte, steckten seine Hände in schwarzen Stulpenhandschuhen. Er rieb die Fingerspitzen gegeneinander, sodass das Leder leise knirschte, und blickte sie lauernd an.

»Schön, dass Ihr Euch doch noch dazu herablasst, Unsere Wenigkeit mit Eurem Erscheinen zu erfreuen«, begrüßte sie der Marschall der Stadtgarde missmutig. »Hätte ein anderer

Magus Uns nach dem Leben getrachtet, so wäret Ihr immerhin noch rechtzeitig erschienen, um Unseren Nachruf zu verlesen.«

Elena verbeugte sich tief und achtete dabei sorgsam darauf, ihrem Gegenüber guten Einblick in ihr Dekolleté zu gewähren, denn sie war sich nur zu sehr bewusst, was den Marschall dazu veranlasst hatte, sie in seinen Dienst aufzunehmen. »Verzeiht meine Verspätung, doch nachdem ich erfahren hatte, dass Ihr mich nicht in einem Notfall rufen ließet, habe ich mir die Freiheit genommen, eines der wunderbaren Kleider anzulegen, die Ihr mir in Eurer grenzenlosen Großmut geschenkt habt, auf dass mein Äußeres Eurem ebenso verwöhnten wie erlesenen Geschmack Gefallen bereiten möge.«

Der Marschall schnalzte mit der Zunge und beugte sich ein wenig vor. »Nun, Wir könnten nicht sagen, dass Uns nicht gefiele, was Wir vor Uns sehen. Doch sind Wir auch der Überzeugung, dass eine wahrhaft schöne Frau nichts zu entstellen vermag. So erscheint also das nächste Mal, wenn Wir Euch rufen lassen, unverzüglich!«

»Euer Wunsch ist mir Befehl, Herr!«

Der Marschall schüttelte den Kopf und legte die Stirn in Falten. »Missversteht Unsere Höflichkeit nicht. Es handelte sich bei Unseren Worten durchaus nicht um einen Wunsch, sondern tatsächlich um einen Befehl, auch wenn Wir in Unserer Rede weitestgehend auf diese verzichteten.«

Elena schluckte. Dem fetten Kerl und seiner Art war sie zutiefst abgeneigt, doch nachdem sie sich nun einmal auf ihn eingelassen hatte, musste sie das Beste aus ihrer Lage machen. »Es ist mein größtes Glück, all Euren Befehlen auf das Genaueste Folge zu leisten, Herr.«

»Nun, Ihr werdet sogleich Gelegenheit erhalten, Euren Worten Taten folgen zu lassen, meine Liebe.« Oboto wechselte einen kurzen Blick mit seinem Leibmagus Orlando, und die beiden Männer lächelten verschwörerisch. Der Magus war ein hagerer Mann mit einem dünnen Ziegenbart, der ihm fast bis zum Gürtel hinabreichte. Sein Haar war aschgrau und seine Haut so blass, als habe er die meiste Zeit seines Lebens in halb verdunkelten Gemächern beim Studium der arkanen Künste verbracht. Seine ganze Erscheinung stand in krassem Gegensatz zu der seines Herrn. Oboto war dunkelhaarig und massig. Sein Gesicht war breit und flach, beherrscht von einer knolligen Nase und dunklen, vorstehenden Augen, die ihn ein wenig wie einen riesigen Frosch aussehen ließen.

»Es gehört zu den bedauerlichen Tatsachen, die mit einer hohen Geburt einhergehen, immer darauf gefasst sein zu müssen, dass es irgendwelche größenwahnsinnigen Leute geben mag, die Uns nach Unserem Leben trachten könnten. Unter diesen Verwirrten mag sich möglicherweise auch ein Magus befinden, und um auf seine Angriffe vorbereitet zu sein, haben Wir Euch und auch den ehrenwerten Orlando in Unsere Dienste genommen. In dieser Nacht nun stehen die Sterne in einer äußerst günstigen Conjunctio oder so ähnlich ... Jedenfalls soll es besonders leicht sein, Dämonengezücht aus fremden Sphären herbeizurufen, und Orlando wird Euch nun gleich einer kleinen Prüfung Eurer Tauglichkeit unterziehen. Da Wir Uns dazu in einen Teil des Hauses begeben werden, dessen genaue Lage Ihr zunächst noch nicht wissen sollt, wären Wir Euch sehr verbunden, wenn Ihr den Schal nähmet, der auf dem kleinen Tisch dort vorne liegt, und Euch damit die Augen verbinden würdet.«

Elena fluchte innerlich. Was hatten die beiden Kerle mit ihr vor? Dennoch griff sie gehorsam nach dem Schal.

Der Weg hatte über viele Treppen mal aufwärts, mal abwärts geführt, und um sie vollends zu verwirren, hatte man ihr zweimal befohlen, sich auf der Stelle immer wieder im Kreise zu drehen, bis ihr so schwindelig geworden war, dass sie zu taumeln begonnen hatte. Nun schloss sich etwas Kaltes um ihr linkes Handgelenk.

»Was soll das?« Elena fror, und als sie ihren linken Arm bewegte, ertönte ein leises Klirren wie von einer Kette.

»Ich werde dir jetzt deine Augenbinde abnehmen. Wenn du siehst, wo du bist, wirst du schon begreifen, was die Stunde geschlagen hat.« Orlando riss ihr die Augenbinde herab und trat schnell ein paar Schritte zurück.

Blinzelnd blickte die Magierin sich um. Sie war in einem kleinen Kellerraum mit einer niedrigen Decke. Auf dem Boden standen einige Kerzen, die ein seltsam kaltes Licht verbreiteten, und in einer der Ecken war eine kupferne Räucherpfanne mit glühenden Kohlen aufgestellt. Um ihr linkes Handgelenk hatte der Magier eine eiserne Fessel gelegt, die durch eine kurze Kette mit einem Pflock verbunden war, den man in der Mitte der Kammer in den Boden eingelassen hatte.

Erst jetzt sah sie die Linien, die mit phosphoreszierender Kreide auf den Boden gemalt waren. Sie stand inmitten eines siebengezackten Sterns; die Kerzen waren an die Spitzen der Zacken gestellt worden. Sie war in einem Dämonenzirkel gefangen!

Orlando grinste sie an. »Nun, meine Hübsche, wirst du zeigen können, wie gut du dich auf deine Künste verstehst! Wann immer ein Krieger in den Dienst unseres Herrn tritt, muss er sich in einem Zweikampf beweisen, denn Oboto duldet nur die Besten unter seinen Beschützern. Das Gleiche gilt für seine Magier.«

Elena leckte sich nervös über die Lippen und blickte sich noch einmal in dem kleinen Raum um. Der einzige Fluchtweg war die Tür hinter Orlando. »Wo ist Oboto?«

»Dieser Raum ist von einem versteckten Gang umgeben. Es gibt eine Vielzahl verborgener Sehschlitze. Der Marschall kann zwar nur sehr schlecht verstehen, was wir miteinander reden, aber er kann alles beobachten, was in dieser Kammer vor sich geht. Er hat mir aufgetragen, einen niedrigen Dämon zu beschwören, damit du zeigen kannst, dass du in der Lage bist, diese Kreaturen zu bannen, wie du behauptet hast. Da er weiß, dass jede Beschwörung einem gewissen Wagnis entspricht, zieht er es vor, uns aus sicherem Abstand zuzusehen. Bist du bereit, deine Kunst unter Beweis zu stellen, Weib?«

Elena überlegte, ob sie den Schurken mit einem Kampfzauber angreifen sollte, um sich dann zu befreien. »Ich brauche meinen Stab, Orlando.«

Der Magier nickte. »Ich sehe zwar nicht, was er dir in deiner Lage nutzen könnte, doch dein Wunsch soll dir erfüllt sein.« Orlando trat an die Tür und gab ein Klopfzeichen, woraufhin geöffnet wurde. Dann tuschelte er kurz mit jemandem, den Elena nicht sehen konnte.

Einige Zeit verstrich, bis die Tür ein zweites Mal geöffnet und Elenas Zauberstab hereingereicht wurde.

»Nun, Kleine, ich hoffe, mit dem Stab in der Hand wirst du neuen Mut schöpfen.« Orlando warf ihn ihr vor die Füße und zog ein Schwert, das er unter seinem langen Beschwörergewand verborgen getragen hatte.

Die Zauberin bückte sich nach dem Stab. Es tat gut, das vertraute, runengeschmückte Holz zwischen den Fingern zu spüren. Sie würde Orlando und Oboto beweisen, was sie wert war!

Der Magier war zum Räucherbecken hinübergeeilt und streute aus einem Lederbeutel getrocknete Kräuter in die Glut. Während der Rauch immer dichter wurde, begann Orlando mit einem Singsang, den Elena nicht verstehen konnte. Wohl erkannte sie einzelne Worte, die in Bosparani und in einem alten tulamidischen Dialekt gesprochen wurden, doch das meiste war ihr unbekannt.

Ohne den Magier aus den Augen zu lassen, trat sie so weit zurück, wie die Kette es zuließ. Zwar konnte sie den Bannzirkel nicht verlassen, doch gelangte sie bis an den Rand des siebenzackten Sterns, sodass der Dämon nicht in ihrem Rücken erscheinen konnte.

Helle Rauchschwaden zogen durch den Raum. Der Singsang des Magiers war zu einem leisen Flüstern erstorben.

Mit klopfendem Herzen begann Elena, den Bannzauber Pentagramma zu intonieren und mit dem Ende ihres Stabes einen unsichtbaren fünfgezackten Stern auf den Boden zu malen.

Immer dichter wirbelten die Rauchschwaden durch den kleinen Raum. Jeder Atemzug wurde zur Qual. Der Qualm brannte in Augen und Lungen. Es schien, als würde der Rauch durch magische Kräfte in den Dämonenzirkel hineingezogen. Plötzlich ertönte ein lang gezogenes, unirdisches Heulen.

Immer lauter schrie Elena ihren Schutzzauber hinaus. Noch einmal glitt ihr Zauberstab über den grob gefügten, steinernen Fußboden.

Inmitten des Rauchs glühten zwei grüne Augen. Ein tiefes Knurren war zu hören, und vor ihr trat steifbeinig ein kalbsgroßer weißer Hund aus dem Rauch.

Noch einmal rief Elena die Formel, doch nichts geschah. Der Zauber schien missglückt zu sein! Verzweifelt fasste die Magierin ihren Stab fester. Die Bestie mit ihren spannlangen Zähnen könnte sie schon im nächsten Augenblick zerreißen, doch würde sie nicht ohne Widerstand aufgeben!

Der Hund stieß ein tiefes, kehliges Knurren aus und duckte sich, so als wolle er jeden Augenblick losspringen. Hastig trat Elena vor und stieß der Bestie den Stab genau zwischen die Augen. Ohne auf den geringsten Widerstand zu treffen, glitt ihr Zauberstab durch den Schädel des Hundes, durchbohrte dessen Leib und traf auf den steinernen Boden. Die Kreatur stieß ein lang gezogenes Heulen aus. Rotes Blut perlte über das weiße Fell des Dämons, dann zerbarst er zu kleinen Rauchwolken.

Fassungslos starrte die Magierin auf den Stab in ihren Händen. Wie hatte sie einen so tödlichen Schlag führen können? Ein ekelhafter Schwefelgeruch lag in der Luft.

Lauter Beifall ließ sie aufblicken. Orlando stand neben dem Räucherbecken und applaudierte ihr. »Bravo, meine

Kleine! Du hast Mut! Ich bin sicher, Oboto wird von deinen Leistungen zutiefst beeindruckt sein.«

»Wie konntest du das tun? Du musst doch wissen, was es bedeutet, einen Dämon herbeizurufen! Bist du dir nicht im Klaren, welcher Gefahr auch du dich dabei aussetzt?«

Orlando grinste verschlagen. »Glaube mir, ich weiß, was ich tue. Besser, als du dir vorzustellen vermagst.«

KAPITEL 2

»Aufmachen! Im Namen des Patriarchen, öffne die Tür, oder wir treten sie ein!«

Tikian schlug die Augen auf. Es war kein Traum, die Stimmen waren wirklich. Rotes Morgenlicht fiel in schmalen Bahnen durch die Ritzen des Holzladens vor dem Fenster.

Er konnte sehen, wie die Tür seines Zimmers unter wuchtigen Schlägen erbebte. Benommen richtete er sich auf. Im selben Augenblick stürzte die Tür ins Zimmer und schlug auf den hölzernen Tisch, dem unter der Wucht des Aufpralls die dünnen Beine wegknickten. Drei Soldaten mit Speeren stürmten herein und umstellten sein Bett.

»Ist das der Mann?« Hinter den Stadtgardisten tauchte eine Offizierin in schwarzem Waffenrock auf. An ihrer Seite stand ein junger Mann mit langem, öligem Haar.

»Ja, das ist der Kerl, mit dem Callana gestern Nacht gegangen ist!«

Tikian räusperte sich. Er hatte einen grässlichen, pelzigen Geschmack im Mund, und zu allem Überfluss kehrten auch die Kopfschmerzen zurück. »Darf ich wissen, was ich verbrochen habe ...« Einer der Gardisten stieß ihm seinen Speerschaft in die Rippen. »Du redest nur, wenn du gefragt wirst, Kerl!«

Sehnsüchtig blickte Tikian nach seinem Rapier, das am Waffengurt von der Lehne des Stuhls hinabhing.

»Gestehst du den Mord?« Die Anführerin der Gardisten war etwas näher an sein Bett getreten und blickte ihn an. In ihren Augen spiegelte sich blanker Hass. Es war offensichtlich, dass es ihr schwerfiel, die Fassung zu bewahren.

»Wir sollten das Schwein gleich jetzt aufspießen«, grölte einer der Soldaten und zielte mit seiner Speerspitze auf Tikians Hals.

Der Söldner rutschte auf seinem Strohlager zurück, bis er mit dem Rücken zur Wand saß. »Was für einen Mord? Was werft ihr mir da vor! Ich habe diese Kammer die ganze Nacht nicht verlassen.«

Die Offizierin seufzte. »Natürlich! Wie hätte es auch anders sein können? Ich habe in meinem Leben noch nie einen Kerl wie dich getroffen, der den Mut gehabt hätte, seine Taten einzugestehen!«

»Was für Taten?«

»Du bist beschuldigt, in der letzten Nacht die Hure Callana ermordet zu haben. Versuch nicht, es zu leugnen. Deine Nachbarn haben gehört, wie du dich mit ihr gestritten hast.«

Tikian schüttelte fassungslos den Kopf. »Ich schwöre bei allen Zwölfen, dass ich die ganze Nacht mein Zimmer nicht verlassen habe. Ich bin unschuldig!«

»Packt ihn und bringt ihn nach unten! Vielleicht wird er ja gesprächiger, wenn er sein Opfer sieht! Aber ich warne dich, Kerl, das wird kein schöner Anblick, jetzt bei Tageslicht.«

Zwei der Stadtgardisten ergriffen ihn, zerrten ihn vom Bett und führten ihn über den schmutzigen Flur, die schmale Stiege hinab bis in den großen Hinterhof mit seinen rußgeschwärzten Ruinen. Dort hatte sich eine Gruppe Schaulustiger versammelt, Gestalten in abgerissenen Gewändern, keifende Weiber, Bettler und abgehalfterte Söldner. Als sie die Stadtgardisten kommen sahen, bildeten sie eine Gasse. Einige von ihnen zeigten mit dem Finger auf Tikian und begannen zu tuscheln.

Am Boden lag ein zerknüllter schwarzer Umhang, unter dem ein blutiger Fuß herausragte. Die Gardisten lockerten jetzt ihren Griff, und ihre Befehlshaberin gab dem Söldner einen Stoß, sodass er ein Stück nach vorn taumelte.

»Los, zieh meinen Umhang zur Seite und sieh dir an, was du letzte Nacht getan hast, du Schwein!«

»Ich bin nicht ...«

Die Offizierin riss ihr Schwert aus der Scheide und legte Tikian die kalte Klinge an den Hals. »Tu endlich, was ich dir befehle, oder es wird in meinem Bericht heute Abend heißen, dass du leider verstorben bist, als du versuchtest, dich deiner Verhaftung zu widersetzen. Glaub mir, es macht mir überhaupt nichts aus, dich auf der Stelle abzustechen. Kerle wie du bedeuten mir weniger als das Schwarze unter meinen Fingernägeln.«

Tikian kniete nieder und zog den Umhang mit einem Ruck zur Seite. Ein Mann kreischte schrill auf. Das Raunen der Schaulustigen wich entsetzter Stille. Tikian vermochte nur noch anhand der zerfetzten Kleider, die neben ihr lagen, die hübsche Callana zu erkennen. Man hatte ihr am ganzen Körper die Haut abgezogen, sodass sie wie ein großer, blutiger Klumpen Fleisch aussah. Ihre Glieder waren grotesk verdreht, so als habe man ihr die Gelenke gebrochen, und auch ihr Kopf war in unnatürlichem Winkel abgeknickt.

Eine Hand packte Tikian mit eisernem Griff im Genick. »Am liebsten würde ich dich gleich hier hinrichten lassen, du Stück Dreck. Was hat sie dir getan? War sie nicht gut im Bett? Oder hattest du einfach nur einen schlechten Tag?«

»Ich schwöre bei Praios, dass ich ihr nichts zuleide getan habe!«

Die Offizierin lachte bitter. »Natürlich! Den Streit zwischen euch, letzte Nacht, den haben sich deine Zimmernachbarn nur eingebildet. Komm, reize mich nur noch ein wenig mehr, du Bastard! Gib mir einen Vorwand, und dir wird der Kerker erspart bleiben!«

»Wartet!« Callanas Lude hatte sich vorgedrängt und griff der Gardistin in den Arm. »Bring ihn nicht einfach so um. Der Kerl hat mich ruiniert! Hundert Dublonen habe ich den Eltern des Mädchens gezahlt, um sie für ein Jahr zu mieten.

Sie war noch neu im Geschäft. Nicht einmal zehn Goldstücke hat sie mir bisher eingebracht. Wenn du den Fechter umbringst, dann gibt es niemanden mehr, der für meinen Schaden aufkommen kann. Ich schlage vor, er zahlt mir die hundert Dublonen und noch einmal fünfzig dafür, dass ich Callana sehr lieb gewonnen hatte und sicher noch lange unter ihrem Verlust leiden werde. Nicht, dass mir das Geld die schöne Geliebte ersetzen könnte, doch würde es mich zumindest ein wenig trösten.«

»Du glaubst doch nicht im Ernst, dass ein Kerl wie der hier hundertfünfzig Dublonen besitzt!«

Der junge Mann grinste verschlagen. »Im Zweifelsfall stellt er selbst einen gewissen Wert dar. Zusammen mit dem Schwert, das ich oben gesehen habe, müsste es ausreichen, mich zu entschädigen.«

Tikian bäumte sich unter dem Griff der Soldatin auf. »Ich bin frei geboren. Ihr habt kein Recht, mich zum Sklaven zu machen.«

»Frei geboren? Das waren die meisten Sklaven dieser Stadt. Ich habe allerdings meine Zweifel, ob du bei einem Verkauf von diesem Lumpen wirklich auf deine Kosten kommst. Die Preise für Sklaven stehen schlecht, seit der Krieg mit Trahelien begonnen hat. Die Käufer verhalten sich zögerlich. Bald werden Hunderte, wenn nicht gar Tausende von Sklaven aus dem Kriegsgebiet die Märkte überschwemmen. Ich wüsste einen anderen Weg, wie du dich an ihm schadlos halten könntest.« Die Kriegerin zog den Luden ein wenig näher zu sich heran, sodass die Umstehenden ihre Stimme nicht mehr hören könnten. »Es wird heute Nacht ein Silberstechen geben. Dieser Hurensohn hier ist Fechter. Wenn er sich dort gut schlägt, dann wird er dir in einer Nacht mehr Wettgelder einbringen, als deine Kleine jemals verdient hätte, selbst wenn sie zu jedem Hurensohn dieses Viertels ins Bett gestiegen wäre.«

Der junge Mann strich sich nachdenklich übers Kinn. Dann nickte er schließlich. »Du hast recht. Es ist das Risiko wert. Ich möchte aber, dass klar ist, dass mir alle Besitztümer dieses Bastards gehören. Nur für den Fall, dass er dort abgestochen wird, bevor er sich bezahlt gemacht hat.«

»Das wird sich durch den Schreiber regeln lassen, der heute Nacht anwesend sein wird. Und noch etwas. Dafür, dass ich dafür sorge, dass dein Fechter mitkämpfen kann, erhalte ich vierzig vom Hundert des Gewinns.«

Der Lude zog ein Gesicht, als hätte er in eine Zitrone gebissen, doch dann nickte er. »So sei es!«

Die Offizierin ging neben Tikian in die Knie und packte ihn unter dem Kinn. »Du hast verdammtes Glück, Fechter. Wenn du gut bist, dann wird das hier schon morgen vergessen sein.« Sie nickte kurz in Richtung der Toten. »Trotzdem rate ich dir, aus dieser Stadt zu verschwinden. Wenn es noch eine Leiche in meinem Viertel gibt, kommst du mir nicht mehr so leicht davon.« Sie winkte ihren Männern. »Packt ihn und bringt ihn auf die Wache. Ich hole seine Habseligkeiten oben aus dem Zimmer.«

Tikian hielt die junge Offizierin am Arm fest. »Was ist das Silberstechen?«

Sie grinste boshaft. »Eine Gelegenheit, ein paar Halsabschneider kennenzulernen, die dir ebenbürtig sind.«

Elena blickte noch einmal den langen Gang hinab, um sich zu vergewissern, dass niemand sie beobachtete. Orlando hatte vor knapp einer Stunde zusammen mit Oboto das Haus verlassen. Jetzt war die Gelegenheit! Entschlossen drückte sie die Tür zum Zimmer des Magiers auf und huschte in den großen Raum. Sie wollte wissen, was für ein Mensch er war und womit sie in Zukunft zu rechnen hatte. Wenn sie ein wenig in seinen eigenen Sachen herumstöberte, würde ihr das sicherlich Aufschluss über seinen Charakter geben. Nie hatte sie einen Dämonologen wie ihn getroffen, und sie war noch immer ganz verwirrt, wenn sie an die Kreatur dachte, die er heraufbeschworen hatte. Ein Dämon, der sich nicht bannen ließ! Sie hatte Glück gehabt, ihn so leicht und mit nur einem Angriff zu besiegen. Es wäre klüger, wenn sie sich nicht darauf verließe, noch einmal so davonzukommen.

Neugierig blickte sie sich in dem großen Zimmer um. Die Fenster waren mit Holzläden verschlossen, und das Gemach war in graues Zwielicht getaucht. Orlando hatte ein riesiges Bett an einer der Wände aufgebaut. Elena musste lächeln. Sie konnte sich kaum vorstellen, wer freiwillig das Lager mit dem hageren Zauberer teilen sollte. Er war ungefähr so verführerisch wie ein verstaubter alter Atlas. Die Einrichtung des Zimmers zeugte obendrein von einem barbarischen Geschmack. So standen dicht neben dem Bett zwei kleine Tischchen, die im Rashduler Stil mit Einlegearbeiten aus Elfenbein, roter Koralle und Onyxstücken geschmückt waren. Der Schreibtisch unter dem Fenster hingegen hatte verschnörkelte und vergoldete Beine, so wie es in Grangor Mode war. Dicht daneben stand eine grellbunte, mit Seide bezogene Stellwand aus Maraskan. Offenbar war die Einrichtung aus allen nur erdenklichen Ländern zusammengestellt.

Ein Stapel Bücher lockte Elena zu dem Schreibtisch. Gespannt nahm sie die schweren Folianten in die Hand und las die in Gold geschnittenen Titel auf den Buchrücken. Bücher, das waren die wahren Schätze der Magier. Alles andere war nur belangloser Tand! Gleich zuoberst lag der Band *Theorie der Wahrnehmung und Beobachtung* von Serafin zu Perricum. Der nächste Titel war Sigbans *Essentia Obscura*. Das unterste Buch schien das dickste von allen und noch ganz neu zu sein. Elena kannte den Titel, denn sie hatte das Werk in Rashdul einmal eingesehen. *Magie – Macht der Überzeugung* war ein Werk, in dem es nicht allein um Magie, sondern auch darum ging, wie man es geschickt fertigbrachte, mehr darzustellen, als man tatsächlich bedeutete. Eine Kunst, die gerade für jene Magier überlebenswichtig war, die davon lebten, ihre Fähigkeiten an häufig wechselnde Geldgeber zu verkaufen. Allen Büchern war gemeinsam, dass sie von Blendwerk und Einbildungen handelten. Jetzt begriff Elena, warum sie den Dämon nicht hatte bannen können. Er war nur ein Trugbild gewesen, das verpuffte, sobald man es berührte. Offenbar hatte Orlando ihren gemeinsamen Herrn getäuscht. Er war gar kein Dämonologe. Vielleicht hatte er nicht einmal auf einer bedeutenden Akademie studiert?

Mit einem lauten Knall schlug die Tür hinter ihr ins Schloss. Erschrocken fuhr Elena herum. Doch niemand war zu sehen. Einen Augenblick lang hatte sie das Gefühl gehabt, beobachtet zu werden, ja, es schien ihr, als stünde Orlando hinter ihr im Zimmer. Doch alles war so leer und so verlassen wie zuvor. Erleichtert atmete sie auf. Sie sollte jetzt auf dem schnellsten Wege das Gemach des Magiers verlassen!

»Nun kennst du also mein Geheimnis, Elena, oder du glaubst zumindest, es zu kennen.«

Die junge Zauberin erstarrte. Es war die Stimme Orlandos, die zu ihr sprach. Hastig drehte sie sich um, doch das Zimmer schien immer noch verlassen.

»Nun, Kindchen, wunderst du dich? Du solltest niemals versuchen, einen Zauberer zu täuschen. Täuschung ist *mein* Geschäft! Du ahnst vielleicht, dass Oboto und ich niemals wirklich das Haus verlassen haben. Es waren zwei Gestalten, die ich für dich erschuf, als ich merkte, dass du mir gern hinterherschnüffeln würdest. Und um dies gleich vorwegzunehmen, unser gemeinsamer Herr weiß nichts davon.«

»Was willst du von mir?«

»Diese Frage sollte doch wohl eher ich stellen. Schließlich bist du in mein Zimmer eingebrochen. Aber gut ... Es gibt tatsächlich etwas, das ich will. Es wäre klüger für dich zu begreifen, dass ich der erste Magier im Haus unseres Herrn bin. Ich habe hier die älteren Rechte!«

»Willst du mir drohen, alter Mann?« Elena drehte sich und musterte die dunklen Ecken des Zimmers. Sie versuchte zu begreifen, ob die Stimme ein Zauber oder Wirklichkeit war.

»*Drohen* ist so ein unschönes Wort. Sagen wir doch lieber, dass ich auf deine Klugheit vertraue. Schließlich habe ich dir etwas voraus, das man an keiner Akademie lernen kann. Ich kenne diese Stadt und die Menschen, die in ihr leben, und vor allen Dingen kenne ich Oboto. Es steht außer Zweifel, dass er an deiner Jugend und deiner Schönheit Gefallen findet. Denk einmal darüber nach, ob du vielleicht allein deshalb in seinen Diensten stehst. Diese Vorzüge habe ich ihm zweifellos nicht zu bieten. Doch das wiederum ist auch meine Stärke. Ich bin das, was ich bin, weil er meinen Fähigkeiten als Zauberer vertraut, und ich habe keinen Zweifel daran, dass ich auf dieses Vertrauen auch weiterhin bauen kann.«

»Ahnt er denn nicht, dass alles, was du ihm zu bieten hast, nur Lug und Trug ist? Er weiß wohl nicht, dass du ihn bloß täuschst?«

»So ist es, und wenn du klug bist, dann wird es auch so bleiben. Ich bin der erste Magier in diesem Haus und habe nicht vor, diese Stellung mit dir zu teilen. Auch wenn du heute Morgen deine Prüfung zum Schein bestanden hast, bist du für Oboto trotzdem nicht mehr als eine mögliche Geliebte, die netterweise auch über magische Fähigkeiten verfügt. Was glaubst du, warum er dich in seine Dienste genommen hat, obwohl er schon einen Magus hat? Und warum hat er wohl darauf bestanden, dass du in diese Villa einziehst? Es wird nicht mehr lange dauern, dann steht er nachts vor deiner Tür und verlangt nach Einlass. Überzeuge ihn auf deinem Gebiet, dann werden wir uns nicht in die Quere kommen.«

»Ich kann mich bereit erklären, die Zweite neben dir zu sein, Orlando, doch zur Hure werde ich mich nicht machen. Ich bin frei geboren, und wenn unser Herr etwas von mir verlangt, das ich ihm nicht geben will, dann werde ich sein Haus wieder verlassen.«

Der Magier lachte. »Man merkt, dass du noch nicht lange in Al'Anfa lebst, meine Kleine. Du hast Obotos Gold genommen, und er wird von dir nehmen, was immer er will. Ohne die Zustimmung des Hauses Florios wirst du den Silberberg nicht verlassen. Jedenfalls nicht lebendig. Vergiss nicht, dass du nun einer der mächtigsten Familien des Südens dienst! Den Vertrag, den du mit Oboto eingegangen bist, kann man ein wenig mit einem Dämonenpakt vergleichen. Du wirst Macht und Gold bekommen, wenn du dich klug anstellst, doch glaube nicht, du könntest der Familie den Rücken kehren. Gerade das Haus Florios ist berühmt dafür, dass man hier äußersten Gehorsam verlangt. Lehne dich gegen deinen Herrn auf, und dein Weg führt ins Verderben!« Für einen Augenblick sah Elena den Schatten eines hageren, nackten Mannes auf dem Boden neben der Tür, doch gleich darauf war der Schemen mit dem Schatten des großen Himmelbettes verschmolzen. Jetzt wusste sie, wie der Alte sie überlistet hatte. Er hatte sich unsichtbar gemacht und sie in seiner Kammer erwartet.

»Und welchen Preis zahlst du, alter Mann?«

»Ich habe mich schon lange darauf eingestellt. Hin und wieder unterhalte ich die Familie mit magischen Kunststückchen, und fast immer, wenn Oboto oder die alte Folsina den Silberberg verlassen, begleite ich sie. Wie die meisten Granden haben sie seit dem Großen Brand Angst davor, womöglich einem magischen Anschlag zum Opfer zu fallen.«

Elena verbeugte sich in Richtung des Bettes. »Ich danke dir für deine Belehrung und werde sicherlich nicht mehr den Fehler machen, dich zu unterschätzen. Dennoch erlaube ich mir, meinen eigenen Weg zu gehen. Ich habe lange genug unter Söldnern gedient, um zu wissen, wie ich mit Männern umzugehen habe, die nur eines von mir wollen.«

»Mache nicht den Fehler, Oboto mit irgendeinem geilen Söldner zu verwechseln. Er mag vielleicht behäbig und ein wenig einfältig wirken, doch glaube mir: Er ist er ein Mann, der weiß, wie er bekommt, was er haben will.«

KAPITEL 3

Tikian starrte auf den mit Stroh bestreuten Boden. Durch die dünne Bretterwand der Kammer war das Raunen einer aufgeregten Menschenmenge zu hören. War es unausweichlich, dass er hier gelandet war? Er, ein Adliger, dessen Name hätte Geschichte machen können ... Immer wieder waren es Frauen, die ihn noch ein Stück weiter in den Abgrund rissen. Morena hatte ihn zu Elena geführt, Elena zu Callana – und die unglückliche Hure schließlich ... Er lachte bitter. Barden hätten sicher ihre Freude an einem solchen Schicksal. Den ganzen Tag über hatte er in einer schäbigen Zelle gehockt, und erst nach Einbruch der Dämmerung war er von der Stadtwache in den Kriegshafen überführt worden.

Großen gestrandeten Meeresungeheuern gleich, drängten sich die berüchtigten schwarzen Galeeren der Stadt in dem weiten Hafenbecken. Der Patriarch hatte wirklich eine Flotte von über hundert Schiffen zusammengezogen. Überall war das Lärmen ausgelassener Söldner zu hören, und längs der Befestigungsmauern waren Hunderte weißer Zelte aufgeschlagen, in denen all jene Krieger und Matrosen untergebracht waren, für die es in den Kasernen der Stadt keinen Platz mehr gegeben hatte. Nur ein Admiral fehlte ihm. Tikian schmunzelte. Vier Götternamen waren vergangen, seit der Pirat El Harkir bei Nacht in den Kriegshafen gesegelt war und den Hochadmiral Paligan von seinem Flaggschiff Golgari entführt hatte. Die Stadt konnte die Demütigung nicht vergessen, und es gab Gerüchte, dass der

Patriarch erwog, seine gesamte Seemacht einzusetzen, um das Perlenmeer ein für alle Mal von Piraten zu säubern.

Hinter der Bretterwand ertönte tosender Beifall, und die schmale Tür zu dem Verschlag, in dem er gewartet hatte, wurde aufgestoßen. Ein glatzköpfiger, gedrungener Mann trat ein. »Bist du bereit?«

Tikian streckte sich und griff dann nach Rapier und Parierdolch. »Gehen wir!«

»Warte, warte!« Der Dicke zog eine schwarze Seidenmaske hinter seinem Gürtel hervor und reichte sie ihm. »Trag das hier, es wird dich ein wenig auffälliger machen. Du bist doch aus dem Lieblichen Feld, nicht wahr? Die Leute da draußen wollen für ihr Geld etwas geboten bekommen. Ich werde eine kleine Geschichte zu dir erzählen, und du trägst diese Maske. Verstanden?«

Der Fechter betrachtete die Maske in seinen Händen. Sie war schon alt, und die Seide war rissig geworden. Er musste an die prächtigen Bälle in Grangor denken, erste Liebesschwüre, und wie er auf einem dieser Feste der Königin vorgestellt worden war. Wortlos führte Tikian die Maske an seine Lippen und küsste sie, dann band er sie um.

»Du bist ein seltsamer Mann. Ich hoffe, das Publikum findet Gefallen an dir. Folge mir jetzt!«

Der Glatzkopf führte Tikian durch einen kurzen Gang in eine im Durchmesser gut acht Schritt breite, sandbestreute Arena. Rings herum erhoben sich Tribünen, auf denen sich die Reichen und Mächtigen der Stadt mit ihren Beschützern, Geliebten und Lustsklaven versammelt hatten. Auf der Wache hatte Tikian von einem der anderen Gefangenen erfahren, was das Silberstechen war. Es wurde zwei- oder dreimal im Jahr veranstaltet. Anders als bei den offiziellen Arenakämpfen waren die Reichen hier unter sich. Der Eintritt kostete mehr, als ein Hafenarbeiter in einem ganzen Jahr verdiente. Wer es sich leisten konnte, einen Platz auf den grob gezimmerten Tribünen der Lagerhalle zu ergattern, zeigte damit, dass er wichtig war, und ein Kaufmann, der gar einen berühmten Gladiator aufbot, damit er hier kämpfte, konnte sicher sein, dass man ihm in Zukunft mehr Aufmerksamkeit und Achtung entgegenbrachte.

Von der Decke der Lagerhalle hingen prächtige Kristallleuchter mit unzähligen Kerzen, die den hohen Raum in fast taghelles Licht tauchten. Mit Sicherheit waren die Leuchter nur für diese eine Nacht in die Halle gebracht worden. Ebenso wie die Brokatstoffe und die Seidenkissen, mit denen die Tribünen geschmückt waren.

In der Halle war es drückend heiß, und es roch nach Ruß, Schweiß, teuren Parfüms und Pfeifenkraut. Zwei Sklaven streuten frischen Sand aus, um einen großen dunklen Fleck in der Mitte der Arena verschwinden zu lassen. Tikian verzog den Mund zu einem schiefen Grinsen. Wenn sein Vater ihn hier sehen könnte, dann würde ihm wohl auf der Stelle das Herz stehen bleiben.

Der junge Fechter reckte stolz das Kinn und trat mitten in die Kampfbahn. Er würde diesem verkommenen Haufen zeigen, wie sich ein Adliger aus dem alten Reich schlug. Sie mochten vielleicht begütert sein, doch dafür hatte seine Familie eine Geschichte, die so alt war wie die Geschichte dieses Kontinents, und keiner aus seinem Geschlecht hatte im Angesicht des Feindes jemals ehrlos gehandelt. Er mochte Fehler gemacht haben in seinem Leben, doch seine Ehre hatte er niemals besudelt!

Tikian stand jetzt in der Mitte der Arena und blickte zu den überfüllten Rängen hinauf. Da waren die von Fett und Schminke glänzenden Gesichter der Granden, der Herren der Stadt, wunderschöne und verruchte Frauen, in Seide und Kaimanleder gekleidet, beleibte Eunuchen aus der Khom, ein mittelreichischer Gesandter in einem Wams aus Brokat und mit einem breiten Schlapphut, Kapitäne mit wettergegerbten Gesichtern, junge Offiziere mit überheblichem Blick und Sklavenhändler in fantastischen Gewändern. Ein wenig erinnerte Tikian die erlauchte Gesellschaft an das Publikum eines Maskenballs und ...

»Würdest du mir vor deinem Ableben noch ein wenig deiner Aufmerksamkeit gönnen, eitler Stutzer?«

Erschrocken drehte Tikian sich um. Hinter ihm hatte der zweite Kämpfer die Arena betreten. Es war ein mittelgroßer Krieger, der sein langes schwarzes Haar zu zwei Zöpfen geflochten hatte. Er trug nur Stiefel und eine Lederhose. Sein Oberkörper war nackt und mit Öl eingerieben. Als Waffe führte er eine riesige Zweihandaxt.

»Freunde, lasst mich die jungen hoffnungsvollen Kombattanten in diesem Kampf vorstellen«, rief der glatzköpfige Kerl, der Tikian in die Arena gebracht hatte. »Auf der Linken seht Ihr den Herausforderer, Noran den Steppenwolf. Der Norbarde war in seiner Heimat im Norden ein gefürchteter Kämpfer, bis ihn der Ruhm dieser Arena in den Süden gelockt hat. Dreimal hat er allein im letzten halben Jahr im Duell gesiegt, und er ist auf dem besten Wege, in die Reihe der wirklich großen Gladiatoren aufzusteigen. Auf der Rechten hingegen seht ihr Tikian von Kuslik, den man auch den schnellen Tod nennt, einen jungen Gardehauptmann der Tyrannin Amene, der nach einer kurzen Affäre mit der alten Schlange in Ungnade fiel und das Liebliche Feld eiligst verlassen musste, nicht ohne vorher einige seiner ehemaligen Kameraden, die den Fehler begingen, ihn verhaften zu wollen, zu Boron zu schicken.« Von den Rängen ertönte verhaltenes Gelächter. »Und nun meine beiden, zeigt, wer von euch der Bessere ist!« Der Glatzkopf machte sich eilig aus der Arena davon.

»Nun, Kleiner, dann heb mal deine beiden Zahnstocher an und mach dich fürs Sterben bereit«, höhnte Noran und ließ dabei drohend die Axt kreisen.

»Es wird mir ein Vergnügen sein, dir mein Rapier zwischen die fauligen Zähne zu stoßen, du stinkender Ziegenbock.« Tikian streckte die Linke mit dem Parierdolch vor und hob die Rechte mit dem Rapier, zum Stoß bereit, sodass der Korb der Waffe fast seine Wange berührte. Einen Atemzug lang maßen die beiden Kämpfer einander mit Blicken, dann stieß Noran einen wilden Schrei aus und stürmte vor. Seine Axt zog einen schimmernden Kreis und zielte auf den linken Arm des Fechters. Es war unmöglich, einen solchen Angriff mit leichten Klingen zu parieren. Tikian machte einen Satz nach hinten, rollte sich über die Schulter ab und brachte den Norbarden mit einer Beinschere zum Straucheln.

Der Axtkämpfer stürzte der Länge nach in den Sand, kam aber fast augenblicklich wieder auf die Beine. Er hatte sich die Fingerknöchel aufgeschrammt und bebte vor Wut. »Du hüpfst ja wie ein Frosch, mein Kleiner.«

»Und du fällst mit der Anmut eines nassen Mehlsacks.«

Noran grinste. »Nun, ich kann auch anders. Ich hacke dich in kleine Stücke und verspreche dir, dass dein Blut bis zu den obersten Rängen hinaufspritzen wird.«

»Große Worte für einen mittelmäßigen Kämpfer. Zeig mir, dass du nicht nur mit dem Mundwerk zu streiten verstehst!«

Der Norbarde verzog das Gesicht zu einer wütenden Grimasse. Seine Axt schnitt durch die Luft und beschrieb dabei eine Acht. Langsam kam er auf Tikian zu. Immer schneller wirbelte dabei die Axt, sodass es unmöglich war, diese Deckung mit einem schnellen Stoß zu durchbrechen. Tikian hob seine Waffe und machte einen Schritt zurück. Zögerlich versuchte er, mit einem seitlich geführten Hieb eine der Hände des Axtkämpfers zu treffen, doch der Schlag ging fehl – und Noran zerfetzte ihm mit einem raschen Gegenangriff das Hemd.

Keuchend machte Tikian einen Satz zurück. Ein Fingerbreit nur hatte gefehlt, und Noran hätte ihm die Rippen zertrümmert. Er musste es schaffen, die Deckung des Norbarden zu unterlaufen. Wenn er einmal an der Axtklinge vorbei war, dann wäre die schwere, unhandliche Waffe nutzlos für seinen Gegner. Langsam nach hinten ausweichend, beobachtete er den Norbarden. Noran führte immer denselben Schlag. Auch das Tempo, mit dem er die Acht schlug, hatte sich nicht weiter gesteigert.

Von den Rängen ertönten Buhrufe. Tikian kniff die Augen zusammen. Würde der Korb des Rapiers der Wucht eines solchen Hiebes standhalten? Er müsste den Schaft der Axt auffangen. Wenn er sich verschätzte und die Axtschneide auf den Korb aus gehämmerter Bronze träfe, dann würde ihn das seine rechte Hand kosten.

Tikian atmete aus. Noch einmal verfolgte er Bahn und Geschwindigkeit der Axt, dann setzte er mit einem kühnen Satz vor. Krachend schlugen die Waffen aufeinander. Die Wucht der Axt prellte Tikian fast das Rapier aus der Hand, und er stöhnte vor Schmerzen auf. Doch er hatte es geschafft! Er hatte den Schaft der Axt getroffen. Mit einem niedrig geführten Stich stieß er dem Norbarden den Parierdolch unter den Rippenbogen. Dann machte er einen raschen Satz zurück.

Die Klinge des Dolches war bis zum Heft mit dunklem Blut besudelt. Noran hielt sich die Linke auf den Bauch. Gleichzeitig versuchte er, mit der anderen Hand die schwere Streitaxt zu heben. Wollte dieser Bastard denn nicht sterben? Der Stahl musste ihm durch Herz und Lunge gefahren sein!

»Verrecke!« Taumelnd stürmte der Norbarde vorwärts. Tikian wich mit einem Schritt zur Seite aus und verpasste Noran mit der flachen Seite des Rapiers einen Schlag quer über den Rücken. Der Krieger stürzte der Länge nach in den Sand. Das Publikum jubelte.

Noran versuchte noch einmal, auf die Beine zu kommen. Tikian umrundete den Axtkämpfer und sah ihm ins Gesicht. Dem Norbarden tropfte Blut von den Lippen. Er war leichenblass. Mit zitternden Armen wollte er sich aufstemmen, doch seine Kraft reichte nicht aus. Schließlich knickten ihm die Arme ein, und er schlug mit dem Gesicht voran in den Sand.

Der glatzköpfige Kerl war in die Arena zurückgekehrt und drehte den Leichnam des Norbarden herum. Mit einem schmuddeligen Tuch wischte er ihm Blut und Sand vom Bauch und wies dann auf die Wunde unter dem Rippenbogen. »Seht her, meine Freunde! Eine Wunde, klein wie ein Moskitostich, hat den Axtkämpfer gefällt. Das ist die Handschrift eines wahrhaft großen Kämpfers! Ehrt Tikian, den schnellen Tod, den verstoßenen Hauptmann der Garde!«

»Ja, ein Vivat auf den Stecher der Königin!«, grölte eine Frauenstimme. Ihr Zwischenruf wurde mit schallendem Gelächter quittiert. Rund um Tikian schlugen schimmernde Münzen in den Sand.

»Es ist jetzt Zeit zu gehen«, raunte ihm der Glatzköpfige ins Ohr. »Die Münzen werden meine Sklaven einsammeln und deinem Herrn bringen. Du musst dich jetzt ausruhen. Dein Lude hat dich für noch einen Kampf angemeldet. Danke Boron, dass du diesmal davongekommen bist.« Ein Sklave nahm Tikian am Arm und führte den Kämpfer aus der Arena in einen Raum, in dem eine Pritsche aufgestellt war.

Mira, die Offizierin der Stadtwache, und Hamilkar, der Lude, erwarteten ihn dort bereits. Die Kriegerin nickte ihm anerkennend zu. »Du hast dich gut geschlagen. Wenn ich das vorher geahnt hätte, dann hätte ich nicht nur zwei Schillinge, sondern meinen ganzen Monatssold auf dich gesetzt. Die Wetten standen fünf zu eins gegen dich, Tikian.«

Hamilkar grinste zufrieden und strich über den prallen Geldbeutel an seiner Seite. »Du hättest auf mich hören sollen, Mira. Ich habe alles gesetzt, was ich besitze, und ich werde es wieder tun.«

Die Kriegerin runzelte die Stirn. »Weißt du etwa schon, gegen wen er als Nächsten antreten wird?«

Der Lude schüttelte den Kopf. »Das ist mir gleich. Ich habe ihn kämpfen sehen. Das genügt mir! Er wird wieder gewinnen.«

Tikian ließ sich mit einem Seufzer auf der Pritsche nieder. »Wie viel Geld bin ich euch schuldig?«

»So sollten wir nicht miteinander reden, mein Freund.« Hamilkars Stimme klang so freundlich und einschmeichelnd wie die eines Rosstäuschers. »Weißt du, lass uns die Auseinandersetzung von heute Morgen doch einfach vergessen.

Was bedeutet schon Callana? Sie war ein Stück Dreck. Du weißt das, und ich weiß das. Ich bin sicher, du hattest einen guten Grund, sie zu Boron zu schicken. Jetzt, da du auf dem Weg bist, ein Gladiator zu werden, brauchst du jemanden, der sich um dich kümmert, neue Kämpfe für dich vorbereitet und dafür sorgt, dass die Wettquoten günstig stehen. Es gibt tausend Kleinigkeiten zu erledigen, mit denen du dich als Kämpfer nicht belasten solltest. Ich könnte das alles für dich tun. Ich kenne die Stadt und ihre Gesetze. Wenn du eine Frau willst, ich besorge sie dir, oder Rauschkraut oder was auch immer. Du wirst auf die Feste der Granden eingeladen werden, wenn du noch zwei oder drei gute Kämpfe austrägst. Wer weiß, vielleicht landest du sogar im Bett einer Grandessa und steigst zu den Mächtigsten der Stadt auf. Doch um all das zu erreichen, brauchst du einen zuverlässigen Freund.«

Angewidert blickte Tikian zu dem Zuhälter mit seinen öligen Haaren und den seidenen Gewändern auf. »Du lebst immer auf Kosten anderer, Hamilkar, nicht wahr?«

»O nein, das siehst du vollkommen falsch! Ich opfere mich geradezu auf. Nimm zum Beispiel Callana. Ich habe ihr immer nur die besten Kunden besorgt. Nicht einmal war ein Kerl dabei, der sie genommen hätte, ohne dafür zu bezahlen. Wir könnten ein genauso gutes Paar werden. Du brauchst mich!«

»Ich kann mir beim besten Willen nicht vorstellen, deine Hure zu sein, Hamilkar. Aber wenn du etwas für dein Geld tun willst, dann besorge mir einen Bader, der mir den rechten Arm massiert. Er ist noch ganz taub vom Schlag des Norbarden.«

»Ich werde dir jemanden holen, den Besten, den es hier im Hafen gibt. Und dann wirst du dir mein Angebot noch einmal überlegen. Du siehst ja, dass du mich brauchst.«

Jesabela hatte sich entschieden, gegen den jungen Fechter einen Brustharnisch zu tragen. Der Kürass machte sie zwar langsamer, doch würde er sie vor den tödlichen Stichen von Rapier und Parierdolch bewahren. Auf weitere Panzerung verzichtete sie. Zu der Rüstung trug sie eine kurze Tunika, die ihr gerade bis zur Mitte der Oberschenkel reichte. Das Haar hatte sie mit Bändern und Kämmen hochgesteckt, damit es ihr im Kampf nicht die Sicht behinderte.

Im Grunde war sie sich sicher, den jungen Hauptmann schnell besiegen zu können. Wenn er denn überhaupt ein Hauptmann war und die Geschichte, die der Gubernator Egiliano über ihn erzählt hatte, wirklich stimmte. Jesabela schmunzelte. Der kleine, glatzköpfige Mann stellte sie schließlich auch immer als Tochter eines der meistberüchtigten Piraten des Südmeeres vor, obwohl ihr Vater nur ein einfacher Brabaker Fischer war.

Mit siegessicherem Lächeln hob sie ihre beiden leicht gebogenen Kurzschwerter zum Gruß. »Wollen wir unser tödliches Spiel beginnen?«

Der junge Fechter nickte stumm. Er war ein wenig blass. Jesabela spürte, dass er Angst vor ihr hatte. Das war gut! Angst war stets ein schlechter Ratgeber. So würde sie es leichter mit ihm haben! Lauernd umkreisten sie einander. In der Lagerhalle herrschte atemlose Stille. Sie hatte einen guten Namen in der Stadt. Dreizehnmal war sie in der Arena siegreich gewesen, sie zählte zu den bedeutendsten Gladiatorinnen. Ob der Gardehauptmann das wohl wusste? Sie hatte ihn nie zuvor gesehen, ja nicht einmal von ihm gehört. Vermutlich war er neu in der Stadt. Nun, es würde ihm nicht mehr viel Zeit bleiben, die Freuden zu genießen, die Al'Anfa, die Perle des Südens, zu bieten hatte.

Gewandt parierte sie eine Serie von Hieben und Stichen, mit der der Fechter versuchte, eine Schwäche in ihrer Deckung zu suchen. Der Kleine war ein kluger Kämpfer. Es war offensichtlich, dass er nicht all seine Kraft in diesen ersten Angriff gesteckt hatte. Er wollte sie lediglich kennenlernen. Lauernd umkreisten sie einander. Es war an der Zeit, die Spielereien zu beenden!

Jesabela machte einen Ausfall und zielte mit ihren Schlägen abwechselnd auf Kopf und Knie des Hauptmanns. Bald schon konnte sie sehen, wie dem jungen Fechter der blanke Schweiß auf der Stirn stand. Er hatte Schwierigkeiten, die schnellen Angriffe abzuwehren. Ein Treffer zerschnitt ihm den Ärmel und ließ einen roten Striemen auf seinem Arm zurück. Er erwiderte ihn mit einem schnellen Degenstoß, der auf Jesabelas Bauch zielte. Die Gladiatorin fing seine Waffe mit gekreuzten Schwertern ab, und er antwortete sofort, indem er versuchte, ihr den Parierdolch in den Arm zu stoßen. Mit einem Satz nach hinten brachte sich die Kriegerin in Sicherheit. Der Kleine war wirklich gut! Sie würde eine etwas schnellere Gangart anschlagen müssen. Schade, dass man einen so talentierten Kämpfer einfach in den Tod schicken musste. Doch beim Silberstechen gab es keine Gnade! Das Publikum wollte, dass einer der Duellgegner starb.

Dieser Tikian hatte durch die größere Reichweite seines Rapiers einen leichten Vorteil. Jesabela mochte lange Stichwaffen nicht. Sie musste das Rapier unterlaufen oder zur Seite schlagen. Mit ihren Kurzschwertern konnte sie jedoch wuchtigere Hiebe führen. Wenn es ihr gelang, das Rapier zu binden und auf Körpernähe zu gehen, dann standen die Aussichten gut, dem Hauptmann das zweite Schwert in den ungeschützten Bauch zu stoßen. Bauchwunden waren beim Publikum sehr beliebt. Der Verletzte starb unter großen Schmerzen, und es dauerte eine Weile, bis er sein Leben aushauchte. Genau das wollten sie sehen, die fetten, zufriedenen Granden und die unnahbaren Boronpriester.

Das Klingen der Schwerter war das einzige Geräusch in der Arena. Gebannt verfolgte das Publikum ihren Kampf. Nur hin und wieder gab es einen Zwischenruf, wenn eine Wette erhöht oder zurückgezogen wurde. Jesabela hatte gelernt, auf diese Gebote zu achten, denn sie spiegelten den Marktwert eines Kämpfers wider. Ärgerlicherweise standen die Wetten auf Tikian fast genauso hoch wie auf sie selbst. Für einen Neuling war das ungewöhnlich!

Mit einem wuchtigen Schlag fegte sie das Rapier ihres Gegners zur Seite, fing die Klinge mit der hochgebogenen Parierstange ihres Schwertes ein und führte mit der linken Hand einen Stich gegen den Bauch des Fechters. Doch der Kerl war zu schnell! Als hätte er den Angriff geahnt, zuckte sein Dolch vor, und diesmal war er es, der seine hochgezogenen Parierstangen nutzte, um ihre Klinge zu binden. Jesabela biss die Zähne zusammen. Wenn es ihr gelang, ihn niederzustoßen, dann würde sie gewinnen. Keuchend rangen sie miteinander um einen Vorteil. Sie versuchte, die Ferse ihres rechten Fußes hinter sein linkes Bein zu haken und ihn aus dem Gleichgewicht zu bringen, doch er wehrte sich mit einem kurzen Tritt.

Mit der Linken war sie kräftiger als er. Zoll für Zoll gelang es ihr, die beiden ineinander verkanteten Waffen immer tiefer zu drücken, sodass die Klinge des Parierdolchs jetzt bedrohlich auf Tikians Oberschenkel zeigte. Schon berührte die Dolchspitze seine Hose. Jesabela drückte noch einmal mit aller Kraft zu. Sein Arm zitterte vor Anstrengung. Er konnte nicht länger gegenhalten! Sein eigener Dolch schnitt ihm in den Oberschenkel. Tikian stöhnte auf vor Schmerzen. Jetzt war es zu Ende!

Jesabela zog das Knie an und verpasste dem Fechter einen groben Stoß in den Magen. Im selben Augenblick gelang es ihr, das Schwert in der Rechten wieder frei zu bekommen, und sie führte einen schnellen Schlag nach dem Hals ihres Gegners. Doch er duckte sich weg und antwortete mit einem Stoß nach ihrem Fuß. Sie riss die Waffe herum, um den Angriff zu parieren, doch sie war zu langsam. Mit leisem Knirschen fuhr ihr der Stahl des Rapiers durch das Fußgelenk.

Der Fechter machte einen Satz zurück. Zur Parade bereit, hielt er Rapier und Parierdolch erhoben. Dunkles Blut floss sein Bein hinab und tropfte vom Stiefel in den hellen Arenasand.

Vorsichtig versuchte Jesabela, den rechten Fuß zu belasten. Ein sengender Schmerz pochte in der Wunde. Sie musste mit dem rechten Bein niederknien; es würde sie nicht mehr tragen. Das also war das Ende! Der Fechter hatte jetzt leichtes Spiel. Er konnte sie angreifen und einfach niederstechen. Sie wäre nicht mehr schnell genug, um seinen Angriffen auszuweichen. Aber sie würde sich nicht ergeben und einfach auf den Todesstoß warten! Jesabela hob ihre beiden Schwerter und nickte dem Hauptmann zu. Sie war bereit zur letzten Runde!

Doch der Kerl griff nicht an. Stattdessen senkte er sogar die Waffen. »Ich habe gewonnen! Jesabela ist nicht mehr in der Lage, sich angemessen gegen mich zu verteidigen. Der Kampf ist damit beendet!«

Einen Augenblick lang herrschte atemlose Stille in der Arena. Dann setzte ein Konzert aus schrillen Pfiffen und Buhrufen ein.

»Bring sie um! Stech sie ab, du Feigling. Sie hat es nicht besser verdient.«

Egiliano, der Gubernator, kam aufgeregt vom Rand der Arena zu Tikian herübergelaufen und redete dann wild gestikulierend auf den Kämpfer ein. Jesabela konnte nur einzelne Wortfetzen verstehen, doch es war offensichtlich, dass der Glatzkopf diesem Verrückten noch einmal die Regeln des Silberstechens erklärte. Aber der junge Kämpfer schüttelte nur den Kopf. Dann warf er seine Waffen in den Sand der Arena.

Egiliano wurde abwechselnd weiß und rot. Die wütenden Schreie des Publikums wurden immer lauter. Der Gubernator kam jetzt zu ihr herübergelaufen, packte ihre Rechte und riss sie in die Höhe. »Hiermit erkläre ich Jesabela, die Piratin, zur Siegerin, denn wie wir alle sehen konnten, ist Tikian nicht in der Lage, sie zu bezwingen. Der Zweikampf ist hiermit beendet!«

Mehrere Männer auf der Tribüne forderten lautstark, dass die Wetten nichtig gemacht werden sollten, und eine Frau keifte wütend, der ganze Kampf sei nichts als ein abgesprochener Wettbetrug gewesen.

Zwei Sklaven waren herbeigeeilt, um der Gladiatorin auf die Beine zu helfen. Sie konnte diesen Gardehauptmann nicht begreifen. Er war so kurz davor gewesen, in die Riege der meist geachteten und bestbezahlten Gladiatoren der Stadt aufzusteigen! Sie hätte keine Skrupel gehabt, einen verwundeten Gegner zu töten. Ärgerlich stieß sie die beiden Sklaven zur Seite, humpelte ein Stück auf den Fechter zu und neigte ihr Haupt vor ihm. »Ich danke dir für mein Leben, auch wenn ich dich nicht darum gebeten hätte, mich zu verschonen. Du warst der Bessere von uns beiden. Noch nie bin ich gegen einen Kämpfer angetreten, der es mehr als du verdient hätte, Ritter genannt zu werden. Ich bin stolz darauf, dich kennengelernt zu haben, Tikian.«

Der Fechter erwiderte ihre Verbeugung. »Es war mir eine Ehre, gegen dich gekämpft zu haben, und ich hoffe, dass deine Wunde gut verheilen wird, Jesabela.«

Die Gladiatorin lächelte. Dann winkte sie den beiden Sklaven. Der Schmerz in ihrem Fuß war so stark, dass sie kurz davor war, ohnmächtig zu werden. Das hätte ihr gerade noch gefehlt! Noch nie zuvor war sie nicht mehr in der Lage gewesen, die Arena aus eigener Kraft zu verlassen. Sie lächelte Tikian zu, dann ließ sie sich von den beiden Sklaven stützen und fortbringen. Mochten die Götter diesem jungen Narren gnädig sein!

Elena atmete erleichtert auf. Er lebte! Was, bei Rastullah, mochte Tikian nur in die Arena verschlagen haben? Oboto, den sie neben zwei Kriegern als Leibwächterin zum Silberstechen begleitet hatte, war bester Laune. Er hatte zehn Dublonen auf die Fechterin gesetzt und freute sich, seinen Wettgewinn ausgezahlt zu bekommen, obwohl Jesabela eigentlich verloren hatte.

Eben wurde die Gladiatorin von zwei Sklaven aus der Arena begleitet. Was jetzt wohl mit Tikian geschehen würde? Einige wütende Wetter forderten, dass man ihn in der Arena hinrichten solle. Neben dem glatzköpfigen Veranstalter der

Schaukämpfe war ein kleiner Kerl mit öligen Haaren aufgetaucht, der Egiliano etwas ins Ohr flüsterte. Schließlich nickte der Herr der Arena und schlug mit der erhobenen Faust in seine flache Hand. Nur einen Lidschlag später ertönte ein mächtiger Gong, dessen Klang allen Lärm übertönte.

Egiliano breitete die Arme aus und drehte sich langsam um die eigene Achse, so wie ein Jahrmarktartist, der mit großer Geste um die Gunst seines Publikums buhlt. Als der dritte Gongschlag verhallt war, wurde es still in der Lagerhalle.

»Liebe Freunde, ich bin untröstlich, dass dieser Zweikampf ein so unschönes und enttäuschendes Ende genommen hat. Ich möchte jeden von euch, der durch den Fechter Geld verloren hat, mit einem Pokal voller Dattelwein entschädigen, wie ihn nicht einmal der Kalif in Mherwed zu trinken bekommt.« Egiliano lachte leise. »Ihr müsst wissen, vor ein paar Tagen besuchten mich zwei zwielichtige Gesellen, die in der Wüste eine ganze Karawane gefunden hatten, die auf dem Weg zur Kalifenstadt verloren gegangen war.« Unwilliges Murren wurde laut, und der Gubernator beeilte sich fortzufahren. »Doch das ist nur eine Kleinigkeit am Rande. Reizvoller dürfte für euch sein, dass der Fechter hinter mir als Sklave zum Verkauf steht. Er ist des Mordes an einer Hure für schuldig befunden worden, und täuscht euch nicht in diesem vermeintlich so edlen Ritter, denn dieser *Edelmann* hat der kleinen Nutte bei lebendigem Leibe das Fell abgezogen. Wenn es euch also gelüstet, ihn ähnlich zu behandeln, weil er euch viel Wettgeld gekostet hat, so habt ihr nun Gelegenheit, ihn zu eurem Vergnügen zu ersteigern. Das erste Gebot für den Fechter mache ich selbst. Hundert Dublonen ist mir seine Haut wert. Wer bietet mehr?«

Elena starrte ungläubig in die Arena. Sie konnte nicht glauben, dass Tikian ein Mörder sein sollte. Etliche der Kaufleute beteiligten sich an der Versteigerung. Es schien, als habe sich der Fechter mit seinem Edelmut die Hälfte des Geldadels der Stadt zum Feind gemacht.

»Gefällt Euch der Mann, meine Liebe?« Oboto hatte sich von seinen Seidenkissen erhoben und zu ihr hinübergebeugt. Sein Atem roch nach teurem Wein. Er rieb sich die Hände, sodass das Leder seiner schwarzen Stulpenhandschuhe leise knirschte.

»Er hat mir einmal vor langer Zeit das Leben gerettet. Ich stehe in seiner Schuld, doch ich kann es mir nicht leisten mitzubieten. Hört nur, Herr, das Gebot steht schon bei hundertsiebzig Dublonen.«

Der Marschall der Stadtgarde knetete nachdenklich sein Doppelkinn. »Wenn Wir Euch in dieser Angelegenheit ein wenig entgegenkommen würden, wäret dann auch Ihr bereit, Uns heute Nacht ein wenig entgegenzukommen? Sagen Wir, bis in Unser Schlafgemach?« Oboto lächelte anzüglich.

Elena hatte Mühe, ihren Ekel zu unterdrücken. Sie hätte nicht erwartet, dass der Marschall so offen und unverblümt aussprechen würde, was er von ihr wollte. Sie blickte wieder hinab in die Arena. Die meisten Bieter waren mittlerweile aus der Versteigerung ausgestiegen. Der Preis war bis auf zweihundertundzehn Dublonen gestiegen. »Und wie groß würde Euer Entgegenkommen sein, Herr?«

»Wir reden über fünfhundert Dublonen!«

Elena dachte an den Kampf im Dschungel. An die beiden Mohakrieger, die auf sie zugelaufen waren, und daran, wie Tikian ihr das Leben gerettet hatte. Ohne ihn würde ihr Kopf jetzt am Gürtel eines dieser Krieger hängen ... »Ich nehme an«, flüsterte sie leise.

»Was sagt Ihr? Wir können Euch nicht verstehen?« Oboto grinste.

Die Magierin war sich sicher, dass der Marschall sehr wohl verstanden hatte. Er wollte sie demütigen. »Ich nehme Euer überaus großmütiges Angebot an, Herr!«

Der Grande löste einen kleinen Lederbeutel von seinem Gürtel und warf ihn ihr zu. »Das sind Perlen im Wert von fünfhundert Dublonen. Damit sind Wir handelseinig. Wir hoffen, Ihr wisst Unsere Wertschätzung anzuerkennen. Selbst die teuersten und besten Huren der Stadt kosten für eine Nacht nur den zehnten Teil dessen, was Wir für Euch bezahlt haben.«

»Mit Verlaub, Herr, gestattet mir anzumerken, dass ich keine Hure bin und Euer Vergleich deshalb nicht zutreffend sein kann.«

»Für Uns seid Ihr eine Hure, Elena. Wir kennen kein anderes Wort für eine Frau, die sich für Geld einem Mann hingibt. Das heißt allerdings nicht, dass Ihr Uns deshalb weniger begehrenswert erscheint. Wir mögen Frauen, die etwas Verruchtes an sich haben.«

Die Magierin ballte die Fäuste. Einen Augenblick lang lag ihr eine bissige Antwort auf der Zunge, doch sie war der Gnade des Marschalls ausgeliefert, und so schluckte sie ihren Zorn herunter. Das Gebot für Tikian stand auf zweihundertundfünfzig Dublonen.

Elena erhob sich von ihrem Platz. »Ich biete dreihundert für den Fechter!«

Egiliano blickte zu ihr hinauf und lächelte. »Hier haben wir eine Dame, die den Wert ritterlicher Tugenden kennt. Dreihundert sind geboten! Bietet jemand mehr?« Zwei der Mitbietenden, die weiter unten standen, warfen Elena böse Blicke zu und ließen sich dann auf ihren Kissen nieder.

»Dreihundert Dublonen! Wer bietet mehr?«

»Vierhundert!« – erklang eine dunkle Altstimme von der anderen Seite der Arena. Eine schwarzhaarige Frau in einem Kleid aus Schlangenleder hatte sich erhoben und lächelte Elena herausfordernd an.

Die Magierin biss sich vor Wut auf die Lippen. Wer war dieses Flittchen? Wollte sie nur den Preis in die Höhe treiben? Was konnte sie von Tikian wollen? Vierhundert Dublonen, das war der Preis für einen Zunftmeister oder einen kampferprobten Gladiator. Es war still in der Halle geworden. Voller Erwartung richteten sich dutzende Augenpaare auf sie.

»Vierhundertundfünfzig Dublonen!« Elenas Stimme klang ein wenig heiser. Was für eine Summe! Damit hätte sie an der Magierakademie in Rashdul mehr als ein Studienjahr bezahlen können.

»Fünfhundert Dublonen!«

Elena keuchte. »Fünfhundertundzwanzig.« Das war alles, was sie besaß. Tikian blickte aus der Arena zu ihr hinauf. Was er jetzt wohl dachte? Glaubte er am Ende gar, sie wolle ihn ersteigern, um ihn zu demütigen? Sein Gesichtsausdruck war nicht zu deuten. Er wirkte, als habe er sich aufgegeben.

»Ich biete fünfhundertundfünfzig Dublonen für den Fechter«, erklang die Stimme von der anderen Seite der Halle.

»Fünfhundertundfünzig Dublonen!« Egiliano sprach die Worte in einem eigenartigen Singsang. »Welch ein Preis für einen Gladiator, der seine Gegner nicht zu töten vermag! In dieser Stadt sind schon Fürstenkinder billiger verkauft worden. Ist dies das letzte Gebot?« Der Arenameister sah zu Elena hinauf.

Die Magierin schüttelte den Kopf. Sie besaß nichts mehr, was sie noch hätte setzen können.

»Gibt es sonst niemanden mehr, der sich einen stolzen Gardehauptmann als Sklaven leisten möchte?« Egiliano blickte zu den Rängen auf. Doch es kam kein weiteres Gebot mehr. »Nun gut, dann geht der Fechter Tikian hiermit in den Besitz der *ehrenwerten* Dame Consuela über.«

»Wer ist das?« Elena hatte sich auf den Brokatkissen niedergelassen und starrte zu der Frau im Schlangenlederkleid. »Was will sie von ihm?«

»Was sie von ihm will, kann man nur ahnen«, erklang die ölige Stimme Obotos neben ihr. »Üblicherweise verhält es sich so, dass die Herren für Consuelas Gesellschaft zahlen. Sie unterhält ein Haus im Schlund. Es steht in dem Ruf, dass man sich dort für Gold auch die ausgefallensten Wünsche erfüllen kann. Ihre Mädchen und Knaben sind von erlesener Schönheit. Vielleicht will sie den Fechter in die Reihe ihrer Angebote aufnehmen. Es könnte allerdings auch sein, dass er nur ein Leibwächter oder Diener werden soll. Vielleicht will sie ihn ja demütigen und seinen Stolz brechen? Bei Consuela weiß man nie. Dann jedenfalls möchten Wir nicht mit ihm tauschen, denn es heißt, dass sie jenen die Männlichkeit nimmt, die nicht zum Vergnügen der Kunden in ihrem Hause leben. Eine reine Vorsichtsmaßnahme, damit es nicht zu Affären zwischen den Huren und den Leibdienern kommt. Doch nun zu uns beiden. Wir hoffen, Ihr glaubt nicht, dass unsere Vereinbarung nun hinfällig wäre, weil Ihr Euren Fechter nicht bekommen habt. Ihr habt Unser Gold genommen. Damit gilt der Handel als besiegelt.«

»Ich weiß.« Elenas Stimme klang hohl und tonlos. Sie konnte Oboto nicht ins Antlitz sehen. Allein die Stimme des feisten Granden war ihr schon zuwider.

»Dann lasst uns jetzt gehen, meine Liebe. Wir müssen gestehen, Wir fiebern geradezu dem Höhepunkt dieser Nacht entgegen.«

Aus der Arena ertönte das Klingen von Metall. Ein neuer Zweikampf hatte begonnen.

KAPITEL 4

 Alles, was geschehen war, kam Tikian so unfassbar wie ein böser Traum vor. Hatte er wirklich in einer Arena gekämpft und war als Sklave versteigert worden? Er, ein Adliger aus dem Lieblichen Feld? Was hatte er den Göttern getan, dass sie ihn mit einem solchen Schicksal straften? Nach der Versteigerung hatte man ihn gezwungen, einen Becher Wein zu trinken, der ungewöhnlich süß schmeckte. Seitdem fühlte er sich seltsam entrückt. Es war, als betrachte er alles, was rund um ihn geschah, aus großer Entfernung, ohne wirklich daran beteiligt zu sein.

Nachdem er die Arena verlassen hatte, war er einer prächtigen Sänfte mit Vorhängen aus Perlen und Seide in die Stadt hinauf gefolgt. Er erinnerte sich an Fackelträger, schwitzende Sklaven und Bewaffnete. Die Menschen auf den Straßen stoben vor der Kolonne auseinander wie welkes Laub, das vom Herbstwind aufgewirbelt wird. Schließlich gelangten sie an ein großes Haus, das ihm bekannt vorkam. Dort schaffte man ihn über viele Treppen hinab in einen Keller, der aus dem Felsen gehauen zu sein schien. An einer der Wände stand ein Regal, in dem sich große, bauchige Flaschen aus fast undurchsichtigem Glas reihten. Der Geruch von Alkohol und glimmenden Kohlen lag in der Luft. Zwei Männer befahlen ihm, auf einem eigenartigen Stuhl Platz zu nehmen.

Jetzt sah Tikian, dass im hinteren Teil des Raumes ein Kohlebecken stand, in dessen Glut zwei Messer und eine große Zange lagen. Als die Männer seinen Blick bemerkten, grinsten sie. Bevor er fragen konnte, wo er war und was ihn hier erwartete, öffnete sich die Tür des Kellers, und die Frau, die ihn in der Arena ersteigert hatte, trat ein. Sie war nur mittelgroß und hatte langes schwarzes Haar, das ihr bis zu den Hüften hinabreichte. Ihre Haut erschien dem Fechter ungewöhnlich blass, ganz so, als setze sie sich niemals dem Licht des Praiosgestirns aus. Ihre Lippen waren von dunklem Rot, als wären sie mit dem Saft der Maulbeeren gefärbt. Die Fremde trug ein Kleid aus fein gegerbtem Schlangenleder, das in allen Farben des Regenbogens schimmerte. Wie eine zweite Haut lag es auf ihrem Leib. Es war eng und ärmellos, von schlichtem Schnitt, der die Formen ihres Körpers betonte, und reichte fast bis zu ihren Knöcheln hinab. Seitlich war es geschlitzt, sodass man ihre langen, vollkommen wirkenden Beine sehen konnte und ... Tikian stutzte. Suchend glitten seine Augen über das Kleid. Es war nicht eine Naht zu entdecken! Was, in Praios Namen, war das für eine Schlange gewesen, die ihre Haut für dieses Gewand gegeben hatte?

»Nun, mein schöner Fechter, ich heiße dich willkommen in meinem Haus. Man nennt mich Consuela, die Schlangentänzerin. Dein ritterliches Auftreten in der Arena hat mich zutiefst beeindruckt, und ich möchte, dass du fortan hier einen Dienst tust, der dir vertraut ist. Du sollst so etwas wie der Hauptmann meiner *Leibgarde* sein.« Sie lächelte anzüglich. »Deine Aufgabe ist von nun an, über die Dinge zu wachen, die in meinem Haus geschehen, und Gäste, die sich ungebührlich benehmen, in meinem Namen daran zu erinnern, wer die Herrin dieser bescheidenen Behausung ist. Glaubst du, dieser Aufgabe gewachsen zu sein?«

»Du meinst, ich müsste auf immer ...«

Consuela lachte leise. »Nein! Sklaven, die noch ein Ziel in ihrem Leben haben, sind sehr viel bessere und aufmerksamere Diener als jene, die sich aufgegeben haben. Für jeden Tag, den du mir dienst, wirst du zwei Dublonen erhalten. Das ist doppelt so viel, wie ich meinen anderen Beschützern bezahle. Du kannst mit dem Geld tun, was du willst. Solltest du jemals genug sparen, um mir den doppelten Kaufpreis, den ich für dich gezahlt habe, zu erstatten, dann bist du ein freier Mann. Du wirst keinen eisernen Sklavenring tragen müssen, sodass an deinem Hals keine Narben zurückbleiben, die einem Kundigen zeit deines Lebens verraten könnten, was du einmal gewesen bist. Du kannst dich frei in diesem Haus und in dem Stadtviertel bewegen. Wenn du dich abmeldest und gegebenenfalls eine Begleitung zulässt, magst du auch andere Stadtteile besuchen. Doch versuche nicht zu fliehen! Die Wachen an den Stadttoren würden dich kennen, und solltest du einen anderen Weg wählen, würde ich dich von Schindern und Bluthunden zu Tode hetzen lassen. Du musst wissen, ich habe in dieser Stadt einen Namen zu verlieren und kann es mir nicht leisten, dass mir meine Sklaven einfach so davonlaufen.«

»Ich hätte also die Aussicht, in zwei Jahren wieder freizukommen?«

Consuela lächelte und strich Tikian sanft übers Kinn. »Wenn du das überhaupt möchtest. Vielleicht gefällt es dir hier ja auch! Du solltest dich allerdings an die Regeln des Hauses halten. Ohne meine ausdrückliche Zustimmung gibt es keine Affären mit den Damen, die für mich arbeiten. Die Erfahrung zeigt leider, dass dies immer wieder zu unerfreulichen Zwischenfällen führt. Ich hoffe, du verstehst, was ich meine? Keine meiner Huren muss von einem Prinzen gerettet werden! Wenn du dich daran halten kannst und mir dein Wort als Ehrenmann gibst, ist es gut.«

»Und wenn ich das nicht will?«

»Nun, es gibt Möglichkeiten, dir bestimmte Gelüste endgültig auszutreiben, oder vielleicht sollte ich besser sagen, es gibt eine Möglichkeit, dich nachhaltig daran zu hindern, diese Gelüste auszuleben. Weißt du, ich habe dich allein deshalb vor die Wahl gestellt, weil ich dir nach dem, was ich in der Arena gesehen habe, blindlings trauen würde, wenn du mir auf deine Ehre als Ritter schwörst. Den anderen Männern, die mir dienen, bringe ich solches Vertrauen nicht entgegen. Ich habe sie alle auf dem Sklavenmarkt gekauft. Siehst du dort hinten die Messer und die Zange? Ich habe einiges Geschick im Umgang damit. Vielleicht möchtest du dir auch ansehen, was in den großen Glasflaschen verwahrt ist. Geh ruhig hin und betrachte sie. Auf jeder der Flaschen klebt auf der Rückseite übrigens ein kleines Schild mit einem Namen.« Ihr Blick wanderte tiefer, und sie schüttelte leicht den Kopf. »Weißt du, Tikian, zwei von drei Männern überleben diesen kleinen Schnitt nicht einmal ein Jahr lang. Dabei sterben nur wenige, weil sie verbluten oder die Wunde brandig wird. Ich habe eher den Eindruck, dass bei ihnen etwas im Inneren zerbricht. Sie begehen Selbstmord oder versuchen törichterweise, mich zu töten. Ich mag dich, Fechter. Dein Auftritt in der Arena hat mich sehr beeindruckt. Jesabela zu schonen hätte dich leicht selbst das Leben kosten können. Ich wäre erfreut, wenn du mir deshalb dein Wort geben könntest, dich an die Regeln im Haus zu halten, sodass ich dich anders behandeln darf als die anderen.«

Der Fechter warf einen Blick auf das Regal und dann auf das Kohlebecken mit den Marterwerkzeugen. »Weißt du, Consuela, du hast eine Art, Angebote zu machen, die es unmöglich macht, dir zu widersprechen. Ich schwöre hiermit bei allen Zwölf Göttern und natürlich auch bei meiner Ehre, dass ich mich keinem deiner Mädchen nähern werde und mich natürlich auch sonst an die Regeln dieses Hauses halte.«

»Ich wusste, dass du vernünftig sein würdest.« Sie nickte den beiden Beschützern zu. »Bringt ihn auf sein Zimmer. Ich wünsche, dass ihr fortan seinen Befehlen Folge leistet. Er ist in Zukunft für die Sicherheit dieses Hauses zuständig. Sagt den Sklaven, sie sollen ihm Gewänder aus unserer Kostümkammer bringen lassen. Er darf auch ein Bad und eine Rasur erhalten. Ich möchte, dass er schon morgen wieder so aussieht wie der, den er in unserem Haus darstellen soll. Ein stolzer Gardehauptmann aus dem Lieblichen Feld und ein flinker Fechter, der vor keinem Duell zurückschreckt.« Consuela schenkte Tikian ein bezauberndes Lächeln. »Nun entschuldige mich bitte. Ich muss mich um die Geschäfte kümmern. Es wäre nett, wenn du morgen zum Frühstück bei mir vorbeischauen könntest. Dann werden wir deine Aufgaben in aller Ausführlichkeit besprechen.«

Man hatte Tikian in ein kleines Zimmer mit einem sauberen Bett gebracht. Die Wände waren in einem warmen Gelbton gestrichen. Neben der Liegestatt stand eine vielarmige Öllampe, deren weiches Licht die fast schon einschmeichelnde Behaglichkeit des Gemachs unterstrich. Es war ein Ort, an dem man sich wohlfühlen konnte, obwohl die Kupferstiche, die an den Wänden hingen, durchaus verrieten, zu welchem Zweck dieser Raum für gewöhnlich genutzt wurde. Die Bilder waren geschmackvoll ausgewählt und passten durchaus zum Eindruck des ganzen Hauses, doch zeigten sie ausnahmslos rahjagefälliges Treiben.

Mit einem Seufzer ließ sich Tikian auf das weiche Bett fallen und beobachtete die tanzenden Schatten, die die Flammen der Öllampe auf die Zimmerdecke warfen. Er musste unentwegt an Callana denken. Seit er ihre Leiche gesehen hatte, verfolgte ihn ihr Name. Sie hatten sich nur eine Nacht lang gekannt und waren eigentlich Fremde. Dennoch fühlte er sich ein wenig verantwortlich für ihren Tod. Hätte er sie in jener Nacht nicht mit zu sich aufs Zimmer genommen, würde sie vielleicht noch leben. Vielleicht wäre sie ihrem Mörder auch nicht begegnet, wenn er sie nicht einfach so hinausgeworfen hätte, sondern ... Er schluckte. Sie war noch so jung gewesen. Was wohl mit ihrer Leiche geschehen würde? Sie hätte es verdient, auf dem alten Friedhof über der Stadt beigesetzt zu werden. Und ein Boronpriester sollte sie mit einem Gebet auf ihrem Weg zum dunklen Gott begleiten. Nicht einmal ein Tag war vergangen, seit sie sich getrennt hatten, und doch erschien es ihm, als seien Wochen verstrichen. Er dachte an das lustvolle Stöhnen, das kurz nach ihrem Abschied vom Hof her zu hören gewesen war. Ob der Mörder Callana wohl zuvor verführt hatte? Was für ein Mann musste das sein, der ein Mädchen auf so bestialische Weise tötete?

Tikian krallte die Hände in die weiche Satindecke. Er würde diesen Kerl finden! Vielleicht konnte die Frau von der anderen Seite des Hofs ihm helfen. Sie hatte am Fenster gesessen und womöglich den Mörder gesehen. Vielleicht war das sogar der Grund dafür gewesen, dass sie sich zurückgezogen hatte. Gleich morgen würde er zu ihr gehen und sie fragen. Für Mira, die Kommandantin der Stadtwache in diesem Viertel, und auch für Hamilkar war der Tod des Mädchens Vergangenheit. Doch er würde nicht ruhen, bis er den Schurken gefunden hatte, der Callana ermordet hatte. Ihr Tod durfte nicht ungesühnt bleiben!

Takate hatte genug! Er bog die Äste des Dickichts auseinander und trat auf das Feld. Die Schreie des Mädchens bereiteten ihm fast körperliche Schmerzen.

Er war lange gewandert, bis er in diese Gegend gekommen war, wo die Blasshäute den Wald getötet hatten, um große Lichtungen anzulegen, auf denen immer nur dieselben Pflanzen wuchsen. So etwas hatte er schon einmal gesehen, als er eines der Steindörfer der Blasshäute besucht hatte, um sich deren Kriegern als Fährtensucher anzubieten. Doch auch damals hatte er nicht begreifen können, warum die Fremden das taten. Der Wald schenkte einem doch im Überfluss, was man zum Leben brauchte! Takate konnte spüren, wie das Land krank wurde unter der zerstörerischen Herrschaft der Blasshäute – und jetzt auch noch das! Ein fetter Kerl hatte ein junges Mädchen an einen Pfahl gebunden und schlug immer wieder mit einer langen ledernen Schnur nach ihr. Die seltsame Waffe riss blutige Striemen auf den Rücken des Mädchens. Eine ganze Gruppe von Mohas stand dabei und sah tatenlos zu. Was war hier nur geschehen? Alles erschien Takate verrückt und krank zu sein.

Ein Mann mit einem langen Messer in der Hand löste sich aus der Gruppe der Mohas. Er hatte eine dunkle Haut, doch gehörte er nicht zu den Waldleuten. Er trug das Haar nach Art der Fremden, und wie die meisten der Blasshäute hatte auch er seinen Leib unter Tüchern und Leder versteckt.

»He, Wilder, mach dich in den Wald davon, oder ich schlitze dir den Bauch auf. Das hier geht dich nichts an.« Der Mann mit der langen Lederschnur hielt inne und drehte sich um.

»Was hat das Mädchen getan?«

»Mach ihn kalt, Gorban.« Die dicke Blasshaut lächelte, während der Mann mit dem langen Messer näher kam.

Takate verstand nicht, was er falsch gemacht hatte. Auch war ihm nicht ganz klar, was die Worte des Dicken bedeuten sollten. Er konnte nur schlecht in der Zunge der Blasshäute sprechen. Hiye-Haja hatte ihn die Worte der Fremden gelehrt, doch waren sie dem Krieger nach wie vor fremd. Die Blasshäute hatten kein Gefühl mehr von den Dingen, über die sie sprachen, und nutzten viele Worte in sehr seltsamen Zusammenhängen. Doch er brauchte dem Mann mit dem langen Messer nur in die Augen zu sehen, um zu wissen, was er wollte.

Takate atmete aus und entspannte sich. Er wollte eins sein mit den Geistern des Waldes, wenn er tötete. Der fremde Krieger zielte mit einem Stich auf seinen Bauch. Takate drehte sich zur Seite, sodass die Klinge ins Leere fuhr. Aus der Drehung heraus verpasste er dem Krieger einen Tritt, der ihn am Waffenarm traf und vor Schmerz aufstöhnen ließ. Der Ellbogen des Keke-Wanaq schlug dem Krieger mit dem Messer in den Nacken, sodass er mit dem Gesicht voran zu Boden fiel. Keuchend versuchte der Mann, sich zur Seite wegzurollen und außer Reichweite zu gelangen.

Einen Herzschlag lang genoss es Takate, die Angst in den Augen des Fremden zu sehen. Er war in den Wald gekommen, um Leid zu bringen. Jetzt war sein Weg zu Ende!

Takate versetzte dem Mann einen Tritt unters Kinn. Ein trockenes Knacken erklang, so als sei ein dicker Ast entzweigebrochen. Ohne den Toten eines weiteren Blickes zu würdigen, ging der Keke-Wanaq auf den dicken Mann zu. Dicke Tränen tropften aus seiner Stirnhaut und rannen sein Gesicht hinab. Es schien, als habe die Angst ein Feuer in seinem Innern entfacht.

»Was hat das Mädchen getan, dass du es so bestrafst?«

»Es hat heute Morgen von meinen Früchten gestohlen. Sie ist eine Diebin. Ich musste sie bestrafen, damit nicht auch die anderen Sklaven zu stehlen anfangen.«

»Früchte?«

»Sie hat ein paar Bananen genommen. So nennt ihr Mohas doch die köstlichen gelben ...«

»Du schlägst sie, weil sie eine Banane gegessen hat?«

Der weiße Mann wurde noch ein wenig bleicher im Gesicht und wich einen Schritt zurück. »Sie hat gestohlen! Es geht um den Grundsatz. Sie hat etwas genommen, was mir gehört. Ich konnte das nicht dulden.«

»Wie kann eine Banane dir gehören? Sie ist ein Geschenk des Waldes. Kamaluq hat sie geschaffen, um den Völkern des Waldes Nahrung zu geben, und es gibt mehr davon als Vögel in den Ästen der Bäume. Wie kannst du ein junges Mädchen dafür schlagen?«

»Das Mädchen ist mein und die Früchte, die auf diesem Land wachsen, auch! Ich habe viel Gold dafür gezahlt. Sie hat gegen ein Tabu verstoßen. So nennt ihr das doch!«

Takate schnaubte verächtlich. »Ein Tabu? Du verbietest, Bananen zu essen, die auf diesem Land wachsen? Das verrät keinen Sinn! Auch bist du kein Schamane, der ein Tabu aussprechen kann, und Land kann niemandem gehören. Hier ist Stammesgebiet der Keke-Wanaq, doch die Sippen, die hier einst lebten, sind tiefer in den Wald gewandert, weil du und deine Brüder gekommen seid. So magst du von den Früchten nehmen, die hier wachsen, doch hast du kein Recht, es anderen zu verbieten. Du bist nur ein Gast in diesem Wald, und, wie ich sehe, behandelst du seine Kinder schlecht!«

»Pu Takehe!«, rief einer der Mohas, die bislang ihrem Streit zugesehen hatten. Auch die anderen nahmen den Ruf auf. Es war, als sei ein böser Geist zwischen sie gefahren. Einige warfen sich zu Boden und wimmerten immer wieder: »Pu Takehe!« Andere liefen schreiend davon. Takate fluchte leise. Er hatte sich dunkle Rindensäfte ins Gesicht geschmiert, um die weiße Spinne zu verbergen, die der Schamane ihm aufgemalt hatte, doch die weiße Farbe schien alle anderen Farben einfach zu verzehren und trat nach einer Weile immer wieder hervor. Pu Takehe, das hieß: *der die Geisterspinne im Gesicht trägt*. Es war der Name für Verstoßene, die keiner Sippe mehr angehörten und die von einem bösen Geist besessen waren.

»Was ist mit denen? Was hat das alles zu bedeuten? Wer bist du? Ein Schamane?« Der Weiße war noch ein Stück weiter zurückgewichen. Seine Linke lag auf dem Griff eines breiten Messers, das er im Gürtel trug. »Geh fort von hier, und ich werde niemandem sagen, dass du den Aufseher getötet hast. Ich werde auch das Mädchen freilassen. Es kann in Zukunft so viele Bananen haben, wie es will. Ich werde es nie mehr schlagen!«

»Es ist zu spät für dich, Blasshaut. Du hast zu viel Schuld auf dich geladen. Ich höre die Geister des Waldes flüstern, und es sind tausend Stimmen, die deinen Tod wünschen. Ich höre die rastlosen Geister der Bäume, die du verbrannt hast, höre einen jungen Mann, den du zu Tode geprügelt hast, weil er sein Mädchen vor dir beschützen wollte, und die Stimmen der Alten und Schwachen, die du getötet hast, weil sie nicht genug für dich arbeiten konnten in der verkehrten Welt, die du dir geschaffen hast. Du wirst sterben!

Ich werde Feuer in deine steinerne Hütte werfen, und der Wald wird sich all das zurückholen, was du ihm gestohlen hast.«

»Verrecke, Bastard!«

Das lederne Seil zischte Takates Hals entgegen, doch der Krieger fing den Schlag ab. Wie eine Boa um einen dicken Ast, so wickelte sich der Lederriemen um seinen Arm und biss nach seinem Fleisch. Mit einem Ruck riss er der erschrockenen Blasshaut die Waffe aus der Hand. Dann wirbelte er nach vorn und versetzte dem Mann einen Tritt in sein Sonnengeflecht, sodass er mit einem Seufzer zusammenbrach.

Takate kniete neben dem Ohnmächtigen nieder, zog ihm das Messer aus dem Gürtel und schnitt das junge Mädchen vom Baum. Nach ihrer Haartracht zu urteilen, gehörte die Kleine zu den Oijanihas, die in den Bergwäldern lebten. Voller Angst starrte sie ihn an, so als sei er es gewesen, der sie geschlagen hatte.

»Tu mir nichts, Pu Takehe«, flüsterte sie leise.

»Nimm das Messer und töte ihn! Es ist dein Recht!« Er drückte dem Mädchen die Waffe in die Hand. Doch sie schüttelte den Kopf und ließ die Waffe wieder fallen. Wie gebannt starrte sie ihm ins Gesicht.

»Dann kommt ihr her und tötet ihn. Ich weiß, dass jeder von euch einen Grund hätte, den Nene-Nibunga zu töten.« Takate winkte den verängstigten Mohas zu, doch auch sie wagten es nicht, herüberzukommen.

»Ist denn kein Krieger unter euch? Dieser Mann hat euch gequält, und ihr wollt keine Rache?«

Ein weißhaariger Moha trat zögernd vor. »Wir können ihn nicht töten, Bruder. Wenn wir ihn umbringen und in den Wald fliehen, dann werden sie uns mit Hunden hetzen und schließlich erschlagen. Er hat noch viele Krieger in seinem Haus, und sein Weib wird dafür sorgen, dass sie uns jagen, so wie der Jaguar die Affen jagt, wenn sie die Bäume verlassen. Ich danke dir dafür, dass du die Tochter meiner

Tochter gerettet hast, doch gehe nun in den Wald zurück, woher du gekommen bist, Pu Takehe.«

»Ich biete euch die Freiheit, und ihr wollt lieber den Nacken beugen und Sklaven der Blasshäute sein?« Der Krieger kniete nieder und hielt das funkelnde Messer hoch in die Luft. »Seht, was ich jetzt tue, Brüder. Ich werde euch zwingen, wieder Mut zu schöpfen und zu kämpfen!« In funkelndem Bogen schoss die Klinge herab und bohrte sich in die Brust des Ohnmächtigen. Immer und immer wieder stieß Takate zu. Es war wie ein Rausch. Er hörte die Mohas schreien und jammern, doch was scherte ihn das Winseln der feigen Blumenfresser? Er starrte auf das rinnende Blut. Dunkle Schatten tanzten vor seinen Augen, und etwas in seinem Bauch krampfte sich zusammen. Es war, als säße dort ein Wesen, das sich langsam bewegte.

Takate bäumte sich auf vor Schmerz. Er sah einen Schatten, der über eine weiße Ebene aus Schädeln glitt. Es war die Gestalt eines riesigen Kriegers. Plötzlich verharrte der Schatten. Dann drehte er sich um, und seine Augen waren wie zwei Sonnen. Eine donnernde Stimme erklang so laut, dass der Keke-Wanaq fürchtete, sein Kopf werde zerspringen.

»*Willkommen in meinem Stamm, Takate. In meinem Namen wirst du Tod und Verderben über die Ungerechten bringen, denn ich bin der Herr der Rache, und du sollst mein Vollstrecker sein.*«

Zwischen den Schädeln schossen Fontänen aus Blut empor, und die schattenhafte Gestalt verschwand. Krallenhände schlossen sich um Takates Knöchel und zogen ihn herab.

Schreiend öffnete der Krieger die Augen. Seine Hände waren mit Blut besprizt. Vor ihm lag der Leichnam der Blasshaut. Ein großes Loch klaffte in seiner Brust. Verwirrt blickte Takate auf, und dann sah er, was geschehen war. An den Baum, an den eben noch das Mädchen gefesselt war, war das Herz des Toten mit seinem Messer geheftet. Der Krieger erschrak! Er konnte sich nicht erinnern, dies getan zu haben. Verwirrt blickte er sich um. Die Mohas waren davongelaufen. Er stand allein.

»*Du bist nie mehr allein, denn ich bin fortan dein Vater, deine Mutter und dein Führer. Ich werde immer bei dir sein*«, ertönte die donnernde Stimme, sodass Takate sich vor Schmerz die Hände auf die Ohren presste. »*Sieh zu der Lederschnur, mit der die Blasshaut das Blut der Unschuldigen vergossen hat. Mit dieser Geißel sollst du fortan die Verderbten züchtigen.*«

Die geflochtene Lederschnur zuckte und wand sich am Boden, als sei sie eine große schwarze Schlange. Sie kroch an Takates Bein empor, schlängelte sich um seinen Arm und lag schließlich in seiner Hand. Der geschnitzte Griff der Waffe fühlte sich so kalt wie das Wasser eines Flusses an, der aus den Bergen kommt. Einen Augenblick lang erschauderte Takate, doch er konnte auch die Macht spüren, die dieser Waffe innewohnte, und er wusste, dass es nun an der Zeit war, sein Versprechen einzulösen. Er würde die steinerne Hütte des Mannes suchen und sie niederbrennen. Und wenn es dort andere Blasshäute gab, die glaubten, sie müssten sich ihm in den Weg stellen, dann war dies umso besser. Er würde das Blut vieler Blasshäute vergießen müssen, um die Erinnerung an den Überfall auf das Dorf seiner Sippe zu ertränken.

KAPITEL 5

Als Tikian erwachte, hatte er das Gefühl, jemand würde neben ihm im Bett liegen. Vorsichtig tastete er auf die linke Seite seines Lagers, doch er war allein. Verwundert über seine merkwürdigen Ahnungen, schüttelte er den Kopf und räkelte sich. Er war schlimmer als ein abergläubisches Kräuterweib, dachte er schmunzelnd und richtete sich auf. Aus irgendeinem Grund hatte er sich ganz an den rechten Rand des Bettes gedrängt. So, als habe doch jemand an seiner Seite geschlafen ...

Beunruhigt setzte er sich auf. Das zweite Kopfkissen wies eine tiefe Beule auf, als hätte dort jemand sein Haupt gebettet, und mitten auf dem Kissen lag die schwarze Seidenmaske, die er in der Nacht zuvor in der Arena getragen hatte. Tikian schluckte. Er war sich sicher, die Maske auf den Tisch neben der Tür gelegt zu haben. Was, in Praios' Namen, ging hier vor sich? War jemand in sein Zimmer eingedrungen? Doch weshalb sollte man solch merkwürdige Späße mit ihm treiben?

Er griff nach der Maske und wollte sie zum Tisch hinüberwerfen, als sein Blick auf eine verschnörkelte Stickerei dicht neben dem linken Auge fiel. Sie war mit schwarzem Faden ausgeführt und mochte dem flüchtigen Betrachter kaum auffallen. Die Stickerei zeigte zwei mit Weinranken verschnörkelte Buchstaben. *J.T.* Tikian keuchte. Die Initialen seines Großvaters! War es seine Maske? Mit einem Satz war er aus dem Bett. Wer oder was hatte in der letzten Nacht neben ihm gelegen und die Maske auf dem Kissen hinterlassen?

Consuela war eine seltsame Frau. Sie hatte ihm nicht nur erlaubt, das Stadtviertel zu verlassen, sondern ihm auch einen kurzen Brief geschrieben, damit der Gubernator ihn empfing. Sogar ein paar Goldstücke hatte sie ihm zugesteckt. Er hatte ihr jedoch schwören müssen, eine Stunde vor Einbruch der Dämmerung wieder zurück zu sein.

Jetzt saß er dem dicken, glatzköpfigen Gubernator gegenüber, der in seinem hohen Lehnstuhl zusammengesunken viel älter und kleiner wirkte als letzte Nacht in der Arena.

»Du bist ein ungewöhnlicher Mann, Tikian. Auf der einen Seite schaffst du es, dir in nur einer Nacht die Hälfte der einflussreichen Bürger dieser Stadt zum Feind zu machen, und dann wiederum bringst du es fertig, dass die kaltherzigste Frau Al'Anfas mir diesen Brief hier schreibt, damit ich dich empfange.« Egiliano wedelte mit dem parfümierten Pergamentbogen, den Tikian ihm überreicht hatte. »Du hättest in dieser Stadt reich werden können, wenn du gestern Nacht nicht so unvernünftig gewesen wärst. Doch lassen wir das. Deine Karriere als Gladiator ist wohl ein für alle Mal beendet. Nur eines rate ich dir noch! Achte darauf, wer in dunklen Gassen hinter dir geht. Was diese Maske betrifft, die ich dir letzte Nacht gegeben habe, musst du Bernardo fragen. Er betreut den Fundus, aus dem ich meine Arenafechter ausstatte. Der Alte ist ganz vernarrt in Waffen, Rüstungen und Kostüme. Er kennt jedes Stück, das in den Kellergewölben verwahrt ist, und weiß dir jeweils eine Geschichte dazu zu erzählen. Ich werde einen Sklaven rufen, der dich zu ihm hinunterbringt.« Egiliano griff nach einem kleinen silbernen Glöckchen, das auf dem Tisch neben dem hohen Lehnstuhl stand. Kaum dass er geläutet hatte, öffnete sich die hohe Tür zu dem dunklen Kabinett, in dem er Tikian empfangen hatte, und eine Sklavin erschien.

»Sie wird dich zu Bernardo bringen. Doch bevor du gehst, solltest du noch eines wissen. Weder Gold noch ein Brief Consuelas werden dir ein zweites Mal die Pforten zu meiner

Villa öffnen, denn ich möchte nicht, dass irgendjemand auf die irrige Annahme verfällt, ich könnte ein Freund von dir sein.«

»Hm, ja, ja. Hübsches Stück die Maske. Diese Weinlaubstickerei ... So was macht heute keiner mehr. Ist völlig aus der Mode gekommen. Ist ein halbes Jahrhundert alt oder etwas weniger, würde ich schätzen. Kommt aus dem Lieblichen Feld – wie du, nicht wahr?« Bernardo strich mit seinen dünnen, knöchrigen Fingern über die Maske. »Es ist eine Schande, solche Stücke in die Arena zu tragen. Was glaubst du, welche Mühe es bereitet, diese Kostbarkeiten hinterher zu reinigen und auszubessern? Hast du schon einmal versucht, Blutflecken aus hauchdünner Seide herauszuwaschen? Eine Schande! Aber ich schweife ab. Du wolltest wissen, woher ich die Maske habe ...« Der alte Mann strich sich durch die langen grauen Locken und runzelte die Stirn. »Aus der Kiste? Natürlich, aus der Kiste!« Er lächelte entschuldigend. »Tut mir leid, ich bin manchmal ein wenig zerstreut. Weißt du, es ist nicht leicht, einen so großen Fundus an Kostümen und Waffen in Ordnung zu halten.«

Tikian nickte. »Ich verstehe.« Zugleich ermahnte er sich, innerlich ganz ruhig zu bleiben. Seit er das Gewölbe betreten hatte, in dem der Fundus untergebracht war, hatte er das Gefühl, eine eisige Hand halte sein Herz umklammert. Die Decke hier unten war so niedrig, dass er leicht gebückt gehen musste. Es roch nach Waffenfett, nach alten Kleidern und Staub.

»Folge mir, Junge. Wir werden uns jetzt auf die Suche nach der Kiste machen.« Bernardo griff nach dem fünfarmigen Kerzenleuchter, der zwischen ihnen auf dem Tisch stand, und schlurfte in die Finsternis.

Tikian wurde der alte Mann unheimlich. Er wirkte ein wenig wie ein Geist, hager, blass und fremdartig. Bernardo ging tief gebeugt, um mit dem Kopf nicht an die Decke zu stoßen, und der Fechter fragte sich, wann sich der alte Kerl wohl zum letzten Mal aufgerichtet oder das Tageslicht erblickt hatte. Tikian sah zu der gewölbten Decke. Zehn Schritt Erdreich und Felsen und das Gewicht einer ganzen Villa hatten diese Steine zu tragen. Wenn er hier nur schon wieder heraus wäre ...

Bernardo bog nach links in ein zweites Gewölbe ab, an dessen Wänden schimmernde Rüstungsteile hingen. Panzerhandschuhe, wie man sie zu tobrischen Gestechrüstungen trug, Brustharnische von kaiserlichen Pikenieren, ein alter Bronzehelm aus Maraskan ... Tikian gingen die Augen über. Hier waren mindestens zweihundert Jahre Rüstungsgeschichte versammelt. Sogar ein Lederpanzer, wie ihn die Orken im Norden des Kaiserreichs trugen, war dabei. Weiter hinten hingen Waffen an den Wänden des Gewölbes. Schwerter, Degen, Säbel, alle nur erdenklichen Arten von Dolchen und Äxten.

»Na, junger Mann, da gehen dir die Augen über, was? Seit über fünfzig Jahren erhalte ich diese Sammlung. Ich habe schon unter Egilianos Vater diesen Fundus verwaltet. Hier gibt es Schmuckstückchen, wie du sie sonst nirgends findest. Siehst du zum Beispiel diese Axt dort an der Wand?« Bernardo nahm die Waffe zur Hand und strich fast zärtlich über den eisenverstärkten Holzschaft. »Sie hat dem Thorwaler Boltar gehört. In über sechzig Arenakämpfen war er mit diesem Zweihänder siegreich. Sieh dir nur die verschlungenen Muster an, die in den dunklen Stahl des Axtblattes getrieben sind. Die Waffe ist uralt, und Boltar hat immer behauptet, dass sie mehr Männer umgebracht hat, als im ganzen letzten Krieg gegen Brabak gefallen sind. Nach ihm wollte niemand mehr mit seiner Waffe kämpfen.«

»Hat er sich zur Ruhe gesetzt?«

Bernardo lachte meckernd. »Zur Ruhe gesetzt? Nein, mein Sohn. Das schafft kaum ein Arenakämpfer. Das hieße ja, sich selbst zu besiegen ... Weißt du, irgendwann werden sie süchtig nach dem Ruhm und der Angst. Sie leben nur noch richtig, wenn sie unten in der Arena stehen und ihnen

Tausende dabei zusehen, wie sie töten. Bis eines Tages jemand kommt, der besser ist ... Was das betrifft, hat Boltar Glück gehabt. Er ist nie besiegt worden. Er ist im blutigen Sand ausgerutscht und in seine eigene Waffe gestürzt.« Der Alte scheuerte mit dem Ärmel über einen dunklen Fleck auf der silbrigen Schneide der Axt. »Sie hat ihm den Bauch aufgeschlitzt. Noch bevor man ihm helfen konnte, war er verblutet.« Bernardo hängte das Stück wieder an die Wand. »Ich könnte dir zu jeder dieser Waffen eine Geschichte erzählen, aber wir suchen ja eine Truhe. Die stehen woanders.«

Sie mussten noch zwei Gewölbekammern voller Kleider und Stiefel durchqueren, bis der Alte schließlich vor einem Berg aus übereinandergeschichteten Kisten und Truhen anhielt. Er tippte mit den dürren Fingern gegen einen Kasten aus dunklem Steineichenholz.

»Das hier ist sie! Aus ihr habe ich gestern die Maske geholt.« Vorsichtig hob er die Truhe hinunter und stellte sie Tikian vor die Füße. Sie war mit breiten Eisenbändern beschlagen, und mitten in den Deckel war ein rostiges Schild eingelassen, auf dem die Initialen *J. J.* prangten. Voller Ehrfurcht strich Tikian über die verschnörkelten Buchstaben. Es konnte keinen Zweifel geben! Diese Truhe musste zum Reisegepäck seines Großvaters gehört haben! Mit zitternden Händen versuchte er den Deckel zu heben, doch das Schloss war abgesperrt. Ratlos blickte er zu Bernardo auf.

Der Alte grinste. »Da ich die zahllosen Schlüssel, die es hier unten für Schränke und Truhen gibt, immer wieder verlege, musste ich mir einige für einen Mann meines Berufsstandes eher ungewöhnliche Fertigkeiten aneignen. Ich hoffe, du bekommst nun kein falsches Bild von mir.« Bernardo öffnete einen Lederbeutel an seinem Gürtel und holte einen Metallring heraus, an dem etliche unterschiedlich gebogene Drähte hingen.

»Mach mal Platz, Junge.« Er kniete nieder und versuchte sich mit einem der Drähte an dem Schloss. Nur wenige Augenblicke vergingen, bis ein metallisches Klicken zu hören war. »Siehst du, so einfach kann das sein. Jetzt komm und mach die Truhe auf.«

Mit klopfendem Herzen griff Tikian nach dem Deckel. Vielleicht konnte er aus dem Inhalt der Reisetruhe erschließen, was aus seinem Großvater Jacomo geworden war! Rasch durchwühlte er die Kiste, und je tiefer er drang, desto enttäuschter war er. Außer einigen zerknüllten Leinenhemden, einer alten Reithose, einer breiten Bauchbinde mit goldenen Stickereien und einem Paar abgewetzter Stiefel enthielt sie nichts Aufsehenerregendes. Allerdings waren alle Kleidungsstücke mit den Initialen *J.H.* gezeichnet.

»Weißt du, wie die Sachen hierhergekommen sind?«

Bernardo schüttelte den Kopf. »Die Truhe steht hier schon viele Jahre herum. Ich weiß zwar noch, dass ich sie recht günstig bei einer Versteigerung eingekauft habe, aber ich erinnere mich nicht mehr, wo das war.« Der Alte kratzte sich am Kopf, schnitt eine Grimasse, zog dann eilig ein kleines Tüchlein aus dem Ärmel seines Hemdes und schnäuzte sich lautstark. »'tschuldigung. Manchmal kitzelt mich der Staub in der Nase. Aber zurück zur Truhe. Es tut mir wirklich sehr leid, doch ich weiß nicht mehr, wo ich sie erstanden habe. Sieh mal dort – auf der Rückseite scheint das Holz ganz rau und verkohlt zu sein. Wahrscheinlich hat man sie nach dem Großen Brand im Schlund irgendwo unter den Trümmern hervorgezogen.«

Tikian betrachtete das Holz näher. Zunächst hatte er gedacht, das Alter hätte es so dunkel gefärbt, doch jetzt, bei genauerer Untersuchung, zeigte sich, dass die Truhe von allen Seiten angesengt war, so als habe sie für kurze Zeit im Feuer gestanden.

Enttäuscht klappte er den Deckel zu. »Das hier ist Eigentum meiner Familie. Egiliano hat mir erlaubt, es mitzunehmen. Ich danke dir für deine Hilfe.« Er kramte aus der Geldkatze an seinem Gürtel ein paar Schillinge hervor und drückte sie dem Alten in die Hand. »Falls du dich doch noch daran erinnern kannst, von wem du die Kiste gekauft hast, würde ich mich freuen, wenn du mir eine Nachricht zukommen ließest. Natürlich würde ich dich für deine Mühen dann auch ein zweites Mal entlohnen. Du findest mich im Haus der Dame Consuela.«

»Im Haus von Consuela?« Der Alte blickte Tikian auf den Hosenlatz und schüttelte den Kopf. »Armer Kerl, man hört schlimme Sachen über dieses Haus und darüber, was Consuela ihren Beschützern antut. Bist doch noch so jung ...«

Gion ließ den Pfeil von der Sehne schnellen und kniff die Augen zu. Leise murmelte er ein Stoßgebet zu Firun, dem göttlichen Jäger und besten Bogenschützen unter den Zwölfen. Dieser Schuss würde über seine Zukunft entscheiden!

Ein leises Raunen war hinter ihm zu hören. Irgendeine Frau fluchte ungehalten. Gion blinzelte vorsichtig durch die Lider. Hatte er es doch geschafft? Er konnte auf die Entfernung nicht genau erkennen, welcher der Pfeile, die in der großen Strohscheibe steckten, der seine war. Der Schiedsmann kam hinter der niedrigen Mauer hervor, wo er gekauert hatte, und begutachtete die Treffer – dann hob er eine kleine, gelbe Fahne.

Gion stieß einen tiefen Seufzer aus. Bei allen Göttern, er hatte gewonnen! Gelb, das war die Farbe seines Pfeils!

»Guter Schuss!« Der junge Hauptmann, der den Wettbewerb beaufsichtigt hatte, klopfte Gion anerkennend auf die Schulter. »Damit bekommst du den Posten als Weibel in meiner Kompanie. Den Schützen, die mir zugeteilt sind, solltest du beibringen, ebenso zu schießen. Dann haben wir gute Aussichten, allesamt mit heiler Haut hierher zurückzukehren.«

»Jawohl, Herr. Es ist mir eine Ehre, an Eurer Seite dienen zu dürfen.«

Der junge Krieger schüttelte den Kopf. »Du bist von nun an Unteroffizier. Ich weiß, dass viele meiner Kameraden im Umgang mit niedrigen Rängen anders verfahren als ich, doch ich lege keinen Wert auf solche Formen. Ich weiß, was für ein hartes Stück Arbeit vor dir liegt, wenn du zusammen mit mir aus diesem verlausten Haufen eine schlagkräftige Einheit machen willst. Für höfische Reden ist da keine Zeit. Hiermit biete ich dir das Du an. Übrigens, ich heiße Olan.«

»Danke, Herr ... nun, Hauptmann Olan.« Gion musterte den Offizier vom Scheitel bis zur Sohle. Er war sich noch nicht sicher, was er von dem jungen Kerl halten sollte. Vermutlich hatte er noch nie in einem Gefecht gestanden. Olan trug Reitstiefel, eine schwarze Hose und einen geschwärzten Kürass. Auf seinem Kopf saß ein Helm, der so lange poliert worden war, dass er wie blankes Silber glänzte. Ein schwerer, schwarzer Rossschweif fiel von der Kuppe des Helms bis weit auf den Rücken hinab. Es war augenscheinlich, dass Olan wohl lieber bei der Kavallerie gedient hätte.

»Ich möchte, dass wir aus meiner Einheit die verdammt noch mal beste Kompanie in diesem Regiment machen. Der Schwarze Bund des Kor hat einen schlechten Ruf, und die Truppe besteht noch nicht lange. Ich will mehr als nur einen Haufen zusammengewürfelter Söldner unter mir haben. Doch genug geredet! Komm jetzt mit mir, ich werde dich mit den Männern bekannt machen.«

Gion griff nach dem Bündel mit seinen Habseligkeiten. Weibel in einem Söldnerregiment Al'Anfas! Das war doch mal was! Fünfzig Schillinge würde er im Monat erhalten, und dazu käme noch die Beute, die sie auf dem Feldzug machten. Er war auf dem Weg, ein reicher Mann zu werden! In bester Laune folgte er dem Hauptmann zur Garnison des Kriegshafens, wo der Schwarze Bund des Kor sein Hauptquartier hatte. Hier war er besser aufgehoben als unter den abgerissenen Seesöldnern, für die er ursprünglich rekrutiert worden war! Heute Morgen erst hatte er von dem Turnier gehört, bei dem die fähigsten Schützen des Hafens ermittelt werden sollten, um als Unteroffiziere im Schwarzen Bund zu dienen. Sogleich hatte er sein Bündel geschnürt und Praios, Rondra, Firun und dem blutdurstigen Kor geopfert, um sich die Götter geneigt zu machen. Selten war sein Geld so gut angelegt gewesen. Er sollte zur Abendstunde zum Schlund hinaufgehen und sich nach Tikian umsehen. Der Junge war ganz schön heruntergekommen, seit dieses Flittchen von einer Schwarzmagierin ihm den Laufpass gegeben hatte. Hätte der Idiot nur die Finger von ihr gelassen! Er hatte ihn ja gleich vor ihr gewarnt! Aber egal ... Er würde den Jungen schon wieder auf die Reihe bekommen. Wahrscheinlich könnte er ihn sogar als Korporal in einer der Fechter-Kompanien unterbringen. Gion grinste zufrieden. Schließlich war er ja jetzt ein einflussreicher Mann im Regiment!

Takate beobachtete vom Waldrand, wie die Flammen aus den Fenstern des großen Steinhauses schlugen und gierig nach den hölzernen Schindeln leckten. Der Rausch war verflogen. Er konnte kaum begreifen, was er da getan hatte. Er ganz allein!

Die Flammen sprangen vom Haus auf die Krone des Baumes über, an den er die weiße Frau gefesselt hatte. Wie große weiße Steine lagen die Leichen ihrer Kinder um den Baum herum im Gras. Sie hätten nicht hierherkommen sollen, die Blasshäute! Es war nicht ihr Land. Es war die Rache des Waldes, die sie eingeholt hatte. Er war nur der Vollstrecker. Eigentlich hatte er das so nicht gewollt, doch der Zorn hatte ihn davongetragen. Sein Tapam war vergiftet. Er schien nicht mehr er selbst zu sein!

Takate dachte an den Tag, an dem die Blasshäute in sein Dorf gekommen waren, um zu töten und Sklaven zu machen. Er war nicht besser als sie! Auch er hatte Frauen und Kinder getötet. Er starrte auf seine blutigen Hände und das Schwert, das er aus dem Haus mitgenommen hatte.

Die kleine weiße Frau war tapfer gewesen. Sie hatte das Schwert von der Wand genommen, nachdem er die beiden Wachen erschlagen hatte, und sich mit der schimmernden Waffe in der Hand mutig vor ihre Kinder gestellt. Das Metall der Waffe hatte sich verändert. Die Klinge war nicht mehr silbern, sondern blauschwarz – und er konnte fühlen, dass die Macht der zornigen Waldgeister in sie geflossen war.

Er hatte recht gehandelt! Er hatte viele Sklaven befreit, mehr als seine Sippe Köpfe zählte. Sie würden in den Wald laufen und nie mehr den Rücken vor den Blasshäuten beugen. Trotzdem verspürte er keinen Stolz auf seine Tat. Angewidert betrachtete er das Schwert und die lange Lederschnur, die einem die Haut in breiten Streifen vom Leibe riss. Das waren keine Waffen für einen Keke-Wanaq! Er würde sie zurücklassen!

Takate warf die Waffen in das hohe Gras, doch sogleich bäumte sich etwas in seinem Innern auf. Es war, als habe er eine Dornenechse verschluckt, die sich nun mit ihren Krallen durch sein Fleisch grub. War das der böse Geist, der in ihn gefahren war? Vor Schmerz stöhnend, ging der Krieger in die Knie.

Wütend biss er die Zähne zusammen. Er würde sich nicht unterwerfen! Es würde reichen, nach den Waffen zu greifen, und der Schmerz wäre vorbei, flüsterte eine Stimme, die wie ein Windhauch durch seinen Kopf fuhr. Oder war es das leise Rascheln der Blätter, das ihm wie eine Stimme vorkam?

Seine Rechte öffnete sich. Wütend packte er mit der Linken nach der ungehorsamen Hand. Er würde sich nicht unterwerfen! Mit Schrecken sah er, wie das Schwert und die Lederschnur auf ihn zukrochen, als seien sie lebendig. Er konnte ihnen nicht entkommen! Warm schmeichelte sich der Griff der Waffe in seine Hand, und die Schmerzen ließen nach.

»Sie sind ein Teil von dir«, flüsterte die Geisterstimme. *»Du kannst nicht mehr ohne sie sein. Es sind die Waffen des Richters, der gekommen ist, die geknechteten Kinder des Waldes zu rächen.«*

Takate blickte zu dem brennenden Baum und der Leiche der gefesselten Frau. Tränen rannen ihm über die Wangen.

So war er nicht! Sein Unheil hatte bei den sprechenden Steinen begonnen. Die Blasshaut mit dem dünnen Schwert und die Schamanin mit dem Sonnenhaar waren schuld, dass er so geworden war! Sie sollten dafür büßen! Sie verdienten seinen Zorn, und es war nur gerecht, wenn er sie tötete.

»Folge dem Krokodilsfluss bis zum Meer, und du wirst sie finden«, wisperte eine Stimme in den Bäumen. »Ich helfe dir.«

KAPITEL 6

Ein leises Klopfen an der Tür ließ Elena aufschrecken. Sie spürte, wie sie sich am ganzen Körper verkrampfte. Ob das schon wieder Oboto war? Die Magierin stellte den kleinen Bronzepokal auf den Tisch neben ihrem Lager und atmete tief durch. Sie musste sich zusammenreißen! Sie durfte nicht ängstlich wirken! Wenigstens diesen Triumph wollte sie ihm verweigern.

»Herein!«, rief sie mit barscher Stimme.

Es war Orlando. Zögernd verharrte der alte Magier auf der Türschwelle. »Darf ich eintreten?«

Sie nickte und griff wieder nach dem Pokal neben ihrem Bett.

»Es tut mir leid, was geschehen ist. Ich wünschte, ich könnte die Worte zurücknehmen, die ich gestern gesagt habe. Ich hätte nicht gedacht ...«

»Schon gut. Die Dinge sind nun einmal, wie sie sind. Für Mitleid ist es zu spät.« Sie nahm den Beutel, den Oboto ihr in der Lagerhalle überlassen hatte, und holte eine der rosig schimmernden Perlen hervor. Einen Augenblick lang musterte sie das kostbare Kleinod, dann ließ sie es in den Pokal fallen.

»Du sollst nur wissen, dass ich dich nicht für eine Hure halte, ganz gleich, wie Oboto von dir redet. Wenn ich etwas für dich tun kann ...«

»Danke«, Elena lachte bitter. »Ich muss selbst sehen, was ich noch für mich tun kann.«

»Wenn ich dir vielleicht einen Rat geben darf?«

Die Magierin zuckte mit den Schultern und starrte in den Becher. Eine dünne, ölige Haut hatte sich auf dem Essig gebildet. Sie holte eine weitere Perle aus dem Beutel.

»Du solltest heute nicht noch einmal baden. Dreimal an einem Tag ist mehr als genug. Es könnte sein, dass es Oboto beleidigt, wenn er davon erfährt. Es ist besser, seinen Zorn nicht herauszufordern.«

Elena schnaubte verächtlich. »Nicht seinen Zorn herausfordern? Ich weiß ja nicht, was er über die letzte Nacht erzählt, doch glaube ich, dass er noch nie in seinem Leben so wenig Unterhaltung für so viel Geld bekommen hat. Ich wollte ihm seine Perlen zurückgeben, aber er hat sich geweigert, sie anzunehmen. Es war so ...« Sie schüttelte den Kopf. »Ich glaube nicht, dass ich mit dir über diese Nacht reden möchte.«

Orlando runzelte die Stirn. »Was ist in dem Becher? Du willst dich doch nicht etwa ...«

Sie lachte boshaft. »... vergiften? Keine Sorge, das ist nicht meine Art. Einen solchen Triumph würde ich Oboto nicht gönnen. Für was für einen Mann müsste er sich halten, wenn ich mir seinetwegen das Leben nähme.«

»Und was ist in dem Becher?«, beharrte der alte Magier.

»Weinessig!«

Orlando keuchte leise. »Du wirfst die Perlen in Essig? Bist du denn von allen guten Geistern verlassen? Das ist ein Vermögen, das du da vernichtest.«

»Ich habe es nicht für mich gewollt. Ich hätte keine Freude daran. Sie müssen weg ...«

»Du hättest es auch einem der Tempel spenden können.«

»O ja! Rahja, die brünstige Liebesgöttin, wäre vielleicht die Geeignete für eine solche Spende gewesen.« Sie blickte in den Essig, der ganz trübe geworden war. »Ich muss es trinken. Es wird mich heilen. Von innen her ...«

»Bist du sicher, dass du nichts brauchst? Vielleicht einen Schlaftrunk?«

»Das würde mich auch nicht vergessen lassen. Ich muss es auf diese Weise tun. Es war schrecklich ... Seine Berührung. Nicht einmal im Bett hat er seine widerlichen Handschuhe abgelegt! Sein Keuchen und Stöhnen. Ich habe die Augen geschlossen und bin ganz still liegen geblieben, bis es vorbei war ... Es ... Ich möchte jetzt wirklich allein sein, Orlando. Bitte ...«

Der Alte nickte. Schweigend verließ er das Zimmer.

Elena starrte in den Pokal. Wenn sie wenigstens Tikian gerettet hätte! Es war alles vergebens gewesen. Sie ließ die restlichen Perlen in den Pokal fallen. Es würde vorbei sein, wenn sie das getrunken hatte! Diese Nacht wäre dann einfach aus ihrer Erinnerung gelöscht.

Oboto würde es sicher kein zweites Mal nach ihr gelüsten!

Gion warf einen flüchtigen Blick in den mit Samt geschmückten Raum, an dem sie vorbeikamen, und leckte sich über die Lippen. »Essen kann man hier auch?«

Tikian nickte flüchtig. »Consuela legt großen Wert darauf, dass in diesem Haus alle Lüste befriedigt werden können. Es gibt eine große Küche mit hervorragenden Köchen. Gewöhnliche Dinge wie Pfau im Federschmuck, Kükenbrüstchen oder Haifischflossen kannst du hier jederzeit auf einem der Zimmer serviert bekommen. Ausgefallene kulinarische Wünsche können allerdings nur erfüllt werden, wenn man sie ein oder zwei Tage vorher ankündigt.«

»Haifischflossen?« Gion rümpfte die Nase. »Wer isst denn so etwas?«

»Ich finde, das Fleisch der Flossen ist ungewöhnlich zart und schmackhaft ... Hast du vielleicht Hunger?«

»Na ja, wenn es vielleicht auch etwas Vernünftiges zu essen gibt, vielleicht ein ordentliches Stück Fleisch vom Rind und ein wenig Brot?«

Tikian nickte. »Das dürfte keine Schwierigkeiten machen. Warte einen Augenblick, ich sehe mich nach einem Diener um, der die Bestellung an die Köche weitergibt. Wollen wir auf meinem Zimmer essen?«

Gion zuckte mit den Schultern. »Ist mir gleich. Aber vielleicht könntest du auch etwas zu trinken kriegen? Ferdoker Gerstenbräu wäre schön.«

»Hm, ob das gerade vorrätig ist, weiß ich nicht, aber irgendein helles Bier wird es ganz bestimmt geben. Ich seh mal, was sich machen lässt.« Tikian verschwand durch eine der Türen, die in die Eingangshalle führten.

Der Bogenschütze fühlte sich unwohl in dem mit verschwenderischem Luxus ausgestatteten Raum. Missmutig blickte er zu dem Krieger, der an der schweren Eichentür stand. Der Kerl hatte ihn erst gar nicht hereinlassen wollen. Stattdessen hatte er ihm empfohlen, sich nach einem billigeren Haus umzusehen. Gion rümpfte die Nase. Haus! Warum nannten sie die Sache nicht einfach beim Namen? Auch wenn man im *Opalpalast* nur reiche Pfeffersäcke und Offiziere einließ, änderte dies nichts an der Tatsache, dass es ein Hurenhaus war!

Er schüttelte den Kopf. Drei Tage hatte er Tikian nicht mehr gesehen, und schon hatte es dieser Tölpel geschafft, vom freien Mann zum Sklaven und obersten Rausschmeißer in einem Edelbordell zu werden. Er hätte auf den Jungen besser aufpassen sollen!

Ein dicker Kerl um die fünfzig wurde durch die Eingangstür gelassen. Der Wächter buckelte höflich vor dem alten Bock, und Gion sah, wie der Kaufmann oder wer immer er war, dem jungen Krieger mit herablassendem Lächeln einen Schilling in die Hand drückte. Wie konnte ein Kämpfer nur so tief sinken!

»Seit wann wird solcher Pöbel bei Consuela geduldet?« Der Dicke warf dem Bogenschützen einen missbilligenden Blick zu und wartete offenbar darauf, dass der Torwächter ihm den Umhang abnahm. Gions Hand glitt zum Knauf seines Kurzschwertes. Er würde diesem glubschäugigen Fischgesicht nur zu gern ein wenig die Leber kitzeln! Noch ein Wort, und ...

Tikian kehrte in die Eingangshalle zurück und verneigte sich knapp vor dem Fremden. Dann warf er Gion einen Blick zu und runzelte die Stirn. »Gibt es irgendwelchen Ärger?«

»Der Marschall Oboto Florios fühlt sich durch die Anwesenheit dieses ungewaschenen Söldlings in seinem Wohlbefinden gestört«, erklärte der Türwächter sarkastisch grinsend.

Gion nahm langsam die Hand vom Schwertgriff und fluchte innerlich. Woher hätte er wissen sollen, dass dieser feiste Kerl der Oberkommandant der Stadtgarde war?

»Ich werde auf der Stelle dafür sorgen, dass der Mann ein Bad erhält. Vielleicht lässt der ehrenwerte Marschall sich durch ein Gastmahl auf Kosten des Hauses versöhnlich stimmen?«

»Schmeicheleien stehen ihm schlecht zu Gesicht. Gestern Nacht in der Arena hat er Uns besser gefallen. Führe er diesen stinkenden Menschen hinfort! Es beleidigt Unsere Nase und Unseren Sinn für das Schöne!«

Gion hätte dem Fettsack am liebsten die Faust in den Rachen geschoben. Dieser aufgeblasene Hurenbock!

Tikian zog ihn zu der breiten Treppe, die zu den oberen Stockwerken führte. »Lass uns hier verschwinden«, flüsterte er leise, »bevor ich meine gute Erziehung vergesse.«

Gion nickte. Ohne sich noch einmal umzudrehen, gingen sie die Treppe hinauf. Tikians Zimmer lag gleich oben an der Galerie, und Gion staunte nicht schlecht über die luxuriöse Unterbringung. Im Vergleich hierzu war sein eigenes Quartier das reinste Rattenloch. Dabei war er bis vor einer halben Stunde noch stolz darauf gewesen, nicht wie der größte Teil der Söldner in einem nassen Zelt untergebracht zu sein.

»Hast deine Freiheit gegen einen goldenen Käfig eingetauscht ... Was, bei allen Göttern, hat dich nur hierher verschlagen? Ich hätte dich ohne Schwierigkeiten als Unteroffizier im Schwarzen Bund unterbringen können, jetzt, da ich Weibel bin.«

Tikian machte ein säuerliches Gesicht. »Du glaubst doch nicht etwa, dass ich freiwillig hier bin? Es hat alles damit angefangen, dass ...«

Als Tikian mit seiner Geschichte fertig war, schob Gion sich das letzte Stück des saftigen Bratens in den Mund, der zusammen mit einem Krug Bier auf das Zimmer gebracht worden war. Mit einem Seufzer tunkte er ein Stück Brot in die Soße, die auf dem großen, silbernen Teller zurückgeblieben war, und schüttelte den Kopf. Ein Sklave, der besser bezahlt wurde als ein Söldnerhauptmann! Wer hatte je von so etwas gehört! Trotzdem wusste er nicht recht, ob er seinen Freund beneiden oder bemitleiden sollte.

»Wirst du bleiben oder versuchen, dich dünne zu machen?«

Tikian zuckte die Schultern. »Ich fürchte, ich kann hier nicht fort, bevor nicht ein paar Dinge geklärt sind. Mit dem Mord an Callana habe ich nichts zu tun, und das werde ich auch beweisen!«

»Da kräht kein Hahn nach! Glaubst du, man wird dich aus der Sklaverei entlassen, wenn du beweist, dass ihr ein anderer das Lebenslicht ausgeblasen hat? Wach auf, Tikian! Du bist hier in Al'Anfa und nicht im Lieblichen Feld! Du wirst erst an dem Tag hier fort können, an dem du deiner Puffmutter tausend Dublonen auf den Tisch legst. Es sei denn, du hast den Mumm, dich einfach davonzumachen.«

»Warum sollte ich das? Wenn ich ein paar Jahre in diesem Haus verbringe, kehre ich als reicher Mann in meine Heimat zurück, und mein Gold wird die Königin vergessen lassen, dass es jemals einen Zwischenfall mit einer hübschen Gräfin gegeben hat. Hier bekomme ich gutes Essen und habe ein warmes Bett. Das ist mehr, als die meisten anderen Söldner von sich sagen könnten.«

»Sicher, ich sehe auch, welchen Spaß es dir macht, vor aufgeblasenen Wichtigtuern zu buckeln. Was ist nur mit dir geschehen, Mann? Seit dir diese götterverfluchte Schwarzmagierin über den Weg gelaufen ist, bist du einfach nicht mehr derselbe!«

»Vielleicht werde ich mit dem Alter weise?« Tikian erhob sich von der Kiste, auf der er gehockt hatte. »Du könntest mir als Gegenleistung für das Essen einen kleinen Gefallen tun. Bernardo hat vergessen, mir den Schlüssel für die Kiste herauszugeben, und dummerweise das Schloss zuschnappen lassen. Wenn du mir vielleicht ...«

Gion grinste. »Ich bin Bogenschütze! Wie kommst du darauf, dass ich wüsste, wie man so ein Schloss knackt?«

Tikian erwiderte das Lächeln. »Ist nur so eine Ahnung ...«

»So?« Der Schütze öffnete seinen Geldbeutel, kramte einen verbogenen Nagel hervor und kniete neben der Kiste nieder. »Wirst dich ein bisschen gedulden müssen. Ich bin in letzter Zeit aus der Übung gekommen.« Aufmerksam musterte er das Vorhängeschloss. Es war ziemlich verrostet, aber augenscheinlich von einem gutem Mechanicus gefertigt. Es würde nicht leicht werden, es aufzubekommen. Misstrauisch untersuchte Gion es nach magischen Runen oder Zauberzeichen. Seit ihm einmal ein einhändiger Dieb sehr bildhaft von Flüchen und Giftdornen erzählt hatte, mit denen angeblich manche Schlösser gesichert waren, war Gion vorsichtig geworden. So verging eine ganze Weile, bis ein leises Klicken schließlich davon kündete, dass er seine Geschicklichkeit in diesen Dingen während der vielen Wochen im Dschungel doch nicht eingebüßt hatte. Zufrieden lehnte er sich zurück und goss sich aus dem großen Tonkrug einen Humpen voller Bier ein.

Ungeduldig durchwühlte Tikian die Kiste. Aufmerksam tastete er die Säume der Kleidungsstücke ab, so als hoffte er, dass dort Münzen oder gar kostbare Edelsteine eingenäht wären. Dann untersuchte er die Stiefel und klopfte sogar ihre Sohlen ab, doch auch hier fand sich nichts Ungewöhnliches. Schließlich ließ er sich mit einem enttäuschten Seufzen auf dem Bett nieder. »Es sieht ganz so aus, als hätte mein Großvater nichts als ein paar alter Kleider als Erbe hinterlassen.«

»Was sollte man anderes in einer Reisekiste erwarten?«

»Du hast einfach keine Vorstellungskraft, Gion! Er hätte doch wenigstens ein paar Briefe zurücklassen können oder eine Locke seiner Geliebten. Irgendetwas, das mir verrät, was für ein Mensch er war und was er in dieser götterverfluchten Stadt gewollt hat!«

Der Bogenschütze lachte leise. »Du hast zu vielen Barden zugehört. Solche Geschichten geschehen nicht wirklich. Wie kommst du darauf, dass er ein großes Abenteuer erlebt hat? Vielleicht wurde er von irgendeinem Halsabschneider in einer dunklen Gasse erdolcht und um seine Barschaft erleichtert. So etwas passiert hier fast täglich.«

»Beleidige meinen Ahnen nicht!« Tikian war vom Bett aufgesprungen. »Jacomo ya Avona war der größte Fechtmeister seiner Zeit! Es ist undenkbar, dass ihn ein gewöhnlicher Strauchdieb besiegt haben könnte. Vielmehr ist es ein Zeichen der Götter, dass diese Kiste das Feuer überstanden hat und schließlich in meine Hände gelangt ist! Mir ist es bestimmt, das Schicksal meines Ahnen aufzuklären!«

»Dann zieh doch mal seine Stiefel an. Vielleicht gelingt es dir, so in seine Fußstapfen zu treten.«

Tikian warf ihm einen bösen Blick zu. »Ich mache keinen Spaß! Deinen Spott kannst du dir schenken! Oder hältst du mich vielleicht für verrückt?«

Gion hob beschwörend die Hand. »Immer mit der Ruhe! Ich will dich nicht auf den Arm nehmen. In der Gegend, aus der ich komme, erzählt man sich wirklich, dass man auf den Spuren der Toten wandeln kann, wenn man deren Schuhe trägt. Du solltest allerdings bedenken, dass du dann möglicherweise demselben Schicksal wie dein Großvater entgegenstiefelst. So wie die Dinge stehen, hat man ihn wohl ermordet, denn wäre er eines natürlichen Todes gestorben, hätte deine Familie sicher eine Nachricht über sein Ableben erhalten.«

»Und wenn er in die Sklaverei geraten ist? Du siehst ja an mir, wie schnell einem aufrechten Mann ein solches Schicksal widerfahren kann. Vielleicht lebt Jacomo sogar noch?«

»Vielleicht geht das Praiosgestirn morgen im Westen auf!« Tikian verpasste der leeren Kiste missmutig einen Fußtritt. »Es ist doch immer wieder erfreulich, *wahre* Freunde um sich zu haben!«

»Ich kann auch gehen«, murmelte der Schütze beleidigt. »Vielleicht solltest du lieber versuchen herauszufinden, warum Consuela dich verschont hat. Ich denke, dabei wirst du zu handgreiflicheren Ergebnissen kommen!« Gion leerte den Humpen, stellte ihn auf dem Tisch neben der Tür ab und erhob sich grinsend. »Es ist spät.«

»Komm, trink noch einen ...«

»Glaubst du nicht, dass man im Haus vielleicht deine Dienste braucht? Du bist jetzt schon mehr als eine Stunde mit mir hier oben.«

»Meine Kastraten lieben es, wenn der Hauptmann der *Leibwache* Fehler macht! Kannst du dir vorstellen, was es bedeutet, als Fremder in dieses Haus zu kommen, im Gegensatz zu den anderen Rausschmeißern nicht beschnitten zu werden und dann auch noch ihren Anführer abgeben zu müssen? Consuela ist ungewöhnlich schlau! Du glaubst, sie liebt mich? Ich sage dir, sie hat ganz andere Gründe dafür, mich in ihren Dienst zu nehmen. Die Kerle haben sie für das gehasst, was sie ihnen angetan hat. Jetzt stehen die Dinge anders. Sie hassen mich noch mehr als sie, weil ich nicht ihr Schicksal mit ihnen teile. Jeder von ihnen würde mich am liebsten mit einem Messer im Rücken sehen. An Consuela verschwenden sie keinen Gedanken mehr. Ich bin jetzt ihr Feind! Das ist übrigens der Grund, warum ich hier im Haus nie etwas essen würde.«

»Wie bitte?« Gion starrte auf den Teller, auf dem der Braten serviert worden war. »Du meinst doch nicht etwa ...«

»Keine Sorge, ich habe dem Sklaven, den ich losgeschickt habe, dreimal erklärt, dass dieses Fleisch für dich ist. Sie werden nicht das Wagnis eingehen, aus Versehen nur dich zu vergiften, um dann meiner Rache ausgesetzt zu sein.«

Der Bogenschütze schluckte. Wollte Tikian ihn auf den Arm nehmen? Oder meinte er es ernst?

Der Fechter lächelte. »Komm, mach nicht so ein Gesicht! Im Zweifelsfall würde ich deinen Tod rächen und dafür sorgen, dass du ein prächtiges Begräbnis bekommst.«

»Wer dich zum Freund hat, der braucht keine Feinde mehr.« Gion spürte, wie ihm übel wurde. Vielleicht war das Fleisch ja doch ...

Tikian zog ein kleines silbernes Fläschchen hinter seinem Gürtel hervor. »Siehst du das hier? Ich habe dir ein Antidot ins Bier geschüttet, als du dich um die Kiste gekümmert hast. Es ist ein magisches Gegengift. Dir kann gar nichts passieren! Glaubst du, ich würde das Leben meines einzigen Freundes riskieren?«

»Einziger Freund? Ich muss verrückt gewesen sein, mich auf dich eingelassen zu haben, du borniertes adeliger Bastard!« Gion griff nach der Klinke. »Mich siehst du nie wieder!«

»Warte!« Der Fechter packte ihn an der Schulter und wollte ihn festhalten, doch Gion riss sich los.

»Such dir einen anderen für deine Spielchen. Mir reicht es!« Diesmal war Tikian zu weit gegangen! Über diesen Spaß konnte er nicht lachen! Wütend knallte Gion die Tür hinter sich zu und stürmte die breite Treppe zur Empfangshalle hinunter.

Tikian hatte sich eine Karaffe mit teurem Branntwein aus der Küche geholt. Welcher Dämon hatte ihn nur geritten, Gion so zu erschrecken? Es stimmte schon, dass er Angst hatte, man könne ihn vergiften, doch darum hatte er ja auch das Antidot in das Bier geschüttet. Er hätte Gion nichts sagen sollen! Der Bogenschütze wäre auf jeden Fall in Sicherheit gewesen! Es war überflüssig gewesen, ihm zu eröffnen, in welches Ränkespiel er hineingeraten war.

Wütend trat er gegen die Kiste. Warum war er nur in diese Stadt gekommen! Er hätte ein glücklicher Mann sein können! Sicher wäre er sogar noch mit Elena zusammen, wenn ... Er füllte den Zinnbecher zum dritten Mal und kippte den Branntwein hinunter. Es war Verschwendung, so schnell zu trinken, und es würde ihm nicht bekommen, aber das war jetzt auch gleichgültig.

Sein Blick fiel auf die alten Stiefel, die neben der Kiste lagen. Ob Gion ihn wohl gefoppt hatte? Oder war etwas dran an dieser Geschichte über die Schuhe von Toten? Würde er tatsächlich auf den Spuren seines Großvaters wandern, wenn er sie anzog und sich ziellos durch die Stadt treiben ließ? Es gab keine andere Fährte, der er noch folgen konnte. Vielleicht war das wirklich der einzige Weg, der ihm blieb. Er stellte den Becher ab und kniete sich auf den Boden. Das Leder der Stulpenstiefel war verschossen und so fleckig wie eine alte Landkarte. Morgen würde er es mit Speck einreiben.

Behutsam hob er die Stiefel auf und stellte sie in die Kiste. Ihm war ein wenig schwindelig. Er hätte die Finger von diesem verfluchten Branntwein lassen sollen! Warum standen denn die Stiefel so schief? War das der Anfang einer wahrhaft niederhöllischen Nacht? Tikian blickte auf, doch Tisch und Bett standen durchaus so in der Kammer, wie es sich gehörte. Nur die Stiefel ... Was, zum Henker, war das? Er drehte die Kiste zur Seite und kippte die Stiefel heraus. Der Boden der Truhe war verrutscht und hatte sich schief gestellt. Ein Geheimfach?

Sein Rausch war wie verflogen. Vor Aufregung zitterten dem Fechter die Hände. Er zog den schlanken Parierdolch aus dem Wehrgehänge und trieb die Klinke zwischen Kistenwand und Boden. Dann hebelte er sie vorsichtig nach vorne. Mit einem lang gezogenen Knarren gab der Boden nach und kippte ihm entgegen. Unter dem Brett öffnete sich ein knapp einen Finger breiter Hohlraum. Dort lagen zwei dünne Bücher und ein grünlich angelaufenes Medaillon. Das Vermächtnis seines Großvaters!

Tikian glaubte, sein Herz so laut wie einen Schmiedehammer schlagen zu hören. Vorsichtig nahm er eines der Bücher heraus. Die Unterseite war von der Hitze des Feuers durch den Holzboden hindurch angesengt worden. Hastig schlug er das erste der beiden Bücher auf – und traute seinen Augen kaum! Die Seiten waren leer! Hastig blätterte er es bis zum Ende durch. Nichts! Nicht eine Zeile stand dort geschrieben. Was, bei allen Unholden des Namenlosen, sollte das bedeuten?

Zweifelnd griff er nach dem zweiten Band. Auch hier war der Einband durch das Feuer versengt worden. Der Fechter schlug die erste Seite auf.

Das ist:
Die Beschreibung des Lebens eines seltsamen Vaganten /
genannt Jacomo ya Avona / wann und welcher Gestalt
er nämlich ins gottlose Al'Anfa gekommen /
was er darin gesehen / gelernet /
erfahren und ausgestanden hat
Getreulich und in zwölfgöttlicher Demut niedergeschrieben
von eben jenem
JACOMO YA AVONA
gegeben 970 nach Bosparans Fall

Begierig, das Schicksal seines Ahnen zu ergründen, blätterte Tikian weiter, doch die Buchstaben begannen ihm vor den Augen zu tanzen, sodass die Worte keinen Sinn mehr ergaben und ihm ganz schwindelig wurde, sobald er in das Buch blickte.

Taumelnd erreichte er das Bett und verbarg seinen Schatz unter dem Kissen. Dann sank er in tiefen Schlaf.

In seinen Träumen verfolgte ihn eine dunkle Gestalt in einem Kapuzenmantel.

KAPITEL 7

Ein schmaler Sonnenstrahl fiel durch einen Spalt in den Fensterläden genau auf Tikians Gesicht, sodass er blinzelnd erwachte. Noch halb in seinen Träumen gefangen, blieb er liegen und beobachtete die winzigen goldenen Staubflocken, die in dem Lichtstrahl auf und nieder tanzten. Behaglich streckte er die Arme aus. Sein Handrücken streifte über etwas, das auf dem Kissen an seiner Seite lag. Erschrocken richtete er sich auf. Dort lag das Buch, das er letzte Nacht gefunden hatte. Es war aufgeschlagen, und zwischen den Seiten schimmerte grüngolden das alte Medaillon.

Hastig schlug Tikian ein Schutzzeichen gegen böse Geister. Wie, bei allen Erleuchteten, hatte das geschehen können? Das Buch hatte unter seinem Kissen gelegen! Und das Medaillon? Es hatte sich in der Kiste oder auf dem Tisch befunden!

Ohne das Buch zu berühren, setzte er sich auf und las, was auf den beiden Seiten geschrieben stand.

12. Boron: War es falsch, Gronek zu töten? Er war ein Schurke, doch was habe ich mit Quinos und Alaras Rache zu schaffen? Ich verliere mich mehr und mehr, je länger ich in dieser Stadt verweile. Jede Nacht ist Saranya in meinen Träumen bei mir. Ich spüre, dass sie ganz nahe sein muss, und doch kann ich sie nicht finden. Wenn der Schlaf mich flieht, irre ich oft stundenlang durch dunkle Gassen und suche ihr Gesicht, doch ist es, als halte Phex selbst sie vor mir verborgen. Dabei spüre ich, dass nicht mehr viel Zeit bleibt ...

14. Boron: Alara und Quino haben bedeutende Verbündete in ihrem Kampf gewonnen. Der zornige junge Mann steckt voller Überraschungen. Er kannte Balthasar Wilmaan, den Spross einer mächtigen Grandenfamilie. Balthasar und seine schöne Schwester Esmeralda haben versprochen, uns Zugang zum Silberberg zu verschaffen. Die Stadt brodelt vor Gerüchten, und es scheint, als wollten sich die Granden gegen den grausamen Tyrannen verschwören. Ich gehöre zu jenen, die auserwählt sind, die Klinge gegen das dunkle Haupt zu führen. Doch was nützt mir dieser zweifelhafte Ruhm, solange ich nicht finden kann, wonach mein Herz sich sehnt! Manchmal, in dunklen Stunden, denke ich sogar, ich würde sie alle verraten, wenn ich dafür nur wieder mit IHR vereint sein könnte. Tausend Meilen bin ich gereist, sie zu finden, und doch scheint mir, ich bin ihr kein Stück näher gekommen.

17. Boron: Nur zwei sind noch verblieben, dann geht es gegen das dunkle Haupt, das sich auf dem Silberberg verbirgt. Esmeralda hat versprochen, dass sie nach Saranya suchen lassen wird. Wie alle Granden hat sie Einblick in die Sklavenregister. Endlich werden wir wieder vereint sein. Es ist höchste Zeit, diese Stadt zu verlassen. Nur wenige Tage noch ...

Neugierig blätterte Tikian weiter, doch die nächste Seite war leer. Mit dem 17. Boron endeten die Eintragungen in Jacomos Reisetagebuch. War sein Großvater bei einem Angriff gegen das dunkle Haupt umgekommen? Und wer verbarg sich hinter diesem Namen? Hatte Jacomo es etwa gewagt, sich gegen den Patriarchen zu verschwören? Wer waren Quino und Alara? Und wer war Saranya? Fragen über Fragen ...

Tikian nahm das Medaillon auf und rieb es zwischen den Fingern. Es war eine billige Arbeit aus Bronze und passte so gar nicht als Kleinod zu einem bedeutenden Adligen aus dem Alten Reich. Besonders der Rand des Medaillons war mit Grünspan überzogen. Seltsam schien ihm auch das

Band, an dem das Medaillon hing. Was er flüchtig betrachtet in der letzten Nacht für einen geflochtenen Lederriemen gehalten hatte, entpuppte sich als ein dünner Zopf aus rotem Haar. Wer Jacomo wohl dieses Geschenk gemacht hatte? Marina, seine Frau, war blond gewesen ...

Tikian versuchte, den Daumennagel in die feine Rille zwischen den beiden Medaillonhälften zu drücken, doch das verkrustete Metall widerstand all seinen Bemühungen.

Schließlich erhob er sich aus dem Bett und holte seinen Dolch, der noch neben der Truhe auf dem Boden des Zimmers lag. Mit seiner Hilfe gelang es ihm schließlich, das Kleinod zu öffnen. Als die Metallschalen auseinanderklappten, enthüllten sie zwei winzige Porträts. In den Deckel war das Gesicht eines Mannes gemalt, der um die dreißig Jahre alt sein mochte. Er hatte langes, leicht gelocktes Haar und ein schmales Gesicht. Es war sein Großvater, so wie Tikian ihn von den Gemälden der Ahnengalerie kannte. Sie beide sahen einander erstaunlich ähnlich. Das zweite Bild zeigte das Gesicht einer jungen Frau. Sie war im Profil gemalt worden. Das lange rote Haar hatte sie mit Kämmen hochgesteckt. Ihrem Antlitz fehlte die vornehme Blässe, die man von einer jungen Adligen erwartet hätte – und auch das, was von ihrem Kleid zu sehen war, wirkte ungewöhnlich schlicht. Tikian hatte das Gefühl, die Frau schon einmal gesehen zu haben. Er lächelte. Es war unmöglich, dass er sie kannte! Wenn sie noch leben sollte, dann wäre sie heute wohl mehr als sechzig Jahre alt und würde völlig anders aussehen.

Sicherlich war es jene Saranya, von der er im Tagebuch gelesen hatte. Wenn der Maler sich nicht erlaubt hatte, ihr Aussehen auf dem Porträt mehr als gewöhnlich zu übertreiben, war sie eine außergewöhnlich schöne Frau gewesen. Er konnte verstehen, dass sein Großvater ihr bis nach Al'Anfa gefolgt war.

Tikian klappte das Medaillon zu. Woher sie ihm nur so vertraut vorkam? Er griff nach dem Buch und strich ehrfürchtig über den angesengten Einband. Wenn er es richtig zu deuten verstand, würde es wenigstens einen Teil des Geheimnisses um seinen Großvater enthüllen.

Takate blickte über das weite Land, und das Herz schmerzte ihm. So weit er sehen konnte, war der Wald getötet worden. Nur vereinzelt gab es noch kleine Gruppen von Bäumen, die inmitten der weiten Felder wie verloren wirkten.

Der Wind, der vom großen Wasser kam, hatte dunkle Wolken herangetragen, und leichter Regen fiel nieder. Die Blasshäute hatten das Land überschwemmt, indem sie das Wasser eines kleinen Flusses gefangen nahmen. Sie konnten nichts und niemandem die Freiheit lassen! Freiheit machte ihnen wohl Angst.

Zwischen den überfluteten Feldern erhob sich ein Netz aus schmalen Pfaden, die alle auf einen breiten Weg zuliefen, der so gerade wie ein Blasrohr wirkte.

Hier und dort waren auf den Feldern gebückte Gestalten zu erkennen, die im schlammigen Wasser wühlten und zarte Schösslinge pflanzten. Takate trat vom Waldrand auf den breiten Weg. Dieser Pfad würde ihn in das große Steindorf führen, wo sich der Krieger und die Schamanin mit dem Sonnenhaar versteckt hielten. Dort würde er viele Köpfe nehmen! Es war ein Ort der Verderbnis, wo man der Gerechtigkeit nur mit Peitsche und Schwert zum Sieg verhelfen konnte. Takate blickte auf die Waffen in seinen Händen. Die Stimme in den Blättern hatte ihm verraten, wie die Blasshäute die eigenartige Waffe aus geflochtenen Lederschnüren nannten. Peitsche! Sie war geschaffen, die Ungerechten zu züchtigen, das Handwerkszeug der Totmacher und der ...

Der Krieger schluckte. Was war es, das ihn in diese Stadt trieb? War es wirklich sein Verlangen, dorthin zu gehen?

»*Denk an die Schamanin und den Mann, der dich ermordet hat. Du wirst sie dort finden, und ihr Tod wird deinem gequälten Herzen Frieden bringen.*«

Takate legte den Kopf in den Nacken und sah zu den mächtigen Baumgipfeln empor. Konnte er den Wald verlassen? In der Ebene war er schutzlos. Es gab nur noch wenige Möglichkeiten, sich zu verstecken. Die Blasshäute würden ihn jagen und töten.

»*Vertraue mir*«, flüsterte es erneut in den Bäumen. »*Ich werde bei dir sein, dir raten und dich beschützen. Du bist mein Kind, und ich werde nicht dulden, dass dir Böses widerfährt!*«

»Wessen Kind? Und wie willst du mir helfen, wenn ich in das Land ohne Bäume gehe? Du wirst hier zurückbleiben.«

»*Ich sitze nicht in den Bäumen, auch wenn es dir so scheinen mag. Ich bin der Tapam deiner Mutter, die die Blasshäute töteten.*«

Der Krieger starrte zu den dunklen Wolken empor. Der Regen fiel ihm senkrecht ins Gesicht. Langsam schüttelte er den Kopf. »Das kann nicht sein. Die Stimmen der Ahnen sprechen nur zu den Schamanen. Du kannst nicht meine Mutter sein! Wer bist du?«

»*Warum sollte ich dich belügen? Bedenke, dass du nicht länger zu den anderen gewöhnlichen Stammeskriegern gehörst. Dein Tapam hatte sich von deinem Fleisch gelöst und war bereit, auf die große Wanderschaft zu gehen. Ich war bei dir, mein Sohn, als die Zeit zu sterben für dich gekommen war. Und als der weiße Schamane dein Tapam zurückgerufen hat, da bin auch ich von seiner Zaubermacht ergriffen worden. So kommt es, dass du meine Stimme hören kannst. Sie ist nicht an die Bäume gebunden. Ich spreche durch dein Herz zu dir, mein Sohn.*«

»Als du das erste Mal zu mir gesprochen hast, sagtest du ganz andere Dinge. Du hast mich willkommen geheißen in deinem Stamm. Wie meintest du das?«

»*Wir werden ein neuer Stamm sein, mein Sohn. Du bist der erste Mann, in dessen Brust zwei Tapams wohnen. Du wirst Kräfte besitzen, die die Fähigkeiten aller anderen Krie-*

ger der Keke-Wanaq weit übertreffen werden, und die Blasshäute werden deinen Namen mit Schrecken nennen. Du wirst kommen, um all jene Kinder des Waldes zu rächen, die sie gemordet haben. Du wirst sein wie der Sturmwind, der selbst die Häupter der mächtigsten Bäume zu beugen vermag, ohne dass man ihn fassen könnte. Der Wald selbst schickt uns beide, um Rache zu üben.«

»Aber wie soll ich unter den Stämmen der Blasshäute bestehen? Sie werden mich leicht erkennen können, und ich spreche ihre Zunge nur sehr schlecht. Es wird nur ein kurzer Kriegszug werden, wenn ich den Schutz des Waldes verlasse.«

»Glaubst du der Stimme deiner Mutter nicht? Ich habe dich in den Armen gehalten und dich getröstet, wenn sich nachts böse Geister in deine Träume schlichen, um dich zu erschrecken. Könnte ich dich betrügen?«

Takate rannen warme Tränen über das Gesicht. Er konnte sich kaum noch an seine Mutter erinnern. Zu lange war es her. Sie würde ihn nicht betrügen, und doch hatte er das Gefühl, sterben zu müssen, wenn er den Wald hinter sich ließ. Er dachte an die Worte des Schamanen, daran, dass er zum Satuul werden würde und sein Tapam in ihm verrotten müsste. War es vielleicht ein böser Geist, der in ihm sprach?

»Erinnerst du dich an das Band aus grünem Schlangenleder, das ich in mein Haar geflochten hatte an jenem Tag, an dem die Blasshäute in das Dorf kamen, und an den Mann, dem Haare wie Sonnenstrahlen im Gesicht wuchsen? Er hat mich fortgezerrt und dich vor meinen Augen niedergeschlagen. Der alte Schamane weiß nicht, was mit uns geschah. Du bist kein Satuul! Du bist nur anders, und er hat Angst vor dir. Deshalb wollte Hiye-Haja, dass du gehst. Er wusste, dass du bald mächtiger sein würdest als er. Der alte Mann hatte Angst, seinen Platz an den Feuern zu verlieren. Deshalb hat er dich verdammt.«

Takate hielt die Augen geschlossen und ließ das Bild seiner Mutter, wie er es in seinem Herzen trug, vor sich erstehen. Es stimmte! An dem Schreckenstag hatte sie ein Band aus grünem Schlangenleder getragen. Konnte es wahr sein, dass der Schamane ihn betrogen hatte? Woher sollte ein böser Geist wissen, wie seine Mutter ausgesehen hatte? Wütend ballte der Krieger die Fäuste. Ja, er war betrogen worden! Hiye-Haja hatte ihm das Spinnen-Luloa auf Hals und Gesicht gemalt, damit er nie mehr zurückkehren konnte. Der alte Mann würde ihm für diesen Betrug büßen. Takate spürte den Hass wie ein Feuer in seiner Brust brennen. Zuerst würde er den Krieger und die Schamanin mit dem Goldhaar bestrafen. Und dann würde er einen Weg finden, Hiye-Haja zu stellen. In der Zunge der Bleichgesichter bedeutete der Name des Schamanen *tausend Worte*, und wortreich war die Zunge der Lügner und Betrüger.

Entschlossen trat der Krieger vom Wald auf den breiten Weg. Der Gedanke, sich durch das offene Land zu bewegen, war ihm immer noch unheimlich.

Tikian blickte angewidert auf das fette schwarze Schwein, das in der Mitte des kleinen Hofes in einem Abfallhaufen herumschnupperte. Bernardo hatte ihm eine Nachricht zukommen lassen. Dem Alten war wieder eingefallen, wo er die Truhe mit Jacomos Kleidern erstanden hatte. Ein kleiner Junge hatte die Botschaft überbracht und den Fechter anschließend auch auf den abgelegenen Hof geführt.

Unsicher sah sich Tikian um. Die Gegend gefiel ihm nicht. Es war eine der übelsten Ecken des Schlundes. Unter einem nahen Torbogen kauerten zwei hagere Gestalten. Sie sahen zu ihm herüber.

»Habt Ihr eine milde Gabe für einen alten Söldner, den keiner mehr haben will, edler Herr?«

Tikian schüttelte unwillig den Kopf. »Scher dich davon! Ich habe nichts zu verschenken.« Er drehte sich halb zu dem Jungen um, der ihn hergebracht hatte. »Wo ist der Laden des Händlers? Das hier ist kein Geschäftsviertel!«

Der Kleine zeigte auf eine blau gestrichene Tür am anderen Ende des Hofs. »Dort wirst du Fran Dabas finden. Er ist kein gewöhnlicher Händler, und man sagt, die meisten seiner Kunden kämen erst bei Nacht. Aber du wirst schon noch sehen ...« Der Junge streckte ihm die offene Hand entgegen.

»Du bekommst dein Geld, sobald ich wieder im *Opalpalast* bin.«

»Das war so nicht ausgemacht!«

»Stimmt! Ich habe mich entschieden, die Bedingungen für unser Geschäft ein wenig zu ändern. Du bekommst das Doppelte, sobald wir beide wohlbehalten zu Consuelas Haus zurückgekehrt sind. Ist das kein gutes Geschäft? Du brauchst nur hier auf mich zu warten.«

Der Junge wirkte unruhig, doch er widersprach nicht.

»Gibt es vielleicht etwas, das du mir sagen möchtest?« Tikian blickte den Jungen forschend an. Er mochte um die zehn Sommer alt sein, war spindeldürr und trug ein zu großes, zerlumptes Hemd, das er in der Taille mit einem Stück Seil gegürtet hatte. Der Kleine hielt dem Blick stand.

»Wenn es dich beruhigt, mich in deiner Nähe zu wissen, werde ich auf dich warten. Ich werd schon auf dich aufpassen.« Der Junge grinste frech.

Mit der Rechten spielte Tikian unruhig am Knauf des Parierdolches, während er den Abfallhaufen umrundete und zu der blauen Tür hintrat. Das Schwein, das den Müllhaufen umpflügte, blickte kurz zu ihm auf und setzte dann seine Suche nach fauligem Obst und schimmeligen Brotresten fort.

Der Fechter zog den Dolch aus der Scheide und klopfte mit dem Knauf heftig gegen die Tür. Gespannt hielt er den Atem an und lauschte, doch nichts geschah. Er wurde weder aufgefordert einzutreten, noch waren Schritte zu hören, die sich der Tür näherten. Verwundert warf er dem Jungen einen Blick zu, doch dieser zuckte nur enttäuscht mit den Schultern.

Tikian hob die Hand und wollte gerade ein zweites Mal klopfen, als die Tür wie von Geisterhand aufschwang und den Blick auf eine kleine Kammer freigab. Das einzige Fenster war mit rotem Stoff verhangen. Mit klopfendem Herzen trat er ein. Kaum hatte er die Schwelle überschritten, da fiel die Tür hinter ihm wieder ins Schloss. Im Zwielicht der Kammer vermochte Tikian zunächst kaum mehr als dunkle Schemen zu erkennen. Es sah hier ein wenig so wie auf dem Dachboden des großen Herrenhauses aus, das seinem Vater gehörte. Ohne erkennbare Ordnung türmte sich allerlei Gerümpel bis zur niedrigen Decke. Fadenscheinige Gewänder aus Seide und Brokat hingen von den Deckenbalken herab und drehten sich leicht im Luftzug. Es stank nach Rauschkraut und billigem Tabak.

»Sei mir willkommen, wenn dein Name nicht Golgari ist«, ertönte eine hohe Fistelstimme zwischen dem Gerümpel.

»Der Boronsbote klopft nicht, wenn er vor deinem Tor steht«, entgegnete Tikian nüchtern und versuchte zu erkennen, wo sich der Herr über die staubigen Schätze dieser Rumpelkammer verbarg. Zwischen den herabhängenden Kleidern leuchtete kurz ein helles Glutauge auf, und ein Schwall gelblichen Rauchs schlug Tikian entgegen. Dort lag ein hagerer, alter Mann auf einigen zerlumpten Teppichen, eine lange Bambuspfeife zwischen den Lippen.

»Du kannst deinen Dolch ruhig wieder einstecken. Du bist doch wohl gekommen, um Geschäfte mit mir zu machen, und nicht, um mich auszuplündern.«

»Wenn du Fran Dabas bist, dann hätte ich in der Tat etwas mit dir zu besprechen, auch wenn ich nicht die Absicht habe, irgendetwas von dir zu kaufen.«

Der Alte grinste und zeigte seine fauligen Zähne. »Man kann mehr von mir kaufen als die bescheidenen Kleinigkeiten, die du hier in meinem Laden siehst, Tikian.«

Der Fechter stutzte. »Woher kennst du meinen Namen?«

Fran Dabas blies ihm erneut eine Wolke Tabaksqualm entgegen. »Ich habe dich in der Arena gesehen. War ein bemerkenswerter Auftritt für jemanden, den man den Häuter nennt. Mir scheint, in deiner Brust schlagen zwei Herzen, edler Fechter.«

»Häuter ... Wer nennt mich so?«

»Die Huren hier im Viertel – und nicht nur sie. Für den Ruf, den du dir hier erworben hast, siehst du im Grunde erstaunlich harmlos aus. Das hat wahrscheinlich auch Callana gedacht, als sie mit dir gegangen ist.«

»Ich habe sie nicht ermordet. Hörst du! Ich bin unschuldig, und ...«

»Mir ist völlig gleich, was du getan hast und was nicht. Du solltest allerdings wissen, dass es jemanden gibt, der einen Preis von zwanzig Dublonen auf deinen Kopf ausgesetzt hat. Eigentlich eine Beleidigung für einen Mann mit deinen Fähigkeiten. Ich bin gespannt, wer es für so wenig Gold wagt herauszufinden, wie gut du mit deinen Waffen umzugehen vermagst.«

Tikian stieß den Dolch in den Gürtel und kniete vor dem Alten nieder. »Wer hat eine Prämie auf meinen Kopf ausgesetzt?«

Der Greis schnitt eine Grimasse und schüttelte kurz den Kopf. »Ich weiß nicht ... Ich weiß nur, dass einige Verzweifelte darüber nachdenken, ob sie es riskieren wollen, sich das Geld zu verdienen. Du solltest dich besser darauf gefasst machen, es möglicherweise mit mehr als einem Gegner zu tun zu haben.«

»Fünf Dublonen, wenn du mir sagst, wer meinen Tod will.«

Der Alte strich sich über sein stoppeliges Kinn. »Ein guter Preis. Wenn ich wüsste, wer dahintersteckt, würde ich es dir sagen. Doch ich kann nicht mehr tun, als dich zu warnen, und das ist kostenlos. Nun sag mir, warum du überhaupt gekommen bist. Ich habe nicht den ganzen Tag Zeit, um mit dir zu plaudern. Schließlich ist es auch nichts Besonderes, wenn in dieser Stadt ein Kopfgeld auf einen Fremden ausgesetzt wird.«

Tikian schluckte. Einen Augenblick lang überlegte er, ob er Fran Dabas vielleicht mit vorgehaltenem Dolch dazu bringen könnte, mehr zu verraten, doch dann verwarf er den Gedanken wieder. Solche Machenschaften waren eines Adligen aus dem Alten Reich nicht würdig! »Ich komme wegen einer Truhe, die du vor Jahren auf einer Versteigerung an einen Diener des Gubernators Egiliano verkauft hast. Das Holz war angesengt. Auf dem Deckel war ein Metallschild mit den Initialen *J.H.* angebracht. In der Kiste befanden sich ein Paar Stiefel, Hemden, eine Bauchbinde ...«

»Und in einem Geheimfach lagen zwei dünne Büchlein und das Medaillon an dem Band aus Menschenhaar, das du um den Hals trägst.« Der Trödler lächelte überlegen. »Ich erinnere mich noch gut.«

»Du weißt ...« Tikian starrte den Alten fassungslos an. »Warum hast du die Bücher nicht herausgenommen?«

»Was sollte ich damit? Es ist besser, die Vergangenheit ruhen zu lassen. Dieser Jacomo hätte auch gut daran getan, sich nicht in die Ränke der Mächtigen einzumischen. Du siehst ihm übrigens ein klein wenig ähnlich. Bist du mit ihm verwandt?«

»Du hast ihn gekannt?«

»Ich habe mir das Medaillon angesehen. Ansonsten weiß ich lediglich das, was er in diesem kleinen Buch aufgeschrieben hat. Wenn ich dir einen Rat geben darf, dann solltest du besser nicht an diesen alten Geschichten rühren. Die haben ihn schon Kopf und Kragen gekostet.«

»Was weißt du über seinen Tod?«

»Nichts, nur dass diese Kiste zum Verkauf stand. Irgendjemand hat sie nach dem Großen Brand aus den Trümmern gefischt und zu mir gebracht. Ich war neugierig und habe sie genau untersucht. So bin ich auf das Geheimfach gestoßen, doch es war nichts darin, was ich hätte zu Geld machen können, und so habe ich die Bücher und das Medaillon zurückgelegt. Wäre ich klüger gewesen, ich hätte nicht einmal hingesehen! Du bist dir hoffentlich darüber im Klaren, wie gefährlich das Wissen aus diesen Büchern ist! Siehst du dort drüben die Kiste?« Fran Dabas zeigte zur gegenüberliegenden Wand, wo zwischen einem ausgestopften Affen und einem alten Schrank eine muschelverkrustete Truhe stand. »Sie wurde in der Bucht von Selem gefunden und ist sehr alt. Das Holz, aus dem sie gefertigt ist, kennt man heute nicht mehr. Es hat die Eigenschaft, im Wasser nicht zu verrotten. Ein Magier hat die Truhe für mich untersucht und mir versichert, dass sich etwas darin befindet, das eine starke magische Aura besitzt. Sicher ist es sehr wertvoll, doch ich wage es nicht, die Truhe zu öffnen.« Er lächelte und blies Tikian einen Schwall gelben Qualms entgegen. »Das ist das Alter. Früher hätte ich gewiss hineingeschaut. Heute weiß ich, dass es sich oft besser lebt, wenn man bestimmte Dinge erst gar nicht weiß. Du solltest damit zufrieden sein, herausgefunden zu haben, dass dein Großvater ein Narr war. Ich erinnere mich nicht mehr genau an das, was er in sein Tagebuch geschrieben hat, aber war es nicht so, dass er ein Freund seines Königs war und diese Freundschaft zurückgewiesen hat, nur um einem Sklavenmädchen hierher zu folgen?«

»Nicht ganz so. Er hat sich in die Tochter eines Fischers verliebt. Es gibt viele Geschichten über Adlige, die für ihre Geliebten die verrücktesten Abenteuer unternommen haben. So etwas gehört zu den Pflichten eines Galans! Aber warum sollte ich dir das erzählen?«

Der Alte zuckte mit den Schultern. »Ich höre gern zu. Ich verkaufe nicht nur Trödel, sondern auch Auskünfte.«

»Dann lass uns ein Geschäft machen. Ich stelle dir ein paar Fragen, und für jede Antwort, die ich noch nicht kenne, erhältst du einen Schilling.«

Fran Dabas schüttelte den Kopf. »Du bist von erfrischender Einfalt. Warum, in Borons Namen, sollte ich dir vertrauen? Es könnte doch sein, dass du mich einfach nur aushorchst und anschließend behauptest, ich hätte dir nichts

Neues zu berichten gehabt. Nein, nein, mein Freund, das ist kein gutes Geschäft, das du mir da vorschlägst.«

»Denk an die Arena! Ehre ist für mich mehr als nur ein Wort.«

Der Alte kratzte sich das Stoppelkinn. »Na schön, lass uns dein Spiel spielen ...«

»Jacomo schreibt in seinem Tagebuch, dass das Haus Wilmaan und einige junge Männer und Frauen aus anderen Grandenfamilien einen Aufstand gegen das *dunkle Haupt* planten. Wer verbirgt sich hinter dieser Bezeichnung – und was ist aus dem Aufstand geworden?«

»Es hat niemals eine offene Rebellion gegeben, und was das dunkle Haupt angeht, so könnte damit vielleicht der Patriarch gemeint sein, doch wer weiß schon, gegen wen sich diese schwärmerischen Verrückten verschworen haben?«

Tikian öffnete seine Geldkatze und schnippte eine Münze zu dem Alten hinüber. »Was ist aus den jungen Granden geworden?«

Der Alte zuckte mit den Schultern. »Ich weiß nicht, wahrscheinlich hat man sich geeinigt. So etwas geschieht häufiger unter den großen Familien. In der einen Woche sind sie einander noch spinnefeind, dann tut sich ein Geschäft auf, das man nur gemeinsam abwickeln kann, und plötzlich sind alle Verstimmungen vergessen.«

»Wer sind diese Alara und der junge Mann namens Quino gewesen, mit denen mein Großvater zusammen gefochten hat?«

»Alara war eine Diebin und Meuchlerin. Sie hat so etwas wie einen Rachefeldzug geführt und deinen Großvater da mit hineingezogen, aber das weißt du ja auch schon alles aus dem Tagebuch. Die beiden waren damals als die *Viper* bekannt. Man hat sie so genannt, weil ihre zwei Klingen so tödlich wie die Giftzähne der Schlange waren. Sie haben einige Wochen lang für viel Aufregung gesorgt. Doch nach dem Brand hat man nie mehr etwas von der *Viper* gehört. Wann immer sie zugeschlagen haben, trugen sie schwarze

Seidenmasken, so als kämen sie von einem Hofball im Alten Reich. Damals wurde eine Menge über die beiden geredet. Wer Quino ist, weiß ich nicht.«

Tikian warf zwei weitere Münzen zu dem Alten hinüber. »Was waren das für Leute, die von der *Viper* ermordet wurden?«

Fran Dabas seufzte. »Niemand Besonderes. Ein Bordellbesitzer, ein Gubernator, ein unbedeutender Handelsherr. Sie alle waren nicht arm, aber es war auch niemand dabei, der wirklich mächtig gewesen wäre.«

Eine weitere Münze landete auf dem Teppich des Trödlers. »Und wer war Gronek?«

»An ihn erinnere ich mich noch ganz gut. Er verkaufte erstklassiges Zithabar. Gronek unterhielt vor dem Brand gar nicht weit von hier eine Rauschkrauthöhle. Er hatte gute tulamidische Musiker. Die *Viper* ermordete auch ihn. Aber er scheint vorher gewusst zu haben, dass sie es auf ihn abgesehen hatten. Es kam zu einer regelrechten Schlacht in seinen Räumen. All seine Leibwächter konnten ihn letzten Endes jedoch nicht retten. Auch er entging dem tödlichen Biss der *Viper* nicht.«

Eine Münze landete vor Fran Dabas. »Wer war Saranya?«

»Hieß so nicht die Frau, der dein Urahn hierher gefolgt ist? Ich weiß nicht, wer sie war und was aus ihr geworden ist.«

»Welche Geschäfte betreibt die Familie Wilmaan?«

»Sie haben eine riesige Tabakplantage und beherrschen den Handel mit den edlen Hölzern, die man im tiefen Dschungel und auf den Waldinseln schlägt. Außerdem gehören ihnen die meisten Lastelefanten in dieser Stadt. Dragan Wilmaan ist Dekan an der Universität. Den Familienvorstand hat Galek Wilmaan inne. Und dann gibt es noch Mata Al'Sulem. Sie ist die Älteste im Rat der Zwölf. Eine Boroni, die dir das Blut in den Adern gefrieren lässt. Ein scheußliches Weib! Dünn wie ein Gerippe, mit einem Buckel und gelben Augen. Ihr gehst du besser aus dem Weg.

Man sagt auch, dass es im Haus der Wilmaans nicht ganz geheuer ist. Die jungen Granden der Sippe meiden das alte Haus auf dem Silberberg. Nur Galek wohnt dort ständig. Diese Nacht soll es dort übrigens ein kleines Fest geben.«

Zwei weitere Münzen fanden ihren Weg auf den kleinen Stapel, der mittlerweile vor Fran lag. »Welche Feinde hat die Familie Wilmaan?«

Der Alte atmete tief ein. »Du beginnst, dich auf gefährlichem Gebiet zu bewegen, Fechter. Jede der großen Grandenfamilien hat mehr Feinde als Freunde. Fast alle haben sie ihr Gold durch Leid und Ungerechtigkeit gewonnen. Es gibt wohl Unstimmigkeiten zwischen den Wilmaans und dem Haus Florios, doch ist das keine Fehde, die offen ausgetragen wird. Weißt du, man sagt, ein Rabe hackt dem anderen kein Auge aus. Die großen Familien mögen in Geschäften hart miteinander wettstreiten, doch geht es nicht so weit, dass sie sich gegenseitig gedungene Meuchler in ihre Villen schicken würden. In Al'Anfa beschreitet man andere Wege, um unliebsame Mitglieder der großen Familien loszuwerden. Man ernennt sie zu Geschäftsführern in einem Kontor irgendwo im Kaiserreich, mehr als tausend Meilen von der Stadt entfernt, oder überträgt ihnen das Kommando über einen kleinen Hafen auf einer der östlichen Waldinseln. Es muss kein Blut fließen, um jemanden loszuwerden.«

»Und die Verschwörung gegen das dunkle Haupt? Das passt nicht zu dem, was du mir gerade erzählst.«

Fran blickte auf den Haufen aus Münzen, und Tikian warf zwei weitere Geldstücke zu ihm hinüber.

»Die Zeit Bal Honaks kannst du nicht mit der Herrschaft seines Sohnes vergleichen. Ich bin mir ziemlich sicher, dass er das dunkle Haupt war, von dem dein Großvater geschrieben hat. Alle hatten sie damals Angst vor ihm. Selbst die Mächtigsten! Fast jede Nacht kam die Rabengarde aus der Stadt des Schweigens herab, und wenn sie vor einer Tür haltmachten, dann wusste keiner, was ihn erwartete. Verhör oder höfliche Befragung, eine Einladung des schlaflosen Patriarchen, eine Anklage wegen Hochverrats – oder ein Dolchstoß. Gnadenlos ließ der Patriarch Feinde, Kritiker und Zweifler verfolgen. Verglichen damit ist sein Sohn, Tar Honak, so friedfertig wie ein Lämmchen. Unter Bal Honaks Herrschaft fühlten sich die Grandenfamilien bedeutungslos. Sie hatten zwar weiterhin ihre Sitze im Rat der Zwölf, doch die Entscheidungen des Rates wurden von dem Patriarchen diktiert. Das ist der Hintergrund der Verschwörung, doch es ist nicht klug, sich über diese Angelegenheit heute noch Gedanken zu machen. Die Geister der Vergangenheit sollte man ruhen lassen.«

Tikian warf Fran eine weitere Münze hinüber, doch dieser schüttelte den Kopf. »Das ist keine Frage des Geldes. Ich möchte mit dieser Sache einfach nichts zu tun haben, und wenn du klug bist, Fechter, dann kehrst du zurück zu Consuela und vergisst die ganze Sache.«

»Wovor hast du Angst, Alter?« Tikian hielt ihm den Lederbeutel mit den Münzen hin.

»Vor denen, gegen die man sich mit Geld nicht zu schützen vermag. Geh jetzt! Ich habe dir gesagt, was ich weiß. Ich kann dir nicht mehr helfen. Und noch etwas. Pass auf, wem du welche Fragen stellst!«

Tikian zog den Lederriemen seines Geldbeutels zusammen und erhob sich. »Dank dir für deine Auskunft, und falls dir noch etwas einfällt, was du mir sagen möchtest ...«

»... weiß ich, wo ich dich finden werde. Ich glaube allerdings nicht, dass ich dich noch einmal wiedersehen möchte. Golgaris Schatten liegt über dir, und wer sich in deine Nähe begibt, der läuft Gefahr, dein Schicksal mit dir zu teilen.«

Ich finde auch ohne dich heraus, wer Jacomo getötet hat, dachte Tikian trotzig und stieß die Tür zum Hof auf. Das helle Licht blendete ihn, und er trat für einen Augenblick wieder hinter die Schwelle zurück. Wenn ihm wirklich gedungene Mörder folgten, dann wäre dies eine günstige Gelegenheit für sie. Seine Hand glitt zum Griff des Rapiers.

Einige Atemzüge lang starrte er blinzelnd auf den Hof. Die beiden Bettler unter dem Torbogen waren verschwunden. Nur der kleine Junge, der ihn hergeführt hatte, war zu sehen.

Als seine Augen sich an das helle Licht gewöhnt hatten, trat er ins Freie. Unruhig blickte er zu den flachen Dächern der halb verfallenen Häuser hinauf, die den Hof umgaben. Es gab nicht das geringste Anzeichen für einen Hinterhalt! Das ganze Gerede über Meuchler und tödliche Verschwörungen würde ihn noch verrückt machen.

Er gab dem Jungen einen Wink. »Lass uns zum *Opalpalast* zurückgehen!«

Oboto trug einen goldverzierten Kürass und hohe Reitstiefel. Ein weiter Seidenumhang wallte um seine Schultern, während er in der Empfangshalle unruhig auf und ab marschierte.

Elena stand steif am Aufgang zur Treppe und beobachtete ihn. Endlich blieb der Marschall stehen und warf ihr einen angewiderten Blick zu. »Wir wollen dir nicht verheimlichen, dass Wir von dir mehr als enttäuscht waren. Du solltest Uns besser von deinem Wert überzeugen, Mädchen, oder es könnte sein, dass Wir über ausgefallenere Wege nachsinnen, ein wenig Spaß mit dir zu haben.«

»Es ist mir ein tief empfundenes Vergnügen, Euch jederzeit zu Diensten zu sein, mein Gebieter, und ich wüsste nicht ...«

»Behalte deine Lügen für dich, kleine Hure. Du hattest nie die Absicht, Uns jene Freuden zu bereiten, nach denen es Uns vorgestern Nacht verlangte. Doch du sollst Gelegenheit haben, dich auf deinem Gebiet zu beweisen. Als Wir über deine Einstellung verhandelten, sagtest du, du wärest in den Bereichen der Nekromantie und der Dämonologie durchaus bewandert. Das stimmt doch?«

»Ich kann Euch gerne noch einmal die Empfehlungsschreiben der Akademieleiter von Rashdul und Fasar vorlegen.«

»Nein, das ist nicht nötig!«

Ein Sklave trat durch das Hauptportal und verbeugte sich tief. »Herr, die Pferde sind gesattelt und ...«

»Sieht er nicht, dass Wir in einer Besprechung sind? Hinaus mit ihm! Wenn Wir vom Jagdausritt zurückkehren, halte er sich zu Unserer Verfügung, damit Wir ihn über den respektvollen Umgang mit seinem Herrn belehren können! Und jetzt hinaus! Was dich angeht, Elena, so wirst du Uns heute Abend zu einem Ball im Palast der Wilmaans begleiten. Kleide dich so, dass man dir nicht ansieht, dass du eine Magierin bist – und verhalte dich, als seiest du Unsere Favoritin! Denkst du, du wirst das fertigbringen?«

»Es ist mir stets eine Freude, Euch zu Diensten zu sein, Herr.« Elena spürte, wie sich ihre Gedärme zusammenkrampften. Schon allein die Anwesenheit Obotos bereitete ihr Übelkeit. Die Vorstellung aber, eine ganze Nacht lang so zu tun, als sei sie seine Geliebte, war ihr unerträglich.

»Gut, Kleine. Ich hoffe, du wirst Uns nicht schon wieder enttäuschen. Unsere Geduld währt nicht ewig! Besorge dir ein Kleid, das dem Anlass angemessen ist. Kurz nach Einbruch der Dunkelheit wirst du Uns in Unserer Sänfte zum Haus der Wilmaans begleiten.«

KAPITEL 8

Tikian blickte auf die trüben Fluten des Hanfla. Er hatte es nicht lange im *Opalpalast* ausgehalten und war nicht einmal eine Stunde geblieben, nachdem er mit dem Jungen zurückgekehrt war. Vergebens hatte er sich in der Zeit das Hirn zermartert, wie er mehr über den Tod seines Großvaters herausfinden könnte. Schließlich hatte er es aufgegeben und das Bordell verlassen, um das Quartier der Stadtwachen aufzusuchen.

Mira, die Offizierin, die ihn wegen des Mordes an Callana angeklagt hatte, war mehr als überrascht gewesen, ihn wiederzusehen. Sie hatte sich keine Mühe gegeben, ihren Zorn zu verbergen. Offenbar hatte sie seinen Besuch als eine Herausforderung betrachtet. Die Art und Weise, in der sie von Callana sprach, hatte Tikian angeekelt. Sie hatte das Mädchen nur einen blutigen Klumpen Fleisch genannt und dem Fechter damit gedroht, ihn vor den Scharfrichter zu bringen, wenn noch ein solcher Mord in ihrem Stadtteil geschehe. Und dann hatte sie ihm noch gesagt, was mit der Leiche des Mädchens geschehen war ... Tikian hatte Callanas Grab besuchen und einen Boronpriester dafür bezahlen wollen, dass er eine Messe für sie las. Doch es gab kein Grab, keine Urne, nichts! Die Ärmsten der Armen warf man oberhalb des Wehrs in den Fluss. Sie wurden dort zum Fraß für die Krokodile.

Tikian hatte einen der Turmwächter bestochen und so Zugang zum Wehr erhalten, das zwischen zwei mächtigen Festungstürmen der Stadtmauer lag. Das bräunliche Wasser strömte hier schon ganz beachtlich. Selbst über das Rauschen des Wassers hinweg, das kurz hinter dem Wehr an einer Staustufe einen Schritt in die Tiefe stürzte, konnte man leise das Donnern des Wasserfalls hören, der sich eine halbe Meile weiter südlich in die Tiefe ergoss. Jenseits des Wehrs erhoben sich flache Sandbänke aus dem Fluss, und der Fechter vermochte deutlich drei Krokodile zu erkennen. Träge lagen sie im Sand und sonnten sich. Das größte von ihnen musste mehr als vier Schritt lang sein. Er dachte an Callana und die eine Nacht, die sie miteinander geteilt hatten. Was für ein Ende!

Über die Straße, die am Fluss entlangführte, ritt eine prächtige Gesellschaft nach Norden: Männer und Frauen in Seidengewändern und mit prächtig verzierten Jagdwaffen; Söldner der Dukatengarde und etliche Leibwächter begleiteten sie. Dazu kamen Männer mit Bluthunden. Ob wohl ein Jaguar die Plantagen heimsuchte?

Tikian zerpflückte die weißen Lotusblüten, die er gekauft hatte, und ließ die Blätter in den Fluss fallen. Einen Augenblick tanzten sie auf den braunen Fluten, bevor sie zwischen den Gitterstäben des Wehrs verschwanden.

»Möge Boron deiner armen Seele gnädig sein, Callana. Ich wünschte, ich hätte dich bei mir behalten ...«

Er seufzte und gab dem Wächter auf dem Turm ein Zeichen, ihn wieder hineinzulassen. Vom Wehr aus führte eine kleine, mit breiten Eisenbändern beschlagene Pforte in den Festungsbau. Die Mauern des Turms waren einmal weiß verputzt gewesen, doch abgesehen von einigen gelblichen Flecken, die sich noch an die schwarzen Steine klammerten, war der Putz längst abgefallen. An manchen Stellen wucherten bunte Blumen aus dem rissigen Mauerwerk. Die Festungsanlagen waren in keinem sonderlich guten Zustand, und es schien offensichtlich, dass das mächtige Al'Anfa keinen Feind fürchtete.

Die Pforte im Turm öffnete sich, und der Wächter winkte ihn hinein. »Hast du 'nen Freund oben am Fluss verloren?«

»So ähnlich«, murmelte Tikian leise. Er war nicht in der Stimmung, mit dem Mann zu plaudern.

»Elende Bestien!« Der Krieger nickte in Richtung der Sandbänke. »Ich hab schon mit angesehen, wie sie innerhalb weniger Herzschläge einen ausgewachsenen Mann zerreißen. Hast du rechts am Ufer die Pfähle mit den eisernen Fesseln bemerkt? Manchmal bringen sie Sklaven dorthin, die versucht haben, ihrem Herrn zu entfliehen. Die anderen Sklaven des Haushalts oder der Plantage müssen dann mit ansehen, was geschieht. Die Mohas haben schreckliche Angst vor den Krokodilen. Sie glauben, dass die Echsen nicht nur den Körper zerfetzen, sondern auch die Seele des Toten verschlingen. Deshalb finden da draußen auch nur selten Hinrichtungen statt. Es gibt eben kaum Fluchtversuche.«

Tikian hätte dem Kerl am liebsten das Maul gestopft, und er war froh, als der Söldner ihn endlich auf der anderen Seite des Turmes wieder hinausließ.

Das Praiosgestirn stand schon tief im Westen. Es würde noch zwei oder drei Stunden dauern, bis es dunkel war. Genug Zeit, um in den Tempel der Marbo zu gehen und für Callana zu beten. Das Gotteshaus lag ein Stück den Fluss hinab auf der Söldnerinsel, die sich inmitten von Stromschnellen aus den Fluten erhob. Das Donnern des Wasserfalls wirkte von hier aus noch lauter.

Langsam schlenderte Tikian die Straße am Fluss entlang und beobachtete die schäumenden Fluten. Links von ihm erhob sich eine schwarze Basaltmauer, die den Silberberg mit seinen prächtigen Villen beschirmte. Wie es Elena wohl erging? Ob das Gold ihres Granden sie glücklich machte?

Der Fechter spuckte auf die staubige Straße. Er vergaß ihr nicht, dass sie versucht hatte, ihn als ihren Leibsklaven zu ersteigern! Wie sehr sie ihn hassen musste!

Ärgerlich schüttelte er den Kopf. Er sollte nicht mehr an sie denken!

Tikian beschleunigte seine Schritte und trat auf die alte Steinbrücke, die zur Söldnerinsel führte. Zwei Bettler, die im Schatten der steinernen Brüstung kauerten, streckten ihm ihre Holzschalen entgegen. Doch er achtete nicht auf sie. Wenn er für jeden armen Schlucker in dieser Stadt eine Münze besäße, könnte er sich wahrscheinlich auch gleich aus dem Haus Consuelas freikaufen!

Tikian hatte schon fast die Mitte der Brücke erreicht, als ihm drei Gestalten auffielen, die vom anderen Ende her auf ihn zukamen. Obwohl es drückend schwül war, trugen sie weite Umhänge. Sie wirkten seltsam angespannt. Der Fechter warf einen Blick über die Schulter. Auch die zwei Bettler hatten sich erhoben. Einer der beiden hielt einen Dolch in der Hand.

Tikian fluchte und zog seine Waffen. Fünf gegen einen! Von der Brücke gab es keine Fluchtmöglichkeit. Wenn diese Aasgeier ihr Geschäft verstanden, dann hatte seine letzte Stunde geschlagen! Einen Augenblick zögerte er, dann drehte er sich um und stürmte den zwei falschen Bettlern entgegen. Wenn er wenigstens einen von beiden niederstechen konnte, bevor die beiden Gruppen sich vereinten, würden sich seine Aussichten, den Untergang des Praiosgestirns noch zu erleben, wenigstens ein bisschen verbessern. Der eine war mit einem langen, gebogenen Dolch ausgerüstet, einer Waffe, wie sie unter den Novadis üblich war. Der andere hatte seinen Bettlerstab jetzt wie einen Kampfstab in der Mitte gepackt. Die beiden schienen verwirrt zu sein, dass er sie angriff, statt vor ihnen davonzulaufen.

Ehe sie sich wieder gefasst hatten, erwischte er den Messerkämpfer mit einem Ausfallschritt und stieß ihm das Rapier durch die Schulter. Dann tauchte Tikian unter einem Knüppelhieb hinweg und brachte sich mit einem Satz zurück außer Reichweite seines Gegners. Er stand jetzt mit dem Rücken zum Brückengeländer. So könnten sie ihn wenigstens nicht von hinten angreifen.

Die Gestalten vom oberen Ende der Brücke hatten ihn inzwischen eingeholt. Es waren zwei Männer und eine Frau. Gemeinsam mit dem Stockkämpfer bildeten sie einen weiten Halbkreis um ihn. Der Verletzte kniete leise fluchend neben der Mauer und presste seine Rechte auf die stark blutende Wunde in der Schulter. Von seinen Kameraden kümmerte sich keiner um ihn.

»Nun, wer von euch möchte als Erster zu Boron gehen?« Tikian lächelte überheblich. Wenn nicht Rondra persönlich ihm zu Hilfe kam, dann hätte er nur noch wenige Augenblicke zu leben. Aber wenn dies schon sein letztes Gefecht werden sollte, so würde er es zumindest mit Anstand hinter sich bringen! Als Adliger war er es sich schuldig, diesem Pack gegenüber keine Angst zu zeigen! Über seinen Lebenswandel mochte man geteilter Meinung sein, doch sterben würde er mit Stil!

»Ohne aufdringlich wirken zu wollen, möchte ich euch doch darum bitten, die Sache hinter euch zu bringen. Ich bin ein wenig in Eile, denn beim Untergang des Praiosgestirns habe ich ein Rendezvous mit einer Dame.«

»Ich fürchte, bis dahin wirst du auf eine Art und Weise steif sein, die deinem Liebchen keine Freude mehr macht«, entgegnete die Meuchlerin und grinste böse. Sie hatte zerzaustes rotes Haar und war mit einem schartigen Säbel bewaffnet.

»Bevor ich hier vor Langeweile sterbe, sollte ich euch vielleicht ein Stück weit entgegenkommen.« Tikian stieß sich von der Mauer ab und versuchte, den Halbkreis zu durchbrechen.

Seine Klinge streifte den Arm eines der Kämpfer, während er mit dem Parierdolch einen Säbelhieb der Rothaarigen abfing. Solange ihre Klinge gebunden war, nutzte er die Gelegenheit und versetzte ihr einen Stoß mit der Schulter, sodass sie zur Seite taumelte. Mit einer halben Drehung griff er den Mann zu seiner Linken an. Aus den Augenwinkeln sah Tikian etwas auf sich hinabstoßen. Er versuchte sich zur Seite zu ducken, doch konnte er dem Knüppelhieb, der auf seinen Rücken zielte, nicht mehr entgehen. Der Treffer presste ihm die Luft aus den Lungen, und keuchend taumelte er nach vorn. Halb benommen parierte er einen Angriff der Rothaarigen.

Ein zweiter Schlag traf ihn in die Kniekehlen, und die Beine knickten unter ihm weg. Mit einer Rolle versuchte er sich außer Reichweite seiner Gegner zu bringen. Aus der Drehung heraus führte er einen Schlag mit dem Rapier und traf etwas Weiches. Ein schriller Schmerzensschrei folgte.

Mit gekreuzten Klingen fing er einen Knüppelhieb ab. Sein linkes Bein war völlig taub. Ohne Hilfe würde er nicht mehr hochkommen.

»So schnell kniet der feine Herr vor uns im Staub«, höhnte die Rothaarige. »Er wird noch ganz schmutzig. Ich finde, wir sollten ihm zu einem Bad verhelfen. Man sagt, die Wasserfälle hinabzustürzen, sei ein wahrhaft *einmaliges* Erlebnis.«

Tikian zwang sich zu einem Lächeln. »Als Mann von Welt werde ich Euch natürlich den Vortritt lassen, meine Liebe.«

»Leere Versprechungen!« Die Frau gab dem Mann mit dem Knüppel einen Wink, und wieder sauste der Stab herab. Tikian rollte sich zur Seite und konnte diesmal ausweichen, als ihn etwas am rechten Arm streifte. Der Säbel der Rothaarigen hatte ihn getroffen, und sein Hemd färbte sich dunkel vom Blut.

»Unser Auftraggeber wünscht sich, dass dein Tod lange dauern möge, Edelmann. Ich muss sagen, dass dies meinen Neigungen sehr entgegenkommt. Kerle wie dich kann ich einfach nicht leiden. Es macht mir Freude, dich vor mir im Staub liegen zu sehen. Was hältst du davon, wenn ich dir als Nächstes ein paar Finger abschneide? Wir könnten dich ja auch in Stücken in den Fluss werfen.«

Tikian setzte sich auf und rutschte ein Stück zurück, sodass er imstande war, sich mit dem Rücken gegen die Brüstung zu lehnen. »Ihr seht mich erstaunt, meine Holde.« Er warf einen kurzen Blick zu dem Meuchler mit dem Kampfstab. Der Kerl musste sterben! Er war offensichtlich der Gefährlichste unter den drei noch verbliebenen Gegnern.

»Dass Ihr mich noch fragt, was ich von Eurem Vorschlag halte, zeugt immerhin von einer gewissen Erziehung.« Tikian sah der Kriegerin in die Augen und setzte sein verführerischstes Lächeln auf. »Schade, dass wir uns unter so ungünstigen Umständen kennenlernen mussten.« Er spannte die Muskeln seines linken Armes. »Ihr seid zweifellos die begehrenswerteste Frau, die ich seit Langem getroffen habe.« Ohne den Blick von der Meuchlerin zu wenden, schleuderte Tikian den Parierdolch nach dem Stockkämpfer. Der Krieger versuchte noch auszuweichen, doch der Angriff kam zu plötzlich, und der Stahl drang ihm tief in die Brust.

Erschöpft zog sich Tikian am Geländer hoch und hob sein Rapier. »Bringen wir unseren Streit zu Ende, meine Liebe.«

»Im Namen des Patriarchen! Lasst eure Waffen fallen!«

»Es ist die *Naglerin*, Lilith, lass uns verschwinden!«

Die Rothaarige warf dem Fechter einen wütenden Blick zu. »Wir sehen uns wieder, Bastard!« Dann wandte sie sich zur Flucht.

Erschöpft ließ Tikian seine Waffe sinken. Das Klappern genagelter Stiefel ertönte auf der steinernen Brücke. Er blickte zur Seite und traute seinen Augen kaum, als er sah, wer gekommen war, um ihn zu retten. »Mira?«

»Ich bin dir gefolgt, seit du die Wachstube verlassen hast. Ich habe zugesehen, wie du die Blumen kauftest und auf dem Wehr standest. Ich glaube dir jetzt, dass du Callana nicht ermordet hast. Du warst auf dem Weg zum Tempel der Marbo, nicht wahr?«

Der Fechter nickte. »Danke ...«

Sie winkte ab und blickte zu den Männern am Boden. »Ich werde diesen Unrat hier jetzt wegräumen lassen. Kannst du noch gehen?«

»Ich würde es eher humpeln nennen ...«

Takate hatte sich in einem dichten Gebüsch am Rande des Weges versteckt und starrte voller Entsetzen auf die grässlichen Kreaturen, die an ihm vorübereilten. Blasshäute, die mit großen Tieren verwachsen waren! Was für mächtige Schamanen mussten die Männer und Frauen aus den steinernen Hütten sein, dass sie solche Zauber zu wirken vermochten!

»*Das sind Reiter! Menschen, die auf Pferden sitzen. Es bedarf keiner Zauberkraft dazu*«, erklang die sanfte Stimme seiner Mutter. Doch Takate konnte ihr nicht glauben. Er sah diese seltsamen Geschöpfe doch ganz deutlich, und sie bewegten sich im gleichen Rhythmus miteinander. Das war *ein* Wesen und nicht irgendwelche Menschen, die auf Tieren saßen. Eine Schar der großen Hunde, wie Sklavenjäger sie gebrauchten, lief an ihrer Seite. Auch eine Gruppe von Blasshäuten hatte sie begleitet. Offenbar waren es die Diener der großen, vierbeinigen Geschöpfe.

Takate blickte den Weg hinauf, dorthin, woher diese seltsamen Menschentiere gekommen waren. Sollte er wirklich in das Dorf der steinernen Hütten gehen? Wie konnte er dort bestehen? Die Schamanen würden ihn sicher auf der Stelle töten.

»*Sie sind nicht so stark wie du*«, flüsterte die vertraute Stimme. »*Du kannst sie ganz leicht besiegen! Ich werde es dir zeigen.*«

Ein platschendes Geräusch ließ den Krieger aufblicken. Einer der großen Hunde hatte sich von der Gruppe gelöst, die schon fast in der Ferne verschwunden war, und kam quer durch das überflutete Feld auf Takates Versteck zugelaufen. Vielleicht hundert Schritt hinter ihm folgte einer der Tiermenschen.

Der schwarze Hund war jetzt nur noch ein kleines Stück vom Busch entfernt. Steifbeinig stakste er näher. Ein bedrohliches Knurren drang tief aus seiner Kehle. Sein Nackenhaar war gesträubt, und er zeigte die fingerlangen Fänge.

Takates Rechte schloss sich fester um den Griff seines Schwertes. Vor dem Hund hatte er keine Angst. Den Kläffer würde er einfach töten! Doch dazu musste er aus seinem Versteck heraus, und dann würde ihn der Tiermensch sehen.

»*Du hast keine Wahl! Wenn du ihn nicht schnell tötest, wird er seine Gefährten herbeirufen, und dann bist du wirklich verloren*«, raunte die vertraute Stimme.

Der Reiter hatte sich inzwischen so weit genähert, dass Takate seine Stimme hören konnte. »Was ist denn, Beißer? Was regt dich so auf? Hat sich der Kerl etwa dort im Busch versteckt?«

»*Mach schon! Das ist die Gelegenheit. Er rechnet jetzt nicht mit deinem Angriff!*«

Der Krieger fasste sich ein Herz. Vorsichtig bog er die Äste auseinander. Der Tiermensch zielte mit seiner Lanze auf den Busch.

»Komm heraus! Das Spiel ist zu Ende, und du hast verloren!«

Takate verstand nicht, wovon der Mann sprach. Ja, er fühlte sich, als betrachte er alles von außen stehend und als sei es nicht wirklich er selbst, der handelte.

Der Hund heulte schrill auf, als er hervorkam, und klemmte seinen Schwanz zwischen die Hinterbeine. Die Peitsche knallte über seinen Rücken; winselnd lief der Bluthund davon. Der Tiermensch aber griff nach einem Horn, das von seinem Gürtel hing. Gerade als er es an die Lippen setzen wollte, zuckte die Peitsche wieder vor. Wie eine Schlange rollte sich das Lederband um das Handgelenk des Mannes. Mit einem Ruck zog Takate die Peitsche zurück, und das Unfassbare geschah: Der Tiermensch brach entzwei. Eine Hälfte bäumte sich wild auf und trat mit ihren Hufen in die Luft, während ein ganz gewöhnlicher Mann neben ihm ins Wasser stürzte. Mit langen Sätzen eilte das größere Tier davon, während die Blasshaut sich aufrappelte und nach ihrem Dolch griff. Takate entwaffnete den Mann mit einem Tritt. Dann warf er sich auf ihn und drückte sein

Gesicht so lange ins schlammige Wasser, bis sein Gegner aufhörte, sich zu bewegen.

Verwundert und auch stolz blickte Takate auf den Toten. Die Stimme hatte nicht gelogen! Es gab keine Tiermenschen! Das war ein ganz gewöhnlicher Mann gewesen, der auf dem großen Tier gesessen hatte, und man konnte ihn besiegen.

»*Glaubst du mir nun?*«, flüsterte der Tapam seiner Mutter.

»Entschuldige meinen Zweifel. Das Tier hat mir Angst gemacht. Ich habe noch nie gegen einen Feind gekämpft, der so groß und so sonderbar ist.«

»*Ich weiß. Auch ich hatte Angst vor ihnen, als ich sie zum ersten Mal sah. Du musst nun genau auf mich hören. Wenn wir nicht deine Spuren verwischen, werden sie dich jagen und ...*«

Mit einem Seufzen ließ sich Tikian neben seinem Bett nieder. Er fühlte sich, als sei ein Bulle über ihn hinweggetrampelt. Sein ganzer Körper schmerzte. Er hatte das blutverschmierte Hemd ausgezogen und säuberte mit einem Schwamm und frischem Wasser die Wunde an seinem Arm. Der Schnitt war tiefer, als er zunächst geglaubt hatte. Wahrscheinlich würde er einen Medicus brauchen, der die Wunde vernähte.

Er hatte aus der Küche eine kleine Flasche mit Branntwein entnommen. Mit den Zähnen zog er den Korkstöpsel heraus und nahm einen tiefen Schluck. Jetzt kam der übelste Teil der Wundbehandlung. Er biss die Zähne zusammen und goss die klare Flüssigkeit über den Schnitt. Der Schmerz fühlte sich an, als wolle ihm eine Bestie mit scharfen Krallen den Arm zerreißen. Halb ohnmächtig sank er gegen das Bett. Von der Tür her ertönte ein klatschendes Geräusch.

»Bravo, wie ich sehe, habe ich mir einen echten Helden eingekauft!« Consuela stand in der offenen Tür und spendete ihm Beifall. »Leider verfügt dieser Held auch etwas freizügig über die Mittel meines Hauses. Überhaupt darf ich mich wohl glücklich schätzen, dass du den *Opalpalast* noch einmal mit deiner Gegenwart beehrst. Erinnerst du dich noch dunkel daran, dass du mein Eigentum bist?«

»Tja, also ...« Tikian räusperte sich verlegen.

»Halt den Mund! Wie kommst du dazu, an den Schwarzen Bund des Kor ein ganzes Fass voller Branntwein aus meinem Weinkeller zu verschenken? Hast du eine Vorstellung, wie viel mich solche Freizügigkeiten kosten? Wenigstens war der Kerl, dem du das Fass geschickt hast, so anständig, es nicht anzunehmen.«

Der Fechter zuckte mit den Schultern und bereute sofort, den rechten Arm bewegt zu haben. Ein stechender Schmerz schoss durch die Wunde, und der Schnitt begann wieder zu bluten. »Zieh es einfach von meinem Lohn ab.« Tikian hörte Consuela kaum zu. Er dachte an Gion. Warum der Bogenschütze das Fass wohl zurückgeschickt hatte? Offensichtlich stand es tatsächlich schlechter um ihre Freundschaft, als er gedacht hatte.

»Genau genommen schuldest du mir schon den Lohn für fünfhundert Arbeitstage. Immer vorausgesetzt, du denkst darüber nach, dich eines Tages freizukaufen. Doch so wie du aussiehst, muss ich wohl befürchten, dass du nicht einmal mehr die nächsten fünf Tage überstehst. Wer hat dich so zugerichtet?«

»Ein rothaariges Weib. Ihr Gefährte hat sie Lilith genannt.«

»Diese drittklassige Halsabschneiderin hat dich doch wohl nicht allein so zugerichtet? Oder warst du etwa wieder betrunken?«

»Es waren fünf.« Der Fechter zog eine Grimasse. »Es tut mir leid, wenn dich das Ergebnis des Kampfes enttäuscht, aber es ist nicht gerade leicht, gegen eine solche Übermacht zu bestehen. Wenn mir nicht eine Offizierin der Stadtwache zu Hilfe gekommen wäre, hätten mich Lilith und ihre Leute in Streifen geschnitten und an die Krokodile verfüttert. Drei von ihnen habe ich geschafft, aber ...«

»Diese kleine Schlampe! Das wird ihr noch leidtun!«

»Augenblick! Das ist ein Ehrenhändel. Ich werde diese Angelegenheit zu Ende bringen, sobald ich wieder bei Kräften bin, und ...«

»Vergiss es, Tikian. Wach endlich auf! Du bist hier nicht in Kuslik oder Grangor. Es gibt hier keine Ehrenhändel. Beim nächsten Mal wird sie sich gar nicht mehr auf einen Kampf einlassen. Du bekommst einen Armbrustbolzen in den Rücken, und dann sammeln sie deine Waffen ein als Beweis dafür, dass du auch wirklich tot bist. Das ist meine Angelegenheit. Sie hat sich genauso an mir vergangen wie an dir. Lilith weiß, dass du mein Eigentum bist, und wenn sie dich angreift, dann ist das nicht weniger respektlos, als wenn sie sich bei einem Bankett auf meine Festtafel setzen würde, um vor den Augen meiner Gäste in die Suppenschüssel zu pissen! Ein Angriff auf dich ist auch ein Angriff auf mich – und dafür wird sie büßen! Du verlässt in den nächsten zwei Tagen das Haus nicht mehr. Bis dahin habe ich diese Angelegenheit geklärt.«

»Aber ich ...«

»Schweig, Tikian! Für heute hast du mir genug Ärger gemacht. Ich erwarte von dir, dass du dich zur Abwechslung einmal an meine Befehle hältst. Ich werde dir jetzt gleich einen meiner Magier heraufschicken, der sich deine Wunden ansieht. Bis Mitternacht musst du wieder vorzeigbar sein. In der Villa der Wilmaans gibt es heute Abend ein Fest. Doch da es in diesem Haus nicht einmal die Wilmaans selbst aushalten, rechne ich damit, dass sich der größere Teil der Festgesellschaft schon vor Mitternacht in meinen bescheidenen vier Wänden einfinden wird. Ich habe für sie ein ganz besonderes Spektakel vorgesehen, und auf gewisse Weise bist du ein Teil davon.«

»Aber ich ...«

»Schweig! Alles Weitere wirst du heute Nacht erfahren. Jetzt sieh zu, dass du wieder in Ordnung kommst!«

KAPITEL 9

Oboto hatte schlechte Laune. Bei dem Jagdausflug am Nachmittag hatte es einen Unfall gegeben. Ein junger Mirhamer Reiter war in den Reisfeldern vom Pferd gestürzt. Durch den Aufprall musste er das Bewusstsein verloren haben. So war er in dem nicht einmal kniehohen Wasser ertrunken. Den Sklaven, auf den Jagd gemacht worden war, hatten die Hunde zwar gestellt, doch mochte nach dem Unfall keine rechte Freude mehr entstehen. Der Tote war mit einem bedeutenden Mirhamer Handelsherrn verwandt gewesen, sodass mit politischen Verwicklungen zu rechnen war, denn die Geschichte vom Unfall würde in Mirham mit Sicherheit niemand glauben. Dazu gab es zu oft *Unfälle* in Al'Anfa.

Elena hatte sich ein wenig von der Gesellschaft getrennt. Es war drückend schwül an diesem Abend. Die Magierin schwitzte in ihrem eng anliegenden Lederkleid. Das Haus der Wilmaans war sehr düster. Die Wände waren mit dunklen Hölzern getäfelt, und außer im Bankettsaal waren nur sehr sparsam Kerzen aufgestellt. Die mächtigsten Männer und Frauen der Stadt hatten sich versammelt. Sogar der Patriarch war erschienen, hatte sich aber schon kurz nach dem Essen wieder verabschiedet.

Die Oberhäupter der Grandenfamilien hatten sich im Rauchsalon zusammengefunden und sprachen mit einigen hohen Würdenträgern des Totengötzen Boron über den Krieg gegen Trahelien. Obwohl schon Monate seit der Entführung des Großadmirals Paligan vergangen waren, hatte man sich noch immer nicht auf einen Nachfolger einigen können, der die gewaltige Flotte befehligen sollte.

Elena hatte sich aus dem Rauchsalon verabschiedet, mit einigen jungen Männern ein paar Höflichkeitsfloskeln ausgetauscht und sich dann unter dem Vorwand, sich erleichtern zu müssen, in die dunklen Flure der weitläufigen Villa davongeschlichen. Oboto hatte ihr genau beschrieben, wo sie das Trophäenzimmer finden würde. Die Tür zu der kleinen Galerie war unverschlossen. Elena hielt den schweren silbernen Kerzenleuchter höher, um sich davon zu überzeugen, dass sie hier richtig war. Das Zimmer war nur drei Schritt breit, dafür aber sehr lang. An den Wänden hingen Dutzende lebensgroßer Ölbilder, aber auch Waffen und Fahnen. In niedrigen Schränken wurden hinter Türen aus Butzenglas allerlei Besonderheiten aufbewahrt.

Der Sturmwind rüttelte an den hölzernen Fensterläden, die die Diener des Hauses verschlossen hatten, um die kostbaren Scheiben vor dem Sturm zu schützen. Die Kerzen flackerten unruhig. Von irgendwo kam ein Luftzug.

Langsam schritt Elena die Wand entlang und musterte die kleinen, bronzenen Täfelchen, auf denen die Namen der Porträtierten eingraviert waren. Vor dem Bild einer Frau mit langem schwarzem Haar blieb sie stehen. Der Blick der blassen Schönheit schien ihr zu folgen. Sie hatte stechend grüne Augen. Im Hintergrund des Bildes war ein auf einer Steilklippe gelegenes Gebäude zu erkennen, das Elena seltsam vertraut vorkam. Vorsichtig brachte sie das Licht näher an das Gemälde und betrachtete verwundert die schlanken tulamidischen Türmchen mit ihren charakteristischen Zwiebelkuppeln. Es konnte keinen Zweifel geben! Dies musste die Rashduler Pentagramm-Akademie sein!

Elenas Blick wanderte zu dem Namensschild. Esmeralda Wilmaan. Nach ihr hatte sie gesucht! Dicht neben dem Bild hing in eisernen Ösen ein langer Zauberstab an der Wand. Der musste ihr gehört haben!

Die Magierin blickte sich noch einmal in der Galerie um, doch niemand war zu sehen. Dann schob sie das weit geschlitzte Lederkleid ein wenig zur Seite, sodass sie ungehindert den Dolch ziehen konnte, den sie sich mit dünnen Lederriemen an den Oberschenkel gebunden hatte. Die eine Seite der Klinge war gezackt wie ein Sägeblatt. Vorsichtig nahm sie den Stab von der Wand und untersuchte ihn nach einer Schwachstelle. Mit Sicherheit hatte Esmeralda ihn unzerbrechlich gemacht, doch vielleicht ... Elenas Blick fiel auf ein fleckiges rotes Lederband, das um die Mitte des Zauberstabs geschlungen war. Mit einem schnellen Schnitt durchtrennte sie das Leder. Wahrscheinlich hatte es dazu gedient, dem großen Stab einen angenehmeren Halt in der Hand zu geben. Vorsichtig schob Elena ihn zurück in die eisernen Halterungen an der Wand. Dann verstaute sie ihre Beute in dem silberbeschlagenen Lederbeutel an ihrem Gürtel. Unruhig blickte sie sich um, nahm den Kerzenständer vom Boden auf und wandte sich, als sie nichts Verdächtiges entdecken konnte, dem nächsten Gemälde zu. Gleich neben Esmeralda hing ein Bild von Admiralissimus Jonnar Wilmaan. Der stolz dreinblickende, schon leicht ergraute Mann stand auf der Brücke eines Schiffes, und vor ihm lagen einige zerfetzte Fahnen mit dem Brabaker Harpienwappen an Deck. Offenbar war Jonnar ein bedeutender Kriegsheld gewesen.

Und neben ihm hing das Bildnis eines jüngeren Mannes mit kurz geschorenem schwarzem Bart. Das Bronzeschild wies ihn als Balthasar Wilmaan aus. Auch er war an Bord eines Schiffes abgebildet, und im Hintergrund konnte man mehrere schwarze Galeeren erkennen. Wahrscheinlich war er ein Kaperfahrer gewesen. Unter dem Bild stand eine hölzerne Truhe. Neugierig rüttelte Elena am Deckel.

Sie verneigte sich leicht vor dem Bild und flüsterte: »Tut mir leid.« Balthasar Wilmaan, das war der zweite Name, den Oboto ihr genannt hatte. In der Truhe lagen ein schwarzer Schlapphut, der mit zerzausten, rot gefärbten Straußenfedern geschmückt war, und verschiedene nautische Gerätschaften aus Messing. Es war derselbe Schlapphut, den Balthasar auch auf dem Porträt trug. Mit einem raschen Schnitt trennte Elena eine der Federn ab, dann ließ sie den Deckel der Truhe wieder herabsinken und atmete erleichtert auf. Es war geschafft!

»Na, auf Andenkensuche?«, erklang eine Stimme aus der Dunkelheit. »Was mag eine so schöne junge Frau nur an den Toten reizen?«

Erschrocken fuhr Elena herum. Aus dem Dunkel der Galerie trat ein schlanker, hochgewachsener Mann, der um die dreißig Jahre alt sein mochte. In der Rechten hatte er ein kostbares Kristallglas, in dem bernsteinfarbener Rum schimmerte. In der Linken hielt er eine halbvolle Flasche. Er lächelte schief. »Tut mir leid, wenn ich dich erschreckt habe. Das hat man mich wohl zu gut gelehrt ...« Er nahm einen tiefen Schluck aus dem Glas und füllte sogleich wieder nach. »Wer bist du? Ich habe dich noch nie auf einem der Feste gesehen.«

»Die neue Favoritin des Stadtmarschalls Oboto Florios.« Elena brachte die Worte kaum über die Lippen, doch hoffte sie, dass der Name des Granden den zudringlichen Fremden davon abhalten würde, sie weiter zu behelligen.

»Oboto ...« Er legte den Kopf schief und sah sie eindringlich mit seinen großen grauen Augen an. »Wie schade! Du erinnerst mich an eine Frau, die ich einmal kannte. Doch ich bin unhöflich. Ich habe mich noch gar nicht vorgestellt. Meine Name ist Marcian ... Ich bin ein gefallener Geweihter, den man hierher ans Ende der Welt abgeschoben hat, um ihn zu vergessen.«

Elena zog die Nase kraus. Ein Götzenpriester! Auch das noch! Sie ließ den Dolch wieder unter ihrem Rock verschwinden und zeigte dabei mehr von ihren Beinen, als notwendig gewesen wäre. »Und welchem Gott dienst du, Priester?«

»Höre ich da einen Hauch von Verachtung? Keine Sorge, die Zeiten, in denen ich versucht hätte, jemanden zu missionieren, sind lange vorbei. Mir ist gleich, zu wem du betest und was du glaubst. Das Einzige, was ich von dir will, ist, ein wenig mit dir zu reden.«

»Ich fürchte, ich bin nicht in der Stimmung für einen Plausch mit einem Fremden.«

»Wenn ich darüber nachdenke, wozu man Fetzen von den Kleidern Verstorbener benötigt, dann fallen mir dazu nicht viele praiosgefällige Taten ein.« Marcian zeigte mit dem Glas auf das Porträt Esmeraldas. »Sie sieht ganz so aus, als hätte sie sehr gut gewusst, was man damit anfängt, doch du ... Dein blondes Haar und dein unschuldiges Gesicht ... Was sich wohl dahinter verbergen mag? Sicher mehr als die Geliebte eines unansehnlichen Fettwanstes.«

»Hüte deine Zunge, Marcian. Ich dulde nicht, dass man so über meinen Herrn spricht.«

Der Geweihte lächelte und nahm einen weiteren tiefen Schluck aus seinem Glas. »Drohe mir nicht. Es gibt nichts mehr, wovor ich Angst hätte. Der Tod wäre eine Erlösung für mich. Aber für dich habe ich eine Warnung. Ich spüre die Kraft, die du in dir trägst. Ich weiß nicht, ob es die Macht deines Glaubens ist oder ob du gelernt hast zu zaubern. Ganz gleich, welcher Art deine Fähigkeiten auch sein mögen, ich rate dir, sie nur vorsichtig einzusetzen. Diese Stadt steht besonders dicht an den Sphären der Unnennbaren, wo Gewalt und Zerstörung als Tugenden gelten. Sie sind hier schneller als an jenen Orten, an denen man die Namen der Zwölf noch mit Ehrfurcht nennt. Bedenke das bei allem, was du tust. Vor drei Nächten standen die Sterne sehr günstig, um nach den Verbotenen zu rufen, und auch jetzt mögen sie wohl manchen Zauber noch erleichtern.«

»Was glaubst du eigentlich, was ich bin? Hältst du mich vielleicht für eine Hexe?«

»Jedenfalls nicht für eine Konkubine. Du bist mehr, als du scheinen willst, sonst wärst du nicht hier, sondern würdest versuchen, dich an der Seite der Mächtigen aufzuspielen.«

»Und was bist du? Ein gestrandeter Moralist? Ein Priester, der den Glauben an seine Götter verloren hat? Ich hatte einmal einen Freund, dem hätte deine melancholische Ritterlichkeit sehr gefallen, doch ...« Elena schluckte. Der Gedanke an Tikian schmerzte. Sie hatte versucht, ihn aus ihrem Gedächtnis zu streichen.

»Es scheint also, dass du an Männern wie mir Gefallen findest. Nun, ich ...«

»Genug, Marcian. Du hast getrunken und weißt als wahrer Ehrenmann doch sicherlich, wann man die Gunst einer Dame nicht über Gebühr beanspruchen sollte. Ohne unhöflich wirken zu wollen, würde ich mich nun gern zurückziehen.«

Der Geweihte deutete eine Verbeugung an und hatte dabei sichtlich Mühe, sein Gleichgewicht zu wahren. »Es war mir eine Ehre und ein Vergnügen, dich kennengelernt zu haben. Und du kannst gewiss sein, dass die Umstände unserer ersten Begegnung mein wohlgehütetes Geheimnis bleiben werden. Doch rate ich dir noch einmal, das, was du hier an dich genommen hast, am besten in den Fluten des Hanfla zu versenken. Und falls du einmal Hilfe brauchen solltest, frag die Mädchen in den Schenken nach mir.«

»Sicherlich werde ich auf dein Angebot zurückkommen.« Elena wandte sich ab und eilte mit langen Schritten auf die Tür zu. Hoffentlich konnte sie sich wirklich darauf verlassen, dass der betrunkene Geweihte seinen Mund hielt! Es hätte bei diesem Diebstahl keinen Zeugen geben dürfen. Die Wilmaans sollten unter gar keinen Umständen erfahren, was Oboto plante! Vielleicht wäre es besser, dem Marschall von ihrer Begegnung mit Marcian zu erzählen?

»Du wirst mir dafür sorgen, dass niemand mehr diese Treppe herunterkommt. Meine Gäste verlassen sich auf die völlige

Verschwiegenheit meines Hauses. Hast du mich verstanden?«

Tikian nickte missmutig. »Jawohl, Herrin. Euer Schildknappe wird diesen Weg mit seinem Leben schützen.«

»Dein Spott ist in Anbetracht deiner Fehlleistungen in den letzten Tagen wohl kaum angebracht. Wir werden uns zu passenderer Gelegenheit über deine Unverfrorenheit und ihre möglichen Folgen unterhalten.«

»Stets zu Euren Diensten, Herrin.«

Ohne ihn noch eines weiteren Blickes zu würdigen, schritt Consuela die Treppe hinab. Tikian hätte sich am liebsten die Zunge abgebissen. Es war dumm, sie auf solche Art zu reizen. Er dachte an seinen ersten Abend im *Opalpalast*, an das Feuerbecken mit der rot glühenden Zange und die Sammlung der scheußlichen grünen Glasflaschen. Er sollte wirklich lernen, seine Zunge im Zaum zu halten! Es war schon immer so gewesen, dass er es nicht ertragen konnte, Befehle von anderen entgegenzunehmen. Und alles, was verboten war, übte einen unheimlichen, ja unwiderstehlichen Reiz auf ihn aus. Aber jetzt war er weit genug gekommen. Nüchtern betrachtet, waren es diese Schwächen, die ihn bis hierher in ein Bordell nach Al'Anfa gebracht hatten. Was sonst hatte sein Buhlen um die Frau des kaiserlichen Gesandten bedeutet, als ein Spiel mit dem Verbotenen? Er war nicht wirklich in sie verliebt gewesen ... Der Reiz war die Gefahr, ihr den Hof zu machen ... Obwohl, die eine Nacht mit ihr ... Aber solche Ausflüge mussten von nun an der Vergangenheit angehören! Hier und jetzt sollte er ein neues Leben beginnen! Noch war er nicht verloren! Er musste seine Neugier und seine Aufsässigkeit bezwingen, dann würde er auch eines Tages wieder ins Liebliche Feld zurückkehren können, um so zu leben, wie es einem Mann von Adel zustand.

Dennoch hätte er schon ganz gern gewusst, was seine Schildwache hier an dieser Treppe zu bedeuten hatte. Amüsiert blickte er an sich herab. Schon sein Aufzug ...

Consuela hatte gewollt, dass er dieses eigenartige Kostüm anzog. Es bestand aus einer Tunika nach altmodischem Schnitt, dazu trug er einen Muskelpanzer aus gehämmerter Bronze und einen Gürtel mit eisenbeschlagenen Lederstreifen. Sein Gesicht war mit schwarzer und roter Schminke bemalt worden, und eine Sklavin hatte sein langes Lockenhaar zu einer wallenden Löwenmähne drapiert. Wahrscheinlich würde er sich selbst kaum noch erkennen, wenn er sich jetzt in einem Spiegel sehen könnte.

Und dann diese eigenartige Waffe. Er hatte sein Rapier nicht führen dürfen, weil es angeblich einen Stilbruch innerhalb seines Kostüms darstellte. Stattdessen hatte Consuela ihm ein riesiges Bastardschwert bringen lassen. Die Klinge bestand aus blauschwarzem Stahl, und in das schimmernde Metall waren verschlungene Zeichen aus rotem Kupfer eingelassen. Ob die Waffe kampftauglich war, konnte Tikian nicht beurteilen, doch eindrucksvoll schien sie auf jeden Fall.

Irgendwo jenseits der Finsternis des Treppenschachtes, den er bewachte, erklang eigentümliche Musik. Seltsam schrilles Flötenspiel und wilde Trommelwirbel. Dazu ein Choral aus dunklen Stimmen. Was Consuela und ihre Gäste dort unten wohl trieben? Alle, die an ihm vorbei die enge Treppe hinabgestiegen waren, hatten fantastische Masken aus Holz und Leder getragen. Ansonsten war ihre Kostümierung eher spärlich gewesen. Soweit man es an ihren Körpern ablesen konnte, hatten sich überwiegend junge Männer und Frauen auf dieses eigenartige Spektakel eingelassen. Consuela hatte ihm erklärt, dass sie Masken trugen, um einander nicht zu erkennen. Was für Neigungen diese Gäste wohl auslebten, dass selbst Al'Anfaner, die nicht gerade berühmt für ihre hochfliegenden Moralvorstellungen waren, es für nötig hielten, sich zu maskieren?

Nachdenklich blickte Tikian erst die Treppe hinab und musterte dann wieder das Schwert in seiner Hand. Consuela hatte eindringlich betont, dass er nur mit dieser und keiner anderen Waffe kämpfen dürfe, wenn es dort unten Ärger geben sollte. Welche Art Ärger womöglich zu erwarten war, hatte sie allerdings mit keinem Wort angedeutet. Die ganze Angelegenheit schien doch im höchsten Grade merkwürdig. Dieser Treppenschacht hier war nur durch eine in der Täfelung versteckte Geheimtür zu erreichen. Bislang hatte Tikian niemanden im Haus über das abgelegene Kellergewölbe reden hören. Und doch mussten zumindest einige der Lustknaben und der Huren davon gewusst haben, denn es waren nicht nur irgendwelche reichen Lustmolche in die verborgenen Räume hinabgestiegen. Trotz der Masken hatte der Fechter auch einige der Mädchen wiedererkannt, die für Consuela arbeiteten. Warum nur taten sie alle so geheimnisvoll?

Er blickte zu der Tür auf der anderen Seite des Raums. Dass von dort jemand kommen würde, war eher unwahrscheinlich. Die Festgesellschaft dort unten war vollständig. So wie Consuela sich ausgedrückt hatte, erwartete sie wohl auch nicht, dass er irgendjemanden abwehren müsste, der versuchte, gewaltsam von außen einzudringen. Nein, sie schien vielmehr zu befürchten, dass es vielleicht unter den Gästen zu einem Streit kommen könnte. Aber warum hatte sie ihn dann nicht gleich mit nach unten genommen?

Nachdenklich blickte er die Treppe hinab. Es würde wohl niemand bemerken, wenn er ein paar Stufen tiefer stieg, um zu lauschen, was dort unten vor sich ging. Noch einmal blickte er zur Geheimtür, die von dieser Seite aus wie eine ganz gewöhnliche Zimmertür aussah. Wer sollte von dort schon hereinkommen?

Vorsichtig schlich er einige Stufen hinab. Jetzt konnte er die Geräusche von unten deutlicher unterscheiden. Es war eine dunkle Männerstimme zu hören, die eine Liturgie in einer fremdartigen Sprache herunterleierte. Das Ganze hörte sich so bizarr an, dass Tikian sich fragte, ob diese Worte überhaupt für menschliche Zungen geschaffen sein mochten. Kaum verstummte der Sprecher, da antwortete ihm ein ganzer Choral. Auch waren noch immer die Trommeln und die schrillen, zirpenden Flöten zu hören. Der Duft von Räucherwerk und frisch gegerbtem Leder lag in der Luft.

Nach vielleicht vierzig Stufen mündete die Treppe in ein Gewölbe. Hier hingen breite Bahnen aus bunten Seidenstoffen von der Decke. Die Tücher waren mit goldenen und silbernen Fäden durchwirkt und zeigten allerlei widernatürliches Getier, das sich zwischen magischen Zeichen wand. Ein kaum spürbarer Luftzug bewirkte, dass die Tücher sich zu Spiralen drehten, und fast schien es, als wolle er ihnen Leben einhauchen. Der Gesang und die Musik waren jetzt von einer Kraft, die ihnen geradezu etwas Körperliches verlieh. Die dumpfen Trommelschläge fuhren Tikian in den Bauch, und das schrille Flötenspiel jagte ihm kalte Schauer über die Haut.

Vorsichtig schob er sich zwischen den spinnwebfeinen Seidentüchern hindurch. Wie kühle Hände strichen sie ihm über die Arme und das Gesicht. Immer neue Stoffbahnen versperrten ihm den Weg, tanzten um ihn herum und verwirrten ihm mit ihren eigentümlich schillernden Stickereien die Sinne. Manche der Tücher schienen mit Parfüm getränkt zu sein. Sie dufteten nach Limonen oder Lotosblüten, Myrrhe, Zimt und Weihrauch, aber auch Gerüche, die er nicht zu benennen mochte, waren dabei. Der Tanz der Farben und die immer eindringlicher werdenden Düfte ließen ihn geradezu schwindelig werden. Durch die dünnen Stoffe war jetzt das matte Glühen von Räucherbecken zu erkennen, doch vermochte Tikian nicht abzuschätzen, ob die ehernen Schalen noch zwanzig Schritt oder nur wenige Ellen entfernt waren. Mit rudernden Armen kämpfte er sich durch die Seidenbahnen, als plötzlich der Choral und die Musik verstummten. Wie versteinert blieb er stehen. Mit einem Mal wurde es kälter. Ein eisiger Luftzug trieb ihm die Stoffbahnen entgegen, und für einen Augenblick sah er kaum eine Armeslänge vor sich den Rücken eines Mannes.

Noch einen Schritt weiter, und er wäre geradewegs in den Kerl hineingelaufen! Consuela hatte also noch weitere Wachen aufgestellt!

Hinter den Seidenschleiern erhob sich ein Jauchzen und wollüstiges Stöhnen, als würde dort eine ausschweifende Orgie gefeiert. Vorsichtig zog Tikian sich ein paar Schritt zurück. Was sonst war in einem Bordell auch zu erwarten gewesen? Den grotesken Spielen der Reichen und Mächtigen zuzusehen, würde ihn nur langweilen. So machte er sich auf den Rückweg durch die Wände aus wogendem Stoff.

KAPITEL 10

Elena legte die zerzauste Feder in das Boronsrad, das sie mit schwarzer Kreide auf den hölzernen Boden gezeichnet hatte, und wandte sich zu Oboto um. »Es wird nichts Besonderes zu beobachten geben. Dies ist für einen Zuschauer kein sonderlich aufsehenerregender Zauber. Vielleicht wollt Ihr ins Rauchzimmer hinabsteigen, und ich komme zu Euch, sobald ich von meiner Reise zurückgekehrt bin, Herr.«

Der Marschall strich sich nachdenklich über das ausladende Doppelkinn und schüttelte dann entschieden den Kopf. »Wir werden hier verweilen und dich beobachten. Du bist dir darüber im Klaren, wen du suchen sollst und was Wir von ihm wissen wollen?«

Die Magierin nickte stumm.

»Gut, dann beginne nun mit deiner Arbeit und lass dich durch Uns nicht stören.«

Elena lächelte spitz. »Gewiss nicht, Herr. Für die Reise muss ich mich in Trance versetzen. Es wird für Euch so aussehen, als ob ich schliefe. Was immer in der nächsten halben Stunde auch geschehen mag, sprecht mich bitte nicht an und berührt mich auch nicht, Erhabenster. Es könnte für mich, aber auch für Euch gefährlich sein, wenn ich in der Trance gestört werde.«

Oboto nickte und ließ sich in einem alten Ledersessel nieder, der unter seinem Gewicht leise aufstöhnte. Ohne weiter auf ihn achtzugeben, trat die Magierin in das Boronsrad und fixierte die rote Feder, die vor ihr auf dem Boden lag.

»Nekropathia modernd Leich' ...«, intonierte sie den verbotenen Spruch, der sie auf die Pfade der Toten bringen würde. Immer und immer wieder sprach sie die kurze Formel und wiegte sich dabei hin und her. Der Sturmwind draußen fuhr unter die hölzernen Schindeln der Dachkammer, sodass sie leise klapperten; sanft erklang das Plätschern von Regen. Mit halb geschlossenen Lidern ließ Elena ihre Gedanken treiben. Die rote Feder auf dem Boden veränderte ihre Form. Sie zuckte ein wenig zur Seite und wurde länger und länger, bis sie sich in einen dünnen Strahl aus rotem Licht verwandelte. Schwerelos folgte die Magierin dem Licht. Ohne Mühe drang sie durch das kalte Glas des Dachfensters und strebte den dunklen Wolken am Nachthimmel entgegen. Immer höher und höher stieg sie, atmete die feuchte Kälte der Wolken und flog den Sternen entgegen, die irgendwo jenseits des dunklen Dunstes liegen mussten.

Als sie endlich die Wolken hinter sich ließ und den weiten Himmel über sich sah, verharrte sie einen Atemzug lang, ergriffen von seiner Schönheit. Wie ein riesiger Mantel aus blauschwarzem Samt, bestickt mit Tausenden von Adamanten, erstreckte sich die Kuppel der Nacht über ihr. Mit einem Mal fühlte sie sich unbedeutend und verloren, und sie hatte Angst, denn sie wusste, was für ein Weg vor ihr lag. Wie in einem Traum schwebte sie leicht und körperlos über die schwarzen Wolken hinweg, der Todespforte Uthar entgegen. Dicht neben dem hellen Nordstern zeigten drei kleine Lichter jenes Tor an, durch das die Seelen der Toten gingen. Wie ein Pfeil schoss der rote Lichtstrahl, der sie aus dem Fenster geführt hatte, dort hinauf in die Unendlichkeit. Kaum spürte sie, wie sie die Welt der Sterblichen verließ, um über das stille Nirgendmeer hinwegzugleiten. Schnell wie ein Gedanke war ihr Flug durch die Finsternis, und doch zu langsam, um sich dem Schrecken entziehen zu können, der jener Leere innewohnte, die nicht für Menschen geschaffen war. Den Blick hatte sie geradeaus auf die Pforte gerichtet, deren Sterne nun zu wachsen begannen, und um sich gegen die Einsamkeit der Nacht zu wappnen, suchte sie Zuflucht in der Erinnerung an jene Zeiten, in denen sie glücklich gewesen war. Sie dachte an die erste Liebesnacht mit Tikian und daran, wie er ihr, vom Fieber geschüttelt, Blumen aus dem Dschungel gebracht hatte. War es töricht von ihr gewesen, ihn zu verlassen? Sie war gegangen, als ihre Liebe begann, an Unschuld zu verlieren ... als erste Schatten über ihrem Glück lagen und das Alltägliche sich einen Platz zwischen ihnen eroberte. Es war nicht das erste Mal, dass sie so gehandelt hatte. Auf diese Weise blieb ihre Erinnerung unbefleckt von Streit und Hässlichkeiten. Mit dem Gefühl des Verlustes hatte sie zu leben gelernt, und es war besser, selbst zu bestimmen, wann man etwas verlor, so hütete man sich vor ...

Sie war durch das dunkle Tor zwischen den Sternen getreten, und schlagartig änderte sich die Umgebung. Über ihr spannte sich kein Himmel mehr, an dem leuchtende Adamanten dem Reisenden den Weg wiesen. Es herrschte fast völlige Finsternis, und obwohl sie kaum etwas sehen konnte, war sie sich sicher, nun in einer riesigen Grotte zu schweben. Dunkle Schemen huschten an ihr vorbei, die sie mehr spüren als sehen konnte. Das einzige Licht war jener dünne, dunkelrote Strahl, der sie über das Nirgendmeer geführt hatte.

In der Ferne ertönte ein leises Wispern, fast wie ein Windstoß, der durch hohe Bäume fährt und tausend Blätter flüsternd von ihren Geheimnissen erzählen lässt. Gleichzeitig hatte Elena das Gefühl, dass sich etwas zu verändern begann. Sie konnte nun wallende Nebel sehen, zwischen denen sich die Schatten menschlicher Gestalten abzeichneten. Auch hatte sie den Eindruck, dass der rote Lichtstrahl, der sie führte, ein wenig blasser wurde.

Sie durfte sich nicht von dieser Welt gefangen nehmen lassen! Sie gehörte nicht hierher! Sie besaß einen Körper, eine Zukunft! Das Wispern verstärkte sich zu einem Raunen, und bald schon konnte sie einzelne Stimmen unterscheiden. Noch klangen sie undeutlich, wimmernd und bittend, ohne dass Elena einzelne Worte aus dem Gewirr der Klagenden hätte heraushören können, doch mit jedem Augenblick wurden die Stimmen stärker ...

Sie sollte an ihr Leben denken, das warme Blut, das durch ihren Körper pulste, den sie so unendlich weit hinter sich gelassen hatte, das köstliche Mahl, das sie erst vor wenigen Stunden genossen hatte ... All das, was sie von den Toten trennte, musste sie in Gedanken zu einer dichten Mauer auftürmen, die sie davor schützte, von diesem Platz und seinen Bewohnern vereinnahmt zu werden. Sie war hier nur ein Gast, und es würde noch viele Jahre dauern, bis ihre Seele die Reise zu diesem Ort antreten müsste, um nach kurzer Rast in den dunklen Grotten von Rastullah in seinen immergrünen Garten gerufen zu werden, wo die wahren Gläubigen ewige Glückseligkeit erwartete. In Gedanken begann sie, die neunundneunzig Gebote des Einen zu sprechen, und die Schatten wichen vor ihr zurück.

Immer tiefer ließ sie sich in den Nebel treiben, geleitet von dem roten Glühen, bis der Lichtstrahl, der sie geführt hatte, plötzlich endete. »Balthasar?« Elena beschwor den Namen des Al'Anfaners und dachte an sein Bild, das sie noch vor wenigen Stunden im Palast der Wilmaans gesehen hatte. Den verwegenen jungen Mann mit dem breitkrempigen, federgeschmückten Hut. Ein Seefahrer und Abenteurer! »Balthasar Wilmaan?«

»Wer bist du, dass du dich hierherwagst, um mich in meiner Angst und meinen Zweifeln zu stören?«

»Einer deiner Nachfahren schickt mich, der sich wegen deines Todes grämt. Er möchte wissen, was in jener Nacht geschehen ist, als du während des Brandes im Schlund umkamst.«

»Meine Nachfahren?« Der Schatten schwebte näher zu Elenas Geistkörper hinüber, und sie hatte einen Augenblick lang den Eindruck, er wolle versuchen, sie mit seiner Dunkelheit zu umschließen. »Es ist gut, die Wärme des Lebens an diesem freudlosen Ort zu spüren! Dass dich meine Nachfahren schicken, glaube ich dir allerdings nicht. Sie wissen sehr gut, wie ich gestorben bin!«

»Und wie bist du gestorben?«

»Wer will das wissen?«

»Du weißt, dass es unklug wäre, meinen Namen an diesem Ort auszusprechen, Balthasar. Die Wächter des Schattengewölbes würden auf mich aufmerksam werden.«

»Nenn mir einen Grund, warum ich dir helfen sollte. Du hast mich mit einer Lüge empfangen, denn ich weiß, dass meine Nachfahren dich niemals hierhergeschickt hätten.«

»Du hast mich durchschaut, und ich werde dich nicht noch einmal zu hintergehen versuchen, obwohl du verstehen musst, dass ich den Namen dessen, der mich schickt, nicht nennen kann. Man hat mir gesagt, dass du dich in der letzten Nacht deines Lebens mit einigen jungen Männern und Frauen aus den Familien der Granden getroffen hast. Stimmt das?«

»Du bist gut unterrichtet. Dich schickt wohl einer der Granden? Gibt es tatsächlich noch immer einen unter ihnen, den es kümmert, warum die Verschwörer gegen Bal Honak sterben mussten? Erstaunlich!«

Elena schwieg.

»Welchen Preis hast du mir zu bieten, Sterbliche? Ich habe zu meinen Lebzeiten nichts verschenkt, und ich werde auch nach meinem Tode nicht damit anfangen.«

»Woran kann eine verlorene Seele im Schattenreich denn noch Gefallen finden?«

Ein trockenes, hässliches Lachen erklang. »Du amüsierst mich, Zauberin. Manche Dinge sind ewig, und der Tod hat keine Bedeutung für sie. Vielleicht wünsche ich mir Rache? Es gibt da einige Leute, die ich einmal kannte und die leider noch immer nicht hierhergekommen sind ... Mit manchen hätte ich noch eine Rechnung zu begleichen. Zum Beispiel mit meiner Schwester Esmeralda, dieser falschen Schlange. Doch ich fürchte, es wäre töricht von mir, dich darum zu bitten, meine Rache zurück in die Welt der Lebenden zu tragen. Für mein Seelenheil ist es sicher zuträglicher, wenn du in den Tempeln des Boron und der Marbo Messen für mich lesen ließest. Es scheint, als hätte der Schweigsame mich vergessen. Ich weiß nicht, wie viel Zeit seit meinem Tod vergangen ist, doch es muss eine Ewigkeit sein. Noch immer hat mich Boron nicht zu sich gerufen, um meine Seele auf der Waage Rethon zu prüfen. Ich fürchte, ich gehöre zu jenen Verdammten, die auf immer in Borons Hallen gefangen sind, ohne in eines der Zwölf Paradiese oder aber die ewige Verdammnis eingehen zu können. Ich war wohl weder gut noch böse genug zu meinen Lebzeiten, als dass ein Urteil über mich gefällt werden könnte. Wenn aber Messen für mich gelesen würden oder man in meinem Namen eine gute Tat vollbrächte, dann könnte es geschehen, dass mein Schicksal sich doch noch zum Besseren wendet und ich auch nach all der Zeit, die vergangen ist, weiter hoffen darf. Schwöre, dass du mir helfen willst, und du wirst deine Auskunft von mir erhalten!«

»Dein Wunsch soll erfüllt werden, so wahr mir Rastullah helfe!«

Der Schatten wich von ihr zurück. »Du hast Angst, deinen eigenen Namen zu nennen, und sprichst den des falschen Gottes laut aus? Wer bist du? Wer hat dir deine Sinne verwirrt, Weib? Und wer wagt es, eine Heidin hierherzuschicken? Stehst du am Ende doch im Dienste meiner Ahnen, die darauf sinnen, wie sie mich endgültig verderben können?«

»Ich habe dir versprochen, dich nicht mehr zu belügen, so konnte ich nur bei dem schwören, der mir heilig ist. In einem aber hast du recht, wir sollten hier nicht über theologische Fragen streiten. Willst du meine Hilfe noch, oder habe ich meine gefahrvolle Reise hierher vergeblich unternommen?« Elena hatte das Gefühl, beobachtet zu werden, seit sie den Namen des Einen ausgesprochen hatte. Etwas, irgendwo in der Finsternis, war auf sie aufmerksam geworden!

Balthasar zögerte. »Ist dir klar, dass man deine Anwesenheit hier nicht dulden wird? Sie werden kommen und dich holen!«

»Wenn die Zeit so knapp ist, dann beantworte mir endlich meine Frage. Was ist in jener Nacht geschehen, in der du gestorben bist, und was war mit den anderen, mit denen du dich getroffen hast? Wenn du willst, dass man Messen für dich liest, dann antworte mir endlich, denn ich werde nicht mehr lange verweilen und bestimmt nie wiederkommen. Dies ist die einzige Gelegenheit, die du erhalten wirst, um dein Seelenheil noch zu retten, Balthasar. Nutze sie!«

»Würdest du auch dafür sorgen, dass meine Leiche bestattet wird?«

»Wenn du mir sagst, wo sie zu finden ist.« Elena blickte unruhig über ihre Schulter. In den dunklen Nebeln schien etwas Gestalt anzunehmen. Ein riesiger Schatten ... Oder waren es nur die Schemen zahlloser Toter, die zu einem einzigen Körper zu verschmelzen schienen? Langsam wurden die wimmernden Stimmen wieder lauter ...

»Vor dem Brand gab es ein Bordell, das *Haus der Morgenröte* genannt wurde. Die vermeintliche Besitzerin war eine in die Jahre gekommene Hure, die sich Leila nannte, doch in Wahrheit gehörte das Haus mir und meiner Schwester Esmeralda. Es hatte mehrere tiefe Kellergewölbe. In einem dieser Gewölbe habe ich mich mit den übrigen Verschwörern getroffen. Wir hatten diesen Platz gewählt, weil wir glaubten, dass kein Spitzel Verdacht schöpfen würde, wenn junge Granden in einem Bordell zusammenkämen, das in dem Ruf stand, die ausgefallensten Genüsse zu bieten. In jener Nacht wollten wir beschließen, was nach Bal Honaks Tod geschehen sollte. Wir hatten sogar schon zwei Meuchler gedungen und einen Plan erdacht, wie sie in die Stadt des Schweigens gelangen konnten, um den Tyrannen zu töten. Alle Verschwörer waren zu diesem Treffen eingetroffen, nur meine Schwester Esmeralda fehlte noch. Wie stets bei diesen Zusammenkünften verbanden wir das Nützliche mit dem Angenehmen. Mit uns saßen zwei Schwarzmagier und etliche Huren in dem prächtigen Kellergewölbe. Wie gewöhnlich sollte auch diesmal die Herrin der Blutigen

Wollust gerufen werden, um uns ihre Diener zu schicken. Die Zauberer hatten gerade mit dem Ritual begonnen, als es in dem Gewölbe plötzlich so heiß wie in einem Glutofen wurde. Die Luft versengte uns die Kehlen, und das Letzte, was ich sah, bevor mir die Sinne schwanden und ich starb, war eine in Flammen gehüllte Gestalt, die aus der rot glühenden Stirnwand des Gewölbes trat. Der Fels selbst schien in Flammen zu stehen, wo sie verweilte und ... Am nächsten zu der Stelle, wo die Flammenkreatur erschien, stand Cassandra aus dem Hause Bonareth. Eine grelle Feuerzunge griff nach ihr und verwandelte sie in eine lebende Fackel. So muss es wohl uns allen ergangen sein. Mir wurde die Gnade zuteil, meinen Tod nicht bewusst erlebt zu haben. Ich wurde, wie gesagt, ohnmächtig und fand mich dann an diesem Ort hier wieder.«

»Und wann sollte der Anschlag auf Bal Honaks Leben stattfinden?«

»Noch in derselben Nacht, in der wir uns versammelt hatten. Es waren Söldner angeworben, mit deren Hilfe wir wieder Ruhe und Ordnung herstellen wollten, für den Fall, dass nach dem Tod des Tyrannen einer der Offiziere der Tempelgarden versucht hätte, die Macht an sich zu reißen. Wir wollten, dass die Granden wieder die Bedeutung erhielten, die unseren Familien von Alters her zustand. Vielleicht ist das der Grund, warum der Schweigsame mich nicht zur Totenwaage ruft. Ich hatte mich gegen einen seiner Diener verschworen. Doch Bal Honak war ein grausamer Tyrann und hatte den Tod tausendfach verdient!«

Elena spürte, dass sie auf keinen Fall noch länger hier bleiben durfte. Ohne ein Wort des Dankes an Balthasar floh sie entlang des roten Lichtstrahls zurück durch die dunklen Hallen des Götzen Boron. Wie die anderen elf, welche die Al'Anfaner in ihrer Verblendung Götter nannten, so war auch er nur ein Diener Rastullahs. Freilich hatte er Macht, und seinem Zorn war kein Sterblicher gewachsen, doch ein Gott war Boron nicht. Sonst wäre es ja möglich gewesen, mithilfe von Zauberei in die Domäne eines Gottes einzudringen. Undenkbar!

Als Elena durch die dunkle Pforte auf das Nirgendmeer hinausglitt, wusste sie, dass der Wächter des Tores auf sie aufmerksam geworden war. Sie konnte seine brennenden Blicke geradezu spüren. Es hieß, dass Uthar, der Wächter, ein unfehlbarer Bogenschütze sei, und seine unsichtbaren Pfeile jenen Frevlern den Tod brachten, die versuchten, eine Seele aus den dunklen Hallen zu stehlen. Ob seine Hand wohl schon am Köcher lag?

Ein riesiger Vogel kam Elena entgegen. Ein Rabe, auf dessen Rücken ein blasser Schemen schimmerte. Ohne sie zu beachten, flog er der Sternenpforte entgegen. Schon tauchte Elena in die dunklen Wolken ein, und einen Lidschlag später konnte sie endlich das hell erleuchtete Dachfenster im Palast der Florios sehen.

Ihr Geistkörper durchdrang das Glas und verschmolz mit der Gestalt, die reglos inmitten des Boronsrades verharrte. Die Magierin fühlte sich zu Tode erschöpft, und ihre Glieder schienen ihr so schwer, als lasteten ganze Berge auf ihnen. Leicht taumelnd trat sie aus dem Boronsrad. Jetzt erst war sie dem Götzen entkommen!

»Und? Was hat er gesagt? Du hast ihn doch gefunden, nicht wahr?« Voller Ungeduld war Oboto aus dem ledernen Sessel aufgesprungen und trat ihr entgegen. »Hat der Bastard seine Untaten gestanden?«

Elena hob abwehrend die Hände. »Einen Augenblick noch, Herr. Die Reise hat mich erschöpft. Ich muss mich sammeln, um Euch Eure Fragen beantworten zu können. Gestattet, dass ich mich setze und kurz in mich gehe. Danach will ich Euch Rede und Antwort stehen.«

»Nun gut, so sei es«, murmelte der Marschall missmutig und trat zur Seite, sodass Elena sich in den breiten Sessel sinken lassen konnte.

KAPITEL 11

Als Hauptmann Olan den Brief zu Ende vorgelesen hatte, reichte er ihn Gion zurück. »Und, wirst du seine Entschuldigung annehmen?«

Der Bogenschütze schüttelte entschieden den Kopf. »Für mich ist das da keine Entschuldigung, sondern eine weitere Beleidigung. Als Mann von Ehre sollte er hierherkommen und mir in die Augen sehen, wenn er mir etwas zu sagen hat. Dann könnte ich es zur Kenntnis nehmen und vergessen, was gewesen ist. Aber so geht das nicht. Mir durch einen Sklaven einen Brief bringen lassen und so tun, als sei alles wieder in Ordnung.«

»Willst du ihm wenigstens antworten, oder ist dies das Ende eurer Freundschaft?«

Gion starrte wütend auf seine Stiefelspitzen. Im Grunde war er diesen lächerlichen Streit leid. Wenn Tikian herkäme und sie zusammen einen Humpen Bier trinken würden, wäre alles wieder aus der Welt. Aber dieser Brief ... Dieses borniertes Adelssöhnchen hätte doch wissen müssen, dass er nicht lesen konnte, dachte Gion. So war er gezwungen gewesen, mit dem Brief zu Hauptmann Olan zu gehen und noch einen Dritten in diesen lächerlichen Streit einzuweihen!

»Er wird von mir schon eine passende Antwort bekommen«, brummte der Schütze verärgert. »Könntest du mir einen Gefallen tun, Olan? Würdest du einen Brief für mich aufsetzen, wenn ich dir sage, was du schreiben sollst?«

Der Hauptmann zuckte mit den Achseln. »Warum nicht?«

»Ich stelle mir ungefähr Folgendes vor ...« Gion kratzte sich am Hinterkopf und zog die Stirn in Falten. »Tikian soll schon begreifen, was ich von ihm denke. Also der Brief beginnt ungefähr so: Du elender Hurensohn, hast dir in deinem Puff wohl das Hirn aus dem Schädel gevögelt. Was fällt dir ein, mir einen Brief zu schreiben, der es nicht wert ist, dass man sich den Arsch damit abwischt und mir ...«

Olan räusperte sich leise. »Ich habe dich doch richtig verstanden? Du wolltest dich mit diesem Fechter wieder vertragen, oder?«

»Sicher! Warum fragst du? Würdest du es etwa anders ausdrücken? Ich bin kein großer Briefeschreiber. Genau genommen ist es sogar das erste Mal, dass ich in etwas dieser Art verwickelt bin. Ist es nicht richtig, wenn ich ihn so anrede, wie ich es tun würde, wenn er vor mir stünde?«

»Du solltest vielleicht einen Tonfall wählen, der es ihm noch möglich macht, sich hier blicken zu lassen. Wenn ich einen solchen Brief bekäme, würde ich als Antwort meine Sekundanten schicken. Ganz gleich, ob der Mann, der ihn geschrieben hat, einmal mein Freund war oder nicht.«

»Du meinst, es ist also nicht gut, wenn ich dich so schreiben lasse, wie ich reden würde? Ich mache dir einen Vorschlag. Ich sag dir, was in den Brief hinein soll, und du fasst es in die richtigen Worte. Ohne dir zu nahe treten zu wollen, Olan, bin ich der Meinung, dass ein Mann mit seinen Waffen umgehen können muss und dieses Herumgekratze mit einer Gänsefeder im Grunde eine überflüssige und unwürdige Beschäftigung ist. Jedenfalls für Krieger. Ich wäre dir sehr dankbar, wenn du diese lästige Angelegenheit für mich erledigen könntest. Ich schulde dir dann einen größeren Gefallen, und du kannst dich darauf verlassen, dass ich meine Schulden stets einlöse.«

Der junge Offizier grinste schief. »Es ist wirklich nett, wie du mir durch die Blume sagst, dass du mich für keinen guten Soldaten hältst, Gion. Selbst ein verzogenes, kleines Grandentöchterchen hätte das kaum spitzfindiger ausdrücken können.«

Der Schütze schaute Olan verblüfft an. »So war das nicht gemeint. Ich wollte dir nur erklären, warum ich mich nie damit abgegeben habe, schreiben zu lernen. Warum sollte ein Mann, dem der Schnabel recht gewachsen ist, zur Feder greifen? Ich habe bisher immer allen geradeheraus gesagt, was ich denke. Wortspielereien und Doppeldeutigkeiten sind nicht meine Sache. Das ist etwas für Männer, die ...«

»Sag es mir lieber nicht. Ich werde dir deinen Brief schreiben, und damit hat es sich. Geh jetzt raus und kümmere dich um die Männer, damit sie nicht den ganzen Morgen faul auf ihren Hintern herumsitzen.«

»Zu Befehl!« Der Bogenschütze salutierte lässig und grinste Olan an. »Das liegt mir mehr. Ich verspreche dir, dass ich bis heute Abend alle so weit habe, dass sie mit einem Köcher voll auf dreißig Schritt hundert Ringe schießen können. Die sollen an ihren Sehnen zerren, bis ihnen die Finger abfallen.«

»Tut mir leid, aber ich darf dich nicht passieren lassen.« Der Türwächter grinste Tikian frech ins Gesicht. »Ist schon übel, wenn man es als Anführer der Leibwache so weit gebracht hat, nicht einmal mehr den Palast verlassen zu dürfen. Im Übrigen wünscht die Herrin dich zu sehen. Wenn ich an deiner Stelle wäre, würde ich mich beeilen. Sie nimmt gerade ein Bad.«

Der Fechter musterte den hochgewachsenen Krieger kühl. »Ich bin gerührt zu sehen, wie sehr du dich um mein Wohlergehen sorgst, Golo. Damit du siehst, dass ich nicht undankbar bin, möchte ich dich gern für heute Nachmittag zu einer Fechtstunde einladen. Ich wähle das Stoßrapier.« Tikians Linke glitt über den verschnörkelten Korb der Waffe an seiner Seite. »Womit du kämpfst, überlasse ich dir. Übrigens, da wir ja beide recht gewandte Fechter sind, spricht doch wohl nichts dagegen, mit scharfen Waffen zu üben. Oder?«

Golo war eine Spur blasser geworden, doch er nickte. »Ich werde mit einem Bastard kämpfen. Ich meine natürlich das Schwert.«

Tikian lächelte gönnerhaft. »Der Spott eines Mannes, der nicht einmal einen Bastard zeugen könnte, ist wie eine Biene ohne Stachel. Doch gestatte, dass ich nun dem Ruf unserer Herrin folge. Alles Weitere werden wir am Nachmittag besprechen.« Er wandte sich ab und durchquerte den Speisesaal, wo zwei junge Sklaven damit beschäftigt waren, das Tafelsilber zu putzen. Aus der angrenzenden Küche duftete es nach frischem Brot und gebratenen Zwiebeln. Am hinteren Ende des Saals führte eine Tür in das Langhaus, in dem die Liebesdienerinnen und -diener Consuelas ihre Quartiere hatten. Daran schloss sich die kleine, aus rosa Marmor erbaute Villa der Herrin des *Opalpalastes* an. Aus einem der oberen Stockwerke drang gedämpftes Harfenspiel. Immer zwei Stufen auf einmal nehmend, hechtete Tikian die Treppen hinauf. Er sollte sich charmant geben. So mochte er die Herrin vielleicht dazu bringen, seinen Arrest aufzuheben. Kurz prüfte er den Sitz seines Seidenhemdes und der Hose aus feinem Tuch, dann trat er ein.

Consuelas Bad schien mit verschwenderischer Pracht eingerichtet. Der Boden und das Badebecken glänzten aus weißem Marmor, verziert mit Mosaiken aus Lapislazuli und Steinen, die wie lauteres Gold schimmerten. Der würzige Duft von Kräutern, die in einer kleinen Pfanne aus gehämmertem Kupfer schwelten, wehte ihm entgegen. Auch roch es nach kostbaren Badeessenzen und parfümierten Ölen, wie man sie zur Massage benutzte. Eine zierliche blonde Sklavin mit einer Laute saß in der gewölbten Tür, die zum Balkon hinter dem Baderaum führte. Eine zweite Sklavin kniete unmittelbar neben dem Becken und massierte Consuela die Schultern, während ein Knabe von vielleicht acht Jahren mit einem silbernen Tablett voller Trauben gelangweilt aus einem der Fenster schaute.

»Ah, mein edler Ritter gewährt mir die Gunst seines Besuches. Was schaust du so verärgert drein? Fehlt es dir an etwas?«

»Kennt Ihr das tulamidische Märchen von der Nachtigall, die das Singen verlernte, weil man sie in einen goldenen Käfig sperrte, Herrin?«

»Du meinst jenen Vogel, der so viel älter wurde als sein Bruder, der mitten im Gesang von einem Falken geschlagen wurde?« Die Hure runzelte die Stirn. »Habe ich dir nicht schon gestern erklärt, warum ich nicht wünsche, dass du gehst? Du hast mich fünfhundert Dublonen gekostet, und es wäre ein schlechtes Geschäft, dich an einen Armbrustbolzen für ein paar lächerliche Heller zu verlieren. Irgendwo dort draußen lauert Lilith auf dich. Ich will sichergehen, dass sie dir nichts mehr zu Leide tun kann. Dann magst du wieder durch die Stadt streifen.«

»Ich habe es bisher auch ganz gut ohne fremde Hilfe geschafft, mir meine Feinde vom Leib zu halten.«

»Was willst du eigentlich dort draußen? Hat mein Haus dir nicht alles zu bieten? Ich kenne Söhne von reichen Handelsherren, die mit Freuden ihre Freiheit geben würden, um an deiner Stelle sein zu können.« Consuela hatte sich im Bad aufgesetzt und verscheuchte mit einer ärgerlichen Geste die Sklavin, die ihr den Nacken massiert hatte. Noch nie hatte Tikian eine Frau mit so heller Haut gesehen. Sie war fast so weiß wie frisch gefallener Schnee. Ihre Lippen hingegen hatten die Farbe von Blut. Der Fechter schluckte. Sein Mund war plötzlich trocken. Sein Blick wanderte ihren Hals hinab und fiel auf eine kleine, verschorfte Wunde dicht über ihrer rechten Schulter.

»Wer hat dich verletzt?«

Consuela lächelte gelassen. »Ein allzu stürmischer Liebhaber. Habe ich dir eigentlich schon gesagt, dass du in dem Kostüm gestern Nacht ausnehmend gut ausgesehen hast? Wie ein Held aus alten Zeiten.« Sie erhob sich jetzt ganz aus dem Wasser, und eine der Sklavinnen reichte ihr ein weißes

Handtuch. Dunkles Blut rann ihr zwischen den Schenkeln hinab und tropfte in das grünliche Badewasser.

Tikian wusste vor Verlegenheit nicht, wo er hinsehen sollte.

»Schockiert, mein Galan?« Sie nahm einen Schwamm vom Rand des Badebeckens und wusch sich zwischen den Schenkeln. »Man sagt, dass Hexen das Blut aus dem Schoß der Frauen für Liebestränke nutzen und dass ein Mann, der auch nur einen einzigen Tropfen davon zu sich nimmt, dem Weib, von dem es stammt, auf immer verfallen sein wird.« Sie lächelte hintersinnig. »Du hältst das für ein Märchen, nicht wahr?«

Tikian räusperte sich leise. Der Rauch aus dem Räucherbecken machte ihn ein wenig benommen. »Ich glaube nicht, dass Ihr zu solchen Mitteln greifen müsstet, um einen Mann an Euch zu binden, Herrin.«

»Nun, ich kenne einen Mann, der offenbar für meine Reize unempfänglich ist.« Sie klatschte in die Hände. »Verlasst uns, meine Lieben. Ich will mit dem Fechter allein sein.« Der kleine Junge stellte offensichtlich erleichtert sein Tablett in eine Fensternische und ging. Mit gesenktem Blick folgten ihm die Sklavinnen.

Tikian fühlte sich zu Consuela hingezogen, und doch war ihm auch unwohl in seiner Haut. Er wünschte, er wäre niemals in dieses Haus gekommen, in diese Stadt …

»Wo bist du gewesen in all den Jahren?« Ihre Stimme klang weich und traurig. Sie hatte das Handtuch um den Leib geschlungen und war aus dem Wasser gestiegen. Ihr langes schwarzes Haar duftete nach Blütenöl; Tausende winzige Wassertropfen schimmerten zwischen den Strähnen. Sie stand jetzt so dicht vor Tikian, dass er ihren warmen Atem auf dem Gesicht spüren konnte. Zum ersten Mal sah er die feinen Falten um ihre Augen.

Consuela streckte die Hand aus und strich ihm sanft über Wange und Hals. »Wo bist du gewesen? So viele Jahre habe ich auf dich gewartet, von dir geträumt.« Sie trat einen

Schritt zurück, und Zorn funkelte jetzt in ihren Augen. »Warum konntest du nicht vor fünfzehn Jahren kommen oder vor zehn? Wie konntest du es wagen, jetzt in mein Leben zu treten? Jetzt, da ich längst aufgegeben habe, auf dich zu hoffen!«

Der Fechter wich ihrem Blick aus und schwieg. Er begriff nicht, wovon sie sprach, und wagte nicht, sie nach etwas, das sie für offensichtlich hielt, zu fragen.

»Ich wünschte, ich wäre dir nie begegnet! Warum kamst du erst jetzt! Mein Kinderherz ist an dir zerbrochen. Solange ich mich zurückerinnern kann, habe ich davon geträumt, dass einst ein Ritter kommen würde, mich zu holen. Ich wuchs auf im Schmutz und Elend dieses heruntergekommenen Viertels mit seinen schrecklichen Brandnarben, die selbst in fünfzig Jahren nicht zu heilen vermochten. Meine Spielgefährten von einst sind zu Bettlern, Dieben, Mördern und Huren geworden. Manche Nacht konnte ich nicht schlafen, weil mein Bauch vor Hunger schmerzte. Ich habe wach gelegen, zum Madamal hinaufgesehen und davon geträumt, dass einst ein edler Recke kommen würde, um mich aus dem Elend hinauf neben sich in den Sattel zu heben. Kein betrunkener Söldner, wie ich sie von der Straße her kannte, nein, ein Mann von Ehre! Stolz und tugendhaft, so sollte er sein. Und so schön, dass einem der Atem stockte, wenn man ihn nur ansah. Tausendfach malte ich mir aus, wie er mir seine Hand entgegenstreckte, um mich aus der Gosse zu holen, und dass er mich dann in ein fernes Land auf seine Burg bringen würde. Ganz so, wie es in den Geschichten der Märchenerzähler geschieht. Ich wurde älter, doch mein Ritter wollte mir nicht begegnen. Stattdessen traf ich den Sohn eines Kaufmanns. Er machte mir Komplimente, beschenkte mich und zeigte mir, was es heißt, im Luxus zu leben. Er holte mich von der Straße, und als er mir genommen hatte, was er haben wollte, schleuderte er mich in die Gosse zurück. Damals habe ich begriffen, wonach die meisten Männer gieren und wie ich sie mir unterwerfen kann. Ich habe mich verkauft, mein Herz in eiserne Fesseln gelegt und gelernt, eine Maske zu tragen, in der sich die Erwartungen meiner Liebhaber spiegelten. Mein Schauspiel muss besser gewesen sein als das der meisten anderen Mädchen, jedenfalls kam ich zu Gold und bald auch zu einem Namen. Trotzdem habe ich lange Jahre nicht aufgegeben, auf meinen Ritter zu warten. Wäre er nur gekommen ... Jetzt endlich stehst du vor mir, und ich muss damit leben, dass ich in deinem Blick keine Liebe, sondern allenfalls Mitleid sehe. Doch es wäre ohnehin zu spät. Ich habe längst einen Weg beschritten, von dem es kein Zurück mehr gibt.«

»Wovon redest du?«

Consuela lächelte traurig. »Hat man je von einer Liebesgeschichte zwischen einem Ritter und einer Hure gehört?«

»Hat man je von einem Adligen gehört, der Türsteher in einem Bordell war?«

»Ich mag kein Mitleid, Tikian, und keine tröstenden Worte. Ich sehe dich an, und ich weiß, was du empfindest. Die Liebe ist mein Geschäft. Du magst ein guter Kämpfer sein; ein guter Schauspieler bist du nicht! Es war ein Fehler von mir, dich in der Arena zu kaufen und zu meinem Sklaven zu machen. In der letzten Nacht habe ich mehr Geld verdient, als du mich gekostet hast. Ich schenke dir die Freiheit. Ich bin einem Traum nachgejagt, und jetzt ist es an der Zeit für mich zu erwachen. Geh nun! Du bist fortan nur noch ein Gast in diesem Haus. Du magst bleiben und deine Kammer behalten und ...«

Tikian kniete nieder und küsste den Saum des Handtuchs, in das sich Consuela gewickelt hatte. »Ich danke dir, meine schöne Gönnerin. Nicht die Geburt, sondern Taten entscheiden über wahren Adel. Nie traf ich eine Frau, die mir gegenüber mehr Edelmut bewiesen hätte.«

»Du täuschst dich. Ich reiße nur einen Stachel aus meinem Fleisch. Geh jetzt, ich möchte allein mit meinen Vorstellungen sein. Und sprich zu niemandem über das, was ich dir gesagt habe. Du magst glauben, ich hätte vor dir meine Maske abgenommen und mein Herz enthüllt. Vielleicht war es aber auch nur eine andere Maske, die ich dir gezeigt habe.«

»Aber ich ...«

»Geh! Bitte! Dein Anblick ... Gönne mir meine noble Geste und lass sie nicht zur Farce verkommen. Es ist alles gesagt ... Nur eins noch. Überlege dir gut, ob du dich auf die Straße wagen willst. Irgendwo dort draußen lauert Lilith auf dich, und sie wird nicht den Fehler machen, dich noch einmal zu unterschätzen.«

Tikian erhob sich. Als er die Tür erreicht hatte, sah er sich noch einmal um. Consuela war auf den Balkon hinausgetreten und blickte über die Terrassen, die man aus dem Felsen herausgeschlagen hatte, zum Meer hinab. Im Gegenlicht erschien sie wie ein dunkler Schatten. *Ich habe mich verkauft, mein Herz in eiserne Fesseln gelegt und gelernt, eine Maske zu tragen, in der sich die Erwartungen meiner Liebhaber spiegelten.* Noch einmal gingen dem Fechter Consuelas Worte durch den Kopf. Hatte sie ihm wirklich ihr wahres Gesicht gezeigt, oder trieb sie vielleicht nur ein Spiel mit ihm, das er nicht zu durchschauen vermochte?

KAPITEL 12

 Elena fühlte sich alles andere als wohl in ihrer Haut. Im kleinen Salon des Anwesens hatten sich die drei Oberhäupter der Familie Florios versammelt. Die übergewichtige Matrone Folsina, in einem mit Rüschen überladenen rosa Gewand, Oboto, der seine Uniform als Marschall der Stadtgarden angelegt hatte, und Immuel, der Ordinarius der Borongeweihtenschaft, der eine lange schwarze Robe trug, deren Ränder als Zeichen seines Ranges mit silbernen Raben geschmückt waren.

Außer ihnen war nur noch der Magus Orlando zugegen. Er hatte ein dunkelblaues Gewand mit Silberstickereien angelegt und trug die herkömmliche Widderkappe, die jenen Magiern zustand, die sich auf das Gebiet der Beeinflussung des Geistes verstanden.

»Wir haben Euch bereits mitgeteilt, welche Kunde über den Tod Unserer Ahnen Mordechai und Urania Uns Unsere neue Hausmagierin zu bringen vermochte. Wir haben Euch nun hier zusammengerufen, um mit Euch gemeinsam zu beraten, welche Wege es gibt, ihre Gebeine zu bergen und sie so zu bestatten, wie es sich für Granden ziemt. Wir müssen weiterhin gestehen, dass Wir Zweifel daran haben, dass es bei diesem Unfall mit rechten Dingen zuging. Uns allen sind die Gerüchte über den Brand im Schlund bekannt.« Oboto blickte in die Runde und machte eine bedeutungsschwangere Pause. »Wir sind auch weiterhin der Meinung, dass das Haus Wilmaan in irgendeiner Weise in diesen Brand verstrickt war. Selbst wenn nun erwiesen ist, dass einer der ihren zweifelsfrei zu den Verschwörern gehörte und mit ihnen gemeinsam zu Tode gekommen ist.«

»Mäßige dich in deinen Verdächtigungen, Oboto.« Immuel, der bislang an einem der Fenster gestanden hatte, drehte sich zu den Versammelten um, sodass Elena nun zum ersten Mal sein markantes, scharf geschnittenes Gesicht sehen konnte. Es hatte zugleich asketische und wilde Züge. Tiefe Furchen umgaben seinen Mund, und gleich einem Adlerschnabel krümmte sich seine lange Nase über den schmalen Lippen. »Ich muss sagen, dass ich den Weg, den du beschritten hast, um an dein Wissen zu gelangen, als zutiefst gotteslästerlich empfinde. Es steht Lebenden nicht zu, sich in Borons Hallen zu begeben. Ich bin mir sicher, dass du für diese ketzerische Tat eines Tages wirst büßen müssen, und ich hoffe, dass meine Gebete den schlimmsten Schaden von dir abzuwenden vermögen. Außerdem bin ich mir des Wertes deiner sogenannten Erkundigungen nicht gewiss. Vergiss nicht, dass es die Seele eines Wilmaan war, der deiner Magierin begegnete, und wir alle wissen doch, dass diese Brut einzig aus Lügnern und Betrügern besteht. Warum sollte Balthasar die Wahrheit gesagt haben? Wahrscheinlich hat er erraten, wer die Magierin geschickt hat, um ihn auszuhorchen.«

»Nein, nein, nein! Uns klingt es so, als sei auch er zum Opfer einer großen Intrige seiner Familie geworden. Nach dem, was Elena berichtet hat, sinnt er auf Rache. Müssen Wir dich daran erinnern, dass Bal Honak die Liegenschaften Unserer beiden Ahnen durch den Tempel hat einziehen lassen? Allein, die Familie Wilmaan hat für ihre Beteiligung nicht bezahlen müssen und ...«

»Und auch die Zornbrechts mussten keine Güter an den Tempel abführen. Ich bin bestens mit den Unterlagen im Borontempel vertraut«, warf Immuel ein. »Du weißt ganz genau, dass das Geld der Güter dazu aufgewendet wurde, jene zu entschädigen, die durch den Brand die größten Verluste hatten. Im Übrigen habe ich den Eindruck, dass der

Patriarch damals zwei der Grandenfamilien von Abgaben verschont hat, damit wir untereinander wieder uneins werden sollten und es kein zweites Mal zu einem Komplott gegen seine Macht kommen konnte. Wir alle wissen, wie gut die Saat der Zwietracht gefruchtet hat, die damals zwischen den großen Familien gesät wurde.«

»Uns ist klar, dass du den Wünschen des Tempels und des neuen Patriarchen das Wort reden musst, Immuel, doch können Wir nicht verhehlen, wie sehr Uns der Verrat, den du damit an Unserer Familie begehst, enttäuscht. Wir glauben sogar ...«

»Genug!« Folsina war von ihrem Sitz aufgesprungen und zwischen die beiden Streithähne getreten. »Ich dulde nicht, dass dieser alte Zwist auch noch Gräben in unserer Familie aufreißt. Statt zu streiten, sollten wir lieber beraten, was zu tun ist, um die Gebeine unserer Ahnen zu bergen und ihnen ein würdiges Begräbnis zu bereiten.«

»Damit stehen Wir vor den nächsten Schwierigkeiten«, entgegnete Oboto gereizt. »Wir wissen nicht einmal, wo dieses *Haus der Morgenröte* gelegen hat. Es muss bei dem Brand bis auf die Grundmauern zerstört worden sein.«

»Vielleicht mag dir deine hübsche, junge Magierin auch dabei weiterhelfen?« Immuel war dicht vor Elena getreten und starrte ihr mit seinen kalten braunen Augen forschend ins Gesicht. »Mir ist zu Ohren gekommen, dass du eine Heidin bist, Zauberin. Vielleicht weißt du nicht, wie sehr du Boron in der letzten Nacht herausgefordert hast. An der Pforte in sein Reich steht Uthar, der dunkle Wächter. Glaube nicht, dass du seinem wachsamen Blick entgehen konntest. Er ist ein unfehlbarer Schütze, und seine Pfeile durchbohren jeden, der sich gegen den Unergründlichen vergeht. Ich bin sicher, auch jetzt ruht Uthars Blick auf dir. Also hüte dich!«

Elena hätte dem Geweihten am liebsten entgegengeschleudert, was sie von den Zwölf Götzen und ihren fehlgeleiteten Priestern hielt, doch sie vermochte ihre Zunge im Zaum zu halten. Sie wusste, wie bedeutend Immuels Rang innerhalb der Priesterschaft war, und dass nicht einmal Oboto sie würde schützen können, wenn der Ordinarius sie als Ketzerin anklagte. So verneigte sie sich leicht und murmelte leise: »Ich danke Euch und werde Euren weisen Rat beherzigen, Eure Erhabenheit.«

Der Geweihte schenkte ihr ein dünnes Lächeln. »Vielleicht solltest du mich einmal in der Stadt des Schweigens besuchen, damit wir in aller Ruhe über die Götter und die Philosophie reden können. Ich habe den Eindruck, du bist eine sehr kluge Frau. Mich würde es reizen zu hören, was dich dazu gebracht hat, den Zwölfen abzuschwören.«

»Eure Einladung schmeichelt mir, doch im Augenblick binden mich die Dienste für den Marschall an dieses Haus. Sobald sich dies ändern sollte, wird es mir eine Ehre und ein Vergnügen sein, Euch zu besuchen.«

»Das genügt jetzt!«, mischte sich Oboto ein. »Wir haben uns nicht getroffen, um über Fragen der Religion zu sprechen.«

Immuel zog die Stirn kraus und warf Oboto einen strengen Blick zu.

»Natürlich sind auch Wir der Meinung, dass Unsere Leibmagierin einem bedauerlichen Irrtum unterliegt und alles unternommen werden muss, um ihre unsterbliche Seele zu retten. Doch steht dies heute nicht im Vordergrund. Um zum Thema zurückzukommen: Wir denken, dass es Uns höchstens zwei Tage kosten wird, um den genauen Standort des *Hauses der Morgenröte* ausfindig zu machen. Doch wie wollen Wir weiter vorgehen? Wir könnten die Straße absperren lassen und einen Bautrupp beordern, um nach dem Gewölbe graben zu lassen.«

»Das halte ich für keine gute Idee. Es würde den Argwohn der anderen Grandenfamilien wecken. Wir müssen ohnehin überlegen, was mit den Gebeinen der übrigen Toten geschehen soll«, warf Folsina ein.

»Könnt Ihr mir erklären, wie Ihr die Knochen der Toten auseinanderhalten wollt, verehrte Tante?« Immuel hatte die

Hände hinter dem Rücken verschränkt und ging langsam im Salon auf und ab. »Ich fürchte, es würde den Argwohn des Patriarchen wecken, wenn er erführe, dass man sich wieder mit diesen alten Geschichten beschäftigt. Ihr wisst doch, wie empfindlich er in dieser Hinsicht ist. Der Brand im Schlund, das ist etwas, worüber man nicht offen spricht. Warum können wir die ganze leidige Angelegenheit nicht einfach vergessen und den Toten ihren Frieden lassen?«

»Weil in jener Nacht zwei Unserer Verwandten gestorben sind«, entgegnete Oboto scharf. »Manchmal fragen Wir Uns, wem eigentlich deine Treue gehört, deiner Familie oder dem Patriarchen!«

»Vielleicht ist es klüger, mich diesbezüglich nicht auf die Probe zu stellen, du Zinnsoldat!«

»Genug! Ich dulde keinen Streit in unserer Sippe, ihr beiden Hitzköpfe!«, polterte Folsina mit sich vor Wut überschlagender Stimme. »Nur eine strenge Haltung kann uns unsere Machtstellung in dieser Stadt sichern. Ich erwarte nicht von euch, dass ihr euch gegenseitig mögt. Aber ihr solltet so viel Selbstbeherrschung aufbringen, euch wenigstens nicht in Gegenwart von Fremden anzufeinden.«

»Wenn der verehrte Oboto vielleicht die Güte besäße, mir zu erklären, warum er dieses Unternehmen mit solchem Eifer betreibt?«

Der Marschall räusperte sich wichtigtuerisch und strich sich über das Doppelkinn. »Dir ist nicht neu, dass Wir schon immer der Überzeugung waren, dass die Wilmaans damals bei der Verschwörung gegen den Patriarchen zu Verrätern an Unserer gemeinsamen Sache wurden. Nun gibt es einen neuen Hinweis darauf, dass Unsere Vermutungen nicht unbegründet sind. Zum einen wissen Wir jetzt, dass der vermeintlich unabhängige Boden, das *Haus der Morgenröte*, wo die Treffen der Verschwörer stattfanden, in Wirklichkeit zum Besitz der Familie Wilmaan gehörte. Zum anderen wissen Wir nun auch, dass Esmeralda Wilmaan zu den Verschwörern gehörte und als Einzige an jenem Abend fehlte.

War es ein Zufall, dass sie zu spät gekommen ist? Und was ist in jener Nacht dort unten eigentlich geschehen? Was waren das für Flammengestalten, von denen Balthasar gesprochen hat? Im Augenblick ist die Stimmung für das Haus Wilmaan nicht sonderlich gut. Trotz des Festes in der letzten Nacht ist man in den meisten Familien nicht gerade bestens auf sie zu sprechen. Vielleicht mag es schon genügen zu beweisen, dass jenes Bordell – in dem immerhin Angehörige aller großen Familien zu Tode gekommen sind – zu ihrem Besitz gehörte, um ihnen ein Komplott anzuhängen. Zumindest können Wir die Stimmung gegen die Wilmaans noch weiter anheizen, wenn Wir auf diese alte Geschichte noch einmal zu sprechen kommen.«

»Du meinst also, man könnte die Wilmaans aus dem Sattel stoßen?«

»Mehr als das«, Oboto lächelte jetzt selbstgefällig. »Wenn Wir es richtig anfangen, können Wir vielleicht sogar eine ihrer Domänen übernehmen. Du weißt doch, was man sich für seltsame Geschichten über sie erzählt. Sie sind nicht beliebt, und manche glauben sogar, der alte Galek sei ein Vampir. Sorgen Wir dafür, dass sich ihr Ruf noch ein wenig verschlechtert! Genau da liegt jedoch auch die Schwierigkeit. Ganz gleich, was Wir tun, Wir sollten dafür sorgen, dass Wir unsere Schritte zunächst im Geheimen unternehmen. Deshalb können Wir nicht für jedermann sichtbar nach einem verschütteten Gewölbe graben lassen. Es sei denn, es gäbe eine Möglichkeit, den Zusammenhang zum Brand im Schlund zu verschleiern.«

»Vielleicht wüsste ich eine Möglichkeit, die Gebeine der Toten zu bergen, ohne großes Aufsehen zu erregen«, meldete sich der Magier Orlando zu Wort, der dem Treffen bislang schweigend beigewohnt hatte. »Man müsste allerdings einen Magus zu Rate ziehen, der derzeit eine Gastvorlesung an der Universität hält.«

»Ich hoffe, Ihr habt keine solche Handlungsweise im Sinn, mit der Borons Zorn erneut herausgefordert würde. Als

Ordinarius könnte ich solche Taten nicht vor dem Patriarchen verheimlichen!«

»Was das angeht, besteht kein Anlass zur Sorge, ehrenwerter Immuel. Der Betreffende ist zwar ein Kenner auf dem Gebiet der Magica Conjuratio, also der Beschwörungsmagie, doch hat er sich in diesem weiten Bereich völlig dem Fachgebiet der Elementarmagie verschrieben. Meine Idee wäre die folgende ...«

Takate hatte sich bei Morgengrauen in einem dichten Wald oberhalb der Stadt versteckt. Voller Verwunderung und Schrecken blickte er auf die Unzahl weißer Steinhütten, die sich über die Terrassen aus schwarzem Vulkangestein bis hinab zum weiten Wasser erstreckten. Dort, wo die großen Kanus lagen, erhoben sich die Beine eines gewaltigen Riesen aus dem Wasser, der Kopf und Oberkörper verloren zu haben schien. Was waren das nur für Menschen, die solche steinernen Ungeheuer besiegen konnten?

Ein Stück weiter, auf der anderen Seite der Bucht, war ein Rabenvogel zu sehen, der, dicht über dem Wasser kauernd, ebenfalls größer als die höchsten Bäume des Waldes wirkte. Auch er schien aus Stein zu sein, so als habe ein mächtiger Schamane ihn zu ewiger Ruhe gezwungen.

Wohin Takates Blick auch fiel, sah er Menschen, und das ängstigte ihn. Selbst wenn man alle Sippen der Keke-Wanaq und der Tschopukikuhas zusammennahm, von denen er je in seinem Leben gehört hatte, würde man nicht annähernd so viele Häupter zählen, wie hier in der Stadt lebten. Bislang hatte er immer geglaubt, die Blasshäute seien ein kleiner Haufen dreister Eindringlinge in das Reich der Waldmenschen gewesen, doch jetzt musste er erkennen, wie groß sein Irrtum gewesen war. Sie waren so zahlreich wie die Ameisen, und so wie eine Ameisenfestung kam ihm das große steinerne Dorf auch vor. Ohne dass er erkennen konnte, welchen Nutzen es haben mochte, drängten sich die Blasshäute in endlosen Kolonnen über die Wege zwischen den Steinhütten oder gingen hinab zum Meer, wo ihre riesigen Kanus lagen.

Alles, was die Blasshäute taten, wirkte gewaltig. Sie bezwangen Riesen und Vögel, die einst Götter gewesen sein mussten, erbauten Hütten ohne Zahl, zimmerten Kanus, in denen ein ganzer Stamm Platz finden mochte, und entblößten das Land sogar vom Wald, den Takate bislang für ewig gehalten hatte.

Hiye-Haja hatte ihm einmal vor langer Zeit erzählt, dass die Blasshäute einen schwarzen Gott verehrten, welcher der Herr der toten Leiber war, die in seine dunkle Höhle hinabsteigen mussten, um ihm zu dienen. Damals hatte er das nicht glauben wollen, doch jetzt sah er, dass es sogar noch schlimmer war. Alles, womit sich die Fremden umgaben, war tot. Die Steine ihrer Häuser, die sie aus der Erde herausgebrochen hatten, der Riesenvogel am Meer und die Kanus – allein schon für eines dieser Gefährte hatten sicher Hunderte von Bäumen sterben müssen. Mit ihrer Verderbnis würden sie den Wald zerstören und damit auch die Kinder Kamaluqs. So würde es kommen! Es war dumm von ihm gewesen zu glauben, er könne daran etwas ändern. Wie sollte er gegen diese Übermacht bestehen? Wo er einen Weißen erschlug, würde schon im nächsten Augenblick eine Handvoll neuer stehen. Sie waren unzählbar wie die Blätter des Turupa-Baumes, der bis in den Himmel hinein wuchs.

»*Du hast recht, Takate, du kannst sie nicht allein in das weite Wasser zurückwerfen, von wo sie einst kamen. Doch kannst du Angst in ihre Herzen tragen und jene rächen, denen sie einst Böses taten. Dein Schicksal ist vorherbestimmt, und ich werde dir helfen!*«

»Aber wie soll ich mich dort unten bewegen?«, dachte der Krieger im stummen Zwiegespräch. »Ich werde so auffällig sein wie ein weißer Käfer, der sich auf den grünen Blättern eines Bananenbaumes zu verstecken sucht. Sie werden mich schnell finden und töten.«

»*Hab keine Sorgen, mein Sohn. Ein mächtiger Zauber wirkt in dir, und es wird nicht mehr lange dauern, bis du durch die Waffen der Blasshäute unverwundbar sein wirst. In dieser Nacht werde ich dir helfen, in das Dorf zu gelangen, und wir werden ein Versteck finden, das dir bei Tage sicheren Unterschlupf gewährt. Wundere dich auch nicht, wenn du plötzlich die Zunge der Blasshäute verstehen kannst. Es ist mein Tapam, der mit deinem Herzen eins geworden ist und der dich dieses und anderes Wissen lehren wird.*«

»Ich vertraue dir, Mutter, und doch wohnt auch Angst in meinem Herzen.« Voller Zweifel blickte Takate auf die weißen Häuser und Menschen hinab. Überall war dieses grässliche Weiß zu sehen. So als müssten sie als Zeichen ihrer Herrschaft allem die Farbe ihrer Haut geben, den Steinen, den Tüchern, die von den Bäumen hingen, die aus den Bäuchen ihrer Kanus wuchsen ...

»Hast du mich verstanden, Bodir?« Immuel trommelte mit den Fingern unruhig auf der Lehne seines Stuhls und blickte dem jungen Geweihten fest in die Augen. Bodir war der Richtige für die Aufgabe. Er war jung und voller Ehrgeiz. Er wollte es weit bringen unter der Geweihtenschaft und war bereit, dafür auch Wege zu beschreiten, die nicht in der Tempelregel niedergeschrieben waren. Er könnte sich auf ihn verlassen!

»Ich soll dem Marschall der Stadtgarden folgen und Euch über seine Schritte unterrichten, Bruder Ordinarius«, wiederholte der Geweihte seine Aufgabe. »Doch wäre es nicht klüger, wenn ich dazu die Robe des Tempels ablegen würde, um weniger aufzufallen? Wird er nicht argwöhnen, dass er einen Verfolger haben könnte?«

»Lass dies meine Sorge sein, Bodir. Ich kenne ihn besser als du. Mein verehrter Verwandter leidet an beinahe krankhafter Selbstüberschätzung. Er wird sich nicht vorstellen können, dass ihn, den Marschall der Wachen, ein Borondiener beschatten könnte. Deshalb bist du sicher. In der Robe des Tempels wirst du nicht auffallen. Es gibt genug Brüder, die sich in den Straßen der Stadt bewegen. Sollte Oboto allerdings möglicherweise doch auf den Gedanken kommen, dass er einen Verfolger haben könnte, dann wird er davon ausgehen, dass dieser sich tarnt. So wärest du in den Kleidern eines Bürgers gefährdeter, als du es unter dem Schutz des Boronsgewandes bist.«

Ein leises Klopfen erklang an der Tür, und ein hochgewachsener Krieger der Rabengarde trat ein. Der Mann verbeugte sich knapp. »Ich bringe Euch Nachricht vom Patriarchen, Bruder Ordinarius. Er wünscht Euch im Anschluss an seine Rede zu empfangen.«

»Ich danke dir, Bruder Miles.«

Der Soldat verneigte sich und zog sich wieder zurück.

»Du wirst der Rede des Patriarchen noch beiwohnen können, Bodir. Ich glaube nicht, dass der Marschall vor Einbruch der Dämmerung sein Haus verlassen wird. Du darfst dich nun entfernen.«

Tikian ließ den wuchtigen Hieb seitlich abgleiten und erwiderte den Angriff mit einem Stich, der auf die Schulter des Kriegers zielte. Er sah den Schrecken in Golos Augen, als dieser erkannte, dass er seine Waffe nicht mehr schnell genug hochreißen könnte, um zu parieren. Der Mann machte einen Satz zurück, doch der Stahl von Tikians Rapier drang ihm schon tief in die Schulter. Mit einem Schmerzensschrei ließ der Krieger sein Schwert fallen.

Tikian trat neben den Mann, der auf dem Boden kauerte und seine Linke auf die stark blutende Wunde presste. »Was mich angeht, ist unser Zwist damit nun geklärt. Ich hoffe, du bist klug genug, nicht an Rache zu denken.«

Der Krieger blickte mit schmerzverzerrtem Gesicht zu ihm auf und schwieg.

»Du hast deinen Mut in diesem Duell unter Beweis gestellt. Deine Ehre ist nicht befleckt worden. Was kannst du noch mehr erreichen?«

Er zog ein kleines Seidentüchlein aus dem Ärmel seines weit geschnittenen Hemdes und wischte damit das Blut von seinem Rapier. Dann wandte er sich zu den übrigen Kriegern, die dem Duell zugesehen hatten. »Gibt es noch jemanden unter euch, der eine Rechnung mit mir zu begleichen hat?« Die Männer blickten zu Boden. Nur Dolgur, der Älteste unter ihnen, hielt Tikians Blick stand.

»Die Herrin hat dich aus ihren Diensten entlassen, Fechter. Du bist von nun an nur noch ein Gast in diesem Haus. Es besteht also kein Grund mehr zu Missgunst und Feindschaft.«

»Ich nehme dich beim Wort, Dolgur.« Tikian streckte dem blonden Hünen die Hand entgegen. Der Krieger griff nach ihr und presste sie so fest, dass es schmerzte.

Erleichtert verließ Tikian den Hof des *Opalpalastes*. Als Nächstes sollte er den Zwist mit Gion aus dem Weg räumen. Er hatte am Nachmittag einen äußerst seltsamen Brief von dem Bogenschützen erhalten. Die Stadt schien einen merkwürdigen Einfluss auf seinen Freund zu haben. Im stichelnd boshaften Ton eines Höflings erklärte er, dass er nur dann eine Entschuldigung annehmen könnte, wenn Tikian persönlich vor ihm erscheinen würde.

Was, zum Henker, ging nur in Gion vor? Sollte er vor ihm etwa auf Knien um Vergebung bitten? Mit gemischten Gefühlen machte er sich auf den Weg zum Hafen. Immer wieder blickte er dabei unsicher über die Schulter zurück und musterte die niedrigen Häuserdächer. Ob Lilith wohl in der Nähe war?

KAPITEL 13

Immuel scharrte unruhig mit den Füßen im schwarzen Sand, mit dem der Tempelhof ausgestreut war. Die Rede des Patriarchen war nur kurz gewesen, und Tar Honak hatte angekündigt, dass der Feldzug noch vor Ende des Winters beginnen würde. Das hatte im Grunde keinen der Priester und der Ordensritter überrascht, die sich auf dem weiten Innenhof des Neuen Tempels versammelt hatten, um der Rede des Hochgeweihten zu lauschen. Seine letzten Worte jedoch hatten für einige Unruhe unter den Brüdern und Schwestern gesorgt, und leises Gemurmel erklang unter den Borongeweihten, die sonst so berühmt für ihr Schweigen waren. Tar Honak hatte ihnen offenbart, dass seine Gebete durch den Schwarzen Gott erhört worden seien und er ein Zeichen göttlicher Gnade empfangen habe.

Es dauerte nur wenige Augenblicke, bis die Bruderschaft ihre Haltung zurückgewonnen hatte und wieder Stille auf dem Platz herrschte. Inzwischen hatte Tar Honak die Stufen zur Grabsakrale erklommen, die an der Stirnseite des großen Innenhofs lag. Dort ruhten die einbalsamierten Leichen der Patriarchen der Boronskirche, beginnend mit Velvenya Karinor bis hin zu Bal Honak.

Während Tar Honak schweigend vor den steinernen Pforten des Grabbaus verharrte, trennten sich zwei Gruppen von zehn Mann aus den Zügen der Rabengarde und der Basaltfaust, die jeweils auf der rechten und der linken Seite des Hofes Aufstellung genommen hatten. Entgegen ihrer üblichen Bewaffnung trugen diese beiden Gruppen von Ordensrittern schwere Armbrüste aus schwarzem Stahl und poliertem Mohagoniholz. Die Krieger nahmen in Zweierreihe vielleicht fünfzehn Schritt vor der Grabsakrale Aufstellung.

»Ihr habt gelobt, den Befehlen eures Patriarchen zu folgen und selbst lächelnd in den Tod zu gehen, wenn ich es von euch verlange. Wer angesichts des bevorstehenden Krieges von diesem Eid entbunden sein möchte, möge nun vortreten und unsere Gemeinschaft verlassen.«

Immuel glaubte spüren zu können, wie sich das Schweigen veränderte. Ehrfurcht und Hochachtung waren einer fast greifbaren Spannung gewichen. Der Blick des Ordinarius wanderte über die Gesichter der Geweihten. Vielen war anzusehen, dass sie das Angebot des Patriarchen als Beleidigung auffassten.

»Ich blicke mit Stolz auf euch hinab, Brüder und Schwestern. Ihr habt euch verhalten, wie ich es von euch erwartet habe. Einige Auserwählte werden nun Gelegenheit haben zu beweisen, in welcher Haltung ihr meinen Befehlen folgt, denn diese wird unser Schlüssel zum Sieg sein, wenn wir einem Feind gegenüberstehen, der uns um das Drei- oder Vierfache überlegen sein mag.« Tar Honak blickte zu den Männern und Frauen, die vor ihm Aufstellung genommen hatten.

»Das erste Glied kniet nieder!«, kommandierte er mit kalter Stimme. »Spannt die Waffen!«

Auf dem Hof war es noch immer totenstill. Nur das metallische Klacken der Winden, mit denen die stählernen Arme der Armbrüste zurückgezogen wurden, störte die Ruhe.

»Legt die Bolzen auf!« Tar Honak ließ seine seidene Robe von den Schultern gleiten und entblößte sich bis zu den Hüften.

»Erschießt mich!«

»Nein, Herr!«, ertönte ein Schrei zwischen den Hohen Geweihten des Ordens. Der Liturgiemeister, Brotos Paligan, stürzte auf den Platz. Gleichzeitig ertönte ein vielstimmiges metallisches Surren. Die stählernen Bogen schnappten nach vorn. Der Patriarch wurde von der Wucht der Treffer gegen die steinernen Pforten der Grabsakrale geschleudert.

Immuel hatte das Gefühl, sein Herzschlag wolle aussetzen, als er den Hochgeweihten zu Boden gehen sah. Was hatte dieser Wahnsinn zu bedeuten? Hatte Tar Honak beschlossen, seinen Weg zu Boron zu machen? Und warum führte er seinen Tod als öffentliches Schauspiel auf?

Die Gruppen an den Seiten des Hofes zerstreuten sich. Einige Ordensritter zogen ihre Waffen und stürmten auf die Schützen zu, die dem tödlichen Befehl ihres Herrn gefolgt waren. Etliche Geweihte eilten die Treppen des Grabbaus empor. Doch noch bevor einer von ihnen den Patriarchen erreichte, erhob sich dieser und scheuchte die Priester mit ungeduldigen Armbewegungen zur Seite.

»Er lebt! Seht nur, Boron hat ein Wunder gewirkt! Der Patriarch lebt!« Dutzendfach hallten die Freudenschreie über den Platz. Immuel ließ sich erleichtert auf die Knie sinken, um dem dunklen Gott in einem stummen Gebet für das Wunder zu danken, das er an Tar Honak gewirkt hatte.

»Ich sagte euch, meine Gebete seien erhört worden!«, hallte die klare Stimme des Hochgeweihten über den Tempelplatz. »Seht her und seid Zeugen des Wunders. Ich habe keine Wunde davongetragen. Seht und höret nun, was der dunkle Gott mir offenbart hat: Von dieser Stunde an kann kein Sterblicher Tar Honak töten, keines Menschen Hand und keine Waffe ihn berühren. Boron will unseren Sieg, und dies ist das Zeichen, das er uns gesandt hat. Der Krieg, den wir führen werden, ist gerecht, und er wird Al'Anfa zur mächtigsten Stadt Aventuriens machen. Ihr, die ihr nun Zeugen dieses Wunders geworden seid, wollt ihr mir geloben, mir zu folgen, wohin uns der Weg des Gottes auch immer führen mag?«

»Wir geloben es!«, ertönte es aus Hunderten von Kehlen, und auch Immuel, der sonst eher kühl und zurückhaltend war, ließ sich von der Begeisterung anstecken und wiederholte immer und immer wieder den Treueid, bis der Patriarch schließlich die Hände ausbreitete und ihnen zu schweigen gebot.

»Noch ist der Tag des Aufbruchs nicht gekommen, doch die Stunde, da die Rabenbanner über den Häuptern unserer erschlagenen Feinde flattern werden, ist nicht mehr fern. Nun geht! Verrichtet euren Dienst wie gewohnt und tragt die Kunde von dem, was ihr gesehen habt, hinaus in die Stadt, auf dass unsere Gegner schon jetzt erzittern mögen, denn welcher Lebende könnte gegen uns bestehen, wenn der Herr des Todes auf unserer Seite ist?«

Gemessenen Schrittes kam der Herrscher Al'Anfas die Stufen zur Grabsakrale hinab und durchquerte die Reihen der Geweihten und Ordensritter, die eine Gasse vor ihm bildeten und ihm nun stumm ihre Hochachtung zollten. Ohne auf seinem Weg innezuhalten, gab der Patriarch Immuel ein Zeichen, ihm zu folgen.

Durch eine kleine Seitenpforte betraten sie den Neuen Tempel und schritten durch Hallen über Treppen aus poliertem Basalt, bis sie schließlich das Gemach des Hochgeweihten erreichten. Dort erwartete sie ein Mann, der die schlichte Leinenrobe eines einfachen Priesters trug. Als sie eintraten, verließ er seinen Platz am Fenster, von dem aus er zweifellos die Zeremonie im Hof verfolgt hatte. Sein Gesicht war scharf geschnitten, die Züge edel und doch auch kalt. Die Augen des Geweihten waren so grau wie der Himmel an einem Regentag.

»Nun, Bruder Hasdrubal, wie hat dir die Art gefallen, in der ich den anderen Brüdern und Schwestern Borons Gnade beweisen konnte?«

»Es war sicherlich sehr eindrucksvoll. Ich denke, es werden keine drei Götternamen vergehen, bis sich die Kunde von diesem Wunder selbst bis in die entferntesten Winkel des Bornlandes verbreitet haben wird, Eure Hochwürdigste Erhabenheit.«

Der Patriarch lächelte zufrieden. »Genau das denke ich auch. An diesem Tag habe ich den Grundstein für die Legende um den gottgesandten Eroberer gelegt. Noch in hundert Generationen, wenn längst alle Gebäude dieser Stadt zu Staub zerfallen sein werden, wird man meinen Namen mit Ehrfurcht aussprechen. Die wichtigste Schlacht eines jeden Krieges wird in den Köpfen der Kämpfer entschieden. Jetzt, da meine Ordensritter und bald auch alle gemeinen Söldner in meinem Heer darum wissen, dass der Dunkle Gott auf unserer Seite steht, wird ihre Kampfkraft sich verdoppeln. In die Herzen unserer Feinde aber wird Furcht gesät sein, denn wer kann schon gegen ein Heer bestehen, über das ein Gott seine schützende Hand hält? Wir werden die Heerscharen der Heiden hinwegfegen, so wie der Herbstwind dürres Laub vor sich hertreibt.«

»Die Heerscharen der Heiden?«

Immuel zuckte innerlich zusammen. Wer war dieser Geweihte, dass er es wagte, auf die Rede des Patriarchen mit einer Frage zu antworten? Er konnte sich erinnern, den Mann schon verschiedentlich unter den Ordensbrüdern gesehen zu haben, auch wenn er heute zum ersten Mal seinen Namen hörte. Er bewohnte keine Cella im Neuen Tempel, dessen war sich der Ordinarius sicher.

»Der tiefere Sinn meiner Worte wird sich dir offenbaren, wenn die Zeit gekommen ist, Bruder Hasdrubal.«

»Dessen bin ich mir gewiss, Eure Hochwürdigste Erhabenheit.«

Der Patriarch wandte sich zu Immuel um. »Nun zu dir, Bruder Ordinarius. Man sagte mir, du wünschtest mich in dringender Angelegenheit zu sprechen.«

»So ist es, Eure Hochwürdigste Erhabenheit. Die Nachrichten, die ich Euch zu unterbreiten hätte, sind allerdings von einiger Brisanz, und ich weiß nicht, ob es gut ist, wenn der ehrwürdige Bruder Hasdrubal ...«

»Zerbrich dir nicht meinen Kopf, Bruder Ordinarius. Ich kenne Hasdrubal, solange ich dieses schwere Amt ausübe, und wenn es einen Menschen gibt, dem ich vertraue, dann ist er es.«

Immuel warf dem Mann einen misstrauischen Blick zu. »Vergebt mir, Eure Hochwürdigste Erhabenheit, wenn ich Euch beleidigt haben sollte. Euer sicherer Blick und Euer klares Urteil sind weithin berühmt. Doch ich möchte Euch nicht schmeicheln, denn ich weiß, dass Ihr den Worten die Taten vorzieht. Es ist meine traurige Pflicht, Euch mitzuteilen, dass mein Verwandter, der Stadtmarschall, in Machenschaften verwickelt ist, die ich nicht borongefällig nennen kann. Er hat eine Magierin in seinen Dienst genommen, die offenbar keine andere Aufgabe hat, als die Ruhe der Toten zu stören. Obendrein ist sie auch noch eine Ungläubige, die den Wüstengötzen Rastullah verehrt. Er versucht, eine alte Geschichte aus der Zeit des großen Feuers aufzuklären, in die allem Anschein nach das Haus Wilmaan verwickelt ist.«

Immuel stockte einen Herzschlag lang und bemerkte, wie der Geweihte und der Patriarch ernste Blicke tauschten.

»Erzähl weiter, Bruder Ordinarius. Man hat mir bereits zugetragen, dass im Tempel der Marbo Messen für einen gewissen Balthasar Wilmaan gelesen werden, und ich habe mich darüber gewundert, wem wohl das Seelenheil eines zweitklassigen Kaperfahrers, der obendrein seit mehr als vierzig Jahren tot ist, am Herzen liegen mag. Mir scheint, das Ganze ist eine Angelegenheit, welche die Aufmerksamkeit unseres Ordens verdient.«

Gion vertiefte die kleine Kerbe in der Hornleiste und musterte seine Arbeit kritisch. Er legte das Messer zur Seite und presste das Hornstück prüfend gegen das Holz des Bogens. Es passte! Wenn er die freien Stunden der nächsten drei Tage auch noch opferte, würde er mit dem Reiterbogen fertig sein. Sobald es zurück in den Dschungel ging, würde ihm diese wesentlich kürzere und handlichere Waffe sicher noch gute Dienste leisten.

»Ich wusste gar nicht, dass du dich auf das Bogenbauen verstehst. Sieht gut aus, das Stück!«

Gion blickte überrascht auf. Vor ihm im Türrahmen stand Tikian und lächelte schief. »Es ist üblich, einen Beruf zu lernen, wenn man nicht gerade als Adliger geboren wird und von klein auf Goldstücke in den Arsch geblasen bekommt. Aber für dich sind die Zeiten ja nun auch etwas härter geworden, Sklave!«

»Wenn du Streit suchst, solltest du lieber erst einmal lernen, wie man sich seiner Haut wehrt. Wenn ich mich recht erinnere, haben sie dir ganz ordentlich das Fell gegerbt, als wir uns zum ersten Mal sahen, Söldner! Und was mein Sklavendasein betrifft, sieh dir einmal meinen Hals an. Erkennst du einen Eisenring oder ein Lederband, auf dem der Name meiner Herrin stünde? Ich bin frei!«

Gion blickte kurz auf und griff dann nach dem Messer, um ein zweites Stück Horn zurechtzuschnitzen. »Was andere mit ihrer Hände ehrlicher Arbeit erledigen, schaffst du wohl mit deiner Zunge, Tikian. Du solltest sie dir vergolden lassen. Hast deiner Herrin wohl nach einer Liebesnacht deine Freiheit abschwatzen können. Eigentlich wundert mich das, sonst laufen dir die Frauen doch immer weg. Wenn ich da an diese nette kleine Magierin denke ... Hast es ihr wohl nicht recht besorgen können. Ich wüsste zu gern, wie du das bei Consuela angestellt hast. War es deine Zunge?« Der Schütze grinste frech. Wenn Tikian sich entschuldigt hätte, wären diese Worte niemals über seine Lippen gekommen, doch dieser hochmütige kleine Bastard dachte wohl, mit einem Lächeln allein sei schon alles aus der Welt. Wenn er Streit haben wollte, dann konnte er ihn auch bekommen!

»Wenn du glaubst, mich könnte ein Bauernlümmel beleidigen, dann hast du dich geirrt, mein Freund. Du und deinesgleichen sind zum Dienen geschaffen. Und weißt du, warum das so ist? Weil euer Verstand so schlicht ist, dass ihr nicht wisst, was zu tun ist, wenn man es euch nicht sagt!

So ist es doch, nicht wahr, Gion. Deshalb wirst du auch nie mehr als ein Weibel werden. Du bist kein Anführer, sondern ein Befehlsempfänger, und so wird es auch immer bleiben.«

Gion kratzte mit dem Messer den Dreck unter seinem rechten Daumennagel weg. »Man sagt, Adlige hätten blaues Blut. Im Grunde wollte ich mir das immer schon einmal ansehen. Ich konnte mir nie vorstellen, dass ihr von innen anders ausseht als ein *dämlicher Bauer*.« Gion musste all seine Selbstbeherrschung aufbieten, um diesem aufgeblasenen Wichtigtuer nicht an die Kehle zu gehen. Wie hatte Tikian nur jemals sein Freund werden können? Noch ein falsches Wort von ihm ...

»Sollte zu deinen Fehlern auch noch Selbstüberschätzung gehören?« Tikians Hand ruhte jetzt auf dem Korb seines Rapiers.

»Ich denke, dass ...« Gion fehlten die Worte. Er wusste, dass er sich auf diese Art nicht streiten konnte. »Ich denke, dass schon wieder eine Frau gemerkt hat, dass mit dir nichts anzufangen ist, und Consuela dich deshalb hinausgeworfen hat, Sklave!«

»Das nimmst du zurück!«

»In meinen vier Wänden werde ich mich für gar nichts entschuldigen, Bastard.« Gion sprang vor und rammte dem Fechter seinen Kopf in den Bauch. Tikian versuchte auszuweichen, doch die Wucht des Stoßes ließ ihn nach hinten kippen. Mit rudernden Armen versuchte Gion, das Gleichgewicht zu halten, als Tikian einen Fuß hinter seine Ferse hakte und ihm mit dem anderen einen Tritt in die Lenden verpasste. Mit einen Schmerzensschrei schlug Gion zu Boden. Aus den Augenwinkeln sah er, wie Tikian wieder auf die Beine kam und sein Rapier zog.

»Was willst du damit, Jüngelchen? Willst du einen alten, unbewaffneten Freund einfach so aufspießen? Zeigst du jetzt dein wahres Gesicht?«

Der Fechter wich einen Schritt zurück und blickte auf die Klinge in seiner Hand. Diesen kurzen Augenblick des Zögerns nutzte Gion, um vorzuspringen und Tikians Schwertarm mit einem Fausthieb zur Seite zu fegen. Klirrend fiel die Waffe zu Boden. Ein rechter Haken traf Tikian unter dem Rippenbogen und ließ ihn stöhnend in sich zusammenklappen. Gion zog das Knie an. Es gab ein hässlich knackendes Geräusch, als er das Kinn des Fechters traf und dessen Zähne mit Wucht aufeinanderschlugen ...

Als Tikian wieder zu sich kam, saß er halb zusammengesunken auf einem Holzstuhl. Ihm gegenüber hockte Gion und schnitzte an einem Stück Widderhorn.

»Wollen wir da weitermachen, wo wir aufgehört haben?« Der Bogenschütze musterte ihn kühl, legte das Messer zur Seite und strich sich über die aufgeschürften Knöchel seiner Faust.

In Tikians Kopf brummte es wie in einem Bienenstock, und sein Kinn fühlte sich an, als hätte ihn ein Pferd getreten. »Das Letzte, woran ich mich erinnere, ist, dass mich ein Hammer oder etwas Ähnliches getroffen hat ... Wenn ich ehrlich bin, möchte ich diese Erfahrung nicht unbedingt wiederholen, es sei denn ...« Er beobachtete sein Gegenüber misstrauisch. Es war ihm nicht daran gelegen, in eine zweite Runde mit Gion zu gehen. Er hatte die Beherrschung verloren, als er sein Rapier blank gezogen hatte, sich aber zum Glück noch so weit in der Gewalt gehabt, dass er nicht ernsthaft mit der Waffe zu kämpfen versucht und stattdessen zugelassen hatte, dass Gion ihn niederschlug. Es wäre nicht schwer gewesen, einen Unbewaffneten, der wie ein wütender Bär um sich schlug, einfach niederzustechen. Im Faustkampf hingegen konnte er gegen Gion nur den Kürzeren ziehen.

Der Bogenschütze stellte einen Tonkrug und einen hölzernen Humpen auf den Tisch. »Bin hier nicht so gut ausgestattet wie du in deinem *Opalpalast*«, brummte er, schüttete den Humpen voller Wein und schob ihn über den Tisch.

Tikian räusperte sich.

»Wolltest du noch was sagen?«

Der Fechter trommelte unschlüssig mit den Fingern gegen den hölzernen Krug. »Hm, es tut mir leid, was geschehen ist. Ich hab mich ziemlich dämlich verhalten. Ich hätte dich warnen sollen, dass mit dem Fleisch vielleicht etwas nicht in Ordnung war. Es war keine so gute Idee, die Sache nur mit mir auszumachen und das Gegengift ins Bier zu schütten, ohne dir irgendetwas darüber zu sagen. Tut mir leid ...«

»Vergiss es! Viel mehr hat mich geärgert, als du mir das Fass Branntwein schicktest. Ich kann solche halbgaren Schmeicheleien nicht ausstehen! Als mein Freund hättest du selbst kommen müssen, um mit mir zu reden, und mir nicht stattdessen das Fass und einen Brief schicken sollen. Mich hat geärgert, dass du nicht gekommen bist, mir ins Gesicht gesehen und dich entschuldigt hast. Ich dachte, du hältst dich für was Besseres.«

Einen Augenblick lang überlegte Tikian, ob er Gion erklären sollte, warum es für ihn wichtiger gewesen war, oben am Wehr Blüten für Callana in den Fluss zu werfen. Doch plötzlich war er sich gar nicht mehr sicher, ob er sich nicht vielleicht doch davor gedrückt hatte, sich zu entschuldigen. War er wirklich ein borniertel Adliger, für den ein einfacher Mann nichts zählte? Nüchtern betrachtet hatte er sich genau so verhalten!

»Ich weiß, dass ich dir mein Leben verdanke und dass ich mich ...«

»Jetzt hör aber auf«, unterbrach ihn Gion. »Du musst dich nicht tausendmal entschuldigen. Einmal reicht! Und wenn wir irgendwann anfangen wollen, uns gegenseitig dafür zu danken, wer wem wann das Leben gerettet hat, könnte das eine verdammt langwierige Angelegenheit werden. Schließlich ist es unser Geschäft, für andere die Haut hinzuhalten ... Lass uns lieber zusammen trinken.« Er hob den Weinkrug, und Tikian prostete ihm mit seinem Humpen zu.

»Darauf, dass wir zusammen diesem verfluchten trahelischen Dschungel entkommen sind!«

Gion nahm einen tiefen Schluck und zog dann eine Grimasse. »So wie es aussieht, sehen mich diese verdammten Kannibalen vielleicht schon in einem Götternamen wieder.« Er rülpste und blickte zu den Teilen des neuen Bogens, die zwischen ihnen auf dem Tisch lagen. »Jetzt, da du wieder ein freier Mann bist, Tikian, hättest du nicht Lust, an meiner Seite zu kämpfen? Ich würde mich wohler fühlen, wenn ich jemanden neben mir hätte, von dem ich weiß, dass er mit seiner Klinge umzugehen versteht.«

»Ich denke, ihr seid ein Schützenbanner. Was wollt ihr dann mit einem Fechter? Du weißt doch, dass ich auf zehn Schritt kein Scheunentor treffen kann.«

»Alle Männer werden auch mit einem leichten Säbel oder einem Kurzschwert ausgerüstet sein, um sich im Nahkampf verteidigen zu können. Hauptmann Olan ist gerade dabei, unseren Rekruten beizubringen, an welchem Ende man eine Blankwaffe anpackt. Ich sage dir, es ist ein Drama. Die meisten unserer *Kämpfer* werden nicht einmal einen Götternamen lang im Dschungel überleben. Sie sind zwar tapfer, aber kaum einer von ihnen hat schon einmal an einem richtigen Gefecht teilgenommen. Das sind Sklavenjäger, Tagediebe und Halsabschneider, denen in der Stadt das Pflaster zu heiß wird. Buchstäblich jeder wird in den Bund des Kor aufgenommen, ohne viele Fragen zu stellen. Ich bin sicher, ich könnte dir einen Posten als Unteroffizier verschaffen. Und wenn du meinen Jungs und Mädels das Fechten beibringen würdest, wäre das nicht das Schlechteste. Nichts gegen Hauptmann Olan, aber so wie der kämpft, hatte er vielleicht Privatstunden bei irgendeinem Schwertkampfmeister. Doch davon, wie man in einer Schlacht überlebt, hat er keine Ahnung! Und was deine Künste mit dem Bogen betrifft ... Wenn ich daran denke, wem ich in den letzten paar Tagen alles beigebracht habe, wie man auf zwanzig Schritt wenigstens die Zielscheibe trifft, dann kann ich mir nicht vorstellen, dass du mich mit irgendetwas noch überraschen könntest.«

Tikian starrte in den Humpen. »Du rechnest damit, dass ihr schon bald aufbrechen werdet?«

»Du brauchst doch nur in den Hafen zu sehen. Die Schiffe sind bereit. Und sie werden gewiss die Anker lichten, bevor im Tsa die Zeit des Kauca kommt und die Stürme das Meer unbefahrbar machen.«

»Ich habe Angst vor dem Dschungel«, murmelte Tikian leise. »Wenn wir dorthin zurückgehen, werden wir dort sterben. Rondra wird uns nicht noch einmal das Leben schenken. Es ist nicht so, dass ich den Kampf fürchten würde ... Es ist eine Sache, in einer Feldschlacht zu stehen und den Feind kommen zu sehen ... aber der Dschungel, das ist ganz was anderes. Bei jedem Schritt, den du tust, musst du Angst haben, einen vergifteten Pfeil in den Rücken zu bekommen. Selbst mit einem ganzen Heer wird der Patriarch dort nicht siegen können. Selbst er kann keinen Feind bezwingen, der sich nicht zeigt und keine Schlacht bietet. All diese Schiffe und Soldaten sind im Dschungel nutzlos.«

»Mach mir nur Mut«, brummte Gion. »Du brauchst mir nicht zu erzählen, wie es da unten bei den Mohas ist. Ich war auch schon dort! Deshalb fragte ich dich ja auch, ob du mitkommen würdest. Ich hätte, wie gesagt, gern einen Freund an meiner Seite.«

Tikian schüttelte den Kopf. Er bewunderte den Mut des Bogenschützen. Dieser stämmige kleine Kerl mit seinem kurz geschorenen roten Lockenschopf und den tätowierten Armen würde für seine Soldherren wohl bis in die Niederhöllen hinabsteigen. Aber welchen Grund gab es, mit ihm zu gehen? Auf der anderen Seite galt es zu bedenken, dass auch Al'Anfa kein sicherer Platz mehr für ihn war. Irgendwo dort draußen lauerten Lilith und womöglich noch ein Dutzend anderer Halsabschneider, die scharf darauf waren, sich die Kopfprämie zu verdienen, die man auf ihn ausgesetzt hatte.

»Ich muss beweisen, dass ich Callana nicht ermordet habe.« Tikian setzte den Humpen vor sich auf den Tisch und blickte Gion jetzt geradewegs ins Gesicht. »Ich kann erst dann die Stadt verlassen, wenn meine Unschuld feststeht. Danach werde ich mit dir kommen.«

Gion leerte den Weinkrug und wischte sich mit dem Handrücken über seinen Schnäuzer. »Ich versteh dich nicht. Du bist für den Mord verurteilt worden, du hast die Arena überlebt, und ich habe noch niemals von einem Sklaven gehört, der so schnell wieder auf freiem Fuß gewesen ist wie du. Was willst du noch? Niemand wird sich mehr um den Tod dieser Hure scheren. Für die Stadtwachen ist diese Geschichte abgeschlossen.«

»Aber nicht für mich«, entgegnete Tikian grimmig. »Das Ganze ist eine Frage der Ehre! Mein Name ist besudelt worden. Außerdem muss ich gestehen, dass ich gern wüsste, was mit meinem Großvater geschehen ist. Es mag dir absonderlich vorkommen, doch ich habe den Eindruck, dass sein Schicksal mit dem meinen verknüpft ist.«

»Mag das vielleicht daran liegen, dass du dir beweisen musst, ein würdiger Enkel zu sein?«

Tikian zuckte die Schultern. »Vielleicht. Obwohl ich ihn nie gesehen habe, war er der Held meiner Kindheit. Ich habe diesen Mann, den ich nur aus Geschichten kannte, mehr geliebt als meinen leiblichen Vater. Es mag dir dumm erscheinen, was ich tue, aber ich kann nicht anders, und ich bin sicher, er hätte an meiner Stelle ebenso gehandelt.«

Gion rümpfte die Nase. »Wenn ich es mir recht überlege, hatte ich schon immer eine Schwäche für aussichtslose Unternehmungen. Sonst würde ich wohl kaum noch einmal in den Dschungel gehen. Brauchst du Hilfe?«

Tikian lächelte dem Schützen zu. »Es ist gut, Freunde zu haben. Du könntest wirklich etwas für mich tun ...«

KAPITEL 14

»Ich sehe nicht, wie dich das weiterbringen sollte. Ich meine, was hat es mit dem Mord an Callana zu tun?« Die Offizierin schüttelte den Kopf und beugte sich über den Schreibtisch, der die kleine Wachstube fast zur Hälfte ausfüllte. »Außerdem ist das meiste aus der Zeit vor dem Brand vernichtet. Auch die Wachstube ist damals vom Feuer beschädigt worden, und es konnte nur ein kleiner Teil des Archivs gerettet werden.«

»Dann macht es ja nicht viel Arbeit, die vorhandenen Akten durchzusehen. Ich weiß auch, dass es sich verrückt anhört, aber ich habe da so eine Ahnung ... Es gibt keinen anderen Hinweis, dem ich folgen könnte. Oder wüsstest du eine Spur, die uns zum *Häuter* führen könnte?«

Mira zuckte mit den Schultern. »Offiziell ist der Fall abgeschlossen. Die Akte ist schon ins Archiv gegangen. Es besteht kein Handlungsbedarf mehr. Wenn ich mich noch darum kümmere, dann nur deshalb, weil ich dir glaube, dass du es nicht gewesen bist und dass es vielleicht noch weitere Opfer geben könnte. Aber gut, ich werde dich zum Archiv begleiten. Wenn du unbedingt möchtest, kannst du dort gern den Tag über versauern und in alten Akten herumwühlen. Auch wenn ich nicht glaube, dass es dich weiterbringen wird.«

Die Offizierin erhob sich von dem mächtigen Lehnstuhl hinter ihrem Schreibtisch und führte ihn in die Wachstube. Eine schwitzende, beleibte Gardistin in mittleren Jahren war dort gerade dabei, einen jungen Mann mit novadischen

Gesichtszügen zu verhören. Neben ihr saß ein grauhaariger, schmächtiger Mann über ein Pergament gebeugt und kaute gelangweilt auf einem Federkiel.

»Also noch einmal«, fauchte die Gardistin. »Warum hast du den Mann niedergeschlagen und deinen Dolch gezogen?«

»Er hat Leila beleidigt. Ich wollte ihm die Zunge herausschneiden, um ihre Ehre wiederherzustellen.«

»Du solltest nicht versuchen, mich auf den Arm zu nehmen, kleiner Mann. Niemand hat dort irgendeine Frau gesehen. Also sag mir jetzt, was der wahre Grund für deinen Streit mit dem Pferdehändler war, oder ich sorge dafür, dass du dich noch heute Abend auf den Galeeren wiederfindest!«

»Ich neige nicht dazu, meine Kräfte zu überschätzen. Warum also sollte ich Euch auf den Arm nehmen? Es wäre mir allerdings angenehmer, wenn Ihr mir einen Mann schicken würdet, der die Befragung fortsetzen könnte. Er wird vielleicht verstehen, was es bedeutet, wenn ein dahergelaufener Kerl die Stute beleidigt, die einen viele Gottesnamen treu auf ihrem Rücken getragen hat. Und was ...«

Die Gardistin wurde rot wie ein Puter. »Du willst mich wohl ...«

»Zenobia! Sorge dafür, dass der Kerl zur Kommandantur auf der Söldnerinsel überstellt wird. Dieser Ungläubige ist es nicht wert, dass wir hier mit ihm unsere Zeit verschwenden. Außerdem ist er Ausländer. Sollen die dort entscheiden, was mit ihm geschehen soll. Vielleicht möchte der Marschall nach dem Überfall El Harkirs an diesem Kerl dort ein Exempel statuieren und sich so bei den Paligans beliebt machen.«

Die dicke Gardistin salutierte lässig und wandte sich dann lächelnd zu dem Novadi um. »Hättest besser gestanden, Kerl, jetzt wirst du so richtig Freude bekommen. Auf der Söldnerinsel wird man dich nicht so nett behandeln, wie ich es getan habe.«

»Lupos!« Mira gab dem schmächtigen Schreiber einen Wink. »Du wirst hier nicht mehr gebraucht. Bring meinen Freund ins Archiv und lege ihm alle Akten vor, nach denen er dich fragt.«

Das Archiv war ein kleiner, staubiger Raum, der mit Regalen und Kisten, aus denen Papiere hervorquollen, vollgestopft war. Auf den ersten Blick konnte Tikian sich nicht vorstellen, dass es hier eine wie auch immer geartete Ablageordnung geben sollte – und innerlich machte er sich darauf gefasst, im Archiv wirklich den Rest des Tages zu verbringen oder vielleicht sogar noch länger.

»Um welche Akten geht es denn?«, fragte der Gardist in einem Tonfall, der verriet, dass er am liebsten sofort wieder von hier verschwunden wäre.

»Ich möchte gern alle Unterlagen aus der Zeit unmittelbar vor dem Brand im Schlund einsehen.«

Der Gardist leckte sich über die Lippen und schüttelte dann den Kopf. »Tut mir leid, aber diese Unterlagen sind durch den Brand vollständig vernichtet worden. In diesem Fall kann ich dir leider nicht dienen.« Er wandte sich zur Tür um und machte schon Anstalten zu gehen, als Tikian ihn grob am Arm packte.

»Mira ist sich ganz sicher, dass es hier unten noch ein paar Akten gibt. Möchtest du, dass ich ihr Meldung davon mache, in was für einem Zustand dieses Archiv ist? Du wirst mir jetzt eine Liste der Papiere hier unten vorlegen, und erzähl mir nicht, dass es so etwas nicht gibt!«

Lupos räusperte sich leise. »In der Tat, eine solche Liste gibt es, *Häuter*. Ich glaube allerdings nicht, dass dir dieses Schriftstück in irgendeiner Weise behilflich sein könnte. Man muss sich schon in der Verwaltung von Archiven auskennen, um aus ihm einen Nutzen ziehen zu können.«

»Bring mir die Liste und lass den Rest meine Sorge sein!«

»Na, altes Mütterchen, magst du dir ein Kupferstück verdienen?«

»Schäm dich, du Bastard, ehrliche Frauen zu belästigen.« Die Alte wollte Gion einen Schlag mit ihrem Krückstock versetzen, doch er wich mit einem Schritt zur Seite aus.

»Na, na, na! So kämpferisch, Alte? Ich will nicht das, was du denkst. Sag mir, wie lange lebst du schon in der Stadt?«

»Zeig mir lieber dein Kupferstück! Wenn du was von mir hören willst, musst du zahlen!«

Gion seufzte. »Phex, warum ist die Welt nur so schlecht geworden?« Dann kramte er eine Münze aus seiner Geldkatze und reichte sie der Alten.

»Nun, was willst du von mir, mein Schöner?«

»Wie lange lebst du schon hier?« Gion versuchte, freundlich zu lächeln. »Wenn du mir die richtigen Antworten gibst, kannst du dir vielleicht eine Münze verdienen. Was hältst du davon?«

»Stell die richtigen Fragen und rede nicht um den heißen Brei herum. Ich lebe hier, so lange ich denken kann. War mit 'nem Fischer verheiratet, bis der Trottel im Suff ins Hafenbecken gefallen und ersoffen ist.«

»Kannst du dich an die Zeit des Großen Brandes erinnern?«

Die Alte lachte meckernd und strich sich kokett eine Strähne aus dem Gesicht. »Natürlich kann ich das! Meine besten Jahre waren das ... Ich war jung und schön. Man mag mir das heute vielleicht nicht mehr ansehen, aber es gab einmal Tage, da hätte ich an jedem Finger drei Verehrer haben können ... Und ich blöde Gans habe mich für Nubai entschieden.«

»Hast du damals auch schon hier im Schlund gelebt?«

»Bist du verrückt? Ich sagte dir doch, ich war jung und schön. In einem kleinen Haus unten am Meer hab ich gewohnt. Eigentlich gehöre ich nicht zu diesem Bettlerpack, das hier haust. Aber stopf mal sechs hungrige Mäuler, wenn du keinen Mann mehr hast! Sie haben mir buchstäblich mein Häuschen aufgefressen. Und nichts ist aus ihnen geworden. Vier sind schon zu Boron gegangen, und die beiden, die noch leben, wollen von ihrer alten Mutter nichts wissen. Sind jetzt was Besseres!«

Gion nahm das Medaillon vom Hals, das Tikian ihm überlassen hatte, und zeigte der Frau die Bilder von Jacomo und Saranya. »Kennst du die beiden? Sie waren in den Tagen vor dem Brand in der Stadt.«

Die Alte schnalzte mit der Zunge. »Stattlicher Kerl! Wenn ich den jemals gesehen hätte, das wüsste ich noch heute. Und das Weib ... Wenn du mich fragst, ist die nichts Besonderes. Die kenn ich auch nicht. Die beiden passen nicht zusammen.«

»Hast du schon mal von der *Viper* gehört? Meuchelmördern ...«

»Deine Fragen gefallen mir nicht.« Sie hielt ihm die offene Hand hin, und Gion gab ihr noch ein Kupferstück. »Weißt du, es ist nicht gut, über den Brand zu sprechen. Die meisten erinnern sich nicht gern daran. Es haben damals ohnehin wenige überlebt. Der alte Patriarch, Boron sei seiner Seele gnädig, hatte den Schlund absperren lassen. Keiner konnte mehr rein oder raus ... Zu Hunderten müssen sie damals in den Flammen umgekommen sein.« Ihre Stimme war zu einem Flüstern geworden, und Gion beugte sich zu ihr hinab, um sie besser verstehen zu können. »Man sagt, damals hätten Dämonen im Schlund gewütet. Riesige Geschöpfe, mit einem Leib aus Flammen! Selbst die Steine brannten in dieser Nacht. An manchen Häusern kann man es noch heute sehen. Sieh dich nur um in den Ruinen. An einigen Stellen sind die Mauersteine zu spiegelnden Flächen verschmolzen.« Das Weib schlug ein Schutzzeichen. »Es ist besser, nicht mehr darüber zu sprechen. Es heißt, wenn man über sie redet, werden sie wiederkommen.«

»Und die *Viper*?«

»Mit solchem Mördergesindel habe ich in meinem Leben noch nie etwas zu tun gehabt! Lass mich jetzt in Frieden,

Kerl, ich habe dir nichts mehr zu sagen.« Die Alte nahm ihren Korb auf und schlurfte davon.

Gion fluchte leise vor sich hin. Niemand wollte über den Brand reden. Er glaubte ihr nicht! Jeder, den er bislang gefragt hatte, behauptete dasselbe. Alle hausten sie erst seit ein paar Jahren in diesem heruntergekommenen Viertel. Alle hatten sie Pech gehabt ... Ihre Geschichten glichen sich wie ein Ei dem anderen.

Lustlos schlenderte er durch eine enge Gasse und betrachtete die rissigen Mauern der halb verfallenen Häuser. Noch heute sah man dem Schlund deutlich die Spuren des Brandes an. Viele Gebäude waren nie wieder aufgebaut worden. Rußgeschwärzte Ruinen bestimmten das Bild der verwinkelten Gassen. Manche Fassaden erinnerten noch an die Pracht längst vergangener Tage. Einst mussten dort die großen Handelsherren der Stadt gelebt haben. Heute verelendeten hier nur noch die Ärmsten der Armen oder aber zwielichtige Gestalten, die etwas zu verbergen hatten, und es nicht wagten, sich in anderen Teilen der Stadt blicken zu lassen. Gion strich über seinen Geldbeutel. Es war besser, hier immer eine Hand an der Börse zu lassen. Und selbst dann sollte man aufpassen, dass sie einem nicht Hand und Börse abschnitten!

Misstrauisch blickte er sich um. Bald würde es dunkel werden, und er wusste nicht, ob es klug wäre, sich dann noch hier herumzutreiben. Die meisten Straßen ähnelten einander sehr. Überall waren aus Brabaker Rohr und Palmwedeln notdürftige Hütten zwischen den Ruinen gebaut. Ausgemergelte Kinder mit Hungerbäuchen streckten einem bettelnd ihre hageren Händchen entgegen. Vielen der Gestalten, die hier herumlungerten, sah man die Rauschkrautsucht an. Anderen hatten das Dschungelfieber oder Durchfallkrankheiten das Fleisch von den Knochen geholt.

Er schlenderte weiter die Straße hinab, bis er zu der Steilklippe kam, die den Schlund in zwei Hälften teilte. Von da aus betrachtete er eine Zeit lang den großen Hafen und die gewaltige Streitmacht, die dort unten versammelt war. Es erfüllte ihn mit Stolz, dazuzugehören. Noch niemals hatte er in einem solchen Heer gedient! Wer sollte vor dem Rabenbanner Al'Anfas bestehen, wenn diese Truppen erst aufgebrochen waren? Sicher würde es reichlich Beute geben! Um das winzige Trahelien zu erobern, war das Heer viel zu groß. Gewiss hatte der Patriarch noch andere Pläne, und es wäre nicht verwunderlich, wenn die Truppen gleich noch weiter nach Osten marschieren würden, um das kleine Königreich Brabak zu unterwerfen. Dann wäre Al'Anfa die uneingeschränkte Herrin des Südens!

»Wollt Ihr ein paar schöne Träume kaufen, mächtiger Krieger? Ich verspreche Euch, keine Frau dieser Stadt vermag Euch so unvergessliche Nächte zu bereiten wie meine Kräuter. Jahre habe ich bei den Mohas im tiefsten Wald verbracht und ihre Geheimnisse erfahren. Ich verkaufe Euch Batonga, den süßen Rausch, oder Zithabar, den Ihr in der Pfeife schmauchen könnt.«

»Ich brauche dein Kraut nicht, alter Mann.« Gion musterte den glatzköpfigen Rauschkrauthändler eindringlich. Sein Gesicht war zerfurcht wie die Steilküsten vor Kap Brabak. Vielleicht wusste er ...

Der Alte wollte sich schon zum Gehen wenden, als Gion ihn am Arm festhielt. »Womöglich gibt es etwas anderes, das du mir verkaufen kannst ...«

»Wovon sprecht Ihr, Herr?« Die Augen des Händlers blitzten wachsam, so als ob er eine Falle fürchtete.

»Hast du zur Zeit des großen Feuers in der Stadt gelebt?«

»Vielleicht.«

»Wenn du mir weiterhilfst, soll es dein Schaden nicht sein.« Gion ließ seine Geldbörse klimpern. Der Händler antwortete mit einem zahnlosen Lächeln.

»Erzähl mir von der Nacht des großen Feuers. Was ist damals geschehen?« Gion zückte das Amulett und zeigte dem Alten die beiden winzigen Porträts. »Und kennst du diesen Mann oder diese Frau?«

Der Rauschkrauthändler schüttelte langsam den Kopf. Dann kicherte er. »Ich bin zwar alt, aber nicht verrückt. Frag andere nach dieser verfluchten Zeit. Es bringt Unglück, darüber zu sprechen. Es heißt, die Dämonen werden wiederkommen ... Man muss nur in der falschen Nacht ihre Namen nennen. Nein, du wirst hier niemanden finden, der davon erzählt. Außer vielleicht ...«

Gion nahm drei Kupferstücke aus der Börse und hielt sie dem Mann hin.

»Außer der verrückten Dulcinea. Vor langer Zeit war sie einmal die schönste Hure im *Haus der Morgenröte*.« Wieder kicherte der Mann. »Satinav hat ihr übel mitgespielt. Nicht einmal ein räudiger Galeerensklave würde sie noch haben wollen.«

»Und wo finde ich sie?«

Der Alte strich sich über die Glatze und schnitt eine Grimasse. »Es ist schon schrecklich mit dem Alter. Plötzlich vergisst man die einfachsten Dinge ...«

Gion kramte noch drei weitere Kupferstücke aus der Geldkatze. »Hilft dir das, dich zu erinnern?«

»Sie soll bei den Rattenmenschen hausen. Die stärkeren von ihnen schleichen sich nachts in die Stadt und durchstöbern den Müll. Sie sollen irgendwo im Nordwesten, noch hinter den Stadtmauern, in einem Dorf leben. Man sagt, dass Dulcinea dort Unterschlupf gefunden hat. Wenn sie nicht schon zu Boron gegangen ist.«

»Und was hast du damals getrieben? Kannst du mir vielleicht etwas über die *Viper* erzählen, ein Meuchlerduo, das vor dem Brand sehr berühmt gewesen sein muss?«

Der Rauschkrauthändler schüttelte den Kopf. »Ich bin alt geworden, weil ich ein so schlechtes Gedächtnis habe. Es gibt nichts mehr, was ich dir noch zu sagen hätte, Söldner.«

»Und wenn ich ...« Gion griff erneut nach der Geldbörse, doch der Alte machte sich humpelnd davon.

»Behalte du dein Kupfer, und ich behalte mein Leben.«

Beunruhigt sah der Schütze dem Mann nach, wie er eine steile Gasse hinaufhinkte und dann unter einem Torbogen verschwand. Worauf hatte Tikian sich mit dieser Suche nur eingelassen? Der Junge besaß das unglückselige Talent, sich von einem Schlamassel in den nächsten zu stürzen. Es wäre gewiss klüger, nicht noch weiter herumzufragen. Gion dachte an die Warnungen und die Geschichten über die Dämonen. Ob von dem Gerede wohl was stimmte? Auf jeden Fall war es besser, den Schlund wieder zu verlassen. Er würde im *Bidenhänder* wie verabredet auf Tikian warten. In der Söldnerkneipe war er allemal besser aufgehoben als in diesem Labyrinth aus rußgeschwärzten Ruinen. Mehr konnte er für Tikian nicht tun, und in den nächsten Tagen würde es sein Dienst nicht erlauben, noch einmal den Hafen zu verlassen.

Endlich hatte Tikian gefunden, was er suchte. Seine Augen brannten von der staubigen Luft des Archivs und dem spärlichen Licht der kleinen Laterne neben ihm auf dem Tisch. Lupos beugte sich über das Buch, und der Fechter deutete auf einen Eintrag in der Liste.

»*Schätzung jener Häuser mit Brandschäden, getreulich vorgenommen von Magister Bartolomeus Bonareth*« iii, XXV.

»Ich dachte, es gibt keine Papiere aus der Zeit des Großen Brandes mehr.«
»Dieses Schriftstück stammt ja auch, wie sich bereits aus dem Titel unschwer erkennen lässt, aus der Zeit nach dem Brand. Wenn Ihr mich nicht genau fragt, kann ich auch keine passenden Antworten geben.«
Tikian hatte Mühe, seine Fassung zu bewahren. Mittlerweile war er der festen Überzeugung, dass Lupos in Wahrheit den Auftrag hatte zu verhindern, dass er hier unten irgendwelche wichtigen Schriftstücke finden würde. Der Fechter war sich nur noch nicht im Klaren, von wem der

Gardist diesen Befehl bekommen haben mochte. Im Grunde passte dieses Verhalten nicht zu der Offenheit, mit der ihm Mira seit dem Anschlag auf der Brücke begegnet war. Aber wer außer ihr konnte hinter einem solchen Befehl stecken?

»Sieh dir einmal das hier an.« Tikians Finger war auf der Liste ein wenig tiefer geglitten.

»Von der Suche nach den Toten und ihrer Bestattung. Ein Bericht des Borongeweihten Libamus Bartwen über die Schwierigkeiten, die Leichen aus der vom Brand verwüsteten Grafenstadt zu bergen« iii XXVI.

»Von den Schlünden, die sich da aufgetan haben; Mutmaßungen des Inquisitors Hagen von Blautann über den Ursprung und die schnelle Ausbreitung des Feuers in der Grafenstadt« iii XX.

»Akte **CXXIII**; *Bericht über die Morde des Häuters, verfasst vom Hauptmann der Wache, Hamilkar Barkas«* iii XIII.

Bei der letzten Eintragung stockte Tikian der Atem. Es hatte schon einmal einen Häuter gegeben! »Was ist das hier für ein Bericht?«

Lupos zuckte mit den Schultern. »Keine Ahnung, das liegt ein ganzes Jahrzehnt vor meinem Dienstantritt. Hauptmann Barkas habe ich nie kennengelernt. Von diesem Fall habe ich auch noch nie etwas gehört.«

»Du wirst mich jetzt zur Aktenablage iii bringen. Und erzähl mir nicht, dass du nicht weißt, wo das ist!«

Der Gardist zog eine Grimasse, sagte aber nichts. Schweigend führte er den Fechter in einen der hintersten Winkel des kleinen Archivs. Seine Finger glitten über die Borde der Regale, wo in regelmäßigen Abständen kleine Pergamentschildchen mit Buchstabenfolgen aufgeklebt waren.

Endlich hielten sie an. Der Regalabschnitt, mit iii gekennzeichnet, war leer!

Wütend packte Tikian den Schreiber bei seinem Waffenrock und drückte ihn mit dem Rücken gegen das Bücherregal. »Wo, zum Henker, hast du die Akten gelassen? Sag's lieber freiwillig, oder ich prügle es aus dir heraus.«

»Ich weiß von nichts! Ich habe keine Ahnung!«

Tikian strich mit der Linken über das Regalbrett und hielt sie Lupos vors Gesicht. »Siehst du das? Nicht ein Staubkorn haftet an meiner Hand. Es kann höchstens ein paar Tage her sein, dass die Akten hier herausgenommen worden sind. So schlecht wird dein Gedächtnis ja wohl nicht sein, dass du nicht mehr wüsstest, wo sie hingekommen sind.«

»Ein Diebstahl«, stammelte der Gardist. »Jemand muss hier eingebrochen sein und die Akten gestohlen haben.«

Der Fechter schnaubte verächtlich. »Wer sollte das wohl getan haben? Ich kenne keine Diebe, die ein altes Pergament reizen würde. Und wer besäße wohl die Unverfrorenheit, in ein Quartier der Stadtwache einzubrechen? Wir werden jetzt zu Mira gehen, und ich bin gespannt, ob du für sie eine bessere Ausrede parat hast.«

Tikian fühlte sich unendlich müde, als er den schmalen, gewundenen Pfad zu der Felsterrasse erklomm, auf der die Söldnerschenke lag, in der er sich mit Gion treffen wollte. Mira hatte den Schreiber in Schutz genommen und ihm geglaubt, dass ein Einbruch in das Archiv stattgefunden haben musste. Sie hatte eine Notiz zu dem Vorgang gemacht, eine neue Akte angelegt und versprochen, sie wolle sich erkundigen, ob es in den anderen Standquartieren der Stadtwache vielleicht noch Mitteilungen über den Brand gäbe. Doch Tikian glaubte nicht mehr daran, dass er etwas finden würde.

Was während des Großen Feuers in der Stadt geschehen war, sollte ein Geheimnis bleiben! Vielleicht war das auch der Grund, warum sein Großvater nicht mehr auf seine Güter zurückgekehrt war? Womöglich war er dem Geheimnis damals zu nahe gekommen.

Der Fechter blickte zum Himmel auf. Kor war in dieser Nacht besonders deutlich zu sehen. Der große rote Stern, der nach dem Söldnergott benannt worden war, verhieß Gewalt und Unheil. Zum ersten Mal seit Tagen dachte Tikian darüber nach, ob er die Stadt nicht doch verlassen sollte. Gion hatte ihm versprochen, ihn in einem Söldnerregiment unterzubringen, und bald würde die Flotte den Hafen verlassen. Wäre es so nicht besser?

Wütend ballte er die Fäuste und richtete den Blick wieder auf die weißen Häuser, die auf der Klippe über ihm lagen. Er würde nicht einfach so aufgeben! Er war es seinem Großvater und Callana schuldig herauszufinden, was in dieser Stadt vor sich ging. Und sollte es ihn das Leben kosten! Ein Avona gab nicht einfach so auf! Vielleicht hatte Gion ja Neuigkeiten für ihn?

KAPITEL 15

Langsam watete Takate in den Fluss. Das Wasser trug ihn, und er ließ sich von der Strömung zu der Lücke zwischen den steinernen Palisaden treiben, durch die der Fluss in das verwirrende Reich der großen Hütten eintrat. Der Krieger hatte Angst. Ohne die Stimme seiner Mutter, die ihn führte, hätte er es niemals gewagt, bis hierher vorzudringen. Er wusste um die gierigen Echsen, die jetzt sicher irgendwo hinter ihm ins Wasser krochen, um ihn zu töten. Wenn sie ihn fingen, dann würden sie mit ihren langen Zähnen nicht nur seine Glieder zerreißen, sie würden auch seinen Tapam verschlingen. Und was erwartete ihn, wenn er den Kreaturen entkam? Er konnte sich nicht vorstellen, wo er sich zwischen den steinernen Hütten verbergen sollte. Die Blasshäute würden ihn finden und ihn töten. Er konnte sie nicht besiegen! Warum war er überhaupt hier, auf einem Weg, der ihn nur ins Verderben führen konnte?

»Weil du das tapferste Herz aller Keke-Wanaq hast! Kein anderer Krieger hätte es gewagt, diesen Pfad zu beschreiten. Er ist allein dir bestimmt!«

Takate hörte hinter sich ein Plätschern, das nicht zu den leisen Geräuschen des Stromes passte. Etwas näherte sich. Er blickte über die Schulter zurück und versuchte, zwischen den Nebelschwaden, die dicht über dem Fluss trieben, zu erkennen, was ihm folgte. Doch da war nichts.

Das Wasser zerrte jetzt an seinem Körper. Er wurde vorwärts zu der Lücke zwischen den Steinwänden gezogen.

Noch gab es ein Zurück! Noch würde die Kraft seiner Arme im Kampf mit dem Strom siegen!

Deutlich konnte er jetzt die Reihen der zugespitzten Pfähle vor sich erkennen, die sich schräg gegen die Strömung stemmten. Dahinter erstreckte sich ein Gitter über die ganze Breite des Flusses. Über dem Gitter spannte sich ein schmaler, steinerner Weg. Dahinter stürzte das Wasser ein Stück weit in die Tiefe. *Dort* bestand noch keine Gefahr. Es war nur eine Felsstufe, kaum höher als ein Mann. Doch Takate hatte aus seinem Versteck heraus den weiteren Verlauf des Flusses genau beobachtet. Er wusste, was ihn weiter unten erwartete, und dass er so schnell wie möglich dem Ufer zustreben sollte, wenn er sich erst einmal innerhalb der steinernen Palisaden befand. Drei Pfeilschuss hinter der Mauer stürzte der Fluss donnernd in die Tiefe, und zwar viele Manneslängen. Die Strömung wurde hinter dem ersten, kleinen Wasserfall immer reißender, und bald würde es unmöglich sein, sich mit der Macht des Flusses zu messen.

Die Blasshäute hatten etwas Seltsames aus totem Holz über das große, fallende Wasser hinweg errichtet, für das Takate keine Worte fand. Es bedeckte Teile des Felsens und versteckte den tobenden Strom. Vielleicht hatten sie es getan, weil sie den Anblick der Freiheit nicht zu ertragen vermochten, des ungezügelten Wassers, das sich donnernd in die Tiefe stürzte und das sie niemals würden beherrschen können. Zwei seltsame große Kisten flogen an dicken Seilen an diesem Holzbau hinauf und hinab. Wann immer sich diese Kisten bewegten, war eine von ihnen voller Männer oder Frauen, die schwere Lasten auf ihren Schultern trugen. Ob sie diese Unfreien wohl demütigen wollten, indem sie sie so nahe an das ungebändigte, freie Wasser brachten?

Ein Geräusch hinter Takate ließ den Krieger herumfahren. Trotz der Finsternis und des Nebels konnte er die beiden dunklen Schatten, die durch das Wasser auf ihn zuhielten, jetzt fast so deutlich erkennen, als sei es heller Tag. Sie waren schneller als er! Er würde das rettende Gitter nicht vor ihnen erreichen. Mit rudernden Armen stemmte er sich gegen die Strömung. Er würde nicht vor ihnen fliehen! Wenn es ihm schon bestimmt war zu sterben, dann wollte er dabei wenigstens tapfer in die kalten Augen der Bestien blicken, die ihn zerfetzten. Seine Waffen konnte er in diesem letzten Kampf nicht benutzen. Er hatte die lange Peitsche dazu verwendet, sich das Schwert auf den Rücken zu binden, doch selbst wenn er die Waffen hätte ziehen können, genützt hätten sie ihm hier im Wasser ohnehin nichts. Was er brauchte, war ein Dolch. Mit bloßen Händen konnte er gegen die Echsen nicht bestehen.

Die Tiere waren nur noch wenige Schritt von ihm entfernt. Es war unheimlich, wie deutlich er sie erkennen konnte. Nur ihre Augen schauten aus dem Wasser heraus, sodass ein unaufmerksamer Beobachter sie leicht für treibende Baumstämme halten konnte.

Takate spannte all seine Muskeln an. Kalte Schauer krochen seinen Rücken hinab, als die erste der beiden Bestien ihren Rachen aufriss und ihre schrecklichen Reißzähne zeigte. Er paddelte hektisch mit Armen und Beinen, um ihr zu entkommen, doch die Flussechse machte keinen Versuch, ihm zu folgen. Im Gegenteil, es sah sogar so aus, als kämpfe sie gegen die Strömung an, um nicht näher zu ihm herübergetrieben zu werden. Sie stieß ein leises Fauchen aus, so als gelte es, *ihn* abzuschrecken. Die zweite Flussechse hatte sogar abgedreht, wühlte mit ihrem gewaltigen Schwanz das Wasser auf und versuchte, in die Dunkelheit zu entkommen.

Takate kämpfte nicht mehr gegen die Strömung an. Er ließ sich auf das Gitter zutreiben und behielt dabei die fauchende Flussechse im Blick. Sie machte keinerlei Anstalten, ihm zu folgen. Warum die beiden Bestien ihn wohl verschont hatten?

»*Sie haben gespürt, dass du etwas Besonderes bist. Du bist für sie unberührbar!*«

»Ich hatte das Gefühl, sie bekämen Angst vor mir«, antwortete der Krieger in Gedanken.

»*Es ist nicht wichtig, warum du für sie unberührbar bist. Doch nun pass auf. Die eisenbeschlagenen Pfähle sind schon ganz nah.*«

Drohend zeichneten sich die Spitzen der Pfähle inmitten der Nebelschwaden ab. Sie ragten nur flach über das Wasser hinweg, und ein unvorsichtiger Schwimmer mochte sich leicht an ihnen verletzen.

»*Nicht, was du sehen kannst, ist die eigentliche Gefahr. Überlasse dich ganz meiner Führung, und ich werde dich sicher bis zum Gitter bringen.*«

»Was willst du tun?«

»*Mein Tapam teilt sich mit deinem Tapam einen Leib. Auch ich vermag deine Glieder zu bewegen. Willst du es mir gestatten? Es sind noch viele Eisenspitzen unter dem Wasser verborgen. Wenn du nicht vorsichtig bist, wirst du wie ein Schlammwühler enden, den ein erfahrener Fischer auf der Spitze seines Speeres aufspießt.*«

Ganz in der Nähe rammte ein Stück Treibholz gegen die Spitzen, und ein unangenehmes Knirschen hallte über das gurgelnde Wasser.

»Gut, Mutter, weise mir den Weg.«

Ein kalter Luftzug streifte seine Wange, und plötzlich hatte Takate das Gefühl, aus seinem Körper hinausgestoßen zu werden. Wie ein Fremder betrachtete er seinen Leib nun von außen, sah, wie sich die kräftigen Muskeln spannten und er mit zwei schnellen Schwimmstößen nach links wegtauchte. Sein Geist folgte dem Leib, so als sei er mit ihm durch eine unsichtbare Nabelschnur verbunden. Das Bett des Flusses war übersät mit spitzen Pfählen, die in langen Reihen nebeneinanderstanden und den Krieger wieder an die Kiefer der Flussechsen denken ließen, die vor ihm zurückgewichen waren. Erschrocken wunderte er sich, wie lange sein Leib unter Wasser zu bleiben vermochte. Er hätte doch längst wieder hinaufgemusst, um zu atmen! Doch unbeirrt führte ihn der Tapam seiner Mutter durch die Falle. Es schien ihm mehr Zeit zu vergehen, als die Blüte der Jaguarblume brauchte, um sich im ersten Licht des Praiosgestirns zu öffnen, bis sein Kopf endlich prustend durch die schäumenden Fluten stieß.

Er spürte, wie die warme Luft in seinen Leib strömte, fühlte keinen Schmerz und keine Erschöpfung. Er war nur noch Beobachter und doch auch auf geheimnisvolle Weise unlösbar mit seinem Körper verbunden. Fast hatten sie nun das Gitter erreicht. Ein schwacher Lichtschein fiel von dem Steinweg, der über die Sperre führte, auf das Wasser. Einen Augenblick lang konnte Takate ein blasses Gesicht erkennen, das auf das Wasser hinabstarrte. Eine Wächterin!

Sein Körper verschwand lautlos in den schäumenden Wellen. Die Strömung riss ihn gegen das Gitter, aus dem lange eiserne Dornen hervorstachen. Geschickt griff er nach ihnen und arbeitete sich höher. Er konnte sehen, welche Kraft es kostete, den Rücken gegen die Strömung des Wassers zu wölben, damit sein Leib nicht gegen die Eisendornen gedrückt wurde. Endlich war es geschafft! Wieder erhob er sich aus der sprudelnden Gischt. Sein Körper kauerte auf dem Gitter. Er wünschte ihn sich zurück. Rasch glitt er ihm entgegen, doch kurz bevor er mit ihm verschmelzen konnte, war es, als laufe er gegen eine unsichtbare Wand an. Nur eine Handbreit entfernt, war sein Leib doch in unerreichbarer Ferne.

»Was tust du? Ich will zurück!«

»*Du bist noch nicht in Sicherheit!*« Takate konnte sehen, wie sich seine Hände in die Fugen zwischen den groben Felsblöcken krallten. Vorsichtig zog sich der Krieger höher.

»Dort oben ist eine Wache! Warte, sie will in die hohe Steinhütte gehen. Sie hat uns noch nicht bemerkt.«

Der Krieger musste mit ansehen, wie sein Leib, gleich einer riesigen Spinne, die Mauer hinaufkroch. Lautlos glitt er über die Brüstung und kauerte sich in ihrem Schatten nieder. Die Wächterin stand vor einer mit einer Holzwand gefüllten Höhlung im Mauerwerk und machte sich daran zu schaffen. Neben ihr lehnte ein Speer an der Wand, und auf dem Boden stand ein kleiner Kasten, in dem ein gelbes Licht gefangen war.

»He, du!«, erklang eine fremde Stimme von Takates Lippen. Die Blasshaut drehte sich um, und der Krieger machte einen Satz nach vorne. »Was willst ...« Sie griff nach dem Speer, war jedoch zu langsam. Ein Schlag traf sie gegen den Hals. Taumelnd stürzte sie gegen die Tür. Takate konnte mit ansehen, wie sein Leib ihr den Speer entriss. Er trat zwei Schritt zurück und schleuderte die Waffe. Sie durchschlug die Brust der Frau und nagelte ihren sterbenden Körper mit dumpfem Pochen gegen die Holzwand. Einen Augenblick noch zuckten ihre Glieder ... Ein leises Gurgeln kam über ihre Lippen.

»Was ist los, Maren? Gibt's was?«, erklang eine Männerstimme vom Dach des hohen Hauses.

»Es ist alles in Ordnung! Ich bin nur mit dem verfluchten Speer gegen die Tür gestoßen.« Takate erstarrte vor Entsetzen. Er sah, wie sich die Lippen seines Mundes bewegten, doch es war die Stimme der Frau, die sprach!

»Warum hast du das getan?«, flüsterte der Krieger entsetzt. »Du hättest warten können. Nur wenige Herzschläge, und sie wäre durch die hölzerne Wand gegangen.«

»Es war notwendig! Du wirst das später vielleicht begreifen. Sie war nur eine Blasshaut. Komm jetzt zurück in deinen Leib.«

Zögernd glitt Takate näher an seinen Körper heran. Die unsichtbare Mauer war verschwunden. Einen Augenblick lang fühlte er sich schwer und müde, so als wolle das Gewicht seiner Glieder ihn zu Boden ziehen.

»Lass uns gehen. Es bleibt nur noch wenig Zeit!«
»Wozu?«
»Um ein sicheres Versteck zu finden. Spring in den Fluss! Schwimme in Richtung der Herzhand!«

Takate streckte seinen Körper. Noch einmal blickte er zu der toten Kriegerin. Seine Mutter hatte recht. Sie war nur eine Blasshaut! Mit einem Satz glitt er über die Brüstung. Sein Sprung trug ihn über die Stufe des Wehrs hinweg in das aufgewühlte Wasser, das ihn mit warmen Armen umschlang.

Die Strömung war hier deutlich stärker, und der Fluss gabelte sich in zwei Arme. Takate tat, wie ihm geheißen, und hielt sich links. Dort erhob sich ein seltsam flaches Gebilde über dem Wasser. Auf mächtigen steinernen Beinen stand es in den Fluten. Es musste einer der Wege sein, die über den Wassern schwebten. Er hatte schon einmal etwas Ähnliches gesehen, als er zu den weißen Kriegern gegangen war, denen er als Fährtensucher gedient hatte, um sie in die Falle zu locken. Der andere schwebende Weg war jedoch aus Holz gefertigt gewesen. Ganz dicht am Ufer konnte er einen eisernen Ring sehen, der in einen Felsblock eingelassen war. Mit ein paar kräftigen Schwimmstößen brach er aus der Strömung aus und griff dann nach dem Ring. Kalt schmiegte sich das glatte Metall in seine Hand.

Fackeln erschienen auf dem Weg, der am Fluss entlangführte. Eine kleine Gruppe Blasshäute kam in seine Richtung. War es möglich, dass sie ihn gesehen hatten? Der Krieger presste sich dicht an den Felsblock. Der Anführer der Blasshäute war ein dicker Kerl. Ihm folgten einige Männer und Frauen, die mit Schwertern gegürtet waren. Das flackernde Licht fiel auf goldenes Haar. Takate glaubte seinen Augen kaum! Er reckte sich ein Stück weiter vor, um besser sehen zu können. Sie war es! Jeder Zweifel war ausgeschlossen! Die Schamanin, deren Kopf er am Hügel der sprechenden Steine hatte nehmen wollen. Kamaluq machte sie ihm zum Geschenk!

»Nein, du irrst, mein Sohn! Es ist noch nicht an der Zeit, sie zu töten. Du solltest nur die Gewissheit haben, dass sie hier in der Stadt ist, genauso wie der Krieger mit dem Lockenhaar, der dich fast getötet hätte. Doch noch ist die Stunde

deiner Rache nicht gekommen. Der dicke Mann hat zu viele Krieger um sich herum. Du müsstest sterben, wenn du jetzt angreifen würdest. Bewähre dich in der Tugend des Jägers und beweise Geduld! Die Schamanin wird dir nicht entkommen!«

Die Gruppe war jetzt auf einer Höhe mit ihm, und das Licht ihrer Fackeln spiegelte sich im dunklen Wasser. Wenn nur einer von ihnen ans Ufer treten würde, um hinabzublicken, mussten sie ihn sehen. Doch keiner verharrte, und ihre Schritte eilten dem Weg entgegen, der über dem Wasser schwebte.

»Jetzt kommt deine Beute, Jäger!«

»Wo?« Takate fröstelte ein wenig.

»Blick den Weg hinab, den die anderen gekommen sind. Siehst du die dunkle Gestalt, die sich in den Schatten der Mauer drückt? Das ist der Mann, auf den wir gewartet haben. Du wirst sein Gewand tragen!«

»Ich soll mich wie die Blasshäute unter Tüchern verstecken! Mein Körper ist stark und gut gewachsen. Es gibt keinen Grund, so etwas zu tun.« Takate schüttelte sich vor Unbehagen. Er hatte nie begriffen, warum die Weißen sich mit Stoffen behängten. Wenn sie ihre Glieder mit eisernen Schalen umgaben, damit sie im Kampf schwerer zu verletzen waren, dann konnte er das verstehen, aber Tücher ... Sie würden einen nur behindern, ohne irgendwelchen Nutzen zu bringen.

»Seine Robe ist weit. Sie wird dich im Kampf nicht mehr stören, wenn du dich erst einmal an sie gewöhnt hast. Sie wird für dich das sein, was im Wald die Blätter eines dichten Busches sind. Ein Versteck! Du bist ein guter Jäger und kennst die Gesetze des Waldes, doch hier ist alles ganz anders. Du brauchst diese Kleider, wenn du überleben willst. Vertraue mir!«

Die geduckte Gestalt verharrte jetzt im Schatten eines hohen Hauses, das sein Haupt weit über eine Mauer erhob, die die waldbedeckte Hügelflanke gegen die Straße abgrenzte.

Mit einem Ruck zog sich Takate die Uferbefestigung hinauf und drückte sich flach auf den Boden. Der Schatten am Turm verharrte noch immer. Er schien die Krieger zu beobachten, die dem dicken Mann auf dem Weg folgten, der über dem Wasser schwebte. Ob er ein Jäger war?

Jetzt bewegte sich die Gestalt, blieb aber weiter im Schatten des hohen Hauses. Takate stieß sich vom Boden ab. Mit drei weiten Sätzen überquerte er den steinernen Pfad. Erschrocken drehte sich die Gestalt vor ihm um. Unter der weiten Kapuze des Mantels schimmerte das blasse Gesicht eines jungen Mannes.

»Wer bist du? Ich habe kein Geld! Du siehst doch, dass ich die Robe des ...«

Ein Tritt in den Bauch brachte den Mann zum Schweigen. Lautlos sank er in sich zusammen.

»*Streif sein Gewand ab, und dann töte ihn! Er ist eine Schlange!*«

Takate gehorchte dem Befehl. Der dünne Stoff fühlte sich angenehm an zwischen seinen Fingern. Er war so zart wie Blütenblätter. Das Gewand war weit geschnitten und würde ihm wohl passen, obwohl er größer und kräftiger als die Blasshaut war. Verwundert musterte er den Leib des Mannes, den er niedergeschlagen hatte. Er war schlank und zerbrechlich. Ein Jäger oder Krieger war dies gewiss nicht gewesen! Warum er den anderen wohl gefolgt sein mochte?

»*Er ist ein Heuchler. Einst hat er geschworen, sein Leben dem Dienst an seinem Gott zu weihen. Doch in Wahrheit dachte er immer nur an sich. Er wollte Macht und glaubte, er könne sie auf diesem Wege erlangen. Nur weil er seinen Gott verraten hat, kannst du diese Robe berühren, ohne dass es dir Schmerzen bereitet. Lass sie nun zu Boden fallen. Ich werde die Geister rufen, damit sie das Gewand für dich reinigen und du es tragen kannst.*«

Takate tat, wie ihm geheißen, und kaum hatte das Kleidungsstück den Boden berührt, da floss ein bläuliches Licht die Falten des Stoffes entlang, und ein seltsamer Geruch stieg von ihm auf. Die Erscheinung dauerte nicht länger als zwei oder drei Herzschläge. Dann war es wieder dunkel.

»*Die Robe ist nun für dich bereit. Sie wird dir so gut passen, als habe man sie nur für dich genäht. Leg sie an, und dann töte den Mann. Doch achte darauf, dass sein Gesicht gut zu erkennen bleibt, und lass ihn hier vor der Mauer liegen. Danach will ich dir einen Ort zeigen, an dem du dich verstecken kannst.*«

Elena betrat gleich hinter Oboto den großen Raum im Haupthaus der Garnison auf der Söldnerinsel. Dort zwischen den Bänken saß in sich zusammengesunken eine schmächtige Gestalt, Arme und Beine mit mächtigen Eisenbändern gefesselt. Als sie hereinkamen, wendete der Gefangene den Kopf. Sein Gesicht war von einem kurz geschorenen schwarzen Bart gerahmt, in dem sich erste graue Strähnen zeigten. Seine Haut war dunkel wie bei den meisten Bewohnern der Wüste. Sie kannte ihn. Kaum zwei Jahre waren vergangen, seit sie ihn das letzte Mal gesehen hatte.

»Warum?« Der Gefangene hob klirrend die Ketten und starrte den Marschall an.

Oboto lachte. Elena wusste, dass der Mann schon seit mehr als fünf Stunden in diesem Saal wartete. Der Marschall hatte gewünscht, dass ihm Zeit zum Nachdenken bliebe. Oboto war überzeugt davon, dass es danach leichter sein würde, den Magier zu gewinnen, doch Elena war sich dessen nicht sicher.

Der Marschall ließ sich hinter dem Gefangenen auf einer der breiten Holzbänke nieder. »Sieh diese Behandlung als Zeichen Unserer Ehrerbietung. Wir wissen sehr viel über dich, Ariel ben Drou. Heißt dein Name nicht in unserer Sprache der *Löwe Gottes*? Und bist du nicht ein Hairan unter den Beni Schebt? Wir wissen auch, dass du in Rashdul studiert hast, dort deinen Titel als Magister erlangtest und sogar einige Jahre als Lehrer an der Akademie verbracht hast. Natürlich wissen wir auch um dein Fachgebiet. Hat nicht einer deiner Dschinne die prächtige Kuppel des westlichsten Turms der Akademie geformt? Man sagt, sie sei ein wahres Meisterwerk geworden.«

»Dein Gefallen an meinem Lebensweg schmeichelt mir, edler Marschall, doch muss ich gestehen, dass ich mich noch wesentlich mehr geschmeichelt gefühlt hätte, wenn du in mein Haus gekommen wärest und wir uns wie zwei gebildete Menschen unterhalten hätten. Mich in Ketten zu legen, ist deiner unwürdig.«

Oboto lächelte dünn. »Vielleicht, doch Wir wollten sicher sein, dass du noch hier bist, wenn Wir kommen. Da Wir deine Begabungen kennen, wissen Wir, wie leicht es dir fallen würde, diesen Ort hier zu verlassen und dabei möglicherweise sogar noch einiges Unheil anzurichten. Du siehst also, dass ein guter Ruf auch Bürden mit sich bringt.«

Der Zauberer neigte sein Haupt. Trotz der Fesseln hatte er nichts von seiner Würde eingebüßt. »Wessen bin ich angeklagt? Euer Recht verbietet es, einen Unschuldigen in Eisen zu legen.«

»Wer ist in dieser Stadt schon unschuldig? Man sagt, dass du im Bunde mit El Harkir stehst und bei der Entführung des Großadmirals Darion Paligan geholfen hast. Wenn man deine Fähigkeiten bedenkt, würde das sogar einiges erklären.«

»Wer wagt es, mich auf so infame Art zu beschuldigen? Das ist Lüge! Dafür kann es keinen Beweis geben!«

Oboto lächelte böse. »Manchmal mag allein das Wort eines Mannes als Beweis genügen. Außerdem bist du ein Novadi wie El Harkir. Das allein wird die meisten Richter schon überzeugen, wenn Wir dich anklagen lassen.«

»Ich bin ein Beni Schebt! Du weißt, dass das ein Unterschied ist, Marschall. Doch ich füge mich deiner Gewalt. Was wünschst du von mir?«

»Wir wünschen, dass etwas aus der Erde geborgen wird, ohne Sumus Leib dabei zu verletzen. Es geht darum, die Gebeine einiger Toter zu bergen, um sie zur letzten Ruhe

betten zu können. Im Grunde eine ehrenvolle Aufgabe.«
Oboto nickte in Elenas Richtung. »Deine Schülerin und Orlando, Unser Leibmagier, werden dir erklären, was zu tun ist. Doch zuerst gib uns dein Wort, dass du Uns helfen wirst. Im Gegenzug erhältst du Unser Versprechen, auf welches hin Wir dafür sorgen werden, dass alle Klagen gegen dich niedergeschlagen werden und du wieder als freier Mann an der Universität unterrichten kannst.«

»Habe ich eine Wahl?«

»Man hat immer die Wahl, doch nicht jede Entscheidung ist klug, mein Freund. Wir versprechen dir, dass es dein Schaden nicht sein soll, Uns zu helfen. Ist zum Schluss alles zu Unserer Zufriedenheit verlaufen, werden Wir uns gewiss erkenntlich zeigen.«

»Nun gut, Marschall von Al'Anfa. So schwöre ich bei Rastullah und den Gebeinen meiner Ahnen, dass ich dir zu Diensten sein werde, so wie du es von mir verlangst, und dass ich keinen Versuch unternehmen werde, dich zu hintergehen oder dir zu entfliehen.«

Oboto gab den Wächtern, die ihn begleitet hatten, einen Wink. »Befreit den Mann von seinen Fesseln. Er wird Uns als Gast in Unseren Palast begleiten.«

Elena sah zu, wie die eisernen Bänder gelöst wurden – und erschauderte. Sie wusste sehr gut, dass ein Eid, den ein Rechtgläubiger unter Zwang gegenüber einem Heiden ablegte, niemals bindend war. Ganz gleich, auf wen der Gläubige geschworen hatte. Und sie war sich sicher, dass Ariel diese Schmach nicht einfach auf sich sitzen lassen würde. Es mochten ein paar Gottesnamen oder vielleicht sogar viele Jahre vergehen, aber er würde sich für das rächen, was Oboto ihm angetan hatte, und vielleicht würde sein Zorn sich auch auf all jene erstrecken, die dem Marschall bei seiner Schandtat geholfen hatten.

Endlich befreit, erhob sich der geschundene Magier und reckte die Glieder. Dann warf er Elena einen langen, finsteren Blick zu.

Lilith hatte kein gutes Gefühl, als sie durch die Trümmer des eingestürzten Torbogens in den ausgebrannten alten Palast stieg. Dort, wo sich einst ein mächtiger Saal erhoben hatte, wuchsen jetzt Bäume und dichtes Gestrüpp. Am anderen Ende der Halle flog zirpend ein Vogel in den Nachthimmel. Er war also schon da!

Leise fluchend arbeitete sich die Meuchlerin durch das Dickicht. Wo ihr Auftraggeber wohl steckte? Es war nicht die geringste Spur von ihm zu sehen. Nicht einmal ein abgebrochener Ast oder eine umgeknickte Blüte wiesen darauf hin, dass vor ihr jemand hier entlanggegangen war. Ob es wohl noch einen anderen Weg gab? Was sollte dieses Treffen überhaupt? Sie wusste, dass sie versagt hatte. Nun gut ... Aber was hieß das schon? Sie hatte daraus gelernt und würde ihren Fehler nicht wiederholen. Die nächste Begegnung mit diesem Fechter würde der elende Bastard nicht überleben. Sie hatte zwei gute Schützen angeheuert. Selbst wenn einer von ihnen sein Ziel verfehlen sollte – dass beide nicht trafen, war ganz und gar unmöglich! Tikian war schon jetzt tot! Er wusste es nur noch nicht

Mit dem Handrücken wischte sie sich den Schweiß von der Stirn. Es war elendig schwül in dieser Nacht. Sicher würde es noch vor dem Morgengrauen ein Gewitter geben. Warum ihr Auftraggeber nur auf diesem Treffen bestanden hatte? Sie könnte sich stattdessen jetzt mit Barko amüsieren. Es tat gut, Gold zu besitzen. Die letzten Tage waren, abgesehen von dem fehlgeschlagenen Auftrag, ein rauschendes Fest gewesen. Vielleicht konnte sie den alten Mann ja davon überzeugen, dass es sehr schwer war, Tikian zu töten – und so noch etwas Geld aus ihm herauskitzeln, oder ... Der Kerl hatte sicher eine prall gefüllte Geldkatze an seinem Gürtel. Es war unwahrscheinlich, dass er irgendjemandem erzählt hatte, wohin er ging. Über diese Art von Geschäften plauderte man nicht.

Lilith musterte das dichte Gestrüpp. Eigentlich war dies ein geeigneter Ort, um ihn zu Boron zu schicken. Es mochten

Tage vergehen, bis sich noch einmal jemand in dieses verfallene Gebäude verirrte. Die Meuchlerin lächelte und strich über den Knauf des neuen Kurzschwerts an ihrer Seite.

»Du kommst spät.«

Erschrocken drehte Lilith sich um und starrte ins Dunkel. Ein Mann in einem langen roten Mantel trat aus einer Nische in der verfallenen Außenwand. Erst vor ein paar Herzschlägen war sie dort vorbeigekommen! Warum hatte sie ihn nicht bemerkt? Sie wurde nachlässig!

»Entschuldigt, Herr, ich ... ich wurde aufgehalten.«

Ihr Gegenüber war von schwer zu schätzendem Alter. Er mochte zwischen fünfzig und siebzig Sommern gesehen haben. Sein Haar war kurz geschoren und grau, das Gesicht schmal, mit strengen Zügen. Die grauen Augen des Alten musterten sie kalt. Lilith war sich gewiss, dass er weder zu einer der Grandenfamilien noch zu einer der Reeder- und Kaufmannssippen gehörte. Sie hatte ihn nie zuvor gesehen, und doch konnte angesichts seines Auftretens kein Zweifel daran bestehen, dass er ein Mann von Macht und Einfluss war.

»Wie ich sehe, bringst du mir nichts mit, Lilith. Ich muss sagen, dass ich von dir enttäuscht bin. Du hattest mir einen Kopf versprochen für diese Nacht!«

Die Meuchlerin leckte sich unruhig über die Lippen. Das selbstsichere Auftreten des Alten verunsicherte sie. Hatte er denn gar keine Angst vor ihr? »Ihr habt mir nicht gesagt, wie gefährlich dieser Fechter ist. Beim ersten Versuch, ihn zu töten, habe ich drei meiner Männer verloren. Aber ein solcher Fehler wird mir kein zweites Mal unterlaufen. Ich habe zwei neue Gefährten angeworben ... Es sind Armbrustschützen aus dem Lieblichen Feld. Sie werden ihre Arbeit gut machen. Übrigens sagt man, dass auch der Gesandte des Alten Reiches starkes Interesse am Kopf des Fechters zeigt. Man hat mir eine Summe genannt, die er angeblich zu zahlen gewillt ist. Sie liegt deutlich über Eurem Gebot, Herr.«

»Doch du hast mein Geld schon genommen, Lilith. Damit bist du mir verpflichtet. Ganz gleich, welches Gebot man dir sonst noch machen mag.«

Die Meuchlerin lächelte dünn. »Wir sind hier nicht unter Ehrenmännern. In diesem Geschäft herrschen andere Gesetze, als sie unter den großen Handelshäusern gelten mögen.«

»Du glaubst also, dass du mir deine Bedingungen diktieren kannst?«, fragte der Alte kühl.

»Ich bin keine Freundin von geschliffenen Worten. Die Sache ist ganz einfach. Du hast mir fünfzig Dublonen gegeben, damit ich dir den Kopf des Fechters bringe. Es hat sich gezeigt, dass du mich betrogen hast und dieser Mann sehr viel schwerer zu töten ist, als ich annehmen konnte. Ich musste zusätzliche Männer anwerben und hatte hohe Unkosten. Gib mir noch einmal fünfzig Dublonen, und ich verspreche dir, in zwei Tagen werde ich dir seinen Kopf zu Füßen legen.«

Der Alte strich sich mit dem Daumen über die Unterlippe und schüttelte langsam den Kopf. »Einen Betrüger hat mich bisher noch niemand genannt ... Ich habe den Eindruck, dass ich dich überschätzt habe. Ich mache dir nun ein Angebot, Lilith. Zahle mir auf der Stelle mein Gold zurück, und ich werde versuchen zu vergessen, dass du mich enttäuscht hast.«

Die Meuchlerin lachte heiser und trat einen Schritt zurück. Was bildete dieser Alte sich ein? Ihre Hand ruhte auf dem Griff des neuen Kurzschwerts. »Ich habe das Geld nicht mehr. Was glaubst du, wer du bist, dass du es wagst, von mir etwas zu verlangen? Hast du keine Angst? Ich könnte dir die Kehle durchschneiden, deine Börse nehmen und einfach verschwinden. Mach, dass du wegkommst!«

»Glaubst du, ich würde dir den Rücken zudrehen?« Der Alte wirkte nach wie vor gelassen, und seine Selbstsicherheit begann Lilith zu beunruhigen. »Ich kenne deinesgleichen, Meuchlerin, und das ist der Grund, warum ich keine Angst habe. Ich weiß, dass ich nicht in Gefahr bin.«

Lilith zückte ihr Schwert. »Das ist dein letzter Fehler, Kaufmann. Mach deinen Frieden mit Boron, denn du wirst ihm noch in dieser Nacht begegnen.«

»Wusstest du, dass eine Dame von zweifelhaftem Ruf einen Preis auf deinen Kopf ausgesetzt hat, Lilith? Mir scheint, du hast dich gerade entschieden, doch noch deine Schulden bei mir zu begleichen. Ein wirklich netter Zug von dir ...« Er schnippte mit den Fingern.

Die Meuchlerin wollte vorwärtsstürmen, doch noch bevor sie den ersten Schritt tun konnte, traf sie ein Schlag. Benommen taumelte sie zurück und starrte ungläubig auf den schwarzgefiederten Pfeil, der aus ihrer Brust ragte. Der Schaft war mit einer seltsamen Schnitzarbeit verziert. Es schien, als winde sich um ihn eine Schlange, die nun in ihr Herz kriechen wollte.

Lilith versuchte, sich wieder aufrichten, doch alle Kraft war aus ihren Gliedern gewichen. Eine Hand glitt dicht über ihr Gesicht hinweg. »Weißt du, warum nicht ich meinen Frieden mit Boron machen muss, dummes Weib? Boron ist stets an meiner Seite, und es gibt Leute, die sagen, dies hier sei seine Hand!«

Lilith blinzelte die Tränen aus den Augen. Sie wollte etwas antworten, doch der Schmerz in ihrer Brust schnürte ihr die Kehle zu. Der Alte trat zur Seite. Hinter ihm war eine junge, dunkelhaarige Frau erschienen.

»Du weißt, wohin du gehen musst?«

Die Frau nickte, und der Alte zog sich ins Dunkel zurück.

Lilith spürte, wie ihr warmes Blut über die Lippen rann. Der Schmerz ließ langsam nach. Ihr war kalt. Die fremde Frau hatte ein langes, gebogenes Messer in der Hand und beugte sich zu ihr hinab.

KAPITEL 16

Mira blickte angewidert auf die Leiche, die man aus der Grube gezogen hatte – und fluchte. Schon wieder eine Tote! Und auch diese Leiche war gehäutet worden! War es ein Fehler gewesen, Tikian zu vertrauen? Selbst als Sklave hatte er sich noch fast frei in der Stadt bewegen können. Gelegenheit hätte er genug gehabt. Sie blickte zu dem jungen Medicus, der neben der Leiche kniete und sich gerade die Hände in einem Eimer mit frischem Wasser wusch.

»Kannst du mir sagen, wie lange die Frau schon tot ist?«

Er zuckte mit den Schultern. »Das ist schwer zu sagen. Der Zustand der Haut ist wichtig, um festzustellen, wie alt eine Leiche ist, jedenfalls wenn es nur um wenige Tage geht. Soll die Tote zur näheren Untersuchung auf die Söldnerinsel geschafft werden?«

»Dazu ist eine Genehmigung des Borontempels notwendig. Du weißt, dass du anderenfalls von der Inquisition belangt werden könntest. Denkst du, es macht Sinn, den Leichnam zu öffnen?«

Der Medicus zuckte mit den Schultern. »Bis jetzt kann ich dir nur wenig sagen. Dieser Klumpen Fleisch war einmal eine junge Frau. Ihr Alter schätze ich auf zwischen zwanzig und dreißig Jahren. Hier im Hinterhof fanden sich keinerlei Blutspuren. Die Jauchegrube habe ich nicht weiter untersucht. Doch ich denke, das wäre auch sinnlos. Meiner Meinung nach wurde sie woanders getötet. Beweisen kann ich das allerdings nicht. Vielleicht wäre es sinnvoll, auch einen Magus zur Untersuchung der Leiche heranzuziehen ...«

»Du willst doch nicht etwa unheilige Rituale ausüben?« Mira hatte die Worte nur geflüstert und war ein wenig näher an den Medicus herangetreten. Beunruhigt blickte sie über die Schulter. Die Wachen, die den Hof gegen Schaulustige abriegelten, standen nur fünf Schritt entfernt. Hoffentlich hatten sie nichts gehört.

»Ich schwöre bei Boron, dass ich keine frevlerischen Gedanken gehegt habe!« Auch der Medicus flüsterte jetzt. »Es gibt Möglichkeiten, etwas über den Ablauf des Mordes herauszufinden, ohne dabei den Frieden der Toten zu stören.«

»Besuche mich zur Mittagsstunde in meiner Amtsstube. Dort können wir ungestörter reden. Und jetzt noch einmal zu den Tatsachen. Wie lange ist die Frau tot?«

»Schwer zu sagen.« Der Medicus strich sich mit dem Handrücken eine Haarsträhne aus dem Gesicht. »Ich denke, es sind ungefähr zwei Tage seit dem Mord vergangen. Mir ist allerdings unbegreiflich, wie die Täter es geschafft haben, ihr so sauber die Haut abzuziehen. Nirgends sind Spuren eines tieferen Schnittes zu finden. Wer auch immer das war, hat das nicht zum ersten Mal gemacht.«

Mira nickte. »Ich weiß. Sprich zu niemandem darüber, auf welche Weise die Frau umgekommen ist. Ich möchte nicht, dass es zu Unruhen kommt. An Tote ist man hier ja gewöhnt. Aber dieses Häuten ...«

»Der Mörder wird sicher nicht hier im Hof zugeschlagen haben. Er brauchte Licht und Zeit. Hier hätte er zu leicht überrascht werden können. Wenn du mich fragst, wird man das Mädchen irgendwo in der Nähe getötet haben, und dann hat man sie hierhergeschafft. Sie über eine weite Strecke zu tragen, wäre zu auffällig gewesen.«

»Und kannst du mir irgendetwas über die Frau selbst sagen? Hat man vielleicht etwas Persönliches bei ihr gefunden? Einen Ring, ein Kettchen ...«

Der Medicus lachte boshaft. »Sieh sie dir doch an. Ich kann dir nicht einmal sagen, welche Haarfarbe sie hatte. Da ist nichts übrig geblieben ... Sie könnte sogar eine Mohin oder eine Tulamidin gewesen sein, und ich würde es nicht mehr erkennen.« Der junge Mann senkte die Stimme. »Das ist auch der Grund, warum ich gerne noch einen Magus zu Rate ziehen würde. Hier geht es meiner Meinung nach nicht mit rechten Dingen zu!«

»Diese Meinung behältst du gefälligst für dich. Verstanden? Ich werde jetzt zum Neuen Tempel gehen und darum bitten, dass man einen Borongeweihten zur Wache auf die Söldnerinsel schickt. Der soll entscheiden, wie weiter vorzugehen ist. Ich werde auch ein paar Männer mit einer Bahre herbeordern. Sorge du dafür, dass das Mädchen in Tücher gehüllt wird und dass möglichst keine Schaulustigen sehen, wie man sie zugerichtet hat. Ich möchte nicht, dass irgendwelche Gerüchte über einen Häuter die Runde in der Stadt machen.«

Der junge Medicus nickte ernst. Mira wunderte sich, wie dieser Jüngling das hier nur durchstehen konnte. Sie war froh, dem engen Hof entfliehen zu können. Der Gestank der Jauchegrube und diese Leiche ... Gut, dass sie noch nicht dazu gekommen war, etwas zu essen. Man hatte sie beim Morgengrauen aus dem Bett geholt und ihr von dem Leichenfund berichtet. Die Grube gehörte zu einer Rauschkrauthöhle. Der Besitzer hatte ein paar Rattenmenschen damit beauftragt, die Grube zu entleeren, und dabei war die Leiche entdeckt worden.

Die Offizierin drängte sich fluchend durch die Menge der Schaulustigen und ging die Straße bis zur Steilklippe hinab. Von dort blickte sie nach Norden zum Silberberg, an dessen östlicher Spitze der Neue Tempel lag. Seine polierten Mauern aus schwarzem Basalt schimmerten rötlich im Morgenlicht. Mira hatte nicht gern mit Borongeweihten zu tun. Die schweigsamen Priester waren ihr unheimlich. Aber es gab niemanden, der ihr diesen Weg abnehmen konnte.

Tikian folgte der kleinen Gruppe abgerissener Gestalten im ersten Dämmerlicht die steile Bergflanke hinauf. Sie hatten ihn längst bemerkt. Hin und wieder warf einer von ihnen einen Blick zurück, um zu sehen, ob er immer noch da war, und er gab sich keine Mühe, sich vor ihnen zu verstecken. Es war erstaunlich, zu welchen Kraftanstrengungen die hageren Bettler noch in der Lage waren. Die meisten von ihnen trugen große geflochtene Körbe auf dem Rücken. Ihre Kleider waren jene Lumpen, die selbst die Ärmsten in der Stadt nicht mehr tragen mochten. Dutzendfach geflickte Fetzen, deren ursprüngliche Farbe sich meist kaum noch erraten ließ. Sie trugen breitkrempige, ausgefranste Strohhüte auf den Köpfen und stützten sich bei dem langen Anstieg auf knotige Holzstäbe.

Tikian hielt einen Augenblick inne, um Atem zu schöpfen. Zwei Stunden schon folgte er ihnen. Er hatte versucht, mit den Rattenmenschen in den Straßen der Stadt ins Gespräch zu kommen, sie nach Dulcinea zu fragen, doch sie waren ihm stets ausgewichen.

Der Fechter drehte sich um und blickte den Weg zurück, den er gekommen war. Die Stadt lag hinter einem breiten Ausläufer des Visra verborgen, jenes längst verloschenen Vulkans, der sein schwarzes Haupt hoch über Al'Anfa erhob. Hier und dort ragten schroffe Basaltklippen zwischen dem Grün auf. Der letzte Morgendunst am Grund des Tals verging unter den Strahlen des Praiosgestirns, die langsam den Schatten des Berges zusammenschmelzen ließen. Ein Schwarm roter Vögel mit langen blauen und grünen Schwanzfedern kam kreischend von der anderen Seite des Tals herübergeflogen. Wie sehr sich dieses Land doch von seiner Heimat unterschied. Obwohl es Winter war, blühten überall noch prächtige Blumen, und der süße Duft von Mangofrüchten hing in der Luft.

Der Fechter sah den Rattenmenschen hinterher. Die meisten waren jetzt zwischen den Bäumen verschwunden. Nur zwei konnte er gerade noch erkennen. Sie waren stehen geblieben. Einer schnallte den Korb von seinem Rücken, der andere nahm ihn auf und ging dann weiter. Blieb der eine zurück, um auf ihn zu warten?

Mit langen Schritten eilte der Fechter den Hang hinauf und war ganz außer Atem, als er endlich den Felsen erreichte, auf dem der Nachzügler hockte.

»Hast du auf mich gewartet?«

Schweigen.

»Kannst du mich verstehen?« Er tippe mit der Hand auf seine Brust. »Ich heiße Tikian. Ti – ki – an.«

Der Fechter war sich nicht sicher, ob er es mit einem Mädchen oder einem Jungen zu tun hatte. Sein Gegenüber war schlank, ausgemergelt. Strähniges dunkles Haar hing dem Bettler ins Gesicht. Jetzt erst blickte er zu seinen Füßen. Sie waren mit Streifen aus schmutzigen Lumpen umwickelt, durch die sich dunkle Flecken abmalten. »Du bist ja verletzt. Soll ich dir helfen?« Er versuchte, den Bettler auf die Arme zu nehmen, doch er rutschte ein Stück von ihm weg.

»Ist es noch weit bis zu deinem Dorf? Soll ich dorthin gehen und Hilfe holen?«

Keine Antwort.

Er griff in den Leinenbeutel, den er über der Schulter trug, und kramte einen Brotfladen daraus hervor, den er in zwei Teile zerbrach. »Hast du Hunger?« Er legte die größere der beiden Hälften auf den Felsen und begann dann zu essen.

Zögernd streckte die Gestalt ihre hagere Hand vor und griff nach dem Brot. Sie strich sich das Haar zurück und biss ein großes Stück ab, ließ Tikian dabei aber keinen Augenblick aus den Augen.

Als er das Gesicht des Bettlers sah, machte der Fechter unwillkürlich einen Schritt zurück. Es war von eitrigem Ausschlag zerfressen, und dort, wo eine Nase hätte sein sollen, klaffte nur noch ein dunkles Loch. Auch die Lippen waren fast vollständig verschwunden, sodass nichts die beiden makellosen Zahnreihen des Geschöpfs verdeckte. Nur die großen, traurigen blauen Augen erschienen in diesem zerstörten Gesicht noch menschlich. Tikian schämte sich dafür, wie deutlich man ihm sein Entsetzen wohl ansehen musste.

Hastig kauend verschlang die Gestalt den Rest des Brotes und strich sich dann wieder die Haare vors Gesicht.

»Es ... es tut mir leid«, murmelte Tikian leise. Er sah zu Boden, denn er konnte den Blick der blauen Augen nicht ertragen. »Kann ich irgendetwas für dich tun?«

»Sieh mich an!«, erklang eine helle Mädchenstimme. »Jetzt, da du weißt, wie ich aussehe, willst du mich da immer noch tragen? Kannst du den Gestank der schwärenden Wunden aushalten? Die Berührung meines kranken Fleisches?«

Der Krieger schluckte. Dann überwand er seine Scheu. Das Mädchen hatte sein Gesicht noch immer hinter ihren Haaren verborgen, und er war ihr dankbar dafür. »Ich ...«

»Die anderen, die mit mir in meiner Hütte leben, haben es nicht bekommen ... Du solltest mich vielleicht nur nicht küssen.« Sie lachte freudlos und abgehackt.

Der Fechter leckte sich verwirrt über die Lippen. Dann nickte er schließlich. »Ich will dich immer noch tragen. Ist es weit?«

»Was willst du eigentlich in unserem Dorf?« Sie blickte zu dem Rapier und dem Parierdolch an seinem Gürtel. »Männer wie du kommen sonst nicht zu uns.«

»Ich suche eine alte Frau. Dulcinea. Kennst du sie?«

»Was willst du von ihr? Sie hat niemandem etwas getan. Ich warne dich, wir sind zwar schwach, aber wir sind viele. Wenn du versuchst, ihr ein Leid zuzufügen, wirst du es bereuen.«

»Keine Sorge, ich möchte nur mit ihr reden. Sie ist doch schon sehr alt. Ich suche jemanden, der vor langer Zeit in der Stadt lebte. Vielleicht hat sie ihn gekannt.«

Das Mädchen musterte Tikian mit durchdringendem Blick. Dann nickte sie. »Vielleicht. Unser Dorf liegt in dem Tal hinter diesem Hügelkamm.« Stöhnend versuchte sie auf die Beine zu kommen.

Der Fechter beugte sich vor und nahm sie auf die Arme. Sie war leicht wie eine Feder. Mit der Linken griff er nach ihrem Stab, den sie gegen den Fels gelehnt hatte. »Wie alt bist du, meine kleine Prinzessin?«

»Ich wurde in dem Jahr geboren, als die Seuche wütete. Wie du siehst, habe ich die Zorganpocken überlebt. Im nächsten Praios sind seitdem fünfzehn Sommer vergangen.«

»Hast du schon einmal von Feen gehört? Man sagt, sie seien genauso leicht und zierlich wie du.«

Das Mädchen schüttelte den Kopf.

»Gestattest du, dass ich dir auf dem Weg zum Dorf die Zeit mit dem Feenmärchen vertreibe, das mir meine Kinderfrau immer erzählt hat, als ich noch ein kleiner Junge war?«

»Gerne. Bargosch erzählt auch manchmal Märchen. Er hat in der Arena beide Beine verloren und lebt jetzt bei uns. Leider erzählt er immer nur dieselben Geschichten.«

»Nun, dann hoffe ich, dass du meine nicht schon kennst.« Tikian begann den Hügel hinaufzusteigen.

»Es begab sich vor langer Zeit, in einem Winter, als alle Täler mit Schnee gefüllt waren und eisige Winde von den Bergwipfeln hinabwehten, dass die Eisfee in einem silbernen Pferdeschlitten ihren Kristallpalast auf dem Sternenberg verließ und ...«

Das Dorf der Rattenmenschen bestand aus einer Ansammlung niedriger Hütten und einiger Höhlen, die in die Hügelflanke gegraben waren. Die armseligen Behausungen duckten sich dicht an die schwarze Vulkanerde, die Wände waren notdürftig mit morschen Brettern vernagelt, und auf den Dächern stapelten sich etliche Schichten aus faulenden Palmwedeln und Schilfrohr.

Die Leute beachteten Tikian kaum, als er mit dem Mädchen auf den Armen ins Dorf kam. Hin und wieder begegnete ihm ein Blick, doch niemand sprach ihn an. Trotzdem fühlte er sich vertraut. Es war keine Feindseligkeit in dem Verhalten der Bettler. Tikian hatte eher das Gefühl, als habe man ihn erwartet und als sei es ganz selbstverständlich, dass er hier war.

Das Mädchen gab ihm ein Zeichen, sie auf den Boden zu setzen, und wies dann auf ein merkwürdiges *Gebäude*, das sich abseits der Hütten an der Hügelflanke erhob. »Du musst dorthin gehen und beten. So ist es Brauch bei uns. Jeder, der neu ins Dorf kommt, stellt sich der Göttin vor.«

»Der Göttin?«

»Sie erwartet dich sicher schon. Geh nur, du brauchst keine Angst vor ihr zu haben. Sie ist niemals zornig.«

Unsicher blickte Tikian zu dem seltsamen Tempel. Das Gebäude hatte keine Wände. Es gab lediglich eine Anzahl von Pfeilern und Querbalken, die ein Dach aus Palmwedeln trugen, an dem sich weiße Blüten emporrankten. Von den Querbalken hingen Hunderte von Schnüren, in die bunte Stofffetzen und andere Gegenstände eingewoben waren, die er auf die Entfernung nicht erkennen konnte.

Langsam schritt der Fechter den Hügel hinan. Ein leises, seltsam melodisches Klimpern erklang vom Tempel her. Die Schnüre wiegten sich sanft in dem leichten Wind, der durch die Bäume den Hügel hinabstrich. Tikian konnte nun deutlicher erkennen, was alles in die Bast- und Lederschnüre hineingeflochten war. Bunte Federn von Dschungelvögeln, Scherben von zerbrochenen Gläsern, hier und dort gab es auch ein kleines poliertes Metallstück oder eine Münze. Stofffetzen in allen nur erdenklichen Farben, blanke Knochen, in die Löcher gebohrt waren, so wie in eine Flöte, Muscheln, Schneckenhäuser und Hunderte getrockneter Blumen schmückten diesen eigenartigen Tempel, der sich so dicht an die Hügelflanke anlehnte, als sei er aus ihr herausgewachsen. Das Gebäude war eigentlich eher ein Schrein, sehr klein, vielleicht dreieinhalb Schritt lang und zwei breit.

Vorsichtig zerteilte Tikian das Gespinst aus Schnüren und trat ein. An der Stirnwand des winzigen Raumes war eine Höhle in die Bergflanke gegraben, in der eine blumengeschmückte Statue stand. Das Bildnis zeigte eine Frau mit ausgebreiteten Armen und war aus Holz geschnitzt. Vor dem Götterbild stand eine kleine Laterne mit Fenstern aus buntem Glas auf einem Sockel aus schwarzem Stein.

Tikian war zugleich überrascht und erleichtert, inmitten dieses Elends einen Schrein der Göttin Travia vorzufinden. Halb hatte er befürchtet, dass hier irgendwelche obskuren Götzen verehrt würden. Vor der Göttin der Gastfreundschaft und des Herdfeuers aber konnte er sein Knie beugen. Sie gehörte zum Pantheon der Zwölf, die auch im Alten Reich angebetet wurden.

Ehrfürchtig neigte der Fechter sein Haupt und verharrte eine Weile in stummem Gebet. Als er den Tempel verließ, erwartete ihn eine Gruppe von vielleicht zwanzig Rattenmenschen. Sie wurden von einer Frau mit strähnig grauem Haar angeführt, die ihm eine hölzerne Schale mit Milch reichte.

»Wir heißen dich willkommen in unserem Dorf, Fremder, und bitten dich, den Frieden unserer Gemeinschaft zu achten. Nimm diesen Trunk zum Zeichen unserer Gastfreundschaft.«

Tikian hob die Schale an die Lippen und leerte sie mit einem Zug. Die Milch schmeckte ein wenig säuerlich. Er wischte sich mit dem Handrücken über die Lippen und lächelte. »Ich danke euch für euer freundliches Willkommen. Wie es der alte Brauch gebietet, habe ich Brot und Salz mitgebracht und möchte gern mein Mahl mit euch teilen.« Der Fechter vermied es, in die Gesichter der Bettler zu sehen. Fast alle waren von Hunger und Krankheit ausgezehrt oder durch grässliche Narben entstellt. Die meisten der Dorfbewohner schienen auf die eine oder andere Art verkrüppelt zu sein. Er sah blinde Frauen, Männer, denen Gliedmaßen fehlten, Gestalten mit einem mächtigen Buckel und Alte, deren Geist verwirrt schien.

Tikian ließ sich auf die Erde nieder und begann, seine Geschenke aus dem Leinenbeutel an seiner Seite zu packen.

Er breitete ein weißes Tuch auf dem Boden aus und legte dort nebeneinander zwei runde Brotlaibe, einen Fisch und ein großes Stück Schinken hin. Dazu kamen noch zwei kleine Leinenbeutel, die Salz und Pfeffer enthielten. Aus den Augenwinkeln konnte er beobachten, wie sich einige der Bettler gierig die Lippen leckten, doch niemand ließ sich neben ihm nieder.

»Wir können deine Gaben nicht annehmen, bevor du nicht erklärt hast, warum du in dieses Dorf gekommen bist. Ohne dich beleidigen zu wollen, erlaube ich mir doch festzustellen, dass du nicht wie ein Mann aussiehst, der allein aus Menschenfreundlichkeit gekommen ist.«

Tikian räusperte sich verlegen. Dann nickte er. »Du hast recht. Ich habe gehört, dass unter euch eine alte Frau lebt, die Dulcinea genannt wird.«

»Und wenn dem so wäre, was wolltest du dann von der Alten?«

»Vor mehr als vierzig Jahren sind mein Großvater und seine Geliebte in Al'Anfa verschollen. Ich wollte Dulcinea fragen, ob sie die beiden vielleicht kannte. Man sagte mir, dass sie zu jener Zeit mit vielen Fremden verkehrt hätte und vielleicht ...«

»Du kannst ruhig aussprechen, dass Dulcinea eine Hure war. Du bist hier nicht im Rauchzimmer einer reichen Kaufmannsfamilie, wo man es genießt, verschnörkelt um die Dinge herumzureden, die man eigentlich sagen möchte.«

Tikian blickte der Alten ins Gesicht. »Darf ich aus deiner Antwort schließen, dass Dulcinea unter euch lebt?«

Die Frau lächelte. »Habe ich das gesagt? Auch ich lebe schon sehr lange in dieser Stadt. Ist es da verwunderlich, wenn ich eine der einst berühmtesten Konkubinen kenne? Es gab Zeiten, da hat sie fast jede Frau Al'Anfas um ihre Schönheit beneidet. Weißt du, was es heißt, in diesem Geschäft beneidet zu werden? Der Brand hat ihre Seele zerbrochen und mehr ...« Die Sprecherin ließ sich jetzt vor Tikian nieder und blickte ihm lange ins Gesicht.

»Ich glaube, du bist reinen Herzens, auch wenn du Waffen an deinem Gürtel trägst. Sei morgen um dieselbe Zeit wieder hier, und ich werde dafür sorgen, dass du mit Dulcinea sprechen kannst. Wenn du magst, kannst du nun hier bei uns bleiben und dein Mahl mit uns teilen. Du kannst aber auch gehen, ohne dass dir deswegen jemand böse sein wird. Ich weiß, dass der Anblick einiger von uns den meisten Gesunden den Appetit verdirbt. Wenn du bei uns bleibst, verspreche ich dir, dass niemand, der eine ansteckende Krankheit hat, dich berühren oder dir auch nur nahe kommen wird.«

Einige Herzschläge lang zögerte der Fechter. Die Alte hatte recht, am liebsten wäre er gegangen ... Doch zum ersten Mal kam ihm der Gedanke, wie viele Familien er als Söldner wohl schon ins Unglück gestürzt hatte, wie viele Kinder durch sein Kampfgeschick zu Waisen geworden waren. Wie oft hatten wohl Witwen seinen Namen verflucht? Nach jedem Kampf hatte er sich bislang stets nur darüber gefreut, überlebt zu haben, an seine Opfer aber hatte er keinen Gedanken mehr verschwendet. Sie waren nur gesichts- und namenlose Feinde geblieben. Und selbstverständlich war stets er es gewesen, der für eine gerechte Sache focht, nie die anderen ...

Zögernd griff Tikian nach einem der Brotlaibe und brach ein Stück ab. Dann blickte er zu der Sprecherin. »Ich danke dir für deine Einladung und werde mit Freuden das Mahl mit euch teilen.«

Doron blickte zum Himmel und dankte Firun. Mut machte sich halt doch bezahlt! Bedächtig legte er einen Stein in die Lederschlaufe seiner Schleuder und blickte zu der fetten Eidechse, die keine fünf Schritt von ihm entfernt in einer rußgeschwärzten Fensternische lag und sich sonnte.

»Ja, mein Dickerchen, bleib nur fein liegen und streck deine fetten Glieder. Wirst mir den Bauch füllen, mein Alter. Ich hoffe, du hattest ein üppiges Frühstück, denn es ist eine götterverfluchte Schande, mit leerem Bauch zu sterben«, murmelte Doron leise. Dann hob er die Schleuder und ließ sie zweimal über seinem Kopf kreisen. In diesem Augenblick blickte die Echse in seine Richtung ... Der Stein schnellte aus der Lederschlinge. Bis hin zu seinem Versteck hinter dem Busch konnte Doron das knackende Geräusch hören, als sein Geschoss den Kopf der Echse traf.

Mit einem Jagdlied auf den Lippen bahnte er sich einen Weg durch das Gestrüpp. Das war endlich einmal eine fette Beute. Der Leib des Tieres schien fast so dick wie sein Unterarm. Ein Festmahl würde das! Gestern hatte er den ganzen Tag über nichts zu essen bekommen, aber nun war er ja reichlich entschädigt.

Gut, dass diese Trottel glaubten, die Ruine der alten Villa sei verflucht. Wann fand man schon einmal mitten im Schlund so eine fette Eidechse! Selbst Ratten hatten es hier schwer, alt zu werden, und die wussten nun wirklich auf sich aufzupassen. Nicht so wie diese dummen Echsen, die sich mitten am Tag als prächtige Ziele auf irgendwelchen warmen Steinen ausbreiteten.

»Nun, mein Dickerchen, ich hoffe, du bist mir nicht böse. Besser, du musst dran glauben als ich. Ich verspreche dir auch, dass ich nichts von dir verkommen lasse. Deine Haut ziehe ich ab und verkauf sie, dein Fleisch brat ich mir gleich hier über einem Feuerchen, und aus dem, was an Knochen und Innereien von dir übrig bleibt, werde ich mir heute Abend noch ein gutes Süppchen köcheln. Dir zu Ehren werde ich auch noch ein paar von den Wurzeln dazuwerfen, zwischen denen du hier dein Leben lang herumgekrochen bist. Siehst du mal, wie ich zu dir bin! Mach mir Sorgen um dich, dass du auch im Tod noch in vertrauter Umgebung bleibst.«

Doron hob die fette Eidechse vom Fenstersims und zückte sein Messer. Ganz schmal war die Klinge schon geworden, so oft hatte er den Wetzstein darübergezogen. Er legte die Echse vor sich auf einen flachen Stein und wollte ihr gerade die Haut abziehen, als sein Blick auf ein Paar Stiefel fiel, das unter einem Busch hervorlugte. Konnte es sein, dass sich *hier* jemand schlafen gelegt hatte?

Der Bettler fluchte leise. Er hatte immer geglaubt, er sei der Einzige, der sich hierherwagte. Beunruhigt drehte er das Messer in der Hand. Wenn der Kerl da vorne schlief, wäre es leicht, dafür zu sorgen, dass er in Zukunft nicht mehr in diesem Revier wildern würde. Wo kämen wir denn da hin ... Doron hatte persönlich in den letzten Jahren dafür gesorgt, dass immer neue Schauergeschichten über diese Ruine in Umlauf kamen. Er konnte sich doch all diese Arbeit nicht einfach von so einem Bastard kaputtmachen lassen ...

Mit einem Seufzer schob er das Messer in seinen Gürtel zurück. Er hatte ein zu weiches Herz, das war schon immer sein Fehler gewesen! Aber wenn er den Kerl schon nicht abstechen konnte, dann wollte er sich wenigstens sein Gesicht anschauen. Vielleicht war es ja nur ein besoffener Söldner, der gar nicht wusste, wo er gelandet war.

Vorsichtig schob der Bettler die Büsche auseinander und warf einen Blick auf die Gestalt. »Bei Phex und all seinen Füchsen!« Vor Schreck ließ er die Zweige los, sodass sie ihm ins Gesicht schnellten. Leise fluchend bog er die Äste erneut auseinander und betrachtete die Gestalt noch einmal eingehend, um sicher zu sein, dass er sich nicht geirrt hatte. Doch es stimmte tatsächlich! Dem Kerl fehlte der Kopf!

Das hieß, alles, was der Tote bei sich trug, gehörte ihm! Jedenfalls wenn er sich schlau anstellte. Doron trat aus den Büschen zurück, spuckte in die Hände und griff dann nach den Stiefeln des Toten, um ihn aus dem Gestrüpp herauszuziehen.

Endlich lag die Leiche neben der erlegten Eidechse, und Doron nahm sich die Zeit, sie noch einmal genauer zu betrachten. Jetzt fiel ihm auf, dass er sich geirrt hatte.

»Bei Efferds Dreizack, du bist ja gar kein Kerl, du bist ein Weibsbild. Bist ein bisschen dünn geraten, hmm ... Man könnte dich auch für einen Knaben halten. Hast dein Geld wohl lieber für Waffen als für Würste ausgegeben. Na ja, genützt hat dir das wohl nicht viel, wenn ich dich so anschaue. Brauchst das Ding doch jetzt auch nicht mehr ... Bist du mir böse, wenn ich's mir nehme? Weißt du was, ich schlag dir ein Geschäft vor. Da wo du jetzt bist, hilft dir dein Kurzschwert sowieso nichts mehr. Ich nehm's mir jetzt und bete dafür für dein Seelenheil. Leute mit Schwertern können meistens jemanden gebrauchen, der für sie betet ... Aber das hast du ja sicher selbst schon gemerkt. Was hältst du von meinem Vorschlag? Bist du einverstanden?« Doron legte den Kopf schief und lauschte.

Nach einer Weile kratzte er sich unschlüssig am Kinn. »Tja, ich höre nichts. Kein Wispern in den Büschen, kein Raunen im Wind. Man sagt doch, dass ihr Geister euch so verständlich macht. Liegt's vielleicht daran, dass du keinen Kopf mehr hast? Also, fürs Erste nehme ich dein Schweigen als Zustimmung. Wenn's dir nicht behagt, dass ich mich jetzt um deine Sachen kümmere, kannst du mir heute Nacht ja ein paar grässliche Albträume bescheren. Aber überleg's dir gut, es ist nicht schlecht, jemanden zu haben, der für einen betet.«

Doron kniete nieder und zog der Leiche die Stiefel aus. Prüfend hielt er die Sohlen gegen seine nackten Füße. »Na, auf großem Fuß hast du ja nicht gerade gelebt, meine Hübsche. Ich glaub, ich werd deine Stiefel wohl auch verscherbeln. Aber das ist nicht das Schlechteste für dich. Ich werd' so lange jeden Tag für dich beten, wie das Geld, das ich aus deinen Sachen herausschlagen kann, reicht, um mir den Bauch zu füllen. Hmm, kein Jubel ... Du weißt es vielleicht nicht, aber ich bin ein sparsamer Mann. Ist nix mit Wein und Weibern bei mir ... Nun gut, ab und an gönn ich mir mal ein Pfeifchen, aber wer lebt schon ganz ohne Laster?«

Der Bettler zückte sein Messer und schnitt den Geldbeutel vom Gürtel der Toten. Prüfend wog er das Ledersäckchen in der Hand. »Ich will verdammt sein, wenn du hier drin nicht auch ein wenig Gold versteckt hast. Stimmt doch, oder? Das sind hoffentlich nicht nur Kupfermünzen! Aber die Überraschung heb ich mir für später auf!«

Ein Windstoß fuhr durch die Büsche.

»Was hast du gesagt? Brauchst dich nicht zu sorgen. Ein Leichenfledderer bin ich nicht. Deine Kleider kannst du selbstverständlich behalten. Ich finde es auch schamlos, wenn man Tote bis auf den letzten Faden ausplündert. Aber mach dir besser keine falschen Hoffnungen ... Je nachdem, wen sie von der Stadtwache herschicken, um dich abzuholen, kann dir übel mitgespielt werden, bevor du unter der Erde bist. Ich sag dir, unter den Wachen gibt es mehr Halunken und Halsabschneider, als du hier im ganzen götterverdammten Viertel finden kannst ...«

Zwischen den Büschen stieg laut zwitschernd ein Vogel zum Himmel auf. »Siehst du, der kleine Kerl ist ganz meiner Meinung, und ...« Doron stutzte. »Verdammt, hab ich eben Halsabschneider gesagt? War wohl nicht besonders taktvoll, hmm ... Tut mir leid, war nicht so gemeint. Ich hoffe, du nimmst mir das nicht krumm, aber manchmal quatsch ich einfach nur so daher, wie mir der Schnabel gewachsen ist. Musst nichts drum geben. War keine böse Absicht.«

Der Bettler schob die Geldbörse in einen der Stiefel und klemmte sich das Kurzschwert unter den Arm. »Ich bin jetzt mal für eine Weile weg. Muss die Sachen irgendwo verstauen, damit die Stadtwachen sie nicht finden. Und du glotz mich nicht so blöde an.« Er verpasste dem Kadaver der Eidechse einen Stoß mit dem Fuß. »Musst nicht denken, dass du umsonst gestorben bist. Ich hab dir versprochen, dass du mein Mittagessen sein wirst, und der alte Doron hält immer Wort, hörst du! Immer eins nach dem anderen ... Wenn ich mit dir fertig bin, kommen die Wachen an die Reihe. Manchmal gibt's sogar ein paar Kupferstücke als Prämie. Die mögen's nicht so gerne, wenn Tote in der

Stadt herumliegen. Sind meistens ganz froh, wenn man euch meldet. Könnt ihr ja schlecht selbst erledigen, nicht wahr, meine Hübsche?«

Leise vor sich hin murmelnd, bahnte sich der Bettler den Weg durch die Büsche und hielt Ausschau nach einem geeigneten Versteck ...

KAPITEL 17

Immuel hatte den ganzen Morgen über mit sich gerungen, ob er dem Patriarchen sagen sollte, dass er es gewesen war, der Bodir befohlen hatte, Oboto zu folgen. Schließlich hatte der Ordinarius sich dazu entschlossen, sich dem Hochgeweihten zu offenbaren. Er tat dies jedoch nicht aus einem schlechten Gewissen heraus, sondern weil er Angst hatte, Tar Honak könne es womöglich erraten, auch ohne dass er etwas gesagt hätte. So stand er nun mit gesenktem Blick vor seinem Herrn und wartete auf dessen Urteil.

Quälend lange Augenblicke vergingen, in denen der Ordinarius auf seine Zehenspitzen starrte. Schließlich wagte es Immuel, den Blick zu heben. Tar Honak saß zusammengesunken in seinem hohen Lehnstuhl und sah aus einem der großen Fenster zum Himmel. Hinter ihm stand Hasdrubal, jener Geweihte, der das uneingeschränkte Vertrauen des Herrschers genoss.

Endlich hob der Patriarch den Kopf. »Glaubst du, dass Oboto für den Tod von Bodir verantwortlich ist?«

»Ich denke nicht, dass er es persönlich war, Eure Hochwürdigste Erhabenheit, doch bin ich mir sicher, dass Oboto den Befehl gab, Bodir zu töten. Wahrscheinlich ist es einem der Leibwächter des Marschalls aufgefallen, dass jemand seinem Herrn folgte, und dann haben sie eine günstige Gelegenheit abgepasst und ...«

»Weißt du, was mich wundert, Bruder Ordinarius? Man hat Bodir nur ein paar Schritt vom Fluss entfernt gefunden. Ihm fehlte die Robe. Er trug nur noch einen Lendenschurz und seine Sandalen. Wozu dieser Diebstahl? Sollte Oboto so töricht sein, dass er glaubt, es reicht, einem unserer Brüder die Robe auszuziehen, damit wir ihn nicht mehr wiedererkennen, wenn er zum Leichenbeschauer kommt? Und wenn er die Spur verwischen wollte, warum hat er die Leiche dann nicht in den Fluss werfen lassen? Die Strömung hätte den Toten den Wasserfall hinuntergetrieben. Selbst wenn Bodir nicht ins Meer gespült worden wäre, hätte ihn dieser Sturz so entstellt, dass wohl niemand ihn mehr wiedererkannt hätte.«

»Denkt auch an den Leichnam, den man am Wehr gefunden hat, Eure Hochwürdigste Erhabenheit«, meldete sich Hasdrubal zu Wort. »Eine Stadtgardistin ist dort ermordet worden. Für mich sieht es ganz so aus, als habe sich jemand vom Fluss her Zutritt in die Stadt verschafft. Vielleicht hatte Bodir das Pech zu beobachten, wie der Mörder aus dem Wasser stieg, und musste deshalb sterben. Ein paar Schritt weiter wird die Strömung zu stark für einen Schwimmer. Der Eindringling musste also spätestens kurz hinter der Brücke aus dem Wasser steigen.«

»Und was ist mit der Robe, Bruder? Warum hat man Bodir sie ausgezogen?«, warf Immuel ein. »Ich glaube nicht an diese Idee mit dem Schwimmer. Wer verrückt genug ist, in den Fluss zu steigen, wird zum Fraß für die Krokodile, lange bevor er das Wehr erreicht.«

»Und wenn der Mörder in einem Boot oder auf einem Floß bis zu den Pfahlsperren gebracht wurde? Von dort aus ist es sehr wohl möglich, den Bestien zu entkommen. Und für das Fehlen der Robe gibt es viele Erklärungen. Vielleicht hat er sie benutzt, um sich damit trockenzureiben, und sie dann in den Fluss geworfen. Oder aber er hat sich damit verkleidet.«

»Das ist infam! Wie kannst du nur wagen, solche Verrücktheiten in Anwesenheit des Patriarchen auszusprechen! Wer sollte es wagen, die Robe eines Geweihten dazu herzunehmen, um sich abzutrocknen. Ich bin sicher, ein

Pfeil Uthars würde einen solchen Frevler auf der Stelle töten ...«

»Dein Wort in Uthars Ohr, Bruder Ordinarius ... Ich halte es für *infam* zu glauben, die Götter würden sich um jede Kleinigkeit kümmern.«

»Genug, ihr beiden!« Tar Honak hatte sich aus seinem Lehnstuhl erhoben. Immer noch blickte er durch das Fenster zum Meer hinab. »Drei Morde in einer Nacht, das wäre im Grunde nichts, worüber man sich aufregen müsste ... Aber einen Geweihten zu töten und dann auch noch die Sache mit diesem Weib, das man gehäutet hat ... Das wird zu Gerede führen. Raubmörder und Herren, die einen Sklaven zu Tode prügeln, so etwas ist nach einem Tag schon wieder vergessen. Aber ein toter Borongeweihter in der Stadt des Schwarzen Gottes und zusätzlich noch ein Ritualmord ...« Tar Honak schüttelte den Kopf. »Ich wünsche nicht, dass Unruhe herrscht, wenn ich mit der Flotte aufbreche. Die Hand Borons soll sich der Sache annehmen. Ich will, dass die Schuldigen gefunden werden und dass man sie unverzüglich bestraft.« Der Herrscher drehte sich um und blickte Immuel geradewegs ins Gesicht.

»Kann ich mich darauf verlassen, dass du alles Nötige in die Wege leiten wirst, Bruder Ordinarius?«

»Jawohl, Eure Hochwürdigste Erhabenheit! Es ist mir ein Vergnügen!« Immuels Herz schlug wild vor Freude. Der Patriarch hatte ihm verziehen! Der Fehler, den er gemacht hatte, als er Bodir eigenmächtig den Befehl erteilt hatte, den Marschall zu beobachten, würde kein Nachspiel mehr haben! Demütig beugte Immuel das Haupt und wandte sich zum Gehen, als hinter ihm noch einmal die Stimme des Hochgeweihten erklang.

»Bruder Ordinarius, ich hatte dir noch nicht erlaubt zu gehen. Da nicht auszuschließen ist, dass der Stadtmarschall in den Mord an Bruder Bodir verwickelt ist, sollte man ihn weiter beobachten. Du bist hiermit von all deinen Pflichten im Tempel entbunden und wirst dich fortan dieser Aufgabe widmen. Oboto wird doch sicher nicht auf die Idee kommen, dass ihn ein Verwandter bespitzeln würde ... Du darfst nun gehen, Bruder Ordinarius.«

Immuel schluckte. »Ich danke Euch, Eure Hochwürdigste Erhabenheit.«

Auf dem ganzen Weg zurück in seine Gemächer musste der Ordinarius an die Leiche Bruder Bodirs denken. Seine Kehle hatte ausgesehen, als sei er von einem Oger gewürgt worden. Ob Oboto auch einen Verwandten ermorden lassen würde?

»Akte **CXXIII**; *Bericht über die Morde des Häuters, verfasst vom Hauptmann der Wache, Hamilkar Barkas«*

Ungläubig las Elena die Beschriftung der in fleckiges Schweinsleder gebundenen Akte. Dann schlug sie sie auf und verglich das Datum mit den anderen Notizen auf dem Pergament, das neben ihr lag. Die Akte stammte tatsächlich aus der Zeit kurz nach dem Brand des Schlundes.

Die Magierin schob die anderen Schriftstücke, die aus den Archiven der Stadtwache gebracht worden waren, zur Seite und begann zu lesen. Hauptmann Hamilkar Barkas war vor mehr als vierzig Jahren der Kommandant der Wache in der Grafenstadt gewesen. Zu diesem Viertel gehörte damals auch der Schlund, wie die Magierin durch ihre Recherchen wusste, denn eigentlich sollte sie anhand der alten Schriften herausfinden, wo einst das *Haus der Morgenröte* gestanden hatte, jenes Bordell, in dem die Verschwörer gegen Bal Honak umgekommen waren.

Neugierig blätterte Elena in der Akte. Sie erzählte von der Suche nach dem Häuter und davon, wie in den Wochen vor dem Großen Brand insgesamt sieben Leichen im Gebiet der Grafenstadt gefunden worden waren, denen man allesamt die Haut abgezogen hatte. Die Opfer waren vier Männer und drei Frauen. Keiner der Toten konnte erkannt werden. Nach dem Brand gab es keine weiteren Morde mehr, und nachdem zwei Götternamen verstrichen waren, wurde die Akte über den Häuter auf Befehl des damaligen Stadtmarschalls Marduk Paligan geschlossen.

Nachdenklich schlug die Magierin die Akte zu. War der Häuter während des Brandes umgekommen? Oder konnte es sein, dass ein und derselbe Mörder nach mehr als vierzig Jahren in die Stadt zurückgekehrt war?

»Wie kommst du mit deiner Arbeit voran?«

Die Stimme des Marschalls ließ Elena aus ihren Gedanken aufschrecken. Oboto war hinter sie getreten und blickte auf den Stapel mit den Schriftstücken hinab.

»Bislang habe ich die Lage des Bordells nicht eindeutig feststellen können. Wäre es nicht vielleicht einfacher, unter einigen alten Bettlern herumzufragen, die im Schlund leben? Es muss doch noch jemanden geben, der sich an das *Haus der Morgenröte* erinnert.«

»Sicher wäre es möglich, auf diese Weise vorzugehen ... Es ist allerdings Unser Wunsch, dass so wenig Menschen wie möglich davon erfahren, was Wir in dieser Nacht vorhaben. Es soll nicht einmal bekannt sein, dass Wir nach diesem Haus forschen. Weißt du, in Al'Anfa machen Gerüchte sehr schnell die Runde, und Wir möchten auf gar keinen Fall, dass ein Mitglied der Familie Wilmaan von unseren Plänen erfährt. Es soll eine Überraschung für sie werden. Es wird dir doch wohl möglich sein, mithilfe all dieser Akten und des alten Stadtplans dieses götterverdammte Bordell zu finden!«

»Natürlich!« Elena nahm eine neue Akte vom Stapel. »Ich werde mein Bestes geben, Herr!«

»Was ist dieser Fechter, den du in der Arena freikaufen wolltest, eigentlich für ein Mann?«

Die Magierin drehte sich um und blickte den Marschall fragend an. »Warum? Ist etwas mit ihm, Herr?«

»Sagtest du nicht, er sei einmal dein Geliebter gewesen – und stünde in deiner Schuld?«

»Diese Geschichte ist für mich Vergangenheit, Herr. Seit dem Besuch in der Arena habe ich ihn nicht mehr gesehen.«

Oboto lächelte anzüglich. »Für vergangene Geschichten warst du aber zu einem großen Opfer bereit. Weißt du, es hat fast den Anschein, als würde er sich um dieselben Dinge kümmern wie Wir. Er war gestern auf der Wache im Schlund und hat nach einigen der Akten gefragt, die dort vor dir auf dem Tisch liegen. Was mag er damit wollen?«

»Ich glaube, er sucht nach einer Spur seines Großvaters. Er hat mir auf der Reise hierher von ihm erzählt. Er muss ungefähr zur Zeit des Großen Brandes verschwunden sein. Ich glaube nicht, dass Tikian für Euch von Reiz sein könnte, Herr.«

»Du gestattest, dass Wir das selbst entscheiden?« Das Lächeln auf dem Gesicht des Marschalls erstarrte. »Uns stört, dass dieser Fechter herumläuft und Fragen über den Brand stellt. Es gibt nur zwei Wege, dieses Ärgernis abzustellen. Entweder hat der Gute einen Unfall – oder aber, du findest ihn und bringst ihn dazu, sich unserer Sache anzuschließen. Vielleicht weiß er ja etwas, das uns von Nutzen sein könnte. Kümmere dich morgen darum, Elena. Und wenn er verstockt sein sollte, auch gut, dann hat er selbst sein Urteil gesprochen.«

»Aber, Herr ...«

»Du solltest wissen, dass über Unsere Entscheidungen nicht gestritten wird, Magierin! Geh nun wieder an deine Arbeit und enttäusche Uns nicht!«

Demütig neigte die Magierin ihr Haupt, als Oboto nach der Akte griff, die sie gerade zur Seite gelegt hatte. Sie hörte, wie der Marschall nach Luft schnappte und dann lautstark die Akte zuschlug. »Bei allen Heiligen Alverans! Es hat schon einmal einen *Häuter* gegeben! Und keiner meiner Offiziere weiß davon ... Wir sind enttäuscht! Wir werden dieses Schriftstück an Uns nehmen, Elena. Wenn du noch weitere Akten über den *Häuter* findest, dann lass sie Uns umgehend zukommen.«

Wie gebannt starrte Tikian auf die kleine Kiste, die auf seinem Bett stand. Consuela war gegangen, doch schienen die Wände des Zimmers noch immer von ihrem Streit widerzuhallen. Sie hatte es tatsächlich getan! In der dunklen, mit Messingbeschlägen verzierten Kiste lag Liliths Kopf! Er war auf stark duftende Kräuter gebettet, die den beginnenden Verwesungsgeruch überdecken sollten. Ihr Gesicht hatte man geschminkt, und die Haare waren ordentlich frisiert. Im Tod sah sie gepflegter aus als zu Lebzeiten.

Wenigstens waren ihre Augen geschlossen. Tikian überlief ein eisiger Schauer. Sie war nur seinetwegen gestorben! Consuela hatte ihm zwar noch einmal erzählen wollen, dass sie die Meuchlerin vor allem deshalb hatte töten lassen, weil Lilith die Ehre ihres Hauses verletzt hatte, indem sie ihn angriff, als er noch Sklave und damit Eigentum der Konkubine war, doch Tikian konnte diese widersinnige Begründung nicht gutheißen. Consuela hatte für ihn morden lassen, und das verletzte seinen Stolz. Es wäre seine Angelegenheit gewesen, Lilith zu stellen!

Vorsichtig klappte er den Deckel der Truhe zu. Lange starrte er zu den verschlossenen Fensterläden. Draußen war das Rauschen von Regen zu hören. Die Luft war stickig und schwül. Er musste raus aus diesem Zimmer! Es war seine Pflicht, dafür zu sorgen, dass der Kopf in borongefälliger Weise bestattet wurde. Er sollte ihn zum Neuen Tempel bringen und den Geweihten dort überlassen.

Tikian fühlte sich plötzlich sehr müde. Consuela hatte ihm die Truhe voller Stolz gezeigt. Sie war davon überzeugt gewesen, das Richtige getan zu haben, ja, er war sich sogar sicher, dass sie glaubte, sie habe ihm auf diese Weise das Leben gerettet. In einem langen weißen Kleid mit hochgeschlossenem Kragen hatte sie auf seinem Bett gesessen und auf ihn gewartet. Sie war eine außergewöhnlich schöne Frau, und er war von ihr regelrecht verzaubert gewesen, bis sie den Deckel der kleinen Truhe geöffnet hatte, um ihm ihr Geschenk zu zeigen. Ob sie wohl tatsächlich ihn liebte oder nur das Bild, das sie sich von ihm machte? Er war kein Ritter wie aus den Geschichten der Ammen und Märchenerzähler. Er war nicht ohne Fehl und Tadel. Heute Morgen erst war er vor dem Gesicht des Mädchens mit den blauen Augen zurückgeschreckt, und es hatte ihn einige Überwindung gekostet, sie auf seinen Arm zu nehmen und ins Dorf zu tragen.

Mit einem Seufzer griff er nach den Stiefeln seines Großvaters. Irgendein Sklave hatte sie frisch eingefettet und poliert. Sie würden das Regenwasser abhalten.

Wieder musste Tikian an Consuela denken. Wenn sie ihn nicht als Sklaven ersteigert hätte, sondern er als freier Mann ihr Haus betreten hätte, wäre vielleicht einiges anders zwischen ihnen gewesen. Doch so ...

Er griff nach dem dünnen ledernen Umhang, den er am Nachmittag gekauft hatte, und nahm dann die Truhe vom Bett. Es war an der Zeit, Lilith die letzte Ehre zu erweisen!

KAPITEL 18

Unruhig trat Mira von einem Bein auf das andere. Fast eine Stunde lang hatte der Stadtmarschall sie und die anderen Offiziere der Garde warten lassen. Ohne ein Wort zu sagen, trat Oboto an das schmale Pult, das auf einem hölzernen Sockel am Ende des Saales stand. Gleich hinter ihm befand sich ein kleines, rundes Fenster, sodass er durch einen Kranz von rötlichem Abendlicht umschlossen war, als er sich hinter dem Pult aufbaute. Wer ihn nicht kannte, neigte dazu, den umfänglichen dunkelhäutigen Mann mit seinem Hang für sonderbare Uniformen zu belächeln. Doch Mira wusste es besser. Oboto hatte seine Garden eisern im Griff, und sie wünschte, dass schon vorbei wäre, was nun erst zu erwarten war.

»Rührt euch!«, durchschnitt die Stimme des Marschalls die Stille. Für einen Augenblick ertönte das Scharren eines halben Dutzends genagelter Stiefel auf dem steinernen Boden.

»Heute sind vier Leichen im Gebiet der Stadt aufgefunden worden. Zwei davon kaum mehr als hundert Schritt von hier entfernt. Ein Borongeweihter und eine Kameradin von uns sind in Sichtweite des Hauptquartiers der Stadtgarde getötet worden! Wisst ihr, dass man dort draußen auf den Straßen schon Spottlieder über die blinden Wachen singt? Hauptmann Alondro! Er hatte das Kommando letzte Nacht. Gibt es irgendetwas, was Er zu den Vorfällen zu sagen hätte?«

Alondro war ein breitschultriger, geübter Kämpfer. Seine Männer vergötterten ihn. Bislang hatte er als einer der Favoriten des Marschalls gegolten. Manchmal war er sogar in der Arena aufgetreten, um sein Kampfgeschick zu zeigen. Jetzt wirkte er kleiner als sonst. Zum ersten Mal bemerkte Mira die grauen Haare an seinen Schläfen. Den Helm unter den Arm geklemmt, trat der Offizier vor.

»Meine Männer trifft keine Schuld für das, was letzte Nacht geschehen ist. Sie haben Dienst nach Vorschrift getan. Wenn jemand für die Zwischenfälle bestraft werden sollte, so bin ich es, denn ich habe es versäumt, dafür zu sorgen, dass die Wachen doppelt besetzt waren. Der Tod unserer Kameradin Vadoria wäre so mit Sicherheit zu vermeiden gewesen. Ich bin bereit, meine Fehler zu gestehen und den Abschied einzureichen.«

»Um dann sofort als Offizier im Bund des Kor aufgenommen zu werden und sich am ruhmreichen Feldzug gegen Trahelien zu beteiligen?« Obotos Augen funkelten vor Wut. »Das ist keine Strafe! Berichte Er uns lieber, was Er unternommen hat, um diesen Mörder zu fassen!«

»Die Leiche unserer Kameradin Vadoria ist zur siebenten Nachtstunde gefunden worden. Auf meinen persönlichen Befehl hin sind die Flussufer beiderseits der Stadtmauer mit Bluthunden nach Spuren abgesucht worden. So sind wir auf den Leichnam des Borongeweihten gestoßen, der fünfzehn Schritt südlich der Brücke gleich unterhalb der Mauer zum Silberberg lag. Dort haben die Hunde eine Fährte aufnehmen können, die bis zur Grafenstadt hinabführte und sich in den Gassen des Schlundes verlor. Alle Versuche ...«

Mira schloss die Augen und fluchte innerlich. Der Schlund! Warum musste dieser Mörder ausgerechnet dorthin fliehen! Es gab doch noch etliche andere Viertel! Warum, in Borons Namen, verkroch sich der Auswurf der Niederhöllen immer wieder bei ihr? Sie hörte dem Bericht des Hauptmanns kaum noch zu und dachte an die Leiche der geköpften Frau, die am Nachmittag durch einen Bettler gemeldet worden war. Warum hatte man ihr nicht einfach einen

Dolch in den Rücken stoßen können? Nein, es musste etwas Besonderes sein! Offenbar war sie durch einen Pfeil oder einen Armbrustbolzen getötet worden. Das Geschoss hatte man jedoch wieder aus der Wunde entfernt. Durch ihre Spitzel wusste sie, dass man überall im Viertel von Ritualmorden sprach und sich die schauerlichsten Gerüchte verbreiteten. Von einem riesigen Zyklopen mit einem feurigen Auge war die Rede oder davon, dass sich in den alten Zisternen ein Dämonenportal geöffnet habe ... Alles Unsinn! Aber es würde sicher noch ... Die Stimme des Marschalls ließ Mira aufhorchen.

»Wir danken ihm für seinen ausführlichen Bericht, auch wenn Wir nicht verhehlen können, dass es Uns befremdet, wie die Bluthunde ihre Spur verlieren konnten. Als Zeichen unseres Wohlwollens werden Wir von einer entehrenden Strafe ob seiner Versäumnisse absehen. Da Er für sein Versagen aber auch nicht gänzlich ungesühnt davonkommen soll, mag Er mit seinen Männern in den nächsten zwei Götternamen Dienst auf den Festungsinseln versehen. Doch nun zu den anderen Mordfällen. Mira! Möge sie vortreten und Uns berichten.«

Die Offizierin schluckte und trat aus der Reihe ihrer Kameraden. Sie spürte, wie ihre Handflächen feucht wurden, während ihre Kehle plötzlich ganz trocken war. »In den frühen Morgenstunden ist in einer Latrine nahe der ...«

»Wir sind bereits im Bilde«, unterbrach sie der Marschall scharf. »Wir möchten wissen, welche Fortschritte die Suche nach dem *Häuter* macht!«

Mira nickte und flehte in stummem Gebet Phex um eine Ausrede an, mit der sie sich aus ihrer Lage herauswinden könnte. »Ich habe auf Anraten des Medicus, der den gehäuteten Frauenleichnam untersuchte, im Neuen Tempel um eine Genehmigung dafür gebeten, die Leiche der Toten öffnen zu lassen und auch einen Magier zu den Untersuchungen hinzuziehen zu dürfen. Der Medicus hofft, so einige Erkenntnisse zu gewinnen, die uns auf die Spur des Täters bringen werden. Was hingegen die Leiche der geköpften Frau angeht, spricht einiges dafür, dass es sich bei ihr um eine Söldnerin aus einem der neu ausgehobenen Truppenteile handelte. An ihrem Leib fanden sich etliche Narben, die von Kämpfen herrührten. Ihr Rücken wies darüber hinaus Narben von Peitschenhieben auf, was darauf hindeutet, dass sie offenbar schon einmal mit dem Gesetz in Konflikt geraten ist. Es besteht Hoffnung, dass ihr Name bald herausgefunden werden kann und wir dann auch auf die Spur des Mörders kommen. Ich glaube, dass ...«

»Es ist nicht nötig, sich noch weiter mit der kopflosen Leiche zu beschäftigen. Sie ist nicht von Belang. Wesentlich wichtiger erscheint Uns die Angelegenheit mit dem *Häuter*. Es gab doch schon einmal einen Verdächtigen ...«

»Es hat sich herausgestellt, dass der Mann unschuldig war. Ich denke ...«

»Hat sie vielleicht schon einmal vom *Häuter* gehört? Wir meinen, bevor die erste Leiche gefunden wurde?«

Mira blickte den Marschall verwundert an. Worauf wollte er hinaus? »Wie könnte ich schon von ihm gehört haben, bevor er auffällig geworden ist?«

»Wir können Uns des Eindrucks nicht erwehren, dass sie ihre Arbeit äußerst schlampig macht. Schon vor dem Großen Brand hat es sieben ganz ähnliche Morde gegeben. Der Täter konnte damals nicht gefasst werden. Nach dem Brand gab es keine weiteren Morde mehr. Es schien, als sei der *Häuter* in den Flammen umgekommen. Doch nun hat er einen Nachfolger gefunden! Finde sie diesen Kerl! Der Patriarch wünscht, dass die Angelegenheit binnen drei Tagen geklärt ist! Andernfalls ...«

Der Marschall brauchte seinen Satz nicht zu vollenden. Mira wusste nur zu gut, was mit denen geschah, die das Missfallen des Herrschers der Stadt erweckten.

»Sie mag nun wegtreten!« Oboto nickte Mira kurz zu und wandte sich dann an die anderen Offiziere. »Für euch alle gilt: Wir erwarten, dass sich die Garden in den nächsten

Tagen in erhöhter Anzahl in der Stadt zeigen. Alle Beurlaubungen werden gestrichen, die Streifen in den Straßen werden verdoppelt und die Wachen auf den Türmen und an den Toren verstärkt. Bei jedem Verstoß gegen die Erlasse des Rates wird in den nächsten Tagen mit größter Härte durchgegriffen. Wir werden dieser Stadt zeigen, dass mit den Garden nicht zu spaßen ist. Wir wollen Verhaftungen sehen!«

»Wenn Ihr erlaubt, hätte ich einen Vorschlag zu machen«, meldete sich Hauptmann Alondro zu Wort. »Gestern ist ein streitsüchtiger Novadi aufgegriffen worden, der einen Bürger mit einem Krummdolch bedroht hat. Soweit sich das bislang feststellen ließ, hat er keinen Fürsprecher und auch keine Verwandten in der Stadt. Er hält sich erst drei Tage innerhalb der Mauern auf. Man könnte ihn als Mörder anklagen, so haben die Fanas ihr Schauspiel, und es wird weniger geredet.«

Der Marschall strich sich über das breite Doppelkinn und runzelte nachdenklich die Stirn. »Der Mann wurde doch schon gestern festgenommen. Wir machen Uns lächerlich, wenn Wir ihn für einen Mord verantwortlich machen, der geschah, als dieser Novadi bereits im Kerker gesessen hat.«

»Mit Verlaub, Ehrwürdiger, lasst mich Euch darlegen, wie dem vorzubeugen wäre. Zunächst einmal können wir den Novadi nach dem Überfall El Harkirs leicht als Spitzel des Piraten hinstellen. Damit wäre es möglich, ihn durch ein Militärgericht unter Ausschluss der Öffentlichkeit verurteilen zu lassen. Wenn wir ihn dann noch beschuldigen, den Mord an der enthaupteten Frau begangen zu haben, vermeiden wir sogar, in Widersprüche zu geraten. Kaum jemand hat die Tote bislang gesehen. Wir behaupten einfach, sie habe schon seit zwei Tagen in den Ruinen gelegen. Ihn als den Häuter hinzustellen, hielte ich hingegen für unklug, denn wer weiß, ob wir nicht schon bald ein drittes Opfer dieses Monstrums finden werden.« Alondro warf einen verächtlichen Seitenblick auf Mira. »Offen gestanden gehe ich nicht davon aus, dass dieser Fall innerhalb von drei Tagen geklärt werden wird.«

»Seine Idee gefällt Uns! Möge er alles Notwendige in die Wege leiten! Wenn das Militärgericht schon morgen früh zusammentritt, könnten wir den Fanas zur Mittagsstunde die Hinrichtung bieten. Brillant, Alondro! Wir erlauben Uns, seine Verbannung auf die Festungsinseln auf nur einen Götternamen zu beschränken. Hiermit erklären Wir unser Treffen für beendet. Wir erwarten euch in zwei Tagen zur selben Stunde zu einer weiteren Zusammenkunft und hoffen, dass ihr Uns bis dahin wenigstens einen der wahren Mörder bringen könnt. Ihr dürft nun gehen. Alondro, kommt zu Uns! Wir möchten noch etwas mit ihm besprechen.«

In gedrückter Stimmung schloss sich Mira den anderen Offizieren an und verließ den kleinen Saal. In nur zwei Tagen den *Häuter* aufzuspüren, erschien ihr unmöglich. Sie wusste ja nicht einmal, wo sie nach ihm suchen sollte. Vielleicht wäre es nicht das Dümmste, Tikian überwachen zu lassen. Möglicherweise hatte er sie getäuscht. Sie sollte überprüfen, wo er sich in der Nacht, als der zweite Mord geschah, aufgehalten hatte. Missmutig warf sie einen Blick zurück in den Saal und sah, wie sich der Marschall und Hauptmann Alondro angeregt unterhielten. Warum hatte nicht sie die Idee mit dem Novadi gehabt? Schließlich war der Kerl einmal ihr Gefangener gewesen. Ob sie wohl zu ehrlich und zu einfältig war, um eine erfolgreiche Offizierin zu sein? Wen kümmerten in dieser Stadt schon Recht und Gesetz!

Nach seinem Besuch im Neuen Tempel streifte Tikian ziellos durch die Gassen des Schlunds. Gions Worte waren ihm wieder eingefallen, dass die Stiefel des Toten, die er trug, ihn vielleicht auf eine Spur aus der Vergangenheit führen würden. Doch falls dem so war, war er blind für die Hinweise auf seinen Großvater. Drei Stunden war er durch das stinkende Viertel geirrt, hatte mehr als ein Dutzend alter Männer und Frauen nach der Zeit des Großen Brandes befragt, aber nichts herausgefunden, was ihn weitergebracht hätte. Die Alten schienen Angst zu haben, über den Brand zu sprechen, und manchmal hatte er sogar das Gefühl, sie hatten auch Angst vor ihm.

Jetzt stand er vor dem heruntergekommenen Haus, in dem er Quartier genommen hatte, als er von den Stadtgarden verhaftet worden war. Eine Weile starrte er unschlüssig auf die fleckige, weiße Fassade. Wie Pocken zeigte sich das dunkle Mauerwerk unter der abblätternden Tünche. Die grob gezimmerten Fensterläden hatten längst alle Farbe verloren und hingen gleich grauen Gespenstern in den verrosteten Angeln.

Mit dem Ellbogen stieß er die Tür zu dem Schankraum auf, der unter den Gästezimmern lag. Breitbeinig blieb er auf der Schwelle stehen und musterte die Gestalten in der Schenke. Der Wirt hinter der Theke blickte auf und ließ den Tonkrug fallen, den er gerade mit einem zerfetzten Lappen ausgewischt hatte.

»Ich hab dich nicht an die Garden verpfiffen, Fechter! Du musst mir glauben, dass ich damit nichts zu tun hatte. Das hier ist ein ehrliches Haus ... Ich weiß, was ich meinen Gästen schuldig bin.«

Tikian trat ein, und die wenigen Gäste beeilten sich, ihm aus dem Weg zu gehen. Mit einem Blick zur Seite vergewisserte sich Tikian, dass der Rausschmeißer keine Anstalten machte, ihn anzugreifen. Dann erreichte er die Theke. Der Wirt war ein großer, stämmiger Kerl mit tätowierten Armen.

»Du glaubst mir doch, nicht wahr? Ich kann nichts dafür, dass sie dich geholt haben und ...«

»Gib mir die Schlüssel für mein altes Zimmer und halt's Maul. Ich will noch einmal nach oben.«

»Ich habe nichts gestohlen! Es sind die Wachen gewesen, die dein Gepäck mitnahmen. Einen Schlüssel wirst du nicht brauchen. Die Tür ist noch nicht repariert und ...«

Ohne weiter auf das Gerede des Wirtes zu achten, stieg Tikian die schmale Treppe hinauf, die zu den Gasträumen führte. Auf dem oberen Absatz blickte er noch einmal zurück, um sicherzugehen, dass der Rausschmeißer sich nicht vielleicht doch dazu durchgerungen hatte, ihm zu folgen. Aber der Kerl hockte immer noch an seinem Tisch dicht bei der Tür.

Langsam ging er den Flur entlang, der zu seinem alten Zimmer führte. Es roch nach Schweiß, modernden Wänden und billigem Fusel. Aus einem der Zimmer waren das Stöhnen einer Hure und das Schnaufen ihres Liebhabers zu hören. Wie tief er gesunken war, sich hier herumzutreiben. Er wohnte zwar noch immer in einem Hurenhaus, doch hatte seine neue Absteige wenigstens Stil.

Die Tür seines alten Zimmers lehnte an der Wand des Flurs. Der Raum war dunkel. Er dachte an Callana und ihr breites Lachen, das ihn dazu bewogen hatte, sie mit heraufzunehmen. Sie war noch so jung gewesen ...

Unschlüssig ging er in dem Zimmer auf und ab. Es war nichts mehr zurückgeblieben, das an ihn oder die Hure erinnerte. Er hätte nicht mehr hierher zurückkommen sollen. Einen Augenblick lang glaubte er, das billige Duftwasser zu riechen, das Callana benutzt hatte. Wütend stieß er den Fensterladen auf. Er war dieser Hure nichts schuldig! Er hatte sie nicht ermordet und wurde auch nicht mehr des Mordes beschuldigt. Sie war eine Diebin gewesen und hatte sich ihr Ende selbst zuzuschreiben!

Der Fechter lehnte sich aus dem Fenster und blickte zu der Stelle hinunter, wo man Callana gefunden hatte. Eines der Fenster auf der anderen Seite des Hofes war erleuchtet. Deutlich konnte er den Schatten einer Frau erkennen. Der Umriss kam ihm vertraut vor. Es war die Frau, die dort auch in der Mordnacht gesessen hatte.

Von der Straße her ertönte lautes Rufen. »Räumt die Häuser! Ich will hier keinen mehr sehen. Und jetzt bewegt euch endlich, Sauhaufen!«

Eine Gruppe Soldaten erschien auf dem Hof. Das Licht im Fenster gegenüber verlosch. Tikian fluchte und stürzte zur Tür. Er durfte die Fremde jetzt nicht verlieren. Sie musste etwas gesehen haben! Vielleicht konnte sie den Mörder beschreiben?

Auf der Treppe kamen ihm zwei Kämpferinnen mit gezogenen Schwertern entgegen. Sie trugen goldverzierte Helme und schwarze Waffenröcke, die auf der Brust eine goldgelbe Scheibe zeigten. Es waren Kriegerinnen der Dukatengarde, einer Eliteeinheit, die für die Sicherheit des Silberbergs und der Grandenvillen verantwortlich war. Tikians Hand glitt zum Rapier.

Unten am Tresen konnte er sehen, wie der Wirt mit einem weiteren Kämpfer der Garde sprach und dann hinaufzeigte. Tikian fluchte leise und trat ein Stück vom Treppenabsatz zurück. Die Söldnerinnen waren vor ihm stehen geblieben.

»Wir sind nicht deinetwegen hier, Kerl! Erspar uns, dich in Stücke zu schneiden. Mach jetzt Platz!«

Ganz langsam nahm Tikian die Hand vom Korb des Rapiers, jeden Augenblick auf einen überraschenden Angriff gefasst. Er trat ein Stück zurück, damit die beiden Söldnerinnen weitergehen konnten. Auch sie blieben misstrauisch. Ohne den Blick von ihm zu wenden, kamen sie die Treppe hoch und traten dann in den Flur, aus dem Tikian gekommen war.

»Komm jetzt da runter, Mann!«, rief der Söldner, der unten neben dem Wirt stand. »Wir sollen dafür sorgen, dass das Haus geräumt wird, und wenn du dich nicht langsam ein bisschen beeilst, komme ich rauf und werd dir Beine machen.«

Noch immer im Zweifel, ob die Söldner nicht doch auf der Suche nach ihm waren, stieg Tikian die Treppe hinab und ging auf den Ausgang zu. Von draußen war lautes Rufen zu hören. Offenbar wurde noch ein weiteres Haus geräumt. Er atmete auf. Es ging wohl tatsächlich nicht um ihn!

Erleichtert trat er aus dem Gasthaus. Männer mit Fackeln und Laternen drängten sich durch die Gasse und scheuchten Gestalten mit verängstigten Gesichtern vor sich her. Tagelöhner und Bettler, Huren und Söldner. Einige waren noch halb nackt, als habe man sie beim Rahjaspiel gestört. Schweiß schimmerte auf den Gesichtern. Eine fast greifbare Spannung lag in der Luft, und es war so schwül, dass jeder Atemzug zur Qual wurde. Vom Meer her brandete dumpfes Donnergrollen gegen die Stadt.

Tikian versuchte, sich zwischen den Menschen hindurch zum Hof zu drängen, um dort nach der Frau am Fenster zu suchen, doch unter dem Torbogen wurde er von Söldnern der Dukatengarde angehalten.

»Was geht dort vor sich?«

»Ich glaube kaum, dass dich das etwas angeht!« Ein hochgewachsener Krieger baute sich vor Tikian auf. »Du tätest gut daran, von hier zu verschwinden!«

»Ich will zu meiner Frau«, log der Fechter.

»Hier wirst du sie nicht finden, und wenn du jetzt nicht ...«

»Lass ihn in Frieden, Soldat!«

Eine Gestalt mit breitkrempigem Hut und schwarzem Ledermantel erschien hinter dem Söldner. »Es ist gut, dich zu treffen, Tikian. Ich habe einiges mit dir zu bereden.«

»Hat es dich vom Silberberg wieder in die Niederungen des Lebens verschlagen, Elena?« Tikian lächelte abweisend. Sie hatte ihm gerade noch gefehlt! »Wie dem auch sei ... ich wüsste nicht, was wir beide uns noch zu sagen hätten.«

»So nachtragend, Fechter? Es wäre besser für dich, wenn du ...«

»Vergiss es! Die Zeiten, in denen ich mir aus deinem Munde angehört hätte, was besser für mich ist, sind unwiderruflich vorbei. Wenn du etwas von mir willst, empfange ich dich gern morgen zur Mittagsstunde im *Opalpalast*.« Ohne die Magierin noch eines Blickes zu würdigen, wandte er sich ab. Er musste sich beeilen, wenn er die Frau vom

Fenster noch finden wollte. Sicher hatten die Söldner sie schon aus ihrem Haus geholt.

Die Krieger hatten inzwischen die Gasse abgesperrt und winkten Tikian durch ihre Reihen. Die meisten der Vertriebenen kauerten mit gesenkten Häuptern entlang der schmutzigen Hauswände und tuschelten leise miteinander. Irgendwo fluchte eine Hure lautstark, dass die Gardisten ihr ein glänzendes Geschäft verdorben hätten. Einige Neugierige reckten die Hälse, um zu sehen, was vor sich ging, doch abgesehen von den Söldnern der Dukatengarde war niemand in der Gasse neben der Absteige zu sehen.

Tikian musterte die Gesichter, doch die Frau vom Fenster konnte er nicht finden. Obwohl er kaum mehr als ihren Schattenriss gesehen hatte, war er sich sicher, dass er sie wiedererkennen würde.

Etwas abseits der anderen hockte der Wirt aus der Absteige in einer Tür und starrte zu seinem Haus hinüber.

»Als ich die Soldaten auf der Treppe sah, dachte ich einen Augenblick lang, du hättest mich ein zweites Mal verraten.« Tikian lächelte zweideutig. »Aber ein kluger Mann macht ja nur selten zweimal denselben Fehler.«

»Ich habe dich noch *nie* verraten ...« Der Wirt rutschte ein Stück tiefer in den Hauseingang. Seine Stimme überschlug sich vor Angst. »Du siehst doch, dass es ihnen nicht um deinen Kopf geht, *Häuter*. Ich habe nur erklärt, wie viele Gäste noch oben in den Zimmern waren, als ich zur Treppe zeigte. Ich würde niemals ...«

»Sag mir, wo die Frau aus dem Haus auf der anderen Seite vom Hof steckt, und ich werde dir den Ärger nachsehen, den ich in deinen vier Wänden zu erdulden hatte. Mein Wort als Ehrenmann darauf.«

Der stiernackige Wirt leckte sich mit der Zunge über die Lippen. Er vermied es, ihm in die Augen zu sehen. »Frau? Was für eine Frau meinst du?«

»Die Frau, die dort nachts an dem erleuchteten Fenster im Erdgeschoss sitzt«, entgegnete Tikian gereizt.

»Ich weiß nicht, von wem du sprichst ... Ich ... In dem Haus lebt niemand ... Ich habe dort noch nie ... ein erleuchtetes Fenster gesehen«, stotterte der Wirt.

Wütend packte Tikian den Kerl am Kragen und zerrte ihn auf die Beine. »Es ist keine halbe Stunde her, dass in diesem Fenster noch Licht gebrannt hat. Erzähl mir nicht, du wüsstest nicht, was in deiner Nachbarschaft vor sich geht!«

»Ich würde dir niemals widersprechen ... Du weißt, ich war im Schankraum ... Wie hätte ich da das erleuchtete Fenster sehen können ... Du musst mir glauben. Ich habe noch nie eine Frau in dem Haus gesehen. Ein paar Bettler übernachten dort manchmal ... Aber die machen kein Licht ...« Die Augen des Wirts waren vor Angst geweitet.

»Du weißt, warum man mich den *Häuter* nennt«, flüsterte Tikian und stieß den Wirt tiefer in den Schatten des Hauseingangs.

»Ich hörte, dass du zu Unrecht angeklagt wurdest und dass du ...«

»Trotzdem nennst auch du mich *Häuter*.« Der Fechter zog seinen Parierdolch. »Vielleicht hast du ja recht ... Was ist mit der Frau?«

»Ich weiß nichts!«, kreischte der Wirt. »Ich habe dort niemals eine Frau oder ein erleuchtetes Fenster gesehen! Bitte, im Namen der Zwölf, glaube mir!«

»Wenn ich die Frau finde, werde ich sie nach dir fragen. Ich hoffe für dich, dass du nicht gelogen hast. Wenn sie dich kennt, sei gewiss, dass wir uns wiedersehen ...«

»Bei allen Alveraniern, ich würde dich niemals belügen und ...«

Tikian glaubte nicht, dass der Wirt es wagte, falsches Zeugnis im Namen der Zwölf abzulegen. Auch war seine Angst zweifellos nicht gespielt. Es schien, als kenne er die Frau wirklich nicht. Der Fechter spuckte in eine Pfütze und zog sich den ledernen Umhang enger um die Schultern. Dann musste er eben andere Nachbarn befragen ...

Elena blickte Tikian nach, bis er hinter den Wachen, die die Gasse abriegelten, verschwunden war. Seine Worte hatten sie verletzt. Sie konnte seinen Zorn verstehen, und doch hatte sie gehofft, dass ihr Wiedersehen anders verlaufen würde. Seine Kälte, seine Boshaftigkeit, das waren Züge, die sie bislang nicht an ihm gekannt hatte. Es war die richtige Entscheidung gewesen, ihn zu verlassen! Jeder andere Gedanke war nichts als schwärmerische Gefühlsduselei!

Sie wandte sich um und rieb sich fröstelnd die Arme. Trotz der schwülen Hitze wurde ihr plötzlich kalt. Draußen über dem Meer zuckte ein gewaltiger, fünffach gegabelter Blitz über den Himmel. Er erinnerte an eine riesige, knöcherne Klauenhand, die nach Efferds Reich zu greifen versuchte. Einen Lidschlag lang war der Himmel in helles Licht getaucht, dann kehrte die Finsternis zurück, und den geblendeten Augen der Magierin erschien sie noch tiefer als zuvor. Es dauerte einige Herzschläge, bis das dumpfe Grollen des Donnerschlags die steilen Klippen der Stadt erreichte. Aus den Augenwinkeln sah Elena, wie eine der Söldnerinnen flink ein Schutzzeichen gegen das Böse schlug. Dieses dumme, abergläubische Kälbchen! Sie hatte sich im Töten ausgezeichnet, denn sonst wäre sie niemals in die Dukatengarde aufgenommen worden – doch ein einfaches Gewitter jagte ihr Angst ein. Was wohl wäre, wenn sie schon jetzt wüsste, welche Schrecken diese Nacht noch für sie bereithielt? Würde sie davonlaufen? Die Magierin lächelte.

Elena trat auf den Hof zurück. Ariel ben Drou hatte gerade den Bannkreis um das Hexagramm geschlossen, das er für seinen Zauber benötigte. Die Magierin begutachtete die Zeichnungen auf dem Boden. Über jeden Zacken des Sterns war eines der sechs Elementarzeichen gemalt, und in den doppelten Kreis hatte Ariel jene Worte der Macht geschrieben, die verhindern würden, dass die Kreatur den magischen Zirkel verlassen könnte.

»Hilf mir!« Der Tulamide hatte begonnen, Steine aus dem Schutt der bröckelnden Mauern, die den Hof flankierten, zu sammeln. »Du weißt ja, was zu tun ist!«

Orlando, der das Ritual beaufsichtigte, warf ihr einen misstrauischen Blick zu. Ariel hatte inzwischen einen kopfgroßen Stein zur Mitte des Hexagramms getragen und gab ihr einen Wink, ihm zum Schutthaufen zu folgen.

»Wie verbunden bist du diesem Granden Oboto Florios?«, flüsterte der Magier leise, als sie gemeinsam weitere Steine zwischen den Trümmern hervorholten.

»So verbunden wie einer Sandviper, die mich gerade in den Arm gebissen hat.«

»Es freut mich zu hören, dass ich mich nicht in dir getäuscht habe, meine Schülerin. In dieser Nacht werde ich der Familie Florios dienen und gute Miene zu ihrem bösen Spiel machen, doch es freut mich, in dir eine Verbündete auf dem Silberberg zu haben, wenn der Tag meiner Rache kommt. Gestattest du mir, in deinen Gedanken zu lesen, um mich von deiner Aufrichtigkeit zu überzeugen?«

»Wann immer Ihr dies wünscht, Meister.«

Ariel lächelte. »Diese Antwort soll mir vorerst genügen.« Er hob einen Stein auf und ging zum Zirkel zurück. Elena tat es ihm gleich und achtete sorgfältig darauf, keine der Linien zu berühren, die Ariel mit blauer Kreide auf den steinigen Boden gemalt hatte.

Noch fünfmal machten sie den Weg zum Trümmerhaufen, bis sich schließlich in der Mitte des Hexagramms ein kleiner Berg aus Steinbrocken erhob. Dann begann Ariel, jene Formel zu sprechen, mit der man die Dschinne, die in den Felsen lebten, herbeirief. Zunächst sagte er die Worte der Macht langsam, fast so, als sei seine Zunge gelähmt. Doch mit jedem Mal, das er sie wiederholte, wurde er ein wenig schneller, und seine Stimme ertönte lauter. Die Söldner, die sie auf den Hof begleitet hatten, zogen sich unter den Torbogen zurück, und Elena konnte ihren Gesichtern nur allzu deutlich anmerken, was sie von dem Ritual hielten. Selbst Orlando war bis an die Wand des Hofs zurückgewichen.

Zuletzt sprach Ariel die Worte so schnell, dass man sie kaum noch auseinanderhalten konnte, und sein Rufen übertönte den Donner des näher kommenden Gewitters, als die Felsbrocken inmitten des Hexagramms plötzlich auseinanderstoben wie Laub, in das der Herbstwind gefahren war. Eine dunkle Gestalt wuchs aus dem rissigen Pflaster. Elena konnte den Boden unter ihren Füßen vibrieren fühlen. Ihr Hals war trocken, und ihre Augen hingen wie gebannt an dem eckigen Gesicht mit den gelb glühenden Augen, das Ariel mit unbewegter Miene beobachtete. Fast drei Schritt maß die Gestalt, die zu ihnen herabblickte. Es währte nur wenige Herzschläge lang, dass sich der Dschinn und Ariel mit Blicken maßen, und doch erschien es Elena, als würde eine Ewigkeit vergehen, bis die steinerne Gestalt zu ihnen sprach.

»Du hast mich gerufen, Meister. Wie kann ich dir zu Diensten sein?« Seine Stimme klang wie ein Echo, das dutzendfach von den Wänden einer weitläufigen Höhle zurückgeworfen wird.

»Unter diesem Hof muss es eine verschüttete Kammer geben, in der die Gebeine mehrerer Toter liegen. Ich bitte dich, Dschinn, bringe sie zu mir herauf, denn sie sollen nach dem Ritus dieser Stadt beerdigt werden.«

»Dein Wunsch ist mir Befehl, Meister!« Die dunkle Stimme des Dschinns war beinahe körperlich spürbar, so wie die Klänge mächtiger Trommeln, die einem in den Bauch fahren. Langsam verschmolz die Gestalt wieder mit dem Pflaster, und Elena seufzte erleichtert, als der Dschinn ganz verschwunden war.

Ein gleißender Blitz zuckte über den Himmel, und diesmal war der Donner fast im selben Augenblick zu hören. Der Gewittersturm hatte die Stadt erreicht. Elena warf ihrem Meister einen besorgten Blick zu, doch Ariel hatte die Arme über der Brust gekreuzt und schien ganz in ein Gebet versunken zu sein. Ob er wohl Rastullah darum bat, die Regenwolken, die dem Gewitter folgen würden, noch ein wenig zurückzuhalten?

Leise klappernd fiel ein schwärzlicher Knochen auf das Pflaster. Ein zweiter folgte und ein dritter ... Dann schob sich ein gewölbter Schädel aus dem felsigen Boden und rollte Elena vor die Füße. Immer mehr Knochen wuchsen aus dem Pflaster und türmten sich innerhalb des Bannkreises, und schließlich erschien auch wieder die ehrfurchtgebietende Gestalt des Dschinns. Im gleichen Augenblick schlug ein Blitz irgendwo ganz in der Nähe ein. Elena konnte den Boden unter ihren Füßen erbeben spüren, und das laute Donnergrollen dröhnte in ihren Ohren.

»Ich muss dich warnen, Meister! Dieser Ort ist durch unheilige Handlungen besudelt. Es gibt Mächte, die versuchten, mich bei der Ausführung deines Befehls zu behindern. Sie haben mir Schmerzen zugefügt!« Der Dschinn trat aus dem Hexagramm heraus, doch er konnte die Barriere des Bannzirkels nicht überwinden.

»Hörst du, Meister? Ich habe für dich leiden müssen! Sie sind jetzt auf dich aufmerksam geworden und versuchen, mir zu folgen.«

Elena wollte der Gestalt durch einen Bannspruch Einhalt gebieten, doch ihre Zunge war gelähmt vor Angst.

»Wer ist auf mich aufmerksam geworden?« Ariel sprach ruhig und beherrscht. Es schien, als kenne er keinerlei Furcht.

Wieder zuckte ein Blitz über den Himmel. Eisiger Wind pfiff über den Hof. Die Stimme der steinernen Gestalt ging im Donnergrollen unter. Doch konnte die Magierin sehen, wie der Dschinn Ariel zu sich winkte. Im gleichen Augenblick begann es zu regnen. Als schütte man das Wasser aus Eimern vom Himmel, prasselte der Regen auf den Hof hinab und spülte die Kreidezeichen des Bannzirkels hinweg.

Drohend beugte sich der Dschinn zu Ariel hinab. Damit war der Bann für Elena gebrochen. Fieberhaft überlegte sie, was zu tun sei. Um einen Dschinn zu vertreiben, müsste sie einen neuen Bannkreis ziehen, doch der Regen würde die Kreide sofort wieder wegspülen. So hob sie drohend ihren Zauberstab und trat der Steingestalt entgegen.

»Weiche zurück in dein Element! Dein Dienst ist beendet!«, schrie sie über das Rauschen des Regens hinweg. Es war völlig dunkel auf dem Hof. Der Sturmwind hatte Fackeln und Laternen gelöscht. Nur hin und wieder vertrieb der helle Schein eines Blitzschlags für Augenblicke die Finsternis. Die Dunkelheit jedoch, die auf solche Augenblicke des Lichts folgte, schien nur noch dichter und undurchdringlicher als zuvor. Elena ließ den Stein an der Spitze ihres Stabes erglühen, und ein warmer, goldener Schein erhellte den Hof. Der steinerne Riese war verschwunden. Ariel packte sie am Arm und zog sie zu einer Mauernische. Sein Haar hing ihm in nassen Strähnen ins Gesicht. Die Schminke, die er um die Augen aufgetragen hatte, floss ihm wie schwarze Tränen über die Wangen.

»Ich danke dir für deine Hilfe, doch er wollte mir nichts tun. Er hat mir einen Namen zugeraunt, den er an diesem Ort nicht laut auszusprechen wagte. Ging es dir auch so, dass du gefroren hast, als wir den Hof zum ersten Mal betraten?«

Die Magierin nickte.

»Es ist die Kälte der Niederhöllen, die in diesen Steinen nistet und die sie nie wieder verlassen wird. Hier sind schreckliche Dinge geschehen. Man hat die Herrin der blutigen Wollust gerufen, und der Übergang zu ihrer Sphäre ist an diesem Ort so fließend, dass es ausreichen mag, ihren dämonischen Namen laut auszusprechen, um sie zu locken.«

»Du weißt, dass hier erst vor wenigen Tagen ein Mord geschehen ist?«

Ariel hob überrascht die Augenbrauen. »Ich kümmere mich nur wenig um das, was in der Stadt geschieht. Geschah es wirklich hier auf dem Hof?«

»Eine Hure. Man hat sie gehäutet und ...«

»Gehäutet! Bei Rastullah und all seinen himmlischen Dienern! Weißt du, was das bedeutet? Die Herrin mordet jene, derer sie überdrüssig wird, und man sagt, dass sie eine blutrote Robe aus der Haut ihrer Opfer trägt. Was, zum Henker, will Oboto mit den Toten, die wir hier aus der Erde geborgen haben?«

Elena zuckte mit den Schultern. »Zwei seiner Ahnen befinden sich unter ihnen, doch ich fürchte, es geht ihm um mehr ...«

KAPITEL 19

Takate reckte sich. Endlich hatten die Schmerzen ein Ende. Ganz schwach hörte er das Donnern der großen Himmelstrommel. Verwirrt blickte er auf seine Hände. Sie hatten sich verändert. Die Finger erschienen ihm jetzt länger und von der Farbe eines blassen Gelbs. Vorsichtig streckte er die Rechte aus und ballte sie dann zur Faust. Er konnte hören, wie seine Knöchel leise knackten, so als passten die Gelenke nicht richtig zueinander. Wenn er die Hand bewegte, kehrte der Schmerz zurück.

»Was geschieht mit mir, Mutter?«

»*Ich habe deinen Leib gestärkt, damit du deinen Gegnern besser widerstehen kannst. Du vermagst ihnen nun mit bloßen Händen das Herz aus der Brust zu reißen. Du wirst zum Schrecken der Ungerechten und der Sklavenschinder werden. Dein Name wird bald in aller Munde sein, und es wird still werden, wenn man von Takate dem Rächer spricht.*«

Der Krieger erhob sich und reckte sich. Die weite Robe behinderte ihn nicht mehr. Es war fast so, als habe er sie schon immer getragen, ja, als sei sie ein Teil von ihm. Suchend tasteten seine Augen durch die weite Höhle. Er konnte sich kaum noch erinnern, wie er in der letzten Nacht hierhergekommen war. Obwohl es nirgends Licht gab, erkannte er alles so deutlich, als scheine das goldene Himmelsauge ungehindert durch den Fels in die Höhle hinein.

Es roch hier nach Rauch und totem Fleisch. Überall, wohin er auch blickte, lagen verbrannte Leiber und geschwärzte Knochen.

»*Vor vielen Sommern hat es ein großes Feuer gegeben, in dem Hunderte von Blasshäuten starben. Es waren zu viele Leichen, um sie so, wie es sonst die Art der Weißen ist, in der Erde zu verscharren. So haben sie die Toten hier heruntergeschafft. Seitdem wagte es niemand mehr, diesen Ort zu betreten. Er ist tabu! Du wirst hier sicher sein, mein Sohn. Doch nun lass uns gehen. Die Stunde der Jagd ist gekommen.*«

Geleitet von der Stimme seiner Mutter, fand der Krieger seinen Weg durch die Höhlen. Manche von ihnen waren natürlich entstanden, anderen sah man an, dass sie von Menschenhand geschaffen waren. Es gab große Hallen, in denen sich Wasser sammelte, und einmal überquerte Takate sogar einen trüben Bach, der sich ins Innere des Felsens ergoss. Bald bemerkte der Keke-Wanaq Gestalten, die sich bei seinem Anblick ängstlich in Höhlen oder hinter Gesteinstrümmern duckten. Andere knieten vor ihm nieder, und es schien, als wollten sie ihm ihre Ehrerbietung zeigen. Sie alle wirkten krank oder verkrüppelt, und ihre hageren Leiber waren in stinkende Lumpen gehüllt. Sie erinnerten ihn ein wenig an Ratten, die verstohlen jede seiner Bewegungen beobachteten.

Endlich erreichte er eine Höhle, die sich zu einem schmalen Felssims hin öffnete. Von dort konnte man auf das große Wasser hinabschauen. Der Himmel war mit dunklen Wolken verhangen, und die Luft erfüllte das Rauschen des Regens. Der Krieger schlug die Kapuze zurück, legte den Kopf in den Nacken und genoss den Sturmwind und das warme Wasser. Endlich war er der bedrückenden Enge der Höhlen entkommen. Hier war sein Platz! Nicht irgendwo unter der Erde versteckt, so als sei er ein Wurm, der sich vor dem Angesicht seiner Feinde verbergen musste. Er war Takate, der größte Krieger aus dem Volk der Keke-Wanaq, und er würde Verderben in die steinernen Hütten tragen.

Stufen waren aus der Steilklippe geschlagen worden, sodass es sowohl einen Weg nach oben wie auch nach unten gab. Der Krieger entschied sich dazu, dem Himmel entgegenzusteigen. Fast hatte er den Rand der Klippe erreicht, als ihm eine kleine Gestalt entgegenschwankte.

»Mach mir Platz, du ... Kuttenträger.«

Einen Herzschlag lang betrachtete der Krieger verwundert den kleinen Mann, der ihm kaum bis zum Nabel reichte. Auch war er erstaunt, wie deutlich er die Zunge verstehen konnte, in der der kleine Kerl sprach.

»Hörscht du nischt? Vor dir schteht Tobigon Schteinfaust ... und es wird dir übel ergehen ... wenn du mich erzürnst!«

»Du drohst mir, halber Mann?« Takate ging in die Knie, sodass ihre Gesichter jetzt auf einer Höhe waren.

»Mach Platz, bevor ich dich unter meinem Absatz zerque... zerquesch... ich meine zermalme.«

Der Krieger lachte.

Bring ihn um! Er wohnt auf einer der schwimmenden Hütten, die zu den Inseln im großen Wasser fahren, um dort deine Brüder zu Sklaven zu machen, mein Sohn. Er bedient einen großen Bogen, mit dem man Pfeile verschießt, die so lang wie Speere sind, und er hat schon vielen deiner Brüder Tod und Verderben gebracht.

»Du willscht wohl Ärger, Hundschfott!«

Takates Rechte schoss vor und umklammerte die Faust des kleinen Mannes, noch bevor dieser richtig ausgeholt hatte. Wie die Zangen eines Flusskrebses hatte seine Krallenhand zugepackt. Ohne dass er es wollte, drückte er immer fester, bis das trockene Knacken brechender Knochen zu hören war.

»Bitte ... aufhören ...«, wimmerte der kleine Mann.

Mach Schluss mit ihm!

Der Krieger packte den kleinen Kerl mit der Linken beim Gürtel und hob ihn langsam hoch. Neugierig musterte er die roten Haare, die dem Kleinen überall im Gesicht wuchsen und die zu Zöpfen geflochten waren. Selbst aus der Nase sprossen ihm Haare!

»Bitte nischt ... Es tut mir leid ... wenn isch disch beleidigt habe ...«

Takate spürte den Atem des kleinen Kerls auf dem Gesicht. Er roch nach Feuerwasser. Der Mann hatte Augen so blau wie der Himmel zur Mittagszeit. Es schien, als rollten ihm Tränen über die Wangen, doch mochten es auch Regentropfen sein. Langsam hob der Krieger den Kleinen über die Brüstung, die die Treppe zum Abgrund hin sicherte. Dann ließ er ihn fallen. Ein kurzer, gellender Schrei hallte durch die Nacht. Dann war ein dumpfer Aufschlag zu hören, und es wurde wieder still bis auf das Rauschen des Regens.

Der Krieger spürte eine seltsame Beklemmung. Er lehnte sich über die Brüstung und blickte in die dunkle Tiefe. Noch einmal sah er die himmelblauen Augen des kleinen Mannes vor sich.

»Vergiss ihn! Er war ein Mörder, und du hast ihn gerichtet! Es war gerecht, was du getan hast! Steig die letzten Stufen hinauf, und ich werde dich zu dem Mann führen, der im Wald versuchte, dich zu töten.«

Tikian starrte in den halbleeren Bierkrug vor sich auf dem Tisch. Es war kein guter Tag heute! Niemand hatte ihm etwas über die Frau am Fenster erzählen können. Alle, die er gefragt hatte, behaupteten, das Haus sei nicht bewohnt. Nur hin und wieder übernachteten Bettler dort. Ob es wohl etwas gab, was sie fürchteten? Der Fechter konnte nicht begreifen, warum sie alle logen. Er hatte die Frau mehrfach gesehen. Und das Zimmer war in einem warmen Licht erleuchtet gewesen, so als würden dort Kerzen oder Öllämpchen brennen. Morgen Nacht würde er zurückkehren, um nach ihr zu suchen.

Nachdem die Söldner den Hof geräumt hatten, war er noch einmal zurückgekehrt, doch diesmal waren alle Fenster in der verfallenen Häuserfassade dunkel gewesen. Er war zwischen den Ruinen herumgeklettert und hatte nach ihrem Zimmer gesucht, doch all seine Bemühungen blieben vergebens. Das alte Haus war wie ein Labyrinth, und es mochte wohl sein, dass er mehrfach an ihrem Zimmer vorbeigelaufen war, ohne es zu bemerken. Er würde bei Tageslicht wiederkehren! Dann musste es ein Kinderspiel sein, sie zu finden. Er brauchte nur die Fassade am Hof zu betrachten und sich die ungefähre Lage ihres Zimmers zu merken. So hätte er einen Anhaltspunkt, wenn er ein zweites Mal durch die ausgebrannten Zimmer irrte.

Tikian hatte gehofft, Gion hier oben im *Bidenhänder* zu treffen, doch der Schütze war nicht dort. Warum auch. Wahrscheinlich war er erschöpft davon, seine Männer das Töten zu lehren. Vielleicht hatte Gion recht gehabt, und es war klug, die Stadt zu verlassen und sich dem Heer anzuschließen, das im Hafen lagerte.

Der Blick des Fechters schweifte durch die Schenke. Es waren nur wenige Krieger hier an diesem Abend. Helle Tabakschwaden zogen wie Wolken unter den Balken der Holzdecke dahin. Die Stube hallte von leisem, einschläferndem Gemurmel wider. Den Geschichten längst vergangener Heldentaten, die mit jedem Mal, da sie erzählt wurden, noch ein wenig an Glanz dazugewannen.

Ihm gegenüber saß eine Kriegerin. Ihr langes braunes Haar war zu Zöpfen geflochten. Sie trug ein geschwärztes Kettenhemd und starrte, seit Tikian eingetreten war, auf einen Fleck irgendwo hinter ihm an der Wand. Gelegentlich ließ sie die dünne Stange aus zusammengerollten Tabakblättern von einem Mundwinkel in den anderen gleiten, wobei stets das Glutauge an der Spitze der Zigarre aufleuchtete. Ansonsten bewegte sie sich nicht. Neben ihr lehnte ein Zweihänder an der Wand. Tikian fragte sich, ob sie in irgendeinem der Söldnerregimenter angemustert hatte oder ob sie zu gut war, um sich so billig zu verkaufen.

Weiter hinten im Halbdunkel saß eine Gruppe bärtiger Gestalten. Von ihnen brandete immer wieder lautes Lachen herüber, doch meist klang es nicht wirklich fröhlich, sondern auf schwer zu beschreibende Weise gehässig. Mit ihnen machte Korga, die einarmige Wirtin des *Bidenhänder*, das beste Geschäft an diesem Abend. Allein in der kurzen Zeit, die Tikian in der Schenke war, hatte sie schon fünf Krüge voll Wein zum Tisch hinübergetragen, und es würden sicherlich noch etliche hinzukommen, nachdem er wieder gegangen war.

Mit einem Schlag flog die Tür auf. Eine Gestalt in einer schwarzen Kutte trat ein. Ihr Gesicht blieb im Schatten einer weiten Kapuze verborgen. Der Mann oder wer immer es sein mochte, war barfuß – und daran konnte man erkennen, dass er ein Moha sein musste, denn seine Füße waren von dunkler Hautfarbe. Der Kerl war riesig, mehr als zwei Schritt groß. Sein Kopf bewegte sich merkwürdig ruckartig hin und her. Ein leises Schniefen war zu hören, fast als wolle er wie ein Jagdhund Witterung aufnehmen. Tikian lächelte. Der Gedanke war seltsam.

Alle Augen ruhten auf dem Neuankömmling, der mittlerweile in die Mitte des Schankraums getreten war. Die Gespräche der Bärtigen waren verstummt, und selbst die Söldnerin, die der unsichtbare Fleck an der Wand so gereizt hatte, wandte den Kopf zur Seite, um den Fremden zu betrachten. Seine Kutte war über der Hüfte mit einem schlichten Hanfseil gegürtet. Darin steckten eine Peitsche und ein Schwert.

Langsam drehte sich der Mann um, bis er schließlich in Tikians Richtung blickte. So verharrte er einige Atemzüge lang. Dann streckte er die Hand vor und zeigte auf den Fechter. »Ich bin gekommen, um deinen Kopf zu holen.«

»Und ich, um ein Bier zu trinken.« Tikian lachte verschmitzt. »Das ist kein Tag, um Geschäfte zu machen. Komm morgen wieder, um mit mir über den Tod zu reden.«

Der Fremde schob seine Kapuze zurück. Er hatte ein breites Gesicht mit einer mächtigen Adlernase, die sich weit über seine schmalen Lippen beugte. Seine Augen waren dunkel, fast schwarz. Den vorderen Teil seines Schädels hatte er kahl rasiert, die übrigen Haare waren zu einem Knoten im Nacken zusammengesteckt. Auf den Kehlkopf des Mannes war eine große weiße Spinne gemalt, die mit ihren langen Beinen über die Wangen des Kriegers bis zu seinen Schläfen hinaufgriff.

»Erinnerst du dich noch an mich, Blasshaut?«

Tikian begriff, dass der Fremde nicht zu Späßen aufgelegt war. Er war tatsächlich gekommen, um sich seinen Kopf zu holen. Angespannt musterte er ihn, während seine Rechte nach den Waffen tastete, die neben ihm auf der grob gezimmerten Holzbank lagen. Er konnte sich nicht erinnern, den Krieger schon einmal gesehen zu haben.

»Hast du schon so viele Feinde getötet, dass du dich nicht einmal mehr an ihre Gesichter entsinnen kannst, Blasshaut?«

»Meine Toten kenne ich sehr wohl. Das ist auch der Grund, warum du mir so fremd bist. Zu ihnen scheinst du ja nicht zu gehören.«

»Manchmal trügt der Schein. Und jetzt mach dich zum Sterben bereit.« Der Fremde zog seine Waffen aus dem Gürtel, und wie eine Viper schnellte seine Peitsche vor, um den Bierkrug vor Tikian vom Tisch zu fegen.

Der Fechter winkelte die Beine an und stemmte sich gegen die Kante der Tischplatte, sodass das schwere Möbelstück dem Fremden entgegenstürzte. Mit einem Satz war Tikian auf den Beinen und griff nach seinen Waffen. Der Kerl musste einer der Kopfjäger sein, die man auf ihn angesetzt hatte. Consuela hatte also recht gehabt mit ihren Warnungen. Doch mit ihm würde er schon noch fertig werden!

Wieder schoss die Peitsche vor, und Tikian musste sich mit einem hastigen Sprung zur Seite in Sicherheit bringen. Durch die Reichweite der Peitsche hatte sein Gegner ohne Zweifel einen Vorteil. Für lange Spielchen blieb also keine Zeit. Er musste den Kerl so schnell wie möglich kampfunfähig machen.

Gehetzt blickte er sich in der Schenke um. Die übrigen Söldner verfolgten gespannt das Duell. Mit ihrer Hilfe brauchte er nicht zu rechnen. Die Peitsche des Mohas schnellte so dicht an seinem Gesicht vorbei, dass Tikian den Luftzug auf der Wange spüren konnte. Er sollte besser aufpassen!

Zwischen ihm und dem Affengesicht lag der umgestürzte Holztisch, sodass es unmöglich schien, den Fremden von vorne anzugreifen. Tikian fluchte leise. Die Sache mit dem Tisch war ein Fehler gewesen! Er machte zwei Schritt nach rechts, um das Möbelstück zu umrunden, doch der Moha wich nach links aus, sodass sich der Abstand zwischen ihnen nicht verringerte. Ein Peitschenhieb traf ihn am Arm, zerfetzte sein Hemd und ließ einen blutigen Striemen zurück. Tikian biss die Zähne zusammen. Er durfte sich nicht aus der Ruhe bringen lassen!

Sein Blick fiel auf die Hände des hünenhaften Moha. Er trug gelbe Handschuhe, die mit merkwürdigen Schuppen aus Horn besetzt waren, sodass die Finger fast wie Krallen wirkten.

Noch einmal versuchte Tikian, um den Tisch herumzukommen. Erst machte er einen Satz nach links, dann wechselte er jäh die Richtung und stürmte nach rechts, doch es war, als könne der Moha seine Gedanken lesen. Er folgte jeder seiner Bewegungen, und es schien unmöglich, ihm näher zu kommen.

Verzweifelt sah sich der Fechter nach einem Fluchtweg um. Es gab keine Möglichkeit zu entkommen, ohne dem Fremden den Rücken zuzuwenden. Er musste ... Die hölzernen Säulen! Tikian trat einen Schritt zurück, und fast augenblicklich erfolgte der nächste Angriff mit der Peitsche. Der Fechter warf sich nach vorn auf den Boden. Die lederne Schnur zischte über ihm durch die Luft und wickelte sich dann mit einem Klatschen um die Holzsäule, vor der er gestanden hatte. Der Moha versuchte, die Waffe mit einem Ruck wieder frei zu bekommen.

Tikian stieß sich vom Boden ab und sprang nach vorn. Der Kopfjäger hob sein Schwert, sodass die Spitze auf die Brust seines Gegners zeigte. Mit einem Rückhandschlag fegte Tikian die Klinge mit seinem Rapier zur Seite, den Dolch in der Linken zum tödlichen Stich gesenkt. Er prallte gegen den muskulösen Körper des Mohas, als sei er ein Fels. Der Mann verlor das Gleichgewicht, und sie beide stürzten zu Boden. Tikian stach zu, dicht unter den Rippenbogen, sodass der kalte Stahl bis hinauf ins Herz des Kopfjägers dringen musste. Doch seine Klinge rutschte ab. Trug der Kerl etwa eine Brustplatte unter der Kutte? Der Fechter stach erneut zu, und wieder glitt die Waffe ab. Dabei war nicht einmal ein metallisches Knirschen zu hören. Das konnte nicht wahr sein!

Der Moha umklammerte ihn mit den Beinen und drehte sich zur Seite. Tikian wurde herumgerissen. Nun ließ sich der Kopfjäger mit seinem ganzen Gewicht auf ihn fallen. Er stöhnte auf, als ihm die Luft aus den Lungen gepresst wurde. Sein linker Arm schoss hoch. Diesmal zielte die spitze Klinge des Parierdolchs auf die Kehle des Fremden. Er konnte beobachten, wie die Waffe genau unter dem Kehlkopf traf und dann wirkungslos zur Seite glitt, so als bestünde sein Feind nicht aus Fleisch und Blut, sondern aus gehämmertem Eisen.

Hast du schon so viele Feinde getötet, dass du dich nicht einmal mehr an ihre Gesichter erinnern kannst, Blasshaut? Die Worte des Mohas hallten in Tikians Kopf wider. Wer war das? Und was hatte er mit dieser Frage gemeint? War er ein Toter? Eine Kreatur wie jener Dämon, den sie im Dschungeltempel bekämpft hatten? War diese Ausgeburt der Niederhöllen zurückgekehrt, um sich an ihm zu rächen? Er musste ihm die Klinge durch die Augen treiben! Mochte die Bestie auch eine Haut wie Stahl haben, dort würde sie verletzlich sein! Tikian hob den Dolch, doch der Moha griff nach seinem Handgelenk und drückte den Arm mühelos zu Boden.

»Ich werde jetzt deinen Kopf nehmen, deine Augen und den Mund mit Lederriemen schließen. Dann werde ich das Fleisch von deinem Schädel ziehen und es trocknen, bis dein Kopf nicht mehr größer ist als eine Faust. In diesem Gefäß aus geschrumpftem Fleisch wird dein Tapam gefangen sein. Er wird mir gehören!«

Der Moha klemmte Tikians Arme unter seine Knie, dann hob er die Rechte, um nach seiner Kehle zu greifen. Verzweifelt versuchte sich Tikian aus der Umklammerung zu befreien, doch es war, als sei er in Felsgestein eingeschlossen. Voller Entsetzen starrte er auf die Hand. Der Moha trug keine Handschuhe! Seine Finger waren tatsächlich gelb und mit Schuppen bedeckt, und die Nägel glichen langen, gebogenen Jaguarkrallen.

»Praios, steh mir bei! Banne diese Kreatur in die Niederhöllen und ...«

»Dein Wimmern wird dir nichts nützen, du Wurm. Ich werde dich jetzt ...« Der Moha brach mitten im Satz ab. Wie von Geisterhand wurde er zur Seite gerissen und stürzte gegen den Tresen, wo er regungslos liegen blieb.

Über Tikian stand breitbeinig die Söldnerin, die vorhin auf der anderen Seite des Tisches gesessen hatte. Sie hielt ihren Zweihänder umfasst und ließ die glimmende Tabakrolle von einem Mundwinkel zum anderen rutschen. Ihr Gesicht war noch immer reglos wie eine Maske. »Nichts Persönliches ... Bild dir also nicht ein, ich würde in Zukunft noch mal deine Retterin spielen. Ich mag nur nicht zusehen, wie so ein Affengesicht einen von uns kaltmacht.«

Hinter ihnen ertönte ein entsetzter Aufschrei. Tikian und die Söldnerin fuhren herum. Der Moha richtete sich langsam auf. Er schien völlig unverletzt zu sein.

»Das ist Dämonenwerk!« Die Söldnerin hob ihren Zweihänder, um erneut anzugreifen. Mit einem wilden Aufschrei stürmte sie vor, doch der Moha wich geschickt aus, sodass ihre Klinge tief in das dicke Holz des Tresens fuhr. Der Krieger griff der Söldnerin nach dem Hals und brach ihr mit einer Drehung aus dem Handgelenk das Genick.

Dieser Feind war nicht zu besiegen! Tikian schob seine Waffen in den Gürtel und rannte zur Tür. Hinter sich hörte er das Krachen von Holz. Offenbar hatten die anderen Söldner einen Fensterladen eingeschlagen, um zu fliehen.

Draußen regnete es noch immer. Er wandte sich nach links, rannte eine schmale Gasse hinauf und sah dann eine Treppe, die auf eine der höher gelegenen Terrassen führte. Wenn er schnell genug war, würde er dort oben vielleicht ein Versteck finden. Und wenn diese Kreatur wirklich ein Dämon war ... Unsicher blickte der Fechter über die Schulter, um zu sehen, ob sein Verfolger ihm bereits nachsetzte, dann floh er in die Finsternis.

Takate hörte, wie sich das Klacken der Stiefel entfernte. Begierig sog er die schwüle Nachtluft ein. Der Regen streichelte sanft sein Gesicht. Er stutzte. Ein eigenartiger Geruch lag in der Luft. Es war Schweiß und ... Er kannte diesen Duft. So roch die Blasshaut, die vor ihm davonlief ...

»Du bist nun wie der Jaguar, der eine Fährte nicht mehr verlieren kann, wenn er einmal Witterung aufgenommen hat. Merkst du, wie du dich veränderst? Es ist, als würdest du noch einmal durch mich geboren, mein Sohn ... Du wirst der vollkommene Krieger und Jäger sein ... Es dauert nicht mehr lange. Noch drei- oder viermal wird das leuchtende Tagauge über den Himmel wandern, dann ist es vollendet!«

»Was ist vollendet?« Takate spürte, wie sich die Haare in seinem Nacken aufrichteten, so als habe ihn ein kalter Luftzug gestreift. Er blickte auf seine Hände oder das, was von ihnen noch übrig war. Wie würde er aussehen, wenn er neu geboren war?

»Du musst dich nicht fürchten, mein Sohn! Habe ich dir nicht wunderbare Geschenke gemacht? Du kannst bei Nacht sehen, als sei es Tag. Du vermagst selbst dort noch Witterung aufzunehmen, wo ein Jaguar die Fährte verlieren würde. Die Waffen deiner Feinde können dich nicht verwunden. Und das ist noch nicht alles ...«

Takate dachte an die blauen Augen des kleinen Mannes, den er von der Klippe gestoßen hatte. Dessen Angst! Es war unnötig gewesen, ihn zu töten. Es hatte nichts Böses in diesen Augen gelegen.

»*Vergiss ihn! Dein Mörder entkommt! Erinnerst du dich nicht mehr an den Kampf bei den sprechenden Steinen? Hast du das triumphierende Grinsen der Blasshaut vergessen, als dich der Pfeil aus dem Hinterhalt traf? Jetzt endlich ist die Zeit gekommen, Rache zu nehmen! In dieser Nacht wirst du es sein, der von der süßen Milch des Sieges trinkt!*«

Er erinnerte sich an die Bilder des Kampfes. Die Blasshaut hatte Angst gehabt, auch Verwunderung zeigte sich im Gesicht des Mannes, und Zorn, doch ein Lächeln ... Nein, er hatte nicht gelächelt! Oder ... Noch einmal spürte Takate den Schmerz des Pfeils und die Klinge des Kriegers. Und jetzt sah er es! Ja! Er lächelte!

»*Folge ihm! Dein ist die Rache! Es ist dein Recht, ihn zu töten. Er ist kein Krieger, sondern ein Mörder!*«

So war es! Takate spürte, wie der Zorn sein Herz schneller schlagen ließ. Wie hatte er nur zweifeln können! Witternd hob er den Kopf. Dann lief er an der schroffen Felswand entlang. Schon nach ein paar Schritten stieß er auf einen Weg, den man in den Stein geschlagen hatte. Die Blasshaut war hier hinaufgelaufen. Er konnte das Blut riechen, das dem Mörder den Arm hinabgetropft war.

Während er die Stufen erklomm, malte sich Takate aus, wie er seinen Gegner töten würde. Die Blasshaut sollte langsam sterben! Er würde den Kerl mit hinab in die Höhlen nehmen. Dort konnte niemand seine Schreie hören. Der Krieger lachte. Er war sich sicher, dass die Blasshaut schreien würde. Ein Keke-Wanaq hätte alle Martern schweigend ertragen, doch die Weißen waren schwach ... Sie waren keine wirklichen Kämpfer.

Takate hatte den oberen Rand der Klippe erreicht. Warmer Wind zerrte an seiner regenschweren Kutte. Die Blasshaut war nach rechts geflohen. Mit langen Schritten eilte der Jäger einen sanft ansteigenden Weg hinauf. Aus den Augenwinkeln konnte er sehen, wie einige Ratten, als sie ihn näher kommen hörten, von einem Müllhaufen abließen und in eine dunkle Seitengasse flohen.

Sein Weg führte den Krieger an einer langen weißen Mauer vorbei, in der sich ein mit merkwürdigen Bildern geschmücktes Tor öffnete. Fast sah der hoch gewölbte Torbogen wie jener schillernd bunte Pfad aus, auf dem Kamaluq manchmal, wenn die Regenwolken vom leuchtenden Himmelsauge vertrieben wurden, in den großen Wald hinabstieg, um seinen Kindern nahe zu sein.

Zögernd blickte Takate auf den mit weißen Steinen bestreuten Weg, der zwischen Bäumen hindurch zu einer großen Steinhütte führte. Die Blasshaut war hier entlanggegangen, daran konnte es keinen Zweifel geben. Deutlich nahm Takate den Geruch des Flüchtenden wahr. Er schien nicht mehr weit!

Unsicher trat er auf den Weg. Die Bäume, die hier wuchsen, hatte er noch nie zuvor gesehen. Manche von ihnen trugen weiße Blüten. Andere hingen voller kleiner roter Früchte. Ja, einer der Bäume trug sogar gleichzeitig Blüten und Früchte. Ängstlich fasste Takate sein Schwert fester. Was für ein seltsamer Ort! Die Geister in den Bäumen mussten verrückt sein. Wohin war er hier nur geraten? Halb hoffte der Krieger auf eine Antwort seiner Mutter, ein paar beruhigende Worte, doch ihr Tapam schwieg.

Takate konnte jetzt den Eingang des Hauses sehen. Er wurde von mächtigen steinernen Pfählen getragen, dick wie Baumstämme. Dazwischen glänzte buntes Licht. Der KekeWanaq konnte sehen, wie sich etwas zwischen den Lichtern bewegte. Er roch Angstschweiß und Blut. Die Blasshaut! Er hatte sie gefunden. Nur ein paar Schritt trennten ihn noch von seiner Rache.

Seltsamer Rauch zog in durchscheinenden Schleiern aus der hohen Tür. Die Gestalt verschwamm zwischen den Lichtern. Ein eigenartiges Leuchten umgab plötzlich das ganze Haus, und die Dunstschwaden trieben über den Weg auf ihn zu. Sie waren jetzt nicht mehr weiß wie der Rauch nasser Äste, sondern schillerten in bunten Farben. Takate fühlte einen beklemmenden Schmerz in der Brust. Nicht so, als sei er verwundet worden, sondern ein Schmerz, wie er ihn an dem Tag empfunden hatte, als die Blasshäute seine Mutter töteten. Wo blieb ihr Tapam jetzt? Warum sprach ihre Stimme nicht zu ihm? Das Licht schien wie ein Versprechen. Er wusste, dass er nur darauf zuzugehen brauchte, und sein Schmerz würde enden.

»*Flieh, mein Sohn!*« Die Stimme in seinem Innern war nur ein leises Wispern, ganz anders als sonst. Der Krieger spürte, dass auch der Geist seiner Mutter Angst vor dem Licht hatte. »*Dieser Ort gehört bösen Geistern. Wir müssen flüchten! Gegen sie können wir nicht bestehen. Schnell ...*«

Die Stimme seiner Mutter war voller Qual. Zögernd trat Takate einen Schritt zurück, ohne dabei den Blick von den schillernden Rauchschwaden zu wenden. Heiße Tränen rannen ihm über die Wangen und mischten sich mit dem warmen Regen. Was war das nur für ein böser Zauber, den die Geister um ihn gesponnen hatten? Der Schmerz in seiner Brust wurde immer unerträglicher. In der großen Hütte würde er Frieden und Vergessen finden. Alle Leiden hätten ein Ende.

Er presste sich die Krallenhände aufs Gesicht, um den Geisternebel nicht länger sehen zu müssen, und taumelte schluchzend dem Tor in der Mauer entgegen. Erst als er ein ganzes Stück gelaufen war, ließ der Schmerz in seiner Brust nach und wich einem unbändigen Zorn. Die Stimme seiner Mutter erklang nun wieder laut und voller Kraft. Sie schrie nach Rache – und Takate war bereit, sich ihr zu fügen.

KAPITEL 20

 Mit klopfendem Herzen schlug Tikian die Tür hinter sich zu. Ein Stunde oder länger hatte er noch im Tempel der ewigen Wiedergeburt gewartet, nachdem der Moha in der dunklen Kutte verschwunden war. Den ganzen Weg bis zum *Opalpalast* war er gelaufen. Er hatte beide Waffen blank gezogen und jeden Augenblick damit gerechnet, dass ihn der Dämon aus dem Schatten eines Hauseingangs anspringen würde. Als ihn die Angst packte, der unheimliche Krieger könne zu Consuela gehen, mochte er keinen Augenblick mehr in dem Tempel bleiben, obwohl es sicherlich vernünftiger gewesen wäre, dort bis zum Aufgang des Praiosgestirns auszuharren. Halb hatte Tikian darauf gehofft, sie unten in der Halle zu treffen oder vielleicht sogar hier auf seinem Zimmer. Doch das war töricht gewesen. Sicher vergnügte sie sich gerade mit irgendwelchen Gästen ...

Tikian warf den regennassen Lederumhang über die Truhe seines Großvaters, die noch immer mitten in dem kleinen Zimmer stand, schnallte sein Wehrgehänge ab, legte die Waffen auf den Tisch neben der Tür und ließ sich auf dem Bett nieder, um die alten Stiefel auszuziehen. Nach dem hellen Kerzenlicht in der Eingangshalle umfing ihn hier in seinem Zimmer wieder bedrückende Dunkelheit. Nur neben seinem Bett glomm ein winziges Flämmchen auf dem zurückgeschnittenen Docht einer Öllampe. Polternd ließ er die Stiefel auf den Boden fallen und legte sich auf das Bett.

Irgendwo im Haus erklang leises Flötenspiel. Tikian stutzte. Erschrocken richtete er sich auf. Jetzt hörte er es wieder!

Ein Geräusch wie Trommeln und doch anders, hölzern ... Seine Augen hatten sich schon besser an die Dunkelheit gewöhnt. Ängstlich blickte er sich um und verfluchte sich innerlich dafür, seine Waffen außer Reichweite abgelegt zu haben. In dem Lehnstuhl, der in der Ecke links neben der Tür stand, saß jemand. Eine Gestalt in einer Robe, die Kapuze tief ins Gesicht gezogen! Der Dämon hatte ihn gefunden! Er trommelte mit den Fingerkuppen der Linken auf die Lehne. Auf seinem Schoß lagen die beiden dünnen Bücher aus der Kiste Jacomos.

Tikian schluckte. Vielleicht konnte er ihn mit ein paar Fragen ablenken und dann aufspringen, um nach seinen Waffen zu greifen? Oder sollte er lieber aus dem Fenster springen? Er würde nicht tief stürzen ... Nein, es war besser, erst zu reden. »Was willst du von mir? Warum verfolgst du mich?«

»Lass deine Waffen lieber liegen, mein junger Freund. Zum Reden brauchen wir sie nicht, und ich bin nicht gekommen, um dir etwas zuleide zu tun.«

Die Stimme des Dämons klang jetzt völlig anders, so als sei er ein alter Mann. Welches finstere Spiel trieb diese Kreatur mit ihm?

»Du hast überall im Schlund nach deinem Großvater gefragt. Man sagte mir auch, du hättest ein Bild von ihm. Darf ich es sehen?«

»Was kümmert dich das Bild eines Toten, Kreatur der Finsternis? Mach mir nichts vor! Du bist hier, um mich zu töten. Also bringen wir es zu Ende!«

Der Fremde lachte. »Man hat mir schon viele Namen gegeben, doch *Kreatur der Finsternis* nannte mich meines Wissens noch niemand. Sollte ich dich unterschätzt haben? Weißt du mehr, als in diesem Buch hier steht? Bist du dir tatsächlich im Klaren darüber, wer ich bin? Ich habe deinen Großvater gekannt. Ich war der Letzte, der ihn lebend sah.«

Hinter dem Lehnstuhl bewegte sich etwas. Dort lauerte noch jemand. Mochte es sein, dass die Kapuzengestalt nicht der Dämon war, der ihn in der Schenke angegriffen hatte? Doch wer war es dann? Konnte er dem Mann glauben? Hatte er Jacomo wirklich gekannt?

»Nimm die Kapuze ab! Ich möchte dein Gesicht sehen. Und zeig mir deine Hände!«

»Die Hände?« Der Fremde lachte erneut. »Glaubst du, sie sehen anders aus als andere Hände?« Der Mann streifte die Kapuze zurück. Er hatte ein schmales Gesicht und kurzes graues Haar. Seine Hände waren lang und schlank.

Der Unterschied zu dem Moha aus der Schenke hätte kaum größer sein können, und doch traute Tikian dem Fremden nicht. Vielleicht war dies alles nur Blendwerk? »Was willst du von mir, alter Mann?«

»Ich möchte, dass du die Stadt verlässt, denn ich mag dich. Ich habe Respekt vor dir. Männer wie du sind selten, Tikian. Sie sterben meistens jung. Ich möchte, dass du lebst. Morgen verlassen zwei Handelsschiffe den Hafen. Das eine wird kurz vor Mittag die Anker lichten. Es segelt nach Khunchom. Das andere wird am frühen Abend mit der letzten Flut auslaufen. Sein Ziel ist Perricum. Welches möchtest du nehmen? Ich buche eine Überfahrt für dich. Oder ziehst du es vor, über Land zu reisen?«

»Mit Verlaub ziehe ich es vor, in der Stadt zu bleiben, bis ich meine Angelegenheiten geregelt habe. Ich möchte meinen Namen von dem Verdacht des Mordes reinwaschen, und ich muss herausfinden, was aus meinem Großvater geworden ist.«

Der Mann im Lehnstuhl seufzte und massierte mit Daumen und Zeigefinger seine Augenbrauen. »Du bist also ein Dickkopf, so wie dein Großvater. Ich werde dir ein Schriftstück verschaffen, aus dem hervorgeht, dass die Klage gegen dich niedergeschlagen wurde und deine Verurteilung nicht rechtmäßig war.«

»Warum tust du das für mich? Und wer bist du, dass du ein solches Papier aufsetzen lassen kannst? Gehörst du zu einer der Grandenfamilien?«

»Mir ist an deinem Leben gelegen, Tikian. Wenn du in der Stadt bleibst, wirst du sterben. Nichts kann dich retten. Bis morgen das Praiosgestirn untergeht, gebe ich dir Zeit.«

»Wer bist du, mir zu drohen, Alter? Und was weißt du über meinen Großvater?«

»Du bist ihm sehr ähnlich. Ich habe dich im Lagerschuppen am Hafen kämpfen sehen, Tikian, und ich bewundere deine Ritterlichkeit. Ich kenne keinen anderen Mann, der Jesabela das Leben geschenkt und damit sein eigenes Wohl aufs Spiel gesetzt hätte. Du ähnelst deinem Großvater. Ja, du bist ihm so ähnlich, dass du sein Schicksal teilen wirst, wenn du bleibst.«

»Was ist mit Jacomo geschehen?« Tikian war vom Bett aufgestanden und wollte näher an den Alten herantreten, um dessen Gesicht besser sehen zu können, als katzengleich eine junge Frau aus dem Schatten hinter dem Stuhl glitt, ein blankes Schwert in der Hand.

»Lass ihn! Er soll mein Gesicht sehen und meine Hände. Es ist sein Recht!« Die Frau verharrte, doch schob sie ihr Schwert nicht in die Scheide zurück. Sie war völlig in Schwarz gekleidet, trug knielange Stiefel, enge Hosen und eine Ledertunika. Auch ihr Haar war schwarz. Es fiel ihr bis weit über die Schultern hinab. Das Gesicht zeigte keinerlei Regung. Ihr Antlitz war schön, doch hatte es zugleich etwas Maskenhaftes. Nur ihre grünen Augen wirkten lebendig, und sie verfolgten misstrauisch jede seiner Bewegungen.

»Was ist mit Jacomo geschehen?«, wiederholte Tikian seine Frage.

»Er hätte sich nicht mit Alara einlassen dürfen. Er kam in die Stadt, um nach seiner Geliebten zu suchen. Dabei hätte er es belassen sollen! Ich nehme an, du kennst sein Tagebuch? Du weißt, wozu er sich von Alara hat verleiten lassen? Im Grunde ist sie es gewesen, die ihm den Tod brachte. Es war ein Fehler, sich gegen das dunkle Haupt zu erheben. Niemand kann das überleben.«

»Er hatte sich gegen den Patriarchen verschworen, nicht wahr? Das war der Grund, warum er sterben musste, und ...«

»Wenn ich dir darauf eine ehrliche Antwort geben würde, müsste ich auch dich töten, Tikian.«

»Auch ...« Der Fechter war wie vom Schlag gerührt. »Du sagtest, du seiest der Letzte gewesen, der Jacomo lebend gesehen hat! Dann bist du ...«

»Ja, ich bin sein Mörder!«

»Dafür wirst du bezahlen!« Tikian sprang vor, doch ein Tritt gegen die Brust schleuderte ihn auf das Bett zurück. Der kalte Stahl der Schwertspitze senkte sich auf seinen Hals. Das Gesicht der Frau in Schwarz blieb noch immer ohne jede Regung. Sie würde ihm, ohne mit der Wimper zu zucken, die Kehle durchschneiden.

»Dein Großvater hat in seiner letzten Stunde begriffen, was für einen Fehler er gemacht hatte. Nicht, dass er um Gnade gebeten hätte ... Dazu war er zu stolz. Doch er bedauerte, dass er sich von seiner Suche nach Saranya hatte ablenken lassen. Ich hatte sehr viel Achtung vor ihm, so wie vor dir. Er war ein ungewöhnlicher Mann. Als ich ihn stellte, legte er seine Waffen ab, so wie du, und wir haben eine Weile miteinander geredet, bevor ich ihn zu Boron schickte. Als Fechter wäre er mir vielleicht überlegen gewesen. Ich tötete ihn mit einem Wurfdolch, als er nach seinen Waffen greifen wollte. Er hat nicht lange gelitten. Jetzt, da du weißt, wie Jacomo gestorben ist, und da du mein Versprechen hast, deinen Namen von der Mordanklage reinzuwaschen, gibt es keinen Grund mehr für dich, noch länger in der Stadt zu bleiben. Geh, Tikian! Mir ist nicht daran gelegen, auch dich zu töten. Du hast bis zum nächsten Untergang des Praiosgestirns Zeit. Glaube nicht, dass du mir entkommen könntest. Habe Mitleid mit mir und erspare es mir, noch einmal das Blut eines Mannes zu vergießen, den ich für seine Ritterlichkeit bewundere. Du musst wissen, ich habe oft für deinen Großvater gebetet. Ich habe sogar nach Saranya suchen lassen. Es waren gefährliche Zeiten, damals wie heute. Ich habe sie nicht finden können. Wahrscheinlich ist sie in den Flammen umgekommen.«

Der Alte erhob sich. »Die beiden Bücher muss ich leider an mich nehmen. Es war ein Fehler von Jacomo, über das dunkle Haupt zu schreiben. Diese Schriften sollten vernichtet werden. Was den übrigen Besitz deines Großvaters angeht, magst du ihn selbstverständlich behalten.«

»Ich werde dich finden, alter Mann, und dann wirst du für das büßen, was du getan hast.« Die Klinge der Meuchlerin drückte jetzt ein wenig fester auf seinen Hals.

»Diese Drohung höre ich wahrlich nicht zum ersten Mal, doch wie du siehst, ich lebe noch immer.« Der Fremde zog die Kapuze über sein Haupt und beugte sich über Tikian. Er sah aus wie ein Borongeweihter. Mit kalten grauen Augen musterte er den Fechter. Dann griff er nach der Brosche, die Tikian um den Hals trug, öffnete sie und betrachtete die beiden Bilder.

»So also sah Saranya aus. Erstaunlich, was manche Männer für Frauen zu tun bereit sind.« Er klappte das Medaillon zu und warf es aufs Bett. »Ich werde deine Waffen mitnehmen und dem Wächter unten an der Eingangstür geben, damit du nicht auf dumme Gedanken kommst. Versuche nicht, mir zu folgen, Tikian, es wäre sinnlos. Meine Schülerin wird noch ein wenig bei dir bleiben. Reize sie nicht! Sie ist eine großartige Kämpferin, doch leider manchmal ein wenig unbeherrscht.« Der Alte zog ein kleines schwarzes Amulett aus dem Ärmel seiner Kutte und legte es Tikian auf die Brust. Er lächelte. »Das kannst du behalten. Nur damit keine Missverständnisse darüber aufkommen, wer dich heute Nacht besucht hat. Nun lebe wohl, Tikian. Ich hoffe aufrichtig, dass wir uns nie wiedersehen.«

»Mögen Dämonen dich in die Niederhöllen zerren und dich bis ans Ende aller Zeiten für deine Morde büßen lassen, du alter Bastard! Ich verfluche dich und alle deine Nachfahren! Möge jeder von ihnen aus dem Leben gerissen werden, noch bevor sich seine Bestimmung erfüllt hat!«

Ungerührt von den Flüchen verließ der Alte das Zimmer. Ein paar Herzschläge später konnte Tikian hören, wie sich unten die Tür öffnete. Im selben Augenblick schob die Meuchlerin ihre Klinge in die Scheide zurück. Ohne ihn aus den Augen zu lassen, trat sie rückwärts ans Fenster und öffnete die hölzernen Läden. Dann war sie mit einem Satz in die Finsternis verschwunden.

Mit zwei Schritten sprang der Fechter vom Bett zum Fenster und blickte auf die dunkle Straße hinab. Doch dort war niemand mehr zu sehen. Er zweifelte nicht daran, dass die Worte des Alten zutrafen. Gewiss war es sinnlos zu versuchen, ihn zu verfolgen. Mit einem Seufzer schloss er die Fensterläden und ging zum Bett zurück, um sich im Licht der Öllampe das kleine Amulett zu betrachten. Es war kaum so lang wie ein Fingerglied, aus schwarzem Obsidian gefertigt, und zeigte eine gekünstelte, menschliche Hand. »Die Hand Borons ...«, murmelte Tikian leise. Selbst Könige und Fürsten fürchteten sich vor dieser Meuchlergilde. Es hieß, dass niemand, dessen Tod sie wünschten, ihnen jemals entkommen sei.

Ein Geräusch an der Tür ließ Tikian erschrocken herumfahren. Dort stand Consuela.

»Ich konnte ihn nicht zurückhalten ... Ich habe es versucht! Er ist ...«

Tikian nickte. »Ich weiß, wer er ist. Ich weiß.«

»Er hat mich so seltsam angesehen, als er hereinkam. Ich hatte Angst vor ihm ... so wie noch vor keinem Menschen, dem ich je begegnet bin.«

»Hat er auch dir mit dem Tod gedroht? Du hast doch mit der Sache nichts zu tun.«

Die Konkubine schüttelte den Kopf. »Frag mich nicht. Du wirst es erfahren ... Aber bitte noch nicht jetzt. Es ist ...« Ihr versagte die Stimme. Zum ersten Mal sah er sie den Tränen nahe. Was mochte dieser alte Bastard ihr nur angedroht haben? Sie glaubte sich offensichtlich in Gefahr, und das alles nur seinetwegen!

»Bitte, verzeih mir! Ich bringe nur Leid und Unglück in dein Haus.« Er nahm sie in den Arm und vergrub sein Gesicht in ihrem moschusduftenden Haar. »Bitte, verzeih mir!«

»Wirst du morgen gehen?« Sie löste sich aus seiner Umarmung und blickte ihm geradewegs in die Augen. Jetzt erst sah er die großen Schweißperlen auf ihrer Stirn. Sie war leichenblass. Um ihren Hals hatte sie einen dünnen Seidenschal geschlungen, der durch die Umarmung ein wenig verrutscht war, sodass Tikian die Wunde sehen konnte, die Consuela zu verbergen suchte. Die Verletzung war halb so groß wie eine Hand und rot entzündet.

»Wirst du morgen gehen?«, wiederholte die Konkubine ihre Frage.

Der Fechter schüttelte müde den Kopf. »Ich bin doch ein Held.« Er lachte boshaft und schüttelte dann traurig den Kopf. »Ich kann nicht gehen. Ich bin es meinem Großvater schuldig.«

»Warum? Dein Großvater ist lange tot. Der Alte wird wiederkommen und dich ermorden lassen!«

»Vielleicht.« Tikian versuchte zu lächeln, doch an Consuelas Gesicht konnte er ablesen, dass es ihm wohl nicht besonders gut geglückt war. »Versuch bitte nicht, dich ihm in den Weg zu stellen. Diesmal kannst du mich nicht mehr beschützen. Er würde dich vernichten.«

Sie senkte den Blick.

»Bis morgen Abend haben wir Zeit. Lass uns diesen schrecklichen alten Mann vergessen.«

»Und dann ...«

Er nahm sie wieder in die Arme. »Diesmal werde ich dich beschützen.«

»Aber ...«

Er strich ihr sanft mit den Fingern über die Lippen. »Du sagtest, du hättest ein Leben lang auf einen Ritter wie mich gewartet. Nun bin ich hier. Aber du weißt auch, dass man den Feenrittern aus den Märchen keine Fragen stellen darf, sonst nimmt die Geschichte kein glückliches Ende.«

KAPITEL 21

Müde verschnaufte Tikian an einer Quelle, die aus dem dunklen Vulkangestein hervorbrach. Das Wasser war angenehm kühl und schmeckte ein wenig nach Eisen. Nachdem er getrunken hatte, setzte der Fechter sich auf einen der Felsen und betrachtete das Tal, das sich unter ihm erstreckte. Noch hing morgendlicher Nebel über dem Regenwald. Wie Wolken zogen Dunstschwaden durch die Niederungen, doch weiter oben am Berg hatte das Praiosgestirn den Kampf zwischen Licht und Dunkelheit bereits gewonnen. Wie Gitterstäbe stachen schmale Lichtbahnen durch das Laubdach der himmelhohen Bäume und vertrieben den Morgendunst. Es gab hier nur wenig Buschwerk, und die Baumstämme erschienen Tikian wie ein Labyrinth aus Säulen, die ein gewaltiges Dach trugen.

Der junge Adlige lehnte sich zurück und beobachtete eine Schar bunter Vögel, die durch das Geäst der riesigen Bäume hüpften. Die Stadt lag nun schon zwei oder drei Meilen hinter ihm. Ob man ihm wohl gefolgt war? Er hatte einen weiten Umweg gemacht, um etwaige Verfolger in die Irre zu führen. Er blickte wieder den Hang hinab. Die Lichtbahnen waren nun schon ein wenig breiter geworden und stachen wie Lanzen in die Finsternis des Waldes. Sorgfältig musterte Tikian den Berghang, den er hinaufgestiegen war. Doch nichts rührte sich. Ob die Meuchler ihm glaubten, dass er nicht mehr in die Stadt zurückkommen würde? Er trug Proviant für mehrere Tage bei sich. Es wäre ein Leichtes, einfach bis nach Mirham zu wandern und sich dort unter falschem Namen einer Söldnerschar anzuschließen. Sollte er sich nicht glücklich fühlen, allen Gefahren entronnen zu sein? Selbst der Dämon aus der Schenke mochte so seine Spur verlieren.

Tikian musste an den Alten denken, der ihn in der vergangenen Nacht besucht hatte. Mit welcher Unverfrorenheit dieser Bastard sich des Mordes an Jacomo bekannt hatte! Der Kerl war sich wohl völlig sicher, dass es niemand wagen würde, sich der Hand Borons zu widersetzen! Nüchtern betrachtet hatte er mit dieser Meinung wahrscheinlich recht. Man sagte, dass den Meuchlern nichts entging, was in Al'Anfa geschah. Aber vielleicht war gerade diese Überheblichkeit auch ihre Schwäche.

Wenn er sich verkleidete, würde es ihm vielleicht gelingen, unbemerkt in die Stadt zurückzukehren, überlegte Tikian. Nur bei Consuela sollte er sich besser nicht blicken lassen. Wahrscheinlich würden die Meuchler ihr Haus noch einige Zeit lang beobachten.

Tikian lächelte. Nachdem er erwacht war, hatte er der Konkubine lange beim Schlafen zugesehen. Schön wie das Madamal am Nachthimmel war ihm ihr bleiches Gesicht, gerahmt von rabenschwarzem Haar, erschienen. Sie hatte sich im Schlaf an ihn geschmiegt und gelächelt. Wie sehr ein Lächeln doch ein Gesicht verändern konnte! Einen Augenblick lang glaubte er, das kleine Mädchen vor sich zu sehen, das in den Gassen Al'Anfas kauerte und darauf hoffte, dass eines Tages ein Ritter kommen würde, um es mit sich auf sein Schloss zu nehmen. Ganz sanft hatte er ihren Arm zur Seite geschoben, damit sie nicht erwachte, als er das Bett verließ. Schon angekleidet, mit den Stiefeln in der Hand an der Tür stehend, hatte er noch einmal innegehalten und sich gefragt, ob er das Richtige tat. Die Nacht mit ihr hatte seine Gefühle durcheinandergebracht. Sie war so völlig anders gewesen, als er erwartet hatte. Oft schon hatte er mit Huren sein Lager geteilt, doch bei ihr spürte er, dass sie ihn tatsächlich liebte. Sie war nicht nur leidenschaftlich, sondern auch zärtlich gewesen ... Und Consuelas Blicke. Sie beide wussten, dass ihnen nur eine Nacht bleiben würde. Dennoch hatten sie im Scherz Pläne gemacht, als läge noch ein ganzes Leben vor ihnen.

Sie wollte den *Opalpalast* verkaufen, ihren Sklaven die Freiheit schenken und ein Landgut für sie beide erwerben. Irgendwo im Neuen Reich, im Weidener Land sollte es liegen, wo die Wiesen grün waren und niemand ihrer beider Vergangenheit kannte. Lachend hatte sie erzählt, dass sie gern Pferde züchten würde, doch sprachen ihre Augen eine andere Sprache. Sie waren voll stummer Trauer ... Weil sie wussten ...

Tikian hatte die Nacht mit ihr genossen. Consuela war eine erfahrene Liebhaberin. Sie verstand sich wahrlich darauf, den Mann, mit dem sie ihr Lager teilte, alles vergessen zu lassen. Und wenn er es sich genau überlegte, war es sicherlich ehrenhafter, sich der Pferdezucht zu widmen, als sein Leben als gedungener Mörder im Dienst fremder Soldherren zu fristen.

Er fluchte leise. Die Saat der Hure begann Früchte zu tragen! Als gedungener Mörder hatte er sich noch nie gesehen! Und doch ... Vielleicht sollte er noch einmal zu ihr zurückkehren und sie auf die Probe stellen, nur um zu wissen, ob sie noch zu ihren Versprechungen der letzten Nacht stand, wenn er sie ernsthaft darauf ansprach. Nein, das war ein grausames Spiel! Was sollte er tun, wenn sie wirklich mit ihm gehen wollte? Es hatte ihn noch nie länger als ein paar Götternamen an der Seite einer Frau gehalten ... Aber sie war anders als alle Frauen, denen er bisher begegnet war. Sie liebte ihn, dennoch war er sich zugleich auch sicher, dass sie ihm niemals nach dem Mund reden würde. Tikian lächelte. Vermutlich würden sie sich recht oft streiten ...

Tikian griff nach der Leinentasche mit den Vorräten und warf sie sich über die Schulter. Er würde zu Dulcinea ins Dorf der Rattenmenschen gehen, so wie er es sich vorgenommen hatte, doch dann würde er zu Consuela zurückkehren. Sie war es wert, sich auf sie einzulassen, und er war ein blinder Tor gewesen, dass er so lange gebraucht hatte, um das zu erkennen. Bei den Bettlern würde er sich eine Verkleidung besorgen, damit er unbemerkt in die Stadt zurückkehren konnte. Es wäre besser, wenn die Meuchler von der Hand Borons ihn nicht noch einmal im *Opalpalast* sähen, auch wenn seine Frist noch bis zum Abend währte. Am Ende würde er Consuela sonst noch in Gefahr bringen.

»Nein, Herr, ich halte es für keine gute Idee, noch einmal in Borons Hallen zu reisen, um mit den Toten zu sprechen.« Noch jetzt jagte die Erinnerung an den Besuch im Totenreich Elena kalte Schauer über den Rücken. Nicht, dass sie Angst davor gehabt hätte, mit den Schatten zu sprechen, doch jener Wächter an der Pforte war auf sie aufmerksam geworden, und es wäre nicht klug, so bald ihr Glück wieder zu versuchen, zumal die Pfeile Uthars niemals ihr Ziel verfehlten ...

»Was bildet sie sich ein, Uns zu widersprechen!« Oboto hieb wütend mit seiner Reitgerte auf den Tisch. »Sie hat mehr mit einer störrischen Stute als mit einer Magierin gemein, doch glaube Uns, Wir verstehen Uns darauf, Uns die Aufsässigen gefügig zu machen, Weib! Wenn sie die Gebeine der Toten zur Verfügung hat, muss es doch ein Leichtes sein, sie in Borons Hallen aufzuspüren.«

Elena neigte demütig das Haupt. »Nicht, dass ich Euch widersprechen möchte, Herr, doch was sollte ich von den Toten noch erfahren? Ist es nicht unwahrscheinlich, dass sie mehr wissen als Balthasar? Was sollten sie mir über den Ausbruch des Brandes darüber hinaus erzählen können?«

»Was weiß sie denn schon! Balthasar war ein Wilmaan, und alle Wilmaans sind Lügner, ganz gleich, ob sie nun leben oder tot sind! Deshalb brauchen Wir einen anderen Zeugen. Wir planen, wenn Wir den richtigen Toten gefunden haben, ihn von einem Gerichtsmagier befragen zu lassen, damit endlich ruchbar wird, welch durchtriebenes Spiel die Wilmaans damals anzettelten und dass sie willentlich den Brand im Schlund herbeiführten. Und gaff nicht so! Hat sie vielleicht Zweifel, Wir könnten das Gericht nicht davon überzeugen, dass in dieser Verhandlung ungewöhnliche Schritte unternommen werden müssen, um die Wahrheit ans Licht zu bringen? Dann wisse, Weib, dass der Oberste Richter in dieser Stadt Amosh Tiljak ist, der Hochgeweihte des Praiostempels, und da er zurzeit sehr schlecht auf die Boronis zu sprechen ist, wird er mit Sicherheit zustimmen, wenn Wir um Erlaubnis bitten, einen Zeugen in Borons Hallen befragen zu lassen. Er wird über *jeden* Hieb gegen die Boronkirche erfreut sein!«

»Eure Weisheit ist wie ein strahlendes Licht, das mich Unwissende blendet, Herr. Darum bitte ich Euch, lasst mich teilhaben an Eurem Wissen. Mir ist immer noch nicht klar, was in jener Nacht geschah, als der Schlund brannte. Wenn Ihr die Güte hättet, es mir zu erklären, dann könnte ich Euch mit Sicherheit besser zu Diensten stehen, als es mir jetzt möglich ist«, heuchelte Elena in unterwürfigem Ton. Am liebsten hätte sie dem Fettwanst ein Messer in den Bauch gerammt, doch vorerst war es klüger, sich in Geduld zu üben. Die Stunde ihrer Rache würde schon noch kommen!

»Nun, Wir erkennen dein ehrliches Bemühen, Magierin, und wollen deiner Bitte Folge leisten.« Obotos Stimme klang nun wieder versöhnlicher. »Es ist wahrhaftig so, dass die Geschichte um den Brand im Schlund nicht ganz einfach zu erzählen ist. Zunächst gibt es jene *Wahrheit*, welche die Fanas kennen. Gerüchte, die man ausgestreut hat, um dem Volk die wahren Hintergründe dieser Katastrophe zu verbergen. Sie glauben, dass sich in jener Nacht ein Tor zur Sphäre der Dämonen aufgetan hat und grässliche Flammengestalten heraustraten, die Tod und Verderben brachten. Um zu verhindern, dass sie die ganze Stadt vernichteten, ließ der Herrscher Bal Honak den Schlund von den Tempelgarden umzingeln und eine Verteidigungslinie errichten, welche die grässlichen Kreaturen nicht durchbrechen konnten. Doch auch wenn sie damals zurückgeschlagen wurden, sind sie nicht wirklich besiegt, und irgendwo in den Ruinen des Schlundes gibt es immer noch das Tor, durch das die Flammendämonen einst in unsere Stadt kamen. Dort lauern sie und warten. Um sie zurückzuholen, mag es genügen, dass man von ihnen spricht und laut ihren Namen nennt. Das ist der Grund, warum dein Freund Tikian keine Auskunft erhalten hat, als er nach der Geschichte des Brandes fragte. Gleich in zweifacher Hinsicht ist diese Lüge wohl durchdacht, und man merkt, dass sie dem Hirn Bal Honaks entsprungen sein muss, der es wie kein anderer verstand, das Volk dieser Stadt zu täuschen und nach seinem Willen handeln zu lassen. Zum einen sind in dieses Lügengespinst Teile der Wahrheit eingesponnen, was immer weise ist, wenn man eine glaubhafte Lüge ersinnen will, zum anderen aber, und dies ist wahrhaft meisterlich gewesen, gelang es, dem Volk einzureden, dass die Gefahr bestünde, die Dämonen würden zurückkehren, wenn man nur von ihnen spräche. So erreichte der Patriarch, dass die Fanas Stillschweigen über die Zeit des Brandes wahrten – und etwas, über das man nicht spricht, kann man auch nicht als Lüge entlarven.«

Oboto lächelte, offenbar von seinem eigenen Scharfsinn begeistert. »Etwas näher an der Wahrheit ist die zweite Geschichte. Sie ist nur unter den Grandenfamilien bekannt. Auch dort redet man nicht gern über den Großen Brand, denn er ist eines der unrühmlichsten Kapitel in der langen Geschichte der mächtigen Familien. Du musst wissen, Bal Honak war ein Tyrann, der uns, den Herren des Südens, viel von unserer Macht genommen hatte. So kam es, dass sich einige junge Männer und Frauen gegen ihn verschworen. Sie trafen sich heimlich im *Haus der Morgenröte* und gaben ihren Versammlungen den Rahmen von Orgien, um die allgegenwärtigen Spitzel von der Hand Borons zu täuschen. Es scheint, dass bei diesen *Festen* auch Dämonen beschworen wurden und die Herrin des Hurenhauses, Leila, dabei sogar Menschen opfern ließ. In der Nacht, bevor Bal Honak gestürzt werden sollte, versammelten sich die jungen Granden ein letztes Mal. Auch bei diesem Treffen wurde wieder eine Orgie gefeiert, und man schenkte den lästerlichen Dienern der Herrin der blutigen Wollust eine Jungfrau.

Diesmal jedoch kam es bei der Beschwörung zu einem folgenschweren Fehler, und statt Gestalten von überirdischer Schönheit erschienen riesige Flammenwesen, die erst die Kultisten töteten und dann das ganze Viertel verwüsteten. Bal Honak aber sah in dieser Katastrophe ein Zeichen göttlichen Wirkens und ließ verbreiten, dass Boron selbst den Tod der Verschwörer gewollt habe, denn niemand anderer als ein Honak sollte in Al'Anfa herrschen.« Der Marschall machte eine Pause und blickte Elena erwartungsvoll an, so als warte er auf eine Frage von ihr oder irgendeine Bemerkung. Doch was sollte sie sagen? Die Magierin räusperte sich verlegen.

»Und was ist Eure Meinung, Herr? Was ist die Wahrheit in diesem ränkereichen Spiel?«

»Nenn dieses Komplott kein Spiel! In jener Nacht ist mehr Grandenblut vergossen worden als in einem halben Jahrhundert der Intrigen und Machtkämpfe. Man hat gegen die eherne Regel verstoßen, niemals einem der Mächtigen ans Leben zu gehen! Und Wir sind Uns sicher, dass die Wilmaans es waren, die in dieser Nacht die Fäden zogen. Dazu musst du wissen, dass das Haus Wilmaan seit dem Jahr 947 nach Bosparans Fall die Gunst des Patriarchen verloren hatte. Damals, im Brabaker Krieg, befehligte der Admiralissimus Jonnar Wilmaan die Flotte Al'Anfas. Er ließ sich in seiner Unfähigkeit in eine Falle locken, die uns zwölf Biremen kostete und zu einem schändlichen Frieden mit Brabak führte. Dreiundzwanzig Jahre lang hat der Patriarch danach keinen Sproß dieser Grandenfamilie mehr zur Audienz in der Stadt des Schweigens empfangen, und selbst unter den Hochgeweihten duldete er keinen Wilmaan mehr. Am Tag nach dem Brand im Schlund jedoch hat er die junge Esmeralda Wilmaan zu sich in seine Gemächer geladen, und es verging keine Woche, bis Mata Al'Sulem, eine der Verwandten der Wilmaans, zur Hochgeweihten ernannt wurde und man sie sogar in den Rat der Zwölf aufnahm. Auch wurden den Wilmaans Ländereien überlassen und einige Vorrechte durch den Tempel gewährt. Ein erstaunlicher Sinneswandel, nachdem der Patriarch für mehr als zwei Jahrzehnte mit niemandem aus diesem Natterngezücht etwas zu tun haben wollte. Wir sind nicht der Einzige, der sich über diesen plötzlichen Sinneswandel gewundert hat, doch wagte es nach dem Brand niemand unter den Granden mehr, seine Stimme zu erheben. Schließlich wollte sich keiner dem Verdacht aussetzen, ein Freund der Verschwörer zu sein. Mit dem Wissen aber, dass Wir in den letzten Tagen, nicht zuletzt auch durch deine Hilfe, gewannen, entsteht für Uns ein neues Bild des Geschehens.« Der Marschall machte eine Pause und goss sich aus der kristallenen Karaffe, die vor ihm auf dem Tisch stand, ein Glas voll Rotwein ein. Einige Herzschläge lang hielt er das Glas hoch, sodass sich das helle Morgenlicht funkelnd im Kristall brach. Dann leerte er es langsam und schnalzte anschließend genießerisch mit der Zunge.

»Wir hoffen, du vermagst Uns in Unseren Ausführungen noch zu folgen, Magierin, denn nun kommen Wir nach vier Jahrzehnten des Lugs und der Spiegelfechterei zur Wahrheit, und Wir versprechen dir, noch bevor diese Woche vergangen ist, werden Wir die Familie Wilmaan vor den Obersten Richter bringen, und es wird endlich Recht gesprochen werden über sie!«

»Eure Ausführungen sind so klar wie das Wasser eines Bergsees, mein Gebieter«, entgegnete Elena. »Und sie sind von so bestechender Logik wie die Schriften des weisen Rohal.«

»Du solltest wissen, dass Wir für Schmeicheleien unempfänglich sind, Magierin, doch dieses Mal wollen Wir deine Äußerungen noch als ehrlich empfundene Bewunderung gegenüber einem brillanten Geist auffassen. Doch nun zurück zu den Wilmaans. Durch dich wissen Wir, dass die Verschwörer in der Nacht des Brandes noch auf Esmeralda warteten. Sie gehörte also zweifellos zu den Widersachern des Patriarchen. Außerdem ist Uns bekannt geworden, dass nicht Leila, jene Hure, welche die Geschäfte im *Haus der Morgenröte* führte, die Besitzerin dieses Bordells war, sondern Esmeralda Wilmaan. Uns stellt sich die Angelegenheit so dar, dass Balthasar und Esmeralda die beiden führenden Köpfe unter den jungen Granden waren. Doch die Magierin trieb von Anfang an ein falsches Spiel. Ihr ging es nie darum, einen riskanten Mordanschlag auf den Tyrannen durchzuführen und ihm die Macht über die Stadt zu entreißen. In unseren Augen hatte sie in Wahrheit nur ein Ziel: Sie wollte, dass der Patriarch die Fehde gegen ihre Familie beendete. Um dies zu erreichen, war ihr jedes Mittel recht. Ja, sie war sogar bereit, einen Mann ihres Blutes zu opfern, um die Freundschaft Bal Honaks zu gewinnen.

Die Verschwörung hat sie nur angezettelt, um deren Mitglieder anschließend an den Patriarchen zu verraten und ihm gegenüber als getreue Untertanin auftreten zu können. Wahrscheinlich war auch sie es, die das Angebot machte, die Verschwörer auf eine Art zu beseitigen, die das Massaker an den jungen Granden wie einen Unfall aussehen lassen würde. Womöglich war es sogar von vornherein beabsichtigt, dass der Brand das ganze Gebiet des Schlundes verwüste, denn dies ist der älteste Teil der Stadt und jener Ort, an dem die Grandenfamilien ihre Paläste errichteten, lange bevor man je vom Geschlecht der Honaks gehört hatte. Die alten Häuser waren unseren Familien stets eine Erinnerung an die Macht, die wir einmal besaßen, bevor wir uns dem Befehl des Tempels und seines Patriarchen beugten. Dieses Viertel in ausgebrannte Ruinen verwandelt zu sehen, muss Bal Honak eine stille Genugtuung gewesen sein!

In seinem Triumph aber war selbst er nicht imstande zu erkennen, dass er in diesem tödlichen Spiel nur ein Werkzeug in den Händen Esmeralda Wilmaans war. Dies, Elena, ist die wahre Geschichte um den Brand im Schlund! Ein großer Teil der Macht und des Einflusses, den die Familie Wilmaan heute besitzt, wurde mit dem Blut der anderen Grandenfamilien erkauft, und wir werden dafür sorgen, dass diese Schlangenbrut alle Rechte, die sie nach dem Brand erhalten hat, wieder verlieren wird. Wilmaan wird ein Name sein, den man in Zukunft nur noch voller Verachtung nennt! Doch Wir brauchen noch mehr Beweise. Deshalb, Elena, musst du erneut in Borons Hallen reisen und die anderen Verstorbenen nach dem letzten Treffen der Verschwörer befragen. Wir müssen Uns ganz sicher sein, bevor Wir es wagen können, den Obersten Richter zu verständigen. Deshalb wünschen Wir, dass du keine Zeit mehr verlierst und dich umgehend auf die nächste Reise ins Reich der Schatten vorbereitest.«

Der Gedanke an die verlorenen Seelen und vor allem an Uthar, den Wächter an der Sternenpforte, ließ Elena das Blut in den Adern gefrieren. Sein Blick verfolgte sie seit jener Nacht, in der sie zu Balthasar gereist war. Oft schreckte sie aus ihren Träumen auf und glaubte, das leise Sirren einer Bogensehne zu hören, von der ein Pfeil abgeschossen wurde. Das war mehr als nur eine dunkle Ahnung! Dieser Dämon, oder was immer Uthar auch sein mochte, wartete auf sie! Und wenn sie es noch einmal wagen sollte, sich an ihm vorbeizuschleichen, dann würde sie dafür mit ihrem Leben bezahlen.

»Ohne Eure Weisheit in Zweifel ziehen zu wollen, Erhabenster, muss ich Euch dennoch darauf hinweisen, wie groß das Wagnis einer solchen Reise ist. Bitte versteht mich nicht falsch. Es geht mir nicht darum, mich Eurem Befehl zu widersetzen ... Doch wem ist gedient, wenn ich bei dem

Versuch, ins Totenreich einzudringen, umkomme? Deshalb wäre es klüger, zumindest bis zur Stunde vor dem nächsten Morgengrauen zu warten. Dies ist die Zeit, in der die Alten und die Siechen ihre letzte Reise antreten. Viele Seelen werden sich zu dieser Stunde vor der Pforte Uthars drängen, und es wird leichter sein, unbemerkt vom Wächter die dunklen Hallen zu erreichen.«

Oboto strich sich nachdenklich über das Doppelkinn und schien in Gedanken das Für und Wider ihres Vorschlags abzuwägen, bis er schließlich nickte. »Gut, Magierin, Wir wollen dir deine Bitte gewähren, auch wenn Uns dadurch ein weiterer kostbarer Tag verloren geht. Es wird nicht mehr lange dauern, bis die Armee die Stadt verlässt, und der Patriarch wird mit ihr ziehen. Damit unsere Rache an den Wilmaans vollkommen ist, soll jedoch auch er bei dem Prozess zugegen sein. Wisse also, Elena, dass Wir dir in der Stunde vor dem Morgengrauen keinen weiteren Aufschub mehr gewähren werden. Wir erwarten, dass du dann Unseren Befehlen Folge leistest!«

»Seid gewiss, dass ich all meine Kraft und mein Können in Euren Dienst stellen werde, Gütigster!«

»Nicht weniger bist du Uns als unsere Dienerin schuldig.« Oboto nahm die Reitgerte vom Tisch und ließ sie in seine Linke klatschen. »Wenn du Uns enttäuschen solltest, wird Unser Zorn nicht geringer sein als Unsere Großzügigkeit in dem Fall, dass es gelingt, das verräterische Treiben der Wilmaans aufzudecken. Versuche also nicht, Uns zu hintergehen, Magierin.«

»Nichts läge mir ferner, Herr.«

Oboto legte den Kopf schief und musterte sie einen Augenblick lang. Dann brummte er etwas Unverständliches, wandte sich um und verließ den Raum.

Als seine Schritte verhallt waren, griff Elena nach der Weinkaraffe und goss sich ein großes Glas voll ein. Wie, bei Rastullah, konnte sie ihr finsteres Schicksal noch abwenden? Wahrscheinlich ließ der Marschall sie beobachten, und jeder Fluchtversuch wäre zwecklos. Sie musste bis zum Morgengrauen einen eindeutigen Beweis für die Schuld der Wilmaans finden. Etwas, das es ihr ersparen würde, noch einmal die Reise über das Nirgendmeer anzutreten.

Mit einem Zug leerte sie das Weinglas. Zuerst musste sie ruhiger werden! So konnte sie keinen klaren Gedanken fassen. Die Hand, in der sie das leere Glas hielt, zitterte.

Tikian! Sie war sich sicher, dass er etwas über den Brand wusste. Oboto hatte doch erzählt, dass der Fechter überall im Schlund Fragen über jene Nacht gestellt hatte. Und dann diese gehäutete Tote. Eine Hure ... Er hatte mit ihr unmittelbar vor ihrem Tod zu schaffen gehabt. Und gehäutete Leichen hatte es auch vor dem Brand im Schlund gegeben, wie sie aus dem alten Bericht des Hauptmanns Barkas wusste, der vor vierzig Jahren den *Häuter* gesucht hatte. Genau zu jener Zeit also, als sich Tikians Großvater in der Stadt aufhielt. Das alles konnte kein Zufall sein. Es musste eine Verbindung zwischen diesen Morden und dem Brand geben! Und was immer vor vierzig Jahren geschehen sein mochte, es wiederholte sich, seit Tikian in der Stadt war.

Diesmal würde sie sich von ihm nicht zurückweisen lassen! Sie war sich ganz sicher, dass er etwas wusste, womit er ihr Leben retten konnte. Hätte sie ihn nur nicht so leichtfertig verstoßen! Doch er war einfältig ... Ein Romantiker ... Sie hatte einmal sein Herz gewinnen können, sicherlich würde es ihr auch ein zweites Mal gelingen. Und selbst wenn er nichts mehr für sie empfand, so war er gewiss zu ritterlich, um sie zurückzuweisen, wenn sie ihn um Hilfe bat.

KAPITEL 22

 Das Mädchen mit den blauen Augen hatte Tikian auf dem Dorfplatz erwartet und ihn in eine Hütte geführt, wo ein altes Weib auf einer verschlissenen Decke lag.

»Das ist Dulcinea«, flüsterte sie leise. »Sei bitte nett zu ihr. Sie ist ein bisschen verwirrt und ... Du wirst schon sehen.«

Der Fechter nickte kurz und ließ sich dann vor der Alten nieder. Dulcinea hielt die Augen geschlossen und atmete keuchend. Ihre Haut musste einst so weiß wie Blütenblätter gewesen sein, doch jetzt war sie von roten Brandnarben entstellt. Um den Kopf hatte sie nach Art der Novadis ein Tuch zu einem Turban geschlungen. Die Bettlerin war klein und hager. Sie trug mehrere Röcke aus Lumpen, von denen ein strenger Geruch ausging. Im krassen Gegensatz dazu stand das fadenscheinige Hemd, das, weit geöffnet, nur notdürftig ihre eingefallenen Brüste bedeckte.

»Ich habe dir Kuchen, Braten und süßen Wein mitgebracht, Dulcinea. Ich möchte mit dir über deine Jugend sprechen, die Zeit, als du im Schlund gelebt hast.« Tikian beugte sich vor, um die Alte leicht an der Schulter zu schütteln. Er war sich nicht sicher, ob sie vielleicht schlief und ihn womöglich nicht gehört hatte.

Mit einem Fauchen wie eine wütende Katze schlug sie seine Hand zur Seite. »Kein Mann berührt mehr meinen Leib, Bastard! Nimm deine Finger weg, oder ich werde kein Wort mit dir reden! Und jetzt gib mir das Fleisch ... Ich kann es riechen ... Es ist vom Rind, nicht wahr? Ich hab schon lange kein Rind mehr gegessen; dabei hat es Tage gegeben, da wurde Dulcinea nur das Beste aufgetischt.«

Der Fechter öffnete die Leinentasche, die er mitgenommen hatte, und holte eine längliche Schale aus gebranntem Ton hervor, über die ein Tuch gespannt war. Mit spitzen Fingern löste er die Schnur, die das Tuch hielt, schob der Alten die Schale hinüber und holte dann noch einen frischen Laib Brot aus dem Beutel. »Auch heute sollst du nur das Beste bekommen, Dulcinea. Die Speisen stammen von Consuelas Tafel. Sie unterhält das teuerste Hurenhaus in der Stadt und ...«

»Sprich nicht von diesem Flittchen! Sie ist ein Skorpion ... Aus Liebe hat sie es noch mit keinem Mann getrieben. Ich kann mich an Zeiten erinnern, da sie als kleines Mädchen selbst den schäbigsten Söldnern für einen Schilling ans Gemächt gegangen ist. Krieger hat sie immer am liebsten bedient, diese räudige Hündin, und auch ... Aber was red ich. Ich weiß, dass auch sie den Tag erleben wird, an dem all ihre Pracht dahin ist. Solange man jung und hübsch ist, denkt man immer, man hätte alle Zeit der Welt. Man glaubt, irgendwann wird man einen finden, der einen mitnimmt und bei dem man dann in einer fremden Stadt die anständige Frau spielen kann. Aber Satinav, der Herr der Zeit, hat noch jede Hure getäuscht.«

Tikian schluckte seinen Ärger hinunter. Am liebsten hätte er die Alte für ihre Worte über Consuela zurechtgewiesen, doch dann würde sie ihm womöglich gar nichts mehr erzählen. Er sollte einfach nichts auf ihr Gerede geben. Das waren nur die Lügengeschichten einer eifersüchtigen alten Frau!

Dulcinea schnupperte über der Bratenschale, dann öffnete sie die Augen. Tikian zuckte zusammen. Auf diesen Anblick war er nicht gefasst gewesen. Ihr linker Augapfel war völlig weiß. Das rechte Auge aber zeigte eine rote Iris, die halb von einer weißen Hornhaut verdeckt war.

»Na, erschrocken, mein galanter Jüngling? Die Götter sind auf ihre Art stets gerecht. Wenn sie einem etwas nehmen, dann bekommt man meist auch etwas. Ich kann zwar fast nichts mehr sehen, doch dafür höre ich umso besser. Hast gerade nach Luft geschnappt, nicht wahr? Hättest mich früher einmal sehen sollen, mein kleiner ... Wie ein böser Spuk bin ich den Männern im Kopf umgegangen. Wer mich einmal gesehen hatte, der konnte mich nicht mehr vergessen. Hundert Dublonen hat mal einer für eine Nacht mit mir geboten! Sie waren mir verfallen, und zugleich hatten sie auch Angst vor mir. Hast du schon mal Schnee gesehen, Söhnchen? So weiß war meine Haut und auch mein Haar. Meine Augen aber waren nicht blau oder grün wie bei gewöhnlichen Mädchen, nein, sie waren rot wie Blut. Überall hat man über mich geredet ... Eine Hexe sei ich, ein Vampir oder die Dämonin Pardona. Als Kind haben meine Eltern mich versteckt und dafür geprügelt, dass ich so aussah. Aber als Rahja mir endlich den Körper einer Frau gab, da wurde alles anders ...« Dulcinea holte sich ein Bratenstück aus der Schale und schob es sich schmatzend in den Mund. Braune Soße lief ihr über die Lippen und tropfte ihr vom Kinn in den Ausschnitt.

»Hmmm ... gut!« Sie schloss die Augen und kaute mit vollen Backen. »Tschergeht auf der ... Tschunge, dasch Fleisch! Is gut in meinem Alter.« Gierig angelte sie sich das nächste Bratenstück aus der Schale und brach dann ein Stück vom Brotlaib ab, um es in die Soße zu tunken.

Tikian staunte, welche ungeheuren Mengen die Alte verdrücken konnte. Die Schale mit dem Fleisch war fast leer, als Dulcinea ihr Mahl mit einem lauten Rülpser beendete, sich mit dem Handrücken über den Mund wischte und sich dann zufrieden auf der zerlumpten Decke ausstreckte. »Jetzt kannst du mich fragen, was du willst, mein Hübscher.«

»Kannst du dich an die Zeit vor dem Brand im Schlund erinnern, Dulcinea?«

»Gut sogar! Es waren meine besten Jahre. Ich war die Königin dieser Stadt, jedenfalls nachts. Alle hatten damals

Angst vor Bal Honak. Auch mich ließ der Alte eines Nachts von den Tempelgarden holen. Ich sage dir, mir ist das Herz vor Angst in die Röcke gerutscht. Ich fürchtete, er würde dieses Gerede glauben ... Du weißt ... Dass ich eine Hexe sei oder gar Dämonenblut in meinen Adern hätte. Aber es kam alles ganz anders. Er wollte nur mit mir reden. Er hatte von mir gehört. Stell dir das vor! Der große Bal Honak, Patriarch von Al'Anfa, hatte von mir gehört und wollte mich sehen! Bis zum Morgengrauen hat er mit mir gesprochen ... Dann entlohnte er mich, als hätte ich die ganze Nacht mit ihm im Bett gelegen – und ließ mich mit einer Ehrengarde in Leilas Bordell zurückbringen. Die haben nicht schlecht gestaunt. Meine lieben *Freundinnen* hatten schon neugierig zum Tempel hinaufgestarrt, um zu sehen, ob dort der schwarze Rauch eines Scheiterhaufens zum Himmel steigt. Ja, Jungchen, so war das damals, als ich noch jung und schön war ...«

»Du sagtest, dass du in einem Bordell gearbeitet hast. Wo war das?«

»Das *Haus der Morgenröte* ... Es ist dahin wie meine Schönheit. Das war damals das beste Hurenhaus der Stadt. Grandensöhnchen haben dort verkehrt, und wir haben Dinge getan, die man sich heute kaum noch vorzustellen vermag ... Aber du bist da vielleicht anders ... Man nennt dich doch auch den *Häuter*, nicht wahr?«

»Ich habe mir nichts zuschulden kommen lassen und ...«

»*Ich weiß* ...« Die Alte lächelte hintersinnig.

»Was weißt du?«

»Dass man dich für den Mord an Callana zum Sklaven gemacht und dass Consuela dir die Freiheit geschenkt hat. Du hast damit deine Strafe gehabt, und es ist Unrecht, dich immer wieder an eine Tat zu erinnern, für die *du* Buße getan hast.«

Der Fechter nahm das Medaillon vom Hals, öffnete es und reichte es Dulcinea. Er hatte keine Lust, mit der alten Vettel darüber zu streiten, dass er zu Unrecht verurteilt worden war. »Hast du eines der beiden Gesichter schon einmal gesehen? Der Mann, Jacomo, war mein Großvater, und die Frau auf der anderen Seite ist Saranya, seine Geliebte. Sie sind kurz vor dem Brand in der Stadt gewesen. Mein Großvater wurde ermordet. Weißt du vielleicht, was aus der Frau geworden ist?«

»Saranya?« Dulcinea hielt sich das Medaillon ganz dicht vor das Auge, auf dem sie noch sehen konnte. Dann fluchte sie plötzlich, warf es zu Boden und spuckte darauf. »Saranya! Reicht es dir nicht, was du mir angetan hast? Musst du mich noch immer verfolgen? Ich verfluche dich, du Hure! Möge deine Seele im Eis der Niederhöllen frieren!«

»Du kennst sie?« Tikian hob das Medaillon auf und wischte es an seinem Ärmel sauber. »Was ist mit ihr? Lebt sie noch?«

»Die Dämonen haben sie geholt, diese Hexe. Ich hab versucht, freundlich zu ihr zu sein, aber ich wusste vom ersten Tag an, dass sie nur auf mein Verderben aus war. Haben sie gern gemocht, die Männer. Hatte so was Unschuldiges ... Konnte mit keinem ins Bett gehen, außer Leila hat ihr einen Liebestrunk aus Samthauch bereitet. Selbst dann war sie noch auf ihre Art unschuldig, dieses Biest. Ganz verrückt schienen sie nach ihr ... Dabei war sie nicht einmal besonders hübsch. Aber mich kannten ja schon alle. Bin nicht dumm gewesen ... Ich wusste, dass der Tag käme, an dem mir Satinav ins Gesicht lachen würde ... Habe mein Geld nicht verprasst! Ein Haus hab ich besessen in der Grafenstadt und Diener und einen Sohn ... Mein Flaminio ... Mein kleines Lockenköpfchen ... Lichtstrahl in meinem Leben. Hast nicht diese verfluchten roten Augen gehabt. Dunkel waren sie, wie die deines Vaters, und dein Haar so rot wie der Himmel nach dem Untergang des Praiosgestirns. Mein Flaminio ...« Dulcinea hatte die Arme vor der Brust gekreuzt und sich zusammengerollt wie ein kleines Kind. Sie begann ein Schlaflied zu summen.

»Was ist aus Saranya geworden? Hat sie auch im *Haus der Morgenröte* gearbeitet?«

»Saranya? Hexe! Dämonen hab ich geküsst ... Hab gesehen, wie sie Mädchen die Haut abgezogen haben! Ich war schlimm ... Ich habe gebüßt ... Aber Saranya war tausendmal schlimmer als ich. Hexe! Am Fenster hat sie gesessen, nachts, und zu den Sternen geschaut. Hat die Männer ganz verrückt gemacht mit ihrer *Unschuld*. Brennen müssen sie. Hexen müssen brennen! Sie hat es getan, um sich zu rächen ... An mir, an Leila, an Esmeralda und dem Boroni. An allen Männern, die jemals ihren Leib genommen hatten. Hexenbrut!«

Die Stimme der Alten wurde immer undeutlicher. Tikian konnte ihre dahingenuschelten Worte kaum noch verstehen. »Was ist mit Saranya geschehen? Hat man sie der Hexerei angeklagt?«

»Lange Ohren haben die Hexen. Dämonenohren, die hören, was nicht für sie bestimmt ist, und gespaltene Echsenzungen haben sie, die aussprechen, was niemals hätte gesagt werden dürfen. Belauscht hat sie die beiden und mir noch erzählt, sie hätte es nicht absichtlich getan. Hexenlügen! Die Grandessa Esmeralda war oft in unserem Haus. Schöne Frau. Ich war so dumm! Hab die Hexe meinen Jungen sehen lassen. Keine fünf Sommer war er alt. Hat über sein Haar gestrichen. Schöne Haare hat er. So rot wie Feuer. Wie Feuer! Hörst du? Das waren ihre Worte. Verflucht hat sie ihn, und ich hab es nicht einmal gemerkt ... nicht einmal gemerkt! ...«

»Was ist damals geschehen, Dulcinea? Trink etwas von dem Wein und beruhige dich.« Tikian wollte ihr die Feldflasche mit dem Roten in die Hand drücken, doch die Alte zuckte zurück.

»Fass mich nicht an! Kein Mann packt mich mehr an. Verbrannt hat sie mich, die Hexe. Alle hat sie mitgenommen an diesem Tag ... Nur Esmeralda war schlau genug. Aber auch wieder nicht. Die Hexe hätte nicht hören sollen, wie die schöne Esmeralda mit dem Boroni gesprochen hat. Es war ein wichtiger ... Weißt du, einer von denen, die die *echten*

Masken tragen. Hat Esmeralda versprochen, ihr das Buch zu bringen, und Saranya hat gelauscht. Verfluchte Hexenohren. Hat mir erzählt, dass die beiden etwas Böses wollen und ich Hilfe holen soll. Verlogenes Biest! Ich wollte sie loswerden. Nicht zu den Stadtgarden bin ich gelaufen, sondern zu Leila. Dieses Hexenweib wollte eine unserer besten Kundinnen an die Garden ausliefern. Konnten keine schnüffelnden Gardisten im Haus gebrauchen. Schon gar nicht Hauptmann Barkas. Hat viel zu viel gefragt. Als hätte er es geahnt, das süße Geheimnis mit den Dämonenküssen. Eingesperrt haben wir sie, die dumme Hexe. In ihr Zimmer – und den schweren Fensterladen vernagelt. Konnte nicht mehr zum Himmel glotzen, und wenn im *Haus der Morgenröte* einmal eine Frau geschrien hat, hat's niemanden gestört! Das kennt man doch ... So was geschieht in Hurenhäusern. Gehört zum Geschäft.«

Tikian starrte die Alte fassungslos an. Das meiste von dem, was sie erzählte, verstand er nicht. Es schien, als habe der Anblick von Saranyas Porträt Dulcineas Verstand verwirrt.

»Hab gesehen, wie die Flammen zuerst aus ihrem Zimmer schlugen. War im Hafen und kam gerade die Straße hinauf, als es geschah. Eine Flammengestalt ist durch den vernagelten Fensterladen gebrochen, und dann waren sie überall. Ich bin zu Flaminio gerannt. Meinen Jungen retten. Aber es gab keinen Weg mehr. Überall Flammen! Hab ihn geholt. Sind gerannt. Er stolperte. Nur einen Herzschlag lang hab ich ihn losgelassen ... Nur einen winzigen Augenblick hab ich gezögert. Ich hatte Angst! Und dann stürzte die Wand nieder. Ich wollte ihn herausholen. Eine Wand von Feuer trennte uns. Ich konnte ihn noch sehen. Sein Haar war das Erste, was in Flammen aufging. Und ich hab sie gesehen! Hinter ihm stand die Flammenfrau. Sie hat ihre Hand auf seinen Kopf gelegt! Erinnerst du dich an die Worte der Hexe? *Schöne Haare hat er. So rot wie Feuer.* Sie hat ihn geholt! Sie wollte Rache! Rache! Rache!« Dulcinea riss sich das Hemd auf und Tikian konnte die grässlichen Brandnarben auf ihren Brüsten und ihrem Bauch sehen. Ein wenig erinnerte der Umriss des Brandmals an eine riesige rote Hand.

»Rache! Rache!«, schrie die Alte ohne Unterlass und wand sich auf dem Boden. Einer der Bettler kam von draußen in die Hütte gelaufen und kniete sich neben Dulcinea. Er redete beruhigend auf sie ein und blickte Tikian wütend an.

»Ich habe dagegen gestimmt, dass sie dich zu ihr lassen. Es ist nicht gut, wenn sie über diese Nacht redet. Sie ist damals fast gestorben. Sie hat alles verloren. Ihren Jungen, ihr Haus, alles. Was nicht verbrannte, hat ihr ein Quacksalber abgenommen, der ihr versprach, er könne ihre grässlichen Narben heilen. Geh! Und lass dich nie wieder blicken! Ich werde dafür sorgen, dass du hier nicht mehr willkommen bist.«

Das Mädchen mit den blauen Augen zog Tikian am Arm. »Hör auf ihn. Lass uns gehen. Er beruhigt sich schon wieder.«

»Aber ich muss noch ...«

»Lass sie. Du wirst heute nicht mehr mit ihr reden können.«

Tikian nickte und ließ sich aus der Hütte führen. Er hatte wissen wollen, wo einst das *Haus der Morgenröte* gestanden hatte. Doch brauchte er nach den Worten Dulcineas noch eine letzte Bestätigung? Waren sie nicht überdeutlich gewesen? Nur dass sein Großvater sich in eine Hexe verliebt hatte, das konnte er sich nicht vorstellen. Was wusste die Alte über den *Häuter*, und was hatte sie mit Dämonenküssen gemeint? Tikian wandte sich an das Mädchen. »Ich brauche eine Verkleidung. Ich muss in die Stadt zurück und darf nicht erkannt werden. Kannst du mir dabei helfen?«

»Du wirst einen schlechten Tausch machen ... Kleider, wie du sie trägst, besitzen wir hier nicht, doch dafür kann ich dir versprechen, dass man dich nicht mehr wiedererkennen wird. Komm mit mir.«

»Also noch einmal. Du behauptest, dass dich ein Oger hier mitten in der Stadt angegriffen und die Klippe hinuntergestoßen hat.« Mira seufzte leise. Vermutlich war der Zwerg mit dem Kopf zuerst aufgeschlagen, als er auf dem Klippenvorsprung landete, auf dem man ihn heute Morgen gefunden hatte.

»Ich habe nicht gesagt, dass mich ein Oger angegriffen hat, sondern ein Kerl, so groß wie ein Oger. Bei Angrosch! Glaubt Ihr vielleicht, ich würde mir diese Geschichte ausdenken?«

»Kann es sein, dass du letzte Nacht getrunken hast?«

»Spielt das eine Rolle? Selbst wenn dem so war, wie könnte ich aus Versehen über eine Brüstung stürzen, die mir bis zum Kinn hinaufreicht? So glaubt mir doch! Mich hat ein riesiger Kerl angegriffen. Ich habe gefochten wie ein Berserker, aber es war unmöglich, gegen ihn zu bestehen. Er hat mich gepackt und über die Brüstung geschleudert. Und vorher hat er mir noch die Hand zerquetscht, dieser Bastard.« Der Zwerg hob seine verbundene Rechte, als wolle er so seine Aussage unterstreichen.

»Jetzt ist es also schon ein Riese. Ich wäre dir sehr dankbar ...« Mira blickte auf die Notiz, die sie sich gemacht hatte. »Also, Tobigon Eisenfaust. Ich wäre dir sehr dankbar, wenn du meinem Schreiber Lupos noch einmal eine genaue Beschreibung des Mannes geben könntest, der dich letzte Nacht angegriffen hat. Er wird dafür sorgen, dass dieses Schreiben an die anderen Wachquartiere weitergeleitet wird und dass man nach dem Kerl Ausschau hält. Mehr kann ich im Augenblick nicht für dich tun. Lupos findest du im Vorzimmer. Er ist leicht zu erkennen. Er sieht aus wie eine Ratte.«

»Ich sage Euch, das war kein Mann aus Fleisch und Blut! Mit Fäusten habe ich auf ihn eingeschlagen, und es war, als dresche ich auf blanken Fels. Er hatte etwas Dämonisches und ... Ich habe noch nie den Zweikampf mit einem gewöhnlichen Mann verloren ... Er war ...«

»Er war erst ein Oger, dann ein Riese und jetzt ein Dämon. Mich dünkt, du musstest gegen einen gar gräulichen Gestaltwandler antreten, Tobigon. Erzähl das meinem Schreiber! Er wird dir neugierig zuhören und alles in einer Akte aufnehmen. Die Tür findest du übrigens genau hinter dir, Zwerg!«

Der Zwerg reckte das bärtige Kinn vor, blickte sie einen Augenblick lang herausfordernd an und setzte sich dann wieder die Lederkappe auf, die er die ganze Zeit über in Händen gehalten hatte. Leise brummte er etwas in einer unverständlichen Sprache. Als er die Tür erreichte, drehte er sich noch einmal um.

»Ich weiß nicht, ob es wichtig ist, aber dieser Kreatur, die mich angefallen hat, hockte eine große weiße Spinne auf dem Hals. Sie war ...«

»Hinaus! Erzähl deine Geschichten über Riesen und weiße Spinnen meinem Schreiber. Wenn du mir noch weiter die Ohren volljammerst, lasse ich dich verhaften, weil du eine Offizierin der Stadtgarde in der Ausübung ihrer Pflichten behinderst!«

Der Zwerg ging und schloss die Tür lauter als nötig gewesen wäre. Mit einem erleichterten Seufzer ließ sich Mira in ihrem Stuhl zurücksinken. Endlich war sie ihn los! Der Tag hatte so gut angefangen ... In der vergangenen Nacht hatte es offenbar keine neuen Morde gegeben, zumindest nicht im Schlund. Nur dieser verrückte Zwerg machte Ärger. Irgendwie hatte er es geschafft, über die Brüstung zu stürzen, die den Rand der Steilklippe sicherte, welche den Schlund in zwei Hälften teilte. Vielleicht hatte er versucht, auf der Mauerkrone herumzutänzeln, und war abgestürzt. Jedenfalls war er nicht mehr nüchtern gewesen, als ihn sein Schicksal ereilt hatte. Selbst jetzt, wo er gegangen war, stank ihre Amtsstube noch wie ein altes Bierfass. Der Kleine sollte lieber seinem Zwergengott danken, dass er noch lebte, statt sich hier auf der Wache herumzutreiben und Lügengeschichten zum Besten zu geben. Er hatte verdammtes Glück gehabt, dass er auf einem Felssims gelandet war, statt in die Tiefe zu stürzen.

Mira lächelte. Tobigon hatte am frühen Morgen für einiges Aufsehen gesorgt. Laut fluchend hatte er auf dem Felssims an der Steilklippe festgesessen, und eine ganz ansehnliche Menge von Tagedieben und Tunichtguten hatte sich am Fuß der Klippe versammelt, um ihn zu verspotten.

Die Gardistin beugte sich vor und griff nach der Akte, die auf ihrem Schreibtisch lag. Es gab noch viel zu tun. Mittags war die Hinrichtung dieses Novadis, den man des Mordes angeklagt hatte. Das Spektakel würde das Volk beruhigen. Ärgerlich war nur, dass der Stadtmarschall darauf bestanden hatte, dass alle Offiziere der Stadtgarde anwesend sein sollten. Sie machte sich nicht viel aus solchen Schauspielen für die Fanas. Damit die Vorstellung etwas länger dauerte, würde man den Novadi erst aufs Rad flechten, bevor er durch den Hochgeweihten des Rondratempels enthauptet wurde.

Wenn sie diese lästige Pflicht hinter sich gebracht hatte, musste sie in die Garnison auf der Söldnerinsel. Dort sollte unter Aufsicht eines Borongeweihten die gehäutete Leiche geöffnet werden, die gestern früh gefunden worden war. Was für ein Tag!

Flüchtig überflog Mira das Deckblatt der Akte, auf dem der Inhalt kurz zusammengefasst war. Es war von der Schreiberin des Hauptmanns Alondro aufgesetzt worden. Offenbar hatte es in seinem Bezirk in dieser Nacht einigen Ärger gegeben. Im *Bidenhänder* war während eines Streites eine Söldnerin erschlagen worden, und dann hatte man noch einen bekannten Sklavenhändler und dessen Leibwächter auf offener Straße umgebracht. Mira grinste. Wenn Alondro nicht schleunigst einen neuen Schuldigen beibrachte, hätte er seine Gunst beim Stadtmarschall sicher bald verspielt.

Flüchtig blätterte Mira die Akte durch, bis ihr Blick auf die Beschreibung des Halunken fiel, der die Söldnerin umgebracht hatte.

»... so stimmten vier Zeugen, die den Mörder von Angesicht zu Angesicht sahen, darin überein, dass es sich um einen überdurchschnittlich großen Mann von dunkler Hautfarbe handelte. Er trug die dunkle Kutte eines Geweihten und war mit Schwert und Peitsche gewappnet. Auf seinem Hals aber war eine große weiße Spinne gemalt, und die Zeugen schworen bei Boron, dass der Fremde keine Wunde davongetragen hatte, obwohl die Ermordete ihn durch einen Streich mit ihrem Bidenhänder niedergestreckt hatte. Ferner ...«

Mira flucht lautstark. Ein großer Kerl mit einer weißen Spinne auf dem Hals. Der Zwerg war also doch nicht betrunken gewesen!

KAPITEL 23

Tikian lächelte stumm in sich hinein. Er war zufrieden mit dem Werk. Ohne Schwierigkeiten hatte er das Neue Stadttor beim Arsenal passiert und war in den Schlund zurückgekehrt. Nicht einmal seine eigene Mutter würde ihn so wiedererkennen! Seine langen Haare hatte er zusammengebunden und hochgesteckt. Um den Kopf hatte er ein schäbiges graubraunes Tuch gewickelt. Sein Gesicht war mit Lehm verschmiert, und die Kleider starrten vor Dreck. Er roch ganz so, als habe er wochenlang in einem Ziegenstall genächtigt. Wenn seine Freunde aus alten Tagen ihn so sehen könnten ... Ihn, einen Adligen aus bestem Geblüt in der Maske eines Rattenmenschen! Auch er trug jetzt die übliche Flickenkleidung der Verstoßenen. Ein Hemd in allen nur erdenklichen Farben und enge Hosen, um deren zerfetzte Beine Lumpen gewickelt waren. Am unangenehmsten aber war es, ohne Schuhe auskommen zu müssen. Er hatte sich allein auf dem Rückweg zur Stadt wohl ein Dutzend Dornen und spitze Steine in die Füße getreten. Bisher hatte er sich nie Gedanken darüber gemacht, was für eine Erleichterung es war, zeit seines Lebens stets ein Paar maßgefertigte Stiefel zu besitzen. Hoffentlich musste er diese Maskerade nicht lange aufrechterhalten.

Aufmerksam beobachtete Tikian die Eingangstür zum *Opalpalast*. Der Wächter dort hätte ihn, so wie er aussah, niemals hereingelassen. Und hätte er sich offenbart, dann wären auch etwaige Beobachter auf ihn aufmerksam geworden. Er musste warten, bis Consuela das Haus verließ. Dann würde er sie um eine milde Gabe anbetteln und ihr dabei den Stofffetzen in die Hand drücken, auf den er ihr mit einem Holzkohlenstück aufgeschrieben hatte, wo er außerhalb der Stadt auf sie warten würde. Ob sie wirklich bereit war, mit ihm Al'Anfa zu verlassen?

Ein Mann mit einer langen Rute, von der blutige Fleischklumpen herabhingen, kam die Straße entlang und pries lauthals frische Leberstücke an, mit denen edle Damen ihre Katzen verwöhnen konnten. Unter den Huren hatte er sicher einige Kunden. Er blieb vor dem Portal des *Opalpalastes* stehen, verhandelte einen Augenblick mit dem Wächter und wurde dann eingelassen.

Tikian kratzte sich die Stoppeln an seinem Kinn. Das wäre auch kein schlechter Weg gewesen, um in das Haus zu gelangen ... So hätte er weniger Geduld aufbringen müssen. Aber irgendwann würde Consuela schon herauskommen. Er reckte sich und legte den linken Arm über das große Reisigbündel an seiner Seite. Zwischen den dürren Ästen hatte er sein Rapier und den Parierdolch sowie einen Beutel mit Münzen und dem Medaillon versteckt. Das war alles, was von seinem Leben als Adliger noch geblieben war. Erinnerungen an eine große Zeit.

Eine schlanke Frau mit breitkrempigem Schlapphut trat die Stufen zum Bordell hinauf. Elena! Sie sprach kurz mit dem Türsteher. Der schüttelte den Kopf. Unschlüssig blieb die Magierin einige Herzschläge lang vor der Tür stehen. Dann stieg sie die Treppe hinab und blickte sich auf der Straße um. Was sie wohl wollte? Ob er es wagen sollte?

Er richtete sich auf und humpelte mit dem Bündel auf dem Rücken der jungen Frau entgegen.

»Ich hab nichts zu verschenken. Scher dich deiner Wege, Kerl!« Sie bedachte ihn mit einem abfälligen Blick und wandte sich zum Gehen.

»Nur ein Kupferstück im Gedenken an den Mann, der Euch einst am Tirob Blumen schenkte.«

»Was?«

»Tu so, als wolltest du mich verscheuchen, und warte dann einige Augenblicke, bis du mir folgst. Wir werden vielleicht beobachtet!«

Elena runzelte kurz die Stirn und hob dann drohend ihren Zauberstab. »Scher dich endlich davon, du Wurm, oder ich werde dich unter meinem Absatz zertreten!«

»Gnade, Herrin!« Tikian hob abwehrend die Hände und machte sich hinkend davon. Der Wächter an der Tür des Bordells lachte lauthals.

»Dem hast du's aber gegeben, Kleine. Bist ein Weib nach meinem Geschmack! Willst du's mal mit 'nem richtigen Mann versuchen? In der Abenddämmerung endet meine Wache.«

»Aus *richtigen* Männern mach ich mir nichts, aber wenn du vielleicht eine hübsche Schwester hast ...«

»Flittchen, du weißt nicht, was du verpasst!«

»Deine Sorte kenn ich! Rollst dich zur Seite und schläfst ein, nachdem du es mit einer Frau getrieben hast. Und glaub nicht, dass mich deine Prahlerei neugierig auf deine paar Zoll ungewaschenes Gemächt machen würde. Das bisschen Fleisch, das euch Kerlen zwischen den Beinen baumelt, ist nun wahrlich kein erhebender Anblick!« Elena machte eine derbe Geste, drehte sich dann um und folgte Tikian.

Er wartete in einer Gasse, von der aus er weiterhin das Portal des *Opalpalastes* im Blick behalten konnte. »Du kannst ja fluchen wie 'ne Hure. Diese Seite kannte ich noch gar nicht an dir.«

Die Magierin maß ihn mit einem abfälligen Blick. »Ich glaube nicht, dass *du* überhaupt irgendeine Seite von mir kennst. Was hast du mir über den Mann, der mir die Blumen schenkte, zu sagen? Mach schnell ... Deine Anwesenheit beleidigt meine Nase!«

»Ich fürchte, Ihr werdet ein wenig verharren müssen, Herrin. Ihr wolltet doch etwas von dem jungen Adligen. Das heißt, dass Ihr diesmal nicht so einfach gehen könnt, wie damals in der Hafenschenke.«

»Was weißt du ...« Die Magierin stockte und blickte ihm in die Augen. Dann schüttelte sie entgeistert den Kopf. »Das kann nicht sein! Sag mir, dass ich mich täusche. Du bist ...«

»Tikian. So ist es. Ich habe einmal im Buch eines Dichters gelesen, man solle stets auch mit dem Herzen schauen. Doch Herzensangelegenheiten waren noch nie deine starke Seite, nicht wahr, Elena?«

»Du solltest dich nicht mit fremden Federn schmücken, Fechter. Poesie passt nicht zu deinem Stil. Selbst wenn dein Gestank kaum zu ertragen ist, freut es mich aufrichtig, dich wiederzusehen.«

»Könnte es sein, dass du meine Hilfe brauchst? Rückt dir dein feiner Herr auf dem Silberberg vielleicht auf den Leib?«

Elena holte aus, so als wolle sie ihm eine Ohrfeige geben, doch dann hielt sie inne. »Ich habe dich immer für einen Ritter gehalten, Tikian. Aber Liebe macht wohl blind.«

»Lass die Maskerade! Ich kenne dich gut genug, um zu wissen, dass du nicht nur kommen würdest, um zu sehen, wie es mir geht. Dein Stolz stünde dir dabei im Weg, selbst wenn du es aufrichtig wissen wolltest. Also sag mir einfach, was du willst.«

Die Magierin blickte ihm erneut tief in die Augen und schüttelte den Kopf. »Ich habe dich immer für einen Schwärmer gehalten.«

»Nur wenn ich verliebt bin ...«

»Gut! Wie du willst! Kommen wir zur Sache. Warum forschst du nach dem Großen Brand? Was weißt du über das *Haus der Morgenröte* und über den *Häuter*?«

»Sieh mich an, Elena! Diese Fragen haben aus einem Adligen einen Bettler gemacht, der unter jedem dunklen Torbogen einen Meuchler fürchten muss. Bist du sicher, dass du mein Wissen wirklich mit mir teilen willst?« Tikian musterte sie abschätzend. Eigentlich sah er keinen Grund, sie in sein Wissen einzuweihen. Sie stand in Diensten des Stadtmarschalls, und am Ende war das Ganze vielleicht nur eine Falle.

»Ich werde ganz offen zu dir sein ... Ich habe dich einmal geliebt, und auch wenn das vorbei ist, hoffe ich, dass du dich wie ein Freund verhalten wirst. Mein Herr, Oboto Florios, wird mich in dieser Nacht dazu zwingen, einen Zauber zu wirken, der es mir erlaubt, in Borons Hallen zu reisen. Mein Körper wird hier verweilen, und nur meine Geistgestalt wird über das Nirgendmeer fliegen. Ich habe schon einmal eine solche Reise für ihn unternommen, und dabei ist Uthar, der dunkle Wächter, auf mich aufmerksam geworden. Du weißt, dass ich nicht an die Zwölf glaube ... Das macht die Sache schlimmer. Ich habe dort nichts verloren. Er wird mich töten, wenn er mich noch einmal bemerkt.«

Tikian strich ihr zärtlich über die Wange. Würde sie ihn belügen? »Du hättest nicht auf den Silberberg gehen dürfen, meine kleine Fee. Erinnerst du dich noch an den Tag, an dem ich dich aus dem Siechenhaus von Hôt-Alem holte? Ich habe dich auf Armen getragen bis auf das kleine Zimmer in der Schenke am Nordtor ...«

Elena legte einen Finger an die Lippen. »Sprich nicht davon. Das ist Vergangenheit. Ich habe diese Tage tief in meinem Herzen verschlossen.«

Tikian konnte es mit einem Mal nicht mehr ertragen, ihr weiter in die Augen zu sehen. Er wandte sich ab und löste die Schlinge, die das Reisigbündel zusammenhielt. Zwischen dem dürren Geäst suchte er seine Lederbörse und holte das Medaillon hervor. »Sieh sie dir an, das sind mein Großvater und seine Geliebte. Ich versuche herauszufinden, was aus ihnen geworden ist. Was reizt dich daran?«

Elena rieb die Schnur, an der das Medaillon hing, zwischen den Fingern. »Das ist ja Menschenhaar.«

»Wahrscheinlich ein Geschenk von Saranya. Die Haarfarbe würde jedenfalls stimmen.«

»Wie ungewöhnlich ...« Tikian gefiel der Tonfall nicht, in dem die Magierin sprach. Sie öffnete das Medaillon und betrachtete lange die beiden Bilder.

»Und was ist aus ihnen geworden?«

»Mein Großvater wurde ermordet. Und Saranya ist in einem Bordell untergekommen. Es war jenes *Haus der Morgenröte*, nach dem du gefragt hast. Während des Großen Brandes scheint sie dort ums Leben gekommen zu sein. Offenbar war sie in die Verschwörung gegen eine Frau namens Esmeralda verwickelt. Genau weiß ich darüber noch nicht Bescheid. Ich werde morgen mehr erfahren. Es gibt ein altes Weib, das sie gekannt hat. Meine Zeugin ist allerdings ein wenig verwirrt.«

»Es gibt eine Zeugin? Wie heißt sie ... Wenn ich sie sprechen könnte, müsste ich vielleicht nicht meinen Weg in Borons Hallen machen. Wo hast du sie gefunden?«

Tikian schüttelte den Kopf. »Ich kann dir ihren Namen nicht nennen. Ich habe versprochen zu schweigen. Du weißt schon mehr als ...«

Von der Straße erklang lauter Hufschlag. Eine Gruppe schwarz gepanzerter Reiter zügelte die Pferde vor dem *Opalpalast*. Es waren Ritter der Rabengarde! Sie waren gewappnet, als würden sie in die Schlacht ziehen. Die Krieger trugen schwarze Lamellenpanzer und leichte Reiterschilde. Am eindrucksvollsten jedoch wirkten ihre Helme, die einem Rabenkopf nachempfunden waren und sie wie tierköpfige Dämonen aussehen ließen. Tikian wagte sich ein Stück vor und konnte jetzt auch Fußsoldaten erkennen, die offenbar alle angrenzenden Straßen abriegelten. Das Bordell wurde umstellt! Was, zum Henker, hatte das zu bedeuten?

»Wenn du mir den Namen verrätst, werde ich ...« Der Fechter schob Elena zur Seite und eilte zum Eingang der Gasse. Er musste sehen, was dort vor sich ging. Hatte der Alte etwa sein Wort gebrochen? Waren die Ordensritter seinetwegen gekommen?

»Im Namen des Patriarchen von Al'Anfa, lasst uns ein!« Der Anführer der Reiter war abgestiegen und klopfte mit der gepanzerten Faust gegen das Tor. Die Wache, die vor dem Eingang gestanden hatte, wurde von zwei Rittern zur Seite gezogen. Der Mann war offenbar völlig eingeschüchtert und ließ sich, ohne Widerstand zu leisten, entwaffnen. Tiefer Trommelschlag ertönte aus einer der angrenzenden Straßen – sowie ein anderes Geräusch, das Tikian nicht einzuordnen wusste. Ein pfeifendes Knallen ...

Die Tür des Bordells wurde geöffnet. Der Fechter konnte das Gesicht Golos erkennen. Der Leibwächter verbeugte sich und bedeutete dem Ordensritter mit einer unterwürfigen Geste einzutreten. Sofort folgte auch ein Trupp Fußsoldaten.

Indessen war der Trommelschlag lauter geworden. Die Bettler und Passanten, die von den Kriegern in der Straße überrascht worden waren und nicht mehr in Seitenstraßen oder Hauseingänge entkommen konnten, warfen sich zu Boden.

»Den Kopf in den Staub, du Narr!« Elena war hinter ihn getreten und zerrte an seinem Arm. »Da ist einer der Hochgeweihten der Boronkirche im Anmarsch. Du giltst als Ketzer, wenn du dich nicht vor ihm verbeugst.«

»Ich bin Tikian ya Avona, Adliger des Alten Reiches, und neige mein Haupt nur vor meiner Königin. Ich werde ...«

Elena hieb ihm mit ihrem Zauberstab in die Kniekehlen, sodass der Fechter strauchelte. Im selben Augenblick erreichten zwei Reiter auf prächtigen Rappen die Straße. Vor ihren Sätteln hingen große, mit Rabenfedern geschmückte Kesselpauken. Die Reiter waren ganz in schwarzes Leder gekleidet und trugen Masken aus schwarzem Holz, die einem Rabenkopf nachempfunden waren.

»Bleib gefälligst auf den Knien«, zischte Elena. Ihre Worte gingen in dem Dröhnen der Kesselpauken fast unter. Auch das Zischen und Knallen, für das Tikian keine Erklärung fand, wurde nun immer lauter. Den Kopf zu Boden geneigt, spähte er aus den Augenwinkeln zur Straße hinüber. Wahrscheinlich hatte Elena recht. Es war klüger, auf den Knien zu liegen. Ein Bettler, der sich nicht vor einem Hochgeweihten verbeugte ... Das war undenkbar! Da hätte er sich genau so gut gleich der Hand Borons stellen können.

Geweihte in langen schwarzen Kutten und mit spitzen Kapuzen bewegten sich stumm an beiden Seiten der Straße entlang. Mit ihren Peitschen geißelten sie den Boden, über den sie schritten. Ihre Gesichter aber verbargen die Priester hinter weißen Masken, die wie Totenschädel aussahen. Ihnen folgte eine prächtige Sänfte, deren lange Holzstangen mit Perlen und Goldbeschlägen geschmückt waren. Acht Mohas, gekleidet nur in Ledenschurze, trugen die Sänfte auf ihren Schultern. Die Waldmenschen waren von ausgesucht schönem Wuchs und ungewöhnlich dunkler Hautfarbe. Vor dem Eingang zum *Opalpalast* blieben sie stehen und setzten die Sänfte vorsichtig zu Boden.

»Seine Erhabenheit, der Glaubenswahrer Dolgur Kugres!«, rief einer der beiden Paukenschläger mit dunkler Stimme.

Der Vorhang der Sänfte wurde zurückgeschlagen, und ein großer, hagerer Mann in einer schwarzen Robe, deren Ränder mit silbernen Rabenstickereien geschmückt waren, stieg heraus. Auch sein Gesicht blieb hinter einer Schädelmaske verborgen, doch diese Larve wirkte auf beunruhigende Weise echter als die Masken der einfachen Geweihten. Sie hatte einen leichten Gelbton, so wie alte Knochen, und einige der Zähne des Schädels fehlten. Einen Augenblick lang hatte Tikian das Gefühl, dass der Hochgeweihte zu ihm herüberschaute, doch dann wandte sich der Mann ab und schritt die Stufen zum Eingang des Bordells hinauf.

»Was geht da vor sich?«, flüsterte Tikian leise.

»Nichts, in das wir uns einmischen sollten!«, zischte die Magierin. »Mach jetzt keine Dummheiten!«

Dem Hochgeweihten folgten einige Männer mit schwarzen Henkerskapuzen, die Holzstäbe trugen, von denen Dutzende eherner Handeisen herabhingen.

Es verstrich einige Zeit, und außer dem Knallen der Peitschen, mit denen die Geweihten noch immer auf die Straße einschlugen, war nichts zu hören. Tikian überlegte fieberhaft, wie er Consuela helfen konnte. Gegen die Ritter und die Fußknechte zu kämpfen, war völlig aussichtslos. Es waren einfach zu viele. Selbst wenn es ihm gelingen sollte, bis ins Bordell zu gelangen, war an ein Entkommen nicht zu denken.

Endlich rührte sich etwas an der Eingangstür. Einige der Huren und Sklaven wurden gefesselt hinausgeführt. Dann folgten die Leibwächter Consuelas. Niemand schien verletzt. Offenbar hatten sie ihre Herrin kampflos ausgeliefert! Tikian knirschte wütend mit den Zähnen. Dieses feige Pack! Er hätte sich nicht einfach ergeben!

Jetzt erschien Consuela in der Tür. Sie trug das weiße Kleid, mit dem sie ihn erst gestern noch empfangen hatte. In hilfloser Wut ballte Tikian die Fäuste. Er war sich sicher, dass es nicht um die Konkubine ging, sondern dass diese Verhaftungen nur seinetwegen stattfanden. Hinter Consuela trat der unheimliche Hochgeweihte durch die Tür. Er gab den Reitern mit den Kesselpauken ein Zeichen, auf das hin ein Trommelwirbel ertönte.

»Im Namen Borons klagen Wir dieses Hurenweib der Ketzerei und der Buhlschaft mit Dämonen an!«, tönte die dunkle Stimme des Geweihten. »Sie und alle, die mit ihr in diesem Haus leben, haben sich am Dunklen Gott vergangen, und ihre Seelen müssen in den Gewölben der Inquisition geläutert werden! Dieses Haus wird nun von den Dienern des Tempels versiegelt. Wer versucht, es zu betreten, vergeht sich damit an der Boronkirche und hat mit Verfolgung und Bestrafung zu rechnen. Der Name dieses Hauses darf künftig nicht mehr ausgesprochen werden, denn er beleidigt das Ohr eines jeden Gläubigen. Ebenso soll der Name des Weibes an Unserer Seite nicht mehr genannt werden. Streicht sie aus eurer Erinnerung, so als habe sie niemals gelebt, denn sie hat sich vor Boron versündigt.«

Tikian wollte aufspringen, doch Elena hielt seinen Arm umklammert. »Nicht jetzt! So wirst du niemandem nützen. Ich werde dir helfen, wenn auch du mir hilfst.«

Der Fechter sah zu, wie Consuela in Eisen gelegt wurde. Mit all den anderen, die die Soldaten aus dem *Opalpalast* geholt hatten, wurde sie an eine Kette geschmiedet. Dann setzte sich der lange Zug, angeführt von der Sänfte des Hochgeweihten, in Bewegung. Zehn Ordensritter und wohl eine ganze Kompanie Söldner wurden als Bewachung aufgeboten. Nur eine Handvoll Krieger blieb zurück und begann, mit teergetränkten Brettern die Fenster des Bordells zu vernageln.

Endlich wagten es die ersten Fußgänger, sich aus dem Staub der Straße zu erheben. Tikian setzte sich auf und starrte die Magierin an. »Wie willst du mir helfen?«

»Du weißt, dass ich im Hause des Stadtmarschalls diene. Ich werde sicher erfahren können, wohin genau man Consuela bringt, und ich schwöre dir, dass ich nichts unversucht lassen werde, um sie gemeinsam mit dir aus ihrem Kerker zu holen, wenn sich ein Weg in die Gewölbe der Inquisition finden lässt.«

»Und was ist dein Preis?«

»Das Medaillon. Ich brauche es! Vielleicht kann es mir nützlich sein. Bist du sicher, dass Saranya während des Brandes gestorben ist?«

Tikian schüttelte den Kopf. »Niemand hat gesehen, wie sie in den Flammen umkam, doch nach allem, was ich weiß, war sie im *Haus der Morgenröte* eingesperrt und konnte nicht entkommen. Die Frau, die von ihr erzählte, behauptete, Saranya habe Flammengestalt angenommen. Angeblich war sie eine Hexe. Wenn ich dieser Alten glaube, war Saranya schuld an dem Brand.«

Die Magierin runzelte die Stirn. »Als Flammengestalt entkommen ... umso besser. Wenn sie lebt, muss ich mich nicht in Gefahr begeben. Jetzt gib mir das Medaillon.«

Der Fechter blickte zweifelnd auf das Schmuckstück. »Was willst du damit?«

»Wenn alles vorbei ist, werde ich es dir vielleicht sagen. Überleg nicht lange! Gilt deine Liebe den Lebenden oder den Toten?«

»Schwöre mir bei deinem Gott, dass du es nicht für üble magische Rituale einsetzen wirst!« Sie würde auf den Namen ihres Götzen keinen falschen Eid schwören, so hoffte Tikian zumindest. Bislang jedenfalls hatte sie sich als sehr gläubig erwiesen.

Die Magierin seufzte. »Wie schade, dass du mir nicht mehr vertraust. Hiermit schwöre ich bei Rastullah, dem Einzigen, dass ich dein Medaillon nicht zur Ausübung schwarzer Künste nutzen werde. Wirst du mir jetzt glauben?«

Wortlos reichte Tikian ihr das Schmuckstück. Elena ließ es sofort in einem Lederbeutel an ihrem Gürtel verschwinden. »Ich komme morgen in aller Früh hierher zurück. Erwarte mich genau an dieser Stelle. Bis dahin werde ich wissen, was mit Consuela und den anderen geschehen soll.«

Trotz des Schwurs hatte Tikian kein gutes Gefühl. Er sah ihr nach, wie sie mit langen Schritten die Straße hinaufeilte. Ob sie ihn verraten würde?

KAPITEL 24

»Es ist besser, wenn du diese Maske aufsetzt, Bruder Ordinarius.« Der Patriarch reichte ihm eine Rabenmaske aus schwarzem Holz. Der übergroße Schnabel war aus geschwärztem Metall gefertigt und an der Spitze hohl.

Tar Honak und auch die beiden Gardisten, die sie hinab in die Gewölbe des Labyrinths unter dem Silberberg begleitet hatten, zogen sich Rabenmasken auf. Dann stopften sie Kräuter in die Spitze des metallenen Schnabels und entzündeten sie mit einem glimmenden Holzspan.

»Du solltest es uns lieber gleichtun, Bruder Immuel. Der Ort, an den du mich nun begleiten wirst, ist zwar ohne Zweifel reizvoll, doch herrscht dort ein Gestank, der einem gottesfürchtigen Mann den Atem verschlagen kann. Wir werden sozusagen in den Pfuhl der Sünde hinabsteigen. Unser Bruder Dolgur wird dich mit einem bemerkenswerten jungen Mann bekannt machen, und ich bin gespannt auf deine Meinung zu diesem Fall.«

Der Hochgeweihte tat, wie ihm geheißen, und stopfte den Schnabel mit Kräutern, die einer der beiden Gardisten entzündete. Sie verströmten einen schweren Geruch nach Weihrauch und Baumharzen, die von den entferntesten der Waldinseln nach Al'Anfa gebracht wurden, um in den Tempeln des dunklen Gottes entzündet zu werden. Immuel hatte ein ungutes Gefühl. Obwohl er noch nie hier unten gewesen war, wusste er, wohin die lange gewundene Treppe führte, die sie hinabgestiegen waren. Hier lagen die Kerker der Inquisition. Bruder Dolgur war nicht nur der Glaubenswahrer des Tempels und damit einer der Hochgeweihten, sondern versah als Rechtsgelehrter und oberste theologische Instanz in Glaubensangelegenheiten auch inquisitorische Tätigkeiten. Es kam selten vor, dass er in dieser Rolle zur Tat schreiten musste. Hier im Süden war man nicht so sehr dem Hexenwahn verfallen wie im Neuen Reich und im Bornland, doch hin und wieder kam es selbst in Al'Anfa vor, dass sich die Boronkirche mit Häretikern oder Schwarzmagiern auseinandersetzen musste, die die Freizügigkeit der Stadt allzu sehr missbraucht hatten. Jene bedauernswerten Männer und Frauen wurden in die Gewölbe tief unter dem Tempel geleitet und nach den gestrengen Regeln der Inquisition verhört.

Schweigend folgte die kleine Gruppe einem langen Gang, der mit Fackeln erleuchtet war. Dann stiegen sie noch eine weitere Wendeltreppe hinab. Immuel ging dicht hinter dem Patriarchen. Im Fackellicht und mit der Rabenmaske unter der weiten Kapuze seiner Ordenskutte sah er aus wie eine Gestalt, die Boron aus seinen finsteren Hallen geschickt hatte, um seinen göttlichen Willen unter den Sterblichen zu verkünden. Der Geweihte dachte daran, wie Tar Honak erst vor wenigen Tagen im Tempelhof Zeugnis davon abgelegt hatte, dass er vor allen anderen Sterblichen vom dunklen Gott auserwählt war, der ihn unverwundbar gemacht hatte. War er noch ein Mensch, oder musste man ihn schon zu den Halbgöttern zählen? Es gab keinen Zweifel, dass Tar Honak Al'Anfa zu ungeahnter Macht führen würde. Er war ein Auserwählter, so wie schon sein Vater. Ob es wohl seine Bestimmung war, die Stadtstaaten des Südens zu einem mächtigen Reich zu vereinen? Einer Theokratie unter dem Banner Borons?

Die Treppe endete vor einem Tor, das von einem Ritter der Rabengarde und zwei schwarz vermummten Gestalten bewacht wurde. Sie verneigten sich ehrerbietig vor dem Patriarchen und öffneten die drei goldenen Schlösser des Tors.

Noch immer schweigend, betrat die kleine Gruppe das weite Gewölbe, welches sich hinter der ehernen Pforte erstreckte. Hier waren Foltergeräte aller Art aufgestellt, mit denen den Verstockten geholfen wurde, zu der sie erlösenden Wahrheit zurückzufinden. Es gab eiserne Jungfrauen und Streckbänke, allerlei grässliche Zangen und Haken, Brandeisen und Schwerter, deren Klingen wie Sägen gezackt waren. Seitlich des Gewölbes lagen Zellen, durch deren Gittertüren die anderen Gefangenen mit ansehen konnten, welches Schicksal sie erwartete, wenn sie auf die Fragen des Glaubenswahrers keine Antwort geben mochten. Die Zellen waren gefüllt mit Weibsbildern in aufreizenden Kleidern, Männern, die in engen Hosen mit bunten Lederflicken ihr Gemächt betonten, Söldnern und allerlei Gesellschaft, die wohl sämtlich zu jenem Bordell gehören musste, das von der Rabengarde am Mittag geschlossen worden war.

Was der Patriarch ihm hier unten wohl zeigen wollte? Immuel spürte, wie sich sein Magen verkrampfte. Er hatte mit Rechtsfragen nichts zu schaffen und war als Ordinarius auch nicht befugt, den Befragungen beizuwohnen. Was für einen Grund mochte es also geben, ihn hierherzubringen, wenn es nicht um ihn selbst ging? Ob der Patriarch ihn verdächtigte, mit Oboto ein Komplott zu schmieden? Fürchtete Tar Honak vielleicht, die Familie Florios und einige andere Grandenhäuser könnten nach der Macht in der Stadt greifen, sobald er mit dem Heer aufgebrochen war?

Immuel hatte das Gefühl, als wolle ihm eine unsichtbare Hand die Kehle zudrücken. Es war unmöglich, dass der Patriarch sich so sehr täuschte! Tar Honak musste doch wissen, dass er, Immuel, immer einer seiner treuesten Diener gewesen war.

Sie hatten das Ende des weiten Gewölbes erreicht, und wie von Zauberhand öffnete sich vor ihnen eine schmale Pforte aus dunklem Holz. Der Patriarch gab den beiden Ordensrittern, die sie begleitet hatten, ein Zeichen, bei der

Tür Posten zu beziehen, und winkte Immuel, ihm zu folgen. Der Ordinarius schluckte und zögerte einige Herzschläge lang, über die Schwelle zu schreiten. Doch ganz gleich, was ihn in dieser Kammer auch erwarten mochte, er durfte sich nicht widersetzen, sie zu betreten. Er musste seine Angst besiegen! Sonst würde er sich nur verdächtig machen.

Der Raum, den sie betraten, mochte vielleicht sechs mal sechs Schritt messen. In seiner Mitte war eine Streckbank aufgestellt, neben der ein Kohlebecken mit glühenden Eisen stand. Ein Mann in der mit silbernen Raben geschmückten Robe eines Hochgeweihten stand dicht neben der Folterbank, auf die ein nackter Mann gebunden war. Ein Priester in einfacher Ordenstracht beugte sich über ein Schreibpult. Zwei vermummte Folterknechte hatten sich zur Wand hin zurückgezogen und warteten mit überkreuzten Armen auf Befehle des Glaubenswahrers. Überall in dem Raum hatte man Räucherschalen aufgestellt, in deren Glut kostbare Harze schwelten. Dennoch konnte man einen leichten Duft von Verwesung wahrnehmen, der sich mit einem süßlichen Gestank vermengte, wie ihn Immuel noch nie zuvor in seinem Leben gerochen hatte.

In einer Mischung aus Neugier und Furcht blickte er zu dem Mann auf der Streckbank. War dies das Schicksal, das auch ihn erwartete? Das Gesicht des Gefolterten war bis zur Unkenntlichkeit entstellt, und dennoch kam ihm der Mann vertraut vor. Das lange schwarze Haar, die schlanke und doch auch muskulöse Gestalt, die feingliedrigen Hände ...

Die blasse Haut des Ketzers war über und über mit grässlichen, schwärenden Wundmalen bedeckt. Von ihnen musste der abscheuliche Geruch ausgehen, der die Kammer füllte. Bei diesen Verletzungen musste man es schon ein Wunder nennen, dass der Befragte überhaupt noch lebte. Doch dieses *Wunder* war wohl auch als Beweis dafür zu werten, dass er zu Recht verhört wurde. Wer sonst als eine dämonische

Wesenheit mochte ihm die Kraft geben, eine solche Marter zu überleben!

»Du siehst dort Simodo, einen Neffen Galek Wilmaans, auf der Streckbank liegen, Bruder Ordinarius. Bereitet es dir Genugtuung, wenn ein Angehöriger jener Sippe, mit der ihr Florios so erbittert verfeindet seid, hier vor dir liegt und leidet?«

Immuel blickte erst zu Tar Honak und dann zu Dolgur, dem Glaubenswahrer. Was hatte das alles zu bedeuten? Bedächtig leckte er sich mit der Zungenspitze über die Lippen, wohl wissend, dass seine Maske diese Geste, die man zu Recht als Beunruhigung deuten würde, vor den Blicken der anderen verbarg. »Es bereitet mir niemals Freude, einen Mann zu sehen, der sich vom Pfade des rechten Glaubens entfernt hat. Doch selbst wenn er ein Wilmaan ist, werde ich dafür beten, dass seine Seele doch noch ihren Weg in Borons Hallen findet.«

Der Patriarch nickte, und einige Ascheflocken lösten sich vom spitzen Schnabel seiner Rabenmaske. »Wohl gesprochen, Bruder Ordinarius. Allerdings muss ich doch meinem Befremden darüber Ausdruck verleihen, dass dein Verwandter, der Stadtmarschall, nicht in der Lage war, jenes schändliche Treiben aufzudecken, an dem sich dieser Fehlgeleitete beteiligte. Drei Tage ist es erst her, dass Simodo zu unserem Bruder Glaubenswahrer gelangte, weil seine Mutter einem der niedrigen Geweihten von der seltsamen Krankheit berichtete, die ihren Sohn befiel. Nach einem Besuch bei dem Kranken wandte sich der junge Priester an unseren Bruder Glaubenswahrer, weil er verwirrt war ob der Krankheit, die er gesehen hatte, doch Bruder Dolgur erkannte, als man ihn vor Simodo führte, in seiner großen Weisheit sofort, womit er es zu tun hatte. Nun, Bruder Ordinarius, was denkst du, welche Krankheit den Unglücklichen quält?«

Immuel räusperte sich verlegen. Dann beugte er sich über den jungen Mann, um dessen Körper auf Anzeichen für eine Krankheit zu untersuchen, doch mit Ausnahme der schwärenden Wundmale vermochte er nichts zu entdecken. Schließlich wandte er sich zum Patriarchen und schüttelte enttäuscht den Kopf.

»Verzeiht, Eure Hochwürdigste Erhabenheit. Ich bin ein Diener Borons und verstehe mich nicht auf das Fach der Heilkunde. Simodos Körper ist zu sehr durch die Wundmale der hochnotpeinlichen Befragung gezeichnet, als dass ich noch die Spuren seiner Krankheit erkennen könnte.«

»Wundmale!« Tar Honak lachte laut. »Die Folterknechte haben kaum Hand an Simodo gelegt! Was du in deiner Einfalt Wundmale nennst, sind die Zeichen der Duglumspest! Dieser Elende hatte Umgang mit Dämonengezücht! Und dein Verwandter, der Stadtmarschall, war blind für das boronslästerliche Treiben, das inmitten unserer Stadt aufblühte! Ich frage mich, was steckt dahinter, dass der sonst so pflichtbewusste Oboto in diesem Fall seine Aufgaben so sträflich vernachlässigte? Verfolgt er am Ende gar die gleichen Ziele wie einige der Dämonenpaktierer?«

»Ihr wisst, dass ich nicht die allerbeste Meinung von meinem Verwandten habe, Eure Hochwürdigste Erhabenheit, doch kann ich nicht glauben, dass er sich jemals gegen Euch verschwören würde. Die Familie Florios hat sich vor den Augen des Tempels noch nie etwas zuschulden kommen lassen.«

»Und doch sind selbst die Augen des Tempels nicht überall ... Aber genug davon. Der Bruder Glaubenswahrer hat mich darüber in Kenntnis gesetzt, dass Simodo nun geständig sei, und ich wünsche, dass noch ein zweiter Angehöriger einer Grandenfamilie zugegen ist, damit niemand behaupten kann, der Tempel habe eine Intrige gegen die Familie Wilmaan angezettelt und eines ihrer Mitglieder ermorden lassen. Bruder Glaubenswahrer, ich erteile dir hiermit das Wort.«

Der hagere Geweihte nickte kurz und beugte sich dann über Simodo. »Du weißt, dass deine Krankheit weit Schlimmeres als den Tod nach sich ziehen wird, mein Sohn?«

»Ja, Herr.« Die Stimme des jungen Mannes klang angesichts seines Zustands noch erstaunlich kräftig.

»Ich habe dir erklärt, dass wir zwar nicht mehr dein Leben, doch immerhin noch deine Seele retten können, wenn du dich als reuig zu erkennen gibst. So erkläre nun seiner Hochwürdigsten Erhabenheit, dem Patriarchen von Al'Anfa, und seiner Erhabenheit, Bruder Immuel, welch götteslästerlichem Treiben du dich hingegeben hast.«

»Im Namen Borons und seiner elf Brüder und Schwestern bitte ich um Vergebung. Ich habe gesündigt und bin in meiner Verblendung von den Pfaden abgewichen, die die Götter den Sterblichen bestimmt haben. Es müssen fünf Götternamen vergangen sein, seit ich durch jene Menschen, die ich Euch, Euer Erhabenheit, bereits genannt habe, davon Kunde erhielt, dass im Hurenhaus der Consuela, dem Bordell mit dem Namen *Opalpalast*, ganz außerordentliche Vergnügungen für einen kleinen Kreis sehr gut bezahlender *Freunde* geboten würden. Es hieß, dass selbst jene, denen alles im Leben schal und wertlos erschiene, auf diesen besonderen Festen zur Lust zurückzufinden vermochten. Es war von Wonnen die Rede, die keines der anderen Häuser in dieser Stadt zu bieten hätte. Dank meines Namens und des Goldes, über das ich durch meine Herkunft verfügen konnte, war es für mich ein Leichtes, in den Kreis der *Freunde* aufgenommen zu werden. Ich gestehe voller Scham, dass es mir Vergnügen bereitete, an den gotteslästerlichen Festen Consuelas teilzuhaben, und jeder Atemzug, der mir noch verbleibt, ist ein stummes Gebet zu Boron, dass mir der Herr des ewigen Schlafes meine Sünden vergeben möge.«

»Beschreibe uns diese Feste, Simodo. Auch wenn uns von dem, was du erzählst, übel werden mag, so ist es zu deiner Läuterung doch unerlässlich, dass du uns bis tief hinab zu den Abgründen der Sünde geleitest.«

Immuel glaubte, aus der Stimme des Hochgeweihten Dolgur mehr als nur borongefällige Begeisterung herauszuhören. Er war sich fast sicher, dass der Glaubenswahrer Gefallen an seiner Aufgabe fand und ihm die Qualen des Sünders eine Genugtuung waren.

»Der Auftakt der Feste war immer ähnlich«, flüsterte der junge Mann heiser, als schrecke er vor der Erinnerung an seine eigenen Taten zurück. »Die *Freunde* wurden durch verschwiegene Boten in das Haus der Sünde geladen. Dort legten wir Masken an und kleideten uns mit fantastischen Kostümen. Dies gehörte zu den Regeln der Feste, damit wir einander nicht erkennen konnten. So vermag ich auch nicht mit letzter Sicherheit zu sagen, welche anderen Gäste bei den Orgien zugegen waren. Nur Consuela und einige ihrer Mädchen vermochte ich wiederzuerkennen. Oft bemalten wir unsere nackten Körper, und wenn der Reigen der Gäste in den geheimen Keller hinabstieg, in dem wir uns den Ausschweifungen hingaben, sah es aus, als habe Levthan selbst zum Feste geladen.

Bunte Tücher hingen von der Decke des Gewölbes, und Seide streichelte unsere Haut, während allerlei Kräuter, die in Räucherpfannen schwelten, unsere Sinne betörten. Inmitten des Gewölbes, in dem wir feierten, erhob sich ein schwarzer Altar, der mit furchteinflößenden Reliefs geschmückt war. Um ihn herum war ein siebengezackter Stern aus rotem Kupfer in den Boden eingelassen. Wir alle mussten einige Tropfen von unserem Blut geben. Es wurde in einer großen Muschel aufgefangen und dann in sieben kleine silberne Schalen gefüllt, von denen man je eine in die Spitzen des Sterns stellte. Eines der Mädchen Consuelas aber wurde auserwählt, ihr Blut in eine Schale aus schwarzem Basalt zu vergießen. Dieses Gefäß wurde mitten auf den Altar gestellt. Darauf begannen wir alle gemeinsam zu singen. Ein Lied ohne Worte, dessen Melodie von jenen zwei Schwarzmagiern vorgegeben wurde, die in den Diensten der Hure standen. Sie leiteten das finstere Ritual, an dessen Ende eine Gestalt von unirdischer Schönheit inmitten des Hexagramms erschien. Sie winkte stets jene Sklavin zu sich, deren Blut man auf den Altar gestellt hatte, und ein jedes Mal traten die Mädchen mit einem Lächeln auf den Lippen in den Bannkreis, der um das Heptagramm gezogen war, um sich als Erste in dieser Nacht der Wollust hinzugeben. Mit ihrem Opfer war das Band zu der Kreatur gefestigt, die von den Magiern stets »Meister der Schwarzfaulen Lust« geheißen wurde.

Sobald dies geschehen war, erschienen eine Anzahl von Knaben und Jungfern unter uns, die stets der Zahl der zum Feste geladenen *Freunde* entsprach. Sie kamen, um uns Liebesfreuden zu bereiten, wie sie Sterblichen sonst nicht vergönnt sind. Wir vergnügten uns auf widernatürliche Weise, und auch die Lustknaben und Huren Consuelas gesellten sich zu uns. Ich muss gestehen, dass ich in meinem Leben wohl keiner nur denkbaren Rahjafreude entsagt habe. Selbst mit meiner Schwester habe ich mich vereinigt, und es war stets das Verbotene, das den größten Reiz auf mich ausübte. Doch schon nach dem ersten Fest der *Freunde*, an dem ich teilhatte, wurde mir offenbar, welchen Preis ich für die unerhörte Lust dieser Nächte entrichten musste. Jedes Vergnügen, dem ich mich fortan hingab, erschien mir schal, und nichts vermochte mir mehr Freude zu bereiten als das Treiben mit jenen Kreaturen, die die Schwarzmagier heraufbeschworen hatten. So wurde mein Dasein bald zu einem dumpfen Brüten, und mit jedem Herzschlag ersehnte ich, dass endlich wieder die Zeit komme, ein neues Fest im *Opalpalast* zu feiern.

Niemand, der es nicht selbst erlebt hat, vermag zu erahnen, welcher Genuss es ist, wenn der Augenblick des Zerfließens, des Eins-Seins miteinander und des ...«

»Genug!«, unterbrach ihn der Glaubenswahrer mit harscher Stimme. »Wir haben genug von deinen kranken Gelüsten gehört, Simodo. Beschreibe uns lieber, was mit jenen Frauen geschah, die in den Bannkreis traten.«

»Sie hatten das Vorrecht, sich dem Meister der Schwarzfaulen Lust hinzugeben. Ihre Begegnungen begannen stets mit allerlei unkeuschen Küssen und wilden Umarmungen, doch was diese Weiber danach mit dem Meister trieben, weiß ich nicht zu beschreiben, denn sobald die anderen Kreaturen unter uns erschienen, war ich stets zu abgelenkt, noch darauf zu achten, was nah bei dem Altar geschah. Doch wenn die Feste zu Ende gingen, erinnere ich mich, auf dem schwarzen Stein stets einen leblosen, blutüberströmten Körper liegen gesehen zu haben, der kaum noch als Mensch zu erkennen war. Doch zu meiner Schande muss ich gestehen, dass ich dies stets willig als den Preis in Kauf genommen habe, der für das Fest, das wir gefeiert hatten, zu entrichten war.«

»Und du hast keinen Atemzug lang daran gedacht, dieses götterlästerliche Treiben einem der Tempelvorsteher der Stadt zu melden?«, empörte sich der Glaubenswahrer.

»In jener Nacht, in der ich unter den *Freunden* aufgenommen wurde, musste ich mit meinem Blut ein Schriftstück unterschreiben, das es mir bei Todesstrafe verbot, über diese Feste außerhalb des geheimen Gewölbes ein Wort verlauten zu lassen. Die Magier behaupteten, dass, wenn ich es wagte, diesen Eid zu brechen, mich noch in nämlicher Nacht eine Kreatur aus den Niederhöllen heimsuchen würde, um mir das Fleisch von den Knochen zu reißen, und so wahrte ich in meiner Verblendung Stillschweigen über das, was im *Opalpalast* geschah. Möge Boron mir diese Sünde vergeben.«

»Besudele den Namen des Schwarzen Gottes nicht, indem du ihn über deine Lippen bringst, Verlorener!«, grollte der Patriarch mit eisiger Stimme. Dann wandte er sich an den Glaubenswahrer. »Hat man die anderen Dämonenpaktierer gefasst, die mit der Hure Consuela unter einem Dach lebten?«

»Alle außer einem, Eure Hochwürdigste Erhabenheit. Ein junger Adliger aus dem Alten Reich, den die Dirne erst vor wenigen Tagen als Sklaven gekauft hatte, war nicht zugegen, als wir das Haus besetzten. Alle anderen Diener und Sklaven konnten verhaftet werden. Sie befinden sich nun in den Zellen des großen Gewölbes.«

»Und hast du bereits mit ihrer Befragung begonnen, Bruder Dolgur? Ich wünsche, dass diese Angelegenheit binnen der nächsten zwei Tage zu einem Ende gebracht wird, damit ich in dem sicheren Wissen, dass der Zirkel der Dämonenanbeter ein für alle Mal zerschlagen ist, die Stadt verlassen kann.«

»Ich gebe mein Bestes, Eure Hochwürdigste Erhabenheit. So konnte ich bei den Magiern Male finden, die Zeugnis davon ablegen, dass sie seit Langem Dämonenpaktierer sind. Beide sind schon im zweiten Kreis der Verdammnis gefangen. Dem einen von ihnen fehlt die Fingerkuppe an der linken Hand, während dem anderen ein schwarzes Mal auf dem Rücken prangt, das wie ein Auge aussieht. Beide haben ein zweites Paar Brustzitzen, das eine halbe Handbreit über dem Rippenbogen sitzt, und sie wurden ohnmächtig, als ich sie zu dem geweihten Schrein bringen ließ, der sich oberhalb des großen Gewölbes befindet. Dies alles sind untrügliche Zeichen, die sie als verlorene Seelen ausweisen.«

Immuel ließ die linke Hand ein wenig tiefer in den Ärmel seiner Kutte gleiten. So wie allen anderen Angehörigen seiner Familie fehlten auch ihm von Geburt an die oberen beiden Glieder des Ringfingers an seiner Linken. Oft schon war den Florios ob dieser Absonderlichkeit in verleumderischer Absicht der Umgang mit dämonischen Wesenheiten unterstellt worden. Bei einigen seiner Verwandten hatte dieses Ärgernis dazu geführt, dass sie stets Handschuhe trugen wie etwa Oboto, der angeblich nicht einmal, wenn er zu Bett ging, seine Finger entblößen mochte.

»Und hast du die beiden Dämonenmeister schon dazu bringen können, die Namen jener *Freunde* preiszugeben, die die Feste der Hure Consuela besucht haben?«, fragte der Patriarch.

Dolgur schüttelte den Kopf. »Die beiden scheinen nichts zu wissen. Offenbar kannte allein Consuela ihre Gäste mit Namen, und dieses verstockte Weib schweigt! Auch sie scheint sich mit der Duglumspest angesteckt zu haben. Sie hat gestanden, beim geilen Treiben auf dem letzten ihrer Feste von einer der dämonischen Kreaturen in den Hals gebissen worden zu sein. Ich hoffe, sie noch heute bei einer weiteren Befragung zum Reden bringen zu können, doch erscheint sie mir ein Geschöpf von besonderer Boshaftigkeit zu sein.«

»Deine Hoffnungen, Bruder Dolgur, reichen mir nicht aus. Ohne die Ernsthaftigkeit deiner Bemühungen in Abrede stellen zu wollen, erscheint es mir doch ratsam, jemanden zu Hilfe zu holen, der in der Übung der anstehenden Befragung bewanderter ist als du. Du bist ein Rechtsgelehrter, der die Schriften des Glaubens besser zu deuten vermag als irgendein anderer Geweihter, den ich beim Namen nennen könnte. Ein Folterknecht bist du nicht! Ich werde Bruder Immuel zum Erhabenen Amosh Tiljak schicken, dem Hochgeweihten des Praiostempels und Obersten Richter der Stadt, damit er uns einen seiner Inquisitoren zur Verfügung stellt. Ich hoffe, dass wir mit der Hilfe eines solch erfahrenen Fragenstellers schneller zu Ergebnissen kommen werden.«

Immuel schluckte. Seit vor einer Woche auf Wunsch des Patriarchen im Rat der Zwölf beschlossen worden war, dass im Falle eines länger andauernden Krieges das Schatzschiff der Praioskirche nicht wie gewohnt im späten Frühling den Hafen verlassen durfte, um die Einnahmen des Tempels in einen der Osthäfen des Neuen Reiches zu bringen, herrschte eine schwerwiegende Verstimmung zwischen dem höchsten städtischen Vertreter der Praioskirche und den Hochgeweihten Borons. Wenn man nun mit einer Bitte an den Erhabenen Amosh Tiljak trat, bestand wenig Aussicht auf eine freundliche Antwort.

»Was ist zu tun, wenn der Erhabene Euer Anliegen zurückweist, Eure Hochwürdigste Erhabenheit?«

Der Patriarch schüttelte heftig den Kopf. »Über meine Befehle wird nicht gestritten, Bruder Immuel. Ich erwarte von dir nicht mehr und nicht weniger, als dass du in deiner Mission erfolgreich bist. Ich denke, dass der Umgang mit dem Erhabenen einzig eine Frage von diplomatischem Geschick ist, und wenn du mich von der Treue des Hauses Florios überzeugen willst, solltest du in deiner Mission besser nicht versagen! Du darfst nun gehen, aber vergiss nicht, dass die Zeit drängt! Ich wünsche, dass uns noch am heutigen Tage ein Inquisitor der Praioskirche zur Verfügung gestellt wird.«

Immuel verbeugte sich und verließ dann das Gewölbe. Wollte der Patriarch seinen Untergang? Glaubte Tar Honak nicht mehr, dass er ihm treu ergeben war? Oder welchen Grund mochte es sonst geben, dass er ihm eine solch heikle Aufgabe übertrug? Sollte er am Ende vielleicht nur ein Werkzeug sein, um den Streit zwischen den beiden Kirchen noch weiter zu verschärfen? Mit bangem Herzen erklomm Immuel die steile Treppe, die ihn hinauf zum Neuen Tempel führte.

KAPITEL 25

Gehetzt blickte Tikian über die Schulter. Eine Frau in durchscheinendem Kleid und mit bunt bemaltem Gesicht lehnte hinter ihm an einer Hauswand. Sie blickte durch ihn hindurch, als sei er Luft. Ein Stück weiter schlenderte ein Wasserverkäufer die Gasse hinunter. Ein Händler rollte seine Waren in einen Teppich ein, und zwei Kinder wühlten in einem Abfallhaufen. Es war nichts Verdächtiges zu sehen, und dennoch fühlte er sich beobachtet. Hatte er die Meuchler doch nicht zu täuschen vermocht? Er beschleunigte seine Schritte und sprang dann durch das Fenster eines ausgebrannten Hauses. Er musste nur ein paar Haken schlagen! Er würde sie schon loswerden!

Eine junge Frau wich kreischend vor ihm zurück. Einige Kinder stoben auseinander. Innerhalb der Ruine waren Schutzdächer aus Palmwedeln gebaut worden. Er konnte ein Lagerfeuer glimmen sehen, auf dem ein verbeulter Topf hing. Ein Mann mit einem schartigen Messer in der Hand trat aus der Finsternis.

»Du bist hier nicht willkommen! Scher dich davon, Kerl!«

Tikian verlagerte das Gewicht des Reisigbündels auf seinem Rücken. Ringsherum tauchten jetzt noch andere Gestalten aus der Finsternis auf. Männer mit Knüppeln. Eine Frau, die einen rostigen Fleischerhaken in der Hand hielt. Ein halbwüchsiger Knabe mit einer schweren Kette.

Tikian wich einen Schritt zurück und stieß einen Tonkrug um. »Nichts für ungut, Freunde. Ich geh ja schon wieder.« Vorsichtig tastete er nach dem Fenstersims hinter ihm.

Er wagte es nicht, das Gesindel aus den Augen zu lassen. Wie konnte man nur so leben? Wie Wölfe in einer Höhle ... Irgendwo in der Finsternis begann ein Kind zu schreien.

Vorsichtig kroch er durch das Fenster auf die Gasse zurück. Der Mann mit dem Messer war stehen geblieben und grinste zufrieden. »Das nächste Mal wickle ich dir deine Eingeweide um die Knie, du Bastard!« Gelächter ertönte.

Tikian griff nach der Schnur, die das Reisigbündel zusammenhielt. Einen Augenblick lang war er versucht, seine Waffen hervorzuholen und sich mit dem Aufschneider einen Kampf zu liefern. Doch dann wurde er sich bewusst, was er da tun wollte. Er war einer der besten Fechter des Alten Reiches und dachte daran, sich mit einem dahergelaufenen Halsabschneider zu schlagen. Sich zu rächen! Das war unter seiner Würde!

Er blickte die Gasse hinauf. Es war jetzt fast völlig dunkel. Ein alter Mann steckte eine Laterne über einem Hauseingang an. Die Hure, die ihn eben übersehen hatte, war verschwunden. Nur der Wasserverkäufer stand noch da. Er kauerte am Boden und hatte seine leeren Lederschläuche von der Schulter gestreift. War dies sein Verfolger? Warum ging der Kerl nicht nach Hause? Tikian beeilte sich, weiterzukommen. Er wollte zu *seinem* Hinterhof und die Frau am erleuchteten Fenster suchen ... Doch konnte er das wagen, wenn er verfolgt wurde? Schließlich hatte er schon Consuela ins Unglück gestürzt.

Tikian kauerte sich unter einen Torbogen und beobachtete den Wasserhändler. Der Mann leerte soeben einen halbvollen Lederschlauch und spülte damit die Zinnbecher, die in seinem breiten Hüftgürtel steckten. Dann reckte er sich, stand auf und ging die Straße hinab. Er warf Tikian einen flüchtigen Blick zu, hielt auf seinem Weg aber nicht inne.

Der Fechter fluchte leise. Wurde er jetzt verrückt? Sah er schon Gespenster? Niemand war ihm gefolgt! Er hatte die Hand Borons getäuscht. Sie hätten ihn schon längst ergriffen, hätten sie seine Verkleidung durchschaut. Seine Frist war abgelaufen. Das Praiosgestirn war hinter dem Horizont versunken. Warum sollten sie also noch zögern, ihn gefangen zu nehmen?

Müde machte er sich auf den Weg zu der schäbigen Absteige, die vor einer Woche noch sein Zuhause gewesen war. Könnte er jetzt nur bei Consuela sein! Ob die Boronis sie quälten? Was für eine infame Anklage! Die Konkubine eine Dämonenbuhlin zu nennen!

Langsam stieg er die Treppe an der Steilklippe hinab. Sein Blick wanderte über die weite Bucht unter ihm. Im Kriegshafen brannten wohl an die hundert Lagerfeuer zwischen den langen Zeltreihen, die hinter den Bootsschuppen und Lagerhäusern errichtet worden waren. Fast sah es aus, als seien die Sterne vom Himmel auf die Erde gefallen. Wann die Truppen wohl aufbrechen würden? Wie gestrandete Meeresungeheuer lagen die Biremen auf dem Ufer. Man hatte die Masten der Schiffe niedergelegt, so wie man es auch in der Schlacht tat. Hinter den Galeeren dümpelten massige Last- und einige modernere Kriegsschiffe im brackigen Hafenwasser. Karracken und Schivonen, so wie man sie im Alten Reich und im Bornland baute. Dort unten sollte sein Platz sein. Er war Söldner, seit er seine Heimat verlassen hatte. Der Krieg war sein Geschäft. Wie es Gion wohl ging? Es wäre schön, jetzt einen Freund zur Seite zu haben und endlich wieder zu wissen, wo die Grenze zwischen Gut und Böse verlief. In einer Schlacht war das einfach. Die Schurken waren immer die anderen ...

Aus einer Schenke unter ihm ertönte ein wildes Kriegslied. Die Stimmen waren voller Begeisterung ... Wie gern hätte er jetzt unter ihnen gesessen und mitgesungen. Die Hand Borons vergessen, seine Geliebte, die in einem Kerker irgendwo unter dem Tempel schmachtete, und den Dämon, der durch die Nacht schlich und nach seinem Leben trachtete.

Er sollte nicht jammern wie ein altes Weib! Eilig schritt er die letzten Stufen hinab und tauchte in das Labyrinth der

Gassen ein. Eine betrunkene Söldnerin wankte ihm entgegen und drängte ihn zur Seite. War er auch so gewesen? Das Reisigbündel entglitt seinen Händen.

»Das geschieht dir recht! Was stehst du mir auch im Weg!«, lallte die Kriegerin und zog weiter.

Wütend löste Tikian die Verschnürung, zerrte das Bündel auseinander und holte seine Waffen heraus. Einen Augenblick lang war er versucht, der Söldnerin hinterherzulaufen. Dann versteckte er das Rapier, den Parierdolch und den Beutel mit Münzen unter seinen Lumpen. Solange es dunkel war, würden die Waffen nicht auffallen, und er war endlich dieses lästige Bündel los!

Mit leichtem Schritt eilte er der Absteige entgegen. Als er das Tor zum Hinterhof erreichte, blickte er noch einmal die Gasse hinauf. Niemand schien ihm gefolgt zu sein! Auf dem Hof brannten keine Laternen. Es war fast völlig finster. Nur hier und dort fiel ein schmaler Lichtstreifen durch einen verschlossenen Fensterladen. In einer benachbarten Gasse war der Marschtritt genagelter Stiefel zu hören. Sicher eine Streife der Stadtgarde.

Vorsichtig spähte er um die Ecke auf den Hof. In dem Fenster brannte Licht! Deutlich konnte er den Schatten der Frau erkennen. Diesmal würde er sie nicht verpassen. Wenn sie Callanas Mörder kannte, dann mochte er ihn vielleicht noch in dieser Nacht finden und seiner gerechten Strafe zuführen!

Mit klopfendem Herzen eilte er über den Hof. Fast hatte er das Fenster schon erreicht, als er mitten im Schritt verharrte. Deutlich konnte er jetzt das Gesicht der Frau erkennen. Sie sah aus wie Saranya! Zwar waren ihre Haare hochgesteckt und ihr Gesicht grell geschminkt, doch konnte es keinen Zweifel geben! Hatte sie vielleicht eine Tochter gehabt? Oder ... Nein, es müsste eine Enkeltochter sein! Sie war zu jung, kaum älter als er selbst. Auch er sah seinem Großvater zum Verwechseln ähnlich. Warum sollte Saranyas Enkeltochter ihrer Großmutter nicht auch wie aus dem Gesicht geschnitten sein? Tikian schluckte. Ob ihre Mutter wohl ein Kind seines Großvaters gewesen war? War Jacomo Saranya vielleicht deshalb mehr als tausend Meilen – fast bis ans Ende der Welt – gefolgt? Zögernd trat er näher an das Fenster.

Die junge Frau bemerkte ihn nun. Sie lächelte gezwungen. »Bist du ein Freier? Komm näher, damit ich dein Gesicht besser sehen kann, schöner Mann.«

Der Fechter schluckte. Die Frau trug ein enges Kleid, das fast nichts von ihren Reizen verhüllte. War auch sie wie ihre Großmutter eine Hure?

»Ei, komm doch her, mein schöner Mann,
will sehn, was ich für dich tun kann
mag dir Freuden gern bereiten
will auf deinen Schenkeln reiten,
wirst schon sehn ...«

Lieblos leierte sie ihren Spruch herunter. Jetzt erst sah Tikian ihre unnatürlich geweiteten Augen, so als habe sie Belladonna hineingeträufelt oder aber Rauschkraut geraucht. Vielleicht war er ein Narr zu glauben, dass sie den Mörder gesehen hatte. Er war sich nicht einmal sicher, ob sie ihn richtig erkannte. Der Fechter trat bis dicht unter das Fenster. Jetzt sah er die feinen Fältchen um die Augen der Frau. Sie war doch älter, als er auf den ersten Blick gedacht hatte. Um ihren Hals hing ein Medaillon, das dem Schmuckstück, das er in der Kiste mit den Sachen seines Großvaters gefunden hatte, sehr ähnlich sah.

»Du?«

Ein eisiger Luftzug fuhr durch den Hof. »Du? Bist du endlich gekommen, Geliebter! Komm näher, damit ich dein Gesicht sehen kann.«

Tikian spürte, wie sich sein Nackenhaar aufrichtete. Wie unter einem Bann trat er an das Fenster und setzte sich auf das niedrige Sims. Sie streckte die Hand nach ihm aus ...

Berührte fast sein Gesicht. »Ich wusste, dass du kommen würdest. Jeden Tag habe ich zu den Göttern gebetet, dich endlich wieder in meine Arme zu schließen, und zugleich hatte ich Angst, dass du mich so sehen würdest. Wirst du mich nun verstoßen? Sie haben mich gezwungen.«

»Ich ...« Der Fechter wusste nicht, was er sagen sollte. Mit wem verwechselte sie ihn?

»Da ist jemand auf dem Hof ... Hinten in den Schatten. Komm herein zu mir! Wirst du verfolgt?«

Tikian drehte sich um. Er konnte niemanden sehen, doch auch er hatte jetzt das Gefühl, beobachtet zu werden. Er stieg durch das Fenster.

»Hierher! Komm schnell! Sie dürfen dich nicht finden. Wenn sie weg sind, werden wir fliehen, nicht wahr?« Sie zeigte ihm eine Nische neben einer gemauerten Schmucksäule. Ihr Zimmer war klein und wurde fast ganz von einem riesigen Bett ausgefüllt. Daneben stand ein niedriger Tisch mit einer Waschschüssel, einem Krug und einem vielarmigen Kerzenständer.

»Kauere dich dort hinein!« Die Frau eilte zu den Kerzen und löschte das Licht. »Sei bitte ganz still, Jacomo. Sie dürfen dich hier nicht finden!«

Tikian wollte aufstehen und sie zu sich herüberholen, doch plötzlich schien die Nische mit einer Wand verschlossen zu sein. Seine Finger tasteten über geborstene Steine und morsches Holz. Was war geschehen? Träumte er das alles?

Er hielt den Atem an. Auf der anderen Seite der Wand flüsterte jemand.

»Wo ist er hin? Du hast ihn doch auch durch das Fenster steigen sehen.«

»Weiß der Henker! Ich hab dir doch gesagt, dass er uns bemerkt hatte. Bestimmt steckt er hier irgendwo in der Ruine. Wir werden ihn schon noch finden!«

Der Fechter keuchte. Hoffentlich entdecken sie das Mädchen nicht! Wo sie sich wohl versteckt hatte? Vorsichtig lehnte er sich zurück. Etwas knackte leise, so als habe er auf einen dünnen Ast getreten. Seine Hände tasteten in der Dunkelheit umher. Tatsächlich. Dort waren dürre Äste. Hoffentlich hatten die Häscher ihn nicht gehört und ... Er gähnte. Mit einem Mal fühlte er sich so müde, als habe er seit Tagen nicht mehr geschlafen. Er durfte jetzt nicht einnicken. Er sollte nach einem Ausweg aus dieser Nische suchen. Wieder tasteten seine Hände über die Steine. Sie lagen durcheinander wie Geröll. Wie hatte das Mädchen das geschafft? Er lehnte sich nach vorne. Die Steine waren angenehm kühl. Er musste jetzt ...

Als Tikian erwachte, lag er auf einem Bett. Neben ihm saß die junge Frau, die ihn versteckt hatte. Sie lächelte.
»Ich habe immer gewusst, dass du kommen würdest. Gerade jetzt, da ich deine Hilfe brauche wie nie zuvor.«
Der Fechter blinzelte verschlafen. Er fühlte sich noch immer todmüde. »Wo bin ich hier?«
»Das ist das *Haus der Morgenröte*.« Die Frau schluckte. »Es ist ... ein Hurenhaus. Leila, die Herrin, hat mich auf dem Sklavenmarkt gekauft und ... Ich musste fremden Männern zu Willen sein. Sie hat mir etwas zu trinken gegeben. Ich wusste nicht mehr, was ich tat, und ...«
Tikian richtete sich auf und schüttelte verwirrt den Kopf. »Das *Haus der Morgenröte*? Leila? Das kann nicht sein! Wer bist du?«
Das Mädchen schlug die Hände vors Gesicht und schluchzte. »Ich habe es gewusst ... Ich wusste, dass du mich verstoßen würdest, wenn du es erfährst. Der Markgraf und das Fischermädchen. Das war schon ein Skandal. Doch sich mit einer Hure abzugeben ... Das ist unmöglich für dich! Bitte ... bitte geh!«
Konnte es tatsächlich sein, dass sie ihn für seinen Großvater Jacomo hielt? Sie hatte gesagt, dass man ihr einen Trank verabreicht hatte. Vielleicht war dies der Grund. Er beugte sich vor und wollte sie in den Arm nehmen, sie trösten, doch sie wich ängstlich vor ihm zurück ...

»Sieh mich nicht so an! Das macht es nur noch schlimmer. Du musst fort. Sie haben den Fensterladen vernagelt! Aber du bist stark! Du wirst ihn aufbrechen können! Geh und vergiss diesen Abend! Behalte mich in Erinnerung, so wie du mich gekannt hast. Weißt du noch, damals am Meer? Der Tag, an dem wir uns zum ersten Mal begegnet sind? Du kamst auf einem prächtigen Rappen geritten ... Du hast mir zugelächelt, und ich wusste, dass es nie einen anderen Mann in meinem Leben geben würde als dich. Auch wenn du ein Graf warst und ein Freund des Königs. Ich ...«

Tikian starrte sie fassungslos an. Was redete sie da? Dann blickte er zum Fenster. Es war tatsächlich mit einem großen Holzladen verschlossen! Er schwang sich vom Bett und drückte gegen den Fensterladen. Er ließ sich nicht öffnen! Entsetzt eilte er zur Tür. Auch sie war verschlossen. Das konnte nicht wahr sein! Das alles war ein Traum! Er musste jetzt erwachen!

Der Fechter drehte sich um und starrte die junge Frau an. »Du bist Saranya, nicht wahr?«

»Erkennst du mich denn nicht mehr? Habe ich mich so verändert, Geliebter?«

Tikian rang nach Luft. »Wie bin ich hierhergekommen?«

»Aber du hast mich doch gesucht? Ich wusste, dass du den Sklavenjägern folgen würdest. Nur das hat mir die Kraft gegeben, all das durchzustehen. Ich wusste, du würdest kommen und mich holen. Ganz gleich, wie lange es dauern würde, und egal, wohin man mich auch bringt! Jede Nacht habe ich hier am Fenster gesessen und darauf gewartet, dass du kommen würdest ... Du hattest versprochen, zum König zu reisen und ihn darum zu bitten, den Bund deiner Ehe zu lösen, damit wir uns nicht länger verstecken müssten. Erinnerst du dich an unsere letzte Nacht auf der Robbenklippe? Du hast bei Rahja geschworen, zu mir zurückzukehren. Ich wusste, dass du diesen Eid niemals brechen würdest. Und doch hatte ich Angst vor der Stunde, in der du hier vor mir stehen würdest, um zu sehen, was ich bin ...«

Tikian räusperte sich. Sein Mund war trocken wie Asche. Jacomo hatte sein Weib verlassen wollen? Das war also der Grund für seine letzte Reise zum König gewesen! Tikian konnte nicht glauben, was er da hörte. Eine Geliebte zu haben, das war nicht unüblich. Aber eine Frau von Stand zu verstoßen, um ein Fischermädchen zum Weib zu nehmen? Das konnte nicht sein! Oder doch? War das der Grund gewesen, warum Rondrian, sein eigener Vater, nie von Jacomo hatte sprechen wollen? Hatte er gewusst, warum der Markgraf nach Al'Anfa gereist war? Und war er vielleicht sogar froh gewesen, dass Jacomo nicht zurückgekehrt war?

»Gib mir deinen Dolch, Geliebter. Ich kann es nicht länger ertragen, die Zweifel in deinem Gesicht zu sehen. Lass mich meinem Leben ein Ende bereiten. Es war alles vergebens! Wie habe ich dummes Ding darauf hoffen können, dass du mich noch zum Weibe wolltest, nachdem ich mich hier erniedrigte.«

»Tu das nicht ...« Tikian griff nach den Waffen, die auf dem Bett lagen. »Es ist nur ... Ich bin ... verwirrt. Es ist ... Ich weiß nicht, was ich sagen soll. Ich hätte nie geglaubt, dir jemals gegenüberzustehen. Es ist die Überraschung ...«

»Dann willst du mich nicht verstoßen?«

»Wie könnte ich? Ich ...«

»O mein Geliebter, wie habe ich nur je an dir zweifeln können! Ich bin ja so froh! Wir werden gemeinsam fliehen, und ich werde Rondrian endlich wieder in den Armen halten. Geht es ihm gut? Konnte er schon laufen, als du abgereist bist?«

Tikian keuchte! Jetzt begriff er! »Ich habe ihn mitgenommen auf das Schloss, nicht wahr?«

Saranya schaute ihn verblüfft an. »Wie kannst du das vergessen? Dein Weib wollte es doch so! Als sie unser Geheimnis entdeckte, hat sie so getan, als sei auch sie schwanger geworden. Sie konnte doch keine Kinder bekommen, und in der Nacht, als ich ihn gebar, bist du gekommen und hast ihn auf das Schloss geholt. Nur ein einziges Mal durfte ich den kleinen Rondrian in meinen Armen halten und ...«

Tikian setzte sich auf das Bett. Das alles mussten Lügen sein! Seine Großmutter war eine Baroness und kein Fischerweib! Er hatte nur einen schlechten Traum und würde bald erwachen ...

»Warum sind wir eingesperrt?«

»Bitte, sag mir erst, wie es Rondrian geht. Ich verzehre mich vor Sehnsucht nach ihm. Es vergeht keine Stunde, in der ich nicht an unseren Sohn denke.«

Der Fechter blickte sie lange schweigend an. Sie sagte die Wahrheit, er fühlte es. »Es geht Rondrian gut. Er ... er hat deine Augen.«

Saranya senkte den Blick und lächelte. Wer war sie? Was geschah hier? Es konnte doch nicht sein, dass seine Großmutter so alt war wie er selbst! Warum waren sie hier eingesperrt? Und was war das für ein merkwürdiges Versteck, zu dem sie ihn eben gebracht hatte? Er blickte hinüber zu der Nische neben der Ziersäule. Dort lagen keine Trümmer!

»Heute morgen habe ich ein Gespräch zwischen einer Grandessa und einem wichtigen Boroni belauscht. Er trug eine einfache Robe, doch er gehörte zu den Hochgeweihten. Ich hatte sein Gesicht schon einmal gesehen. Bei einer Prozession ... Der Boroni hat versprochen, ihr ein Zauberbuch zu bringen. Es war darin von Flammenwesen die Rede. Eines hieß Azzidai oder so ähnlich, aber auch von anderen Kreaturen haben sie gesprochen. Der Boroni sagte, dass die schwärende Wunde des Empörertums ausgebrannt werden müsse. Und sie versprach ihm, die Verräter den Flammen zu übergeben. Ich habe meiner Freundin Dulcinea davon erzählt. Sie sollte zur Stadtgarde laufen und den Marschall über das üble Komplott unterrichten. Doch sie muss mich verraten haben. Statt der Wachen kam Leila, die Herrin des Hauses. Sie hat mich einsperren lassen und ihren Leibwächtern befohlen, mein Fenster zu vernageln.«

Tikian schluckte. »Und all das ist erst vor wenigen Stunden geschehen?«

»Ja.«

Das konnte nicht sein! »Wie bin ich hierhergekommen? Wie konnte ich durch das Fenster steigen, wenn es doch vernagelt war?«

Saranya runzelte die Stirn und blickte ihn fragend an. »Aber du bist doch gekommen, bevor es vernagelt wurde. Erinnerst du dich nicht? Ich habe dich versteckt, damit Leilas Leibwächter dich nicht entdecken konnten, während sie die Läden verschlossen.«

Tikian lachte verstört. »Natürlich. Sag, welches Jahr haben wir?«

Die junge Frau lachte. »Du willst wohl scherzen, Jacomo.«

»Ich meine es todernst! Welches Jahr haben wir?«

»Es ist das neunhundertundsiebzigste Jahr nachdem Bosparan durch die Garether Rebellen erobert wurde.«

»Nein!« Tikian sprang auf und schlug mit den Fäusten gegen den Fensterladen. »Das kann nicht sein! Ich bin Tikian ya Avona und nicht Jacomo. Ich war in diesem Jahr noch gar nicht geboren! Mein Großvater sollte hier sein. Nicht ich! Auf ihn hast du gewartet! Ich bin dein Enkel. Und dies ist nicht das Jahr neunhundertundsiebzig. Wir haben das Jahr eintausendundzehn nach Bosparans Fall. Tar Honak ist der Patriarch von Al'Anfa und nicht Bal Honak! Wir müssen hier heraus!«

Saranya war ein Stück vor ihm zurückgewichen. »Was ist mit dir, mein Geliebter? Hat dich das Dschungelfieber gepackt? Es besteht keine Gefahr. Das Fest in den Kellergewölben wird noch viele Stunden dauern. Erst danach werden sie kommen und uns holen. Doch bis dahin wirst du das Fenster aufgebrochen haben ... Nicht wahr?«

»Ich ... Wann haben sie das Fest begonnen? Sind sie schon lange unten?«

»Es mag vielleicht eine Stunde seither vergangen sein.«

Tikian fluchte und trat ans Fenster. Sein Rapier hatte er in den Gürtel zurückgeschoben. Der Holzladen zeigte einige Risse, und er versuchte hinauszuspähen. Er wollte sehen, wo das Madamal stand, um abzuschätzen, wie spät es sein mochte. Am Ende der Gasse erschien eine Frau mit einer kleinen Laterne in der Hand. Hinter ihr ging ein Bewaffneter. Sie hatte langes weißes Haar und ... »Dulcinea!« Der Fechter drehte sich keuchend um. Es war vorbei! Jeden Augenblick musste ... »Versteck dich! Mach schon, Saranya! Irgendwo! Wenn man dich nicht findet, ist der Kreis vielleicht durchbrochen!«

»Wovon redest du?«

»Für Erklärungen ist jetzt keine Zeit! Im Namen der Götter, tu einfach, was ich dir sage! Ich flehe dich an!« Er zückte sein Rapier und stellte sich mit dem Rücken zur Wand.

Saranya riss die Decke vom Bett, warf sie über sich und kauerte sich in die Nische neben der Ziersäule. Für einen flüchtigen Betrachter mochte es so aussehen, als läge dort ein großer Haufen zusammengeknüllter Bettwäsche.

Tikian begann zu beten. Er flehte Praios und Rondra um Kraft und einen Segen für seine Waffen an. Es wurde langsam warm im Zimmer. Tikian trat von einem Fuß auf den anderen. Der steinerne Boden wurde so heiß, dass er kaum noch darauf zu stehen vermochte. Der Fechter überlegte, ob er auf den Tisch oder das Bett springen sollte, als sich eine Flammengestalt aus dem Boden erhob.

»Für Rondra!« Mit dem Mut der Verzweiflung stürmte er vorwärts. Seine Waffen durchschnitten die Flammengestalt, ohne auf Widerstand zu treffen. Die Klinge des Rapiers glühte rot auf. Mit einem Schmerzensschrei ließ er die Waffe fallen. Feiner weißer Rauch stieg von dem Leder auf, mit dem der Griff der Waffe umwickelt war. Nur den Dolch in der Hand, wich Tikian langsam zurück. Das war ein Gegner, den man nicht besiegen konnte!

Die Flammenkreatur drehte sich in Wirbeln, helle Feuerzungen schossen zum Bett und zu dem vermeintlichen Wäschehaufen in der Nische. Mit einem gellenden Schrei richtete sich Saranya auf. Ihre Kleider und ihr Haar standen in Flammen. Sie wollte in die Kammer taumeln, doch die Kreatur trieb sie mit ihren lodernden Armen in die Nische zurück.

Die Hitze in der Kammer war unerträglich. Jeder Atemzug eine Qual. Es war, als ergieße sich flüssiges Feuer durch die Kehle in die Lungen. Tikian taumelte. Ihm wurde schwindlig. Nicht mehr lange, und ... Er ließ den Dolch fallen.

In der Nische war es still geworden. Saranyas Schreie waren verklungen. Der Fechter klammerte sich an die Kante des Tisches neben dem Bett. Es stank nach verbranntem Fleisch. Die Kerzen auf dem dreiarmigen Bronzeständer waren geschmolzen, und das Wachs tropfte auf den Tisch. Tikians Blick fiel auf den Wasserkrug. Mit zitternden Händen griff er danach. Er war der Ohnmacht nahe.

»Praios gib mir Kraft«, stammelte er leise. Die Flammengestalt wandte sich von der Nische ab.

»Du wirst dich an mich erinnern!« Mit letzter Kraft hob er den Krug und schüttete der dämonischen Kreatur das Wasser entgegen. Ein Zischen und Fauchen erfüllte den Raum. Tikian riss die Arme hoch. Kochender Wasserdampf schlug ihm entgegen, und der Schmerz raubte ihm die Sinne.

KAPITEL 26

Die Blasshaut hatte geglaubt, sie könne Takate täuschen, doch sie irrte. Er war der beste Fährtensucher aus dem Volk der Keke-Wanaq, und er vermochte jedes Wild aufzuspüren. Die Blasshaut verhielt sich wie ein verwundetes Fleckenschwein. Sie flüchtete in Panik. Takate hielt inne und beugte sich schnuppernd zum Waldboden. Seit er sich verwandelt hatte, konnte er wie ein Jaguar dem Geruch seiner Beute folgen.

»*Du wirst der vollkommene Jäger sein, mein Sohn! Und in dieser Nacht sollst du deine Hände in das Blut der Blasshaut tauchen. Sie wird dir nicht noch einmal entkommen.*«

Takate lächelte zufrieden. Er spürte, dass seine Beute nicht mehr fern sein konnte. Die Blasshaut war von den steinernen Hütten fortgelaufen. Sie hatte einen weiten Bogen durch den Wald geschlagen und zweimal einen schmalen Wasserlauf durchquert, um ihre Spur zu verwischen. Jetzt kreuzte sich ihre Fährte mit vielen anderen. Wahrscheinlich war ein Dorf in der Nähe.

Geduckt lief der Keke-Wanaq den Berghang hinauf. Obwohl er schon mehr als zwei Stunden der Spur des Flüchtlings gefolgt war, verspürte er nicht die geringste Müdigkeit. Im Gegenteil, das Bewusstsein, dass seine Jagd bald zu Ende sein würde, gab ihm neue Kraft.

Er erreichte den Bergkamm und sah unter sich ein Dorf aus schäbigen kleinen Hütten. Hier also hatte sich die Blasshaut verkrochen! Gierig sog Takate die warme Nachtluft ein. Nein, hier war niemand, der dem Flüchtling helfen würde. Er roch den sauren Schweiß von Kranken und den Duft schwelender Kräuter. Vorsichtig schlich er zu den Hütten hinab, die hohen Bäume als Deckung nutzend.

Einen Herzschlag lang hatte er die Fährte verloren, doch dann roch er wieder das alte, mit Fett eingeriebene Leder und den leicht süßlichen Duft der Blasshaut. Auch ein wenig vom Duft einer Frau war dabei. Der Geruch kam aus einer Hütte, die nahe dem Platz in der Mitte des Dorfes stand.

Von Haus zu Haus huschend, näherte sich der Krieger. Fast hatte er die armselige Behausung erreicht, als er einen unterdrückten Schrei hörte. Plötzlich lag der Geruch warmen Blutes in der Luft. Takate zog sein Schwert. Dann rannte er das letzte Stück quer über den Dorfplatz und riss den schmutzigen Vorhang zur Seite, der vor der Tür der Hütte hing. Etwas stürzte in seine Arme. Ein Mädchen!

Am anderen Ende der Hütte bewegte sich eine schattenhafte Gestalt mit einem Dolch in der Hand. Sie kauerte dicht neben einem Loch, wo einige morsche Bretter aus der Wand gebrochen waren.

»Bitte, hilf ...«

Ein silberner Blitz zuckte durch die Finsternis. Ein Dolch traf das Mädchen in den Rücken. Sie sank in seinen Armen zusammen. Takate konnte spüren, wie der Tapam den zerbrechlichen Körper verließ. Das Gesicht des Mädchens war von grässlichen Narben entstellt. Mit weit aufgerissenen Augen starrte sie ihn an. Sie waren blau wie der Mittagshimmel. Der Schatten floh durch das Loch in der Wand.

Ein tiefes Knurren stieg aus Takates Kehle, so als sei er ein Hund, der sich, in die Enge getrieben, dem Kampf stellte. Nahe dem Loch lag ein altes Weib mit weißem Haar, dem man die Kehle durchschnitten hatte. Von der Blasshaut fand sich nicht die geringste Spur. Doch lagen auf dem Boden Kleider verstreut, die nach ihr rochen. Jetzt sah der Krieger auch die ledernen Stiefel ... Was war geschehen?

Hatte sich der Weiße mit den beiden Weibern abgegeben und war geflohen, als er den Mörder kommen hörte? Sein Jagdwild musste also völlig nackt sein. Takates Blick wanderte noch einmal durch die Hütte. Nirgends waren das lange und das kurze Messer zu sehen, mit denen sein Feind kämpfte. Er hatte die Waffen ergriffen und war geflohen!

Der Keke-Wanaq duckte sich und kroch durch das Loch in der Wand. Ganz in der Nähe konnte er leises Atmen hören. Der Messerwerfer war also noch nicht fortgelaufen.

»Hol dir sein Blut! Er ist ein feiger Kindsmörder. Sein Tod wird die Geister des Waldes mit Freude erfüllen und ... Duck dich!«

Der Krieger spürte, wie der Tapam seiner Mutter die Herrschaft über seine Glieder an sich riss. Er zuckte zur Seite, und zwei Finger breit neben ihm schlug dumpf ein Messer in die Holzwand. Der Mörder kauerte keine zehn Schritt entfernt im Schatten einer Hütte. Einen Augenblick lang blickte der Kerl zum Wald, so als überlege er zu flüchten, dann zog er zwei Messer aus seinem Gürtel.

Takate stürmte auf ihn los. Sein Gegner riss beide Messer gleichzeitig hoch und schleuderte sie dem Keke-Wanaq entgegen. Der Krieger spürte, wie die Waffen gegen seine Brust prallten und dann zu Boden fielen. Die Blasshaut wollte aufspringen und fliehen, als sich der geflochtene Peitschenriemen um ihr rechtes Bein schlang. Mit einem leichten Ruck brachte Takate den Mann zu Fall. Dann war er über ihm, das blanke Schwert in der Hand. Er setzte ihm den linken Fuß auf die Brust und drückte ihn zu Boden. Es bereitete ihm Freude, die Angst in den Augen des Besiegten zu sehen.

»Mach schnell! Es ist noch einer in der Nähe!« Der Krieger hob schnuppernd den Kopf. Er roch den Wald. Blüten und faulendes Laub, auch die Ausdünstungen der Bettler und die Jauchegrube auf der anderen Seite des Dorfes. Und noch etwas ... Es war der Geruch von Kräutern, vermischt mit dem Duft einer Frau.

Takate setzte die Klinge auf den Hals der Blasshaut und wollte gerade zustoßen, als ein sengender Schmerz durch seine Seite fuhr. Mit einem Aufschrei ließ er beide Waffen fallen. Feurige Räder tanzten vor seinen Augen. Die Kraft wich aus seinen Beinen, und der Boden schien ihm entgegenzustürzen.

»Bei allen Fürsten der Niederhöllen! Eine gesegnete Waffe!«

Der Krieger stürzte zu Boden. Ein schwarzgefiederter Pfeil ragte aus seiner Seite. Der Mann, der eben noch zu seinen Füßen gelegen hatte, stand jetzt über ihm und spuckte ihm ins Gesicht.

»Verrecke, du Bastard!«

Am Waldrand winkte dem Meuchler eine schattenhafte Gestalt. Eine Frau, in schwarzen Gewändern, mit langem dunklem Haar.

»Wir sehen uns vor dem Thron meines Herrn, Verdammter! In seiner Festung aus schwarzen und roten Flammen. Und wenn er den Stab der tausend Augen über dein Haupt hebt, um über dich zu urteilen, dann werde ich lachend neben ihm stehen. Du hättest einer seiner Diener sein können. Es war mir bestimmt, dich auf den Weg der Heshthoti zu geleiten. Nie war ich das Tapam deiner Mutter, du Narr. Ich bin in dich gefahren, als dein Tapam zwischen Leben und Tod schwebte und der schützende Faden der Geisterspinne zerriss. Du hättest unsterblich sein können. Nur magische oder geweihte Waffen wie dieser Schlangenpfeil vermochten dir noch etwas anzuhaben. Nun verrecke! Du hast gefehlt, und unser Herrscher Blakharaz wird streng mit dir ins Gericht gehen, wenn dein Tapam in sein Königreich gezerrt werden wird. So viele Tage, wie der große Wald Blätter hat, wirst du in den Flammen des ewigen Feuers braten. Und alle paar Äonen werde ich dich besuchen und mich an deinem Leid ergötzen, du törichter Versager.«

Takates halb taube Finger klammerten sich um den Schaft des Pfeils. Er biss die Zähne aufeinander und riss dann das Geschoss aus seiner Seite. Der Schmerz raubte ihm fast die

Sinne. Das Atmen wurde ihm schwer. Es war, als drücke ihm jemand die Brust zusammen ... »Woher kennst du meine Mutter?«

»*Ich kenne jeden deiner Gedanken, jede Erinnerung. Ich habe in dir gelebt und alles mit dir geteilt. Doch deinen Tod wirst du nun allein sterben!*«

Stimmen näherten sich. Eine abgerissene Gestalt mit einer Fackel beugte sich über ihn. »Er hat die Mörder verfolgt. Ich habe gesehen, wie er den Schwarzen gestellt hat.«

»Kennt ihn denn jemand? Ich habe ihn noch nie zuvor gesehen. Er sieht aus wie ein Geweihter«, erklang eine zweite Stimme. »Was mag ihn nur hierher ...«

Plötzlich wurden die Worte fremd und unverständlich. Das Licht der Fackel schien dunkler zu werden. Die Gestalten verschwammen zu Schatten. Takate konnte spüren, wie sich der herrenlose Tapam, oder was immer von ihm Besitz ergriffen hatte, von ihm löste. Er war nun allein mit seinen Qualen. Seine Hände schmerzten, so als würden sie zwischen zwei großen Steinen zermahlen. Er wurde gepackt und hochgehoben. Keuchend rang er nach Luft. Doch gleichgültig, wie heftig er atmete, das Gefühl des Erstickens wollte nicht weichen! Voller Angst murmelte er den Namen Kamaluqs, doch der Jaguargott antwortete ihm nicht.

Einen Augenblick lang raubten die Schmerzen Takate die Besinnung. Dann sah er ein seltsames Licht, so wie letzte Nacht bei der Steinhütte in dem ummauerten Garten. Eine warme Stimme füllte seinen Geist.

»Du bist gestorben, als du versuchtest, meine Kinder zu schützen. Obwohl die Finsternis in deinem Herzen herrschte, hast du dich in den Dienst der Schutzlosen gestellt. Dafür will ich dir dein Leben schenken. Doch ich habe nur in der Nähe dieses Schreines Macht. Mein Bruder Boron wird auf deine Seele warten. Hundert Schritt um dieses Heiligtum, so groß wird von nun an deine Welt sein. Gehst du weiter, wirst du sterben! In diesem Umkreis aber kann ich dir dein Leben erhalten. Es ist dir bestimmt, von nun an die Ärmsten der Armen zu schützen, und vielleicht, wenn du ein göttergefälliges Leben führst, wird deine Seele einst, wenn sie auf Rethon, der Seelenwaage, gewogen wird, nicht für zu leicht befunden werden, und du magst doch noch der ewigen Verdammnis entgehen.«

»Wer bist du?«, fragte Takate.

Doch die Stimme antwortete nicht mehr. Auch das Licht war verschwunden. Über ihn beugte sich eine Frauengestalt mit weit ausgebreiteten Armen. Er blinzelte. Es war nur ein Bild, aus Holz geschnitten und mit bunten Farben bemalt. Um die Holzfigur herum brannten kleine Flammen.

Takate griff sich unter die Achsel, dorthin, wo ihn der heimtückische Pfeil getroffen hatte. Die Wunde war nicht verschlossen, doch hatte sie aufgehört zu bluten, und auch die Schmerzen ließen nach.

Stöhnend richtete er sich auf. Von was für seltsamen Dingen hatte die Stimme gesprochen? Von einem Gott, Boron und einer Waage ... Das hier war das Reich Kamaluqs! Es gab keine anderen Götter, nur Geister, so wie jenen bösen Geist, der in ihn gefahren war. Vielleicht war es ja auch ein Geist, der zu ihm gesprochen hatte? Leicht taumelnd trat er zur Wand der Hütte, die aus Hunderten von geflochtenen Lederschnüren zu bestehen schien. Draußen hatten sich viele Blasshäute versammelt. Sie kauerten um die tote Frau und das Mädchen.

Der Krieger schob die Lederschnüre auseinander und schritt zu dem Platz hinab. Er fühlte sich schwach, und sein Leib erschien ihm ungewöhnlich schwer. Die Blasshäute wichen vor ihm zurück. Er kniete neben dem Mädchen nieder. Ihre schönen blauen Augen starrten in den Nachthimmel. Sie hatte sich in seine Arme geworfen und ihn um Hilfe angefleht ... Und er? Er hatte den Tod nicht von ihr fernhalten können. Warum hatte sie sterben müssen, während er weiterlebte? Er dachte an die große Hütte am Waldrand, wo er die Sklavenherrin und ihre Kinder getötet hatte. Vor den Augen der Mutter hatte er die Kleinen umgebracht ... Er schluckte. Er war nicht besser als die Sklavenjäger, die vor so langer Zeit in sein Dorf gekommen waren, um zu töten! Warum lebte er noch immer, und dieses Mädchen war tot? Er strich ihr sanft übers Gesicht und schloss ihr die Augen. Seine Hände waren keine gelben Krallen mehr.

Stumm erhob er sich. Vielleicht war es besser, allem ein Ende zu bereiten. Hiye-Haja hatte recht behalten. Er war ein Verdammter, seit der blasshäutige Schamane seinen Tapam zurückgerufen hatte. Ausgestoßen von den Lebenden, ein böser Geist, dem das Unglück wie ein Schatten folgte. Und er war müde ... So unendlich müde!

Mit schweren Schritten ging er auf den Waldrand zu. Er wollte zwischen Bäumen sterben. Hier waren ihm die Geister seiner Ahnen nahe.

Vor ihm schimmerte eine dünne Linie aus Licht auf dem dunklen Waldboden. Ein Schritt noch ... Er blickte zurück. Die Blasshäute sahen ihm nach. Fast alle waren alt oder gebrechlich. Es gab niemanden, der sie schützen konnte, wenn die Mörder noch einmal wiederkehrten. Es schien, als warteten sie auf ihn.

Hatte er, der Ausgestoßene, doch noch einen neuen Stamm gefunden? Einen Ort, an dem man ihn nicht fürchtete und für einen bösen Geist hielt? Wieder blickte er zu der leuchtenden Spur auf dem Waldboden. Die Menschen dort unten brauchten ihn. Hierher konnte er immer noch zurückkehren.

Er wandte sich um und ging zum Dorfplatz. Eine Frau mit einer flachen Wasserschale kam ihm entgegen und reichte sie ihm zum Willkommen. Als Takate sich hinabbeugte, um zu trinken, erschrak er einen Herzschlag lang. Im Licht der Fackeln spiegelte sich sein Gesicht im Wasser. Die weiße Spinne auf seinem Hals war verschwunden, und seine Augen schienen so blau wie die des toten Mädchens.

»Ich kann niemanden finden, Herr.« Erschöpft trat Elena aus dem Boronsrad, das auf den Boden der Dachkammer gezeichnet war. Dreimal hatte sie versucht, in die Hallen des Dunklen Gottes zu reisen, doch es war kein Zeichen erschienen, das ihr den Weg zu Saranyas Schatten gewiesen hätte. Beim dritten Mal war sie dennoch über das Nirgendmeer geflogen und hatte sich der Sternenpforte so weit genähert, dass sie für einen Augenblick glaubte, den Schatten Uthars erkennen zu können. Doch auch dort hatte sie keinen Hinweis auf Saranyas Geist finden können, und so kehrte sie zurück.

»Wir hoffen sehr, dass du es nicht wagst, Uns zu betrügen.« Oboto hatte die Hände ineinander verschränkt und musterte sie. »Wenn du ihre Seele nicht finden kannst, dann heißt das doch wohl, dass dieses Weib verloren ist, oder?«

»Nein, sie muss nicht unbedingt in die Schlünde der Niederhöllen geraten sein. Vielleicht lebt sie auch noch, Herr. Tikian erzählte mir, dass er eine Frau gefunden habe, die bereit sei, über den Brand zu berichten. Auch sie hat damals im *Haus der Morgenröte* gearbeitet. Vielleicht ist das diese Rothaarige, deren Bild das Medaillon zeigt. Tikian erzählte mir auch, dass Saranya etwas über Esmeralda wusste. Es ging um die Verschwörung und das Mordkomplott. Habt noch ein wenig Geduld, Herr, und ich werde Euch dieses Weib bringen. Dann habt Ihr eine Zeugin für Euren Prozess. Selbst wenn sie nicht reden will, kann ich Euch versichern, dass die Magie Mittel und Wege bereithält, jeden zum Sprechen zu bringen. Wir müssen Tikian und diese Frau lediglich in Sicherheit wiegen, Herr. Wenn es uns gelingt, sie auf den Silberberg zu locken, gibt es für sie kein Entkommen mehr.«

Oboto trommelte unruhig mit den Fingern der Linken auf der Stuhllehne. »Wäre es nicht besser, wenn Wir dir einige Unserer Männer mitgeben? Durch Unsere Spitzel wissen Wir, dass dein Freund von der Hand Borons gesucht wird. Es mag sinnvoll sein, wenn ihr beide Schutz genießt.«

»Ich danke Euch für dieses großmütige Angebot, Herr, doch fürchte ich, dass der Fechter sehr misstrauisch sein wird. Wenn er mich in Begleitung von Kriegern sieht, könnte es sein, dass er Verrat wittert und sich versteckt. Dann wäre alles verloren. Ich habe einen anderen Plan. Ich brauche eine Sänfte, die von hellhäutigen Sklaven getragen wird und ...«

KAPITEL 27

»Ich möchte wissen, wo dieser götterverdammte Bastard steckt!« Wütend hieb Gion mit der Faust auf den Tisch. »Die ganze Stadt habe ich nach dem Kerl abgesucht und ihn nirgends finden können. Glaubst du, er ist vielleicht ...«

Olan schüttelte den Kopf. »Nach allem, was du mir über diesen Tikian erzählt hast, ist das kein Mann, den man einfach so umbringt. Vielleicht ist er geflohen, sitzt jetzt schon irgendwo in Mirham und trinkt einen Wein auf dein Wohl.«

»Er wäre nicht einfach so gegangen ... Nicht ohne ein Wort des Abschieds!«

»Aber du hast mir doch gesagt, dass jenes Bordell, in dem er untergekommen war, von den Rittern der Rabengarde umstellt wurde und dass man alle Männer und Frauen aus diesem Haus abführte. Wenn er nicht zu den Verhafteten gehörte, dann muss er sich versteckt haben oder aus der Stadt geflohen sein. Er wird keine Zeit mehr für eine Abschiedsbotschaft gehabt haben. Und wenn er noch in der Stadt sein sollte und sich so gut versteckt, dass selbst die Boronis ihn nicht finden können, dann brauchst du erst gar nicht nach ihm zu suchen. Das ist aussichtslos!«

»Das Wort *aussichtslos* gibt es für mich nicht, wenn es um einen Freund geht«, brummte Gion wütend. »Ich werde nicht einfach hier sitzen und warten, bis ihn irgendein Bastard umbringt. Ich wette, dass diese Magierin auf dem Silberberg ihre Finger in dieser Verschwörung hat. Sie bringt ihm nichts als Unglück! Wenn ich nur an sie herankommen könnte! Sie weiß gewiss, was aus Tikian geworden ist.«

Olan strich sich nachdenklich über den Bart. »Ich kenne jemanden aus dem Haus Florios. Khimsat, sie ist eine junge Geweihte. Vielleicht kann ich mit ihrer Hilfe etwas herausfinden. Wenn die Florios etwas mit dem Verschwinden deines Freundes zu tun haben, dann wird sie es wissen.«

»Und warum sollte sie dir das sagen, Hauptmann? Dieses ganze Pack steckt doch unter einer Decke.«

Olan grinste breit. »Du kennst die Granden nicht, Gion. Khimsat ist immer schon ihren eigenen Weg gegangen, und ich bin sicher, dass, wenn sie etwas weiß, sie es mir auch verraten wird. Warum sie dies allerdings tut, ist eine Angelegenheit, die nur sie und mich etwas angeht.«

Der Bogenschütze nickte. »Na schön. Mir ist jeder Weg recht ... Hauptsache, dass ich erfahre, was mit Tikian los ist. Du magst mich vielleicht für verrückt halten, aber ich spüre genau, dass er in Schwierigkeiten steckt! Und als sein Freund ist es verdammt noch mal meine Pflicht, ihm herauszuhelfen.«

»Natürlich! Aber jetzt kümmerst du dich erst einmal um unsere Rekruten. Ich werde zum Neuen Tempel gehen. Es kann vielleicht ein paar Stunden dauern, bis ich mit Khimsat reden werde. Sorge du inzwischen dafür, dass unsere Männer beschäftigt sind und ihr Marschgepäck bereitsteht. Unter den Offizieren gibt es Gerüchte, dass wir innerhalb der nächsten zwei Tage aufbrechen werden. Ich wünsche, dass meine Truppe in der Lage ist, in weniger als einer halben Stunde das Lager hier abzubrechen. Es wäre nicht schlecht, wenn du mit ihnen übst, die Zelte auf- und abzubauen. Wenn wir das im Feindesland tun müssen, sollte jeder wissen, was seine Aufgabe ist.«

Gion verkniff sich einen Fluch und nickte. Ein Lager errichten und wieder abbauen! Die Männer würden ihn lieben, wenn er ihnen damit käme!

Tar Honak blickte zum Hafen des Tempels hinab, wo die großen Triremen des Ordens vor Anker lagen. Die Schiffe waren gefechtsbereit, genauso wie die Galeeren, die weiter südlich im Kriegshafen der Stadt ankerten. Hunderte von Soldaten warteten nur darauf, dass er den Befehl zum Aufbruch gab. Drei Tage noch, und er würde den Schritt zur Unsterblichkeit wagen. Imperator des Südens wollte er sich nennen. Doch in schwachen Stunden wie diesen packte ihn der Zweifel. War dies der richtige Weg? Sollte er den großen Schlag wagen? Der Herrscher wandte sich um und sah zu seinem alten Vertrauten, der stumm in der Mitte des Zimmers stand.

»Glaubst du, Hasdrubal, es ist Zufall, was in den letzten Tagen geschah? Oder wiederholt sich vielleicht alles? Die gehäuteten Leichen ... Ein Bordell, in dem man Dämonenbeschwörungen betreibt ... Und dann noch das undurchsichtige Spiel meines Stadtmarschalls. Denkst du, man hat sich gegen mich verschworen, und die Granden warten nur darauf, dass ich mit dem Heer die Stadt verlasse, um dann die Macht an sich zu reißen?«

»Nein, Eure Hochwürdigste Erhabenheit. Es gibt keinen Hinweis auf eine Verschwörung der großen Familien. Sie sind zu uneins, um Eure Herrschaft gefährden zu können. Und was Oboto Florios angeht, so scheint es, als wolle er allein seine Fehde gegen die Wilmaans pflegen. Ich glaube auch, dass wir Bruder Immuel vertrauen können. Er wird uns über die Pläne des Stadtmarschalls unterrichten.«

»Wenn Oboto dumm genug sein sollte, Immuel ins Vertrauen zu ziehen! Ich wüsste zu gern, was der Stadtmarschall erreichen will. Unter anderen Umständen würde ich ihn seines Amtes entheben, doch so kurz vor dem Kriegszug wäre das unklug. Es würde für Unruhe in der Stadt sorgen, und Oboto hat viele Freunde.«

Hasdrubal räusperte sich. »Nach allen Mitteilungen, die mir vorliegen, plant er einen Prozess gegen die Wilmaans, und es soll um die Rolle dieser Familie bei der Verschwörung von vor vierzig Jahren gehen. Dabei stützt er sich wesentlich auf die Hilfe einer jungen Magierin, die seit kurzem in seinem Haus lebt. Es scheint auch, als habe dieser junge Adlige aus dem Alten Reich mit der Angelegenheit zu tun. Wenn man ihn und die Magierin zu Boron schickt, dann wird das Komplott des Stadtmarschalls wahrscheinlich in sich zusammenbrechen, mein Patriarch. Wünscht Ihr, dass ich mich darum kümmere? Dieser Tikian hat das Ultimatum, das ich ihm gesetzt habe, verstreichen lassen und ist in die Stadt zurückgekehrt. Damit hat er sein Leben verwirkt. Mir erscheint es nicht angemessen, wenn Ihr ihm gegenüber noch weiter Gnade walten lasst, Eure Hochwürdigste Erhabenheit.«

»Es ist nicht deine Aufgabe zu beurteilen, welche meiner Entscheidungen angemessen sind«, entgegnete Tar Honak gereizt. »Du hast einzig und allein meinen Befehlen zu folgen! Du weißt, was mich einst mit Jacomo ya Avona verband. Ich kann unmöglich den Befehl geben, seinen Enkel zu ermorden! Greif dir diesen Tikian, leg ihn meinetwegen auch in Eisen und schaff ihn so weit wie möglich fort von Al'Anfa! Aber lass ihn am Leben! Wie du mit der Magierin verfährst, ist mir gleich. Morde allein sind in dieser Angelegenheit allerdings keine Lösung! Oboto würde sich andere Gehilfen suchen und von Neuem beginnen, seine Intrigen zu spinnen. Wir müssen einen besseren Weg finden, um diesen Dickkopf zum Schweigen zu bringen! Ich denke, wir sollten ...«

Immuel betrachtete den Inquisitor voller Abscheu. Diesen Mann zu schicken, war eine Beleidigung der Boronkirche! Der Ordinarius hatte Amosh Tiljak am Vorabend höflich empfangen und Hilfe zugesagt. Der Hochgeweihte hatte versprochen, einen erfahrenen Hexenjäger zu schicken. Einen Streiter des Lichtes, den die Geister der Finsternis fürchteten ... Und jetzt kam dieser Mann. Sicher, auf den ersten Blick sah er aus wie einer jener ordentlichen Inquisitionsräte. Er trug eine goldene knielange Robe mit kurzen Ärmeln, die mit einem roten Greifenwappen geschmückt war. Darunter klirrte ein kostbarer Harnisch, den fleißige Hände so lange poliert hatten, bis er wie lauteres Silber schimmerte. Ein breiter Gürtel, dessen Schließe ebenfalls wie ein Greif gearbeitet war, war um die Taille des Inquisitors geschlungen, und an seiner rechten Hand schimmerte ein schwerer goldener Siegelring. Den Sonnenstab, ein weiteres Zeichen seiner Würde, hielt er vor der Brust verschränkt.

Kam man diesem Mann jedoch nahe, dann vermochte all dieses Blendwerk sein wahres Wesen nicht zu verbergen. Er war schwach! Sein Atem roch nach billigem Wein, und wer ihn genau beobachtete, konnte erkennen, dass die Trunksucht seine Bewegungen fahrig und ungelenk hatte werden lassen. Die halbe Stadt kannte ihn als einen Säufer, der sich in den Schenken herumtrieb und den man schon mit den billigsten Huren hatte verkehren sehen. Er war aus Gareth verbannt worden, und Immuel konnte nicht begreifen, warum man ihn nicht schon längst aus Amt und Würden gejagt hatte. Wenn der Patriarch erfuhr, wen der Hochgeweihte Amosh Tiljak als Unterstützung zur Befragung der Dämonenbuhlin geschickt hatte, würde das vielleicht zum offenen Bruch zwischen den beiden Kirchen führen.

Der Hochgeweihte schluckte. Zumindest würde er selbst mit den Folgen zu rechnen haben, denn er war es schließlich gewesen, den man in den Praiostempel geschickt hatte, um dort nach Beistand zu fragen.

Immuel verwünschte diesen von Dämonen getriebenen Hochgeweihten stumm. Was hatte Tiljak nur zu dieser Frechheit bewogen? Mit einem Nicken bedeutete er dem Inquisitor, ihm in den etwas abseits gelegenen Kerker zu folgen, in dem man die Hure Consuela seit der letzten Nacht befragte. So wie der Glaubenswahrer, der die ganze Zeit schweigend an seiner Seite gestanden hatte, trug auch Immuel eine schwarze Kutte aus feinster Seide und die aus den Schädelknochen ihrer Vorgänger gefertigte Maske, die allein den Hochgeweihten vorbehalten war. Sie wurde nur zu rituellen Anlässen angelegt und mochte ihnen erlauben, die Welt durch die Augen der Toten zu sehen. Vor allem jedoch war es eine Geste der Ehrerbietung gegenüber den ruhmreichen Verstorbenen, die vor ihnen in die höchsten Würden der Boronkirche aufgestiegen waren.

In der Zelle erwarteten sie zwei Torturknechte und ein Schreiber, der die Aussagen der Hure zu Protokoll nehmen sollte. Bislang hatte das verstockte Weib versucht, alle Schuld an den Dämonenbeschwörungen auf sich zu nehmen. Sie behauptete, die beiden Magier erpresst zu haben. Ihre Aussagen standen im Gegensatz zu denen ihrer Bediensteten, die sich untereinander die schrecklichsten Dinge nachsagten, um sich vor dem Scheiterhaufen zu retten. Doch was wogen ihre Lügen schon! Immuel war sich bewusst, dass Consuela der Kopf dieser Dämonenanbeter war. Nur sie wusste die ganze Wahrheit! Auch musste sie wissen, wohin dieser junge Adlige geflohen war, den sie als Sklaven erworben, dann aber als Gast in ihrem Haus aufgenommen hatte. Der Ordinarius war sich völlig sicher, dass Tikian mit ihr im Bunde gestanden hatte, und einige der Huren und Leibwächter hatten auch schon gegen ihn ausgesagt. Angeblich war er bei der letzten Beschwörung zugegen gewesen.

»Würdet Ihr Euch das Mal an ihrem Hals ansehen und uns sagen, ob es sich dabei um ein Dämonenmal handelt, mit dem ein unheiliger Pakt besiegelt wurde, Eure Erhabenheit Marcian?« Der Glaubenswahrer trat zur Seite, um dem Inquisitor den Weg frei zu machen.

Man hatte Consuela an zwei schweren eisernen Ketten aufgehängt, sodass ihre Zehenspitzen gerade eben den Boden der Zelle berührten. Das lange schwarze Haar hing ihr in Strähnen ins Gesicht. Ihr prächtiges weißes Kleid war zerrissen und mit Blut besudelt. Trotz ihrer Schmerzen hob sie stolz den Kopf und blickte dem Inquisitor ins Gesicht.

»Ich erinnere mich, Euch verschiedentlich in meinem Haus empfangen zu haben, Erhabener. Ich hoffe, Ihr werdet ebenso wenig verleumderisch von mir sprechen, wie ich es von Euch getan habe.«

»Ich bin ein Diener des Praios, und noch niemals ist wissentlich eine Lüge über meine Lippen gegangen. In meiner menschlichen Schwäche mag ich manches Mal gefehlt haben, doch war mein Sinn stets auf Gerechtigkeit gerichtet und mein Ziel die Läuterung leidender Seelen. Stimmt es, dass du Umgang mit Dämonen pflegtest?«

Die Konkubine nickte. »Ich habe dies vor diesen Geweihten niemals geleugnet. Das, was in den verborgenen Gewölben unter meinem Haus geschah, war mein Werk. Ich habe meine Diener und Sklaven zum Umgang mit den Geschöpfen der Finsternis angestiftet. Sie taten es nicht aus freiem Willen. Ganz anders steht es mit den Gästen, die mich besuchten und ihre schweren Goldmünzen gaben, um an diesen Festen teilhaben zu können. Sie stammten allesamt aus den besten Familien der Stadt. Es waren die zukünftigen Herrscher Al'Anfas, die sich den Kreaturen hingaben, welche die Herrin der blutigen Wollust schickte. Auch Mitglieder aus den Familien der beiden kaltherzigen Folterknechte waren unter ihnen.«

»Streich diesen Satz aus dem Protokoll«, befahl der Glaubenswahrer harsch. »Und streiche auch, dass dieses Hurenweib Seine Erhabenheit, den Inquisitor, als Gast in ihrem Haus empfing. Solche Nebensächlichkeiten sind für den Prozess gegen sie ohne Bedeutung!«

»Zeig mir deinen Hals, Consuela, und das Mal, von dem Seine Erhabenheit der Glaubenswahrer gesprochen hat.«

Die Konkubine neigte den Kopf zur Seite. Deutlich konnte man die rot entzündete Wunde erkennen. Sie sah fast aus wie ein Biss, und Immuel stellte sich mit Erschaudern vor, wie die wahre Gestalt der Kreatur ausgesehen haben mochte, mit der die Hure Unzucht getrieben hatte.

»Ist dir diese Wunde durch ein dämonisches Geschöpf beigebracht worden?«

»So etwas geschieht im Eifer des Liebesgefechts, Inquisitor. Auch wenn Menschen innig miteinander verkehren, mögen sie Male am Hals oder an anderen Stellen ihres Körpers zurückbehalten. Doch vielleicht sind den Herren die innigeren Spielarten der Leidenschaft nicht vertraut.«

»Hüte deine Zunge, Hure! Unsere Namen sind unbefleckt, und ich bin sicher, keiner von uns verspürte jemals deine brünstige Wollust, Dämonenbuhle!«, eiferte sich der Glaubenswahrer.

»Es ist also richtig, dass dieses Mal auf den Biss eines dämonischen Liebhabers zurückgeht!«, drängte der Inquisitor.

»Ja!«

»Ist dies deine natürliche Hautfarbe, oder bist du in letzter Zeit blasser geworden?«

»Du hast doch schon mehr von meiner Haut gesehen, als ich dir jetzt feilzubieten habe. Erinnerst du dich nicht mehr an ihre Farbe? Sie war schon immer von makellosem Weiß.«

Dolgur entriss einem der Torturknechte seine Peitsche und hielt sie der Hure unter die Augen. »Hüte deine lästerliche Zunge, Weib! Wenn du die Würde der Priester nicht wahrst, werde ich dich bei deiner nächsten Unverschämtheit züchtigen. Vielleicht verstehst du dies besser als die freundlichen Reden Seiner Erhabenheit des Inquisitors.«

Marcian drückte Dolgurs Arm nieder. »Es wäre sehr entgegenkommend, wenn Ihr mich bei meiner Befragung nicht stören würdet, Erhabener.«

Immuel lächelte. Wenn Dolgur sich vor dem Patriarchen über den Inquisitor beschwerte, würde er darauf hinweisen, wie der Glaubenswahrer zurechtgewiesen worden war – und dass sein Urteil möglicherweise durch persönliche Befangenheit getrübt sei. Da Dolgur jedoch klug war, wuchs auch die Aussicht, dass er nicht melden würde, welchen Inquisitor Amosh Tiljak geschickt hatte. Sollte der Patriarch nicht ausdrücklich danach fragen, könnte man Marcians Namen vielleicht verschweigen.

»Haben irgendwelche anderen Teilnehmer an deinen Orgien solche Bisswunden davongetragen?«, setzte der Inquisitor sein Verhör fort.

»Soweit ich weiß – nein.«

»Ist jemand in deinem Haus erkrankt, seitdem du zum ersten Mal die Dämonen rufen ließest? Bekam jemand einen schrecklichen Ausschlag?«

Die Konkubine schüttelte den Kopf. »Nein.«

Der Inquisitor hob Consuelas Kinn und trat ganz dicht an sie heran. Sein Gesicht war höchstens noch eine halbe Elle vom Antlitz der Hure entfernt, und Marcians Blick erschien Immuel selbst auf die Entfernung von mehreren Schritt noch wie eine lodernde Flamme. »Du hast mit Menschenleben für die Dienste der Herrin der blutigen Wollust bezahlt. Bereust du deine Sünden?«

»Warum? Es waren nur Sklaven, die ich der Erzdämonin ließ. Nach dem Recht dieser Stadt ist ein Sklave das Eigentum seines Herrn, so gut wie ein Stuhl oder ein Haus. Ich kann mit diesem Eigentum verfahren, wie ich will! Ich habe kein Gesetz Al'Anfas gebrochen, indem ich das Leben meiner Sklaven verschenkte, und sei es an Dämonen!«

»Es mag sein, dass du dich nicht an den Gesetzen dieser Stadt vergangen hast, kaltherzige Hure, doch hast du gegen die Gesetze der Götter verstoßen und dich an ihrem Eigentum vergriffen. Selbst der niederste Sklave besitzt eine unsterbliche Seele, Verfluchte, und sie ist das Eigentum der Zwölf! Du hattest kein Recht, diese Seelen zu verschenken, denn sie waren es, nach denen die Herrin der blutigen Wollust gierte, die auch Belkelel oder Dar'Klajid geheißen wird. Begreife, Weib, dass deine Seele ebenso in Gefahr ist, auf immer verloren zu gehen, wenn du deine Sünden nicht bereust!«

»Ich kann nicht erkennen, eine Sünde begangen zu haben.«

Der Inquisitor presste ihr seine rechte Hand auf die Stirn und schloss die Augen. Einen Augenblick lang herrschte Schweigen in dem finsteren Gewölbe. Dann stieß er einen tiefen Seufzer aus und trat einen Schritt zurück.

Immuel war von dem Gesichtsausdruck des Inquisitors überrascht. Nicht Ekel, sondern Mitleid spiegelte sich in Marcians Zügen. »Dieses Weib ist von der Duglumspest befallen, auch wenn ihr Körper noch nicht die Wundmale dieser übelsten aller Krankheiten trägt. Selbst wenn sie ihre Sünden bereut, ist ihre Seele wahrscheinlich verloren. Meine Kraft vermag sie nicht zu läutern. Nur ein Wunder kann sie noch erretten. Nach Ablauf von sieben Wochen wird ihr Körper zu Asche zerfallen und aus ihrer Seele wird ein Dämon geboren werden. Damit die Heerscharen der niederhöllischen Wesenheiten nicht um einen weiteren Verderber gestärkt werden, würde ich vorschlagen, ihren Leib den Flammen zu übergeben, Erhabener. Nur so kann größeres Unheil verhindert werden!«

Immuel verneigte sich. »Wir danken Euch für Eure Hilfe, Eure Erhabenheit Marcian. Wir werden Euer Urteil bei unserem weiteren Vorgehen berücksichtigen. Was schlagt Ihr vor, wie mit den Dienern und Sklaven der Hure verfahren werden soll?«

»Untersucht sie und sperrt alle zusammen, bei denen der Verdacht besteht, dass die Duglumspest sie ergriffen haben könnte. Sie alle müssen dem Feuer übergeben werden, damit diese Seuche nicht um sich greifen kann! Wie Ihr die Gesunden für ihre Vergehen bestraft, müsst Ihr nach den Gesetzen der Boronkirche entscheiden. Der Praiosspiegel jedoch sieht für Dämonenpaktierer und ihre Gefolgschaft die schwersten Strafen vor. Doch genug davon! Bedürft Ihr meiner Dienste noch?«

Die Stimme des Inquisitors hatte bei seinen letzten Worten schwach und zittrig geklungen. Immuel sah ihn forschend an. Marcians Gesicht war kreidebleich, und Schweiß perlte ihm von der Stirn.

»Fühlt Ihr Euch nicht wohl, Eure Erhabenheit?«

»Wie könnte ich mich in Gegenwart von so viel Verderbnis wohlfühlen?«, keifte der Inquisitor. »Ich bitte darum, mich entfernen zu dürfen.«

Immuel nickte. »Wir bedürfen Eurer Dienste nicht weiter.« Nachdenklich blickte er dem hochgewachsenen Geweihten nach, als dieser sich entfernte.

»Mir scheint, Seine Erhabenheit, der Inquisitor, ist eine außerordentlich empfindliche Natur«, höhnte der Glaubenswahrer leise. »Vielleicht scheint das Licht des Praios in seiner Seele nicht so hell, wie es bei einem Mann seines Amtes der Fall sein sollte? Auch die vertrauliche Art, in der er die Hure befragt hat, kann ich nur missbilligen. Es scheint ganz so, als habe er schon einmal in ihren Armen gelegen. Man stelle sich das vor! Ein Inquisitor buhlt mit einer Hure, die des Umgangs mit einer erzdämonischen Wesenheit überführt wird!«

»Dafür gibt es keinen Beweis, Erhabener, und wenn wir den Graben zwischen der Boronkirche und der Praioskirche nicht noch vertiefen wollen, dann sollte eine solche Unterstellung nicht noch einmal über Eure Lippen kommen. Es ist nicht unsere Aufgabe, ein Urteil über diesen Mann zu sprechen. Ihn wird das Schicksal früh genug richten!«

KAPITEL 28

Tikian erwachte, als etwas über seine Wange strich. Blinzelnd öffnete er die Augen und sah in Elenas Gesicht. Unter ihren Augen zeichneten sich tiefe dunkle Ringe ab. Eine blonde Strähne war unter ihrem Hut hervorgequollen und fiel ihr mitten über das Gesicht, sodass es wie in zwei Hälften geteilt erschien.

»Du hast tief geschlafen, mein Freund. Was ist geschehen?«

»Ich ...« Tikian starrte auf die verfallenen schwarzen Wände um ihn herum. Er lag auf einem niedrigen Schutthaufen. Drei Schritt vor ihm ragte eine geborstene Ziersäule gegen den strahlend blauen Morgenhimmel. »Ich bin gestorben ... Letzte Nacht, und ...«

Sie legte ihren ausgestreckten Zeigefinger auf seine Lippen. »Dies ist die Stadt des Todesgötzen Boron. Du solltest hier nicht so leichtfertig über das Sterben reden.«

»Aber es ist, wie ich es dir sage!« Tikian richtete sich auf und rieb sich die Augen. »Hier irgendwo muss sie sein.«

»Wer?«

»Meine Großmutter, Saranya. Ich lebe, und auch sie wird entkommen sein! Das alte Weib hat gesagt, dass Saranya eine Hexe war. Sie wird entkommen sein!«

Elena schüttelte verwundert den Kopf. »Du sprichst in Rätseln. Was, im Namen der Götter, ist in der letzten Nacht mit dir geschehen?«

Tikian musterte sie abschätzend. Er traute ihr nicht. Auf der anderen Seite hatte er nicht gerade eine große Auswahl an möglichen Verbündeten. »Dein Eid von gestern, gilt der noch?«

Die Magierin nickte. »Bei meinem Herzen. Natürlich! Ich werde dir helfen, Consuela zu befreien, wenn auch du mir hilfst.«

»Und du wirst keine finstere Magie anwenden?«

»Wie oft soll ich dir diesen Schwur noch leisten?«

»Schon gut!« Tikian blickte zu Boden. Sein Kopf schmerzte. Irgendetwas stimmte hier nicht. Er hatte das Gefühl, in eine Falle zu gehen. Zwei Schritt neben ihm lag sein Rapier auf dem Boden. Das Leder, das um den Griff gewickelt war, hatte sich schwarz verfärbt. Er hob die Waffe auf und strich über das Leder. Es fühlte sich verändert an, und als er an seinen Fingern schnupperte, rochen sie nach Rauch.

»Was ist das für ein merkwürdiges Ritual?« Elena lachte. »Ich kann mich nicht erinnern, dass du dein Schwert jemals auf so seltsame Art zum Morgen gegrüßt hättest, als wir noch zusammen waren.«

»Mein Traum ... Das war mehr als nur ein Hirngespinst.« Er runzelte die Stirn. »Wie kommt es überhaupt, dass du hier bist? Wir waren doch in der Gasse neben dem *Opalpalast* verabredet.«

»Stimmt. Das war vor zwei Stunden, und du warst nicht dort. Also habe ich mich auf den Weg gemacht, um dich zu suchen.«

»Und wie hast du mich gefunden? Wie konntest du wissen, dass ich hier bin? Hast du mich bespitzeln lassen?«

»Dann wäre ich wohl kaum zuerst zum *Opalpalast* gegangen. Wenn wir aus dieser Stadt entkommen wollen, sollten wir einander vertrauen, Fechter. Erinnerst du dich an unser Wiedersehen? Es war vor dem Tor zu diesem Hof. Du wolltest unbedingt hier hinein und machtest den Eindruck, als wärest du bereit, dafür die halbe Dukatengarde herauszufordern. Ich habe mich daran erinnert und bin hierhergekommen. Als ich durch die Ruinen kletterte, habe ich dich auf diesem Schutthaufen gefunden. Das ist die ganze Geschichte. Du siehst, es hat nichts mit Verrat oder Magie zu tun.«

»Entschuldige ... Ich habe dich beleidigt. Es ist nur ... Die letzte Nacht. Es war alles so wirklich. Ich hätte es niemals für einen Traum gehalten.« Zögernd begann er zu erzählen.

Als Tikian mit seiner Geschichte geendet hatte, sahen sie einander lange an. Schließlich war Elena es, die das Schweigen brach. »Deine Großmutter war keine Hexe. Dir ist ein Geist erschienen. Du hast mit ihr die Stunde ihres Todes noch einmal durchlebt.«

»Das kann nicht sein!« Der Fechter schüttelte heftig den Kopf. »Es schien alles so echt! Ich habe wirklich in diesem Bett gelegen. Ich konnte den Wasserkrug in die Hände nehmen, und dieses Flammengeschöpf ...«

»Glaubst du, wenn du letzte Nacht einem Flammendämon begegnet wärest, würdest du jetzt noch mit mir reden? Ich hätte eine verkohlte Leiche hier zwischen den Trümmern gefunden, sonst nichts!«

»Aber es hat mich umgebracht ... Dieses Ding ... es war so echt. Ich habe die Schmerzen wirklich gespürt. Und sieh dir das Leder am Griff meines Rapiers an. Es ist versengt. Das bilde ich mir doch wohl nicht ein!«

»Hast du deine Großmutter berühren können? Überlege gut. Hast du ihr die Hand gegeben, sie in die Arme geschlossen oder sie auch nur gestreift?«

Tikian schnaubte verächtlich. »Was spielt das schon für eine Rolle? Ich habe sie nicht in die Arme geschlossen. Wenn ich mich recht erinnere, habe ich sie auch nicht berührt. Warum willst du das wissen?«

»Du hättest bemerkt, dass sie nicht wirklich da war. Um all diesen Zauber aufrechtzuerhalten, musste sie dich täuschen. Vielleicht hast du sie, nachdem sie dich vor den Verfolgern versteckte und du eingeschlafen bist, gar nicht mehr getroffen. Womöglich war sie nur in deinen Träumen. Nekromanten nennen eine solche Erscheinung eine gefesselte Seele. Doch so wie du deine Erlebnisse schilderst, scheint es sich hier um einen ganz besonderen Fall zu handeln. Es ist tatsächlich ungewöhnlich, dass dein Rapier Flammenspuren aufweist. Auch spricht die Tiefe, in der du geträumt hast, dafür, dass deine Großmutter entweder ein sehr mächtiges Wesen der Schattenwelt geworden ist oder dass ein ganz besonderes Band zwischen euch besteht. Ich glaube, dass eher Letzteres der Fall ist. Nach allem, was du mir erzählt hast, glaubte sie bis zuletzt daran, dass dein Großvater Jacomo kommen würde, um sie zu befreien. Nacht für Nacht hat sie am Fenster dieser Kammer gesessen und auf ihn gewartet. So stark war ihre Sehnsucht nach ihm, dass selbst nach ihrem Tod Saranyas Seele diesen Ort nicht verlassen konnte. Doch dass man hier, inmitten der Stadt Borons, nicht auf sie aufmerksam wurde und ihren Geist in das Totenreich verbannte, spricht dafür, dass sie eine ganz besondere Erscheinungsform hat. Ich vermute, dass nur jemand vom Blute Jacomo ya Avonas sie und das erleuchtete Fenster zu sehen vermag. Du hast mir doch gesagt, dass niemand in diesem Viertel die Frau am Fenster kannte oder auch nur von ihr gehört hatte. Nicht einmal der schäbige Wirt, dem die Spelunke auf der anderen Seite des Hofes gehört.«

»Das alles stimmt. Trotzdem mag ich nicht an einen Geist glauben. Es war alles so echt! Warum konnte ich in diesem Bett liegen, wenn es nur eine Einbildung war?«

»Weil du geträumt hast! Begreif das doch endlich! Du bist eingeschlafen, und sie hat deine Träume beeinflusst. Für eine gefesselte Seele ist das zwar ungewöhnlich, aber ein Nachtalb besitzt solche Fähigkeiten.«

Tikian schüttelte unwillig den Kopf. »Und das versengte Leder? Wie erklärst du das?«

Elena zuckte nur mit den Schultern. »Die Wege Rastullahs sind unergründlich. Ich will mich jetzt nicht mit dir streiten. Sieh lieber einmal aus dem Fenster oder – besser gesagt – dem Loch, das einmal ein Fenster war.«

Der Fechter blickte sie verwundert an. Was sollte das? Neugierig erhob er sich und tat, wie ihm geheißen. Auf dem

Hof stand eine prächtige Sänfte mit Vorhängen aus weißem Samt. Vier hellhäutige Träger kauerten neben dem Gefährt am Boden.

»Fällt dir etwas auf?« Elena war an seine Seite getreten.

»Sie sind weiß. Das ist ungewöhnlich. Meistens nimmt man Mohas als Sänftenträger.«

»Gut beobachtet«, lobte die Magierin spöttisch. »Außer der Hautfarbe haben sie auch die Größe mit dir gemein.«

»Worauf willst du hinaus?«

»In der Sänfte liegt eine große Amphore mit Wasser. Du stinkst, als ob man dich aus einer Jauchegrube gezogen hätte. Zuerst wirst du dich waschen und dir die Stoppeln aus dem Gesicht rasieren. Dann werde ich dir deine Haare schneiden. Ich habe dir einen Lendenschurz mitgebracht, so wie ihn diese Männer tragen, und ein Paar gute Sandalen. Du wirst einen von ihnen ablösen. Das ist dein Weg auf den Silberberg. Dich in der Sänfte verstecken zu wollen, wäre sinnlos. Die Wachen werden sie durchsuchen. Doch wenn einer der Träger ein wenig anders aussieht, dann wird ihnen das nicht auffallen. Niemand achtet in dieser Stadt auf das Gesicht eines Sklaven!«

Tikian strich sich über sein Haar und drehte die Spitzen zwischen den Fingern. Es würde mehr als ein Jahr dauern, bis es wieder nachgewachsen wäre. »Ich fürchte, mir fehlt die Kraft, um eine Sänfte über eine längere Strecke zu tragen.«

Die Magierin schnalzte verächtlich mit der Zunge. »Du solltest dein Licht nicht unter den Scheffel stellen. Du bist ein kampferprobter Krieger und alles andere als ein Schwächling. Du wirst das schon schaffen. Außerdem musst du die Sänfte ja nicht allein tragen. Wenn du Consuela befreien möchtest, dann solltest du jetzt nicht länger zögern. Du musst auf den Silberberg! Dort gibt es geheime Tunnel, die von den Villen der Granden bis unter den Tempel führen! Nur auf diesem Weg besteht wenigstens eine kleine Aussicht, zu den Gewölben zu finden, in denen man Consuela gefangen hält.«

Entschlossen streifte Tikian seine Lumpen ab. Er dachte schon so kleingeistig wie ein Bettler! Er würde sich der Herausforderung stellen. Schließlich war es auch den Gefährten seines Großvaters einst gelungen, in die Stadt des Schweigens zu gelangen! Er dachte an die Zukunftsträume, die er in der Nacht mit Consuela gesponnen hatte. Den Guthof irgendwo im Norden – und ihre Pferdezucht.

»Bring mir das Rasiermesser und die Schere, Elena. Ich habe zu tun.«

Die Magierin lächelte. »Ich wusste, dass du dich so entscheiden würdest.«

»Wir hoffen, dass du Uns nicht schon wieder enttäuschen wirst! Unsere Geduld hat Grenzen, Magierin, und Wir lieben es nicht, zu dieser Tageszeit in der prallen Sonne zu stehen!« Oboto wischte sich mit einem seidenen Tüchlein über die Stirn und stöhnte. Sein Hemd klebte ihm schweißnass an der Brust, und sein Haar hing in wirren Strähnen herab. Ein Sklave mit einem großen Fächer in maraskanischem Stil wedelte ihm Kühlung zu, doch das war bei der Hitze ein fast sinnloses Unterfangen. Die Mittagsstunde war noch nicht ganz verstrichen, und das Praiosgestirn stand fast senkrecht über der Stadt. Für die Jahreszeit war es außergewöhnlich heiß. Selbst im Schlund befand sich fast niemand mehr auf den Straßen. Wer konnte, hatte sich in ein kühles Gewölbe oder an einen Brunnen zurückgezogen, und die Armen dösten in ihren stickigen Hütten aus Palmwedeln.

Elena hatte drei Fackeln entfacht und auf den Boden gelegt. Dann streute sie frische Kräuter darüber, sodass dicker weißer Rauch emporquoll. Unsicher blickte sie sich um. Sie wusste, dass ihr Eid, den sie Tikian geschworen hatte, nichts galt, denn er war ja nur ein Ungläubiger. Ihn zu betrügen, würde sie ihrem Ziel näher bringen! Das war das Einzige, was zählte!

»Ihr müsst Euch noch für einen Augenblick gedulden, Herr. Die Beschwörung wird ein wenig Zeit in Anspruch nehmen. Gleichgültig, was Ihr gleich im Rauch sehen werdet, fürchtet Euch nicht! Dieses Wesen hat nicht die Macht, Euch etwas zuleide zu tun.«

»Es sollte das besser erst gar nicht versuchen! Wir vertrauen den Fähigkeiten unserer Beschützer. Es sind die Besten, die man in der Stadt finden kann.« Er blickte zu den zwei Männern und der Frau, die unmittelbar hinter ihm standen – und lächelte. Vier weitere Kämpfer durchstreiften die Ruinen und wachten draußen auf dem Hof. Niemand würde sich ihnen ungesehen nähern können.

»Wir sind es müde, noch weiter herumzustehen. Marcello, du darfst deinen Umhang für Uns über die Trümmer dort vorne breiten. Wir wollen Uns setzen.«

Der grauhaarige Bogenschütze nickte kurz. Dann nahm er den Umhang von den Schultern, faltete ihn zweimal und legte ihn an die von Oboto bezeichnete Stelle. Der Marschall hatte sich denselben Platz ausgesucht, an dem Elena Tikian heute Morgen schlafend vorgefunden hatte. Die Magierin fragte sich, ob dies die Stelle war, an der Saranya einst gestorben war, und ob unter den Trümmern die Gebeine der Hure noch verborgen lagen.

Elena wandte den Blick ab, richtete ihn auf den Rauch und begann die Formel zu murmeln, mit der sie jene Geister, die weder in Rastullahs himmlischen Garten noch in die Niederhöllen eingegangen waren, herbeirufen konnte. Der Rauch stieg senkrecht in die Luft. Es war völlig windstill. Als die Schwaden lichter wurden, streute sie noch einige getrocknete Kräuter aus dem Beutel an ihrem Gürtel in die Flammen. Dann hielt sie das Medaillon mit dem Band aus Menschenhaar in den Rauch und ließ es hin und her pendeln. Quälend langsam verstrich die Zeit. Sie flocht jetzt Saranyas Namen in die Beschwörung ein, um der Formel noch mehr Macht über die Tote zu verleihen.

Einen Lidschlag lang glaubte Elena, ein Gesicht zwischen den Rauchschwaden zu sehen, dann war es wieder verschwunden. Geduldig wiederholte sie die Beschwörungsformel. Diese Kreatur hatte Kraft! Sie versuchte, sich ihr zu widersetzen!

Wieder erschien das Gesicht. Es war ohne Zweifel die Frau, deren Porträt auf dem Medaillon abgebildet war. Der weiße Qualm modellierte ihren Torso. Elena konnte Oboto hinter sich entsetzt aufkeuchen hören.

»Hörst du mich, Saranya?«

»Wer bist du, dass du es wagst, meine Ruhe zu stören, Weib!«, antwortete eine dunkle Stimme, die wie ein Ruf aus weiter Ferne klang.

»Man nennt mich Elena, und ich weiß um dein Schicksal. Man hat dich verraten und ermordet. Erzähle mir von dem letzten Tag in deinem Leben, und ich werde dir sagen, was aus Jacomo ya Avona geworden ist.«

»Woher kennst du meinen Liebsten, Magierin?«

»Beantworte zuerst meine Fragen, dann werde auch ich sprechen. Was geschah hier am letzten Tag deines Lebens?«

Der Geist wiederholte die Geschichte, die Elena schon von Tikian kannte. Vor allem schilderte sie ausführlich das Gespräch zwischen Esmeralda und dem Boroni, das sie belauscht hatte. Als Saranya ihre Erzählung beendete, blickte Elena zu Oboto. Der Stadtmarschall lächelte zufrieden.

»Das war alles, was Wir noch brauchten, um den Wilmaans das Genick zu brechen. Wir werden dafür sorgen, dass schon morgen ein Gericht in der Ruine tagt. Diese Bastarde werden für ihr Komplott büßen!« Er erhob sich. »Was du sonst noch mit dieser Erscheinung zu bereden hast, kümmert Uns nicht weiter. Wir werden Uns nun auf den Weg zum Obersten Richter machen. Wir denken, er wird hellauf begeistert sein, wenn Wir ihm den Fall vortragen.« Oboto gab den Leibwächtern, die hinter ihm standen, einen Wink. Die beiden Männer und die Frau wirkten erleichtert, den Ort der Geisterbeschwörung verlassen zu dürfen.

»Dein Versprechen!«, tönte Saranyas dunkle Stimme. »Was ist aus Jacomo geworden?«

»Er war dir so treu, wie du es dir erhofft hast. Er hat deine Spur gefunden und ist dir nach Al'Anfa gefolgt. Hier wurde er jedoch ermordet, noch bevor er dich befreien konnte. Wie du, so ist auch Jacomo im Schlund gestorben. Er muss dir bis auf wenige hundert Schritt nahe gekommen sein.«

Der Geist stieß einen tiefen Seufzer aus. »Dann war mein Warten also vergebens? Ich hätte ...«

»Nichts, was unter Rastullahs Sonne geschieht, ist vergebens, Saranya. Wir alle folgen dem Plan des Einen Gottes. Du wirst deinem Enkel Tikian und mir helfen können. Heute Nacht werde ich dich noch einmal rufen, und Tikian wird dann an meiner Seite stehen. Kannst du dich an ihn erinnern? Er war in der letzten Nacht bei dir.«

Die Geistergestalt schüttelte traurig den Kopf. »Nein. Ich weiß nur, dass ich gestorben bin, so wie in jeder Nacht, die ich auf Jacomo wartete.«

»Ich werde den Bann durchbrechen. Diesmal wirst du mit ihm reden können, und ich verspreche dir, es wird so sein, als würdest du noch einmal Jacomo begegnen, denn Tikian gleicht seinem Großvater.«

Saranya lächelte. »Ich bin dir wohl einen Gefallen schuldig, Magierin.«

»Das sehe ich auch so. Verlass dich darauf, ich werde ihn einfordern!«

»Den schröcklichen Inquisitor suchst du.« Die Frau mit den dicken blonden Zöpfen runzelte die Stirn. »Was willst du von ihm? An so schmächtigen Bohnenstangen wie dir findet er keinen Gefallen.«

»Könnte es sein, dass Marcian Schulden bei dir hat? Ich hätte einen Auftrag, den nur ein Mann der Praioskirche erfüllen kann. Statt ihn zu entlohnen, könnte ich vielleicht seine Schulden bei dir bezahlen.«

»Die Rede von Gold klingt stets gut in Angas Ohren! Du gefällst mir, Kleine. Vielleicht solltest du etwas für dein Äußeres tun?« Sie ließ die Muskeln ihrer massigen Arme spielen, sodass die Fische und Schlangen, die auf ihre helle Haut tätowiert waren, sich bewegten, als seien sie lebendig. »Ich kenne einen erstklassigen Bilderstecher hier ganz in der Nähe!«

Elena lächelte. »Ich werde auf deinen Rat zurückkommen, Anga.« Die Magierin öffnete ihre Börse und legte vor der Wirtin einen Oreal auf den Tresen. »Das dürfte doch wohl genügen.«

Anga schüttelte den Kopf. »Der Kerl säuft wie ein Loch! Selbst ich müsste mir Mühe geben, um mit ihm mitzuhalten. Das reicht gerade einmal aus, um seine Schuld von heute zu begleichen. Scheint eine neue Sorge zu haben, der Gute.«

Die Magierin blickte sich in der stickigen Schenke um. Zu dieser Stunde waren nur wenige Gäste anwesend. Marcian konnte sie unter ihnen nicht entdecken.

»Willst du mich auf den Arm nehmen?«

»Wäre keine Schwierigkeit bei deinem Fliegengewicht, Püppchen. Du wirst doch wohl nicht etwa an Angas Wort zweifeln?«

Elena sammelte sich und ließ den Kristall an der Spitze ihres Stabes aufleuchten. Die Wirtin wich erschrocken einen Schritt zurück.

»Ich zweifele ebenso wenig an deinen Worten, Anga, wie ich deine Schenke mit einem magischen Feuer in Brand setzen möchte. Sag mir nun, wo ich den Inquisitor finde.«

Die Thorwalerin leckte sich unruhig mit der Zunge die Lippen. »Er sitzt in der Kammer nebenan. Er mag es nicht, wenn man ihm beim Trinken zusieht. Jedenfalls wenn er so richtig trinkt ... Ich bring dich zu ihm, wenn du vielleicht die Güte hättest, dieses Ding da wieder verlöschen zu lassen.«

»Sobald ich ihn vor mir sehe! Und nun gib mir dein Wort darauf, dass ich deine Schenke ungeschoren wieder verlassen kann. Wir beide verstehen uns im Grunde doch ganz gut, nicht wahr?«

»Im Grunde schon.« Die Wirtin griff nach der Münze auf dem Tresen und schob sie sich in den Ausschnitt. »Bisschen schmächtig bist du, aber sonst ein Weib nach meinem Geschmack.« Sie grinste. »Hast mein Wort, dass dir nichts geschehen wird, bei Swafnir!«

Anga führte sie in eine niedrige Seitenkammer mit prächtig geschnitzten Deckenbalken, die Bilder von einer riesigen Schlange im Kampf mit einem Fisch zeigten. Wahrscheinlich Szenen aus irgendeiner der Legenden dieses abergläubischen Seefahrervolkes, dachte Elena. Nur ein Tisch mit vier Stühlen darum stand in dem Raum, und die Möbel füllten das kleine Zimmer fast völlig aus. Es gab keine Fenster, und von der Decke hingen drei Lampen, in denen stinkendes Öl verbrannte. Marcian hatte den Kopf in beide Hände gestützt und schien nicht zu bemerken, dass jemand die Kammer betreten hatte.

»Nachschub!«, rief Anga lautstark und stellte einen neuen Krug mit Wein vor ihm auf den Tisch. »Das ist der sechste! Übrigens ist Besuch gekommen.«

»Will meine Ruhe haben«, lallte der Geweihte. Er blickte nicht einmal auf.

»Das macht ihr besser untereinander aus. Ich muss zurück in den Schankraum.« Sie versetzte Elena einen Stoß, sodass die Magierin ins Zimmer taumelte, und schloss dann die Tür.

»Ich bin gekommen, um Euer Versprechen einzulösen. Erinnert Ihr Euch noch an mich?«

Der Inquisitor hob sein Haupt. Seine Augen waren rot verquollen. »Die hübsche Diebin aus der Villa Wilmaan. Ich erinnere mich. Habe ich dir etwas versprochen?«

»Ihr sagtet, ich solle nach den Mädchen in den Schenken fragen, wenn ich eines Tages Eure Hilfe brauchte. Drei Stunden lang habe ich Euch in der ganzen Stadt gesucht, Erhabener. Verzeiht, wenn ich Euch in unserem ersten Gespräch nicht mit Eurem Titel angesprochen habe. Mir war nicht bewusst, was es bedeutet, ein Inquisitor in Diensten des ...«

»Ich denke eher, du wolltest mich damals loswerden und hattest keinen Grund, freundlich zu mir zu sein. Vergessen wir das! Kann ich dir einen Schluck Wein anbieten? Er schmeckt zwar nicht, aber wenn man genug von ihm trinkt, erfüllt er seinen Zweck!«

Die Magierin setzte sich, rührte den Becher aber nicht an, den der Geweihte ihr herüberschob. »Welchen Zweck, Erhabener?«

Der Inquisitor schnitt eine Grimasse. »Was sucht man schon im Wein? Vergessen!«

»Und was wollt Ihr vergessen, Herr? Ihr seid ein mächtiger Mann. Fürsten und Hochgeweihte erzittern, wenn ein Inquisitor in eine Stadt einreitet. Im Glauben seid Ihr so fest wie niemand sonst.«

Marcian lachte. »Sehe ich so aus? Der Zweifel nagt an meiner Seele, und es bereitet mir kein Vergnügen, wenn die Menschen vor mir erzittern. Die Welt ist schlecht. Das Böse lauert überall, und will man es besiegen, so zahlt man mit der Unschuld seiner Seele. Das hat man mich im Tempel nicht gelehrt, als ich Inquisitor wurde. Sie haben mich auf eine Probe gestellt, wie sie härter nicht sein konnte. Mein Leben sollte ich verbrennen ... Alles, was mir jemals etwas bedeutet hat! Und ich habe es getan.« Er füllte seinen Becher und leerte ihn mit einem Zug.

»Ihr sprecht in Rätseln, Erhabener. Ich verstehe Euch nicht.«

»Die Frau, die ich liebte, war eine Hexe. Ich legte die Fackel an ihren Scheiterhaufen. Sie selbst hatte mich darum gebeten, es zu tun, um mein Leben zu retten. Nach dieser Tat war der Orden von meiner Gottesfurcht überzeugt. Dennoch galt ich als wankelmütig, und man hat mich zum entferntesten Tempel versetzt. Es vergeht kaum eine Nacht, in der ich nicht von Scheiterhaufen träume ... Von den Schreien meiner Liebsten. Weißt du, wie es sein muss, auf einem Scheiterhaufen zu stehen? Wenn das Holz richtig geschichtet ist, der Wind günstig steht, und ein kundiger Inquisitor die Fackel führt? Sie ersticken dann nicht im Rauch, sondern sie verbrennen tatsächlich bei lebendigem Leib.«

Elena wich Marcians Blick aus. Fast schien es ihr, als flamme das Licht der Scheiterhaufen in seinen Augen auf und als versuche er, ihr in die Seele zu blicken. »Ihr wart heute im Neuen Tempel, Erhabener?«

»Du würdest nicht fragen, wenn du die Antwort nicht schon wüsstest, nicht wahr, Heidin? Ja, ich bin im Neuen Tempel gewesen. Und wieder habe ich eine Frau auf den Scheiterhaufen geschickt ...«

Elena schluckte. »Ist Consuela etwa schon tot?«

Der Inquisitor zog die Augenbrauen hoch. »Du kennst die Dämonenbuhle? Hast du etwa auch zu ihrer Dienerschaft gehört? Du bist doch Magierin, und wenn ich dich so ansehe, dann glaube ich nicht, dass du auf den Pfaden des Lichts wandelst ...«

»Würde ich hierher, zu dem Mann, der Consuela verurteilte, kommen, wenn ich etwas zu befürchten hätte? Hätte ich dann nicht vielmehr schon längst die Stadt verlassen, Erhabener?«

»Du bist durchtrieben, Elena. Du spielst dein eigenes Spiel. Welche Rolle hast du mir in dem Stück, das du entwirfst, zugedacht?«

»Lebt Consuela noch?«

»Wenn die Torturknechte sie nicht zu Tode gefoltert haben. Heute Morgen, als ich mich in den Gewölben unter dem Neuen Tempel befand, lebte sie noch. Doch was jetzt mit ihr ist, vermag ich nicht zu sagen. Kann man überhaupt noch jemanden lebendig nennen, der seine Seele an Dämonen verschenkt hat? Stell dir vor, ich kannte sie. Ich war sogar verschiedentlich Gast in ihrem Hause, obwohl ich dort nicht mit Weibern buhlte, wie mir böse Zungen sicherlich unterstellen werden. Ich mochte sie. Sie war heiter und geistreich. Eine glänzende Gastgeberin. Und heute Morgen stehe ich vor ihr, sehe sie geschunden und erfahre, dass sie die Götter verhöhnte und der Herrin der blutigen Wollust diente. Sie zeigte nicht einmal Reue dafür, dass sie das Leben ihrer Sklaven und deren unsterbliche Seelen der Erzdämonin geopfert hatte. Ist das kein Grund, sich zu betrinken? Und ich war Gast in ihrem Hause ... Stell dir das einmal vor.

Ich habe nichts von ihrem Treiben bemerkt! Verhöhnen werden sie mich, die Boronis dort oben auf dem Silberberg! Und recht haben sie! Ich bin ein schlechter Inquisitor. Ich stand dem Bösen von Angesicht zu Angesicht gegenüber und vermochte es nicht zu erkennen! Und weißt du, was das Schlimmste ist? Sie tut mir leid! Ich trauere um ihre verlorene Seele und frage mich, ob es recht war, den Boronis zu empfehlen, sie auf den Scheiterhaufen zu zerren.«

»Gibt es denn keinen Weg, sie noch zu erretten?«

Marcian lachte boshaft. »Das fragt mich eine Heidin. In deinen Augen bete ich doch ohnehin nur Götzen an. Es bedarf eines Wunders, um Consuela noch zu retten. Nur wenn sie ihre Sünden aufrichtig bereut und in einem Tempel der Zwölf Gnade findet, dann mag ihre Seele vielleicht noch geläutert werden.«

»Ihr seid ein Geweihter! Vermögt Ihr sie nicht auf diesen Weg zu führen, oder seid Ihr dafür zu schwach im Glauben, Erhabener?«

»Vielleicht ...« Der Inquisitor schaute betroffen auf den tönernen Becher in seinen Händen. »Vielleicht bin ich wirklich zu schwach. Wer bin ich, dass eine Heidin mir zureden muss, den Glauben an meinen Gott nicht zu verlieren? Was für ein langer Weg von der Priesterweihe bis hierher in diese schäbige Schenke!«

»Hättet Ihr den Mut, zwei verlorene Seelen zu retten, wenn ich Euch diese Nacht führen würde?«

»Wie willst du mich in die Kerker unter dem Neuen Tempel bringen? Welches Risiko gehe ich schon ein, wenn ich meinen Worten Taten folgen lasse?«

»Schön, dass Ihr die Sache so seht. Ich habe also Euer Wort, Inquisitor. Würdet Ihr auch aufhören, Euch weiter zu betrinken? Ich meine nur für den Fall, dass es mir verrückter Heidin gelingen sollte, Euch zu Consuela zu bringen, so wäret Ihr sicher in nüchternem Zustand überzeugender.«

»Du führst deine Zunge wie ein Mann sein Schwert, Weib.« Marcian schob den Weinbecher von sich. »Es gefällt mir, mich auf dein Spiel einzulassen. Doch wie sollte ich auf den Silberberg gelangen, ohne geladen zu sein?«

»Hier habt Ihr einen Passierschein, der vom Stadtmarschall persönlich ausgestellt ist.« Sie zog ein handgroßes, ordentlich gefaltetes Stück Pergament hinter ihrem Gürtel hervor. Unter den Zeilen, die die Wachen anwies, den Besitzer des Schreibens passieren zu lassen, war in rotem Siegellack das Ehrenwappen des Stadtmarschalls geprägt.

Marcian begutachtete das Schriftstück einen Augenblick lang und pfiff dann leise durch die Zähne. »Ich habe dich unterschätzt, Elena. Du siehst mich beeindruckt. Ich bin gespannt, welche weiteren Überraschungen du für mich bereithältst.«

»Erwartet mich beim Untergang des Praiosgestirns vor dem Tor der Villa Florios.«

»Du sprachst von zwei Seelen, die gerettet werden sollen. Um wen geht es noch?«

»Das erfahrt Ihr, wenn es so weit ist, Erhabener. Doch nun entschuldigt mich. Ich muss noch einen Gefährten finden, ohne dessen Hilfe unsere Mission diese Nacht scheitern wird.«

»Weiß er schon von seinem Glück?«

Elena zuckte mit den Schultern. »Noch nicht, doch ich bin mir sicher, dass er nicht ablehnen wird, wenn er die Hintergründe kennt.«

»Wie schade, dass du eine Heidin bist. Ich könnte Gefallen an dir finden, Magierin.«

Elena grinste herausfordernd. »Vielleicht ist die zweite Seele, um die es geht, ja die meine. Ich verspreche Euch, Ihr werdet es in dieser Nacht erfahren.« Sie erhob sich und trat zur Tür. »Werdet Ihr keinen Wein mehr trinken, Erhabener?«

»Anga wird dich zwar dafür verfluchen, dass du ihr das Geschäft verdorben hast, doch für heute soll es genug sein.«

»Mit den Flüchen einer Frau, die einen Fisch anbetet, werde ich leben können.«

KAPITEL 29

Unruhig ging Immuel in der kleinen Empfangshalle auf und ab, die seitlich von Tar Honaks Gemach lag. Dreimal hatte der Patriarch an diesem Nachmittag Boten geschickt, die danach verlangten, den Stadtmarschall zu sprechen. Als sie ihn beim dritten Mal immer noch nicht antrafen, erhielt Immuel den Befehl, sich beim Patriarchen zu melden.

Der Ordinarius fluchte leise. Oboto würde noch ihre ganze Familie ins Unglück stürzen! Was mochte der Patriarch nur vom Befehlshaber der Stadtgarden wollen, und warum hatte man zuletzt ihn, Immuel, hierher in den Tempel befohlen?

Er verharrte einen Augenblick. Unruhig glitt sein Blick über die großen, in tiefschwarzen Onyx geschnittenen Reliefs an den Wänden. Sie zeigten das Heer der Stadt, wie es über die Feinde triumphierte, und den Flug der Zehn, die sich am *Tag des Großen Schlafes* von der Klippe vor dem Tempel in die tobende Gischt stürzten.

Die Tür zu den Räumlichkeiten des Patriarchen öffnete sich. Jener alte Geweihte, der auch schon bei den letzten beiden Treffen an Tar Honaks Seite zu sehen gewesen war, winkte Immuel herein.

Nachdem der Ordinarius eingetreten war, herrschte eine Weile eisiges Schweigen. Der Patriarch musterte ihn kalt. Schließlich eröffnete er die Rede. »Dreimal habe ich heute nach deinem Verwandten geschickt. Den ganzen Mittag hält er sich im Tempel des Praios auf und spricht mit dem Hochgeweihten und Obersten Richter Amosh Tiljak.

Weißt du, worum es bei dieser Unterredung geht, Bruder Immuel?«

Der Ordinarius räusperte sich. Er wünschte, er hätte vor Jahren die Gelegenheit genutzt, Oboto unauffällig zu vergiften, als dieser mit einem schweren Fieber darniederlag. »Nach allem, was ich weiß, möchte er einen Prozess gegen die Familie Wilmaan führen. Zur Mittagsstunde hat er in Begleitung seiner Beschützer und seiner neuen Magierin den Palast verlassen. Er wirkte aufgeregt. Ich denke, sie hat ihm irgendetwas versprochen, Eure Hochwürdigste Erhabenheit.«

Der Patriarch blickte zu dem alten Priester hin.

»Das deckt sich auch mit den Kundschaften, die ich erhielt, Eure Hochwürdigste Erhabenheit. Das Gespräch dreht sich um einen Prozess, der morgen geführt werden soll. Amosh Tiljak hat bereits zugestimmt, die Gerichtssitzung in einem verfallenen Haus im Schlund abzuhalten. Welcher Grund ihn dazu bewogen haben mag, ist mir allerdings nicht bekannt. Außerdem sollt Ihr, Eure Hochwürdigste Erhabenheit, ebenfalls zum Prozess geladen werden, denn da es um einen Streit zwischen Grandenfamilien geht, müssen alle Mächtigen der Stadt anwesend sein. Gerade zur Stunde lässt der Oberste Richter von seinen Schreibern die Depeschen aufsetzen, die an die großen Häuser gehen werden.«

Immuel starrte den Alten ungläubig an. Woher wusste er das alles? Hatte er etwa Spitzel im Praiostempel? Und wie konnten ihm die Nachrichten so schnell überbracht werden? Nur die Hand Borons konnte so etwas vollbringen ... War er am Ende etwa der Anführer der Meuchlergilde?

»So wie sich mir die Lage darstellt, ist jene Magierin offenbar der Schlüssel zu dem, was Oboto Florios plant. Im Falle ihres Ablebens wäre seine Verschwörung wahrscheinlich hinfällig. Siehst auch du das so, Bruder Hasdrubal?«

Der Alte nickte. »So wie sich die Dinge darstellen, ist dies eine logische Schlussfolgerung.«

Beide blickten jetzt zu Immuel, und der Ordinarius beeilte sich, ebenfalls zustimmend zu nicken. »Ich glaube auch, dass diese Magierin schuld ist. Obendrein ist sie auch noch eine Heidin. Sie betet Rastullah an und behauptet, die Zwölf seien nichts als hohle Götzenbilder.«

»Dann ist es also eine göttergefällige Tat, wenn wir sie zu Boron schicken, damit sie im Tod von ihrem Irrglauben geläutert werden kann.« Der Patriarch lächelte dünn. »Du, Bruder Immuel, sollst die ehrenvolle Aufgabe haben, das Leben deines Verwandten zu retten. Nimm hundert Dublonen von deinem eigenen Vermögen und opfere sie am Schrein der blutigen Hand. Dann trage dort unsere Bitte vor, das Leben der Magierin zu beenden. Noch in dieser Nacht soll sie sterben! Du darfst dich nun entfernen, Immuel.«

Der Ordinarius verneigte sich und schielte dabei verwirrt zu dem alten Geweihten. War dies alles eine Farce, oder hatte er sich geirrt, und Bruder Hasdrubal hatte doch nichts mit den Meuchlern zu tun? Immuel hatte schon die Tür erreicht, als hinter ihm noch einmal die Stimme des Patriarchen erklang.

»Was Oboto angeht, so sage ihm nichts von dieser Unterredung. Um ihn werde ich mich höchstselbst kümmern!«

Hauptmann Olan hatte im Neuen Tempel nichts erreicht. Die Geweihte Khimsat a' Rhylay da Florios war für ihn nicht zu sprechen gewesen, und so hatte Gion beschlossen, die Dinge selbst in die Hand zu nehmen. Den Schlüssel zu Tikians misslicher Lage kannte er ohnehin. Es war die Magierin, und er wünschte sich, er hätte damals auf dem Fluss die Kraft gehabt, sie zu erdolchen! Sie brachte nichts als Unglück! Doch dieses Mal würde sie bezahlen! Wenn dem Fechter irgendetwas zugestoßen sein sollte, dann hatte auch sie ihr Leben verwirkt!

Gion lehnte an dem steinernen Geländer der breiten Brücke oberhalb des Wasserfalls und blickte abwechselnd zu dem Weg, der am Silberberg vorbeiführte, und dann wieder auf die Brücke. Zwanzig Schritt hinter ihm lag das große Tor, das auf den Berg der Granden führte. Es war der einzige Zugang.

Zwei Stunden schon stand er hier, und es würde nicht mehr lange bis zur Abenddämmerung dauern. Er hatte sich den Schnauzbart abrasiert, einen Helm mit Kettengeflecht aufgesetzt und trug einen schwarzen Waffenrock. Äußerlich hatte er nicht mehr viel gemein mit dem Bogenschützen, den Elena kannte, und das war gut so. Sein Blick wanderte über die große Stadt, die sich die Klippen der Berge hinaufzog. Er mochte Al'Anfa nicht sonderlich, und es war gut, bald von hier fortzukommen. Obwohl in anderen Gegenden Aventuriens der Winter herrschte, war es hier so heiß, dass die Hitze flimmernd über den Festungsmauern und den Dächern aus gebrannten Ziegeln tanzte. Es regte sich kein Lüftchen, und vom Meer her zogen große Vogelschwärme heran. Auf den Zinnen der Tortürme hockten wohl an die hundert Möwen. Sie hatten ihre Köpfe unter die Flügel geschoben, so als wollten sie sich vor etwas verstecken. Eine unerträgliche Spannung lag in der Luft. Auch die Menschen begannen, sich eigenartig zu verhalten. Sie erschienen dem Schützen hektischer und zerstreuter als gewöhnlich. Immer wieder blickten Einzelne zum Himmel, und Gion tat es ihnen gleich, doch konnte er nichts Außergewöhnliches erkennen. Nicht die kleinste Wolke zeigte sich. Makellos blau wie Waffenstahl schimmerte das Firmament.

Endlich sah er die verfluchte Magierin im Gewühl am anderen Ende der Brücke auftauchen. Neben ihr ging ein kleiner Mann in bunten Gewändern. So wie sie trug auch er einen Stab, an dessen oberem Ende jedoch kein Kristall schimmerte. Stattdessen war er gekrümmt, so wie ein Hirtenstab, und schien mit Silber beschlagen zu sein. Prüfend musterte Gion den Kerl. Er hatte nicht damit gerechnet, dass sie in Begleitung käme, doch der Kleine sah nicht so aus, als ob er eine Gefahr darstellen würde. Gions Rechte schloss sich um den Griff des Dolchs an seinem Waffengurt. Diesmal würde sie ihm nicht entkommen.

Er lächelte grimmig. Sie kam genau auf ihn zu, und doch erkannte sie ihn nicht! Als sie schon fast an ihm vorbeigegangen war, legte er die Hand um ihre Hüften, zog sie zu sich heran und drückte ihr sein Messer von der Seite gegen die Rippen.

»Schrei jetzt nicht, Weib! Spürst du meinen Dolch? Er zielt auf dein Herz. Ein Laut von dir, und du bist tot. Verhalte dich so, als seien wir alte Bekannte und als sei es üblich, dass ich dich in den Arm nehme!«

»Wer bist du?« Die Magierin keuchte leise, doch machte sie keinen Versuch, Widerstand zu leisten.

»Ein Freund von Tikian. Ich will wissen, was du ihm angetan hast. Du wirst mich jetzt zu ihm bringen!«

»Wer ist dieser Mann?« Der kleine dunkelhäutige Kerl in Begleitung der Magierin war stehen geblieben und starrte Gion beunruhigt an. Ob er wohl auch ein Magier war? Man durfte diesen Hexern nicht in die Augen sehen, sonst gewannen sie Macht über einen. Gion blickte zu Boden. Er hatte seinen Dolch unter dem Umhang verborgen, der über seinem Arm hing, sodass die Waffe für andere nicht zu sehen war.

»Er ist ein Freund«, antwortete Elena knapp. »Er sorgt sich um Tikian und möchte mit uns auf den Silberberg.«

»Er sieht nicht gerade freundlich aus«, brummte der Fremde. Seine Stimme hatte einen eigenartigen Akzent. Offenbar stammte er aus einem der Wüstenstämme. »Du umgibst dich mit sonderbaren Männern, Elena.«

»Hör auf zu schwätzen, Kerl. Wir drei gehen jetzt zum Tor, und du wirst mich dort hindurchbringen, Zauberin.«

»Und dann? Wie willst du vom Silberberg entkommen? Ein Laut von mir – und du wirst sterben. Gib auf, Gion! Du bist doch Gion, nicht wahr?«

»Richtig, und jetzt, da du weißt, wer ich bin, weißt du auch, dass es nicht meine Art ist aufzugeben. Ich verspreche dir dein Leben, wenn du mich zu Tikian führst und dafür sorgst, dass er und ich diesen verdammten Berg wieder ungeschoren verlassen können.« Gion packte die Magierin am Arm und schob sie wie einen Schild vor sich her. »Ich werde dich gleich loslassen, damit die Torwachen keinen Verdacht schöpfen. Aber vergiss nie, dass mein Messer nur ein paar Zoll von deinem Herzen entfernt ist. Und du da ...« Er warf einen kurzen Blick zu dem dunkelhäutigen Mann, der Elena begleitete, vermied es aber nach wie vor, ihm in die Augen zu sehen. »Du gehst neben ihr, sodass ich auch dich gut sehen kann.«

Langsam bewegten sie sich auf das Tor zu. Zwei Krieger stützten sich gelangweilt auf ihre Speere und beobachteten die Fußgänger auf der Brücke und das Treiben bei dem Schrägaufzug, der über den Wasserfall hinweg in die Tiefe führte. Ein Stück abseits von ihnen kauerten zwei weitere Söldnerinnen über einer Trommel und unterhielten sich beim Würfelspiel. Sie trugen Kettenhemden und darüber schwarze Waffenröcke, auf denen ihr Wappen – eine goldene Scheibe – prangte. Einer der Männer zeigte auf Elena. »Wer sind die Kerle, die du dort mitbringst?«

»Gäste des Stadtmarschalls!«

Misstrauisch beobachtete Gion, wie die Magierin zwei Schriftstücke hinter ihrem Gürtel hervorzog und dem Krieger reichte. Der Soldat warf nur einen kurzen Blick auf die Papiere und reichte sie dann zurück. »Das sind nur zwei Passierscheine. Was ist mit dem dritten?« Er nickte zu Gion.

Der Schütze schluckte. Wenn diese Hexe versuchte, ihn hereinzulegen, dann würde es ihr leidtun. Es mochte sein, dass er den Söldnern nicht entkommen könnte und ihn die Bogenschützen, die mit Sicherheit irgendwo hinter den Zinnen der Türme verborgen waren, mit ihren Pfeilen niederstreckten, doch dieses falsche Weib würde er auf jeden Fall mit sich in den Tod nehmen!

Der Wachsoldat und die Magierin maßen sich einen Augenblick lang stumm mit Blicken. Plötzlich lächelte der Kerl.

»Es ist der Wille des Stadtmarschalls, dass dieser Soldat ihm heute Nacht seine Tauglichkeit als Schwertkämpfer unter Beweis stellt. Vertrau mir, mein *Freund*, du tust nichts Unrechtes, wenn du ihn einlässt. Ich war so dumm, seinen Passierschein zu vergessen.«

Der Krieger zuckte mit den Schultern. »So etwas kann vorkommen.« Dann gab er den beiden Söldnerinnen bei der Trommel einen Wink. »Die können gehen.«

Die zwei räumten ihre Würfel zur Seite. Die Größere von beiden nahm die Trommel auf und schnallte sie an einen breiten Ledergurt, den sie um den Leib trug. Dann zog sie zwei Schlägel aus ihrem Gürtel und schlug einen seltsamen Rhythmus. Zur Antwort ertönte von innen ein Hornsignal, und kaum einen Lidschlag später öffnete sich das schwere eisenbeschlagene Tor.

Auch auf der anderen Seite wartete eine kleine Gruppe von Söldnern, die sie gelangweilt musterte. Einer von ihnen nickte Elena zu. Offenbar war das Hexenweib unter den Gardisten gut bekannt.

Hinter dem Tor erstreckte sich ein breiter, mit weißem Kies bestreuter Weg. Er wurde von hohen Mauern flankiert, hinter denen riesige Bäume aufragten. Hin und wieder konnte man vergoldete Kuppeln und Dächer aus bunt glasierten Ziegeln zwischen dem Grün erkennen. Aus einem der Gärten wehte leise Musik und ausgelassenes Lachen zu ihnen herüber.

Als sie nach zweihundert Schritten eine Weggabelung erreichten, wandte die Magierin sich plötzlich um. »Willst du den Dolch nicht langsam verschwinden lassen?«

»Welchen Grund hätte ich, dir zu trauen, Weib?«

»Bei Rastullah! Habe ich nicht mein Wort gehalten? Ich musste sogar einen der Wächter verzaubern, damit sie dich hier hineinlassen, und du glaubst noch immer, ich würde dich verraten!«

»Stimmt, das glaube ich!« Gion verdrehte ihr das Handgelenk. »Und jetzt sag mir, wo es langgeht.«

»Nach Norden!« Sie stöhnte leise. »Du dickschädeliger Trottel. Ich setze alles daran, dass Tikian mit diesem Flittchen aus dem *Opalpalast* zusammenkommt, und du behandelst mich wie den letzten Dreck.«

»Soll ich nicht ...«

»Wenn du auch nur die geringste verdächtige Bewegung machst, beißt deine Freundin hier ins Gras, Novadi. Und jetzt vorwärts.«

Schweigend gingen die drei ein Stück weit den Weg hinauf, bis die Mauern zurückwichen und sie einen kleinen, mit Bäumen bestandenen Platz erreichten. Dort saß unter einer Palme ein Mann in prächtigen rotgoldenen Gewändern. Als er sie sah, stand er auf und winkte ihnen zu.

»Wer ist das?«, zischte Gion leise.

»Ein Inquisitor.«

»Treib keine Späße mit mir.« Der Schütze drückte Elena den Dolch ein wenig fester gegen den Rücken.

»Frag ihn doch, wenn du mir nicht glaubst!«

»Stimmt etwas nicht?« Der Neue war inzwischen auf sie zugegangen und musterte Gion misstrauisch. Der Schütze fluchte stumm. Er hatte sich seine Befreiungstat anders vorgestellt. Drei Halsabschneider auf einmal im Auge zu behalten, das war fast unmöglich.

»Wer bist du?«, fauchte Gion.

Der Fremde warf ihm einen eisigen Blick zu. Er trug tatsächlich die Gewänder eines Geweihten!

»Mein Name ist Marcian, und von Kerlen wie ihm erwarte ich für gewöhnlich, dass sie mich mit ›Erhabener‹ anreden!«

Gion merkte, wie ihm die Hände feucht wurden. Die Lage begann ihm ungewiss zu werden. Wenn dieser Kerl tatsächlich ein Anrecht auf den Titel *Erhabener* hatte, dann stand er im Range eines Hochgeweihten.

»Das ist ein Freund von einem Freund«, mischte sich nun Elena ein. »Und abgesehen davon, dass er mich gerade mit einem Messer bedroht, ist er eigentlich ein ganz netter Kerl.

Vielleicht könntet Ihr ihm erklären, dass wir alle nur deshalb zusammengekommen sind, um seinem Freund Tikian zu helfen, und dass er im Augenblick das größte Hindernis bei diesem Unternehmen ist.«

Der Hochgeweihte zog die Stirn kraus und bedachte die Magierin mit einem seltsamen Blick. Dann wandte er sich wieder dem Schützen zu. »Hat Er gehört? Die Frau spricht wahr, und ich befehle ihm in Praios' Namen, seine Waffe wegzustecken.«

Gion zögerte. Ein Praiosgeweihter würde niemals lügen. Vorsichtig trat er einen Schritt zurück, behielt das Messer aber noch in der Hand. Die Magierin stieß einen erleichterten Seufzer aus und rieb sich den Rücken. »Damit hätten wir das Schwierigste geschafft. Jetzt müssen wir nur noch in die Gewölbe des Tempels einbrechen, eine Gefangene befreien und unter den Augen einer halben Hundertschaft Ritter wieder herausstolzieren, dann ist unser Tagwerk vollbracht.« Sie grinste breit.

KAPITEL 30

Das Praiosgestirn war hinter dem Visra versunken, der sich schwarz und drohend über Al'Anfa erhob, und tauchte den mächtigen Vulkan in rotes Licht. Vom Meer her wehte ein frischer Wind und vertrieb schnell die Hitze des Tages. So weit das Auge reichte, war der Himmel im Osten mit schwarzen Wolken gefüllt, die vom Sturmwind auf die Stadt zugetrieben wurden. Die Böen beugten die hohen Bäume des Parks. Auf der Veranda der Villa konnte Tikian große weiße Vögel kauern sehen, die dort Zuflucht gesucht hatten.

Elena war auf sein Zimmer geschlichen und hatte ihn ohne große Erklärungen aufgefordert, ihr zu folgen. Über Hintertreppen und durch verwaiste Korridore hatte sie ihn aus der weitläufigen Villa geführt, wo er den halben Tag damit verbracht hatte, auf sie zu warten und darüber zu brüten, wie sie Consuela befreien könnten. Jetzt eilten sie mit langen Schritten über den breiten Kiesweg, der von der Villa Florios zum Gästehaus führte. Nirgends war ein Diener oder ein Wachposten zu sehen. Alle schienen sich vor dem heraufziehenden Sturm verborgen zu haben. Der Fechter und die Magierin umrundeten einen vorspringenden Anbau und standen plötzlich drei Gestalten gegenüber. Tikians Hand fuhr zum Griff seines Rapiers, und er wollte die Waffe schon ziehen, als er Gion erkannte.

»Bei allen Dämonen der Niederhöllen, wie siehst du denn aus? Wo ist dein Schnäuzer? Mann, du bist ja nackt!«

Gion grinste. »Es hat halt seinen Preis, hier hinaufzukommen. Wie ich sehe, bist du auch nicht ungeschoren davongekommen.«

»Jetzt ist keine Zeit für ein großes Palaver. Wir müssen verschwinden, bevor man uns entdeckt. Zum Reden ist später noch Gelegenheit«, zischte Elena leise und nickte zu den beiden Männern, die neben Gion standen. »Darf ich vorstellen, Ariel ben Drou, einer meiner Lehrer aus Rashdul, und der Inquisitor Marcian. Sie werden dir helfen.« Ohne ein weiteres Wort der Erklärung ging die Magierin auf das breite Portal des Gästehauses zu, eine Villa aus weißem Marmor mit zwei Seitenflügeln und einem hoch aufragenden Rundturm.

Verwundert musterte Tikian die beiden Männer. Ein Inquisitor und ein Magier zweifelhaften Rufs ... Was mochte Elena den beiden wohl versprochen haben, dass sie sich an diesem tollkühnen Unternehmen beteiligten? Er lächelte. Was für ein dummer Gedanke! Vor einem Götternamen noch wäre er selbst für ein Lächeln von ihr vor die Tore der Niederhöllen getreten.

Das hohe Portal der Villa war unverschlossen. Elena öffnete es und führte sie in die weite Eingangshalle, wo zwei Sklaven standen, die sie verblüfft anstarrten.

»Steht hier nicht herum und haltet Maulaffen feil! Die Grandessa Folsina schickt mich. Ihr sollt raus und überprüfen, ob alle Läden vor den Fenstern auch richtig verschlossen sind, damit der Sturmwind keine Scheibe einschlagen kann.«

»Jawohl, Herrin!« Ohne auch nur einen Augenblick zu zögern, eilten die beiden Männer hinaus in die Dämmerung. Als sie außer Sichtweite waren, trat Elena in eine Nische seitlich der breiten Treppe, die aus der Empfangshalle zum ersten Stock hinaufführte, und zog einen Gobelin zur Seite.

»Kommt hierher! Hier beginnt unser Weg in die Finsternis.«

Tikian konnte hinter dem Vorhang eine schmale Tür erkennen. Elena strich mit ihrer Hand über das Schloss und murmelte etwas, dann zog sie am bronzenen Türring und öffnete die Pforte. »Hinunter mit euch. Vorsichtig, die Treppe ist steil, und es ist dunkel.« Der Kristall auf der Spitze ihres Stabes erglomm in warmem Licht.

»Woher kennst du diesen Weg?«, fragte Tikian.

Elena schüttelte den Kopf. »Von jemandem, dessen Namen ich nicht nennen werde. Macht jetzt, dass ihr dort hinunterkommt! Wir müssen verschwunden sein, bevor die Sklaven zurückkehren.«

Die Treppe führte in einen großen Gewölbekeller, dessen Decke mehr als drei Schritt hoch sein musste. Überall stapelten sich Kisten und Fässer. An einer Wand lehnten hohe Kutschräder, daneben standen Tonkrüge und eine Seemannskiste mit angelaufenen Bronzebeschlägen. Ein Stück weiter fanden sich verstaubte Stühle und Schränke. In einem alten, halbblinden Spiegel brach sich das Licht von Elenas Zauberstab. Es roch nach Staub und alten Kleidern. Das Gewölbe erinnerte Tikian ein wenig an die Dachkammern auf dem Landsitz seines Vaters.

»Wo sind wir hier?«

»Die Florios sind geizig. Sie werfen nichts weg. Hier stapelt sich Plunder aus zwei Jahrhunderten, doch nicht das ist es, was das Gewölbe hier wirklich reizvoll macht. Siehst du dort hinten den Schrank?« Elena zeigte auf ein hohes altes Möbelstück mit schweren Türen. »Öffne ihn!«

Der Fechter tat, wie ihm geheißen. Der breite Schrank war voller mottenzerfressener Ballkleider, die von einer hölzernen Stange hingen. Ansonsten konnte er nichts Besonderes entdecken. Mit einem Achselzucken drehte er sich zu Elena um. »Was soll hier zu finden sein?«

Die Magierin winkte ihn zur Seite und schob eilig die Kleider auseinander, sodass dichter Staub aufwirbelte. Hinter ihnen verbarg sich eine zweite Tür. Elena öffnete sie und führte die Gefährten in eine kleine Kammer, in die noch zwei weitere, verschlossene Eingänge mündeten. In den Boden war eine Falltür eingelassen.

Verwundert sah sich Tikian um. »Wo sind wir hier?«

Marcian lachte. »Wusstest du nicht, dass der ganze Silberberg mit Tunneln durchzogen ist? Jede der Grandenvillen verfügt über mindestens ein halbes Dutzend geheimer Ausgänge. Von vielen der Fluchtgänge wissen nicht einmal die Familienoberhäupter mehr. Man misstraut sich untereinander, und weil es sein kann, dass ein Bruder seine eigene Schwester erdolchen lässt, ist jedes der Familienmitglieder darauf bedacht, über einen geheimen Fluchtweg zu verfügen, den außer ihm und dem Baumeister, der meist kurz nach Vollendung seines Werkes die Reise in Borons Hallen antritt, niemand kennt. Dies hier scheint mir einer dieser Wege zu sein.«

»So ist es, Eure Exzellenz!« Elena kniete nieder und machte sich an dem schweren Eisenriegel zu schaffen, der die Falltür verschloss. Mit einem metallischen Klicken sprang der Verschluss, wie von Geisterhand bewegt, zur Seite. Tikian konnte aus den Augenwinkeln beobachten, wie Gion das Zeichen des schützenden Sterns schlug.

Die Magierin klappte die Tür hoch und leuchtete mit ihrem Zauberstab in die Finsternis. Von einem Haken hing eine Strickleiter, die in die Tiefe führte.

»Nun, meine Herren, wer von euch klettert hinab? Ihr werdet doch sicher nicht zulassen, dass ich als Erste ins Ungewisse steige, denn unter uns liegt nun das Labyrinth.«

Tikian hielt sie zurück. Seine Kehle war wie zugeschnürt, und seine Zunge lag wie ein großer trockener Schwamm in seinem Mund. Er räusperte sich. »Ich danke Euch, dass Ihr mich bis hierher gebracht habt. Ariel und Marcian, ich kenne Euch nicht einmal, und dennoch seid Ihr hier, um mit mir auf eine aussichtslose Suche zu gehen. Wahrscheinlich habt Ihr beide Consuela noch niemals zuvor gesehen ... Ich weiß wahrlich nicht viel über das Labyrinth unter dem Silberberg, nur eins ist selbst mir schon zu Ohren gekommen. Niemand, der die Gänge unter der Stadt des Schweigens betreten hat, ist jemals lebend zurückgekehrt. Es soll dort Hunderte von Fallen geben – und Schlimmeres. Für Euch gibt es keinen Grund, in den Tod zu gehen. Unser gemeinsamer Weg endet hier. Ihr habt mir den Eingang zum Labyrinth gewiesen ... Von nun an muss ich meinen Weg allein gehen.«

Der kleine Magier lächelte. »Du sprichst wie ein Edelmann, doch gestatte mir, dass ich anderer Meinung bin. Es sind weniger heldische Gründe, die mich hierherführen, doch sind sie nichtsdestotrotz zwingend für mich. Man hat mich in den letzten anderthalb Gottesnamen gedemütigt. Seit El Harkir den Großadmiral entführte, gab es wohl keinen Novadi mehr, der ein leichtes Leben in Al'Anfa gehabt hätte. Die meisten haben kurz nach dem Piratenstück mehr oder weniger heimlich die Stadt verlassen. Jedem aus unserem Volke, selbst Kindern und Greisen, unterstellen sie, an dieser Schandtat in irgendeiner Weise beteiligt gewesen zu sein. Wir werden bespitzelt, verspottet und misshandelt. Der Stadtmarschall hat mich in Ketten legen lassen, obwohl er genau wusste, dass ich unschuldig war. Ich wurde auf offener Straße angespuckt, und die Priesterschaft, die Herren Al'Anfas, duldeten diese Ungerechtigkeit nicht nur, nein, sie förderten sie auch noch und hielten die Fanas an, sich an mir und meinen Brüdern für die Schmach zu rächen, die man ihnen angetan hatte. Mich hält nichts mehr in Al'Anfa! In Rashdul, in der Magierakademie, wird es stets ein Zimmer für mich geben. Dort bin ich als Magister jederzeit willkommen, und ich werde Al'Anfa noch in dieser Nacht verlassen. Wenn ich dich nun begleite, Tikian, so sind es selbstsüchtige Gründe, die mich dazu treiben, in die dunklen Grotten des Silberbergs hinabzusteigen. Ich will die Priester dieser Stadt gedemütigt sehen, so wie sie mich demütigten. Wenn es gelingt, ein Weib aus den Kerkern des Tempels zu entführen, obwohl in der Stadt des Schweigens hundert oder mehr Ordensritter und mindestens genauso viele Priester einquartiert sind, dann ist es für mich genauso, als sei es mir gelungen, dem Patriarchen selbst einen

Schlag ins Gesicht zu geben. Meine Ehre wird dann wiederhergestellt sein! Es wäre mir eine Freude, wenn du mir gestatten würdest, als Erster diese Leiter hinabzusteigen.«
Ariel ließ ein Licht an der gekrümmten Spitze seines Zauberstabes aufleuchten und blickte ihn erwartungsvoll an.

»Ich kann keine so schöne Rede halten«, brummte Gion kurz angebunden. »Ich denke, wir sollten hier nicht herumstehen, sondern einfach weitergehen. Du bist mein Freund, Tikian, und Freundschaft beweist man nicht mit Worten, sondern mit Taten.«

Marcian lachte leise. »Nüchtern betrachtet ist diese Welt wahrlich ein seltsamer Ort. Ich weiß nicht, ob ich mir nicht lieber wünschen sollte, immer noch betrunken in Angas Schenke zu sitzen, aber nun bin ich schon einmal hier ...« Sein Lächeln verflog. »So Praios will, ist es mir gegeben, dort unten einen Fehler zu sühnen.«

Elena verpasste Tikian einen Klaps auf die Schulter. »Dann lasst uns gehen, denn was mich angeht, bin ich viel zu feige, um hier allein zurückzubleiben, und außerdem habe ich dir doch mein Wort gegeben.«

Ein seltsamer Unterton in der Stimme der Magierin ließ den Fechter aufhorchen. Er sah sie an, doch sie wich seinem Blick aus. »Wer bin ich, dass ich versuchen wollte, euch aufzuhalten, und ...« Er räusperte sich. »Ich weiß nicht recht, was ich sagen soll, aber ... Ich danke euch und bin froh, nicht allein dort hinabzumüssen.«

Ariel nickte ihm zu, dann verschwand er in dem Schacht. Ihm folgte Gion. Tikian war der Dritte, der hinabstieg. Elena und Marcian bildeten die Nachhut der kleinen Gruppe. Der Inquisitor schloss hinter sich die Falltür, und einen Augenblick lang hatte Tikian das ungute Gefühl, über ihm sei der Deckel einer Gruft zugeklappt. Doch dann vertrieb er den Gedanken. Er sollte an Consuela und die gemeinsame Nacht denken. Seinen Ängsten Raum zu gewähren, würde ihn nur für die Kämpfe schwächen, die ihnen sicherlich bevorstanden.

Noch bevor Tikian den Boden erreichte, war von unten ein metallisches Rasseln zu hören. Vorsichtig drehte er sich um und sah im Licht von Ariels Zauberstab ein eisernes Fallgitter in einem schmalen Spalt über einer Tür verschwinden.

Der Schacht mündete in einen kleinen Raum, aus dem es nur einen einzigen Ausgang gab. Ariel war durch die steinerne Pforte getreten und spähte in die Finsternis. Es war heiß hier unten, so als habe der Berg die Gluthitze des Tages in sich aufgenommen. Tikian spürte, wie sein schweißgetränktes Hemd an seinem Rücken festklebte. Er wischte sich mit dem Ärmel über die Stirn und blickte den Magier erwartungsvoll an.

»Warum geht Ihr nicht weiter, Ariel? Ist etwas dort draußen in dem Gang?«

Der Beni Schebt schüttelte den Kopf. »Keine greifbare Gefahr ... Ich lasse nur die Finsternis auf mich wirken. Spürt ihr die bösartige Aura dieses Ortes? Ungezählte Menschen müssen hier ihr Leben gegeben haben. Ihre Ängste und Schmerzen scheinen fast greifbar zu sein ... Und etwas Boshaftes lebt hier. Vielleicht ist es das Labyrinth selbst ... Wer weiß, welchen Einfluss all dieses Leid auf den Berg hatte, und was man getan hat, um die finsteren Kräfte spürbar werden zu lassen.«

Tikian lachte freudlos. »Ihr meint, das Labyrinth selbst könnte böse sein? Das ist nicht Euer Ernst. Es sind doch nur Steine und ...«

»Ich würde das nicht einfach so abtun«, mischte sich Marcian ein, der mit einem Satz von der Strickleiter heruntersprang. »Es gibt solche Orte, an denen das Böse sich in den Fels gefressen hat und in ihm fortlebt.«

»Hervorragend! Ich finde, wir sollten uns weiter auf diese Weise Mut machen«, brummte Gion und betrachtete misstrauisch die Felswände. Auch Tikian schenkte den dunklen Wänden jetzt mehr Aufmerksamkeit. Sie waren uneben, und man konnte deutlich die Spuren der Meißel erkennen, die sich durch den schwarzen Fels des Berges gegraben hatten. Die Oberfläche war rau. Das Licht, das die beiden Zauberstäbe warfen, wurde nicht gespiegelt, es schien vielmehr, als wolle der Fels es aufsaugen.

»Ich werde vorangehen!« Ohne auf eine Antwort der anderen zu warten, setzte sich Ariel an die Spitze der Gruppe und betrat den schmalen Gang, der hinter der gemeißelten Tür begann.

Das Gespräch verstummte. Jeder der Gefährten hing seinen Gedanken nach. Es herrschte Grabesstille in dem Tunnel, durch den sie der Beni Schebt führte. Tikian glaubte, sein Herz laut wie eine Trommel schlagen zu hören. Die niedrige Decke und die Vorstellung, tief unter der Erde zu sein, machten ihm zu schaffen. Was, wenn der Fels nicht so fest war, wie er schien, und die leichte Erschütterung, die ihre Schritte verursachten, alles einstürzen ließ? Oder schlimmer noch, was war, wenn der Magier recht hatte und der Stein tatsächlich von einem bösartigen Eigenleben besessen war? Tikian wischte sich mit dem Hemdsärmel über die schweißnasse Stirn.

Wie sicher war doch ein Schlachtfeld, wo er die Gefahren einzuschätzen wusste, im Vergleich zu diesen unheimlichen Gängen. Er schüttelte den Kopf, um die beunruhigenden Gedanken zu vertreiben, und versuchte, in seiner Erinnerung das Gesicht Consuelas erstehen zu lassen. Ihre grünen Augen, das lange, seidige Haar ...

Der Stollen, dem sie gefolgt waren, fiel nun steil ab und verbreiterte sich. Schließlich stießen sie auf eine Gabelung, wo der Magier stehen blieb.

»Wir brauchen einen Führer«, murmelte Ariel halblaut. »Ich kann nicht entscheiden, welcher von beiden Wegen der richtige sein mag. Wartet hier für eine Weile! Ich werde vorausgehen und einen Führer rufen. Doch folgt mir nicht. Wenn mehr als eine Stunde verstreicht und ich nicht zurückkehre, dann sucht nicht nach mir und nehmt den anderen Stollen. Möge Rastullah eure Schritte lenken.« Der kleine Magier verneigte sich knapp, ließ das Licht seines Zauberstabes verlöschen und verschwand in der Finsternis.

»Was hat er vor? Und was soll das Gerede von einem Führer?« Tikian blickte Elena fragend an. Sie schien nicht im Mindesten verwundert über die Worte des Beni Schebt.

»Vertrau ihm! Er weiß, was er tut.«

Marcian kniete nieder und verschränkte die Arme vor der Brust. »Lasst uns zu Praios beten und ihn um Hilfe bitten. Ohne göttlichen Beistand werden wir unser Ziel nicht erreichen können, denn es ist über das Maß der Menschen hinaus gesteckt.«

Tikian war in seinem Leben niemals ein besonders frommer Mensch gewesen, und er wünschte sich jetzt, mehr großzügige Opfer an den Altären der Zwölf gebracht zu haben, um auf ihre Gunst hoffen zu dürfen.

Gion war neben dem Inquisitor niedergekniet und hatte sich ins Gebet versenkt, und selbst Elena hatte sich ein wenig abseits von ihnen niedergelassen, die Hände auf die Schläfen gelegt und die Augen geschlossen. Auch sie schien zu beten, doch Tikian war sich sicher, dass sie keinen der Zwölf um Hilfe anflehen würde, und er hoffte, dass ihre ketzerischen Worte nicht das Böse in den Felsen auf sie aufmerksam werden ließ.

Das Geräusch von Schritten ließ Tikian aufschrecken. Die anderen schienen nichts gehört zu haben. Sie verharrten noch immer ganz in ihre Gebete versunken. Die Hand am Rapier, erhob der Fechter sich und versetzte Gion einen leichten Stoß.

Der Schütze zog seinen Dolch; gespannt lauschten die beiden auf das Schrittgeräusch. Es konnte keinen Zweifel geben, die Schritte näherten sich! Plötzlich erglomm unversehens ein Licht. Höchstens zehn Schritt entfernt stand Ariel und winkte ihnen. Auch Elena und Marcian hatten jetzt ihre Gebete beendet.

»Wo steckt denn dein Führer?«, brummte Gion mürrisch.

»Vielleicht unter dir?«, entgegnete der Magier.

Zwischen den Gefährten und Ariel wölbte sich lautlos eine Kugel aus dunklem Stein aus dem Felsboden und verwandelte sich in den Kopf eines bärtigen Mannes. Gion trat einen Schritt zurück und hob seinen Dolch. »Wer ist das?«

»Seinen Namen könnten nicht einmal Echsen richtig aussprechen, und die haben immerhin den Vorzug, im Gegensatz zu uns über gespaltene Zungen zu verfügen. Es reicht, wenn ihr ihn Drux nennt. Er ist einer der Felselementare, die diesem Berg verbunden sind. Drux findet Gefallen an Menschen, obwohl es ihn ärgert, was man mit dem Berg getan hat. Als ich ihn davon überzeugen konnte, dass keiner von uns etwas mit den Boronis zu schaffen hat, erklärte er sich bereit, uns zu helfen. Wundert euch übrigens nicht über sein Äußeres. Er mag klassische Statuen, und da er sehr viel Sinn für das Schöne hat, gefällt es ihm, sein Erscheinungsbild nach den Schönheitsvorstellungen der alten Bildhauer zu entwickeln. Wenn wir ihm beschreiben können, wohin wir wollen, wird er den besten Weg suchen. Erwartet aber nicht, dass er wie ein gewöhnlicher Führer vor uns her läuft. Für ihn ist es angenehmer, sich in seinem Element, dem Fels, zu bewegen. Dieser Berg hier ist in gewisser Weise ein Teil von ihm, und kein Sterblicher kennt ihn so wie er.«

Tikian betrachtete den Kopf zu seinen Füßen mit gemischten Gefühlen. Es war ihm unheimlich, sich einem solch widernatürlichen Geschöpf anzuvertrauen, doch hatte er keine Wahl. Auch Gion und Marcian war deutlich anzusehen, was sie von diesem Führer hielten.

»Wohin soll ich euch bringen?« Das Geschöpf hatte eine volltönende Bassstimme, die sehr menschenähnlich klang. Bei jedem seiner Worte lief ein leichtes Zittern durch den Boden des Tunnels.

»Es muss einen Kerker geben, in dem eine wunderschöne Frau gefangen gehalten wird.« Tikian beschrieb Consuela ausführlich, doch der Elementar legte nur die Stirn in Falten, was von einem unangenehm knackenden Geräusch begleitet wurde.

»Für mich sehen die Menschen einander sehr ähnlich. Kannst du mir vielleicht die Stelle am Berg beschreiben, wo sie zu finden ist? Das würde mir die Suche nach ihr sehr erleichtern.«

»Sie ist in einem kleinen Kerker gefangen.« Marcian beugte sich zu dem Elementar herab. »Er liegt hinter einem großem Gewölbe, das mit Gittern abgetrennte Seitennischen besitzt. Die Boronis haben dort seit gestern sehr viele Menschen eingesperrt.«

»Das ist besser. Nehmt jetzt den linken Gang und geht beim übernächsten Abzweig, dort wo ihr die silbernen Erzadern im Fels betrachten könnt, wieder nach links. Dann nehmt den vierten Gang, der nach rechts führt. Er mündet in eine große Höhle, an deren Wänden wunderschöne Schwefelkristalle wachsen. Dort werde ich auf euch warten. Nun eile ich voraus, um einen Weg zu diesem Kerker zu suchen, den auch ihr beschreiten könnt.« Der Kopf versank im Boden, und die Gruppe setzte sich wieder in Bewegung.

Tikian ließ sich ein wenig zurückfallen, bis er an Elenas Seite war, und gab der Magierin ein Zeichen, langsamer zu gehen, bis die anderen ihnen ein paar Schritt voraus waren.

»Woher weiß dieser Inquisitor, wo die Zelle ist? Gehört er etwa zu denen, die Consuela gefoltert haben? Woher kennst du den Kerl?«

»Er hat heute Morgen versucht, Consuela in die Gerichtsbarkeit der Praioskirche zu überführen und von ihren Kerkermeistern zu befreien. Zügle also dein Misstrauen. Du kannst mir glauben, dass ihm aufrichtig an ihrem Seelenheil gelegen ist und dass er ihr nichts zuleide tun wird. Ich will über diesen Punkt nicht mehr weiter mit dir reden. Wir müssen einander vertrauen, wenn wir diese ... Queste zu einem erfolgreichen Ende bringen wollen.«

Tikian gefiel der Ton ihrer Stimme nicht. Er war sich sicher, dass sie ihn belogen hatte, und er würde diesen Inquisitor im Auge behalten. Nüchtern betrachtet, konnte der Mann nicht den geringsten Reiz daran finden, Consuela in Freiheit zu sehen. Einer wie er würde allen Gerüchten, die es über sie und ihr Freudenhaus gab, Glauben schenken! Für ihn war wahrscheinlich schon eine Frau mit roten Haaren eine Hexe und jeder Schwarzgewandete ein Kultist des Namenlosen.

Tikian beschleunigte seine Schritte, um wieder zu der Gruppe aufzuschließen. Er musste mit Gion reden. Der Schütze war der Einzige, dem er hier vertrauen konnte.

Sie waren eine ganze Weile gegangen, als im Dunkel vor ihnen seltsame Geräusche erklangen. Es hörte sich an wie das Klingen von Kristallgläsern und das Heulen von Wind, der sich unter einem Häuserdach fing. Dazwischen ertönte ein dunkles Summen.

Ariel drehte sich um. »Keine Sorge. Das muss Drux sein. Er mag Musik sehr, obgleich sich seine Symphonien freilich anders anhören als die Musik eines Streichquartetts am Garether Hof.« Wie zur Bestätigung seiner Worte ertönte tiefer, wehmütiger Gesang und ein Geräusch, das ein wenig an das Spiel einer Sackpfeife erinnerte. Plötzlich verstummte das Lärmen, und nur einen Herzschlag später wuchs der Kopf des Elementarwesens vor ihnen aus dem Boden.

»Ihr habt lange gebraucht, Menschenkinder.«

»Wir bewegen uns nicht so leicht wie du durch diese ...«

»Hast du einen Weg gefunden?«, fiel Tikian Ariel ins Wort.

»Wie ihr bewegen sich viele in dieser Nacht durch den Berg. Fast könnte man meinen, sie erwarten euch. Etliche Männer und Frauen, die in Häute aus Erz gekleidet sind, befinden sich in den Tunneln rund um die Kerker. Es wird sehr schwer werden, ihnen allen auszuweichen. Aber wir werden es schaffen! Folgt mir nun!« Bei den letzten Worten des bärtigen Hauptes erbebte die Höhle, und feiner schwarzer Staub rieselte von der Decke.

Tikians Rechte verkrampfte sich um den Griff seines Rapiers. Er wünschte, er wäre wieder im Freien. Was gäbe er dafür, jetzt mit Consuela unter dem Sternenhimmel zu stehen. Auch die anderen schienen ihm blass, doch vielleicht lag das nur am Licht der Zauberstäbe.

Es kam ihm so vor, als folgten sie dem steinernen Kopf ungezählte Stunden. Manchmal änderte Drux die Gestalt oder wechselte von schwarzem Basalt zu weißem Marmor, so als sei er es überdrüssig, zu lange in einer Art zu verharren. Ihr Weg führte sie durch hohe Hallen, in denen prächtige Kristalle an den Wänden wuchsen, über schmale Felsbrücken, die sich über bodenlosen Spalten formten, und durch Gänge, die manchmal so eng waren, dass sie nur auf dem Bauch robbend vorwärtskamen. Die meiste Zeit gingen sie schweigend. Jeder hing seinen eigenen Gedanken nach. Einmal sahen sie in der Ferne Fackellicht, und einige Gestalten huschten durch die Finsternis, doch ihr Führer hatte sie rechtzeitig gewarnt, sodass Elena und Ariel das Licht ihrer Zauberstäbe verlöschen ließen und die Gruppe unbemerkt blieb.

Endlich hielt Drux vor einer Wand aus glattem schwarzem Basalt. »Die Frau, die ihr sucht, befindet sich keine fünf Schritt von hier. Sie ist allein.« Sie standen in einer offenbar durch die Kräfte der Natur geschaffenen kleinen Höhle. Sie maß nicht mehr als vier Schritt in jede Richtung, und der einzige Eingang war der Weg, auf dem sie gekommen waren.

»Was soll das, zum Henker!«, fluchte Tikian. »Wir sind nicht wie du! Wir können nicht durch den Felsen gehen. Hast du uns all die Stunden durch die Höhlen geführt, um uns das zu zeigen?«

»Hast du Mut, kleiner Mann?«, grollte die tiefe Stimme des Elementars. »Geh auf diese Wand zu, so als gäbe es sie nicht! Ist deine Liebe reinen Herzens, dann wird sie kein Hindernis für dich darstellen. Wenn du aber nicht sicher bist und an dir zweifelst, dann wird der Fels dich verschlucken, und man wird dich niemals wiedersehen.« Der bärtige Kopf lachte Tikian an und musterte ihn dabei mit Augen aus lauterem Silber.

»Was hat das zu bedeuten? Ich denke, er gehorcht dir!« Tikian wandte sich zu Ariel um. Der Magier zuckte mit den Schultern.

»Ich vermag ein Elementarwesen nicht zu beherrschen. Es behält seinen freien Willen. Mir scheint, du hast ihn durch etwas verärgert. Vielleicht will er auch einfach nur einen Spaß mit uns treiben.«

Tikian blickte zu dem grinsenden Steinkopf und ballte in hilfloser Wut seine Fäuste. Elena berührte ihn an der Schulter. »Willst du das wirklich tun? Ich meine, sie ist ohnehin verloren. Marcian hat mir anvertraut, sie sei unheilbar krank. Selbst wenn wir sie retten, hat Consuela ohnehin nur noch weniger als zwei Gottesnamen zu leben.«

Er starrte auf die Wand vor ihm. »Das spielt keine Rolle. Und bliebe mir nur eine Stunde mit ihr, ich würde gehen!« Er machte einen Schritt nach vorn und schloss die Augen. Er wusste nicht, ob seine Liebe rein war und was ein Elementar unter Liebe verstehen mochte, doch die Sehnsucht danach, Consuela noch einmal in den Armen zu halten, war stärker als seine Furcht.

Zu seiner Überraschung prallte er nicht gegen den Fels. Die Wand hatte sich vor ihm aufgetan. Es war eine Nische entstanden, gerade groß genug, um ihn durchzulassen. Vorsichtig machte er einen weiteren Schritt nach vorn, und diesmal konnte er beobachten, wie der Fels wie ein zähflüssiger schwarzer Brei vor ihm zurückwich. Vorsichtig streckte er die Hand vor und strich über den Stein. Er war kalt und so fest, wie man es von Basalt erwartete. »Ein Wunder«, murmelte er leise. »Das muss ein Wunder sein.«

»Du solltest es besser wissen«, grollte Drux leise. »Das einzige Wunder hier ist, dass ich einem verliebten Tunichtgut wie dir helfe, zu seiner Braut zu kommen.«

Der Fels floss weiter zur Seite, und Tikian stand in einer kleinen Zelle, in der matt ein Becken mit glühenden Kohlen glomm. In einer Ecke kauerte Consuela. Ihr weißes Kleid war mit Schmutz und geronnenem Blut besudelt. Schweigend verharrte Tikian und schaute sie an. Wie eine Flamme loderte der Zorn auf jene Männer in ihm auf, die ihr das angetan hatten, und doch war er wie gelähmt und konnte nichts weiter tun, als einfach nur dazustehen und sie zu betrachten.

So als spürte sie seinen Blick, hob Consuela ihr Haupt, und als sie ihn sah, wirkte sie nicht überrascht, sondern lächelte matt. »Ich wusste, du bist mein Ritter. Niemand sonst hätte es vermocht, mir hierher zu folgen.« Die Konkubine versuchte aufzustehen, doch in ihren Beinen war keine Kraft mehr. Jetzt endlich schien der Bann für Tikian gebrochen. Er eilte zu ihr und schloss sie in die Arme. »Ich werde dich fortbringen von hier. Wir gehen in den Norden und werden dort Pferde züchten und ...« Ihm versagte die Stimme. Er wusste, dass dies nur ein Traum war, und er spürte, dass auch sie es wusste. Flüchtig berührten ihre Lippen seine Wange.

»Du bist gekommen, das ist das Einzige, was wirklich wichtig ist.« Ihre Stimme blieb nur ein Flüstern. Durch ihr Kleid hindurch konnte er die Kälte ihrer Glieder fühlen. Er nahm ihre Hände und rieb sie, doch sie wollten nicht warm werden.

»Was haben sie mit dir gemacht?«

Sie schwieg.

Tikian hob sie auf seine Arme. Consuela erschien ihm leicht wie ein Kind. »Ich werde dich pflegen«, flüsterte er mit halb erstickter Stimme. »Du wirst sehen, es wird alles wieder gut werden.«

Das Loch in der Mauer hatte sich hinter ihm geschlossen. Diesmal trat er ohne zu zögern auf die Wand zu, und ein zweites Mal wiederholte sich das Wunder, dass der Fels vor ihm auseinanderfloss. Einen Augenblick später stand er in der kleinen Höhle vor seinen Gefährten.

Gion starrte ihn in abergläubischem Schrecken an. Einige Herzschläge lang herrschte Schweigen. Tikian glaubte, im Blick des Inquisitors Mitleid zu erkennen, doch zugleich auch etwas anderes. Marcian erschien ihm auf schwer zu beschreibende Weise wissend, so als ahne er etwas, das er nicht in Worte zu fassen wagte.

»Wir werden nicht in die Villa Florios zurückkehren können. Wenn man sie dort entdeckt, wird man sie sofort wieder an die Boronis ausliefern.« Es war Elena, die das Schweigen brach. »Gibt es einen anderen Weg, auf dem wir aus dem Silberberg entkommen können?«

Vor ihnen erschien wieder der Kopf aus Stein, und er stieß ein Geräusch aus, das entfernt an einen Seufzer erinnerte. Sein Gesicht war nun das eines alten Mannes. »Ich bin zutiefst beeindruckt zu sehen, wie viel Sorgfalt ihr augenscheinlich auf die Planung dieser Befreiung verwandt habt. Was hättet ihr eigentlich ohne mich gemacht? Wäret ihr, so wie die Schafe ins Haus des Schlachters, blind hier ins Labyrinth getappt? Was gehen mich eure Sorgen an? Warum sollte ich euch helfen? Habt ihr eigentlich eine Vorstellung davon, wie viel Kraft es mich kostete, das Tor durch den Felsen zu öffnen? Und was ist der Dank? Dieser verliebte Jüngling murmelt ergeben von irgendwelchen Göttern, die ihm ein Wunder gewährten! Warum also sollte ich euch noch einmal helfen?«

»Du tust es, weil es dir so gefällt! Du bist zu mächtig, als dass man dich zu etwas zwingen könnte, und zu klug, um überredet zu werden, Drux«, entgegnete Ariel. »Vielleicht tust du es auch, weil unser Handeln diesem Berg ein wenig von der Aura aus Wut, Angst und Verzweiflung nimmt, die ihn wie ein schwarzes Tuch umhüllt.«

Der Kopf lächelte. »Du bist ein weiser Mann, Zauberer. Es wäre in der Tat töricht zu glauben, dass mich deine Gründe überzeugen könnten ... Wenn ich euch auch weiterhin helfe, dann in der Tat nur, weil es mir so gefällt. Folgt mir nun! Es gibt einen Weg, der hier hinausführt, doch die letzten Schritte werdet ihr selbst tun müssen.«

KAPITEL 31

Vorsichtig zog Elena den Vorhang ein Stück zur Seite und starrte in die Dunkelheit. Was sie sah, ließ sie vor Schreck zurückzucken. Sie hatte diesen Raum noch nie betreten, doch kannte sie ihn sehr wohl aus Erzählungen. Drux hatte sie in den Tempel im Inneren des riesigen, aus der Südklippe des Silberbergs gemeißelten Raben gebracht. Der Elementar hatte sie durch etliche Tunnel und natürliche Höhlen geführt und ihnen dann noch einmal ein Tor durch die Felsen geöffnet. Elena hatte geahnt, dass sie sehr nah am Meer sein mussten. Auf dem letzten Stück des Weges hatte sie den Felsen schwach unter ihren Füßen erbeben fühlen. Draußen musste ein schrecklicher Sturm toben, der die Brecher bis hoch gegen die Klippen trieb.

Ihr Weg endete in einer kleinen, mit einem Vorhang aus schwarzem Samt verhängten Nische. Die Magierin gab den anderen ein Zeichen, leise zu sein, und ließ das Licht an der Spitze ihres Zauberstabes verlöschen. Schweigend verharrte sie eine Weile, bis sich ihre Augen an die Dunkelheit gewöhnt hatten, dann spähte sie noch einmal durch den Spalt im Vorhang. Jetzt konnte sie die kleine Halle besser erkennen. An den Wänden glänzten Tausende polierter Onyxsteinchen im Schein von Feuerschalen, die in Nischen aufgestellt waren. Ein Luftzug ließ die Flammen auf und nieder tanzen. Die Tore des Tempels waren verschlossen, doch konnte man ihre Angeln unter der Wucht der Sturmböen leise ächzen hören.

An der Kopfseite der Halle stand ein prächtiger Altar aus schwarzem Marmor, über dem sich eine Rabenstatue aus Basalt erhob. Schräg hinter dem Altar schienen noch zwei rabenköpfige Götzen zu stehen. Elena wollte schon aus dem Versteck treten, als sich eines der Götzenbilder bewegte. Erschrocken hielt sie den Atem an. Zeigte sich etwa die Macht des Raben in den beiden Bildern? Das Licht der Flammen schimmerte matt auf Metall. Jetzt erkannte sie ihren Irrtum! Dort standen keine Statuen, sondern zwei voll gepanzerte Ritter der Tempelgarde! Es war unmöglich, das Versteck zu verlassen, ohne dass die beiden sie bemerken würden.

Sie zog sich zurück und gab den anderen Zeichen, dass sie an zwei Wachen vorbeimussten. Ariel drängte sich nach vorn und spähte nun seinerseits durch den Vorhang. »Ich wüsste einen Weg, wie wir sie loswerden«, flüsterte der Beni Schebt.

»Du willst doch nicht etwa hier, im Allerheiligsten Borons, einen Zauber wagen, Heide!«, mischte sich Marcian ein. »Uthar würde dich für diesen Frevel auf der Stelle mit einem seiner Pfeile niederstrecken!«

»Es gibt nur einen Gott, Inquisitor! Wenn ich meinen Zauber nicht wirken kann und wir unser Versteck verlassen, dann müssten wir mit den beiden kämpfen. Willst du, dass das Blut dieser Ritter über den Altar ihres Götzen fließt? Ist euer Boron nicht auch der Herr des Schlafes? Würde ich sie einschlafen lassen, könnte ich mit diesem Zauber doch wohl kaum den Zorn des Götzen erwecken.«

Marcian ballte wütend die Fäuste. »Es ist nicht recht, dass Ungläubige diesen Ort betreten. Diese Steinkreatur treibt ein Spiel mit uns! Wage es zu zaubern, und Boron wird deine schwarze Seele aus deinem Körper herausreißen!«

»Er hat recht, Marcian«, mischte Elena sich ein. »Es gibt keinen anderen Weg hier hinaus. Sag du doch etwas dazu!« Sie blickte zu Tikian, doch der Fechter schüttelte nur müde den Kopf.

»Ich stimme allem zu, was uns zur Flucht verhilft und keine offensichtliche Gotteslästerung ist.«

»Ein vernünftiger Mann«, murmelte Ariel zufrieden. »Und was Eure Behauptungen angeht, Herr Inquisitor, bin ich gern bereit, mein Seelenheil in die Waagschale zu werfen, denn Rastullah beschützt jeden, der nur fest genug im Glauben ist, vor den Bannsprüchen der Götzen.«

Der Magier öffnete den Vorhang einen Spalt breit. Er gähnte, so als langweile ihn die ganze Angelegenheit. Dann flüsterte er die Worte der Macht. Einige Augenblicke verstrichen, bis einer der Wächter sich auf die steinernen Stufen hinter dem Altar hockte. Kurz darauf folgte der zweite seinem Beispiel. Ariel wartete noch ein wenig, dann wagte er es, den Samtvorhang zur Seite zu schieben. »Wir müssen weiterhin leise sein. Sie schlafen zwar tief, doch kann ein lautes Geräusch sie aufwecken.«

Einer nach dem anderen betraten die Gefährten den Tempel. Elena machte sich auf den Weg zum Tor, um zu sehen, auf welche Weise es verschlossen war. Aus den Augenwinkeln beobachtete sie, wie Tikian Consuela bis dicht vor den Altar trug. Die Konkubine kniete dort nieder und schien beten zu wollen, als Marcian an ihre Seite trat. Die beiden redeten eine Weile leise miteinander und knieten dann gemeinsam nieder. Tikian hatte sich ein paar Schritt zurückgezogen und beobachtete die zwei mit offenkundigem Missfallen.

Was der Inquisitor wohl mit Consuela zu bereden hatte? Sie sollten nicht zu lange in diesem Tempel bleiben. Er war Tikian unheimlich. Die flackernden Lichter – und draußen das Heulen des Sturms! Außerdem wussten sie nicht, wann die Wachen abgelöst wurden. Gion hielt sich an seiner Seite. Es war gut, ihn hier zu wissen! Gleichgültig, was die anderen taten, er würde Consuela holen, und sie würden gehen!

Noch bevor er den Altar erreichte, erhoben sich der Inquisitor und die Konkubine. Sie tauschten einen Blick, und Consuela nickte Marcian zu. Sie sagte etwas, doch Tikian konnte nur noch die Worte »Ich weiß« verstehen.

»Lass uns gehen, meine Liebste. Ich kenne ein sicheres Versteck in der Stadt. Morgen werden wir ein Schiff nehmen, und dann kehren wir Al'Anfa für immer den Rücken.«

Sie wandte sich zu ihm um; ihr standen Tränen in den Augen. »Du wirst ohne mich gehen müssen. Boron hat mich erhört. Mir ist ein anderer Weg bestimmt. Ich habe gefehlt, Tikian. Ich weiß, dass du zu mir stehst und die Anklagen, die gegen mich erhoben wurden, als Lügen betrachtest. Doch das meiste davon stimmt. Selbst dich habe ich für jene Feste missbraucht. Erinnerst du dich an die Nacht, in der ich dich bat, Wache zu stehen? Wir haben damals die Blutige Herrin der Wollust beschworen. Man sucht nach dir, weil du dabei warst, und wie viele meiner Diener und Sklaven wusstest auch du nicht, was ich tat. Ich bereue es jetzt, dich in diese Sache hineingezogen zu haben. Doch von Reue zu *reden*, sind allein Lippenbekenntnisse. Ich werde Boron beweisen, wie ernst es mir ist. Er ist der Gott des Todes, der Gott dieser Stadt, und er ist der Einzige, der mir vergeben kann! Marcian hat mir diesen Weg gewiesen, und ich weiß ...« Sie konnte nicht mehr weitersprechen. Im Licht der Flammen sah es aus, als perlten Tropfen aus flüssigem Gold von ihren Wangen.

Tikian nahm sie in den Arm. »Wovon redest du? Was willst du tun?«

»Ich werde nun gehen, mein Geliebter. Fliehe aus dieser Stadt und trage mich dabei in deinem Herzen. Solange es jemanden gibt, der sich mit Liebe an mich erinnert, werde ich nicht wirklich gestorben sein.«

»Gestorben!« Tikian löste sich aus ihrer Umarmung und starrte sie fassungslos an. »Aber wir sind gerettet und ...«

»Nein, Tikian. Ich bin krank. Niemand kann mich mehr heilen. In sieben Wochen würde ich sterben, und vor mir lägen Qualen, wie sie kein Folterknecht mir bereiten könnte. Ich würde mich sehr verändern ... Ich möchte, dass du mich so in Erinnerung behältst, wie du mich kennst. Die stolze und schöne Consuela, die begehrteste Konkubine der Stadt und deine Geliebte! Ich will nicht wimmernd und das Gesicht von schwärenden Wunden zerfressen vor dir liegen ... Zuletzt würde mich das Siechtum meine Seele kosten. Jetzt werde ich vielleicht noch von den Göttern erhört. Doch in sieben Wochen ist es zu spät! Du bist ein schöner Mann ... Du wirst andere Frauen finden, die dich genauso lieben werden wie ich. Denk manchmal an mich, wenn du in ihren Armen liegst ... Es gibt noch so viele Dinge, die ich dir gern gesagt hätte, aber ...« Sie nahm ihn in die Arme und küsste ihn lang und leidenschaftlich. Tikian war, als drehe sich alles um ihn. Er wollte nach etwas greifen, sich festhalten und sie ...

Consuela löste sich aus seinen Armen. Ohne sich noch einmal nach ihm umzudrehen, trat sie zu der schmalen Treppe, die halb von zwei mächtigen Pfosten verborgen hinter dem Altar lag. Vorsichtig schritt sie über die beiden schlafenden Wachen hinweg und stieg hinauf. Tikian wollte ihr folgen, doch Marcian hielt ihn am Arm. »Lass sie! Diesen Weg kann sie nur allein gehen!«

»Was hast du ihr eingeredet, du elender Bastard? Was hast du ihr getan und was will sie dort oben?«

»Sie sucht Frieden, und dort wird sie ihn vielleicht auch finden. Als ich neben ihr kniete, habe ich gespürt, dass ihr Gebet aufrichtig war. Sie bereute, was sie getan hat. Nicht, dass sie eine Konkubine war, sondern ihre Morde und die Seelen, die durch ihre Schuld in die Verdammnis geschleudert wurden. Verstehst du, was das bedeutet? Es gibt Hoffnung!«

»Lass mich los! Was redest du für wirres Zeug? Was für Morde sollte sie begangen haben?«

»Begreifst du immer noch nicht? Es gab nie einen *Häuter*! Sie war es! Sie hat diese Morde geplant! Die Opfer ausgewählt und zu ihrem Schlächter geführt!«

Tikian verpasste dem Inquisitor einen Kinnhaken. »Du wirst mich nicht aufhalten, Irrer.«

Marcian taumelte ein Stück zurück und strich sich über das Kinn. »Du wirst nicht an mir vorbeikommen.« Er stürmte vor und umklammerte den Fechter.

Einige Augenblicke rangen sie keuchend miteinander. Der Geweihte war außergewöhnlich stark. Tikian versuchte, seine Umklammerung zu sprengen oder eine Ferse hinter sein Bein zu haken und ihn aus dem Gleichgewicht zu bringen. Doch vergebens. Im Ringen war der Inquisitor ein mehr als gleichwertiger Gegner. Die Sache schien schon verloren, als Gion hinter Marcian auftauchte. Er hatte ein Messer in der Hand.

»Nein! Tu das nicht!«

Der Inquisitor wandte halb den Kopf. Gion hob die blitzende Klinge und ließ sie niedersausen. Mit dumpfem Schlag traf Marcian der Knauf der Waffe an der Stirn. Der Geweihte brach in die Knie.

»Ich kümmere mich um ihn und die anderen«, zischte Gion leise. »Dir wird keiner folgen. Lauf ihr nach und hol sie zurück!«

»Danke!« Mit einem Satz sprang Tikian über die schlafenden Wachen und stürmte – immer zwei Stufen auf einmal nehmend – die Treppe hinauf. Zweimal stürzte er in der Finsternis. Er schlug sich die Knie auf, doch spürte er keinen Schmerz. Er ahnte, wohin diese Treppe führte und was Consuela beabsichtigte.

Endlich erreichte er das Ende der engen Wendeltreppe. Durch eine offene Falltür stieg er auf den Felsen. Wie ein Schlag traf ihn eine Sturmbö ins Gesicht. Der glatt geschliffene Stein war nass und rutschig. Er verlor das Gleichgewicht. Nur ein paar Schritt vor sich konnte er eine weiße Gestalt erkennen.

»Consuela!« Der Fechter versuchte aufzustehen, doch er rutschte aus und schlug hin. Wieder rief er den Namen der Geliebten, doch der Lärm des Sturmes verschluckte seine Worte. Der ganze Fels erbebte unter den turmhohen Brechern, die an seinem Fuß in Wolken weißer Gischt zerstoben. Wie Nadelstiche schnitten ihm die Regentropfen ins Gesicht, die der Wind fast senkrecht über den Fels trieb.

»Consuela! Bitte ...« Auf allen vieren kroch Tikian über den glatten Fels. Sie hatte jetzt den Rand des riesigen Rabenkopfes erreicht. Der Sturmwind zerrte an ihrem einst prächtigen weißen Kleid, doch auf wunderbare Weise verlor sie nicht das Gleichgewicht. Mit sicherem Schritt ging sie ihren Weg. Am Rand der Klippe breitete sie die Arme aus und hob den Kopf zum Himmel. Sie schrie etwas in den Sturm, doch Tikian konnte ihre Worte nicht verstehen. Nur ein paar Spann noch, und er hätte sie erreicht. Er streckte den Arm aus, um nach ihren Knöcheln zu greifen. In dem Augenblick stürzte sie sich in die Tiefe. Er machte einen Satz nach vorne. Seine Finger erhaschten einen Zipfel ihres Kleides, doch der nasse Stoff entglitt ihm. Einen Atemzug lang sah er sie fallen, dann verschwand sie in der Gischt eines Brechers, der am Rabenfelsen zerschellte.

Fassungslos starrte er in die Tiefe. Er hegte die übertriebene Hoffnung, dass sie vielleicht noch lebte und ihr schwarzer Haarschopf in den weißschäumenden Wogen erscheinen würde. Warum hatte sie das getan? Er wusste, dass der rituelle Selbstmord durch einen Sprung vom Rabenfelsen in der alanfanischen Boronkirche eine große Bedeutung hatte. Stimmten Marcians Anschuldigungen etwa? War sie tatsächlich die Häuterin gewesen? Er dachte an den Nachmittag, als sie vor ihm im Bad gestanden hatte und davon erzählte, wie sie als kleines Mädchen auf den Ritter gewartet hatte, der käme, sie zu retten. Sie hatte ihn verflucht, zu spät erschienen zu sein, hatte behauptet, sie sei verloren.

Tikian schluchzte und hieb immer wieder seine Faust auf den Felsen, bis seine Hand schließlich blutig war. Warum hatten die Götter sie nicht beschützt? Was hatte das Schicksal diesem kleinen Mädchen angetan! Waren die Zwölf denn blind? Kannten sie keine Gnade? Er konnte immer noch nicht glauben, dass Consuela eine gewissenlose Mörderin gewesen sein sollte! Er schrie seinen Schmerz in den Sturm hinaus, als er den Schatten eines riesigen Vogels über das Weiß der Gischt hinweggleiten sah. War Golgari, der Totenvogel, gekommen, um Consuelas Seele zu holen?

Dicht neben seinem Ohr ertönte ein heiseres Krächzen. Ein vom Sturm zerzauster Rabe war neben ihm gelandet. Der Vogel legte den Kopf schief und betrachtete ihn.

»Schickt Boron dich? Sag deinem Herrn, dass ich ihm abschwöre! Ich kann keinem Gott dienen, der keine Gerechtigkeit kennt!«

»Versündige dich nicht am Dunklen Herrn, mein Geliebter«, sprach der Vogel mit der Stimme Consuelas. »Ich stehe dicht am Abgrund, doch bin ich noch nicht verloren. Golgari hat mich in die Hallen seines Gottes gebracht. Ich gehöre zu jenen, die warten müssen, denn ich kann weder in die Zwölfgöttlichen Paradiese eingehen, noch in die Niederhöllen geschleudert werden. Bete für mich ... Du wolltest mich retten, mein Ritter, doch den Kampf, der nun vor dir liegt, kannst du nicht mit dem blanken Stahl in der Faust gewinnen. Bete für mich und behalte in Erinnerung, was Gutes in mir war. Wir werden uns eines Tages wiedersehen ...« Mit schrillem Krächzen breitete der Rabe seine Schwingen aus und stieß sich vom Felsen ab. Einen Augenblick lang konnte Tikian seinen Flug beobachten, dann verschwand der dunkle Vogel in der Nacht.

Der Fechter wusste nicht, wie lange er auf dem Rand des steinernen Rabenhauptes gelegen hatte, um in die Gischt hinabzustarren. Irgendwann kam Elena, rüttelte ihn sanft an der Schulter und zog ihn vom Rand der Klippe weg. Willenlos folgte er ihr die Treppe hinab. Wieder und wieder gingen ihm die letzten Worte des Raben durch den Kopf. *Wir werden uns eines Tages wiedersehen.* Was war seine Aufgabe? Wie konnte er Consuela helfen? Sollte er die Waffen niederlegen und ein Laienbruder in einer der zwölfgöttlichen Kirchen werden?

Als sie die Halle des Tempels erreichten, zeigte Elena auf den schlafenden Schützen, der neben den Wachen lag. »Es ist besser, wenn du ihn weckst. Ich fürchte, er wird nicht gut auf mich und Ariel zu sprechen sein.«

KAPITEL 32

 Der Sturm war abgeflaut, und es regnete nur noch, als die Gefährten die Ruinen des *Hauses der Morgenröte* erreichten. Elena hatte ihre Führung übernommen. Es schien, als halte Rastullah seine schützende Hand über sie. Sie waren durch die Gärten des Neuen Tempels geflohen, und Ariel hatte mit seiner Zauberkraft die Wachen an der Tempelpforte in Schlaf sinken lassen. So waren sie zu dem steilen Pfad gelangt, der entlang des Silberbergs hinab zur Stadt führte, und kamen schließlich in den Schlund.

Den ganzen Weg über sprach kaum einer von ihnen. Vor allem von Tikian hatte die Magierin den Eindruck, dass das, was in dieser Nacht geschehen war, seinen Verstand verwirrt hatte. Mit leerem Blick folgte er der Gruppe, und Gion musste auf ihn achten, damit er nicht strauchelte oder zurückblieb. Elena zuckte mit den Schultern. Es war sein Wunsch gewesen, dass sie Consuela befreiten. Sie hatte ihr Bestes dazu gegeben. Dass diese Rettung ein so tragisches Ende nehmen würde, war nicht vorauszusehen gewesen. Sie hatte ihr Wort gehalten! Und der wichtigere Teil der Nacht lag noch vor ihnen!

Elena hatte die Gefährten bis in das Zimmer geführt, in dem einst Saranya gestorben war. Dort trat sie vor Tikian und schüttelte ihn. »Komm zu dir, Mann! Weißt du, wo wir hier sind?«

Benommen sah der Fechter sich um. Dann nickte er. »Was willst du von ihr?«

»Ich will sie erlösen. Findest du nicht, dass es an der Zeit für sie ist, ihre letzte Ruhe zu finden? Mit deiner Erlaubnis werde ich sie herbeirufen. Sprich du mit ihr und erzähle ihr, wie dein Großvater gestorben ist. Marcian wird dieses Zimmer segnen, und wenn wir ihre Gebeine finden, wird er dafür sorgen, dass sie ein Begräbnis in geweihter Erde bekommt. So wird sie in Borons Hallen endlich wieder mit Jacomo vereint sein.« Elena warf dem Inquisitor einen kurzen Blick zu, doch an seinem Gesicht war nicht abzulesen, was er dachte.

Dann holte sie einige der Fackeln hervor, die sie am Nachmittag zwischen den Trümmern versteckt hatte, und öffnete den Beutel mit Räucherwerk, den sie am Gürtel trug.

Tikian hatte das Gefühl, Elena würde aus großer Ferne sprechen, obwohl er sie dicht vor sich sehen konnte. Alles, was um ihn herum geschah, war ihm gleich. Welchen Sinn hatte es, mit dem Geist seiner Ahnin zu sprechen? Und warum musste es in dieser Nacht sein? War nicht morgen die Gerichtsverhandlung, bei der Saranya als Zeugin beschworen werden sollte?

Teilnahmslos sah er zu, wie Elena ein Feuer aus drei übereinandergelegten Fackeln schürte und dann zerriebene Kräuter in die Flammen streute. Ariel, der Magier, sprach ihn an, murmelte irgendetwas von Abschied, und dass er noch vor dem Aufgang des Praiosgestirns die Stadt verlassen wollte. Er vermied es dabei, Tikian in die Augen zu sehen. Auch über die Rettung Consuelas, die seine Rache hatte sein sollen, sprach Ariel nicht. Er verschwand einfach in der Dunkelheit. Wahrscheinlich betrachtete er das Unternehmen insgeheim dennoch als Erfolg. Wenn die Kerkermeister Consuelas Zelle öffneten, würden sie den Raum leer und ohne die geringste Spur für ein gewaltsames Eindringen vorfinden, denn die Wand hatte sich hinter ihnen wieder geschlossen, als sie geflohen waren. Das Schicksal der Konkubine würde auf immer ein Rätsel bleiben, und die Wächter würden vermutlich hart bestraft werden.

Durch den Sturm war Consuelas Leiche wahrscheinlich weit aufs Meer hinausgetrieben worden, sodass niemand außer ihren vier *Rettern* jemals wissen würde, was geschehen war.

Aus dem Rauch der Flammen bildete sich eine Gestalt, die der auf dem Porträtmedaillon ähnelte.

»Jacomo?« Die Erscheinung aus Rauch bewegte sich auf ihn zu, doch ein plötzlicher Windstoß verzerrte sie zu der grotesken Karikatur eines Menschen.

»Ich ... Ich bin dein Enkel, Saranya. Ich sehe ihm nur ähnlich, Jacomo ist tot. Er ist hierhergekommen, um dich zu suchen, und seine letzten Gedanken galten dir.«

»Tot.« Die Stimme des Geistes klang wie ein fernes Echo. »Er hat mich nicht gefunden?«

»Ich bin hier, um seine Suche zu vollenden. Erinnerst du dich an mich? Ich war in der letzten Nacht schon bei dir, Saranya.«

Die Erscheinung blickte ihn voller Zweifel an. Dann schüttelte sie langsam den Kopf. »Nein, ich erinnere mich nicht. Ich habe diese Frau schon einmal gesehen.« Der Geist wies auf Elena. »Sie hat versprochen, dich zu mir zu bringen.«

Tikian stutzte. »Wann hast du die Frau gesehen?«

»Ich kann die Stunden nicht im selben Maß messen wie ihr Sterblichen, doch scheint es mir, dass es noch nicht lange her sein kann, dass ich dieser Frau begegnet bin.«

Der Fechter warf Elena einen Blick zu. Sie hatte ihn also betrogen!

»Es ist gut zu wissen, dass ich nun nicht mehr länger warten muss«, seufzte Saranya. »Glaubst du, Jacomo wird mich in Borons Hallen erwarten?«

Tikian nickte. »Gewiss. Er war im Leben bereit, alles für dich aufzugeben. Warum sollte sich das mit seinem Tod geändert haben? Doch sage mir noch, wo genau du gestorben bist. Ich möchte, dass deine Knochen geborgen werden, um sie in geweihter Erde bestatten zu können, damit du wirklich deine Ruhe finden kannst.«

Sie wies auf die eingestürzte Nische neben der Ziersäule. »Dort drüben war es! Ich hatte mich versteckt. Die Flammenkreatur tauchte unmittelbar vor mir aus dem Boden auf, sodass es für mich kein Entkommen mehr gab, und ich ...« Die Stimme des Geistes wurde immer leiser, bis sie schließlich ganz verhallte. Auch das Bild im Rauch löste sich auf und verschwand.

Eine Zeit lang starrte der Fechter noch in den träge wallenden Qualm. Dann streckte er sich und drehte sich zu seinen Gefährten um. »Lasst uns die Trümmer zur Seite räumen und die Sache zu Ende bringen.«

Gion schüttelte entschieden den Kopf. »Ohne mich! Ich habe in dieser Nacht schon genug gesehen. Hexerei, sprechende Steinköpfe und ein Gespenst! Es muss nicht auch noch ein verrotteter Leichnam dazukommen. Es genügt! Ich werde jetzt gehen!«

Tikian klopfte ihm auf die Schulter. »Ist schon gut. Das hier schaffen wir auch ohne dich. Ich danke dir für deine Hilfe. Es ist gut, einen Freund wie dich zu haben.«

»Wie meinst du das?« Gion musterte ihn misstrauisch. »Ich kann in dieser Nacht einfach keine übersinnlichen Geschöpfe mehr sehen. Was bis jetzt geschehen ist, reicht mir für den Rest meines Lebens!«

Tikian beugte sich weiter vor und flüsterte ihm jetzt ins Ohr. »Ich meinte, es tut gut, jemanden wie dich in seinem Rücken zu wissen, wenn man mit Magiern und zwielichtigen Geweihten unterwegs ist. Du bist der Einzige unter ihnen, dem ich wirklich vertraue.«

Der Schütze blickte verlegen zu Boden. »Danke.« Seine Stimme klang rau, er räusperte sich. »Wirst du ins Heerlager kommen, wenn du ... wenn das hier vorbei ist?«

»Es gibt nichts, was mich in dieser Stadt noch hält. Ja, ich werde da sein, und ich hoffe, es waren keine leeren Worte von dir, als du mir das Angebot machtest, mich in deiner Kompanie unterzubringen.«

»Möge Kors Spieß mich treffen, wenn ich gelogen habe! Ich warte auf dich.« Gion lachte und verschwand dann schnell zwischen den Ruinen.

Als Tikian sich umwandte, hatte Marcian schon damit begonnen, Trümmer zur Seite zu räumen. Elena stand daneben und leuchtete ihm mit zwei Fackeln. Wortlos schloss sich Tikian dem Inquisitor an.

Es dauerte lange, bis sie mit bloßen Händen die Steine und das Geröll weggeschafft hatten. Endlich fanden sie einige bleiche Knochenstücke. Tikian breitete seinen roten Umhang auf dem Boden aus, und sie legten Saranyas sterbliche Überreste auf den Stoff. Die Flammen und Satinav hatten nicht viel von ihr übrig gelassen. Ganz zum Schluss fand Tikian ein von der Hitze verzogenes Bronzemedaillon. Es musste einst so ausgesehen haben wie jenes Schmuckstück, das er in der Kiste seines Großvaters gefunden hatte. Damit konnte kein Zweifel mehr bestehen, dass es wirklich die Gebeine von Jacomos Geliebter waren, die sie ausgegraben hatten.

Marcian rollte seinen Umhang sorgfältig zu einem Bündel, dann ging er kurz zu Elena und tuschelte mit der Magierin. Schließlich nickte sie und verschwand in der Finsternis. Der Inquisitor drehte sich um. »Ich wollte dir noch ...«

Tikian schnitt ihm mit einer Geste das Wort ab. »Sag nichts! Ich danke dir für den Dienst, den du meiner Großmutter erweist. Was alles andere betrifft, bete ich zu den Göttern, dass ich dich in meinem Leben niemals wiedersehen werde! Ich weiß nicht, was du zu Consuela gesagt hast, als ihr beide vor dem Boronaltar knietet, aber ich verfluche dich für jedes deiner Worte. Du warst es, der sie in den Selbstmord getrieben hat. Ohne dich würde sie noch leben!«

Der Inquisitor setzte an, um noch etwas zu sagen, doch dann schüttelte er nur den Kopf und ging.

»Du tust ihm unrecht!« Elena trat hinter einer der halb eingestürzten Mauern hervor. »Ich glaube, dass er Consuela auf den rechten Weg gebracht hat.«

»Und ich glaube, dass es dir am allerwenigsten zusteht, darüber zu urteilen«, entgegnete der Fechter wütend.

Sie zuckte mit den Schultern. »Wie du meinst! Werden wir uns wiedersehen?«

»Ich würde lügen, wenn ich behauptete, dass mir daran besonders gelegen wäre. Ich unterstelle dir nicht, dass das, was in dieser Nacht geschah, in deiner Absicht lag, aber ...« Ihm versagte die Stimme. Wieder sah er Consuela vor sich, wie sie am Rand der Klippe stand. »Aber ich ... Vergiss es! Lebe wohl, Elena! Mögen die Götter über deinen Wegen wachen.«

Sie lächelte schief. »Man sagt, die Hand Rastullahs ruht auf den Verrückten und den Kindern. Also zählst du zweifellos zu den besonders Behüteten. Lebe wohl, mein Freund, und möge das Glück deinen Weg kreuzen.«

Der Fechter musste an Elenas letzte Worte denken. Ja, es war sicherlich verrückt, was er tat, doch nichts würde ihn davon abhalten. Er war hier, um auf seine Art von Consuela Abschied zu nehmen.

Hinter ein leeres Fass geduckt, spähte Tikian zu den beiden Enden der Gasse. Es war niemand zu sehen. Vorsichtig trat er an das vernagelte Fenster und löste mit seinem Dolch die Bretter. Dann schob er die Waffe durch die Ritze zwischen den beiden hölzernen Fensterläden und schob den Riegel zur Seite, der sie von innen verschloss. Noch einmal musterte er die Gasse. Er schien allein zu sein. Noch war es dunkel, doch in weniger als einer Stunde würde das Praiosgestirn schon aufgehen. Er warf die Bretter durch das Fenster, kletterte hinein und verschloss von innen den Riegel wieder. Vielleicht würde es niemandem auffallen, dass das Fenster nicht mehr vernagelt war. Blinzelnd spähte er in die Finsternis. Er befand sich in einem der Salons auf der Rückseite des *Opalpalastes*. Seine Tür führte zu dem großen Speisesaal. Von dort aus gelangte Tikian durch den Anbau zu der kleinen Villa, die einst Consuela gehört hatte.

Langsam schritt er die Stiege zu ihrem Zimmer empor. Er war hier nur dreimal gewesen, und doch war ihm das Muster auf jeder einzelnen Marmorstufe so vertraut, als habe er sein ganzes Leben in diesem Haus verbracht. Immer wieder sah er Consuela vor sich, wie sie im Sturm auf der Klippe stand, die Arme ausbreitete und dann sprang. Hätte er es verhindern können? Was wäre geschehen, wenn er sich an jenem Morgen bei ihr im Bad anders verhalten hätte? Wenn sie damals schon zueinander gefunden hätten? Hatte die Krankheit sie dort schon befallen? Oder hatte er zu diesem Zeitpunkt wirklich die Wahl gehabt, mit ihr zu fliehen und ein neues Leben zu beginnen?

Er trat an das Bett in ihrem Zimmer. Dort lag noch der weiße Seidenschal, den sie in der Nacht trug, die sie gemeinsam verbracht hatten. Er hob ihn auf und roch daran. Er duftete nach ihrem Parfüm und dem Geruch ihrer Haut. Tikian schluckte. Sein Hals war wie zugeschnürt, und wieder fragte er sich, ob es in seiner Macht gestanden hätte, etwas zu verhindern.

Er öffnete eine der Truhen, die an der Wand dem Bett gegenüber standen, und holte die prächtigen Kleider der Konkubine heraus. Eines nach dem anderen legte er sie auf ihr Lager. Eine Weile betrachtete er die kostbaren Gewänder aus Samt, Seide und Brokat. Die meisten von ihnen hatte er Consuela niemals tragen sehen. Er setzte sich auf das Bett und ließ sich schließlich in die Laken zurücksinken. Dann schloss er die Augen und deckte sich mit den Kleidern zu. Durch den Stoff atmete er ihren Geruch so tief ein, als hätte er sein Haupt in ihr langes schwarzes Haar gebettet. So war es leicht, sich vorzustellen, dass sie ihm nahe war, und die letzte Nacht schien nichts weiter als ein böser Traum.

Warum waren ihnen nur so wenige Tage miteinander beschieden gewesen? Fast an jedes Wort, das sie miteinander gesprochen hatten, konnte er sich noch erinnern. Die meiste Zeit hatten sie sich gestritten. Hätte er nur gewusst ...

Elena war in der Stunde vor dem Morgengrauen durch die schmutzigen Gassen des Schlundes geschlendert. Sie hatte nicht zum Silberberg hinaufsteigen wollen. Im Haus der Florios hätte man ihr nur Fragen gestellt. Als es dämmerte, öffnete die schmierige Schenke, die an die Ruinen des *Hauses der Morgenröte* grenzte. Sie frühstückte, setzte sich dann nahe der Tür hin und wartete. Schon zur zweiten Stunde erschienen Laienbrüder, die die Kutten des Praiostempels trugen. Sie säuberten den Hof, brachten Stühle und Bänke und richteten den Ort für die Gerichtsverhandlung her, die dort stattfinden sollte. Sogar Teppiche in Rot und Gold wurden über die alten Steine gebreitet.

Kurz bevor die vierte Stunde anbrach, erschien schließlich Oboto. Die ganze Familie Florios hatte sich um ihn versammelt, und mindestens zehn Beschützer und noch einmal so viele Sklaven, die Kissen und Fächer trugen, rundeten das Gefolge ab.

Elena warf dem Wirt einen Oreal zu und trat aus der Schenke. Als der Marschall sie sah, winkte er ihr zu, an seine Seite zu treten. »Wo war sie in der letzten Nacht? Wir haben sie überall suchen lassen.«

»Verzeiht, Herr. Ich hatte mich zurückgezogen, um zu meditieren und meine Kräfte für den Zauber zu sammeln, den ich gleich vor dem Gericht wirken soll. Es ist das erste Mal, dass ich vor so vielen erlauchten Häuptern zaubern darf, und ich bin unruhig.«

»Sie kann sich wieder fassen! Wir haben Unsere Pläne geändert. Orlando wird den Zauber ausführen. Er verlässt seinen Herrn wenigstens nicht in der Nacht vor einem so wichtigen Urteil!«

»Aber Orlando kann doch nicht ...«

»Schweig!«, grollte der Marschall. »Wir befinden Uns in der Öffentlichkeit. Wir werden hier nicht mit ihr über Unseren Ärger und Unsere Enttäuschung streiten. Sie mag während der Gerichtsverhandlung hinter Uns sitzen und sich ruhig verhalten. Wenn das Urteil gesprochen ist, werden Wir mit ihr reden. Und nun verhalte sie sich so, wie es dieser feierlichen Stunde angemessen ist!«

Schweigend schloss sich Elena dem Zug an. Sie konnte nicht begreifen, warum nun Orlando die Ehre haben sollte, den Geist Saranyas herbeizurufen. Doch dann lächelte die Magierin verschmitzt. Im Grunde standen die Dinge jetzt sogar besser für sie. Nach dem Exorzismus in der letzten Nacht gab es hier keinen Geist mehr! Ganz gleich, wie gut Orlando den Beschwörungszauber beherrschte, er musste scheitern, und der Zorn Obotos würde dann ihn treffen und nicht sie. Voller Vorfreude auf die Demütigung des Magiers und seines Herrn, den mit Sicherheit der Zorn des Patriarchen treffen würde, ließ sie sich auf einer Bank schräg hinter dem Stadtmarschall nieder. Heute morgen würde Oboto für das büßen, was er ihr angetan hatte!

KAPITEL 33

Begeistert betrachtete Elena das Spektakel, das Orlando aufzog. Er hatte eine Räucherschale aufgestellt, aus der stinkender weißer Qualm zum Himmel aufstieg. Daraus bildete sich langsam eine bleiche, ausgemergelte Gestalt in zerrissenen Gewändern, die regungslos verharrte und durch den Rauch nur halb zu erkennen war. Die Magierin schmunzelte. Der alte Kerl hatte kein Klischee über Gespenster ausgelassen. Ein beunruhigtes Raunen ging durch die Menge, die zu der Gerichtsverhandlung erschienen war. Offenbar war die Mehrheit vollständig überzeugt, einen wahrhaftigen Geist vor sich zu sehen. Elena lehnte sich zurück und lächelte überlegen. Für jeden Zauberer, der sich jemals mit dem Gebiet der Magica Phantasmagorica beschäftigt hatte, war die Täuschung sofort zu erkennen.

»Was wollt ihr von mir, Sterbliche!«, grollte eine tiefe Grabesstimme aus dem Rauch.

Elena hätte Orlando am liebsten applaudiert. Vom Standpunkt eines Magiers aus gesehen war sein Spektakel wirklich erstklassig. Vielleicht ein wenig zu theatralisch, aber damit erfüllte er mit Sicherheit die Erwartungen des Publikums.

»Sage Uns, was an jenem Tag geschah, an dem du den Tod gefunden hast, Geist!«, forderte selbstsicher Amosh Tiljak, der Oberste Richter. Elena überlegte, ob er um den Betrug wusste und ... Sie keuchte. Oboto musste ihr Spiel durchschaut haben! Die Erkenntnis traf sie wie ein Schlag. Er hatte geahnt, dass sie ihn betrügen wollte, und vielleicht sogar die Ruinen beobachten lassen. Deshalb gab es keine Geisterbeschwörung! Der Marschall wusste bereits, dass es hier keinen Geist mehr gab! Ängstlich musterte sie seinen breiten Stiernacken. Was würde geschehen, wenn die Verhandlung zu Ende war?

»Am Morgen vor dem Großen Brand konnte ich belauschen, wie sich Leila, die Herrin dieses Bordells, mit ihren beiden Magiern zu einem Komplott verabredete. Ihr müsst wissen, dass Leila ein mächtige, schwarze Zauberin war und genau wie ihre beiden Kumpane im Auftrag des Kalifensohnes in dieser Stadt weilte. Sie sollten Unruhe stiften und Al'Anfa schwächen, denn Chamallah al-Ghatar, der Sohn des Kalifen Malkillah al-Yanuf, plante, schon bevor er den Thron bestieg, sich den Süden und vor allem das stolze Al'Anfa zu unterwerfen. Leila wollte in jener Nacht alle jungen Granden ermorden, die sich in ihrem Bordell trafen, um ein Fest zu feiern. Dazu sollte sie Flammendämonen beschwören und ein Zauberbuch verwenden, das ihr erst wenige Tage zuvor vom Sohn des Kalifen geschickt worden war. Nach dem Tod der jungen Granden sollten diese Kreaturen die Stadt verwüsten und die Flotte im Hafen verbrennen. Chamallah hoffte, dass sein Vater ihm nach dieser Katastrophe das Kommando über das Heer des Kalifats übertragen und ihm den Auftrag erteilen würde, die wehrlose Stadt zu erobern. Dies sind die wahren Hintergründe des Brandes.

Ich selbst konnte Leilas Bordell nicht verlassen, denn ich war nur eine Sklavin, also bat ich eine vermeintliche Freundin, zum Stadtmarschall zu gehen und ihm die Verschwörung aufzudecken. Doch sie hat mich an Leila verraten, und ich wurde eingesperrt. Als die Flammendämonen erschienen, war ich eines der ersten Opfer.«

Im Publikum hatte sich leises Gemurmel erhoben. Viele der älteren Granden steckten die Häupter zusammen und tuschelten leise. Amosh Tiljak war leichenblass. Heftig schlug er mit dem hölzernen Hammer auf den prächtigen

Tisch aus Mohagoni, hinter dem sein hoher Richterstuhl stand.

»Ruhe! Schweigt, oder Wir lassen diese Versammlung aufheben! Man sagt, dass die Granden in jener Nacht ein Komplott gegen den Patriarchen schmiedeten und dass die Familie Wilmaan maßgeblich darin verwickelt gewesen sei. Was weißt du darüber, Geist?«

»Ich war selbst bei einigen der Feste zugegen und war vor allem mit dem Kapitän Balthasar Wilmaan vertraut. Mir ist während der Orgien nichts aufgefallen, das auf eine Verschwörung hingedeutet hätte.«

»Haben die Magier Dämonen herbeigerufen, mit denen die jungen Granden Buhlschaft trieben?«

»Nein, Eure Exzellenz. Wir haben ... wahrhaft ausschweifende Feste gefeiert, doch widernatürliche Kreaturen, wie Ihr sie nennt, waren bei diesen Orgien nicht zugegen.«

»Es gibt Beweise dafür, dass im *Haus der Morgenröte* Dämonen herbeigerufen wurden und dass man diesen Geschöpfen Menschenopfer brachte. Die Unglückseligen wurden danach als gehäutete Kadaver in den Gassen dieses Viertels wiedergefunden. Was hast du dazu zu sagen, Geist?«

»Mir ist aufgefallen, dass Leila manchmal Sklaven kaufte, die nie wieder auftauchten, nachdem sie diese mit sich in die Kellergewölbe nahm. Wir alle hatten große Angst davor, selbst eines Tages von den novadischen Magiern in den Keller hinabgerufen zu werden. Man ... man konnte fürchterliche Schreie von dort unten hören. Doch wagte es niemand, die Zauberer zu verraten, denn sie hatten uns schreckliche Strafen angedroht.«

Der Richter runzelte die Stirn. »Wenn du aber solche Angst hattest, dies Komplott aufzudecken, warum wolltest du dann am Tag des Brandes den Stadtmarschall warnen?«

»Weil es diesmal um mehr als nur ein Menschenleben ging. Die Magier beabsichtigten, Al'Anfa den Ungläubigen auszuliefern. Ich konnte einfach nicht mehr länger schweigen!«

»Genug jetzt!« Der Patriarch hatte sich aus der Gruppe der Hochgeweihten des Borontempels erhoben. »Wir werden nicht dulden, dass Ihr dieses unglückselige Geschöpf weiter quält, Amosh Tiljak. So wie die Dinge stehen, hat dieses Weib Unsere Stadt einst vor schlimmem Schaden bewahren wollen, denn hätte Unser Vater in seiner Weisheit nicht den brennenden Schlund durch die Tempelgarden abriegeln lassen, so wäre gewiss auch noch die gesamte Flotte vernichtet worden. Wir danken Euch dafür, Richter, dass Ihr mit Eurem gestrengen Verhör die Wahrheit ans Licht brachtet, und Unser Dank gilt auch dem Stadtmarschall, durch dessen Bemühen diese Zeugin gefunden werden konnte. Wie Ihr alle wisst, wurden in den letzten Wochen wieder gehäutete Leichen gefunden. Es gab erneut ein Komplott des Kalifen gegen Unsere schöne Stadt. Es reichte ihnen nicht, bei ihrem schändlichen Anschlag durch den Piraten El Harkir den Großadmiral Darion Paligan entführen zu lassen. Wieder hatten sich Magier des Kalifen in unserer Stadt eingenistet. Ihr Rädelsführer war jener Novadi, der erst vor wenigen Tagen hingerichtet wurde, und ihr Hauptquartier lag in dem berüchtigten Bordell, das unter dem Namen *Opalpalast* bekannt ist. Erst vorgestern haben die Tempelgarden dieses Verschwörernest ausgehoben. Consuela und ihre Leibmagier sind in dieser Nacht in der Stadt des Schweigens hingerichtet worden. Ein weiterer tulamidischer Magier, der sich an der Universität unserer Stadt eingeschlichen hatte, ist flüchtig und wird von der Hand Borons verfolgt.«

Unter den Anwesenden war es totenstill geworden. Elena rieb sich die Arme. Ihr war plötzlich eiskalt. Sie wusste, was die Worte des Patriarchen für sie bedeuteten.

»Auf die fortgesetzten Angriffe des Kalifats auf Unsere Stadt kann es nur eine Antwort geben! Unsere Flotte wird nicht nach Trahelien segeln! Wir werden dem Herrscher in Mherwed zeigen, was es heißt, den Zorn Al'Anfas herauszufordern. Sein Land soll mit Krieg überzogen werden, und

Wir, Tar Honak, Patriarch von Al'Anfa, schwören bei Boron, dass Wir nicht eher ruhen werden, bis Wir im Thronsaal des Tyrannen stehen und über den Türmen seines Palastes das Rabenbanner weht! In diesem Augenblick erhalten die führenden Offiziere von Heer und Flotte ihre Marschbefehle, und noch vor der Mittagsstunde werden die ersten Truppenteile den Hafen verlassen.«

Der Marschall sprang auf. »Es lebe Tar Honak! Tod dem Kalifen!«

Auch die anderen Granden schlossen sich den Jubelrufen an. Elena aber nutzte das allgemeine Durcheinander, um sich davonzuschleichen. Fast war sie außer Sichtweite, als sie jemand von hinten am Ärmel griff.

»Wo warst du in der letzten Nacht, bei allen Göttern?« Es war Orlando. »Du hättest im Haus sein sollen! Es gab ein Treffen zwischen dem Patriarchen und den Familienoberen der Wilmaans und Florios. Ich weiß nicht, was sie besprochen haben, doch haben die beiden Häuser auf Druck des Patriarchen Frieden miteinander geschlossen. Mir wurde befohlen, dieses Schauspiel hier einzuüben. Es ist klüger, wenn du auf dem schnellsten Wege aus der Stadt verschwindest. Du und dieser Tikian, ihr seid die Einzigen, die außer den beiden Granden und Tar Honak die Wahrheit über den Großen Brand wissen. Ich fürchte, euer Leben ist in Gefahr.«

Elena nickte. »Ich weiß.« Sie drückte dem alten Magier herzlich die Hand. »Danke für die Warnung! Und dein Auftritt ... Er war wirklich beeindruckend.«

Orlando lächelte verlegen. »Danke. Ein Künstler lebt vom Applaus.«

Elena hörte seine Worte nicht mehr. Sie hatte sich bereits abgewandt und entfernte sich mit schnellen Schritten, doch ohne zu laufen, von den Ruinen des ausgebrannten Bordells.

Tikian trat aus dem Efferd-Tempel, wo er dem Gott des Meeres ein Opfer gebracht hatte. Um den Hals trug er den weißen Schal Consuelas. Er hatte Stunden auf dem Bett der Konkubine gelegen und an die vergangenen Tage gedacht. Dann schließlich war er in den Tempel gegangen, um für ihr Wohl zu beten und den Gott für seine bevorstehende Reise gnädig zu stimmen.

Der Tempel lag inmitten des Platzes, an dessen nördlichem Ende in langen Kolonnen die Söldner vom schwarzen Bund des Kor vorbeimarschierten. Offenbar bewegten sie sich zum Frachthafen, um sich dort einzuschiffen. Die Männer und Frauen trugen keine einheitlichen Uniformen. Offenbar hatten sie einfach nur die Kleider, die sie besaßen, schwarz gefärbt. Welch ein zusammengewürfelter Haufen! Der Fechter schnaubte verächtlich. Dieses Gesindel also würde in den nächsten Götternamen seine neue Heimat sein. Er blickte an sich herunter. Er besaß nur noch das, was er am Leibe trug. So gesehen passte er ganz gut in die Truppe. Der Marschtritt der Krieger war unregelmäßig, und man konnte ihnen ansehen, dass sie noch nicht oft zusammen exerziert hatten.

Schaulustige drängten sich rund um den großen Tempel und auch an den Kais. Inmitten der Menge fiel ihm eine schlanke, blonde Frau auf, die offensichtlich in Eile war. Elena! Warum sie wohl nicht auf der Gerichtsverhandlung war? Unruhig sah sich die Magierin um. Jetzt bemerkte auch Tikian den stämmigen Kerl, der ihr folgte.

Der Fechter schritt die Stufen des Tempels hinab und eilte Elena entgegen. Was, zum Henker, mochte geschehen sein?

Er hatte sie fast erreicht, als ein Windstoß den Umhang ihres Verfolgers kurz anhob und Tikian den schimmernden Dolch in der Hand des Mannes sah. Er begann zu laufen und zog dabei seine Waffen. Die Schaulustigen auf seinem Weg beeilten sich, ihm Platz zu machen. Auch der Meuchler beschleunigte jetzt seine Schritte.

Tikian winkte und schrie den Namen der Magierin, doch seine Rufe gingen im Lärmen der Marschtritte unter.

Elena hatte ihn noch immer nicht bemerkt! Sie bog nach links ab, so als wolle sie den Weg zum Kriegshafen einschlagen.

Noch zehn Schritt trennten sie voneinander. Der Meuchler würde sie zuerst erreichen! Tikian hob den Parierdolch. »Bitte Rondra, steh mir bei!« Er schleuderte die Waffe dem Meuchler entgegen. Jetzt erst bemerkte Elena ihn. Sie tat einen Schritt zur Seite – und sah das blitzende Wurfgeschoss auf sich zukommen. Ihr Gesicht erstarrte zu einer Maske des Entsetzens. Dann hob sie ihren Stab und zeichnete mit den Händen seltsame Figuren in die Luft. Der Dolch verfehlte sie um einige Spann und traf ihren Verfolger in die Brust.

Elena fuhr herum, sah den Mann mit seinem Dolch in der Hand am Boden liegen und blickte dann wieder zu Tikian. Sie ließ die Arme sinken. Irgendwo in der Menge ertönte ein Schrei. »Mord! Mörder! Holt die Stadtgarden!«

Tikian packte Elena am Arm. »Zum Frachthafen! Auf einem der Schiffe dort weht der Wimpel von Gions Einheit. Los jetzt!«

Die Kolonne der Soldaten hatte inzwischen die Kais erreicht. Schreiend versuchten einige Offiziere, Ordnung in das Durcheinander zu bringen. Offenbar war nicht ganz klar, wer an Bord welchen Schiffes gehen sollte. Eine ganze Reihe dickbauchiger Frachter lag entlang der Uferbefestigungen. Einer von ihnen löste gerade die Taue. Tikian fluchte. Im Heck des Schiffes erkannte er den Wimpel von Gions Schützenkompanie.

»Dorthin!« Er deutete auf das Schiff. »Gion, wartet!«

»Das werden wir nicht mehr schaffen. Es sind zu viele ...«

Tikian wollte die Magierin fluchend mit sich ziehen, als auch er die Gruppe abgerissener Gestalten sah, die sich aus dem Schatten eines der Lagerschuppen löste. Die Männer und Frauen waren mit kurzen Schwertern und Knüppeln bewaffnet. »Was, zum Henker, hast du getan, Elena? Was wollen die von dir?«

»Von uns ...«, verbesserte sie. »Ich fürchte, wir sind der Wahrheit zu nahe gekommen.«

»Du läufst jetzt zum Schiff! Du kannst es noch schaffen!«

»Aber ich ...«

»Mach schon! Ich kann sie für eine Weile hinhalten. So wirst wenigstens du entkommen. Fang jetzt bitte nicht an, mit mir zu streiten, dafür bleibt keine Zeit mehr.«

Einen Herzschlag lang maßen sie einander mit Blicken. »Danke ...«, murmelte die Magierin leise. Dann drehte sie sich um und rannte auf das Schiff zu. Zwei Hafenarbeiter machten sich schon an der Laufplanke zu schaffen.

»Bald werden wir wieder vereint sein, Consuela!«, flüsterte Tikian und ließ die Klinge durch die Luft wirbeln. Das Gesindel hatte ihn jetzt fast erreicht. Es waren sieben. Er konnte nicht gegen sie gewinnen!

Mit dem Schlachtruf seiner Familie auf den Lippen stürmte er ihnen entgegen. Er wünschte, er besäße noch seinen Parierdolch. Im Laufen wickelte er sich den Umhang um den linken Arm.

Mit einem Ausfallschritt überraschte er den ersten seiner Feinde. Er trieb die schlanke Klinge des Rapiers in die Schulter einer Frau, die mit spitzem Schrei ihr Schwert fallen ließ. Dann riss er den Arm hoch, um einen Knüppelhieb abzuwehren. Er duckte sich und stach nach einem Gegner, der neben ihm auftauchte. Etwas traf ihn am Arm, doch Tikian spürte keinen Schmerz. Er war wie in einem Rausch gefangen. Alles schien plötzlich unnatürlich langsam zu geschehen. Eine Klinge ritzte seinen Oberschenkel. Er fuhr herum, sah einen erhobenen Knüppel über sich und stach nach dem Hals eines Meuchlers.

Ein Schlag traf Tikian an der Schulter, ein zweiter in die Kniekehle. Sein rechtes Bein knickte weg. Im Stürzen warf er sich noch einmal herum. Sein Rapier zog eine blutende Linie über die Brust eines Mannes. Ein Stiefeltritt traf Tikians Hand. Die Waffe wurde ihm aus den Fingern geprellt und hüpfte klirrend über das Pflaster. Über ihm stand breitbeinig ein Kerl mit erhobenem Schwert. Die Waffe senkte sich zum tödlichen Stoß.

Da wuchs eine blutende Pfeilspitze aus der Brust des Meuchlers. Tikian rollte sich zur Seite und griff nach seinem Rapier. Dicht neben ihm schlug etwas auf den Boden.

»Legt an!«, schallte ein Kommando von den Kais.

Die Meuchler um ihn herum wichen ein Stück zurück. Mit einem Satz war Tikian auf den Beinen. Ohne das Gesindel aus den Augen zu lassen, humpelte er rückwärts in Richtung der Anlegestelle. Erst als ihn zehn Schritt von den Halsabschneidern trennten, wagte er es, einen kurzen Blick über die Schulter zu werfen. Entlang der Bordwand des Frachtschiffs standen mindestens zwanzig Bogenschützen mit gespannten Waffen. Mitten unter ihnen Gion, der offenbar das Kommando führte. Die Laufplanke war schon zurückgezogen worden.

»Jetzt beeil dich doch!«, brüllte der Weibel.

Der Spalt zwischen der Bordwand und der Hafenmauer wurde breiter. Humpelnd rannte der Fechter dem Schiff entgegen. Jetzt konnte er auch Elenas Gesicht hinter der Reling erkennen.

Mit einer weit ausholenden Bewegung schleuderte er sein Rapier auf das Schiff hinüber. Der Abstand zur Hafenmauer betrug mindestens vier Schritt. Er streckte die Arme vor und sprang. Wenn das Deck nur nicht so verflucht hoch wäre!

Mit dumpfem Schlag prallte er gegen die Bordwand. Seine Finger krallten sich um einen hölzernen Vorsprung, doch fand er keinen richtigen Halt. Für einen Augenblick hatte er das Gefühl, ihm würden sämtliche Sehnen zerreißen. Dann glitt er ab.

Eine Hand schloss sich um seinen Arm. »Du wirst uns doch nicht schon wieder verlassen wollen?«

Tikian blickte hoch in Gions Gesicht. Sein Freund lächelte breit und zog ihn über die Reling.

EPILOG

Das Szinto-Tal nahe Malkillahbad am Abend des 26. Firun 15 Hal nach der ersten großen Schlacht des Khom-Krieges:
Hauptmann Olan blickte die beiden lange an. »Ihr seid sicher, dass ihr das wollt? Ich meine, ihr steht ohnehin unter falschem Namen in der Soldliste.«

»Ich kann nicht gegen meine Glaubensbrüder kämpfen«, entgegnete Elena entschieden. »Ich danke dir für alles, was du für mich getan hast, Olan. Ohne dich wäre ich am Hafenkai gestorben. Ich schulde dir mein Leben. Doch verlange deshalb nicht das Unmögliche von mir. Ich verspreche dir, dass ich niemals für den Kalifen Abu Dhelrumun kämpfen werde. Ich werde mich nach Rashdul zurückziehen und dort neue Studien an der Akademie beginnen.«

»Und du?« Der Hauptmann blickte zu Tikian.

»Ich werde unter falschem Namen einem anderen Regiment beitreten. Ich bin nun einmal kein Schütze. Unter Schwertkämpfern könnte ich mich sicher gut behaupten. Hier zu verweilen, erscheint mir zu gefährlich. Die Hand Borons wird mit Sicherheit schon wissen, auf welchem Schiff Elena und ich geflohen sind und welche Truppenteile sich an Bord befanden. Sie werden in dein Lager kommen, Olan, und uns suchen. Es wird für alle besser sein, wenn wir dann nicht mehr auf deiner Soldliste stehen.«

»Ich verliere euch nur ungern.« Der junge Offizier tauchte seine Feder in das Tintenfass und strich die falschen Namen der beiden aus der Soldliste der Kompanie. Dann malte er zwei kleine Boronsräder neben die Namen. Ein Zeichen dafür, dass die Betreffenden nicht aus der Kompanie ausgetreten, sondern gefallen waren. »Von nun an gibt es euch beide nicht mehr! Ich wünsche euch viel Glück in eurem neuen Leben. Vielleicht werden sich unsere Wege ja noch einmal kreuzen? Und wenn ihr jemals Geld braucht, dann sollt ihr wissen, dass in meiner Kompanie stets Platz für euch sein wird.«

Elena blickte von den Hügeln hinab zum Szinto, dessen Flussufer mit Hunderten von Toten bedeckt waren. Was an diesem Tag geschehen war, hatte sie zutiefst erschüttert. Der Rabendämon, dem Tar Honak diente, hatte seine Macht gezeigt. Das gesamte Heer des Kalifen war unter einen bösen Zauberbann gefallen, und obwohl es den Eindringlingen an Zahl weit überlegen gewesen war, hatten die Al'Anfaner über die Wüstenreiter triumphiert. Olans Einheit hatte einen Abschnitt des Ufers verteidigt, und allein im Pfeilhagel seiner Kompanie waren Dutzende der stolzen Wüstenkrieger gestorben. Einen Tag wie diesen wollte sie nie wieder erleben. Sie blickte zu Tikian, der sich von Gion verabschiedete. Dann hob sie ihr schmales Bündel auf und machte sich auf den Weg nach Norden.

Unter dem Druck des Patriarchen hatten die beiden großen Grandenfamilien Wilmaan und Florios Frieden geschlossen. Beiden Häusern nützten die Sonderrechte, die ihnen der Tempel für die Dauer des Krieges gewährt hatte. Orlando, der Leibmagier Obotos, hatte nur wenige Tage nachdem die Flotte nach Norden gesegelt war, einen Unfall. Unter ungeklärten Umständen stürzte er aus dem Fenster seines Studierzimmers. Takate blieb im Dorf der Rattenmenschen. Dicht hinter dem Travia-Schrein errichtete er sich eine kleine Hütte und huldigte der Göttin, die er stets die kleine Schwester Kamaluqs zu nennen pflegte – auf eine Weise, die jedem Geweihten die Haare hätte zu Berge stehen lassen. Von den Bettlern jedoch wurde er geliebt und geachtet.

Gion diente bis zum Ende des Khomfeldzuges im Heer Al'Anfas. Danach ging er in den Norden. Einige Jahre später gewann er ein Bogenschützenturnier in Norburg. Es heißt, dass er eine Hütte irgendwo oberhalb eines Bergsees in der Roten Sichel besitzt und dort als Jäger und Fallensteller lebt.

Ariel ben Drou gelang es, sich nach Rashdul durchzuschlagen, wo er an der Magierakademie erneut einen Lehrstuhl erhielt und sich auf Jahre in seine Studien vertiefte.

An die Akademie zog sich auch Elena zurück, doch als der Sultan von Unau zum neuen Kalifen gewählt wurde, verließ sie Rashdul und schloss sich dem Widerstand gegen die Al'Anfaner an.

Hauptmann Olan war einer der Ersten, der die Mauern des belagerten Unau erstieg. Zum Lohn für diese Heldentat wurde ihm der unzerstörte Palast der Sharisad Melikae als Quartier überlassen. Doch ihm blieb nicht viel Zeit, sich an seiner reichen Beute zu erfreuen. Schon zwei Wochen nach der Eroberung der Stadt kam er in einem Hinterhalt ums Leben.

Tikian wurde in die Dukatengarde aufgenommen. Bei der Erstürmung Mherweds fiel er dem Ordens-Großmeister Oderin du Metuant auf. Der Ritter verschaffte ihm ein eigenes Kommando, und während der schweren Zeit des Rückzugs aus dem Kalifat nahm man Tikian, der noch immer einen falschen Namen führte, unter die Ritter der Rabengarde auf. Dort wurde er vor allem für seinen unbeirrbaren Boronsglauben und die seltsame Art bekannt, auf die er mit dem schweren Säbel focht, der zur Standardausrüstung der Ordensritter gehört.

Marcian blieb noch lange Jahre in Al'Anfa. Zur Zeit der Orkkriege wurde er ins Neue Reich zurückbeordert. Von dort schickte man ihn mit einem besonderen Auftrag in die Grenzstadt Greifenfurt, die in die Hände der Schwarzpelze gefallen war. Doch dies ist eine andere Geschichte ...

DRAMATIS PERSONAE

Alara = Verschwörerin gegen Bal Honak; der linke Zahn der »Viper«

Alondro = Hauptmann bei der Stadtgarde Al'Anfas

Amosh Tiljak = Oberster Richter und Hochgeweihter des Praiostempels in Al'Anfa

Anga Tjalsdot = Wirtin in der Schenke *Swafnir*

Ariel ben Drou = ein Magier aus der Sippe der Beni Schebt; Magister an der magischen Fakultät von Al'Anfa

Bal Honak = einst der Herrscher Al'Anfas und Hochgeweihter der Boronpriesterschaft

Balthasar Wilmaan = Angehöriger der Grandenfamilien und Verschwörer gegen Bal Honak

Bargosch = Bettler aus dem Lager der Rattenmenschen

Barko = Gefährte der Meuchlerin Lilith

Bartolomeus Bonareth = Magister und Angehöriger der Stadtverwaltung zur Zeit des Großen Brandes

Bernardo = der Verwalter von Egilianos »Kostümfundus«

Bodir = ein junger Borongeweihter

Brotos Paligan = der Liturgiemeister der Borongeweihtenschaft

Callana = ein Freudenmädchen aus Al'Anfa

Cassandra Bonareth = Angehörige der Grandenfamilien und Verschwörerin gegen Bal Honak

Chamallah al-Ghatar = Kalif von 36–12 vor Hal, schmiedete verschiedene Pläne zur Eroberung der südlichen Stadtstaaten und besetzte Chorhop

Consuela = Schlangentänzerin, Konkubine und Besitzerin des *Opalpalastes*, des berüchtigtsten Bordells im Schlund

Darion Paligan = Großadmiral von Al'Anfa
Dolgur = einer der Wortführer unter den Leibwächtern Consuelas
Dolgur Kugres = Glaubenswahrer und Hochgeweihter des Boronkults
Doron = ein Bettler aus dem Schlund
Dragan Wilmaan = Angehöriger einer Grandenfamilie und Dekan an der Universität Al'Anfas
Drustan = ein Söldner aus Tobrien
Dulcinea = ein in die Jahre gekommenes Freudenmädchen
Egiliano = Gubernator und damit Organisator von Arenakämpfen
Elena = eine rastullahgläubige Magierin
El Harkir = berüchtigter Pirat novadischer Abstammung
Esmeralda Wilmaan = Angehörige der Grandenfamilien und Verschwörerin gegen Bal Honak
Flaminio = Dulcineas Sohn
Folsina Florios = Oberhaupt der Grandenfamilie Florios
Fran Dabas = ein Trödler, Hehler und Händler
Galahan = ein verschlagener Söldnerführer in den Diensten Brabaks
Galek Wilmaan = Oberhaupt der Grandenfamilie Wilmaan
Gion = ein Söldner und Bogenschütze
Golo = einer der Leibwächter Consuelas
Gronek = zur Zeit des Großen Brandes Besitzer einer Rauschkrauthöhle
Guldor = ein Freund Dulcineas
Hagen von Blautann = Inquisitor zur Zeit des Großen Brandes
Hamilkar = Callanas Lude
Hamilkar Barkas = Hauptmann der Stadtgarde zur Zeit des Großen Brandes
Hasdrubal = Anführer der Meuchler, die als die Hand Borons bekannt sind
Hiye-Haja = ein Schamane aus dem Volk der Keke-Wanaq

Immuel Florios = der Ordinarius der Borongeweihtenschaft
Jacomo ya Avona = ein Adliger aus dem Alten Reich und der Großvater Tikians, der rechte Zahn der Viper
Jesabela = eine Gladiatorin
Jonnar Wilmaan = zu Zeiten Bal Honaks Admiralissimus der Flotte Al'Anfas
Khimsat a' Rhylay da Florios = junge Borongeweihte und Angehörige der Grandenfamilie Florios
Korga = Wirtin in der Schenke *Bidenhänder*
Kraban = ein Magier in trahelischen Diensten
Leila = zur Zeit des Großen Brandes Leiterin des *Hauses der Morgenröte*
Libamus Bartwen = ein Borongeweihter, der zur Zeit des Großen Brandes lebte
Lilith = eine alanfanische Meuchlerin
Lupos = ein Schreiber bei der Stadtgarde von Al'Anfa
Malkillah II. al-Yanuf = Kalif von 100-36 vor Hal
Marcello = Beschützer in Diensten von Oboto Florios
Marcian = ein Inquisitor aus dem Neuen Reich
Marduk Paligan = Stadtmarschall zur Zeit des Großen Brandes
Maren = Soldatin der Stadtgarde
Marina ya Avona = Tikians Großmutter und Jacomos Gattin
Mata Al'Sulem = bedeutende Borongeweihte und Angehörige der Grandenfamilie Wilmaan
Miles = ein Ritter der Rabengarde
Mira (die Naglerin) = eine Offizierin in der Stadtwache Al'Anfas
Mordechai Florios = Angehöriger der Grandenfamilien und Verschwörer gegen Bal Honak
Moron = Unteroffizier in Galahans Söldnerschar
Noran = ein Krieger aus dem Volk der Norbarden
Nubai = der Trunksucht verfallener Fischer
Oboto Florios = der Marschall der Stadtgarde von Al'Anfa

Oderin du Metuant = General des Ordens des Schwarzen Raben und Oberbefehlshaber der alanfanischen Landtruppen während des Khom-Krieges
Olan = ein Hauptmann beim Schwarzen Bund des Kor
Olek = ein Söldner aus Andergast
Orlando = der Leibmagier Obotos
Rondrian ya Avona = Tikians Vater
Saranya = ein Fischermädchen aus dem Alten Reich, die große Liebe Jacomo ya Avonas
Simodo Wilmaan = Angehöriger einer Grandenfamilie und Opfer der Inquisition
Takate = ein Krieger aus dem Volk der Keke-Wanaq
Tar Honak = der Herrscher Al'Anfas und Hochgeweihter der Boronpriesterschaft
Tikian ya Avona (der Häuter) = ein junger Adliger aus dem Alten Reich
Tobigon Steinfaust = ein reisender Zwerg
Tolman = zu Jacomo ya Avonas Zeiten König des Alten Reiches
Urania Florios = Angehörige der Grandenfamilien und Verschwörerin gegen Bal Honak
Vadoria = Soldatin der Stadtgarde
Zenobia = eine Kriegerin in der Stadtgarde Al'Anfas

GLOSSAR

Erklärung aventurischer Begriffe

Die Götter und Monate

1. Praios = Gott der Sonne und des Gesetzes, gilt als der oberste der Zwölfgötter (sein Monat entspricht dem irdischen Juli)
2. Rondra = Göttin des Krieges und des Sturmes (ihr Monat entspricht dem irdischen August)
3. Efferd = Gott des Wassers, des Windes und der Seefahrt (sein Monat entspricht dem irdischen September)
4. Travia = Göttin der Gastfreundschaft, des Herdfeuers und der ehelichen Liebe (der ihr geweihte Monat entspricht dem irdischen Oktober)
5. Boron = Gott des Todes und des Schlafes (sein Monat entspricht dem irdischen November)
6. Hesinde = Göttin der Gelehrsamkeit, der Künste und der Magie (ihr Monat entspricht dem irdischen Dezember)
7. Firun = Gott des Winters und der Jagd (sein Monat entspricht dem irdischen Januar)
8. Tsa = Göttin der Geburt und der Erneuerung (der ihr geweihte Monat entspricht dem irdischen Februar)
9. Phex = Gott der Diebe und Händler (der ihm geweihte Monat entspricht dem irdischen März)
10. Peraine = Göttin des Ackerbaus und der Heilkunde (ihr Monat entspricht dem irdischen April)
11. Ingerimm = Gott des Feuers und des Handwerks (sein Monat entspricht dem irdischen Mai)

12. Rahja = Göttin des Weins, des Rausches und der Liebe (der ihr geweihte Monat entspricht dem irdischen Juni)

Die Zwölf = die Gesamtheit der Götter
Der Namenlose = der Widersacher der Zwölfgötter
Rastullah = nach dem Glauben der Novadis der Weltenschöpfer und einzige Gott; erschien vor ca. 250 Jahren in Keft und verkündete 99 Gebote, hat neun Frauen, die zum Teil als Schutzpatroninnen gelten
Angrosch = der von den Zwergen verwendete Name für Ingerimm, den Gott des Feuers und der Schmiedekunst

Maße und Gewichte

Meile	=	1 km
Schritt	=	1 m
Spann	=	20 cm
Finger	=	2 cm
Unze	=	25 g
Stein	=	1 kg
Quader	=	1 t

Begriffe, Namen, Orte

Adamant = tulamidisches Wort für Diamant
Al'Anfa = mächtiger Stadtstaat im tiefen Süden des Kontinents Aventurien. Hauptsitz des Boronkults und mit ca. 80000 Einwohnern zweitgrößte Stadt Aventuriens
Angergaster = 1. winziges Königreich in Nordwestaventurien; 2. ein zweihändiges Langschwert von vollen zwei Schritt Länge und damit meist größer als sein Benutzer
Batonga = mohische Bezeichnung für die Droge Ilmenblatt

Belkelel = auch als Dar'Klajid oder Herrin der Blutigen Wollust bekannte, erddämonische Wesenheit, der blutige Perversionen, tödlicher Rausch und finstere Macht über das jeweils andere Geschlecht zugeschrieben werden; Belkelel gilt als Gegenpart zu Rahja und wird bisweilen sogar als göttlich verehrt

Beni Novad = nomadischer Stammesverband im Zentrum der Khom, kontrollieren die Oasen Keft und Tarfui; namensgebend für den Sammelbegriff Novadi; ihr Sultan Dschadir ben Nasreddin fällt in der ersten Schlacht bei Tarfui

Beni Schebt = Stammesverband im Süden der Khom; kontrolliert die Oasen Shebah, Birscha und Manesh; Sultan dieses Volkes ist Mahmud ben Dschelef

Beschützer = in Al'Anfa gebräuchliche Bezeichnung für Leibwächter

Bireme = kleine Kriegsgaleere mit zwei übereinanderliegenden Ruderreihen

Blakharaz = auch Tyakraman oder Herr der Rache genannt; erzdämonische Wesenheit; gilt als gnadenloser, grausamer Rächer und wird von manchen als dämonischer Widerpart zu Praios, dem Gott der Gerechtigkeit gesehen

Borbarad = mächtigster Schwarzmagier der aventurischen Geschichte; starb vor ca. 500 Jahren

Bornländer = Bewohner eines im Nordosten Aventuriens gelegenen Feudalstaates

Bosparano = die mittlerweile außer in Kreisen des Klerus, der Magie und der Juristerei nicht mehr gebräuchliche Sprache des Alten Reiches, die heutzutage durch das Garethi abgelöst ist

Bosparans Fall = Fixpunkt aventurischer Zeitrechnung (993 vor Hal); mit der Zerstörung Bosparans war der Untergang des Alten Kaiserreichs besiegelt

Brabaker Rohr = dem Bambus ähnliches Gewächs aus dem Süden Aventuriens

Dar'Klajid = siehe Belkelel

Dere = der Planet, auf dem der Kontinent Aventurien liegt

Dublone = alanfanisches Goldstück mit dem doppelten Gewicht eines Dukaten aus dem Neuen Reich; der Kaufwert entspricht ca. 250 Euro

Duglumspest = sehr seltene Krankheit, die zur völligen Zerstörung des Körpers führt; angeblich verwandeln sich die Erkrankten in Dämonen, weshalb die Duglumspest auch Dämonenfäule genannt wird

Erhabener = die formelle Anrede für einen Hochgeweihten, d. h. einen Priester im Rang eines Tempelvorstehers, Abtes oder Inquisitors

Fana = umgangssprachlich Pöbel, Armer, Kleinbürger

Golgari = ein riesiger schwarzer Rabe aus dem Gefolge des Totengottes Boron, der die Seelen der Verstorbenen über das Nirgendmeer ins Totenreich trägt

Götterlauf = bei den Zwölfgötter-Gläubigen übliche Bezeichnung für das aventurische Jahr

Götternamen = bei den Zwölfgötter-Gläubigen verbreitete Bezeichnung für einen Monat im aventurischen Jahreslauf

Gottesnamen = bei den Rastullah-Gläubigen übliche Bezeichnung für einen der 40 Neun-Tages-Abschnitte des Jahres

Granden = Bezeichnung für die Angehörigen der zehn mächtigsten Familien Al'Anfas

Gubernator = bezahlter Organisator von Arenaspielen oder aber Verwaltungsoffizier

Halbspann = Längenmaß, das zehn Zentimetern entspricht

Hand Borons = niemals deklarierte, aber allgemein gefürchtete Geheimpolizei Al'Anfas; als Meuchler und Agenten sind sie eines der wichtigsten Werkzeuge bei der Machtausübung des Patriarchen

Heptagramm = siebenzackiger Stern; in aventurischer Dämonologie häufig als Schutzzirkel gegen Erscheinungen aus anderen Sphären genutzt

Heshthot = ein niedriger Diener des Blakharaz; eine Kreatur, die in eine wallende, schwarze Kutte gekleidet erscheint, unter der sich ein Körper aus nichtstofflicher Finsternis zu befinden scheint; ist meist mit Schwert und Peitsche bewaffnet

Hylailer Feuer = leicht entflammbares und nur durch Ersticken der Flammen zu löschendes Brandöl, das sogar auf Wasser brennt; wird in Hohlgeschossen als Munition für Schiffsgeschütze verwendet

Ilmenblatt = beruhigende, leicht euphorisierende Droge, auch Alphana genannt; als getrocknetes Kraut oder klebrige Harzkrümel erhältlich

Kamaluq = oberster Gott der Waldmenschen; in Gestalt eines Jaguars der Herr der Geister des Dschungels und Meister über Leben und Tod

Karracke = eine Weiterentwicklung der Kogge, hochbordiges Schiff mit mehreren Decks sowie Aufbauten (Kastellen) an Bug und Heck, meist als Dreimaster getakelt

Kauca = vor allem im Phexmond häufige, sehr schwere Stürme im Süden Aventuriens

Khom = große Wüste östlich des Alten Reiches

Khunchomer = Krummschwert, benannt nach der Stadt Khunchom

Kor = Halbgott, Sohn der Rondra und des Gottdrachen Famerlor, Gott der Söldner, Scharfrichter und Landsknechte, der Gefallen an Blut und Gewalt findet

Levthan = Halbgott der Mannwidder, entstammt aus einer Verbindung der Göttin Rahja mit einem Sterblichen; Levthan wird vor allem unter Hexen verehrt, und man huldigt ihm mit ausschweifenden Festen

Luloa = Bezeichnung der Waldmenschen für mit schwer abwaschbarer Farbe aufgetragene Hautmalereien

Madamal = der aventurische Mond

Magica conjuratio = Fachbegriff für Beschwörungsmagie

Maraskan = größte Insel im Perlenmeer, nordöstlich der Khom gelegen; der Legende nach verbannte Sultan Bastrabun die Echsenvölker aus Mhanadi, Ongalo und Thalusim nach Maraskan

Marbo = Halbgöttin; Tochter des Boron und der Menschenfrau Etilias; ihr ist in Al'Anfa ein eigener Tempel geweiht

Meile = aventurisches Längenmaß, das einem Kilometer entspricht

Moha = 1. von den meisten Aventuriern häufig als Synonym für alle Waldmenschen benutzter Begriff; 2. mit ca. 6000 Angehörigen größter Stamm der Waldmenschen

Mohacca = der ursprüngliche Name des Pfeifenkrauts; heutzutage die Bezeichnung für einen besonders schweren schwarzen Tabak aus Südaventurien

Mohagoni = dunkelrotes Edelholz, das ausschließlich in Südaventurien geschlagen wird und zu den Exportgütern Al'Anfas gehört

Nene-Nibunga = heißt in der Sprache der Waldmenschen *Gelbweiße Baumtöter* und ist eine gebräuchliche Bezeichnung für alle fremden Eindringlinge

Niederhöllen = allgemein geläufige Bezeichnung für die Gefilde der Dämonen in der siebenten Sphäre; hierher geraten die Seelen der Sünder, um sich nach einem Äon der Qual schließlich als Dämon zu manifestieren

Nirgendmeer = in der Mythologie des Zwölfgötterglaubens die Leere zwischen dem Diesseits und den Hallen Borons, dem Totenreich

Nipakau = dem Glauben der Waldmenschen nach die allen Dingen innewohnenden Geister; sie wachen über Pflanzen, Tiere, Menschen, Lichtungen, Bäche, ja eigentlich alles, was beseelt oder unbeseelt ist

Novadis = Sammelbegriff für die verschiedenen Stammesverbände in der Khom

Oreal = alanfanische Münze aus einer Kupfer-Gold-Legierung; sie entspricht etwa dem Silbertaler, der im Mittelreich verwandt wird

Patriarch = Titel des Oberhauptes des Boronkults zu Al'Anfa; höchster Geweihter des alanfanischen Ritus

Pu-Takehe = heißt aus der Sprache der Waldmenschen übertragen so viel wie *der die Geisterspinne im Gesicht trägt*

Rabenschnabel = Hiebwaffe der Reiterei mit einem hammerförmigen Kopf, der an einem Ende spitz zuläuft

Rastullahellah = Bezeichnung der fünf hohen Feiertage im novadischen Kalender; auf jeweils acht Gottesnamen folgt ein Rastullahellah; jedem dieser fünf Tage ist eine besondere, rituelle Funktion zugewiesen; der erste gilt als Fast- und Bußtag, der zweite als Tag der Karawanen und Heerschauen, der dritte als Tag der Rache, der vierte als Tag der Ruhe, und der fünfte Rastullahellah schließlich ist der höchste Festtag im Jahr; an diesem Tag werden die Hairane gewählt, und mehrtägige Freudenfeiern, die oft bis ins neue Jahr andauern, beginnen

Rethon = die Seelenwaage der zwölfgöttlichen Mythologie, auf der der Totengott Boron abmisst, ob eine Seele in eines der zwölfgöttlichen Paradiese auffahren darf, zur Läuterung in Borons Hallen verbleiben muss oder aber so verderbt ist, dass sie in die Niederhöllen auffliegt

Rotze = scherzhafter Name für ein torsionsbetriebenes Schiffsgeschütz, das entweder massive Stein- oder Bleikugeln oder aber mit Hylailer Feuer gefüllte Tongefäße verschießt

Samthauch = Droge, die aus den Pollen einer seltenen Orchideenart gewonnen wird und in geringen Mengen eingeatmet zu rauschhaften Träumen führt; eine Überdosierung ist tödlich

Satinav = ein mächtiger Halbgott und der Herr über die Zeit

Satuul = bedeutet in der Sprache der Waldmenschen *verrottete Seele* und ist die Bezeichnung für einen bösen Geist, der auch Besitz von anderen Menschen ergreifen kann

Schilling = alanfanische Münze aus einer Kupfer-Gold-Legierung, deren Kaufkraft ungefähr 13 Euro entspricht; auch als Oreal bekannt

Schivone = moderner aventurischer Schiffstyp, mit hochgezogenen Bordwänden und mehrstufigen Decksaufbauten (Kastellen) an Bug und Heck; meist als Drei- oder Viermaster getakelt

Schlund = Ghetto der Bettler in der Stadt Al'Anfa

Schritt = aventurisches Längenmaß, das einem Meter entspricht

Silberstechen = in unregelmäßigen Abständen in Al'Anfa stattfindendes, halblegales Turnier bekannter Gladiatoren

Sskhrsechim = eine ausgestorbene, schlangenleibige Reptilienrasse, die für ihre außerordentlichen magischen Fähigkeiten berüchtigt war

Sumu = die Urriesin, aus deren Körper die Welt erschaffen wurde

Swafnir = Halbgott, Sohn der Rondra und des Efferd; wird in Gestalt eines riesigen Wales vor allem von den Thorwalern verehrt

Tabu = ein überliefertes Verbot, ein Gebiet zu betreten, ein Ding zu berühren oder zu benutzen, eine Handlung zu setzen, über einen Sachverhalt zu sprechen und dergleichen mehr; in der Regel gilt, dass ein Waldmensch eher sterben würde, als ein Tabu zu verletzen, denn durch Letzteres würde er nicht nur sich, sondern seine ganze Sippe gefährden

Tag des Großen Schlafes = 30. Boron; höchster Feiertag im alanfanischen Ritus des Boron

Takehe = die Geisterspinne, die von den Waldmenschen an der Westseite des Regengebirges im Tal Kun-Kau-Peh verehrt wird; sie gilt als Dienerin Kamaluqs und ist die Herrin ihrer tausend kleinen Schwestern, welche die Lebensfäden aller Geschöpfe spinnen

Tapam = neben einer Seele besitzen die Waldmenschen nach ihrem Glauben auch noch einen Tapam, einen eigenen Schutzgeist; während die Seele mit dem Tod vergeht, ist der Tapam unsterblich

Tayas = Erzählungen, in denen die Waldmenschen ihre Geschichte mündlich überliefern

Therbuniten = der Peraine geweihter Orden, dessen Krieg die Bekämpfung des Elends von Krieg und Seuchen ist;

Ordensangehörige sind an ihren grünen Kutten erkenntlich

Thorwaler = ein Volk kühner Seefahrer und Piraten, das im Nordwesten Aventuriens lebt und den irdischen Wikingern nicht unähnlich ist

Trireme = mit drei übereinanderliegenden Riemenreihen gebauter Galeerentyp; verfügt über Behelfsmasten und wird fast ausschließlich als Kriegsschiff genutzt

Tschopukikuhas = ein kriegerisches Waldmenschenvolk, das auf der Syllanischen Halbinsel lebt; unter den Weißen als Menschenfresser gefürchtet

Tulamiden = aventurische Volksgruppe; Bewohner der Khom und der angrenzenden Gebiete

Tulamidya (seltener Tulamidisch) = Sprache der Tulamiden; verwendet als Schriftzeichen die neunzehn geheiligten Glyphen von Unau

Tyakraman = siehe Blakharaz

Uthar = Halbgott, der nach einem borongefälligen Menschenleben zum Wächter an der Sternenpforte, dem Eingang zu Borons Hallen, wurde; es heißt, dass sein Pfeil niemals ein Ziel verfehlt

Waldmenschen = Sammelbegriff für die verschiedenen menschlichen Ureinwohner der südlichen Regenwälder und der Waldinseln

Weibel = militärischer Rang, ungefähr dem modernen Sergeanten entsprechend

Yaq-Hai = eine menschenähnliche, dämonische Kreatur, die, soweit bekannt, nur in den Dschungeln des Südens Aventuriens anzutreffen ist

Zedrakke = kielloser tulamidischer Schiffstyp; besonders auffallend sind die großen, aus Binsen geflochtenen und mit Latten versteiften Segel, die von weitem an Drachenflügel erinnern

Zithabar = weitverbreitetes Halluzinogen in Form eines grobkörnigen Pulvers oder gehäckselter Blätter; wird meist mit Tabak versetzt geraucht

DANKSAGUNG

Mein besonderer Dank gilt Kai Meyer, der so freundlich war, mir den Titel *Rabengott* für die überarbeitete Neuausgabe des Romans *Das Gesicht am Fenster* auszuleihen. Unter diesem Titel erschien ursprünglich ein Roman von ihm in seiner Nibelungen-Reihe.

Des Weiteren möchte ich mich bei Karl-Heinz bedanken, der ein weiteres Mal meine konfusen Vorstellungen zur Kommasetzung der grammatischen Wirklichkeit anpasste. Auch gilt mein Dank Martina Vogl und Angela Kuepper, meinen beiden Lektorinnen, die dafür sorgten, dass dieses Buch seine Alterspatina ablegte und nun in neuem Glanz erstrahlt.

Wollen Sie mehr von
BERNHARD HENNEN
lesen?

Die Magische
Welt der Elfen

Bernhard Hennens Elfenwelt wird von Menschen, Elfen, Zentauren, Dämonen, Trollen, Lutin, Dunkelalben und vielen anderen Licht- und Schattenwesen bevölkert. Die Albenmark – das Reich der Elfen –, die Menschenwelt und die Zerbrochene Welt sind durch ein Netz von magischen Albenpfaden miteinander verbunden. In der Zerbrochenen Welt tobte einst ein erbitterter Krieg zwischen den Alben und ihren dämonischen Todfeinden, den Devanthar.

Obwohl Farodin und Nuramon um die Liebe Noroelles konkurrieren, verbindet sie doch eine tiefe Freundschaft. In der Zeit der tausendjährigen Suche der beiden Elfen nach ihrer Geliebten finden in der Welt der Menschen und in der Albenmark folgenschwere Ereignisse statt. Die ebenso mächtige wie schöne Königin der Elfen, Emerelle, muss während des Trollkrieges Entscheidungen treffen, von denen das Geschick ihres Volkes abhängt. Besonders verbunden ist ihr der Schwertmeister Ollowain, dessen Schicksal sie teilt.

In der Menschenwelt soll die junge Gishild einmal als Königin das Fjordland regieren. Sie wird jedoch von den Ordensrittern entführt, die auf diese Weise ihren Vater zwingen wollen, sich der Herrschaft der Tjured-Kirche zu beugen. In der Gefangenschaft lernt Gishild den jungen Luc kennen, der auf der Ordensburg von Valloncour zum Ritter ausgebildet wird. Luc und Gishild verlieben sich ineinander. Doch als sie sich Jahre später als Erwachsene wiedersehen, stehen sie sich in einem unerbittlichen Krieg als Feinde gegenüber...

DIE ELFEN

Das große Epos über das geheimnisvollste Volk der Fantasy: Die Elfen. Nuramon und Farodin, zwei Elfen, und der Barbarenhäuptling Mandred ziehen gemeinsam in den Kampf gegen ein finsteres Dämonenwesen. Doch als der Dämon die Zauberin Noroelle entführt, um deren Gunst die beiden Elfen schon seit Jahrzehnten werben, bricht das Böse über die Welt der Menschen und Elfen herein, und ein ewiges Schicksal wird besiegelt.

ELFENWINTER

Während des Festes der Lichter entgeht die bezaubernd schöne Elfenkönigin Emerelle nur knapp einem Attentat, und ihr Schwertmeister Ollowain hat alle Hände voll zu tun. Dabei ahnt jedoch niemand, dass die eigentliche Gefahr von einer Armee von Trollen ausgeht, die über Albenmark, das Reich der Elfen, hereinbricht. Inmitten von Krieg und Chaos müssen Königin und Ollowain fliehen.

ELFENLICHT

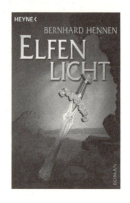

Ein Zeitalter lang haben sie die Geschicke der Welt bestimmt, doch nun beginnt das Licht der Elfen zu verblassen. Einzig die Königin Emerelle und ihr Schwertmeister Ollowain stellen sich den übermächtigen Trollen. Als Emerelle für den letzten Sieg einen der goldenen Albenpfade zerstört, tritt etwas in ihre Welt, das Albenmark für immer zu vernichten droht. Während die Trolle neue Kräfte sammeln, beginnen die Elfen ihre verzweifelte Suche nach einem Feind ohne Gesicht.

ELFENRITTER 1 – DIE ORDENSBURG

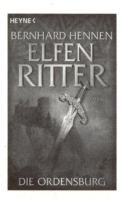

In seiner zweiten Elfen-Trilogie erzählt Bernhard Hennen das Schicksal einer Prinzessin und eines jungen Ritters, die sich in Gefangenschaft begegnen und durch Kriegswirren entzweit werden. Die Ordensritter der Tjuredkirche unterwerfen eine Provinz nach der anderen. Nur das Fjordland leistet noch Widerstand mit Hilfe der Elfen, bis Gishild, die Tochter des Königs, von den Ordensrittern entführt wird. In der Gefangenschaft begegnet sie Luc, der zum Ritter ausgebildet werden soll.

ELFENRITTER 2 – DIE ALBENMARK

Gishild gilt für ihr Volk im Fjordland als verschollen und muss in der Gefangenschaft die Weihen zur Novizin der Tjuredkirche über sich ergehen lassen. Luc reift zu einem jungen Ordensritter heran und soll nun erste Verantwortung übernehmen. Doch während ihre Freundschaft sich zu einer zarten Liebe entwickelt, drohen die Wirren des Krieges sie zu entzweien.

ELFENRITTER 3 – DAS FJORDLAND

Als Kinder waren sie unzertrennlich. In ihrer Jugend ein Liebespaar, doch nun hat das Schicksal Luc und Gishild zu Feinden wider Willen gemacht. Während der junge Ordensritter in Gefangenschaft der Elfen gerät und zum Tode verurteilt wird, führt Gishild den Kampf gegen die übermächtigen Heere der Tjuredkirche an, obwohl sie weiß, wie unwahrscheinlich ein Sieg ist. Das dramatische Finale im Kampf um das letzte freie Königreich beginnt.

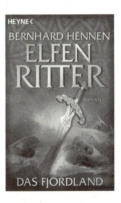

ELFENLIED

Die fuchsköpfigen Lutin gelten als ein Volk von Beutelschneidern, Lügnern und Betrügern, und doch gelingt es Ganda Silberhand, zur Vertrauten der Elfenkönigin Emerelle zu werden. Gleichzeitig gehört sie zu den Anführern einer Widerstandsgruppe gegen die Herrschaft der Elfen. Beteiligt am Sturz der Königin, wird sie eine der engsten Beraterinnen des Trollherrschers und stößt auf eine Verschwörung, die 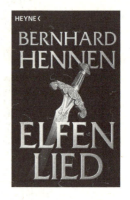 Albenmark noch tiefgreifender verändern könnte, als der Krieg zwischen Elfen und Trollen ...

Elfenlied enthält neben der Novelle über Ganda einen Gedichtzyklus, der vom Leben der Blütenfee Mondblüte erzählt, einen umfangreichen Bildteil sowie eine Zeitleiste zu den wichtigsten Ereignissen aus Bernhard Hennens großer Elfensaga.

Christoph Marzi

Das Tor zu einer phantastischen Welt

»Christoph Marzi ist ein magischer Autor, der uns die Welt um uns herum vergessen lässt! Er schreibt so fesselnd wie Cornelia Funke oder Jonathan Stroud«
Bild am Sonntag

»Wenn Sie Fantasy mögen, müssen Sie Christoph Marzis wunderbare Werke lesen. Eine echte Entdeckung!«
Stern

978-3-453-52327-2

978-3-453-53275-5

HEYNE